Tem Alguém Aí?

Marian Keyes

✳✳✳

Melancia

FÉRIAS!

SUSHI

Casório?!

É Agora... ou Nunca

LOS ANGELES

Um Bestseller pra chamar de meu

Tem Alguém Aí?

Cheio de Charme

A Estrela Mais Brilhante do Céu

CHÁ DE SUMIÇO

Mamãe Walsh

Tem Alguém Aí?

Marian Keyes

10ª EDIÇÃO

Tradução
RENATO MOTTA

Copyright © Marian Keyes, 2006
Título original: *Anybody Out There?*

Capa: Carolina Vaz

Editoração: DFL

Texto revisado segundo o novo
Acordo Ortográfico da Língua Portuguesa

2016
Impresso no Brasil
Printed in Brazil

CIP-Brasil. Catalogação na fonte
Sindicato Nacional dos Editores de Livros, RJ

K55t 10ª ed.	Keyes, Marian Tem alguém aí? / Marian Keyes; tradução de Renato Motta. – 10ª ed. – Rio de Janeiro: Bertrand Brasil, 2016. 602p.
	Tradução de: Anybody out there? ISBN 978-85-286-1410-7
	1. Romance irlandês. I. Motta, Renato. II. Título.
	CDD – 828.99153 CDU – 821.111(415)-3
09-5253	

Todos os direitos reservados pela:
EDITORA BERTRAND BRASIL LTDA.
Rua Argentina, 171 — 2º andar — São Cristóvão
20921-380 — Rio de Janeiro — RJ
Tel.: (0xx21) 2585-2070 — Fax: (0xx21) 2585-2087

Não é permitida a reprodução total ou parcial desta obra, por quaisquer
meios, sem a prévia autorização por escrito da Editora.

Atendimento e venda direta ao leitor:
mdireto@record.com.br ou (0xx21) 2585-2002

Para Tony

AGRADECIMENTOS

Este livro não teria sido possível sem a ajuda de um grande número de pessoas generosas e solícitas.

O meu mais profundo agradecimento a...

Minha maravilhosa editora, Louise Moore, pelo seu apoio incondicional, seus inestimáveis conselhos e sua visão de futuro neste e em todos os meus livros. Quem dera todos os autores tivessem a minha sorte.

Jonathan Lloyd, o mais querido dos agentes.

Caitríona Keyes e Anne Marie Scanlon pelo apoio vital, as informações sobre Nova York e, acima de tudo, pelo grande achado da expressão Mãos-de-Pluma®.

Nicki Finkel e Kirsty Lewis, Nicole McElroy, Jamie Nedwick, Kim Pappas, Aimee Tusa e, em especial, Shoshana Gillis, por me abrirem as portas do maravilhoso mundo das relações públicas na área de cosméticos.

Gwen Hollingsworth, Danielle Koza e Mags Ledwith.

Patrick Kilkelly e Alison Callahan pelas muitas informações sobre os Red Sox.

Conor Ferguson e Keelin Shanley pela história sobre mergulho, e Malcolm Douglas e Kate Thompson pela informação técnica sobre os equipamentos para mergulho. Qualquer erro é culpa minha.

Nadine Morrison pelas informações sobre os *labradoodles*. (Sim, eles existem.)

Jenny Boland, Ailish Connelly, Susan Dillon, Caron Freeborn, Gai Griffin, Ljiljana Keyes, Mamãe Keyes, Rita-Anne Keyes, Suzanne Power e Louise Voss por lerem o manuscrito em diferentes etapas e me oferecerem suas inestimáveis sugestões e incentivos.

Eibhín Butler, Siobhán Coogan, Patricia Keating, Stephanie Ponder e Suzanne Benson por me proporcionarem piadas úteis sobre qualquer tema, desde encontros às escuras até dores de parto.

Kate Osborne, que pagou para que "Jacqui Staniforth" se tornasse uma personagem deste livro, num leilão destinado a arrecadar fundos em prol da Fundação Médica para Atendimento às Vítimas de Tortura (The Medical Foundation for the Care of Victims of Torture).

Obrigada, em especial, a Eileen Prendergast por muitas e muitas coisas, entre elas por me acompanhar aos campeonatos de guitarra imaginária (air guitar).

Se me esqueci de alguém, a) me envergonho profundamente, e b) minhas mais sinceras desculpas.

Como sempre, obrigada ao meu amado Tony. Acima e além de tudo.

PRÓLOGO

Não havia remetente no envelope, o que era meio estranho. A essa altura eu já estava ligeiramente cabreira. Ainda mais quando vi meu nome e endereço...

Uma mulher sensata não abriria aquilo. Uma mulher sensata jogaria o envelope na lata de lixo e iria embora. O problema é que, com exceção de um curto período entre os vinte e nove e os trinta anos, quando é que eu tinha sido sensata, em toda a minha vida?

Então eu o abri.

Era um cartão, uma aquarela com a imagem de um vaso de flores, que me pareceram ligeiramente murchas. O envelope era fino, de modo que pude perceber que havia algo mais ali dentro. Dinheiro, talvez?, pensei. Um cheque? Mas eu estava apenas sendo sarcástica. Tudo bem, mesmo sem ter ninguém ali para me ouvir, eu falava comigo mesma, mentalmente.

E, de fato, havia algo ali dentro: uma fotografia... Por que será que alguém havia me mandado aquilo? Eu já tinha um monte de fotos parecidas com aquela. Então percebi que estava enganada. Não era ele, longe disso. Subitamente, entendi tudo.

PARTE UM

CAPÍTULO 1

Mamãe abriu a porta da sala de estar e anunciou:

— Bom-dia, Anna, hora dos seus remédios.

Ela tentou entrar marchando a passos rápidos e decididos, como as enfermeiras que conhecia dos seriados de tevê passados em hospitais, mas a sala estava tão entulhada de móveis que, em vez disso, ela precisou forçar a passagem para chegar até mim.

Quando eu chegara à Irlanda, havia oito semanas, não podia subir as escadas porque estava com a rótula deslocada, então meus pais trouxeram a cama para o andar de baixo e a colocaram na Grande Sala da Frente.

Podem ter certeza de que isto era uma grande honra. Sob circunstâncias normais, só nos permitiam entrar naquela sala no Natal. Durante o resto do ano, todas as atividades de lazer da família — assistir à televisão, comer chocolate, implicar uns com os outros — aconteciam na entulhada garagem que fora convertida em aposento e era conhecida pelo grandioso título de Sala de Televisão.

Só que quando a minha cama foi instalada na Grande Sala da Frente, não havia lugar para onde levar os outros móveis — os sofás com franjas e as poltronas também com franjas — e eles acabaram ficando por ali. A sala ficou parecendo uma dessas lojas de móveis que promovem queimas de estoque, espremem milhões de estofados e o cliente tem quase que escalá-los como se fossem imensas rochas que obstruem a passagem para a praia.

— Muito bem, mocinha. — Mamãe consultou um papel onde havia uma tabela com instruções hora a hora de todos os medicamentos receitados: antibióticos, antidepressivos, pílulas para dormir, multivitamínicos de alto impacto, analgésicos potentes que me deixavam com a agradável sensação de flutuar, além de um membro da família Valium que mamãe havia escondido num local secreto.

Todas essas diferentes caixas e vidrinhos estavam em cima de uma mesinha finamente esculpida. Vários cãezinhos de porcelana indescritivelmente pavorosos haviam sido despejados dali para dar lugar aos remédios, e agora olhavam para mim, do chão, com ar de reprovação. Mamãe começou a vistoriar todos os vidros com atenção, sacudindo-os e entornando comprimidos e cápsulas na mão.

Por consideração a mim, eles haviam instalado a cama de frente para a janela grande que dava para a rua, para que eu pudesse acompanhar a vida que seguia lá fora. Só que isso não era possível: havia uma cortina rendada na frente que era tão irremovível quanto uma parede de aço. Não *fisicamente* irremovível, entendam, apenas socialmente. Nos subúrbios de Dublin, abrir corajosamente as cortinas para dar uma boa olhada na "vida lá fora" é uma gafe social tão grande quanto revestir toda a fachada da casa com tecido xadrez. Além do mais, não existia vida lá fora. Com exceção... Bem, na verdade, através da barreira rendada, eu comecei a notar que quase todos os dias uma velha parava para que seu cachorro fizesse xixi no nosso portão. Às vezes eu achava que o cão, um terrier preto e branco, nem estava com vontade de fazer xixi, mas mesmo assim a mulher insistia com ele.

— Muito bem, mocinha. — Minha mãe nunca me chamara de "mocinha" antes disso tudo acontecer. — Tome isso aqui. — Ela despejou um punhado de comprimidos na minha mão e me deu um copo d'água. Ela andava me tratando muito bem, bem *de verdade*, embora, no fundo, eu suspeitasse que ela estava apenas desempenhando um papel.

— Meu Jesus Cristinho! — exclamou uma voz. Era minha irmã, Helen, que acabara de chegar do trabalho noturno. Ela ficou parada na entrada da sala de estar por alguns instantes, olhou em volta para o mar de franjas que enfeitavam os estofados e me perguntou:
— Como é que você aguenta?

Tem Alguém Aí?

Helen é a mais nova de nós cinco e ainda mora com papai e mamãe, embora esteja com vinte e nove anos. *Mas por que razão ela se mudaria dali,* ela sempre pergunta, *se não paga aluguel, tem tevê a cabo e um motorista particular?* (papai). Certamente a comida (ela é a primeira a admitir) é um problemão, mas para tudo se dá um jeito.

— Oi, querida, já voltou? — perguntou mamãe. — Como foi no trabalho?

Depois de várias mudanças de carreira, Helen — eu não estou inventando isso, antes estivesse — se tornara detetive particular. Se bem que isso parece muito mais perigoso e empolgante do que realmente é. Ela quase sempre investiga crimes de colarinho-branco e casos "domésticos", ocasiões em que tem de colher provas de maridos com suas amantes. Eu acharia um trabalho desse tipo muito deprimente, mas ela diz que nada disso a incomoda, pois sempre soube que todos os homens são escória.

Helen passa um tempão espreitando atrás de sebes e arbustos, munida de lentes de longo alcance, em busca de provas fotográficas de adúlteros saindo do ninho de amor. Ela poderia ficar dentro do carro aconchegante e quentinho, se não acabasse dormindo e perdendo o flagrante.

— Mamãe, estou muito estressada — declarou ela. — Alguma chance de eu descolar um Valium?

— Não.

— Minha garganta está me matando. Ferimento de guerra. Vou para a cama.

Helen, por conta do tempão que passa junto de sebes úmidas, vive com dor de garganta.

— Vou lhe servir um sorvete já, já, querida — prometeu mamãe —, mas primeiro me conte, que estou louca para saber: você conseguiu pegar o cara no flagra?

Mamãe adora o trabalho de Helen, talvez mais do que adora o meu, e isso quer dizer muito mesmo (pelo visto eu tenho O Melhor Emprego do Mundo®). De vez em quando, sempre que Helen está de saco cheio ou apavorada com algum caso, mamãe vai trabalhar com ela. Foi assim no Caso da Mulher Desaparecida, por exemplo. Helen precisava entrar no apartamento da tal mulher para investigar pistas (passagens aéreas para o Rio, etc., vejam que delírio) e mamãe foi junto porque adora ver o interior das casas alheias. Ela diz que é espantoso ver o quanto as casas das pessoas são imundas quando elas não estão à espera de visitas. Isso a deixa muito aliviada e torna mais fácil o dia a dia em seu cafofo nem sempre imaculadamente limpo. No entanto, como a vida de mamãe começou a se parecer, durante algum tempo, com um drama policial, ela se deixou levar pela empolgação, saiu correndo e tentou arrombar a porta do apartamento com o ombro, muito embora — e é preciso que isso fique bem claro — *Helen tivesse a chave*. E mamãe *soubesse* disso. A irmã da desaparecida lhe entregara a chave do apartamento e tudo o que mamãe conseguiu com essa façanha foi uma luxação no ombro.

— A coisa não é como a gente vê na tevê — reclamou ela depois, massageando o local.

Foi então que, no início deste ano, tentaram matar Helen. Maior que o choque de que tal fato pudesse acontecer foi a surpresa por não ter acontecido antes. É claro que não foi exatamente um atentado contra a vida dela. Um desconhecido atirou uma pedra pela janela da sala, na hora da novela. Provavelmente um dos adolescentes da rua tentando expressar seus joviais sentimentos de alienação, mas mesmo assim mamãe correu para o telefone e contou para todo mundo que alguém estava tentando "apavorar" Helen e queria que ela "abandonasse o caso". Como "o caso" era o de um escritório que contratou Helen para instalar uma câmera oculta e investigar se os funcionários estavam afanando cartuchos de impressora, a versão de mamãe soou pouco plausível. Mas quem era eu para estragar a festa de mamãe? E era exatamente isso que eu estaria fazendo: as duas são as rainhas do dramalhão e realmente acharam que tudo aquilo era muito empolgante. Só papai não viu graça nenhuma, mas só porque teve de varrer os estilhaços de vidro e prender com uma fita adesiva um plástico no lugar da vidraça quebrada, pelo menos até que o vidraceiro resolvesse aparecer, o que levou uns seis meses.

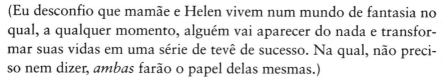

(Eu desconfio que mamãe e Helen vivem num mundo de fantasia no qual, a qualquer momento, alguém vai aparecer do nada e transformar suas vidas em uma série de tevê de sucesso. Na qual, não preciso nem dizer, *ambas* farão o papel delas mesmas.)

— Sim, mamãe, peguei o cara em flagrante. Ding-dong! Agora eu estou morta e vou pra cama. — Só que, em vez disso, ela se estirou em um dos muitos sofás à nossa volta. — Mas o homem me pegou atrás da sebe, tirando fotos dele.

Mamãe colocou a mão na boca, do jeito que as pessoas fazem na tevê quando querem demonstrar preocupação.

— Tudo bem, não se preocupe — disse Helen. — Batemos um papinho e ele pediu meu telefone. Babaca de merda! — acrescentou, com fúria e deboche.

Esse é o lance de Helen: ela é muito bonita. Os homens se apaixonam por ela, mesmo aqueles que ela espiona a pedido das esposas. Apesar de eu ser três anos mais velha, somos quase iguais: baixinhas, cabelos pretos compridos e rostos quase idênticos. Até mamãe nos confunde uma com a outra, vez ou outra, especialmente quando não está de óculos. Só que, ao contrário de mim, Helen possui uma espécie de magia carismática. Ela funciona em uma frequência especial que deixa os homens de queixo caído. Deve usar o mesmo princípio do apito que só os cães ouvem. Quando homens estranhos são apresentados às duas ao mesmo tempo, dá para ver a confusão nos olhos deles. Dá até para *vê-los* pensando: Elas parecem iguais, mas essa tal de Helen parece um deusa, enquanto Anna é absolutamente sem sal... Não que isso sirva de alguma coisa para o homem em questão, seja ele quem for. Helen se gaba de nunca ter se apaixonado por ninguém, e eu acredito nisso. Ela não é dada a sentimentalismos e reclama de tudo e de todos.

Até mesmo de Luke, namorado de Rachel — bem, na verdade ele é noivo agora. Luke é tão moreno, sexy e cheio de testosterona que eu morro de medo de ficar sozinha com ele. Quer dizer, ele é uma pessoa fantástica, adorável, muito, muito adorável, mas só que ele também é muito... Másculo. Ele me fascina e ao mesmo tempo me apavora, se é que isso faz algum sentido. Todo mundo, até mamãe — eu diria que até mesmo *papai* — sente atração sexual por ele. Mas não Helen.

De repente, mamãe me agarrou pelo braço com força — ainda bem que não foi o que estava quebrado — e sussurrou, com a voz cheia de empolgação:

— Olha lá! É a garota alegrinha, Angela Kilfeather. Com a namorada alegrinha dela! Devem ter vindo fazer uma visita!

Angela Kilfeather é a criatura mais exótica que já passou pela nossa rua, de todos os tempos. Quer dizer... Na verdade não é bem assim. A situação da minha família é muito mais dramática, com um monte de casamentos desfeitos, tentativas de suicídio, viciados em drogas e Helen, mas mamãe costuma usar Angela Kilfeather como paradigma de ouro: por piores que suas filhas sejam, pelo menos elas não são lésbicas que dão beijo de língua na porta de casa em um respeitável bairro familiar irlandês.

(Helen uma vez trabalhou com um indiano que traduziu, erroneamente, "gay men" como "rapazes alegrinhos". A coisa pegou e agora quase todo mundo que eu conheço (inclusive todos os meus amigos gays) se refere a gays em geral como "rapazes alegrinhos". Usa-se a expressão com o sotaque original indiano. A conclusão lógica é chamar as lésbicas de "garotas alegrinhas" também com sotaque indiano).

Mamãe espiou pela fresta entre a parede e a cortina de renda.

— Não consigo ver direito, me empreste seu binóculo — ordenou a Helen, que os fez surgir da mochila com um floreio de entusiasmo, só que o pegou para uso pessoal. Uma briga curta, porém feroz, se seguiu.

— Ela vai EMBORA — implorou mamãe. — Deixe eu ver.

— Prometa que a senhora vai me dar um Valium e o dom de enxergar longe será todo seu.

Isso foi um dilema para mamãe, mas ela fez a escolha certa.

— Você sabe que eu não posso fazer isso — disse ela, com ar de recato e dignidade. — Sou sua mãe e isso seria uma irresponsabilidade.

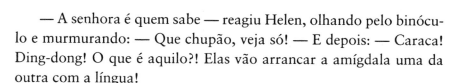

— A senhora é quem sabe — reagiu Helen, olhando pelo binóculo e murmurando: — Que chupão, veja só! — E depois: — Caraca! Ding-dong! O que é aquilo?! Elas vão arrancar a amígdala uma da outra com a língua!

Nesse momento mamãe voou em cima de Helen e as duas rolaram no chão pela posse do binóculo como duas crianças. Só pararam ao esbarrar na minha mão, aquela sem algumas das unhas dos dedos, e meu grito agudo de dor restabeleceu o decoro.

CAPÍTULO 2

Depois de me dar banho, mamãe tirou os curativos dos meus ferimentos, como fazia todo dia, e me enrolou com um cobertor. Fiquei sentada em um banquinho no quintal, observando atentamente a grama crescer. Os analgésicos superfortes me deixavam idiotizada e serena. Esse ritual também servia para eu tomar um pouco de ar nos cortes.

Só que o médico nos alertou que a exposição direta à luz solar era rigorosamente *verboten*, então, mesmo com a possibilidade mínima de alguém na Irlanda ser exposto ao sol em abril, eu usava um chapéu ridículo com abas imensas, acessório que mamãe usara no casamento de Claire, minha irmã. A sorte é que não havia ninguém por perto para me ver. (Nota pessoal: perguntas filosóficas do tipo "Se uma árvore cai na floresta e não há ninguém lá para ouvir o barulho, pode-se dizer que ela emitiu algum som?" e "Se alguém usa um chapéu de casamento perfeitamente idiota, mas não há ninguém lá para ver, pode-se dizer que ele é idiota?".)

O céu estava azul, o dia razoavelmente quente e tudo me pareceu agradável. Ouvi Helen tossindo sem parar em algum quarto do andar de cima e observei, com ar sonhador, as lindas flores que balançavam na brisa para a direita e depois para a esquerda... Havia narcisos tardios, tulipas e outras florzinhas cor-de-rosa cujos nomes eu desconhecia. O engraçado, eu lembrei, quase como se flutuasse no ar, é que nós costumávamos ter um jardim horroroso, o mais feio da rua, talvez de toda Blackrock. Durante muitos anos o nosso quintal foi simplesmente um depósito de bicicletas enferrujadas (as nossas) garrafas vazias de Johnny Walker (também nossas), e isso exatamente porque, ao contrário de outras famílias mais decentes e trabalhadoras, tínhamos um jardineiro particular. Era Michael, um velho

Tem Alguém Aí?

enrugado e de péssimo humor que não fazia nada, além de empatar o tempo da minha mãe. Ela ficava parada no frio ouvindo-o explicar por que não podia cortar a grama ("Os germes penetram pela ponta cortada, se instalam lá dentro e a grama morre todinha."); ou por que não podia aparar os arbustos ("A parede da casa precisa deles para servir de apoio, dona."). Em vez de mandá-lo ir catar coquinho, mamãe lhe comprava os biscoitos mais caros que encontrava e papai aparava a grama no meio da noite, para não ter de enfrentá-lo. Mas então papai se aposentou e encontrou a desculpa perfeita para se livrar de Michael. O velho não gostou nem um pouco e, em meio a pragas sobre amadores que destruiriam todo o jardim em minutos, foi embora muito indignado e arrumou emprego na casa dos O'Mahoney, onde cobriu nossa família de vergonha ao contar à sra. O'Mahoney que uma vez ele vira mamãe secando um pé de alface com um pano de prato nojento. Deixem pra lá; o fato é que ele se foi e as flores, por mérito de papai, estão muito mais bonitas agora. A minha única reclamação é que a qualidade dos biscoitos na casa caiu drasticamente desde que Michael partiu. Mas não se pode ter tudo na vida, e essa percepção desencadeou pensamentos completamente diferentes. Foi só quando as lágrimas salgadas escorreram pelas minhas feridas e eu senti fisgadas de dor é que descobri que estava chorando.

Queria voltar para Nova York. Nos últimos dias eu andava pensando muito sobre isso. Não apenas pensando, como também me agarrando a uma poderosa compulsão de cair fora, incapaz de compreender por que já não o fizera antes. O problema é que mamãe e o resto da família iriam ficar loucos quando eu lhes dissesse isso. Já podia ouvir seus argumentos: "Eu devia ficar em Dublin, pois é onde estavam minhas raízes, onde fui amada e onde eles poderiam 'tomar conta' de mim."

Só que a versão da minha família de "tomar conta" não é como a de outras mais normaizinhas. Aqui em casa, todos acham que a solução para todos os problemas é comer chocolate.

Ao pensar no quanto eles iriam protestar, reclamar e espernear, senti outro ataque de pânico: eu *tinha* de voltar para Nova York.

Precisava voltar para meu emprego. Precisava rever meus amigos. Além do mais (embora eu não pudesse contar isso para ninguém, pois me mandariam para o hospício), eu precisava voltar para Aidan.

Fechei os olhos e comecei a cochilar. De repente, porém, como se as engrenagens meio enferrujadas da minha mente girassem, mergulhei de cabeça em um mundo de dor e escuridão. Abri os olhos. As flores continuavam lindas, a grama estava verdinha como antes, mas meu coração martelava e eu lutava por um pouco de ar.

Essa situação começara havia poucos dias. Os analgésicos já não funcionavam tão bem quanto no início. O efeito deles acabava mais depressa e alguns furos e fiapos começaram a aparecer no cobertor de suavidade e amor com o qual todos me haviam protegido. Percebi que o horror iria inundar tudo como água represada quando a barragem rompe.

Coloquei-me de pé com dificuldade, entrei em casa para assistir ao seriado *Home and Away*, almocei (meio pão com queijo, cinco gomos de tangerina, duas nhá-bentas, oito comprimidos) e então mamãe trocou meus curativos, antes da minha caminhada. Ela adorava fazer isso. Gabando-se toda com sua tesoura cirúrgica, cortando com habilidade pedaços de gaze e esparadrapo, como o médico lhe ensinara. A enfermeira Walsh tratando dos doentes. Ou mesmo sra. Walsh, chefe suprema de todas as enfermeiras. Fechei os olhos. O toque das pontas dos seus dedos em meu rosto tinha efeito tranquilizante.

— Os cortes menores na minha testa começaram a coçar. Isso é bom sinal, não é?

— Vamos ver... — Ela tirou minha franja da frente e olhou bem de perto. — Eles realmente estão melhorando um pouco — mamãe anunciou, como se soubesse perfeitamente o que dizia. — Acho que já podemos tirar os curativos. Talvez o do queixo também. (Um círculo perfeito de pele fora arrancado do centro do meu queixo. Vai ser muito útil quando eu quiser imitar Kirk Douglas.) Mas nada de coçar, mocinha! Ainda bem que esses cortes no rosto são muito mais fáceis de curar hoje em dia — acrescentou mamãe, repetindo o

que o médico nos dissera. — Essas suturas modernas são muito melhores do que pontos. Só vai ficar a cicatriz desse ferimento aqui — completou ela, espalhando carinhosamente gel antisséptico no corte pavoroso com traços irregulares que atravessava toda a minha bochecha direita, fazendo uma pausa cada vez que eu me encolhia de dor. Aquela ferida não cicatrizaria só com o auxílio das suturas adesivas; por causa dela eu tive de levar pontos dramáticos estilo Frankenstein, pontos que pareciam ter sido feitos por agulhas de cerzir. De todas as cicatrizes do meu rosto, aquela era a única que não desapareceria nunca.

— É para isso que existe a cirurgia plástica — eu murmurei, também repetindo o que o médico dissera.

— Isso mesmo! — concordou mamãe. Mas a voz dela me pareceu distante e abafada. Na mesma hora abri os olhos. Ela estava encurvada e murmurava algo que me pareceu "Seu pobre rostinho!".

— Mamãe, não chore!
— Não estou chorando.
— Ótimo.
— Ouça só, acho que Margaret está chegando.

Meio às pressas, ela enxugou o rosto com um lenço de papel e foi para a calçada, a fim de zoar o carro novo de Maggie.

Maggie chegara para nosso passeio diário. De nós cinco, ela é a segunda filha mais velha, a Walsh mais independente, nosso terrível tabu de família, nossa ovelha branca. As outras irmãs (até mesmo mamãe, quando não se segurava) a chamavam de "anjinha", no mau sentido. Essa é uma expressão com a qual eu não me sinto à vontade porque soa muito cruel, mas reconheço que a descreve bem. A "rebeldia" de Maggie se revelou quando ela escolheu levar uma vida calma, sossegada e absolutamente regrada, com um homem calmo, sossegado e absolutamente regrado chamado Garv, a quem, durante vários anos, a família *odiou*. Havia sérias objeções quanto ao fato de ele ser extremamente confiável, decente e, acima de tudo, por causa dos agasalhos que usava (parecidos demais com os de papai, segundo consenso da família). Entretanto, a relação de todos com ele melhorou muito nos últimos anos, especialmente depois que as crianças nasceram: J.J. está com três anos, e Holly, com cinco meses.

Confesso que eu também acalentei alguns preconceitos baseados nas roupas que ele usava, e sinto vergonha disso agora, porque há quatro anos Garv salvou minha vida. Eu chegara a uma terrível encruzilhada (mais detalhes adiante) e Garv foi incansável e indescritivelmente gentil. Ele chegou até mesmo a me arrumar um emprego na firma de auditoria na qual trabalhava — a princípio como auxiliar na sala para envio de correspondência, onde fui promovida a balconista. Depois ele me deu a maior força para que eu corresse atrás e me qualificasse em alguma coisa, e eu consegui um diploma em relações públicas. Sei que o título não é tão impressionante quanto um mestrado em astrofísica e soa como "diploma em ver tevê" ou "especialização em comer doces", mas a verdade é que, se eu não tivesse feito esse curso, não estaria em meu atual emprego (O Melhor Emprego do Mundo®) e nunca teria conhecido Aidan.

Fui mancando até a porta da frente. Maggie estava descarregando filhos de dentro do carro novo, uma banheira onde cabia um monte de gente e que mamãe insistia em dizer que tinha elefantíase.

Papai também estava lá fora, tentando colocar paninhos quentes nas observações que mamãe fazia sobre o carro. Demonstrava o quanto o carro era fabuloso caminhando em volta dele e chutando-lhe os quatro pneus.

— Veja só a qualidade disso! — declarou ele, e chutou mais uma vez o pobre do pneu para reforçar sua opinião.

— Veja os olhos de porquinho inchado que ele tem!

— Não são olhos, mamãe, são faróis — explicou Maggie, desafivelando alguma coisa e emergindo do carro logo em seguida com a linda Holly debaixo do braço.

— Você não podia ter comprado um Porsche?

— É muito anos oitenta.

— Uma Maserati?

— Não é rápida o bastante.

Eu me preocupava muito com a possibilidade de mamãe estar sofrendo de tédio, pois ela desenvolvera um súbito e tardio desejo por um carro veloz e sexy. Ela assistia a *Top Gear*, o mais famoso programa sobre carros da tevê, e conhecia (um pouco) sobre Lamborghinis e Aston Martins.

Metade do corpo de Maggie desapareceu dentro do carro novamente e, depois de mais "desafiveladas", voltou a emergir com J.J., de três aninhos, debaixo do outro braço.

Maggie, assim como Claire (a irmã mais velha de todas) e também Rachel (a terceira das cinco), é alta e forte. Todas três vêm de um grupo de genes relacionados com mamãe. Helen e eu, duas baixinhas, parecemos espantosamente diferentes delas, e não sei a quem puxamos. Papai não é tão baixo assim; é a sua submissão extrema que o faz parecer menor.

Maggie abraçou a maternidade com paixão, não apenas o ato de ser mãe em si, mas o pacote completo. Uma das melhores coisas a respeito de ter filhos, ela diz, é não ter mais tempo para se preocupar com a aparência, e ela se gaba de ter desistido de uma vez por todas de fazer compras pessoais. Na semana anterior tinha me contado que no início de cada primavera e outono vai até a Marks & Spencer e compra seis saias idênticas, dois pares de sapatos — um alto e um sem salto — e algumas blusinhas. "Entro e saio da loja em quarenta minutos", exultou, totalmente sem noção. Tirando seu cabelo, que foi cortado à altura dos ombros e exibe um maravilhoso tom castanho (a cor é artificial, diga-se de passagem — obviamente ela não desistiu de tudo), ela parece mais maternal que mamãe.

— Olha só a saia de caipira que sua irmã está usando! — murmurou mamãe. — As pessoas vão achar que somos irmãs.

— Ouvi isso! — avisou Maggie. — E não me importo.

— Seu carro parece um rinoceronte. — Foi a resposta final de mamãe.

— Mas há um minuto ele era um elefante. Papai, dá para abrir o carrinho de bebê para mim, por favor?

Foi então que J.J. me avistou e ficou absurdamente desorientado de tanta alegria. Talvez fosse só a novidade, mas o fato é que eu era, no momento, sua tia preferida. Ele torceu o braço para se livrar da mão forte de Maggie e se atirou pela calçada como uma bala. Ele vivia se jogando nos meus braços. Três dias antes ele acidentalmente dera uma cabeçada no meu joelho deslocado que acabara de se livrar do gesso e a dor foi tão forte que cheguei a vomitar, mas mesmo assim eu o perdoei.

Eu teria perdoado qualquer coisa que aquele menino fizesse: ele é um arraso, uma maravilha de criança. Estar perto dele definitiva-mente levantava meu astral, mas eu tentava não dar muita bandeira disso porque a família toda ia começar a se preocupar por eu estar apegada demais a J.J., e todos já tinham motivos de sobra para se preocupar comigo. Era bem capaz de eles começarem a me encher os ouvidos com banalidades bem-intencionadas na linha de "você ainda é muito jovem", "um dia você também vai ter seu próprio bebê", etc. Eu sabia muito bem que não estava preparada para ouvir essas ladainhas.

Peguei J.J. e o levei para dentro, a fim de buscarmos seu "chapéu de caminhada". Quando mamãe saiu vasculhando pelos armários da casa em busca de um chapéu de abas largas para me proteger do sol, deu de cara com um estranho elenco de chapéus medonhos que ela usara em muitos casamentos ao longo dos anos. Aquilo foi quase tão chocante quanto descobrir uma cova coletiva. Havia montes deles, cada um mais espalhafatoso que o outro, e por algum motivo que me escapa à compreensão, J.J. se encantou por um modelo achatado de palha plastificada e com um cacho de cerejas que despencava de uma das abas. J.J. insistia que aquele era um "chapéu de caubói", mas isso não podia estar mais longe da verdade. Pelo visto, aos três anos, J.J. já demonstrava uma agradável quedinha pela excentricidade, algo que deve ter vindo de algum gene recessivo, pois ele certamente não tinha herdado isso de seus pais.

Quando acabamos de nos aprontar, o desfile teve início: eu man-cando, apoiada em papai com o braço não quebrado; Maggie empurrando a cúticúti da Holly no carrinho e J.J., o mestre de cerimônias, liderando o grupo.

Mamãe havia se recusado a juntar-se a nós naquele dia, com a desculpa de que se ela fosse passear conosco o grupo ficaria tão grande que "as pessoas iam começar a olhar". E de fato nós causávamos furor por onde passávamos. Quando a garotada do bairro analisava atentamente J.J. e seu chapéu exótico acompanhado por mim, toda arrebentada e cheia de curativos, certamente se convencia de que o circo chegara à cidade.

Quando já nos aproximávamos da pracinha — ela não era muito longe, mas parecia ficar do outro lado do mundo, pois até J.J., uma criança de três anos, conseguia andar mais depressa que eu — um dos garotos nos avistou e alertou cinco dos seus amiguinhos. Uma atmosfera de empolgação quase visível surgiu entre eles, que abandonaram suas atividades misteriosas (algo a ver com fósforos e jornais velhos) e se prepararam para nos receber.

— Salve, Frankenstein! — acenou Alec, quando estávamos perto o bastante para ouvir.

— Salve! — respondi, com dignidade.

Isso me deixara chateada na primeira vez. Especialmente depois que eles me ofereceram dinheiro para eu levantar meus curativos e mostrar-lhes os ferimentos. Foi como se me pedissem para eu levantar a camiseta e exibir meus peitos, só que um pouco pior. No primeiro dia meus olhos se encheram de lágrimas e, chocada com a crueldade à qual o ser humano consegue chegar, virei as costas e resolvi voltar para casa. Foi quando ouvi Maggie perguntando a eles:

— Quanto?!... Quanto vocês pagam para ver a mais terrível de todas as feridas?

Breves consultas entre eles se seguiram.

— Um euro.

— Então paguem adiantado — ordenou Maggie. O mais velho dos meninos (ele disse que se chamava Hedwig, mas isso era difícil de acreditar) entregou o dinheiro, olhando para ela meio nervoso.

Maggie mordeu a beirada da moeda para confirmar se era verdadeira e então me disse:

— Dez por cento ficam para mim, o resto é seu. Muito bem, pode mostrar a eles.

Então eu mostrei — obviamente não pelo dinheiro, e sim por me dar conta de que não havia motivo para sentir vergonha daquilo. O que aconteceu comigo poderia ter acontecido com qualquer um. Depois disso eles continuaram a me chamar de Frankenstein, embora — e sei que isso pode parecer estranho — não de um jeito hostil.

Hoje eles repararam que mamãe deixara algumas das feridas sem curativo.

— Você está melhor — comentaram, parecendo desapontados.
— As feridas da testa já quase desapareceram. A única que presta agora é a da bochecha. E você está caminhando muito mais depressa; já está quase alcançando J.J.

Durante meia hora, mais ou menos, ficamos sentados em um banco da praça, tomando um pouco de ar. Nas poucas semanas em que vínhamos executando essa rotina de caminhar diariamente andou fazendo um tempo incomum na Irlanda; quase não chovia, pelo menos de dia. Só de noite, quando Helen se escondia atrás das sebes com suas lentes de longo alcance, é que caía uma garoa.

O momento de devaneio acabou no instante em que Holly começou a guinchar desesperadamente. Segundo Maggie, a fralda precisava ser trocada. Todos nós marchamos em grupo de volta para casa. Ao chegar lá, Maggie tentou, sem sucesso, conseguir que mamãe, e depois que papai, trocasse a fralda de Holly. Ela não me pediu nada. Às vezes é ótimo estar de braço quebrado.

Enquanto ela estava às voltas com lenços umedecidos e pacotes de fraldas, J.J. pegou um lápis de contorno em tom ferrugem na minha (gigantesca) bolsa de maquiagem, segurou-o diante do rosto e pediu:

— Igual você.
— O que é igual a mim?
— Igual você — repetiu ele, tocando em alguns ferimentos e apontando para o rostinho com o lápis. *Ah, entendi! Ele queria que eu desenhasse cicatrizes nele.*

— Só algumas — avisei. Não estava muito certa de que isso fosse um comportamento a ser incentivado, e então, um pouco irresoluta, desenhei algumas marcas na sua testa. — Pronto, veja só!

Segurei um espelho de mão na frente dele, que adorou tanto o novo visual que berrou:

— Mais!

— Só mais uma.

Ele ficou se olhando no espelho, pedindo mais e mais cicatrizes, e quando Maggie apareceu de volta e vi a expressão que ela fez, me caguei de medo.

— Desculpe, Maggie. Acho que me empolguei.

Com um leve sobressalto, porém, percebi que ela não ficou zangada ao ver que a cara de J.J. parecia uma colcha de retalhos. Ela avistara minha bolsa de maquiagem e lançara sobre ela Aquele Olhar, o mesmo que todas as mulheres exibem. Eu esperava mais dela.

Isso é muito estranho. Apesar de todo o horror e da aflição profunda pelo que me acontecera recentemente, quase todo dia um parente aparecia, sentava na minha cama e pedia para dar uma olhada no que havia dentro da bolsa de maquiagem. Todos ficavam maravilhados pelo meu emprego fantástico e não se davam nem ao trabalho de disfarçar a descrença de que eu, entre tanta gente, tivesse conseguido um empregão desses.

Maggie caminhou na direção da bolsa como uma sonâmbula, com os braços estendidos.

— Posso ver?

— Fique à vontade. E minha nécessaire, está bem ali no chão. Também tem muita coisa boa lá, se é que mamãe e Helen ainda não esvaziaram tudo. Pegue o que quiser.

Quase em transe, Maggie agarrou a bolsa e começou a tirar de dentro um batom atrás do outro. Eu tenho dezesseis batons fantásticos simplesmente porque posso tê-los, entendem?

— Alguns deles ainda nem foram usados! — maravilhou-se ela.

— Como é que mamãe e Helen ainda não roubaram tudo?

— Porque elas já têm batons iguais a esses. Pouco antes de.. Você sabe... Tudo acontecer, mandei um carregamento para elas, com os novos produtos de verão. Elas já têm tudo isso.

Dois dias depois da minha chegada, Helen e mamãe se sentaram na minha cama e vasculharam sistematicamente todos meus cosméticos, dispensando quase tudo. "Estrela Pornô? Quero não, pode ficar pra você. Orgasmo Múltiplo? Pode ficar. Garota Safada? Fique com esse também."

— Mas elas nunca me contaram dessa remessa de novos produtos — reclamou Maggie, pesarosa —, e nós moramos a menos de dois quilômetros daqui.

— Ahn... Talvez devido ao seu novo visual mais prático elas tenham achado que você não estaria interessada em maquiagem. Desculpe... Quando eu voltar para Nova York, vou mandar um monte de coisas diretamente para você.

— Promete? Obrigada! — Em seguida, com olhar penetrante, perguntou: — Você vai voltar? Quando? Ei, Anna, se liga! Você não pode ir a lugar algum, precisa da segurança da família e... — Ela se distraiu com um dos batons. — Posso experimentar este aqui? É exatamente da minha cor favorita.

Ela passou nos lábios, apertou um contra o outro e ficou se admirando no espelho de mão, mas logo se intimidou com uma súbita onda de remorso.

— Desculpe, Anna. Bem que eu tenho evitado pedir para ver essas coisas maravilhosas. Puxa, ainda mais diante das circunstâncias... Estou decepcionada com as mulheres da nossa família, elas são como abutres e, no entanto, olhe só para mim! Sou tão terrível quanto elas.

— Não seja dura consigo mesma, Maggie. Nenhuma de nós consegue controlar esse impulso, ele é maior do que nós.

— Acha mesmo? Então tá, obrigada! — Ela continuou a tirar as coisas da bolsa, abrindo tudo, experimentando os produtos nas costas da mão e, em seguida, fechando-os com o maior cuidado. Depois de examinar tudo, deu um longo suspiro. — Bem, agora acho que vou dar uma olhada na nécessaire.

— Vá e sirva-se do que quiser. Tem um gel para banho com aroma de capim-de-cheiro que é uma loucura. — Depois eu lembrei: — Não, espere, acho que papai pegou esse para ele.

 **Tem Alguém Aí?**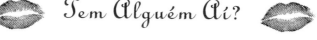

Maggie vasculhou tudo, revirou todos os frascos de gel para banho, cremes esfoliantes e loções para o corpo. Abriu, cheirou, experimentou e disse, por fim:

— Puxa, você *realmente* tem o melhor emprego do mundo.

Meu emprego

Eu trabalho em Nova York como relações-públicas de uma marca de produtos de beleza. Sou assistente da vice-presidência na empresa que faz o trabalho de RP para a Candy Grrrl, uma das marcas de cosméticos mais famosas do planeta. (Vocês provavelmente já ouviram falar dela; se não ouviram, isso é sinal de que alguém, em algum lugar, não está fazendo seu trabalho de forma decente. Deus queira que não seja eu.) Tenho acesso a uma quantidade estonteante de produtos, todos grátis. E quando digo estonteante, estou falando *ao pé da letra*: logo após eu conseguir esse emprego, minha irmã Rachel, que já morava em Nova York há vários anos, foi até minha sala depois que todo mundo já tinha ido embora só para ver se eu não exagerava. Quando destranquei os armários e mostrei a ela uma fileira interminável de prateleiras de produtos Candy Grrrl cuidadosamente organizados — produtos para o rosto, redutor de poros, cremes para disfarçar manchas, bálsamos antirrugas, velas aromáticas, gel para banho, pós compactos, bases, montes de caixas de blush, etc. —, ela admirou tudo durante muito, muito tempo e, por fim, disse:

— Vejo pontinhos pretos piscando na minha frente. Tô falando sério, Anna, acho que estou prestes a desmaiar.

Viram só? Ela ficou tonta, e isso foi antes de eu dizer que ela poderia pegar o que quisesse.

Eu tenho não apenas *permissão* para usar os produtos Candy Grrrl como também sou *obrigada* a fazê-lo. Todas nós devemos assumir a personalidade do produto que representamos. Vivencie o produto, foi o que Ariella me aconselhou quando eu consegui o emprego. *Vivencie de verdade*, Anna. Agora você é uma garota

Candy Grrrl vinte e quatro horas por dia, sete dias por semana, e está sempre de serviço.

O que torna tudo fabuloso em nível exponencial é que eu não ganho apenas produtos da Candy Grrrl. A agência para a qual trabalho, a McArthur on the Park (fundada e até hoje administrada por Ariella McArthur, que nunca vendeu o nome), representa mais treze marcas de produtos de beleza, cada uma mais alucinante que a outra. Mais ou menos uma vez por mês nós temos uma espécie de feirinha na sala de reuniões, onde acontece uma apresentação seguida da distribuição gratuita de produtos. (Se bem que isso não é uma política oficial da empresa e nunca rola quando Ariella está por perto, então eu peço que vocês não comentem esse lance com ninguém.)

Além dos produtos grátis, há outras mordomias. Como a McArthur on the Park cuida da conta da Perry K, o meu cabelo é cortado e pintado de graça por Perry K. Obviamente não é o Perry K em pessoa que corta meus cabelos, e sim um de seus leais pupilos. Perry K, o famoso cabeleireiro, geralmente está dentro de um jatinho particular rumo a um estúdio na Coreia ou em Vanuatu a fim de cortar o cabelo de alguma superstar que esteja fazendo um filme em locação.

(Ah, tem só uma coisinha: cortar cabelos em salões famosérrimos sem precisar pagar parece uma coisa espetacular, mas, mesmo correndo o risco de parecer ingrata, às vezes não consigo deixar de achar que isso é um pouco como aquelas prostitutas de altíssima classe que são obrigadas a fazer exames periódicos na perseguida. Parece algo bom, visando ao bem delas, mas, no fundo, é só para garantir que elas façam seu trabalho de forma apropriada. O mesmo acontece comigo. Não tenho escolha quando vou cortar o cabelo. Tenho de cortar lá e não posso dar palpite: o que aparece nas passarelas é o que fazem na minha cabeça. Geralmente coisas estranhas que me dão o maior trabalho de manutenção, pontas picotadas e meio eriçadas que me partem o coração. A McArthur é dona da minha alma, o que já é péssimo. Precisava ser dona do meu cabelo também?...)

Pois então... Depois da visita, Rachel pôs a boca no trombone. Ligou pra todo mundo e contou sobre meus armários cheios de

Tem Alguém Aí? 33

produtos. Recebi uma enxurrada de telefonemas da Irlanda logo em seguida. Rachel voltara a consumir drogas? Ou era verdade que eu lhe dera um monte de cosméticos? No caso dessa última opção, será que elas não poderiam ganhar algumas coisinhas também? No mesmo dia empacotei uma quantidade indecentemente volumosa de produtos e despachei tudo para a Irlanda. Admito que eu estava me exibindo um pouco, tentando provar o quanto era bem-sucedida.

O problema é que quando a gente envia produtos de cortesia, deve anotar o nome de quem vai recebê-los em um formulário especial. Cada curvador de cílios e cada protetor labial devem estar especificados. Mas se você disser que está enviando tudo para o jornal *Nebraska Star*, por exemplo, quando na verdade eles estão a caminho da casa da sua mãe em Dublin, as pessoas dificilmente vão verificar. Afinal, sou uma funcionária confiável.

O mais estranho é que geralmente sou uma pessoa honesta: quando alguém me dá troco a mais em uma loja, eu devolvo e nunca, nunquinha em toda a minha vida saí correndo de um restaurante sem pagar a conta (tem tanta coisa mais divertida que isso para se fazer, né?). Só que toda vez que eu desvio um creme de olhos para Rachel, ou uma vela aromática para minha amiga Jacqui, ou envio um pacote de amostras com as novas cores da primavera para Dublin, eu estou roubando. Mesmo assim, não sinto nem uma fisgadinha de culpa. É porque os produtos são tão lindos que eu acho que, como acontece com as belezas naturais, eles não têm dono determinado. Como alguém conseguiria impedir o acesso ao Grand Canyon? Ou à Grande Barreira de Coral? Certas coisas são tão maravilhosas que todos têm o direito de usufruí-las.

As pessoas geralmente me perguntam, com a cara distorcida de tanta inveja, como foi que eu consegui um emprego desses.

Vou contar a vocês.

CAPÍTULO 3

Como eu consegui meu emprego

Com meu diploma de relações públicas na mão, arrumei um emprego em Dublin na área de divulgação em uma companhia de cosméticos de segunda linha. O salário era de chorar, o trabalho, de lascar, e como as nossas bolsas eram revistadas toda noite, quando saíamos do prédio, não havia nem a compensação de conseguir maquiagem grátis. Mas eu tinha uma ideia mais ou menos correta de como o trabalho de uma relações-públicas poderia ser, bem como da diversão e da criatividade que isso envolve, desde que você esteja no lugar certo. Além disso, eu sempre tive tesão por morar em Nova York.

Eu não queria ir para lá sozinha, então tudo o que precisei fazer foi convencer minha melhor amiga, Jacqui, de que ela também sentia uma vontade irresistível de ir para Nova York. Mas eu não estava apostando alto nisso. Durante muitos anos Jacqui foi exatamente igual a mim: não tinha nenhum plano profissional, nem ideia da área em que poderia trabalhar. Ela passara quase a vida toda ralando no ramo de hotelaria. Foi de tudo, desde atendente de bar até balconista da recepção, até que um dia, embora não tenha sido sua culpa, ela arrumou um bom emprego: tornou-se *concierge* VIP de um dos hotéis cinco estrelas de Dublin. Quando figuras famosas do showbiz vêm à cidade é função dela providenciar tudo que eles querem — desde o número do telefone de Bono Vox até alguém para acompanhá-los às compras depois de as lojas fecharem, ou ainda um sósia para despistar a imprensa. Ninguém, muito menos Jacqui, pode entender como foi que isto aconteceu, pois ela não tinha nenhuma qualificação específica e os únicos dois pontos a seu favor são: a) ela gosta muito de bater papo e é boa nisso; b) é muito prática e não se impressiona com babacas, mesmo quando eles são famosos. (Ela diz que a maioria das celebridades são anões ou boçais — às vezes ambos.)

Sua aparência talvez tenha tido alguma influência no seu sucesso; ela sempre descreve a si mesma como uma loura pernalta e, para ser franca, é muito articulada, no sentido literal. É tão alta e magra que todas as suas articulações — joelhos, quadris, cotovelos, ombros — parecem ter sido afrouxadas por uma chave inglesa. Quando ela caminha, dá para imaginar um sujeito invisível acima dela movimentando-a com títeres, como se ela fosse uma marionete. Devido a esse seu jeito, as mulheres nunca se sentem ameaçadas por Jacqui. Porém, graças ao seu bom humor, ao seu jeito sacana e ao seu elevado nível de estamina, ela consegue ficar acordada até tarde numa boa, festejando loucamente, e os homens se sentem à vontade junto dela.

Às vezes as celebridades que visitam Dublin compram presentes caros para ela. O melhor momento, segundo ela conta, é na hora de levar os famosos ao shopping; quando eles compram toneladas de coisas para si mesmos, acabam se sentindo culpados e incluem uma coisinha para ela também. Quase sempre roupas de grife microscópicas que sempre lhe caem muito bem.

Como a boa profissional que é, Jacqui nunca — pelo menos raramente — dorme com alguma das celebridades masculinas que estão sob seus cuidados (apenas quando eles acabaram de se separar das esposas e precisam ser "confortados"), mas de vez em quando ela dorme com os amigos deles. Normalmente são sujeitos assustadoramente feios, mas ela parece preferir esses. Nunca achei nenhum dos namorados dela bonito.

Na noite em que eu a encontrei para lhe contar sobre minha ideia e tentar convencê-la a ir para Nova York, ela surgiu com seu jeito habitual de Garibaldo, as juntas e os ossos aparecendo, muito feliz, animada, usando um casaquinho Versace, um Dior isso, um Chloé aquilo, e eu fiquei arrasada. Por que motivo alguém largaria um emprego daqueles para ir tentar a vida em outro país? Para vocês verem como as coisas são...

Antes mesmo de eu mencionar Nova York, ela me confessou que andava enjoada de estrelas com salários altos demais e suas exigências idiotas. Havia um ator premiado com o Oscar que vinha atormentando a pobre Jacqui ao insistir que havia um esquilo do lado de fora da janela olhando para ele e acompanhando cada movimento seu. A queixa de Jacqui não foi a falta de sensibilidade de uma pessoa que reclama que um lindo esquilo está olhando para ela. O que a incomodou foi o sujeito estar no quinto andar — *obviamente* não havia esquilo nenhum.

Ela estava de saco cheio de celebridades, segundo me garantiu. Queria dar uma guinada completa em sua vida, voltar às coisas simples e básicas, trabalhar com os pobres e doentes, se possível em uma colônia de leprosos.

Aquela foi uma excelente notícia, ainda que surpreendente. Era o momento certo de eu fazer surgir da bolsa os formulários para requisição de permissão para trabalhar nos Estados Unidos; dois meses depois nós estávamos dando adeusinho para a Irlanda.

Ao chegar a Nova York, ficamos hospedadas no apartamento de Rachel e Luke, pelos primeiros dias, mas isso acabou não sendo uma boa ideia; Jacqui suava frio toda vez que olhava para Luke, a tal ponto que quase precisou tomar sais minerais para se reidratar.

Pelo fato de Luke ser lindíssimo, um tremendo gato, as pessoas se comportam de forma estranha quando estão perto dele. Elas acham que deve haver mais nele do que, na realidade, existe. Basicamente ele é um cara comum, muito decente, que leva a vida do jeito que quer, com a mulher que escolheu. Ele tem um grupo de amigos muito parecidos com ele — embora, fisicamente, nenhum seja tão devastador quanto Luke. Eles são conhecidos, genericamente, pelo título Homens-de-Verdade. Acham que a última gravação que presta foi feita em 1975 (o álbum *Physical Graffiti*, do Led Zeppelin) e que toda a música feita depois disso foi puro lixo. Sua ideia de uma noite ideal é um campeonato para tocadores de guitarras invisíveis — existe um troço desses, tô falando sério —, e embora todos eles sejam talentosos, apenas um, Shake, mostrou ser bom de verdade e venceu a final regional.

Jacqui e eu saímos à procura de um emprego, mas, infelizmente para ela, nenhuma colônia de leprosos nova-iorquina estava contratando gente nova. Em menos de uma semana ela conseguiu emprego em um hotel cinco estrelas de Manhattan, para ocupar um cargo praticamente idêntico ao que largara em Dublin.

Em uma dessas estranhas reviravoltas que a vida dá, ela reencontrou o tal ator do esquilo, que não se lembrou dela e jogou o mesmo papo sobre ser espionado por um esquilo. Só que dessa vez ele não estava no quinto andar, e sim no vigésimo sétimo.

— Puxa, eu queria fazer algo diferente, de verdade! — ela garantiu a mim, a Rachel e a Luke ao chegar em casa depois do seu primeiro dia de trabalho. — Não sei como isso foi acontecer.

Bem, para mim era óbvio: ela estava mais ligada do que supunha ao mundo cintilante das celebridades. Só que não dava para eu dizer isso a ela. Jacqui não tem tempo para introspecção: as coisas são do jeito que são. Visão que, como filosofia de vida, tem lá seus méritos. Eu, por exemplo, embora ame Rachel de verdade, às vezes acho que não consigo nem coçar o queixo sem ela achar que existe algum significado oculto no ato. Por outro lado, não adianta nada dizer a Jacqui que estou deprimida porque sua reação, invariavelmente, é: "Oh, não! O que aconteceu?" E na maioria das vezes não aconteceu nada, estou só deprimida. Mas se eu tentar lhe explicar isso, ela vai dizer: "Mas qual o motivo que você tem para estar deprimida?" Por fim ela convida: "Vamos sair para tomar champanhe. Não ajuda em nada ficar aqui de baixo-astral!"

Jacqui é a única pessoa que eu conheço que nunca tomou antidepressivos nem fez terapia; ela mal acredita em TPM.

Continuando a saga... Quando Jacqui já estava quase sofrendo de espasmo muscular por falta de sais minerais de tanto secar Luke, achamos um apartamento para alugar. Era um estúdio (o que significa um único cômodo) em um quarteirão superlotado do Lower East Side. O lugar era um ovo de tão pequeno, um *apartamento*, e tão absurdamente que o chuveiro ficava na quitinete. Pelo menos estávamos em Manhattan. Não planejávamos ficar muito tempo em casa mesmo — o *apartamento* era só para termos onde dormir e exibirmos um comprovante de residência. Um minúsculo apoio para os pés, só que dentro da cidade. Para sorte nossa, Jacqui e eu nos relacionávamos superbem e dava para aguentar essa proximidade uma da outra, embora às vezes Jacqui saísse à noite e acabasse dormindo com algum homem, nem que fosse para conseguir ter, pelo menos, uma boa noite de sono em um apartamento normal.

Logo de cara, sacando um currículo glamouroso e ligeiramente enfeitado, eu me cadastrei em várias agências de emprego sofisticadas. Fui a duas entrevistas, mas não rolou nenhuma oferta sólida e eu já começava a me preocupar quando, numa terça-feira, fui chamada para me apresentar às pressas na McArthur on the Park. Pelo que eu entendi, a ocupante anterior do cargo teve que "ir para o Arizona" (gíria nova-iorquina que significa "ir para a clínica de reabilitação"). Tudo aconteceu de maneira muito súbita e eles precisavam urgentemente de uma funcionária temporária, pois iam fazer uma apresentação importante para um cliente em potencial.

Eu sabia tudo sobre Ariella McArthur porque ela era — elas não são sempre? — uma lenda na área de RP: cinquenta e poucos anos, cabelos compridos, ombros largos, controladora e intolerante. Havia um boato de que ela só dormia quatro horas por noite (mais tarde eu descobri que foi ela mesma quem espalhou esse boato).

Vesti meu terninho para aparecer lá e acabei descobrindo que os escritórios eram realmente de frente para o Central Park (trigésimo oitavo andar — a vista da sala de Ariella é um espetáculo, mas como as pessoas só são convidadas a adentrar seu santuário interno para levar um esporro, fica difícil curtir o visual).

Todo mundo corria histericamente de um lado para outro e ninguém falou comigo, só gritavam ordens para alguém tirar cópias disso e daquilo, organizar a comida e resolver alguns pepinos. Apesar do tratamento ordinário que eu recebi, fiquei fascinada pelas marcas que a McArthur representava, pelas campanhas superbadaladas que a agência montava e me peguei pensando: *Daria tudo para trabalhar aqui.*

Devo ter resolvido algum pepino do jeito certo, porque eles mandaram que eu voltasse no dia seguinte, o dia da apresentação, quando, por sinal, estavam ainda mais nervosos e agitados.

Às três da tarde, Ariella e sete dos funcionários mais bambambãs assumiram suas posições em volta da mesa de reuniões. Eu estava lá também, mas só para o caso de um deles precisar de alguma coisa com urgência — água, café, um lencinho para enxugar a testa. Tinha instruções estritas para não falar. Podia olhar as pessoas nos olhos, se fosse muito necessário, mas devia permanecer calada.

Enquanto aguardávamos, entreouvi Ariella falar baixinho, mas com muita determinação, para Franklin, o segundo no comando: "Se eu não conseguir essa conta, eu mato você."

Para aqueles que não conhecem a história da Candy Grrrl — e como eu a respirei e vivenciei durante tanto tempo, às vezes me esqueço de que tem gente que nunca a ouviu —, a marca teve origem com a famosa artista de maquiagem Candace Biggly. Ela passou a misturar seus próprios produtos quando não conseguia encontrar as cores e texturas exatas que desejava, e era tão boa nisso que as modelos que ela maquiava começaram a ficar superempolgadas. As Pessoas Mais Fabulosas do Pedaço espalharam a novidade de que Candace Biggly era algo realmente especial; o bochicho teve início.

Depois veio o nome. Inúmeras pessoas, inclusive minha própria mãe, me asseguraram que "Candy Grrrl" era o nome carinhoso pelo qual Kate Moss se referia a Candace. Sinto desapontar vocês, mas isso não é verdade. Candace e seu marido, George (um sujeito detestável), pagaram a uma agência de propaganda para que ela o inventasse (e também o logotipo da garota grunhindo), mas já que a versão Kate Moss entrou no folclore popular com tanta força, que mal há em deixar as coisas assim?

De forma sutil e quase furtiva, o nome Candy Grrrl começou a aparecer nas páginas das revistas de beleza. Então abriram uma loja pequena no Lower East Side e as mulheres de Manhattan que *nunca na vida* haviam passado da rua 44 começaram a fazer peregrinações até o centro da cidade. Outra loja foi aberta, dessa vez em Los Angeles, seguida por uma em Londres e duas em Tóquio, e o inevi tável aconteceu: Candy Grrrl foi comprada pela Devereaux Corporation por uma soma não divulgada. (Onze milhões e meio de dólares, caso estejam interessados — descobri isso quando conferia alguns papéis do escritório, no verão passado. Não estava espionando, simplesmente aconteceu de eu dar de cara com esse contrato. Sério.) De repente, não mais que de repente, a Candy Grrrl entrou no mercado com força total e explodiu de vez nos balcões da Saks, da Bloomingdales, da Nordstrom e de todas as grandes lojas de departamento.

— Eles estão atrasados — disse Franklin, pegando uma caixinha de comprimidos revestida de madrepérola. Pouco mais cedo eu o vira tomar meio comprimido de Xanax, e percebi pelo seu jeito que ele planejava ingerir a outra metade.

Então, com uma surpreendente falta de alarde, entrou Candace, que não se parecia nem um pouco com uma Candace — cabelos castanhos sem corte, calça legging preta e, o que era mais estranho, nem um grama de maquiagem. George, por outro lado, poderia ser descrito como um cara boa-pinta e carismático — *ele* certamente pensa assim.

Ariella começou a ensaiar graciosas boas-vindas, mas George a cortou logo de cara e começou a exigir "ideias".

— Se conseguisse a conta da Candy Grrrl, o que *você* faria? — Ele apontou o dedo para Franklin.

O segundo homem em comando gaguejou alguma coisa sobre conseguir o endosso de celebridades para a marca, mas, antes mesmo de ele acabar de falar, George já passara para a pessoa ao lado.

— E você, o que faria?

Ele perguntou a mesma coisa a um por um da mesa e conseguiu as respostas usuais de um relações-públicas, todas parecidas: endosso de celebridades; merchandising em filmes; levar os editores das principais revistas de beleza a algum local fabuloso (se possível, Marte).

Quando chegou a minha vez, Ariella tentou desesperadamente alertá-lo de que eu não era ninguém, uma empregada qualquer, um passo acima de um robô, mas George insistiu:

Tem Alguém Aí?

— Ela trabalha para você, certo? Como você se chama? Anna? Fale-me das suas ideias.

Ariella estava quase tirando a calcinha pela cabeça de tanto horror. A coisa piorou quando eu disse:

— Eu vi uns despertadores imensos em uma loja do SoHo no fim de semana.

Ali estava eu, em meio a uma apresentação multimilionária e falava de comprinhas de fim de semana. Ariella chegou a colocar a mão sobre a garganta, como uma dama vitoriana planejando perder os sentidos.

— O despertador foi fabricado como se fosse a sua imagem refletida no espelho — continuei. — Todos os números estão de trás para frente e os ponteiros seguem na direção contrária, isto é, andam para trás. É muito legal, porque se a pessoa quiser saber a hora certa ela tem que olhar para o relógio pelo espelho. Estava pensando como essa imagem seria perfeita para promover o seu Creme Diurno para Reversão do Tempo. Poderíamos inventar um slogan do tipo "Olhe no espelho: seu rosto está voltando no tempo". Dependendo do custo, poderíamos até fazer um reloginho desses e dar de brinde. (Aviso para as pessoas que querem subir na carreira: nunca pronunciem a palavra "despesa"; digam sempre "custo". Não faço a mínima ideia da razão disso, mas quando você fala em "despesa" ninguém a leva a sério. No entanto, o uso sem moderação da palavra "custo" faz você se tornar aliada dos mandachuvas.)

— Uau! — disse George. Recostou-se na cadeira e olhou para todos à mesa. — Uau! Essa ideia é fantástica! A coisa mais original que ouvi aqui hoje. Simples, mas muito... Uau! É a cara da Candy Grrrl. — Ele e Candace trocaram um olhar.

O elevado nível de tensão que havia na mesa se transformou. Algumas pessoas relaxaram, mas outras ficaram ainda mais tensas. (Eu disse "outras", mas estava me referindo a Lauryn.) O fato é que eu não tinha planejado ter uma grande ideia, não foi culpa minha, simplesmente aconteceu. A única coisa que posso dizer a meu favor foi que ao voltar para casa na noite do dia anterior eu dei uma passadinha na Saks, peguei um catálogo da Candy Grrrl e aprendi tudo sobre os seus produtos.

— Talvez vocês possam até considerar mudar o nome do produto para Creme *Matinal* para Reversão do Tempo — sugeri. Um firme balançar de cabeça de Ariella, porém, me impediu de desenvolver a ideia. Eu já falara o bastante por um dia. Estava autoconfiante demais.

Lauryn estremeceu, exclamando:

— Puxa, isso foi o máximo! Eu também tinha reparado nesses despertadores, e até pensei em...

— Cale a boca, Lauryn — Ariella cortou-a com um olhar terrível e a reunião continuou.

Foi o meu melhor momento. Ariella conseguiu a conta e eu consegui o emprego.

CAPÍTULO 4

O jantar *chez Walsh* foi pedido no restaurante indiano perto de casa e eu me alimentei muito bem: meio bhaji de cebola, um camarão, um pedacinho de frango, dois quiabos (até que bem grandinhos), mais ou menos trinta e cinco grãos de arroz acompanhados por nove comprimidos e duas minibolachas Rolo.

A hora da refeição se transformara em batalhas de determinação, onde mamãe e papai fingiam um ar alegre na voz e sugeriam mais um pouquinho de arroz, outro chocolate, uma cápsula extra de vitamina E (excelente para a cicatrização, segundo dizem). Eu fazia o possível — me sentia vazia, mas nunca faminta —, só que, não importa o quanto eu comesse, nunca era o bastante para eles.

Exausta pela batalha épica, retirei-me para meu quarto. Havia algo que começava a surgir na superfície: eu precisava falar com Aidan.

Eu falava com ele o tempo todo, mas agora queria mais: queria ouvir a voz dele. Como é que isso nunca tinha acontecido antes? Será que foi porque eu estava muito ferida e em estado de choque? Ou dopada demais pelos analgésicos pesados?

Fui olhar mamãe, papai e Helen. Eles estavam profundamente entretidos com o tipo dramático de seriado de detetives que tinham esperança de que alguém algum dia produzisse baseado em suas vidas. Eles me acenaram com a mão para que eu entrasse na sala e começaram e empurrar uns aos outros no sofá para me dar lugar, mas eu disse:

— Não precisa, eu tô legal, estou pensando em...

— Vá nessa, então! Boa menina.

Eu poderia ter dito qualquer coisa: "Estou pensando em colocar fogo na casa" ou "Vou dar uma passadinha na casa dos Kilfeather para ficar de sacanagem com Angela e a namorada dela" e a reação deles teria sido a mesma. Estavam imersos em um estado profundo e inalcançável, similar ao transe, e continuariam assim por mais uma hora. Fechei a porta da sala de televisão com determinação, peguei o telefone do corredor e o levei para a sala da frente, onde eu ficava.

Olhei para a maquininha fabulosa. Telefones sempre me pareceram mágicos por conseguirem conectar os mais distantes e improváveis pontos geográficos. Sei que existe uma explicação perfeitamente válida para como isso acontece, mas nunca deixo de me maravilhar com a espantosa quantidade de pessoas em lados opostos dos oceanos que são capazes de conversar umas com as outras.

Meu coração martelava no peito e eu estava esperançosa — a palavra certa é empolgada. Para onde eu deveria discar? Não para o trabalho, pois alguma outra pessoa poderia atender. O celular era a melhor opção, mas eu não sabia o que acontecera com o aparelho, talvez a linha estivesse até mesmo desligada; mas depois de teclar o número e esperar o telefone tocar, tocar e tocar mais de mil vezes, ouvi um clique e então a voz dele. Não era a sua voz de verdade, apenas uma mensagem, mas aquilo foi o bastante para me tirar o fôlego:

"Olá, aqui é o Aidan. No momento não posso atender, mas deixe um recado e eu ligarei de volta assim que puder."

— Aidan — ouvi minha voz dizer. Ela me pareceu trêmula. — Sou eu Você está bem? Dá para você me ligar de volta assim que puder? Ligue mesmo, por favor. Ahn... O que mais? Eu te amo, baby. Espero que você saiba disso.

Desliguei, tremendo, meio tonta, mas muito animada; ouvira a voz dele. Mas sabia que logo depois eu ia desmoronar. Deixar mensagens no celular não era suficiente.

Eu podia mandar um e-mail para ele, mas isso também não seria o bastante. Eu tinha de voltar a Nova York para tentar encontrá-lo.

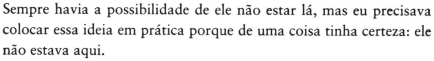

Sempre havia a possibilidade de ele não estar lá, mas eu precisava colocar essa ideia em prática porque de uma coisa tinha certeza: ele não estava aqui.

Silenciosamente, recoloquei o telefone sobre a mesinha do corredor. Se eles descobrissem o que eu tramava, não haveria a mínima chance no mundo de me deixarem ir.

CAPÍTULO 5

Como conheci Aidan

Em agosto do ano retrasado a Candy Grrrl preparava o lançamento de uma nova linha de produtos para a pele chamada Rosto do Futuro (o creme para os olhos se chamava Olhos do Futuro, o creme labial tinha o nome de Lábios do Futuro e... Vocês entenderam o espírito da coisa). Como eu vivia constantemente em busca de novas e criativas formas de seduzir os editores das revistas de beleza, um belo dia, no meio da noite, uma lampadinha se acendeu sobre minha cabeça como nos desenhos animados. Eu fiquei ali pensando em comprar para cada editor algo relacionado ao seu próprio futuro, a fim de criar nele uma associação mental com o tema do lançamento, que era justamente esse: futuro. O "futuro" mais óbvio seria mandar fazer um mapa astral personalizado para cada um, mas isso já fora feito no lançamento do soro de desafio à idade que se chamava Veja a Si Mesma Daqui a Dez Anos. Aliás, essa história acabou em lágrimas, porque a editora assistente da revista *Britta* recebeu a previsão de que ela perderia o emprego e seu cãozinho iria fugir de casa, tudo isso em menos de um mês. (O engraçado é que embora o cãozinho tenha permanecido em casa, sua dona foi para a rua de verdade, a previsão da demissão se realizou. Isso provocou uma mudança drástica em sua carreira e ela agora atende ao público no balcão de entrada do hotel Plaza).

Em vez do mapa astral, decidi comprar aquelas carteiras de investimentos que têm o nome de "futuros". Não fazia a menor ideia sobre o que se tratavam esses tais "futuros", só sabia que as pessoas ganhavam milhões trabalhando em Wall Street. Só que eu não consegui marcar hora com nenhum analista de "futuros", mesmo me mostrando disposta a pagar mil dólares de cada segundo do seu tempo. Tentei vários e fui barrada todas as vezes. A essa altura eu já estava arrependida de ter começado a aventura, mas cometi o erro de comentar com Lauryn sobre a ideia luminosa, e Lauryn gostou muito, tanto que me vi forçada a procurar bancos cada vez menos famosos, até que finalmente achei um corretor de títulos que trabalhava em um banco do centro. Ele concordou em me receber só porque enviei para Nita, sua assistente, toneladas de produtos grátis, com a promessa de mandar mais se ela me conseguisse acesso ao sujeito.

E lá fui eu, aproveitando a rara oportunidade de me despir ao máximo das minhas roupas e enfeites malucos. Podem deixar que eu explico: todos os publicitários da McArthur são obrigados a assumir a personalidade da marca que representam. As garotas que trabalhavam para a conta da EarthSource, por exemplo, eram todas meio rústicas e usavam roupas parecidas com saco de batata, enquanto as da Bergdorf Baby eram clones de Carolyn Bessett Kennedy, todas com a pele absurdamente pálida, cabelos sedosos e um refinamento tal que pareciam pertencer a outra espécie (não humana). Como o perfil da Candy Grrrl era rebeldia e porralouquice, eu tinha de me vestir de acordo, mas fiquei de saco cheio disso rapidinho. Esquisitice é coisa para garotas novas. Eu tinha trinta e um anos e estava cansada de combinar cor-de-rosa com laranja.

A empolgação foi total diante da oportunidade de me vestir de forma sóbria, os cabelos gloriosamente libertos de penduricalhos completamente idiotas e montes de acessórios exóticos. Vesti um terninho azul-marinho (tudo bem, confesso que a saia era cheia de estrelinhas prateadas, mas aquela era a roupa mais careta que eu tinha) e fui trotando pelo décimo oitavo andar em busca da sala do sr. Roger Coaster, passando pelo corredor com ar de gente bem-vestida e competente. Estava em devaneio, desejando secretamente trabalhar usando terninhos cortados sob medida quando virei uma esquina e várias coisas aconteceram ao mesmo tempo.

Vinha um homem na direção oposta e nós esbarramos um no outro com tanta violência que minha bolsa escapou da mão e caiu, espalhando pelo chão todo tipo de coisas embaraçosas que estavam lá dentro (incluindo os óculos falsos que eu comprara para parecer mais inteligente e minha bolsinha de moedas onde se lê "Põe no meu cofrinho").

Na mesma hora nós dois nos abaixamos para recolher as tralhas, tentamos pegar os óculos simultaneamente e demos uma baita cabeçada, emitindo um estranho som de castanholas. Exclamamos "Desculpe!" ao mesmo tempo. Ele tentou massagear minha testa vermelha, mas tudo o que conseguiu foi derramar café escaldante na minha mão. Obviamente eu não podia soltar gritos lancinantes de dor, pois estava em um lugar público. O máximo que podia fazer era aliviar a cabeça com força para os lados em uma tentativa de espalhar a dor. Enquanto fazia isso e dava graças pelo café não ter feito estragos maiores na minha pele, percebemos que a frente da minha blusa branca parecia uma pintura de Jackson Pollock.

— Sabe de uma coisa? — comentou o homem — ... Com um pouco mais de ensaios nós poderíamos transformar isso em um número cômico.

Nos levantamos e, apesar de ele ter queimado minha mão e arruinado minha blusa, gostei da sua aparência.

— Você me permite...? — Ele apontou para minha mão queimada, mas não a tocou. As leis contra assédio sexual são tão severas em Nova York que os homens muitas vezes evitam entrar em um elevador onde há apenas uma mulher, só para se garantirem de que ela não vai acusá-los de tentar enfiar a mão por baixo da sua saia, mesmo sem testemunhas.

— Claro. — Eu estiquei o braço na direção dele. A não ser pelas marcas vermelhas provocadas pela escaldadura, minha mão era motivo de orgulho para mim. Era difícil vê-la tão bem cuidada. Todos os dias eu passava Mãos ao Alto!, da Candy Grrrl, nosso creme super-hidratante, e as minhas unhas de acrílico estavam recém-pintadas com o esmalte Candy Wrapper (prata). Além disso, eu também acabara de me depilar. Fora completamente "desengori-

Tem Alguém Aí?

lada", algo que sempre me deixa alegre, saltitante e descontraída. É que tenho os braços muito cabeludos, entendem? (nossa, só Deus sabe como é difícil falar disso), mas o fato é que alguns dos pelos dos meus braços, eles... Ahn... Continuam pelas costas das minhas mãos. A verdade nua e crua é que, se eu deixar que eles cresçam soltos, minhas mãos vão ficar parecidas com os pés dos hobbits. (Só para conferir... Alguém mais sofre disso por aí ou eu sou a única?)

Em Nova York, depilação total com cera é tão necessária à sobrevivência quanto respirar. A criatura só é aceita como uma pessoa decente se o seu corpo for quase completamente careca. Você pode manter os cabelos da cabeça, as pestanas e duas fileirinhas de sobrancelhas, mas só isso e *apenas isso*. Todo o resto deve dançar. Até os pelinhos que ficam dentro das narinas devem ser arrancados, uma barra que eu ainda não consegui encarar. Mas vou ter que passar por isso se quiser continuar a minha carreira de sucesso na área de beleza.

— Eu sinto muito, de verdade — disse o homem.

— Que nada, foi apenas um ferimento superficial — repliquei. — Não precisa pedir desculpas, não foi culpa de ninguém, apenas um terrível, terrível, *terrível* acidente. Deixe pra lá.

— Mas você queimou a mão. Será que ainda vai conseguir tocar violino?

Nesse instante eu reparei na testa dele. Um ovo parecia estar tentando brotar da pele.

— Minha nossa, você está com um galo na testa.

— Estou?

Ele afastou os cabelos castanho-alourados que lhe haviam caído na testa. Sua sobrancelha direita era dividida em duas por um risquinho prateado discreto, resquício de uma cicatriz. Eu reparei nisso porque minha sobrancelha direita também é assim.

Com muito cuidado, ele massageou o galo.

— Ai! — gemi, franzindo a testa em solidariedade à sua dor. — Um dos mais brilhantes cérebros da nossa época.

— E bem quando ele estava no limiar de uma nova descoberta. Perdeu-se para sempre. — Ele pronunciou "para sempre" desse jeito: "para sêimpre", como se fosse de Boston. Então olhou para o meu crachá e exclamou: — Você é uma visitante? ("visitâinte"). Quer que eu lhe mostre onde fica o toalete?

— Obrigada, eu estou bem.

— Mas e quanto à sua blusa?

— Vou fingir que estou lançando moda. Não esquente, estou ótima.

— Está mesmo? Jura?

Eu jurei, ele perguntou se eu tinha certeza, eu disse que tinha e aí eu perguntei se ele estava legal, ele me garantiu que estava, e então ele foi embora com o que restara do café enquanto eu me senti meio vazia ao continuar pelo corredor em busca da sala do sr. Coaster.

Tentei fazer com que Nita explicasse ao sr. Coaster por que minha blusa estava toda cagada de café, mas ela mostrou interesse zero:

— Você trouxe a encomenda? A base em tom de...

— ... Caramelo-claro — falamos ao mesmo tempo. Havia uma lista de espera de um mês para a base caramelo-claro.

— Sim, ela está aqui — garanti. — Tem um monte de outras coisinhas também.

Ela começou a rasgar o invólucro da caixa da Candy Grrrl. Eu fiquei ali em pé diante dela, esperando. Alguns minutos depois ela ergueu os olhos e viu que eu continuava ali em pé, na frente dela.

— Tá legal, pode entrar — cedeu, com certa irritação na voz, apontando para uma porta fechada.

Bati e entrei, eu e minha blusa cagada, na sala do sr. Coaster.

O tal sr. Coaster era um baixinho metido a garanhão conquistador. Assim que me apresentei ele piscou o olho duas vezes para mim e exclamou:

— U-la-lá! Estou identificando um sotaque?

— Hummm. — Olhei para a foto dele com os dois filhos (suponho que fossem) e a esposa com um ar duro e frio como aço.

— Inglesa ou irlandesa?

Tem Alguém Aí?

— Irlandesa. — Lancei outro olhar significativo para o porta-retratos e ele o virou meio de lado, para que eu não pudesse mais enxergar a foto.

— Então, sr. Coaster, vim falar sobre os tais "futuros".

— E'tão, zinhô Coastâ, vim falá zobre osh taish futuroz... Adorei ouvir isso! Continue falando!

— Rá-rá-rá — ri educadamente, enquanto pensava: *"Babaca!"*

Levou algum tempo até eu conseguir convencê-lo a me levar a sério, e poucos segundos depois disso descobri que o mercado de "futuros" nada mais é do que uma coisa conceitual. Eu não podia sair sapateando pela porta com um punhado de atraentes "futuros", levá-los para minha sala na McArthur, colocá-los em caixas artesanais da Kate's Paperie e mandar entregá-los nos dez mais poderosos editores de moda e beleza em Nova York. Ia ter que descolar outra ideia luminosa, mas não fiquei tão desapontada quanto devia porque me lembrei do carinha que esbarrara em mim. Aquilo devia significar *algo*. E não era só pela coincidência das cicatrizes na sobrancelha no estilo "ele & ela". O problema era que quando eu fosse embora do prédio as chances de nunca mais vê-lo em toda a minha vida eram altíssimas. A não ser que fizesse algo a respeito. Quem não arrisca, não petisca (e, mesmo assim, nem sempre funciona).

Primeiro, teria de encontrá-lo e este banco é bem grande. Depois, se eu o encontrasse, o que deveria fazer? Enfiar meu dedo no café e chupá-lo de maneira provocante? Imediatamente, listei os poréns: a) o calor do café poderia fazer derreter a cola da minha unha acrílica, fazendo com que ela descolasse e ficasse boiando no líquido como a barbatana de um tubarão; b) pensando bem, era uma coisa bem ridícula de se fazer.

O sr. Coaster explicava alguma coisa em detalhes enquanto eu balançava a cabeça e sorria, mas eu estava a quilômetros dali, nos meandros mais profundos da minha cabeça, empacada em uma encruzilhada de indecisões.

Então, como se uma luzinha tivesse se acendido na escuridão do meu cérebro, armei um esquema e decidi colocá-lo em ação.

Subitamente eu tive certeza: ia ser sincera e honesta, e resolvi convocar a ajuda do sr. Coaster. Sim, uma estratégia pouco profissional, eu sei. Totalmente inadequada, eu reconheço. Mas o que eu tinha a perder?

— Sr. Coaster! — eu o interrompi de forma educada. — Ao vir para cá, esbarrei num cavalheiro em pleno corredor, e isso fez com que ele derrubasse o café que trazia na mão. Eu gostaria de lhe pedir desculpas antes de ir embora. — Comecei a falar mais depressa: — Ele é alto, ou pelo menos eu acho que é, embora eu seja tão baixinha que todo mundo parece alto perto de mim, até o senhor.

Merda.

A expressão do sr. Coaster se tornou dura e severa no mesmo instante. Mas eu continuei a pressioná-lo, tinha de fazer isso. Como poderia lhe descrever o homem misterioso?

— Ele é meio pálido, mas não de um jeito negativo, entende? Não parece doente, nem nada disso. Seus cabelos são castanhos bem claros, mas dá para ver que ele era lourinho quando criança. Quanto aos olhos, tenho a impressão de que são verdes...

O rosto duro do sr. Coaster continuou fechado e impassível. Se estivéssemos em um torneio de expressões de pedra ele deixaria as estátuas da ilha de Páscoa comendo poeira. Ele me cortou logo em seguida:

— Receio não poder ajudá-la.

Com a rapidez de um relâmpago eu me vi do lado de fora da sua sala e a porta atrás de mim foi fechada com determinação.

Nita analisava o próprio rosto no espelhinho do pó-compacto. Pelo jeito, ela havia testado todos os produtos ao mesmo tempo, como uma garotinha que fica alucinada quando descobre a gaveta de maquiagem da mãe.

— Nita, será que você poderia me ajudar?

— Anna, estou totalmente *apaixonada* por este brilho labial...

— Preciso achar um homem.

— Ah, então seja bem-vinda a Nova York e entre na fila. — Ela nem ergueu os olhos do espelho. — Procure o site *eight-minute dating*. Eles promovem encontros rápidos. É como o *speed-dating*, só que mais devagar. Você tem oito minutos, em vez de três, para

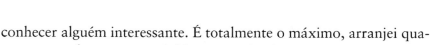

conhecer alguém interessante. É totalmente o máximo, arranjei quatro namorados em potencial logo no primeiro acesso.
— Não é qualquer homem. Ele trabalha aqui. Ele é muito alto e... e... — Não havia jeito de escapar e fui obrigada a dizer: — Ahn.. Humm... Ele é lindo. Tem uma cicatriz pequenininha na sobrancelha e um sotaque de quem veio de Boston.
De repente ela ficou interessada e ergueu a cabeça:
— Um cara parecidão com Dennis Leary, só que mais novo?
— Isso!
— Aidan Maddox, da TI. Ele trabalha lá adiante, neste andar mesmo. Vire à esquerda, esquerda outra vez, duas vezes à direita e você vai dar na baia dele.
— Obrigada. Só mais uma coisinha: ele é casado?
— Aidan Maddox? Ah, qual é?... Não, ele não é casado. — Ela soltou uma risadinha como quem diz: "... E provavelmente nunca vai se casar."

Eu o encontrei e fiquei parada atrás dele, olhando para suas costas e torcendo para ele se virar.
— Oi! — disse eu, muito afável.
Ele girou o corpo muito depressa, como se tivesse levado um susto.
— Ahn? — exclamou. — Oi! É você! Como vai sua mão?
Eu a estendi para ele dar uma olhada.
— Liguei para meu advogado e o processo contra você já está sendo montado — avisei. — Escute, que tal sairmos para tomar um drinque, qualquer hora dessas?
Ele ficou com a cara de quem tinha acabado de ser atropelado por um trem.
— Você está me convidando para um drinque?
— Estou — confirmei, com a voz firme. — Estou, sim.
Depois de alguns instantes ele perguntou, parecendo perplexo:
— Mas... E se eu recusar?
— Não dá pra ficar muito pior, né? Você já me escaldou com café, mesmo.

Ele olhou para mim com uma expressão muito parecida com a de desespero e o silêncio se alongou por um tempo interminável. Ouvi uma explosão abafada (deve ter sido minha autoconfiança) e de repente fiquei com uma vontade louca de ir embora dali.

— Você tem um cartão? — ele perguntou.

— Claro! — Eu sabia reconhecer uma rejeição de longe.

Vasculhei minha bolsa tentando pescar a carteira e lhe entreguei um retângulo rosa-choque fluorescente com "Candy Grrrl" escrito em letras vermelhas brilhantes e em relevo. Embaixo, em letras menores, vinha escrito "Anna Walsh, relações-públicas superstar". No canto superior direito estava o famoso logotipo da garota piscando e mostrando os dentes num "Grrr".

Nós dois ficamos olhando para o cartão. Então eu enxerguei tudo pelos olhos dele.

— Bonitinho — ele disse. Novamente pareceu confuso.

— Sim, ajuda a passar uma impressão de seriedade — expliquei. — Bem... Ahn... *Sayonara*. (Nunca, em toda a minha vida, eu disse *sayonara* para alguém.)

— Sim, então... *Sayonara* — respondeu ele, ainda perplexo.

Dei no pé rapidinho.

Então é isso... A gente ganha uma rodada, perde outra, tem um monte de peixes de onde esse veio, etc. O interessante é que eu costumo gostar de judeus ou italianos; homens morenos e baixos fazem mais o meu estilo.

Mas naquela noite eu acordei às três e quinze da manhã pensando em Aidan. Eu realmente achei que havia algo entre nós. Se bem que eu já tivera outros encontros intensos em Nova York que, no fim, não resultaram nem mesmo em amizade. Como aquela vez em que um homem puxara conversa comigo dentro do metrô sobre um livro que eu estava lendo (Paulo Coelho, que eu *não* consegui entender). Batemos o maior papo a viagem toda até Riverdale e eu lhe contei um monte de coisas a meu respeito, como meu interesse adolescente pelo misticismo, coisa que me deixa envergonhada agora, e ele me contou sobre o seu emprego noturno em uma empresa de limpeza e as duas mulheres da sua vida entre as quais não conseguia escolher.

Tem Alguém Aí?

E teve também a garota que eu conheci no festival Shakespeare in the Park — nós duas não conseguimos lugar sentadas e ficamos de papo enquanto esperávamos. Ela me contou tudo a respeito dos seus gatos birmaneses e de como eles a ajudaram de tal forma a superar um período de depressão que ela conseguiu reduzir a dose de Cipramil de 40 mg para apenas 10 mg.

Isso é a cara de Nova York: duas pessoas se conhecem, contam, uma à outra, absolutamente tudo sobre suas vidas, criam uma ligação *genuína* e depois nunca mais na vida tornam a se ver. É muito legal. Quase sempre.

Eu não queria que meu encontro com Aidan fosse desse tipo, e nos dias que se seguiram fiquei meio na expectativa cada vez que o celular tocava ou um e-mail chegava, mas... *nothing happened.*

CAPÍTULO 6

Helen batucava no teclado de um computador Amstrad jurássico que ficava no hall da nossa casa, em cima do carrinho de chá (se você quisesse enviar um e-mail, tinha que abrir as abas do carrinho e sentar em um banco baixinho com os joelhos colados nas prateleiras quentes).

— Para quem você está mandando esse e-mail? — perguntei.

Helen virou a cabeça para me olhar na porta, franziu a testa à visão das franjas dos estofados e respondeu:

— Para ninguém. Estou escrevendo uma coisa... Ahn... É um roteiro para a tevê. É sobre uma detetive.

Fiquei pasma e muda. Helen vivia dizendo que era praticamente analfabeta, e chegava mesmo a se gabar disso.

— É ótimo colocar tudo para fora — explicou ela. — Tenho muito material e o texto está muito bom. Vou imprimir o início para você.

A impressora da Idade da Pedra rangeu e guinchou, por quase dez minutos, e então Helen arrancou uma única página com um floreio e a entregou para mim. Ainda muda, eu li.

ESTRELA DA SORTE

de Helen Walsh, baseado em fatos reais

Cena Um: Sala de uma agência de detetives pequena, mas valorosa. Duas mulheres em cena, uma jovem e linda (eu) e a outra velha e feia (mamãe). A jovem está com os pés sobre a mesa.

Tem Alguém Aí?

A velha não está com os pés sobre a mesa por causa do reumatismo. Dia calmo. Tranquilo. Chato. Um carro estaciona do lado de fora. Um homem entra. Bonitão. Pés grandes. Olha em volta.

    Eu: Em que posso ajudá-lo?
    Homem: Estou procurando uma mulher.
    Eu: Isto aqui não é um bordel.
    Homem: Não, eu quis dizer... Procuro minha namorada. Ela está desaparecida.
    Eu: Já perguntou por ela aos rapazes de farda azul?
    Homem: Sim, mas eles não podem procurá-la antes de completar vinte e quatro horas desaparecida. Além do mais, eles acham que nós tivemos uma briga, simplesmente.
    Eu (Tirando os pés da mesa, estreitando os olhos e me inclinando para a frente.): E vocês brigaram?
    Homem (Com cara de desconsolo.): Sim.
    Eu: Qual o motivo da briga? Outro homem? Alguém com quem ela trabalha?
    Homem (Ainda desconsolado.): Sim.
    Eu: Ela anda trabalhando até tarde ultimamente? Passa muito tempo como esse colega?
    Homem: Sim.
    Eu: Isso não está me cheirando bem, mas a grana é sua. Podemos tentar encontrá-la. Passe todos os detalhes para aquela velha ali.

    — Excelente, não acha? — perguntou Helen. — Especialmente a fala sobre ali não ser um bordel. E sobre a grana ser dele também. Pura adrenalina, não acha?
    — Sim, está muito bom.
    — Vou escrever mais um pouco amanhã, talvez possamos até encenar esse pedaço. Muito bem, agora é melhor eu me preparar para ir trabalhar.
    Às dez da noite, mais ou menos, ela reapareceu na minha porta; vinha no estilo clássico de quem vai vigiar alguém (roupa escura,

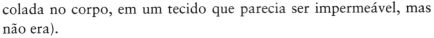

colada no corpo, em um tecido que parecia ser impermeável, mas não era).

— Você precisa de ar fresco — afirmou ela.

— Já peguei muito ar fresco de manhã cedo. — Nem pensar em sair! Não ia ficar sentada atrás de um arbusto durante doze horas esperando ela tirar fotos de algum adúltero saindo do apartamento da amante.

— Mas eu quero que você vá comigo.

Embora eu e Helen fôssemos completamente diferentes, éramos muito ligadas, talvez pelo fato de sermos as mais jovens. Seja qual for a razão, Helen me trata como uma extensão dela mesma, a parte que levanta para pegar copos d'água para ela no meio da noite. Sou a coleguinha de brincadeiras dela/ seu brinquedo/ sua escrava/ sua melhor amiga e, nem precisa acrescentar, tudo que eu tenho passa a ser automaticamente dela.

— Não posso ir — expliquei. — Estou toda quebrada.

— Papo-furado! — exclamou ela. — Furadíssimo!

Não é que ela tentasse ser cruel, nada disso. É que minha família não curte muito esse lance de sentimentalismo exagerado. Eles acham que isso só serve para deixar a pessoa mais chateada do que já está. Pentelhar o outro de forma implacável e sem concessões, esse é o *modus operandi* lá de casa.

Mamãe apareceu no quarto, e Helen apontou para mim, me acusando:

— Mamãe, ela não quer ir comigo, vai ter que ser a senhora.

— Não posso ir. — Com ar dramático, ela lançou os olhos rapidamente na minha direção como se eu fosse uma doente mental... E cega. — É melhor eu ficar aqui com ela.

— *Ding*-dong! Se liguem, qual é? — reclamou Helen. — Vou passar a noite toda sentada ao lado de uma sebe úmida e nenhuma das duas dá a mínima.

— É claro que nos preocupamos. — Mamãe fez surgir algo do bolso e entregou a Helen. — Pastilhas de vitamina C. Isso vai acabar com suas dores de garganta.

— Não. — Helen fez uma careta, recuou um pouco e isso confirmou uma coisa da qual eu sempre suspeitara: ela, na verdade, curtia

Tem Alguém Aí?

as dores de garganta, porque isso era um pretexto para ela ficar na cama o dia todo tomando sorvete e sendo rabugenta com todo mundo.

— Tome a vitamina C!
— Não.
— Tome a vitamina C!
— Não.
— TOME ESSA BOSTA DE VITAMINA C!
— Caraca, também não é preciso ter um filho pela boca! Tá legal, eu tomo, mas não vai adiantar nada.

Depois de ela sair de casa batendo a porta, mamãe pegou a listinha escrita em um pedaço de papel e me administrou a última dose de medicamentos do dia.

— Boa-noite, querida — disse ela. — Durma bem. — Com um ar de ansiedade, acrescentou: — Não gosto de largar você aqui embaixo sozinha, com todo mundo lá em cima.

— Tá tudo bem, mãe. Com esse joelho estourado é muito mais prático eu ficar aqui embaixo.

— Eu me culpo por isso — desabafou, com súbita emoção.

Ela se culpava? Que papo era esse?

— Se pelo menos morássemos em uma casa pequena, de um andar só, poderíamos ficar todos juntos. Nós bem que fomos ver uma desse tipo para comprar, seu pai e eu, antes de vocês todas nascerem. Era uma casinha só com um andar, mas ficava longe do trabalho dele. E tinha um cheiro esquisito. Mas agora eu me arrependo.

Essa foi a segunda vez que eu via mamãe preocupada naquele dia. Isso era inédito. Geralmente ela era tão dura quanto os bifes que costumava preparar, antes de a gente implorar para que parasse.

— Mas, mãe, eu estou ótima. Não fique desse jeito, não se sinta culpada.

— Sou mãe, meu papel é me sentir culpada. — Com mais um transbordar de ansiedade, perguntou: — Você não está tendo pesadelos?

— Não, nadica de pesadelos mamãe. Não tenho sonhos de nenhum tipo. — Deve ser por causa dos remédios.

Ela franziu as sobrancelhas.

— Isso não está certo — afirmou. — Você devia estar tendo pesadelos.

— Vou tentar — prometi.

— Boa menina! — Ela me beijou a testa e apagou a luz. — Você sempre foi uma boa menina — disse, em voz alta, parada em frente à porta. — Um pouco esquisita, às vezes, mas uma boa menina.

CAPÍTULO 7

Para ser franca, eu não sou assim tão esquisita — bem, pelo menos não mais que a maioria. Simplesmente não sou igual ao povo lá de casa. Minhas quatro irmãs são todas barulhentas, imprevisíveis e — como elas mesmas seriam as primeiras a reconhecer — adoram armar um bom barraco. Um mau barraco também serve. Qualquer tipo de barraco, aliás. Elas sempre acharam que bater de frente é um meio perfeitamente legítimo de comunicação. Passei minha vida toda observando-as como um camundongo observa um gato, todo encolhidinho e silencioso, um minúsculo ácaro de saia com franja, com a seguinte teoria: se ninguém percebesse que eu estava ali, não tinha como começar uma briga comigo.

Minhas irmãs mais velhas — Claire, Maggie e Rachel — são exatamente como mamãe: mulheres altas, fabulosas, com opiniões rígidas a respeito de tudo. Elas parecem pertencer a uma raça diferente da minha, e eu sempre fiz questão de não discordar delas em nada, porque qualquer coisinha que eu falasse seria esmagada pelas rochas das suas certezas robustas, sempre apregoadas aos berros.

Claire, a primeira a nascer, acaba de completar quarenta anos. Apesar desse infortúnio, continua sendo uma mulher determinada, de alto-astral, que "sabe como se divertir de verdade" (eufemismo para "uma baladeira descontrolada"). Há muitos anos sua vida passou por um pequeno percalço, quando seu marido, o arrogante James, a abandonou no mesmo dia que a primeira filhinha deles nasceu. Isso a deixou completamente atordoada por mais ou menos... Deixe ver... Quase meia hora, mas ela se levantou, sacudiu a poeira e deu a volta por cima. Conheceu outro cara, Adam, teve o bom-senso de se certificar de que ele era mais novo do que ela e fácil de ser mantido nos trilhos. Além disso, ela também teve o cuidado de descolar um gato absurdamente lindo, moreno, sarado, de ombros largos e, segundo Helen (não me perguntem como é que ela sabe), um bilau bonito e grande. Além de Kate, a "criança abandonada", Adam e Claire tiveram mais dois filhos e moram em Londres.

Segunda irmã: Maggie, a santinha-baba-ovo. Três anos mais nova que Claire, Maggie se distingue por se recusar terminantemente a criar problemas. Porém — e esse é um grande porém —, é bem capaz de se cuidar e de se defender. Quando enfia uma ideia na cabeça é tão teimosa quanto uma mula. Maggie mora em Dublin, a menos de dois quilômetros de papai e mamãe (viram só?... Baba-ovo).

Em seguida vem Rachel, um ano mais nova que Maggie e filha do meio entre nós cinco. Mesmo antes de começar a sair de um lado para outro com Luke, ela já causava furor por onde passava: era sexy, divertida, meio doida e seu pequeno problema acabou virando um problemão. Provavelmente o pior da família toda — pelo menos até o que aconteceu comigo. Há alguns anos, quando morava em Nova York, ela desenvolveu uma quedinha pela caspa do diabo (cocaína). O meio de campo ficou meio embolado e, depois de uma dramática tentativa de suicídio, ela aterrissou em uma caríssima clínica de reabilitação irlandesa.

Muito cara meeesmo! Mamãe vive repetindo que com a grana que eles gastaram daria para os dois embarcarem no Orient Express até Veneza e ficarem em uma suíte no Cipriani por um mês. Depois ela se corrige, depressinha, sem ser muito convincente, e diz que a felicidade de uma filha não tem preço.

Mas justiça seja feita: Rachel também é, provavelmente, a história de maior sucesso da família Walsh. Mais ou menos um ano depois de sair da clínica ela entrou para a faculdade, se formou em psicologia, fez mestrado em tratamento de dependentes de drogas e agora trabalha em uma clínica de desintoxicação em Nova York.

Depois dos anos que passou completamente doidaraça, acha muito importante se sentir uma pessoa "de verdade", uma ambição muito louvável, por sinal. O único detalhe chato disso é que ela ficou "certinha" demais. Fala sempre, com ar de aprovação, das pessoas que "trabalham sua psicologia". E quando ela está com seus amigos da "recuperação", eles às vezes zoam das pessoas que nunca fizeram terapia na vida: "O quê?!... Quer dizer que ela ainda usa a mesma personalidade que seus pais lhe deram na infância?" Essa é a zoação deles, sacaram? Mas quando a gente consegue raspar um pouco da seriedade de Rachel ainda dá para encontrar uma versão da velha garota ligada que se divertia pra valer.

A seguinte na linha sucessória sou eu, três anos e meio mais nova que Rachel.

Por último, segurando a lanterna, vem Helen, que tem suas próprias leis. As pessoas a amam e a temem com a mesma intensidade. Ela é completamente original — destemida, pouco diplomática e determinada a ser do contra. Por exemplo, quando montou sua agência de detetives (a Lucky Star Investigadores), ela poderia ter alugado um lindo escritório na Dawson Street, com direito a *concierge* e recepcionista na entrada. Em vez disso, porém, se instalou em um prédio todo pichado onde as lojas vivem de portas fechadas e jovens desconfiados com casaco e gorro passam de bicicleta distribuindo papelotes.

O lugar é incrivelmente hostil e deprimente, mas Helen adora.

Embora eu não a compreenda por completo, Helen é como se fosse uma irmã gêmea... A gêmea nebulosa. Ela é a versão descarada e corajosa de mim mesma. E apesar de me zoar o tempo todo (nada pessoal, ela faz isso com todo mundo), é leal a ponto de sair no tapa para me defender.

Para ser franca, todas as minhas irmãs são capazes de sair no tapa para me defenderem. Embora seja normal uma voar no pescoço da outra, são capazes de matar alguém de fora que tente fazer isso.

Tudo bem, eu sei que elas viviam dizendo que eu era desligada, que eu passeava com as fadas e costumavam gritar "Alô!.. Planeta Terra chamando Anna! Câmbio!" e coisas desse tipo, mas a verdade é que havia motivos para tal comportamento: obviamente eu não era muito conectada com a realidade. Por que deveria ser?, eu costumava me perguntar, já que a realidade não me parecia um lugar muito agradável. Toda oportunidade que eu tinha de escapar, agarrava. Costumava ler, dormir, me apaixonar e projetar casas mentalmente onde eu tinha um quarto só meu e não precisava dividir nada com Helen. Realmente eu não era uma pessoa nem um pouco prática.

Além disso, é claro, ainda havia as saias com franjas.

É constrangedor reconhecer, mas a partir do fim da adolescência eu passei a usar várias saias com franjas, saias daquelas muito compridas, meio riponga, e algumas tinham até mesmo — caraca, que mico! — um monte de espelhinhos pregados. Por que, *por quê*? Tudo bem que eu era jovem e meio destrambelhada, mas fala sério! Sei que todo mundo tem vergonha das roupas ridículas que usava quando era mais jovem, todo mundo tem podres medonhos desse tipo, mas a minha fase de usar roupas sem-noção durou quase uma década.

Além do mais, eu parei de ir a cabeleireiros aos quinze anos, depois que eles me soltaram na rua com o cabelo igual ao da Cyndi Lauper (coitados, sabem como é, anos oitenta, ninguém tem culpa, eles não sabiam das coisas). Mas as saias compridas com franjas e espelhinhos ou o cabelo-desastre-de-trem eram café pequeno perto das ondas de choque provocadas pela história do cartão de saudações...

A história do cartão de saudações

Se você ainda não ouviu (é claro que deve ter ouvido, porque essa história é mais famosa que participante de reality show), aqui vai:

Depois que eu saí da escola, papai me arrumou um emprego em uma empresa de construção. Alguém lhe devia um favor, e o consenso lá em casa é que devia ser um favor muito grande.

Enfim, lá estava eu, ralando muito, dando o melhor de mim, sendo simpática com os operários que trabalhavam por uma merreca, quando um belo dia o sr. Sheridan, chefão do pedaço, jogou um cheque sobre a mesa e disse: "Mande isto para Bill Prescott e anexe um cartão de saudações."

Em minha defesa, devo lembrar a vocês que eu tinha apenas dezenove anos, não conhecia nada da linguagem das grandes corporações

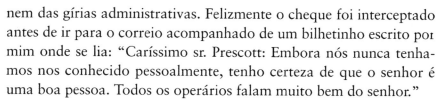

nem das gírias administrativas. Felizmente o cheque foi interceptado antes de ir para o correio acompanhado de um bilhetinho escrito por mim onde se lia: "Caríssimo sr. Prescott: Embora nós nunca tenhamos nos conhecido pessoalmente, tenho certeza de que o senhor é uma boa pessoa. Todos os operários falam muito bem do senhor."

Como é que eu poderia adivinhar que o "cartão de saudações" era simplesmente um cartão de visitas comum e não tinha nada a ver com saudação? Ninguém me avisou e eu não sou vidente (bem que eu queria ser). Foi o tipo de trapalhada que qualquer pessoa nova no serviço poderia fazer, mas acabou se tornando um evento emblemático. Tem lugar de honra no folclore da família e na convicção fortemente arraigada em todos lá de casa de que eu sou uma porra-louca.

Eles não diziam isso para me magoar, é claro, mas a verdade é que não era nada fácil.

Ainda bem que tudo mudou no dia em que conheci Shane, minha alma gêmea. (Isso aconteceu muito tempo atrás, tanto tempo, na verdade, que era aceitável dizer esse tipo de coisa sem receber sorrisinhos de deboche.) Shane e eu adorávamos ficar na companhia um do outro porque pensávamos exatamente do mesmo jeito. Sabíamos perfeitamente o que nos aguardava no futuro — ficar presos em um único lugar, acorrentados a empregos estressantes ou tediosos para podermos pagar a prestação de alguma casa horrenda — e resolvemos que tentaríamos levar a vida de forma diferente.

Foi por isso que saímos pelo mundo viajando, o que pegou tão mal lá em casa que Maggie comentou sobre nós, certa vez: "Eles disseram que iam até a esquina comprar um chocolate, e, quando fomos procurá-los, descobrimos que haviam ido para Istambul, a fim de trabalhar em um cortume." Isso nunca aconteceu. (Acho que ela está confundindo com a vez em que saímos para comprar uma cerveja e no caminho decidimos, do nada, navegar em um barco pelas ilhas gregas.)

A mitologia da família Walsh faz parecer que Shane e eu éramos uma dupla de preguiçosos que fogem do trampo, mas trabalhar em uma fábrica de latas em Munique foi dureza. Tomar conta de um bar na Grécia representou muitas horas de ralação, sem falar — o que é pior — no detalhe de ter de ser gentil com os clientes, o que, como todo mundo sabe, é a coisa mais trabalhosa do mundo. Sempre que dávamos uma passadinha em casa, na Irlanda, tínhamos de aturar zoações do tipo: "Ho-ho-ho! Cá estão eles, o casal de hippies fedorentos que andam de bicões pelo mundo afora. Escondam os doces!"

Isso nunca me traumatizou, porque eu tinha Shane e nós estávamos encasulados em nosso mundinho, onde eu sabia que viveríamos felizes para sempre.

Até que Shane terminou comigo.

Além da tristeza, da solidão, das mágoas e das humilhações que tradicionalmente acompanham um coração partido, eu me senti traída: Shane cortou o cabelo de um jeito quase respeitoso, meio careta, e arrumou um emprego. Seu trabalho, devo admitir, era em uma área alternativa, algo ligado a música digital e CDs; mas depois de vê-lo debochar do sistema desde o primeiro dia em que nos conhecemos, a velocidade com que se enquadrou no esquema me deixou zonza.

Eu estava com vinte e oito anos, não tinha nada no mundo além das saias com franjas. De repente, todos os anos que eu passei indo de um país para outro me pareceram um desperdício. Foi uma época terrível, péssima mesmo, e eu ricocheteava pela vida como uma alma perdida, sem rumo e apavorada. Foi quando Garv, o marido de Maggie, me colocou sob suas asas. Primeiro ele me conseguiu um emprego estável, e embora eu reconheça que estrear no mercado trabalhando em uma firma de atuária não é exatamente cintilante, foi um começo.

Então ele me convenceu a cursar uma faculdade e minha vida decolou, movendo-se em alta velocidade rumo a uma meta definida. Em pouco tempo eu aprendi a dirigir, comprei um carro, fiz um corte adequado no cabelo, em um estilo simples que não desse muito trabalho para manter. Em suma, levei um pouco mais de tempo do que a maioria das pessoas, mas minha vida acabou entrando nos trilhos.

CAPÍTULO 8

Como eu e Aidan nos encontramos pela segunda vez

Um sujeito que parecia um barrilzinho colocou o braço que parecia um presunto tender sobre meu ombro, balançou um saquinho plástico cheio de pó branco na minha cara e perguntou:

— E aí, Mortícia, vai um pouco de coca?

Eu me desvencilhei dele e respondi, com toda a delicadeza:

— Não, obrigada.

— Ah, qual é? — reagiu ele, um pouco alto demais para meu gosto. — Isso aqui é uma festa!

Procurei pela porta. Aquilo era terrível. A gente imagina que juntando um loft elegantérrimo com vista para o rio Hudson com um sistema de som profissional, uma tonelada de drinques e um monte de gente o resultado é uma superfesta.

Só que alguma coisa não estava dando certo. Eu culpava Kent, o carinha que ofereceu a festa. Ele era um banqueiro com porte atlético e o lugar transbordava de clones dele. O problema com caras desse tipo é que eles não precisam de nada para aumentar sua autoconfiança. Já são bad boys *au naturel*, sem precisar adicionar cocaína à mistura.

Todo mundo parecia estiloso demais, com um quê de desespero no olhar, como se a coisa crucial da vida fosse se divertir.

— Meu nome é Drew Holmes. — O sujeito balançou o saquinho de coca mais uma vez na minha frente. — Vamos lá, só um tequinho, você vai se amarrar no lance.

Era o terceiro cara que me oferecia drogas, e eu achei isso até bonitinho. Era como se eles tivessem acabado de descobrir o mundo das drogas.

— Os anos oitenta nunca vão morrer! — disse eu, à guisa de incentivo. — Não quero não, obrigada. Não quero *mesmo*.

— Muito radical para você?

— Isso mesmo, é muito radical.

Olhei em volta, à procura de Jacqui. Ela era a culpada de tudo, porque trabalhava com o irmão de Kent. Não a encontrei. Tudo o que vi foram montes de cabeças de melão com pupilas dilatadíssimas, sem falar nas garotas *trash* bebendo vodca direto da garrafa, estilo pistoleiras. Mais tarde eu descobri que Kent tinha espalhado aos quatro ventos que queria na sua festa algumas garotas que tivessem saído há menos de seis meses de uma clínica de desintoxicação e estivessem no último degrau da promiscuidade. A verdade é que antes mesmo de eu saber disso já havia sacado que ele era um cara asqueroso.

— Fale um pouco a seu respeito, Mortícia. — Drew Holmes continuava no meu pé. — Em que você trabalha?

Nem disfarcei o suspiro. Ia começar tudo de novo. A festa já estava um pé no saco por causa da galera que trabalhava sua "rede de contatos", mas — a pedido deles, devo acrescentar — eu já tinha explicado sobre meu trabalho para dois outros caras, e nenhum dos dois ouviu uma única palavra do que eu disse; ficaram só esperando eu parar de falar para poderem recitar um longo monólogo sobre o quanto eram o máximo. A cocaína realmente estraga a arte da conversa.

— Eu faço test drive em sapatos ortopédicos — respondi.

— Que legal! — Ele respirou fundo antes de se lançar no espaço. — Eu trabalho com blá-blá-blá... Toneladas de grana... Eu, eu mesmo, faço tudo sozinho, sou fabuloso, blá-blá-blá, vou ser promovido, blá-blá-blá, ralo muito o tempo todo, eu, meu, isso também é meu, pertence a mim, meu apartamento caro, meu carro caro, minhas férias caríssimas, meus esquis topo de linha, meu, meu, meu, meu, MEEEEU...

Tem Alguém Aí?

Neste instante um canapé (que veio em alta velocidade, mas me pareceu um mini-hambúrger) bateu no pé do ouvido do carinha, e, assim que ele virou a cabeça, procurando quem arremessara o torpedo, com os olhos explodindo de raiva, eu saí de fininho.

Resolvi que ia cair fora. Por que tinha ido àquela festa, para começo de conversa? Pois é... Por que alguém vai à festa de uma pessoa que nunca viu? Para conhecer homens, é claro. O mais engraçado é que eu não sabia o que estava acontecendo com o movimento dos planetas, mas a verdade é que fazia duas semanas que estava chovendo na minha horta. Nunca tinha me acontecido algo desse tipo.

Jacqui e eu tínhamos ido ao encontro tipo *speed-dating* de oito minutos sobre o qual Nita me falara na sala de Roger Coaster. Eu consegui três pretendentes: um arquiteto bonitão e interessante; um padeiro ruivo do Queens que não era nenhum supergato, mas muito simpático, e um jovem barman que era uma gracinha e usava palavras do tipo "mermão" e "maneiro". Cada um deles pedira para sair comigo mais uma vez e eu concordei em me encontrar com os três.

Mas antes de vocês começarem a pensar que:

a) sou uma vadia tripla (na verdade seria quádrupla, porque eu ainda não contei do encontro às escuras que Teenie me arrumou), ou

b) tudo isso é uma receita de desastre, que um deles iria acabar descobrindo sobre os outros dois e eu iria ficar chupando dedo, deixem-me explicar as regras do reality show Encontros em Nova York, especialmente a parte da exclusividade *versus* não exclusividade. O que eu estava fazendo é conhecido como Encontros Não Exclusivos — uma situação perfeitamente aceitável.

Na Irlanda é diferente e as pessoas se envolvem de mansinho nos relacionamentos. Você começa saindo para tomar uns drinques, depois sai outra noite para pegar um cinema, depois tromba com o carinha na festa de um amigo em comum e em determinado momento vocês começam a dormir juntos — provavelmente na noite da festa, para ser franca. (Segundo prega a Lei de Murphy, a mulher nunca está com a sua melhor roupa íntima, etc.) A coisa é toda casual e as pessoas são meio que levadas ao lance, e a maior parte da propulsão inicial depende de encontros casuais. Só que, embora ninguém diga isso explicitamente nem converse sobre exclusividade e não exclusividade, *o cara é sem dúvida seu namorado*. Portanto, se você descobriu que o homem com quem tem compartilhado noites ao lado da lareira assistindo a vídeos nos últimos meses está curtindo um jantar agradável com uma mulher que não é a) você; b) algum parente dele do sexo feminino, tem todo o direito de jogar um copo de vinho na cara dele e avisar à outra mulher que "pode ficar com ele". Também é apropriado, nesse ponto da história, balançar o dedo mindinho com ar de desdém e soltar: "Ele não compensa mesmo todo esse desgaste."

Só que nada disso vale para Nova York. Em NY a pessoa pensa: Um dos caras com quem estou saindo em sistema de não exclusividade anda jantando com uma mulher que ele anda vendo também em sistema de não exclusividade. Como somos civilizados e bem resolvidos, não é mesmo?... Nada de vinho na cara de ninguém e, para falar a verdade, você pode até se juntar a eles para um drinque. (Hummm, pensando melhor, não. Ignore essa última frase, acho que não funcionaria assim. Talvez em tese, mas não na vida real, especialmente se você gostasse do cara.)

O tiro pode sair pela culatra, mas durante essa época de não exclusividade você também pode aprontar o que quiser. Pode dormir com um carinha diferente a cada noite, se lhe der na telha, e ninguém vai chamar você de vadia à sexta potência. Não que eu me interessasse por algum daqueles sujeitos da festa que pareciam pertencer a uma república de estudantes, por mais que isso fosse socialmente aceitável. Abri caminho com dificuldade pela sala abarrotada. Onde será que Jacqui tinha se enfiado? Um segundo de pânico se apossou de mim quando a passagem foi bloqueada por outro sujeito-estereótipo, um cara baixinho e forte, meio abrutalhado e provavelmente chamado Macho Man. Aliás, pensando bem, acho que o nome dele *era* Macho Man, mesmo. Ele deu um puxão no meu vestido e perguntou, com ar de poucos amigos:

— Qual é o lance dessa sua roupa estranha?

Eu usava um vestido envelope de jersey preto e botas de cano longo, também pretas, o que não me parecia inadequado para uma balada daquele tipo.

Tem Alguém Aí?

O cara insistiu:

— Qual é o lance dessa sua fantasia da família Addams?

O mais esquisito é que eu nunca, em toda a minha vida, tinha sido acusada de parecer com Mortícia Addams. Por quê, por quê, *por que isto, Senhor?* Além do mais, eu queria que ele largasse meu vestido. O tecido era resistente, mas aquela roupa já não estava no frescor da juventude e eu receava que nunca mais voltasse à configuração original.

— E então, qual é seu lance, garota gótica? O que você faz quando não anda por aí vestida desse jeito?

Estava decidindo se respondia que era fonoaudióloga de elefantes ou a inventora das aspas quando uma voz se intrometeu na conversa:

— Você não conhece a famosa Anna Walsh?

Macho Man perguntou:

— Como?...

Como?... foi o que eu também pensei ao virar para trás. Era Ele. O cara, aquele que tinha derramado café pelando em mim, o mesmo que eu convidei para um drinque e me esnobou. Usava um gorro, uma jaqueta jeans de ombros largos dessas usadas por operários e trouxe a brisa da noite com ele, renovando o ar viciado da sala.

— Isso mesmo, Anna Walsh. Ela é uma... — Olhou para mim, encolheu os ombros e foi em frente: — ... Uma ilusionista?

— Sou ajudante do mágico — corrigi. — Passei em todas as provas de Magia Avançada, mas as roupas de ajudante eram muito mais interessantes.

— Irado! — exclamou Macho, mas eu não estava mais olhando para ele, meus olhos miravam Aidan Maddox, que se lembrou do meu nome mesmo depois de sete semanas. Ela não era exatamente do jeito que eu lembrava. Seu gorro apertado destacava os ossos proeminentes da face, especialmente as maçãs do rosto, bem como o maxilar reto e firme. Havia também um brilho em seus olhos que não estava ali da outra vez.

— Ela desaparece... — explicou Aidan — ... E então, como num passe de mágica, reaparece.

Ele ficou com meu número de telefone, mas nem se deu ao trabalho de ligar e agora sacava uma das frases mais manjadas que eu já ouvira. Olhei para ele, analisando-o com frieza. Qual era o jogo daquele cara?

Seu rosto não entregou minha resposta, mas eu continuei olhando mesmo assim. E ele para mim. No que me pareceram décadas depois, alguém perguntou, com voz longínqua:

— Para onde é que você vai?

— Hein? — O alguém era Macho. Fiquei surpresa ao perceber que ele ainda estava ali depois de todos aqueles anos. — Para onde é que eu vou? Quando?

— Quando desaparece em um passe de mágica. Abracadabra! — Os olhinhos dele brilharam.

— Ahn... Eu fico atrás do palco, fumando um cigarro. — Me virei para Aidan e, quando os olhos dele se encontraram com os meus, uma brasa de fogo fez minha pele ferver.

— Irado! — repetiu Macho Man. — E quando ele corta você ao meio, qual é o lance?

— Pernas falsas — explicou Aidan, mal movendo os lábios. Seus olhos continuavam grudados nos meus.

Deu quase para sentir o sorriso do pobre Macho murchando devagarinho em seu rosto.

— Vocês dois já se conheciam? — perguntou ele, baixinho. Aidan e eu olhamos para Macho ao mesmo tempo, e então tornamos a olhar um para o outro. Já nos conhecíamos?

— Sim! — respondemos ao mesmo tempo.

Mesmo que eu não desconfiasse que algo estava acontecendo entre mim e Aidan, só pela atitude que Macho tomou já seria um sinal: recuou um passo, e olha que dava para notar que ele era um cara muito competitivo.

— Divirtam-se, crianças — desejou ele, com ar de derrota.

Aidan e eu fomos deixados a sós.

— Curtindo a festa? — ele me perguntou.

— Não. Tô odiando!

Tem Alguém Aí?

— É... — Ele avaliou a sala com cuidado. Seu olhar passeou por cima da minha cabeça. — Aqui não há quase nada que preste, mesmo.

Nesse instante um cara mais baixo e moreno, um homem que eu descreveria como meu tipo preferido até conhecer Aidan, forçou a passagem entre o povo, com o traseiro, se colocou no meio de nós e perguntou:

— Onde foi que se enfiou, cara? Você sumiu!

Um olhar fugaz passou pelo rosto de Aidan: será que nunca conseguiríamos ficar a sós? Mas logo ele sorriu e disse:

— Anna, este é o meu grande amigo, quase irmão, Leon. Ele trabalha com Kent, o aniversariante. E esta é Dana, a esposa de Leon.

Dana era uns trinta centímetros mais alta que Leon. Tinha pernas longas, peitões e uma cascata de cabelos multicoloridos, além do bronzeado cintilante e uniforme.

— Oi — cumprimentou ela.

— Prazer — repliquei.

Com ar agitado, Leon me perguntou:

— Essa festa está um porre, você não acha?

— Ahn...

— Você está do lado dos mocinhos — assegurou Aidan. — Pode falar a verdade.

— Então tá... Superporre, tá feia a coisa!

— Haja saco! — Foi a contribuição de Dana, suspirando e abanando a mão diante dos peitos. — Vamos circular por aí — sugeriu a Leon. — Quanto mais cedo começarmos, mais depressa poderemos cair fora. Desculpem, sim?

— Pode vazar na hora em que não aguentar mais, garoto — Leon avisou a Aidan, e ficamos a sós mais uma vez.

Não sei se o motivo foram os dois rapazes que saíram do banheiro dando risadinhas cacarejadas como duas garotinhas de colégio enquanto balançavam saquinhos plásticos com pó branco. Talvez a gota d'água tenha sido a visão das pobres meninas recém-saídas da clínica de desintoxicação lambendo o creme de frango que escorria dos canapés folhados e lambuzando a cara toda. Seja qual fosse a razão, o fato é que Aidan perguntou:

— Anna, vamos dar o fora daqui?

Vamos...?, pensei. Olhei para ele, irritada pela sua presunção. Esse lance precipitado, tipo vamos-nos-pegar-agora-mesmo, é legal quando a gente tem dezenove anos, mas eu já estava com trinta e um. Não "dava o fora dali" com homens que não conhecia.

Respondi na mesma hora:

— Deixe eu avisar Jacqui que estou caindo fora.

Encontrei-a na cozinha, mostrando a um grupo de pessoas obviamente fascinadas, como se prepara um delicioso Manhattan, e avisei que ia vazar. Antes de sair, porém, precisava resgatar meu casaco, que estava debaixo de um casal que grunhia enquanto transava na cama de Kent. Só dava para ver as pernas e os sapatos da mulher, e reparei que um deles tinha um chiclete grudado na sola.

— Qual é o seu casaco? — me perguntou Aidan, solícito. — É este aqui? Desculpe, amigão — disse ele, cutucando o cara. — Preciso resgatar uma coisinha.

Ele agarrou o casaco debaixo do casal foguento e o puxou devagarinho, mas o pobre só se moveu alguns centímetros, depois mais um pouco, até que, com um forte puxão final, se libertou. Três segundos depois já estávamos na porta. Ficamos tão empolgados por termos escapado dali que nem esperamos pelo elevador. Com mais energia do que seria de esperar, encaramos vários lances de escada e corremos direto para a rua.

Era início de outubro, os dias continuavam claros, mas as noites já estavam frias. Aidan me ajudou a vestir o casaco, de veludo azul-marinho com uma aplicação prateada da silhueta da cidade. (Consegui essa roupa de brinde. Durante um curto período a McArthur cuidou da publicidade de um casal de designers chamados Fabrice & Vivien. Naqueles dias venturosos, antes de cairmos em desgraça por causa da nossa atuação, que não agradou, eles distribuíam presentes com generosidade. Franklin, que foi quem conseguiu a conta, ficava com os brindes todos, inclusive o casaco. Porém, como era homem — alegrinho demais para o meu gosto, mas tem

Tem Alguém Aí? 75

quem curta — não viu utilidade naquilo e me deu. Lauryn ainda fala desse caso com muito ressentimento.)

— Gostei do seu visual. — Aidan recuou um passo para me avaliar de cima a baixo. — Gostei muito.

Eu também gostei do visual dele. Com aquele gorro, a jaqueta e as botas rústicas ele estava arrasando no estilo operário chique. Não que eu pretendesse entregar o ouro contando isso a ele. Ainda bem que Jacqui não estava por perto para ouvir Aidan, pois falar das minhas roupas era uma encenação clássica do tipo Mãos-de-Pluma. (Mais detalhes sobre Mãos-de-Pluma adiante.)

— Tem só uma coisinha que eu queria esclarecer — disse eu, com ar meio zangado. — Eu não "desapareci". Simplesmente fiquei na minha. Porque você não quis sair comigo para tomar um drinque, lembra?

— Mas eu *queria* sair com você. Queria de verdade, desde o instante em que você me deu aquela cabeçada; só não estava certo se ia rolar.

— Desculpe, mas foi *você* que deu uma cabeçada em *mim*. E como assim "não estava certo"?

— Não estando.

— *Nintendi* nada... Deixa pra lá. Pelo menos por enquanto.

Dois quarteirões adiante, encontramos um barzinho esquisito, no porão de uma casa, as paredes pintadas de vermelho e com uma mesa de sinuca. Uma nuvem de gelo seco envolveu nossos pés assim que entramos. O barman explicou que eles estavam tentando recriar a glória dos tempos antigos, antes de o tabaco ser banido dos bares. Como Aidan me pediu com jeitinho, contei a ele tudo sobre minha gloriosa carreira como ajudante de mágico.

— Éramos conhecidos como Marvo Marvilhoso e Gizelda. Gizelda é o meu nome artístico, entende? Ficamos *famosérrimos* no Meio-Oeste. Eu mesma costurei todas as minhas roupas. Preguei seiscentas lantejoulas em cada maiô, tudo à mão. Entro em um estado de profunda meditação quando prego lantejoulas. Marvo é (não contem pra ninguém) meu pai, e o seu nome verdadeiro é Frank. Agora me fale sobre você.

— Não, vou deixar que você mesma fale.

Pensei por alguns instantes.

— Então tá... Você é filho de um tirano do Leste Europeu que saqueou milhões do seu povo e foi deposto. — Sorri de leve, por pura crueldade. — A grana está escondida e vocês dois pretendem resgatá-la. — Ele foi ficando cada vez mais preocupado à medida que sua identidade piorava. Acabei ficando com peninha e o redimi: — O motivo de você querer tanto achar o dinheiro é a vontade de devolvê-lo para seu povo miserável.

— Obrigado. — Ele sorriu. — Tem mais alguma coisa?

— Você mantém um bom relacionamento com sua primeira esposa, uma famosa tenista italiana... Que também é estrela pornô — acrescentei. — Na verdade, você era um tenista tão bom quanto ela, poderia até ter se profissionalizado, mas uma lesão de esforço repetitivo acabou com sua carreira.

— Por falar nisso, como vai a queimadura da sua mão?

— Vai ótima. E eu me alegro por ver que você se recuperou bem do coma pós-cabeçada. Ficou alguma sequela?

— Nenhuma visível. A julgar por esta linda noite de sábado, parece que estou "novim folha".

O sotaque de Boston, novamente. Eu achava isso incrivelmente sexy.

— Repete.

— O quê?

— Novinho em folha.

— Novim folha?

— Isso!

Ele ergueu os ombros, preparando-se para o show, pronto para agradar, e repetiu:

— Novim folha.

Uma comichão de desejo me invadiu. Era parecida com a sensação de fome, só que pior. Eu, hein!... É melhor ficar de olho nisso...

— Que tal jogar sinuca? — sugeri.

— Você joga sinuca?

— Jogo.

Tem Alguém Aí?

Aquele *double entendre* descontrolado, um calafrio geral e um arrasador olho no olho fizeram explodir uma bomba de alto impacto no fundo da minha barriga.

Depois de vinte minutos enfiando bolas em caçapas de crochê que me faziam lembrar testículos, derrotei Aidan.

— Você é boa nisso — elogiou ele.

— Foi você que me deixou ganhar. — Eu o espetei no estômago com meu taco de sinuca. — Nunca mais repita isso.

Ele abriu a boca para protestar e eu espetei o taco com um pouco mais de força. Humm... Barriga de tanquinho lisa e dura. Mantivemos o olhar um no outro por vários segundos, e então, em silêncio, recolocamos os tacos no suporte na parede.

Quando o bar fechou, às quatro da matina, Aidan se ofereceu para caminhar comigo até em casa, mas eu morava longe pacas. Uns quarenta quarteirões.

— Não estamos mais no Kansas, Totó — eu disse.

— Certo. Vamos pegar um táxi, então. Acompanho você até lá.

No banco de trás, ouvindo o motorista no celular berrando com alguém em russo, Aidan e eu não trocamos nem uma palavra. Dei uma olhadinha discreta nele, meio de lado. As luzes e sombras da cidade passavam céleres pelo seu rosto e era impossível analisar sua expressão. Me perguntei o que aconteceria em seguida. De uma coisa eu tinha certeza: depois do fora que eu levei, nem pensar em lhe oferecer cartões de visita ou chamá-lo para sair com um sorriso amigável.

Chegamos diante de um prédio todo capenga.

— Eu moro aqui — anunciei.

Um pouco de privacidade até que cairia bem naquela atmosfera em estilo "o que vai rolar agora?", mas precisávamos continuar sentadinhos dentro do carro, porque se abríssemos as portas e saíssemos sem pagar a corrida ao taxista ele era capaz de nos dar um tiro de espingarda.

— Escute... Suponho que você esteja saindo com outros caras — disse ele.

— Suposição correta.

— Você poderia me colocar na lista de espera?

Pensei por um segundo.

— Talvez faça isso — concedi.

Não perguntei se ele estava saindo com outras mulheres. Em primeiro lugar, porque eu não tinha nada a ver com isso (era assim que eu devia encarar a coisa). Em segundo lugar, algo no jeito com que Leon e Dana se comportaram comigo — simpáticos, mas não especificamente interessados na minha pessoa, como se já tivessem sido apresentados a um número infindável de acompanhantes de Aidan ao longo dos anos — me fez imaginar que ele saía com outras mulheres, sim.

— Você pode me dar o número do seu celular? — pediu ele.

— Já dei — eu disse, saltando do táxi.

Se queria tanto assim me reencontrar, ele que achasse o número.

CAPÍTULO 9

Acordei na cama estreita e me vi na sala da frente entulhada de sofás. Levei vários minutos olhando atentamente, com cara de idiota, tentando ver através da cortina. Lá vinha a velha com o cachorro. Continuei observando a cena, ainda um pouco zonza. Fui ficando menos sonolenta. Quase me sentei. Não era imaginação minha! O pobre cão não queria fazer xixi nem cocô, mas a velha insistia. O coitadinho tentava ir embora, mas a mulher não deixava. "Aqui!", ela comandava (Não dava para ouvir sua voz, mas dava para ver o movimento dos lábios. Que esquisito!)

Nesse instante entrou mamãe, e eu desfrutei de um carinhoso e nutritivo café da manhã: meia torrada, onze uvas, oito comprimidos e sessenta sucrilhos (um recorde), porque precisava convencê-la de como eu me sentia ótima. Enquanto ela me dava banho — um momento terrível, com todos aqueles paninhos e uma bacia de água morna cheia de espuma nojenta —, eu ataquei:

— Mamãe, resolvi voltar para Nova York.

— Não seja tão absurdamente ridícula! — Continuou me enxaguando com os paninhos.

— Minhas cicatrizes estão indo bem, meu joelho já pode suportar peso, as marcas roxas quase desapareceram.

Era realmente estranho. Eu sofri uma quantidade espantosa de ferimentos, mas nenhum deles foi realmente sério. Minha cara ficou toda roxa, mas não houve fratura de nenhum dos ossos da face. Eu poderia ter sido esmagada como uma casca de ovo ou passar o resto da vida parecendo uma pintura cubista (descrição feita por Helen). Eu sabia que tinha tido muita sorte.

— Veja só como minhas unhas estão crescendo depressa — continuei, balançando a mão para mamãe ver. Duas das minhas unhas tinham sido arrancadas e a dor que eu senti (fora de brincadeira) foi indescritível, muito pior do que a da fratura do braço. Nem mesmo os analgésicos poderosos à base de morfina conseguiam apagar aquela dor por completo. Ela continuava lá, só que um pouco mais longe. Eu costumava acordar no meio da noite com os dedos latejando tanto que pareciam estar do tamanho de melancias, mas agora eles pouco doíam.

— Você está com o braço quebrado, mocinha. Em três lugares.

— Mas não foram fraturas expostas e quase não dói mais. Acho que está quase bom.

— Ah, você virou ortopedista, agora?

— Não, continuo sendo uma relações-públicas na área de beleza, mas esse emprego não vai ficar lá me esperando pelo resto da vida, sabia? — Deixei as palavras ecoando na cabeça de mamãe e então completei, baixinho: — Vocês nunca mais vão ter maquiagem grátis.

Mas nem isso funcionou.

— Você não vai a lugar algum, mocinha.

Mesmo assim eu calculei bem o momento para lançar a ideia. Naquela mesma tarde ia fazer o meu check-up semanal na clínica e, se os médicos dissessem que eu estava melhor, mamãe não ia ter para quem apelar.

Depois de me deixarem esperando um tempão, eles tiraram uma radiografia do meu braço. Como eu imaginei, as fraturas estavam curando bem depressa; a tipoia já podia ser removida e o gesso ficaria mais umas duas semanas, no máximo.

Em seguida fomos para o dermatologista, que informou que eu estava tão bem que já dava para tirar os pontos do rosto, e *nem eu* contava com isso. Acabou doendo mais do que eu esperava e a cicatriz parecia uma linha vermelha muito feia e enrugada que descia do canto do meu olho até a boca. Pelo menos sem a costura medonha feita com linha cirúrgica azul-marinho a minha cara ficou mais normalzinha.

— E quanto à cirurgia plástica? — quis saber mamãe.

— Mais tarde — disse o médico —, não por agora. É sempre difícil saber como a recuperação completa de ferimentos desse tipo vai se desenvolver.

Depois fomos para o dr. Chowdhury, que cutucou e espetou todos os meus órgãos internos. Segundo ele, todas as marcas roxas e os inchaços estavam diminuindo, e então repetiu, como já dissera nas outras visitas, que eu tinha uma sorte espantosa por não ter rompido nada por dentro.

— Ela está falando em voltar para Nova York — explodiu mamãe. — Diga que ela ainda não está bem o bastante para viajar.

— Mas ela aguentou bem a viagem de lá para casa — argumentou o dr. Chowdhury, com inegável lógica.

Mamãe fuzilou-o com o olhar, e embora não tivesse respondido nada, nem em voz baixa, a frase "Vá se foder, seu babaca" ficou implícita, suspensa em pleno ar.

Mamãe e eu voltamos para casa em um silêncio macabro. Pelo menos o silêncio de mamãe era macabro, embora o meu fosse feliz e até mesmo — não consegui evitar — um pouco presunçoso.

— E quanto ao seu joelho estourado? — perguntou mamãe, subitamente animada (nem tudo estava perdido). — Como é que você pode voltar para Nova York se não consegue nem mesmo subir um degrau?

— Vamos fazer um trato — propus. — Se eu conseguir subir até o topo da escada lá de casa sem dor, a senhora aceitará que eu estou bem o bastante para ir embora.

Ela só concordou porque achou que eu não tinha a mínima condição de conseguir isso. Não imaginou o quanto eu estava determinada a voltar para Nova York. Eu ia conseguir. E consegui mesmo — embora a aventura tenha levado mais de dez minutos, me deixado empapada de suor e meio enjoada de dor.

O que mamãe não sacou é que mesmo que eu não tivesse conseguido passar do primeiro degrau eu iria embora de qualquer jeito. Precisava voltar, e já começava a entrar em pânico.

— Viu só? — soltei o ar, sentando no patamar. — Estou ótima. Braço, rosto, tripas, joelho, tudo está muito melhor.

— Anna — reagiu ela, e eu não gostei nem um pouco do seu tom de voz sombrio. — Há outros problemas com você, além das feridas físicas.

Processei a frase lentamente.

— Sei disso, mamãe, mas tenho que voltar. *Preciso* voltar. Não quer dizer que eu vá ficar lá para sempre. Quem sabe eu até retorne de vez para casa depressinha? Só sei que, no momento, eu não tenho escolha, tenho que voltar para lá.

Algo na minha voz a convenceu, porque ela pareceu desistir da luta.

— Acho que hoje em dia as coisas são assim mesmo — disse ela. — É preciso virar a página, seguir em frente. — Com ar triste, ela continuou: — No meu tempo não havia nada de errado em deixar essas coisas inacabadas. Você simplesmente ia embora, nunca mais voltava e não havia nada de errado nisso. E se ficasse meio pancada das ideias, tivesse pesadelos, acordasse todo mundo dentro de casa durante a noite, correndo pra cima e pra baixo, gritando a plenos pulmões, pediam ao padre da paróquia para vir rezar um pouco por você e pronto! Não que isso ajudasse, mas ninguém ligava e era assim que as coisas seguiam.

— Rachel vai estar em Nova York para me ajudar — disse eu, tentando tranquilizá-la.

— Talvez você agora considere a ideia de fazer algumas sessões de terapia.

— Terapia? — Pensei ter ouvido errado. Mamãe era totalmente contra qualquer tipo de psicologia. Nada conseguia convencê-la de que os terapeutas levavam o sigilo muito a sério. Embora não tivesse provas concretas, ela insistia que todos eles divertiam os amigos em jantares elegantes contando os segredos dos pacientes.

— Isso mesmo, terapia. Rachel deve conhecer alguém em Nova York para recomendar.

— Hummm — fiz eu, refletindo um pouco, como se avaliasse a hipótese, embora não quisesse saber daquilo. Falar a respeito do que aconteceu não ia mudar nadica de nada.

— Vamos lá, é melhor contarmos ao seu pai o que está acontecendo. Talvez ele berre um pouco, mas ignore-o.

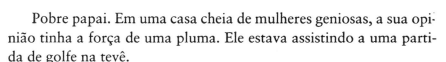

Pobre papai. Em uma casa cheia de mulheres geniosas, a sua opinião tinha a força de uma pluma. Ele estava assistindo a uma partida de golfe na tevê.

— Temos novidades. Anna vai voltar para Nova York por algum tempo — informou mamãe.

Ele ergueu os olhos, assustado e preocupado.

— Por quê?

— Anna precisa virar essa página da sua vida.

— O que isso quer dizer?

— Não sei exatamente — admitiu mamãe —, mas pelo jeito a vida não vai valer a pena se ela não fizer isso.

— Não é muito cedo para ir embora? E o braço quebrado? E o joelho estourado?

— Está tudo sarando aos poucos. E quanto mais cedo ela virar essa tal de página, mais depressa voltará para nós — explicou mamãe.

Depois foi a vez de contar a novidade para Helen, e ela ficou arrasada.

— Isso é uma insanidade! — declarou ela. — Não vá, Anna!

— Preciso ir.

— Mas eu achei que nós íamos montar um negócio juntas, você e eu. Poderíamos ser investigadoras particulares. Pense só no quanto iríamos nos divertir.

Eu pensei no quanto *ela* iria se divertir, enfiada em sua cama seca e quentinha, enquanto eu ficaria atrás de arbustos fazendo o trabalho dela.

— Vou ser muito mais útil para você como relações-públicas na área de beleza — expliquei, e ela pareceu ter acreditado.

Então eles pediram que Rachel viesse me buscar.

CAPÍTULO 10

Enquanto eu esperava para ver se Aidan Maddox encontraria o número para me ligar, toquei a vida em frente. Estava com a agenda lotada de encontros do *speed-dating*.

Entretanto, Harris, o arquiteto interessante e exótico, acabou por se mostrar exótico demais para o meu gosto ao sugerir que, em nosso primeiro encontro, compartilhássemos uma hora na pedicure. Quase todas as meninas que eu conheço ficaram histéricas, achando aquilo lindo. Disseram que era uma ideia muito original, e ele obviamente queria me agradar, mas eu tinha alguns receios. Quanto a Jacqui, que não tinha tempo para aquele tipo de maluquice tipicamente Mãos-de-Pluma, quase rolou pelo chão de tanto rir.

Jacqui ameaçou passar na frente do salão só para me zoar. A sorte é que ela estava trabalhando naquela noite, e, na hora marcada, lá estava eu sentada ao lado de Harris, nós dois parecendo um rei e uma rainha, elevados em bancos altos acolchoados que pareciam tronos, e enfiados até os tornozelos em imensas bacias de água com sabão. Nunca me senti tão radiante. Duas mulheres estavam curvadas diante de nós, cuidando dos nossos pés. Só dava para ver o cocuruto da cabeça delas e eu me senti envergonhada demais para bater papo de forma descontraída diante da presença das duas, humildes e silenciosas. Harris, no entanto, me pareceu perfeitamente à vontade. Perguntou tudo sobre o meu emprego e me contou tudo sobre o dele. De repente fez surgir de algum lugar uma coqueteleira acompanhada de duas taças, me serviu um drinque e ergueu o braço. *Caraca, um brinde!*, pensei, espantada.

— Vamos brindar à vitória dos Mets — propus, mais que depressa.

— Não, brindemos aos beijos nos pés — replicou ele.

Tem Alguém Aí?

Ah, não... Pe-la-mor-de-Deus, isso não!

Quer dizer então que ele tinha uma espécie de fixação por pés. Por mim, tudo bem. Tudo bem mesmo. Quem sou eu para julgar essas coisas. Mas me inclua fora dessa.

Não que ele pretendesse levar a coisa adiante. Assim que acabamos a sessão e pagamos pelos serviços, ele se virou para mim e disse, de forma gentil:

— Não rolou nenhuma química entre nós. Seja feliz.

E saiu pela rua afora caminhando rapidamente sobre os pés bem cuidados e refrescados.

Sangrando da batalha, mas sem perder o ânimo de ganhar a guerra, me preparei para o encontro do dia seguinte com Greg, o padeiro do Queens. Embora o calendário marcasse meados de outubro e o clima me parecesse longe de estar quente, Greg sugeriu um piquenique no parque. Tenho de reconhecer que esses caras de Nova York elevaram o jogo da sedução a um novo patamar.

Combinamos de nos encontrar logo depois do trabalho, porque Greg ia para a cama muito cedo, uma vez que precisava se levantar de madrugada para fazer pão. Além disso, depois de sete e meia da noite ficaria escuro demais para conseguirmos ver a cara um do outro, quanto mais o que estávamos comendo. Enquanto marchava de forma decidida pelo parque, tentei me convencer de que havia esperança. Tudo bem que aquilo era um pouco incomum, mas e daí? Onde estava meu espírito de aventura?

No meio do parque, avistei Greg à minha espera. Estava com uma toalha dobrada sobre um braço, uma cesta de piquenique em vime trançado enganchada no outro e — percebi com um calafrio de terror — uma espécie de chapéu-panamá completamente idiota sobre a cabeça.

Tem mais uma coisa terrível de se dizer, mas ele era muito mais gordo do que eu me lembrava do nosso *speed-dating*. Pronto, falei! Naquela primeira noite estávamos sentados com uma mesa entre nós. Eu só consegui ver seu rosto e a parte de cima do tronco, que me pareceu volumoso, mas não rechonchudo. Ali, de corpo inteiro, dava para ver que ele tinha... Ele tinha... Formato de pera. Seus ombros eram normaizinhos, mas ele tipo *explodia* ao chegar na região da cintura. Seu estômago era maciço e — embora eu até me sinta mal por dizer isso, pois detesto quando os homens falam a mesma coisa das mulheres — ele tinha uma bunda avantajada. Dava até para jogar uma partida de frescobol em cima dela. Curiosamente, suas pernas não eram de um todo descartáveis e acabavam em tornozelos pequenos e delicados.

Ele estendeu a toalha na grama, deu uma batidinha na cesta e disse:

— Anna, eu lhe prometo um banquete para os sentidos.

Pronto, fiquei com medo.

Reclinando-se sobre a toalha, Greg abriu a cesta, pegou um pão de forma e tornou a fechá-la rapidamente, mas não antes de eu ver que tudo o que havia ali dentro eram pilhas e pilhas de pães.

— Este é o meu pão de levedura — informou ele. — Uma receita secreta minha.

Ele partiu um pedaço, com o floreio típico de um verdadeiro *bon viveur*, e se aproximou de mim. Percebi aonde queria chegar: ele planejava me seduzir via pão. Depois que eu provasse suas criações maravilhosas, ficaria com a cabeça na lua e me apaixonaria perdidamente. Eu estava diante de um homem que assistira ao filme *Chocolate* pelo menos cem vezes.

— Abra a boca e feche os olhos!

Caraca, ele ia me dar de comer na boquinha! Céus, que constrangedor. Agora era $9^{1/2}$ *Semanas de Amor*. Isso era demais para minha cabeça.

Mas ele nem mesmo me deixou provar a droga do pão. Esfregou de leve a parte da casca na minha boca e disse:

— Sinta a aspereza da côdea sobre a língua. — Ele balançou o pão para frente e para trás e acompanhou o movimento com a cabeça. Sim, eu estava começando a sentir a aspereza.

— Não tenha pressa — insistiu. — Saboreie com cuidado.

Minha nossa, aqui é um lugar público. Torci para que ninguém estivesse olhando para nós. Abri os olhos, mas tornei a fechá-los

Tem Alguém Aí?

rapidinho: uma mulher passeando com o cachorro ria descontroladamente. Suas mãos estavam apoiadas nos joelhos, de tanto rir.

Quando Greg sentiu que minha língua já tinha sido devidamente fatiada pela aspereza da côdea, exclamou:

— Agora saboreie! Capte o salgado da massa, a acidez do levedo. Está sentindo lá no fundo? — Fiz que sim com a cabeça. Sim, sim para o sal, sim para a acidez. Qualquer coisa para acabar logo com aquilo.

— Sentiu o sabor de mais alguma coisa? — perguntou Greg.

Não podia dizer que sim.

— Um toque adocicado? — insistiu ele. Balancei a cabeça de forma obediente. Sim, um sabor doce. Faça essa tortura acabar, Deus.

— Uma doçura cítrica? — perguntou, interessado.

— Sim? — assenti eu, mastigando de boca fechada. — Limão?

— Lima. — Ele pareceu desapontado. — Mas chegou perto.

O petisco seguinte foi uma focaccia de cheddar envelhecido e cebola-roxa, que eu tive de cheirar por mais ou menos meia hora antes de poder dar a primeira mordida. A isso se seguiu a degustação de um pão torcidinho francês — um brioche, talvez? — e eu tive de admirar sua textura aerada, cheia de furinhos, os quais, pelo visto, eram os responsáveis por uma tal de "deliciosa leveza".

A *pièce de résistance* era um pão de chocolate que ele me obrigou a partir em pedacinhos, o que fez com que os fragmentos de chocolate se espalhassem pela minha saia. Apesar da noite fria, é claro que eles deram um jeito de derreter.

Ao longo de noventa frios e intermináveis minutos, Greg me fez lamber pães, cheirar pães, observar pães atentamente e acariciá-los. A única coisa que ele não me obrigou a fazer foi ouvir os pães.

O pior é que não havia mais nada para comer: nem uma saladinha de repolho, nada de coxinhas de frango ou fatias de peito de peru.

— Vivemos em plena era da carboidratofobia — lembrou Jacqui, mais tarde. — Será que ele não percebeu isso?

Sangrando depois de mais essa batalha e, a essa altura da guerra, bem desanimada, não estava no clima certo quando, no dia seguinte, o barman gatinho ligou para o meu trabalho e anunciou:

— Tive uma grande ideia para o nosso primeiro encontro.

Fiquei calada, só ouvindo.

— Faço parte de um projeto no qual construímos casas para uma comunidade carente da Pensilvânia. Eles fornecem o material e nós entramos com a força do trabalho.

Uma pausa para eu ter a chance de elogiá-lo. Continuei muda. Então, meio confuso, ele foi em frente:

— Vamos lá neste fim de semana. Seria o máximo se você fosse com a gente. Quem sabe nós poderíamos nos conhecer melhor e... Sabe como é... Fazer algo de bom pelo próximo ao mesmo tempo.

Altruísmo: a última moda nesse jogo. Eu sacava bem o lance desses projetos. Em resumo, dezenas de nova-iorquinos sem noção despencam sobre uma pobre comunidade rural na Pensilvânia e insistem em construir uma casa para os pobres infelizes. Os garotos da cidade grande divertem-se como nunca, correm de um lado para outro, brincam com ferramentas de última geração, passam a noite acordados bebendo cerveja em volta de uma fogueira e depois voltam aos seus gigantescos apartamentos do tipo um por andar, deixando a pobre comunidade rural com uma casa meio capenga e cheia de goteiras, onde toda a mobília fica numa ladeira e se alguma coisa tiver rodas vai rolar para o outro lado da sala até bater na parede oposta.

"É preciso dar algo de si" é o mantra desses caras, mas o que eles realmente querem dizer é: "Meninas, vejam que ser humano maravilhoso eu sou." O mais triste é que muitas mulheres caem direitinho no truque e vão para a cama com os safados só de olhar para sua furadeira.

Senti cansaço em todo o corpo.

— Obrigada por me convidar — agradeci. — É melhor não. De qualquer modo, foi um prazer conhecer você, Nash...

— ... Nush.

— Desculpe. Nush. Acho que esse lance não combina comigo.

Tem Alguém Aí?

— Tudo bem. Tem um monte de garotas a fim disso por aí.
— Claro que tem. Tudo de bom para você, viu?
Coloquei o fone no gancho e me virei para Teenie.
— Sabe de uma coisa? Tô de saco cheio desses caras de Nova York. São todos uns despirocados! Não é de espantar que eles tenham de procurar um serviço de *speed-dating* mesmo vivendo em uma cidade onde as mulheres estão subindo pelas paredes de desespero para conseguir um namorado. Onde é que já se viu marcar um encontro e construir uma casa? Uma porra de uma *casa* que...

O telefone tocou, interrompendo o meu ataque de pelanca; respirei fundo, pigarreei e atendi:
— Candy Grrrl, Departamento de Publicidade, Anna Walsh falando.
— Olá, Anna Walsh, aqui fala Aidan Maddox.
— Ah, sei!
— Que foi que eu fiz?
— Você tá pensando em me convidar pra sair?
— Isso!
— Momento errado. Estou furética com os homens de Nova York.
— Ah, então tudo bem, eu sou de Boston. E então, o que está rolando?
— Tive a semana mais estranha da minha vida em encontros com um monte de caras esquisitos. Acho que não dá para aturar mais um não!
— Mais um encontro ou mais um cara esquisito?
Pensei antes de responder:
— Mais um cara esquisito.
— Então tá! Que tal sairmos para tomar um drinque? Isso é não esquisito o bastante para você?
— Depende. Onde vai rolar esse drinque? Em um salão de beleza? Em um parque congelante? Na superfície da Lua?
— Estava pensando em fazer isso em um bar.
— Certo. Um drinque.

— Se ao final do drinque você achar que algo não está legal, simplesmente diga que precisa voltar para casa porque tem um vazamento no seu apartamento e o bombeiro vai chegar a qualquer momento. Que tal?

— Combinado. Só um drinque. E a sua desculpa para cair fora, qual vai ser? — perguntei.

— Não preciso de nenhuma.

— Você poderia dizer que precisa dar uma passadinha no escritório para acabar de preparar uma apresentação para a reunião de amanhã de manhã.

— Puxa, é muita gentileza sua me oferecer uma desculpa tão boa — disse ele —, mas não vai ser preciso.

CAPÍTULO 11

Mamãe veio abrindo caminho entre os sofás até chegar ao lado da cama.

— Acabei de falar com Rachel. Ela vai chegar na manhã de sábado. — Faltavam dois dias. — Vocês duas podem embarcar para Nova York na segunda-feira. Se você ainda tiver certeza de que é isso o que quer.

— Tenho certeza. Luke vai chegar com ela?

— Não. Graças a Deus! — acrescentou mamãe com entusiasmo, se deitando na cama, ao meu lado.

— Eu achei que a senhora gostasse dele.

— Mas eu gosto muito. Ainda mais depois que ele concordou em se casar com sua irmã.

Rachel e Luke já moravam juntos havia tanto tempo que até mesmo mamãe perdera a esperança de que Rachel deixasse de "fazer a família passar vergonha". Foi então que, havia uns dois meses, e para grata surpresa de todos, eles anunciaram o noivado. A princípio a notícia colocou mamãe em desespero, pois ela concluiu que o único motivo de eles resolverem se casar depois de tanto tempo era o fato de Rachel estar grávida. Só que Rachel não estava grávida. Eles iam se casar simplesmente porque estavam a fim. Eu fiquei muito contente por eles terem avisado a todos a respeito de seus planos, porque se tivessem esperado alguns dias a mais acabariam achando que, por consideração a mim e ao que me aconteceu, não poderiam mais se casar tão cedo. Mas a data estava marcada e até o hotel já fora reservado. O dono do estabelecimento era um amigo de "recuperação" de Rachel, que lhes oferecera um pacote irrecusável (mamãe ficou horrorizada ao saber disso: "Um viciado em drogas!

Esse deve ser igual ao Chelsea Hotel"). Bem, o caso é que se Rachel e Luke desistissem agora, sabiam que eu iria me sentir muito pior.

— Então, se a senhora gosta de Luke, qual o problema?

— Fico imaginando...

— O quê?

— Será que ele usa cueca?

— Por Deus! — reagi, baixinho.

— Quando fico muito perto dele, eu sinto... Sinto vontade de *mordê-lo*.

Ela estava olhando para o teto, presa a alguma fantasia centrada em Luke, quando papai enfiou a cabeça pela porta para chamar mamãe:

— Telefone!

Ela deu um pulo, se levantou da cama e, ao voltar, parecia claramente perturbada.

— Era Claire.

— Como vão as coisas por lá?

— Ela vai chegar de Londres na tarde de sábado, para você ver como estão as coisas.

— Ué... Qual é o problema?

— Ela vem porque quer ver Rachel pessoalmente e lhe implorar que não se case com Luke.

— Ah. — Exatamente do mesmo jeito que ela implorou para eu não me casar com Aidan.

Talvez fosse muita cara de pau de Claire fazer uma coisa dessas, mas o fato é que eu mesma tinha minhas dúvidas. Eu sempre soube que casar com Aidan era um risco — embora o mais engraçado é que não no sentido do que acabou acontecendo.

Será que eu devia ter ouvido Claire? Nas últimas semanas, que eu passara sentada no jardim, observando as flores e deixando que as lágrimas curassem meus ferimentos, pensei muito a respeito. Puxa, vejam como eu estava, olhem bem para o estado em que eu me encontrava!

Vivia me perguntando se era melhor ter amado e perdido, mas isso era uma pergunta idiota e sem sentido, porque eu não tive escolha.

— Não vou permitir que Claire estrague esse casamento — garantiu mamãe.

— Não é culpa dela. — Depois do marcante fracasso matrimonial de Claire, ela passou a ridicularizar a instituição do casamento, rotulando tudo aquilo de "um monte de asneiras". Veio com um papo sobre mulheres que eram tratadas como escravas e o próprio ato de "dar a mão em casamento" nos reduzia a simples objetos que passavam do controle de um homem para outro.

— Quero que este casamento vá em frente — disse mamãe.

— Mas a senhora vai ter que comprar um chapéu ridículo para a cerimônia... Mais um.

— O chapéu ridículo é a menor das minhas preocupações.

Helen me entregou uma folha de papel.

— Vamos encenar meu roteiro. Você vai ser o homem, tá legal? Simplesmente leia as falas.

— Mamãe, venha logo — chamou ela. — Vamos começar!

Mamãe se sentou em uma das poltronas da Grande Sala da Frente, Helen se espalhou sobre um dos sofás, com os pés sobre a mesinha de centro, e eu fiquei do lado de fora da porta. Todas nós estávamos com nossos scripts na mão. Dei uma olhada no roteiro por alto. Não havia mudança alguma desde a última vez que eu o vira.

Cena Um: Sala de uma agência de detetives pequena, mas valorosa. Duas mulheres em cena, uma jovem e linda (eu) e a outra velha e feia (mamãe). A jovem está com os pés sobre a mesa. A velha não está com os pés sobre a mesa por causa do reumatismo. Dia calmo. Tranquilo. Chato. Um carro estaciona à porta. Um homem entra. Bonitão. Pés grandes. Olha em volta.

Eu: Em que posso ajudá-lo?

Homem: Estou procurando uma mulher.

Eu: Isto aqui não é um bordel.

Homem: Não, eu quis dizer... Procuro minha namorada. Ela está desaparecida.

Eu: Já perguntou por ela aos rapazes de farda azul?

Homem: Sim, mas eles não podem procurá-la antes de completar vinte e quatro horas desaparecida. Além do mais, eles acham que nós tivemos uma briga, simplesmente.

Eu (Tirando os pés da mesa, estreitando os olhos e me inclinando para frente.): E vocês brigaram?

Homem (Com cara de desconsolo.): Sim.

Eu: Qual foi o motivo da briga? Outro homem? Alguém com quem ela trabalha?

Homem (Ainda desconsolado.): Sim.

Eu: Ela anda trabalhando até tarde ultimamente? Passa muito tempo com esse colega?

Homem: Sim.

Eu: Isso não está me cheirando bem, mas a grana é sua. Podemos tentar encontrá-la. Passe todos os detalhes para aquela velha ali.

— Faça cara de entediada — disse Helen, para orientar mamãe.

Mas mamãe pareceu ansiosa ao perceber que não recebera nenhuma fala.

— Ação! — gritou Helen.

Eu entrei mancando e Helen me perguntou:

— Em que posso ajudá-lo?

Consultei a página.

— Estou procurando uma mulher.

Helen respondeu:

— Isto aqui não é um bordel.

— Por que eu não posso ficar com essa fala? — quis saber mamãe.

— Porque não. Vá em frente, Anna.

— Não, eu quis dizer... Procuro minha namorada. Ela está desaparecida.

— Já perguntou por ela aos rapazes de farda azul?

— Ou então essa fala — resmungou mamãe. — Eu não posso dizer essa frase?

Tem Alguém Aí?

— Não.
— Sim, mas eles não podem procurá-la antes de completar vinte e quatro horas desaparecida. Além do mais, eles acham que nós tivemos uma briga, simplesmente.
— E vocês brigaram? — grunhiu Helen.
— Sim — respondi eu, fazendo a cabeça pender.
— E QUAL FOI o motivo da briga? — berrou Helen. — Outro homem? Alguém com quem ela trabalha?
— Sim.
— Ela anda trabalhando até tarde ultimamente? Passa muito tempo com esse colega?
— Eu não podia pelo menos falar esse pedacinho? — implorou mamãe.
— Calada!
— Sim — respondi.
— Isso não está me cheirando bem — ladrou Helen —, mas a grana é sua. Podemos tentar encontrá-la. Passe todos os detalhes para aquela velha ali. E não! — gritou, olhando para mamãe. — A senhora definitivamente não pode usar essa fala porque a SENHORA é a velha!
— Vamos lá — disse mamãe, olhando para mim. — Conte-me os detalhes, senhor.
— Não precisamos encenar essa parte agora — sentenciou Helen. — Vamos passar direto para a Cena Dois.
A Cena Dois era muito mais curta. No papel estava escrito assim:

Cena Dois: Apartamento da jovem desaparecida. A mulher jovem e linda, acompanhada pela velha, examina o local.

Do lado de fora da sala, mamãe e Helen, os braços estendidos para frente à altura do rosto e os indicadores unidos para formar revólveres imaginários, circularam lentamente o apartamento imaginário com os joelhos dobrados e as bundas empinadas.

— Mãos ao alto! — gritou mamãe, dando um poderoso chute na porta da cozinha, que se abriu com uma velocidade incrível e bateu com força contra alguma coisa que, como descobrimos de imediato, era papai.

— Meu cotovelo! — uivou ele, surgindo detrás da porta, apertando o braço e dobrado para a frente, de dor. — Por que fez isso, sua doida?

— Isso mesmo — disse Helen para mamãe. — A senhora não fala nada nessa cena.

— Eu não falo nada em cena nenhuma. Quero dizer "Mãos ao alto!" — insistiu mamãe. — ... E vou dizer "Mãos ao alto!".

CAPÍTULO 12

Quando Rachel chegou na manhã de sábado, a primeira coisa que mamãe lhe disse foi:

— Pareça radiante, pelo amor de Deus. Claire está vindo aqui para lhe pedir que você não se case.

— É mesmo? — Rachel achou graça. — Eu não acredito! Ela fez isso com você também, não fez, Anna? — Então, percebendo que falara demais, fez uma careta e empinou o corpo como se alguém tivesse espetado a sua bunda. Mais que depressa, mudou de assunto:

— O quanto a senhora quer que eu pareça radiante?

Mamãe e Helen avaliaram Rachel com ar de dúvida. O visual dela era *low profile*, descolado, estilo centro de Manhattan: agasalho em cashmere com capuz, bermuda de brim sem bainha e tênis daqueles superflexíveis que dá para dobrar em oito e guardar em uma caixa de fósforos.

— Não dá para fazer alguma coisa nesses cabelos não? — sugeriu Helen, e então, com ar obediente, Rachel tirou a piranha que os prendiam no alto da cabeça e uma cascata de fios pretos muito pesados lhe tombou sobre os ombros e desceu pelas costas.

— Ora, ora, srta. Walsh, você está linda! — disse mamãe, com um tom ácido. — Penteie, vamos! Penteie tudo isso e sorria o tempo todo.

A verdade é que Rachel já estava radiante. Ela normalmente é assim. Possui um ar marcante, uma quietude que pulsa com sugestões suaves de segredos e volúpias.

Nesse instante, mamãe avistou A Aliança. Por que será que ela demorou tanto a perceber a joia?

— Balance essa pedra o mais que puder, para mostrá-la a todo mundo.

— Tá legal.
— Muito bem, agora vamos examiná-la.

Rachel rodou a aliança de safira no dedo, retirou-a com cuidado e, na rápida disputa que se seguiu entre mamãe e Helen, mamãe ganhou.

— Pelos astros! — disse ela, com um ar feroz, cerrando o punho e golpeando o ar. — Esperei muito tempo por isto.

Em seguida ela examinou a aliança, observando cada detalhe, colocando-a contra a luz e apertando os olhos como se fosse uma especialista em joias.

— Quanto custou?
— Não interessa.
— Ah, conta logo! — Helen se interessou também.
— Não.
— A aliança deve custar pelo menos um mês do salário do noivo — afirmou mamãe. — *No mínimo!* Se isso custou menos, ele está fazendo você de boba. Muito bem, hora de todas nós fazermos um pedido! Vamos deixar Anna ser a primeira.

Mamãe me entregou a aliança, e Rachel explicou:

— Você conhece as regras, não conhece? Gire a joia três vezes em direção ao coração. Você não pode desejar um homem e nem dinheiro, mas pode desejar uma sogra rica. — Mais uma vez ela percebeu que dera um fora e assumiu novamente a cara de quem foi espetada na bunda.

— Tudo bem — amenizei. — Está tudo certo, não dá para evitar o assunto, mesmo.

— Sério?

Fiz que sim com a cabeça.

— Tem certeza?

Concordei novamente.

— Muito bem, vamos dar uma olhada na sua sacola de maquiagem — sugeriu ela.

Por alguns instantes, espremida entre Rachel, Helen, mamãe e cercada de cosméticos, eu me senti bem e tudo pareceu normal.

Então começamos a imitar Claire.

— Casamento é só uma forma de possessão — disse mamãe, arremedando a voz empostada de Claire.
— Ela não consegue evitar isso — defendeu Rachel. — Ter sido abandonada e humilhada a deixou traumatizada.
— Cale a boca! — ordenou Helen. — Não estrague a brincadeira. Acessórios, é isso que todas nós somos. Simples acessórios!
Até eu entrei na pilha:
— E eu, que achava que casar significava usar um vestido deslumbrante e ser o centro das atenções.
— Nunca me passou pela cabeça aturar *nenhuma* das implicações político-sexuais do evento — falamos todas em coro (inclusive Rachel).
Rimos muito, rimos sem parar, e, embora eu sentisse que a qualquer momento ia ter uma crise de choro, consegui manter o sorriso pregado na cara.
Quando acabamos de debochar de Claire, Rachel perguntou:
— E agora, sobre o que vamos falar?
Mamãe disse, de repente:
— Tenho tido uns sonhos estranhos ultimamente.
— Sobre o quê?
— Sou uma dessas garotas que são superferas em kung fu. Consigo dar um daqueles chutes abertos em que o corpo gira e atinge uns vinte caras bem na cabeça antes de terminar o círculo.
— Que legal! — Era realmente bom ter uma mãe com sonhos tão interessantes.
— Estive pensando... Talvez eu possa tomar algumas aulas de Tai Bo ou uma dessas lutas. Helen e eu poderíamos ir juntas para as aulas.
— O que a senhora estava vestindo no sonho? — quis saber Rachel. — Quimonos especiais para kung fu e roupas desse tipo?
— Não. — Mamãe pareceu surpresa com a ideia. — Uso roupas comuns. Minha saia e blusa de todo dia.
— Aaah... — Rachel ergueu o dedo em uma atitude de sabedoria. — Agora tudo faz sentido. A senhora se considera a guardiã da família, e nós precisamos de proteção.

— Nada disso, simplesmente gosto de poder chutar um monte de homens de uma vez só.

— Obviamente a senhora anda passando por momentos de estresse quase intoleráveis. Com tudo o que aconteceu com Anna, é compreensível.

— Isso não tem nada a ver com Anna! Eu simplesmente gostaria de ser uma dessas heroínas, ou uma das panteras, ou Lara Croft, essas todas que sabem se defender. — Mamãe estava quase chorando.

Rachel sorriu com suavidade, compreensão e carinho — aquele tipo de olhar gentil que dá vontade de matar a criatura. Em seguida subiu para tirar uma soneca. Mamãe, Helen e eu permanecemos caladas sobre a cama.

— Sabem de uma coisa? — disse mamãe, quebrando o silêncio. — Tem horas em que eu acho que ela era muito melhor quando andava metida com drogas.

CAPÍTULO 13

Para o nosso encontro de apenas um drinque, Aidan e eu fomos ao Lana's Place, um bar calmo, de alta classe, com iluminação indireta e tons sofisticados.

— Aqui está bom? — perguntou Aidan, quando nos sentamos. — Não é esquisito demais?

— Até agora está ótimo — respondi. — A não ser que aqui seja um daqueles lugares em que os atendentes do bar apresentam um número de sapateado quando bate nove da noite.

— Caraca! — Ele colocou as mãos na cabeça. — Nem pensei em verificar isso.

Quando a garçonete veio anotar os pedidos, perguntou:

— Vocês querem uma comanda?

— Não — respondi. — Talvez eu tenha de ir embora de repente... Se descobrir que você é um cara esquisito — acrescentei, depois que a atendente saiu.

— Não vai descobrir isso, porque eu *não sou* esquisito.

Eu não achava que fosse. Ele era muito diferente dos caras do *speed-dating*. Mas era sempre bom desconfiar.

— Nossas cicatrizes combinam.

— Como...?

— As cicatrizes. Na sobrancelha direita. Cada um de nós tem uma. Será que isso não significa algo... Especial?

Ele estava sorrindo. Não era para eu levar isso a sério.

— Como você conseguiu a sua? — ele perguntou.

— Brincando na escada com os sapatos de salto alto da minha mãe.

— Que idade você tinha? Seis? Oito?

— Vinte e sete. Não, brincadeira... Cinco e meio. Estava imitando um daqueles grandiosos números musicais de Hollywood, rolei da escada e bati com a testa na quina do aquecedor da sala.

— Aquecedor?

— Pois é. Uma coisa tipicamente irlandesa, feito de metal. Levei três pontos. E você? Como ganhou a sua?

— No dia em que nasci. Foi um acidente envolvendo a parteira e um par de tesouras. Também levei três pontos. Agora me conte o que você faz quando não trabalha como ajudante do mágico.

— Você quer conhecer o meu eu verdadeiro?

— Se estiver tudo bem para você. E se conseguir contar bem depressa, eu agradeceria. Só para o caso de você decidir ir embora correndo, de repente.

Então eu lhe contei tudo sobre minha vida. Falei de Jacqui, de Rachel, de Luke, dos Homens-de-Verdade, do talento de Shake na guitarra imaginária, de Nell, meu vizinho do andar de cima, e da sua amiga estranha. Falei do trabalho, do quanto eu adorava os produtos com os quais trabalhava, e contei como Lauryn tinha roubado a minha ideia da promoção do creme noturno de laranja e arnica e a apresentou como se fosse dela.

— Já estou detestando essa tal de Lauryn — disse ele, solidário. — Seu vinho está bom?

— Ótimo.

— É que você está bebendo devagar demais.

— Você está bebendo sua cerveja mais devagar ainda.

Por três vezes a garçonete perguntou "Vocês não vão querer mais alguma coisa para beber?", e nas três vezes nós recusamos, deixando-a com a pulga atrás da orelha.

Depois de relatar a Aidan, em alta velocidade, toda a minha vida, ele me contou da dele. Falou da sua criação em Boston, como ele e Leon haviam morado porta com porta e como era incomum naquela área um menino judeu e um americano de origem irlandesa se tornarem melhores amigos um do outro. Contou do seu irmão mais novo, Kevin, e do quanto eram competitivos quando criança.

— Temos apenas dois anos de diferença um do outro, e qualquer coisa representava uma batalha.

Em seguida ele me contou sobre seu trabalho, falou de Marty, o amigo com quem dividia o apartamento, e do amor de toda uma vida dedicada ao time dos Red Sox de Boston. Em algum ponto da história eu terminei o meu cálice de vinho.

— Fique pelo menos até eu terminar minha bebida — pediu ele e, demonstrando admirável autocontrole, fez com que seu restinho de cerveja durasse mais uma hora. Por fim, quando não deu mais para esticar a cerveja, ele olhou com ar pesaroso para o copo.

— Muito bem — disse ele. — Esse foi o drinque que nós combinamos. Como vai o encanamento do seu apartamento?

Pensei por um momento, antes de responder:

— Perfeito.

— E então? — quis saber Jacqui, assim que eu entrei. — Pirado?

— Não. Normal.

— Pintou um clima?

Pensei um pouco.

— Sim. — Era verdade. Certamente tinha pintado um clima.

— Chupões e beijos?

— Mais ou menos.

— De língua?

— Não. — Ele tinha me beijado na boca. Uma leve sugestão de calor e firmeza, mas de repente ele parou e me deixou querendo mais.

— Gostou dele?

— Gostei.

— Sério? — Ela ficou subitamente interessada. — Nesse caso, é melhor eu ir avaliá-lo de perto.

Eu ergui o queixo e mantive o olhar no dela.

— Ele *não é* um Mãos-de-Pluma

— *Eu* é que vou decidir isso.

O teste para Mãos-de-Pluma idealizado por Jacqui é uma avaliação terrivelmente cruel que ela emprega com todos os homens. Tudo teve início por causa de um carinha com quem ela dormiu anos atrás. Durante a noite toda ele passou as mãos para cima e para baixo ao longo do corpo dela, em carícias leves, como se suas mãos fossem plumas; ele subiu e desceu as mãos pelas suas costas, entrou pela parte interna das suas coxas, alisou-lhe o estômago e, antes da transa, perguntou-lhe, com toda a gentileza, se ela estava certa do que ia fazer. Milhares e milhares de mulheres teriam adorado isso; ele se mostrou gentil, atento e respeitoso. Só que, para Jacqui, aquilo foi o maior corta-tesão da sua vida. Ela teria preferido se ele a tivesse jogado em cima de uma mesa dura, rasgado suas roupas e a tivesse possuído sem precisar de permissão explícita.

— Ele ficou me acariciando um tempão com aquelas mãos de pluma — relatou ela mais tarde, fazendo uma careta de nojo. — Tanta suavidade emplumada foi terrível! Até parece que ele tinha lido algum livro sobre como oferecer às mulheres o que elas realmente esperam. Mãos-de-Pluma sem-vergonha! E eu ali, louca para ele me virar do avesso, me jogar na parede e me chamar de lagartixa.

E foi assim que o título pegou. Implícito no nome estava uma qualidade afeminada que, na mesma hora, arrancava de um homem todo o sex appeal. Era uma maldição para qualquer homem ser colocado nessa categoria. Na opinião de Jacqui, era muito melhor o cara ser um bêbado barrigudo que usa uma camiseta regata nojenta e espanca a esposa do que ser um Mãos-de-Pluma.

Seus critérios eram amplos, implacáveis e, o que é pior, completa e perigosamente aleatórios. Não existe uma lista definitiva, mas aqui vão alguns exemplos. Homens que não comiam carne vermelha eram Mãos-de-Pluma. Homens que usavam gel hidratante pós-barba, em vez de darem tapas na cara com loção à base de álcool, daquelas que fazem arder até a alma, eram Mãos-de-Pluma. Homens que reparavam em sapatos ou bolsas novos eram Mãos-de-Pluma (ou "rapazes alegrinhos"). Homens que diziam que pornografia era exploração das mulheres eram Mãos-de-Pluma (ou mentirosos). Homens que diziam que pornografia era exploração tanto dos homens quanto das mulheres extrapolavam a escala do mãos-de-plumômetro. Todos os homens héteros que moravam na cidade de

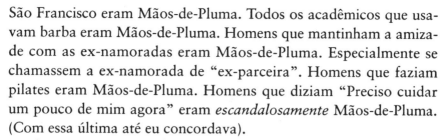

São Francisco eram Mãos-de-Pluma. Todos os acadêmicos que usavam barba eram Mãos-de-Pluma. Homens que mantinham a amizade com as ex-namoradas eram Mãos-de-Pluma. Especialmente se chamassem a ex-namorada de "ex-parceira". Homens que faziam pilates eram Mãos-de-Pluma. Homens que diziam "Preciso cuidar um pouco de mim agora" eram *escandalosamente* Mãos-de-Pluma. (Com essa última até eu concordava).

As regras para rotular um homem de "Mãos-de-Pluma" possuíam variações complexas e subseções: homens que levantavam para lhe dar lugar no metrô eram Mãos-de-Pluma, mas *apenas* se sorrissem para você. Se eles grunhissem e dissessem "Senta aí!" de um jeito macho e sem fazer contato olho no olho, estavam limpos.

Ao mesmo tempo, novas categorias e subseções eram adicionadas o tempo todo. Jacqui, certa vez, decidiu que um homem — que até então fora perfeitamente aceitável — era um Mãos-de-Pluma porque usou a expressão "gêneros alimentícios". Alguns dos decretos de Jacqui pareciam completamente estapafúrdios: ela determinou que homens que ajudavam as mulheres a procurar objetos perdidos eram Mãos-de-Pluma, mas nem mesmo as mulheres radicalmente contra os Mãos-de-Pluma conseguiriam negar que esta é uma qualidade utilíssima em um homem.

(O mais engraçado é que, em segredo, eu suspeitava que Luke, um homem que Jacqui considerava "absurdamente sexy", *era* um Mãos-de-Pluma. Luke certamente não parecia pertencer à categoria, pois tinha jeito de macho rude e durão. Só que por baixo das calças de couro e do queixo quadrado ele era gentil e atencioso — até mesmo sensível. E a sensibilidade é a característica principal de um verdadeiro MP.)

Só quando percebi o quanto estava ansiosa para ouvir Jacqui decretar que Aidan não era um Mãos-de-Pluma foi que senti o quanto gostava dele. Não que as opiniões de Jacqui me afetassem, mas as coisas ficam meio esquisitas quando uma amiga sua despreza seu namorado. Não que Aidan fosse meu namorado, mas mesmo assim...

Sam, meu último namorado de verdade, era muito divertido, mas em uma noite terrível ele acabou rotulado como Mãos-de-

Pluma só por comer iogurte de baixas calorias no sabor cheesecake de morango, e embora isso não tivesse nada a ver com nosso rompimento — a coisa não ia durar muito mesmo —, certamente tornou nossa relação um pouco mais tumultuada.

Nunca vi um Mãos-de-Pluma perder o título: uma vez Mãos-de-Pluma, sempre Mãos-de-Pluma. Jacqui era como o imperador romano do filme *Gladiador*: o polegar subia ou descia. O destino de um homem era decidido em um único instante e não havia volta.

Pessoalmente, abomino o teste do Mãos-de-Pluma, mas quem sou eu para julgar, já que tenho numa pequenina repulsa por farejadores; homens que fazem "cheirinho"; homens que atormentam a gente sem usar as mãos, só com o rosto e o nariz, esfregando a cabeça e descendo até o pescoço, esfregando a testa de encontro à sua antes de, finalmente, dar um beijo — geralmente acompanhado de gemidos melodiosos. Eu não gosto nada disso. Nem um pouco.

— E então, quando é que você vai ver esse possível Mãos-de-Pluma novamente?

— Fiquei de dar uma ligada para ele quando estivesse a fim — eu disse, com ar distraído.

No entanto, ele me ligou dois dias depois, falando que seus nervos não aguentavam mais a espera, e perguntou se eu toparia jantar com ele na noite seguinte. Claro que não, repliquei. Disse que ele estava me perseguindo e eu já tinha outro compromisso. Mesmo assim, avisei que estaria disponível na noite seguinte, se ele estivesse a fim...

Quatro noites depois desse jantar, fomos a um show de jazz. Até que não foi tão ruim, porque os instrumentistas faziam uma pausa a cada duas músicas — pelo menos foi o que me pareceu — e assim nós tivemos muitas oportunidades para bater papo. Mais ou menos uma semana depois fomos comer um fondue.

Nesse meio-tempo eu saí uma noite com um amigo de Teenie (fomos ao Cirque du Soleil e foi uma noite terrível, porque um circo é um circo e colocar um nome francês só para impressionar não muda nada). Teoricamente eu estava aberta a qualquer oferta, mas o único homem que via regularmente era Aidan. De forma não exclusiva, é claro.

Ele sempre me perguntava sobre minha galera, queria saber do emprego de Jacqui e dos ensaios de guitarra imaginária de Shake e companhia limitada — pois mesmo sem nunca ter conhecido pessoalmente nenhuma dessas figuras ele sabia tudo sobre suas vidas.

— É como acompanhar a uma novela, ou algo assim — comentou ele.

Nossas conversas nunca passavam por nenhum território sério. Eu bem que tinha algumas perguntas para ele — por que ele não me telefonara quando eu lhe dei meu número da primeira vez, ou por que ele disse que queria ficar comigo, mas não sabia se ia rolar. Só que eu não perguntei nada porque não queria saber as respostas. Ou melhor, não queria saber as respostas *por enquanto*.

Mais ou menos no nosso quarto ou quinto encontro, ele respirou fundo e disse:

— Não se apavore, mas Leon e Dana querem conhecer você, tipo assim, *de verdade*. O que acha?

Eu achei que preferia ter meus rins arrancados com uma faquinha cega, mas aguentei firme.

— Vamos ver — respondi. — O engraçado é que Jacqui também quer conhecer você.

— Tudo bem — assentiu ele, depois de pensar por alguns segundos.

— Sério mesmo? Não precisa topar. Eu disse a ela que nem ia falar nada, para não assustar você.

— Não, vamos nessa. Pelo que você fala, Jacqui é muito gente fina. Será que *eu* vou gostar dela?

— Provavelmente não.

— Por quê?

— Porque sim — respondi. — Sabe quando dois amigos vão se encontrar pela primeira vez, a outra pessoa — eu, no caso — quer muito que eles gostem um do outro e eles perguntam "Será que nós vamos gostar um do outro?" Pois é... As expectativas ficam muito altas e eles acabam desapontados. O segredo é criar uma expectativa baixa. Então, não... Acho que você não vai gostar dela nem um pouco.

— Nós três vamos jantar fora! — declarou Jacqui.

Nem pensar. E se ela e Aidan não fossem com a cara um do outro? Duas a três horas conversando amenidades e enfiando comida goela abaixo, num clima tenso? Aaarrrgh!

Um drinque rapidinho depois do trabalho era o bastante; simpático, simples e, acima de tudo, curto. Escolhi o Logan Hall, um bar grande e movimentado no centro, barulhento o bastante para cobrir qualquer silêncio estranho que pintasse durante o papo. Provavelmente estaria lotado de escravos bebendo todas depois do expediente, para se livrar do estresse.

Na noite marcada eu cheguei antes e fui abrindo caminho em meio a conversas e babados irresistíveis.

("... ela foi duplamente despedida...";

"... com uma garrafa de Jack Daniel's escondida na meia, juro...";

"... debaixo da escrivaninha, chupando ele...")

Até que consegui uma mesa na varanda. Jacqui chegou logo e, oito minutos depois, Aidan ainda não tinha aparecido.

— Ele está atrasado — comentou Jacqui, com ar de aprovação.

— Chegou! — Ele estava no andar de baixo, tentando abrir caminho no meio do povo e parecendo meio perdido. — Tamos aqui em cima! — berrei.

Ele ergueu a cabeça, me viu, sorriu com vontade e fez "Oi!" com a boca, sem falar realmente a palavra.

— Uau, ele é lindo! — Jacqui pareceu atônita, mas logo se recobrou. — Mas isso não conta ponto, entende? Você pode estar com o homem mais bonito do mundo, mas se, na hora H, ele demonstra ser um "Mãos-de-Pluma" e não come os amendoins do pratinho com medo de pegar germes, fim de linha para o mané.

— Pois ele vai comer os amendoins — disse eu, rapidinho, porque ele já chegara à mesa.

Ele me beijou, se sentou ao meu lado e acenou com a cabeça para cumprimentar Jacqui.

Tem Alguém Aí?

— Vocês querem beber alguma coisa? — A garçonete já espalhava guardanapos diante de nós e colocou uma tigelinha de amendoins no meio da mesa.

— Um saketini para mim.

— Pode trazer dois — atalhou Jacqui.

— E o senhor? — perguntou a atendente, olhando para Aidan.

— Não tenho personalidade — desculpou-se ele. — Pode trazer três.

Especulei o que Jacqui iria deduzir dessa frase. Será que drinques de saquê eram muito femininos? Será que era melhor ele ter pedido uma cerveja?

— Quer um amendoim? — Jacqui apontou para a tigelinha.

— Quero sim, obrigado.

Esbocei um sorriso afetado para Jacqui.

Foi uma noite fantástica. Nós três nos demos tão bem que partimos logo para o segundo drinque, depois o terceiro, e Aidan insistiu em pagar a conta. Isso me deixou novamente preocupada. Será que para não parecer Mãos-de-Pluma seria aconselhável dividir a conta por três?

— Obrigada — agradeci. — Você não precisava fazer isso.

— Sim, obrigada — repetiu Jacqui, e eu prendi a respiração. Se ele comentasse alguma coisa sobre ser um prazer estar na companhia de duas damas tão adoráveis, já era... Mas ele simplesmente disse:

— De nada. (Isso certamente contaria a seu favor na contagem final da MP, certo?)

— É melhor eu ir ao toalete — disse Jacqui —, antes da minha longa jornada de volta para casa.

— Ótima ideia! — Eu a segui e perguntei: — E aí? Mãos-de-Pluma?

— *Ele?* Definitivamente *não*.

— Que bom! — Fiquei feliz. Achei o máximo que Aidan tivesse passado com tantas honras na prova para detecção de Mãos-de-Pluma.

Com muita admiração, ela acrescentou:

— Aposto que ele é um cachorrão difícil de manter na coleira.

Meu sorriso murchou. Quase perdi o rebolado.

CAPÍTULO 14

No sábado, de manhã, um táxi parou na calçada de *chez Walsh*. A porta se abriu e uma sandália fina e elegante com salto altíssimo apareceu, seguida por uma perna superbronzeada (ligeiramente laranja e meio listrada à altura do tornozelo), uma minissaia jeans com barra esfiapada, uma camiseta coladinha onde se lia "Meu Namorado Viajou" e uma cascata de cabelos com mechas em tons louro-claros. Claire tinha chegado.

— Ela está com quarenta anos — disse Helen, ligeiramente alarmada — e parece uma vadia. Nunca foi tão assanhada assim.

— É melhor desse jeito. Muito melhor do que sua irmã Margaret — disse mamãe, seguindo em direção à porta de entrada para dar as boas-vindas a Claire e berrar para o taxista: — Essa é de um rebanho premiado! Muito bem, garota!

Sorrindo, Claire seguiu pela calçada exibindo vinte centímetros de coxas quase sem celulite e se lançou para receber o abraço de mamãe.

— Nunca vi você com aparência tão boa! — declarou mamãe. — Onde comprou essa camiseta? Escute, será que você pode dar alguns conselhos para Margaret? Ela é mais nova que você e parece mais velha que eu. Isso é péssimo para minha imagem.

— Mas que sem-noção, hein? — debochou Helen. — Vestida como uma pistoleira... E depois de virar quarentona!

— Sabe o que eles falam sobre os quarenta anos? — perguntou Claire, colocando a mão no ombro de Helen.

— Sua bunda arrasta no chão?

— A vida começa! — berrou Claire bem na cara dela. — A vida COMEÇA aos quarenta. Os quarenta representam o que os trinta

Tem Alguém Aí? 111

representavam antigamente. Aliás, a idade é apenas um número, você é tão jovem quanto se sente e, aproveitando a oportunidade, vá se foder!

Ela girou o corpo sobre os saltos agulha e, com um sorriso esplendoroso, recebeu-me com os braços abertos.

— Anna, como está se sentindo, querida?

— Esgotada, para falar a verdade. Claire chegara há poucos minutos e os gritos, os insultos e as súbitas mudanças de astral já tinham me levado de volta aos tempos de criança.

— Você está com uma carinha muito melhor — elogiou, olhando em volta, à procura de Rachel. — Onde ela está?

— Se escondendo.

— Não estou me escondendo PORRA NENHUMA. Estava fazendo a PORRA da minha meditação. — A voz de Rachel surgiu de algum ponto acima das nossas cabeças. Olhamos todas para cima. Ela estava deitada de barriga para baixo no andar de cima, olhando por entre as grades. — Você poderia ter economizado a viagem, porque eu decididamente *vou me casar* com ele. Agora me conte como é que você faz para conciliar seus princípios feministas com uma saia curta desse jeito.

— Eu não me visto para os homens, me visto para mim mesma.

— Sei! — debochou mamãe.

Por fim, Rachel saiu do estado infantilizado ao qual todas nós parecíamos ter voltado (especialmente mamãe), tornou-se sábia e serena novamente e concordou em ouvir o que Claire tinha a lhe dizer. Helen, mamãe e eu perguntamos se poderíamos ficar para ouvir a conversa, mas Rachel disse que preferia que saíssemos. Helen baixou os olhos e disse:

— É claro que respeitamos seu desejo.

No instante em que elas se trancaram em um dos quartos, nós três voamos escada acima (quer dizer, elas voaram, eu manquei) e colamos o ouvido na porta, só que, com exceção das ocasionais exclamações do tipo "Acessórios! Objetos!" e Rachel respondendo com o seu irritante "Sim, eu entendo" murmurado, a coisa logo ficou chata.

Claire, vendo que sua tentativa de convencer Rachel a escapar do casamento fracassara, partiu no auge da indignação, na noite de domingo. (Não antes de esvaziar minha sacola de maquiagem dos últimos batons que restavam. Explicou que havia não apenas as necessidades dela a considerar, mas também as de suas filhas, de onze e cinco anos, que precisavam impressionar as amiguinhas.)

Naquela noite, papai veio conversar comigo — do melhor jeito que conseguiu:

— Pronta para a velha viagem de amanhã, minha linda?

— Prontinha, papai.

— Bem, eu... Humm... Boa sorte quando você chegar lá, e continue fazendo as velhas caminhadas diárias — aconselhou ele, com a voz firme. — Isso vai ajudar a curar o velho joelho.

O número de vezes que papai pronunciara a palavra "velho" era uma clara indicação do quanto ele estava aflito. Naquela noite a palavra "velho" foi usada à exaustão. Papai era capaz de se jogar no chão e dar a própria vida por sua família, mas não conseguia expressar seus sentimentos nem emoções.

— Talvez, quando você voltar de vez para casa, possa praticar algum velho hobby — sugeriu. — Para manter a velha cabeça longe dos problemas. Quem sabe golfe? Isso seria bom para o seu velho joelho.

— Obrigada, papai, vou pensar a respeito.

— Se bem que não precisa ser golfe, especificamente — corrigiu. — Pode ser qualquer uma daquelas velhas coisas de mulher. Quem sabe a gente acaba indo a Nova York, para ajudar Rachel a organizar o velho casamento com aquele cara de cabelo grande.

No aeroporto, mamãe analisou com muita atenção o painel com os números dos voos, olhou para mim, em seguida para Rachel e, por fim, exclamou:

— Não é uma pena que vocês duas morem em Nova York? — Colocando as mãos nos quadris, empinou os seios em nossa direção.

Tem Alguém Aí?

Ela convencera Claire a lhe dar a camiseta "Meu Namorado Está Viajando" e agora fazia de tudo para chamar a atenção para si mesma. — Será que uma de vocês duas não poderia se mudar para outra cidade? Assim teríamos mais um lugar onde dormir de graça. Eu sempre tive vontade de conhecer Sydney.

— Ou Miami — atalhou papai, e deu um "chega pra lá" na mamãe, batendo o seu quadril no dela e gritando: — Bem-vindos a Miami!

— Despeçam-se logo! — reagiu Rachel, com frieza.

— Tudo bem, tudo bem.

Eles me pareceram um pouco ruborizados, respiraram fundo e se lançaram em uma profusão de gentilezas e recomendações:

"Anna, minha gatinha, tudo vai ficar bem"; "Querida, você vai superar"; "Dê tempo ao tempo"; "Volte para casa à hora que quiser"; "Rachel, tome conta dela."

Até Helen disse:

— Queria que vocês não fossem embora. Tentem não pirar demais.

— Me escreva! — pedi a ela. — Me mande notícias sobre seu roteiro e e-mails engraçados contando lances do trabalho.

— Tá legal.

O mais curioso foi que, apesar de todos os votos de boa sorte, abraços e incentivos, ninguém chegou a mencionar Aidan.

CAPÍTULO 15

Depois de Jacqui decretar que Aidan seria um cachorro difícil de manter na coleira, comunicou a ele:

— Você foi aprovado. Gostamos do seu jeito. Pode sair conosco sempre que quiser.

— Ahn... Obrigado.

— Aliás, amanhã, à noite, é a festa de aniversário da amiga estranha de Nell. Vai ser no Outhouse, na Mulberry Street. Apareça lá.

— Humm... Tá legal. — Ele olhou para mim. — Tudo bem?

— Claro.

O entrosamento entre Jacqui e Aidan continuou na noite seguinte, quando, na saída do bar, Jacqui apontou para um Adônis que estava encostado em uma parede.

— Olha lá que cara lindo! E sozinho! Será que está esperando alguém?

— Vá lá perguntar — sugeriu Aidan.

— Não posso simplesmente ir até lá e perguntar isso a ele.

— Quer que eu vá?

Os olhos dela quase saltaram das órbitas e ela o agarrou pelo braço com força.

— Você faria isso?

— Claro. — Ela acompanhou com os olhos quando Aidan forçou passagem pela multidão, perguntou alguma coisa ao Adônis, viu quando Adônis respondeu e girou a cabeça para dar uma olhada no bolo de gente em meio ao qual nós duas estávamos. Mais algumas palavras foram trocadas entre os dois, e então Aidan se virou para vir na nossa direção... Seguido por Adônis.

— Pelo Menino Jesus! — sibilou Jacqui. — Ele tá vindo aqui!

Infelizmente, acabamos descobrindo que Adônis se chamava Burt e que, de perto, exibia um tipo de rosto peculiarmente imóvel; e não demonstrou interesse algum em Jacqui, mas, como resultado do lance, Jacqui passou a considerar Aidan o topo de linha entre os mortais.

Maravilha. Todo mundo estava se entendendo e se gostando. Porém, como Aidan já saíra com alguém do meu lado duas vezes, eu me vi na obrigação de reencontrar Leon e Dana, mas não estava muito empolgada com a possibilidade de eles me julgarem e encontrarem algum defeito. Só que — ao contrário da última vez em que os vira — eles não me trataram como uma mulher recortada em papelão, clone de dezenas de outras, e acabamos curtindo um encontro inesperadamente agradável (inesperadamente de minha parte, pelo menos).

Depois, alguns dias mais tarde, os Homens-de-Verdade organizaram uma festa de Halloween. Eles (os Homens-de-Verdade) resolveram se fantasiar com roupas estranhas e apareceram vestidos como eles mesmos. Eu dava uma circulada, me perguntando se Aidan iria aparecer ou não quando, de repente, não mais que de repente, alguém se atirou na minha frente coberto por um lençol, como um fantasma e gritando: "Uahahahaha!!!"

— Desejo o mesmo pra você!

Então o fantasma tirou o lençol da cabeça e falou, com voz de gente:

— Qual é, Anna? Sou eu!

Era Aidan. Nós dois, ao mesmo tempo, demos um guincho de surpresa e alegria. (Não que fosse assim tão surpreendente vermos um ao outro, mas... Deixa pra lá.) Eu me lancei pra cima dele, que me agarrou com força, envolvendo minhas costas com os braços. Nossas pernas se embaralharam e uma fisgada de tesão me espetou por dentro. Ele também sentiu algo do tipo, porque seu olhar se modificou na mesma hora e ficou sério. Mantivemos os olhos um no outro por um instante interminável, até que a amiga estranha de Nell espetou a bunda de Aidan com um tridente e quebrou o encanto.

A essa altura do campeonato eu já tinha saído com Aidan umas sete ou oito vezes e em nenhuma delas ele tinha avançado para cima de mim com intenções, digamos, sexuais. Em todos os encontros, tudo o que rolou foi um beijo, o qual, por sinal, havia melhorado muito, indo do rápido e firme para o lentinho e muito suave, mas um beijo era só um beijo.

Eu esperava mais? Esperava!

Estava curiosa pelo motivo de ele se segurar tanto? Estava!

Mesmo assim eu me mantive sob controle, e me segurei para não dar uma chave de braço em Jacqui depois de cada noite sem sexo e interrogá-la, torcendo as mãos de agonia e quase chorando: *Qual o problema dele, Jacqui? Será que não tem tesão por mim? Será que ele é gay? Será que é evangélico? Será que é um daqueles imbecis que acham que "o verdadeiro amor sabe esperar"?*

Aidan me ligou no dia seguinte, depois da festa de Halloween, e comentou:

— Ontem à noite foi divertido.

— Que bom que você curtiu. Escute... No sábado Shake vai participar do campeonato de guitarra imaginária. Todo mundo vai para se divertir com a figura. Quer ir também?

Silêncio.

— Anna, nós podemos... Conversar?

Ai, caraca!

— Não me entenda mal. Eu curto muito Jacqui e Rachel e Luke e Shake e Leon e Dana e Nell e a amiga estranha de Nell. Só que eu queria muito ver você assim, tipo... Só nós dois.

— Quando?

— O mais rápido possível? Hoje à noite?

Um sentimento feliz começou a fazer piruetas na boca do meu estômago. E aumentou quando Aidan disse:

— Conheço um restaurante italiano muito legal na rua 85 Oeste.

Havia uma coisa especial além do restaurante italiano legal na 85 Oeste. Aidan morava nessa rua.

— Oito horas? — ele sugeriu.

— Combinado.

Tem Alguém Aí? 117

* * *

Comemos tudo a jato; uma hora e meia depois de entrarmos no restaurante já terminávamos o cafezinho e estávamos metendo o pé na estrada. Como era possível?

Porque nossas cabeças não estavam ligadas na comida, esse era o motivo. Eu estava muito ansiosa, supernervosa — embora não devesse estar. Assim que aterrissamos em Nova York, Jacqui e eu fomos fazer um curso sobre técnicas de sedução.

— Mergulhar nesta cidade é perigoso porque a água não dá pé — explicou Jacqui. — As mulheres de Nova York são muito experientes. Se você não souber fazer *pole dance,* nunca vai arranjar namorado.

Fui às aulas só por diversão. Achava que se um homem se recusasse a dormir comigo por eu não saber dançar agarrada a um poste, também não faria questão dele. Mas o curso foi muito mais interessante do que eu imaginava, e aprendi um monte de dicas utilíssimas sobre como tirar a roupa. (Ao despir o sutiã, gire-o acima da cabeça como se fosse um laço pronto para pegar um novilho em fuga, e depois de arriar as calcinhas, sempre com as pernas juntas, você deve tocar a ponta dos dedos dos pés e balançar a bunda bem na cara do sujeito que está babando atrás de você.)

Portanto, em teoria eu tinha um ou dois truques sensuais na manga. Mas quando Aidan enroscou meus cabelos em torno dos dedos e convidou: "Vamos até meu apartamento para ver quem venceu essa temporada de *O Aprendiz,* e depois você embarca em sua longa jornada até o centro", todos os cabelinhos da minha nuca se colocaram em posição de sentido e pensei que fosse desmaiar.

Assim que ele abriu a porta do apartamento, eu fiquei no hall com as orelhas em pé.

— Onde está Marty? — perguntei.

— Saiu.

— Saiu? Como assim, saiu?

— Está muito longe daqui.

— Hummm. — Empurrei uma das portas e entrei em um quarto. Reparei no jogo de cama, nas velas espalhadas, no cheirinho de grama recém-cortada. — Este é o seu quarto?

— Ahn... Esse mesmo. — Ele entrou no quarto atrás de mim.

— E ele está sempre assim, tão arrumado?

Hesitação.

— Não.

Pisquei para ele e nós dois rimos ao mesmo tempo, de nervoso. De repente a expressão dele se transformou em algo mais intenso e meu estômago quase despencou no pé. Comecei a circular pelo aposento, pegando coisas e colocando-as de volta no lugar. As velas aromáticas na mesinha de cabeceira eram da Candy Grrrl.

— Puxa, Aidan, eu poderia conseguir várias dessas aqui de graça para você.

— Anna?... — disse ele, baixinho, bem do meu lado. Não senti que ele já estava tão perto e olhei para cima. — Fodam-se as velas — afirmou.

Ele fez deslizar a mão ao longo do meu pescoço, da nuca, lançou descargas elétricas que me desceram pelas costas para em seguida aproximar seu rosto do meu e me beijar. Ele foi devagarinho, a princípio, mas de repente a coisa esquentou e eu me senti inundada pela proximidade dele, pela aspereza da sua barba, pelo calor do seu corpo, que se irradiava através da camisa de algodão fino. Movi o polegar ao longo do seu maxilar, desci com os dedos ao longo da coluna dele e pousei a palma das mãos na altura dos seus quadris.

Os botões da camisa se abriram e ali estava o seu estômago, plano, musculoso, com uma linha de pelos escuros que descia até... Vi minha mão abrir o botão do seu jeans. Foi um ato reflexo, qualquer mulher faria o mesmo.

Então ficamos completamente imóveis. E agora?

Minha mão tremia de leve. Ergui a cabeça e olhei para ele, que me olhava com uma expressão de súplica. Lentamente eu me vi abrindo o zíper da calça dele, e os detalhes da sua ereção pareciam

Tem Alguém Aí? 119

forçar o brim da calça. Com quadris retos, bundinha pequena e uma linha de músculos firmes na parte de trás das coxas, ele era ainda mais delicioso do que eu tinha imaginado. Debruçando-se sobre mim e flexionando os ombros, ele me desembrulhou como se eu fosse um presente.

— Anna, você é tão linda — repetia, sem parar. — Tão linda!

Sua ereção tinha um toque de seda. Era suave, mas firme, de encontro às minhas coxas, e ele me beijou em toda parte, descendo dos cílios até a parte de trás dos meus joelhos.

Todo o meu treinamento foi por água abaixo. Bem que eu queria girar o sutiã acima da cabeça, mas no calor do momento me esqueci totalmente do lance. Tinha outras coisas na mente. Quase nunca gozo na primeira vez que transo com um homem, mas as coisas que ele me fazia, o lento e carinhoso movimento do seu pênis contra mim e dentro de mim, o calor, o desejo e a sensação de prazer que não parava de aumentar, inflando, inflando...

Aceleramos os movimentos e eu quis mais.

— Mais rápido — implorei. — Aidan, acho que eu vou... — Ele se movia cada vez mais depressa, dentro de mim, e eu continuava inflando, inflando, quase transbordando, e então, depois de um segundo de pura inexistência, explodi num prazer intenso que se irradiou de dentro para fora e de fora para dentro, com ondas de expansão que me faziam latejar.

E então ele gozou dizendo o meu nome, com os dedos enroscados nos meus cabelos, os olhos fechados e, no rosto, uma imagem angustiada.

— Anna... Anna... Anna!

Por muito tempo depois, nenhum de nós dois falou nada. Gosmentos de suor e nocauteados pelo prazer, ficamos esparramados sobre os lençóis. Eu conversava mentalmente comigo mesma: *Isso foi absurdo. Foi incrível.* Mas não disse nada; qualquer coisa pareceria um clichê.

— Anna?

— Hummm?

Ele girou o corpo, se colocou em cima de mim novamente e disse:

— Essa foi uma das melhores coisas que já me aconteceram na vida.

Não foi só o sexo. Eu senti como se o conhecesse. Senti como se ele me amasse. Dormimos abraçados, de conchinha, o braço dele apertando meu estômago e minha mão apoiada em seu quadril.

Acordei com o barulho de xícaras tilintando ao lado da orelha.

— Café! — ele anunciou. — Hora de levantar.

Retornei lentamente do meu estado de sono profundo e, feliz, tentei sentar na cama.

— Você já está vestido! — exclamei, surpresa.

— Já. — Ele não me olhou nos olhos e se sentou na beira da cama para enfiar as meias, com o rosto inclinado para a frente, de costas para mim. Na mesma hora acordei de vez e fiquei ligada.

Já passara por aquilo e conhecia as regras: pegar leve, não forçar a barra, deixar que ele tomasse seu próprio tempo. Ah, que se foda isso tudo, eu merecia mais!

Provei o café e perguntei:

— Você não se esqueceu de amanhã à noite, né? O campeonato de guitarra imaginária de Shake? Você vai?

Sem se virar para mim, ele resmungou na direção dos joelhos:

— Não vou estar aqui neste fim de semana.

Esqueci de respirar. Senti como se tivesse sido esbofeteada. Pelo visto eu devia ter seguido o script e feito o lance de tocar as pontas dos pés e balançar a bunda.

— Preciso ir a Boston resolver umas coisas.

— Tudo bem, você que sabe.

— Tudo bem? — Ele se virou, parecendo surpreso.

— Ué, Aidan, tudo bem. Você dormiu comigo, acordou esquisito e de repente não vai estar aqui no fim de semana. Tudo bem.

O rosto dele ficou branco como cera.

— Anna... Eu sei que... Escute, talvez esse não seja o melhor momento para isso, mas... — *Pronto, lá vinha trolha. Era o fim do lance entre nós. E bem na hora em que eu começava a gostar dele. Bosta!*

Tem Alguém Aí?

— Que foi? — perguntei, de forma meio agressiva.
— É que... O que você acha de nós dois nos tornarmos... Você sabe... Exclusivos?
— *Exclusivos?*
Esse tipo de exclusividade era quase um compromisso de noivado.
— Pois é, só você e eu. Não sei se você anda saindo com outros caras, mas...
Encolhi os ombros. Nem eu sabia. Mas havia outra pergunta muito mais importante:
— Você anda saindo com outras garotas?
Um momento de silêncio.
— É por isso que preciso ir a Boston.

CAPÍTULO 16

No voo de Dublin para Nova York, meus ferimentos me incomodaram um pouco, mas isso não foi nada perto do que eu tinha sofrido na viagem de Nova York para casa. Ainda mais porque Rachel, minha protetora feroz, desafiava e analisava psicologicamente qualquer passageiro que me encarasse em demasia.

— O que foi? Por que você sente essa fascinação doentia pela mutilação dos outros? — perguntou ela, muito zangada, para uma pessoa que não parava de se virar do banco da frente só para me olhar.

— Pare com isso! — eu pedi. — Ele só tem sete anos.

Depois de pousarmos e de nossa bagagem ser liberada, já do lado de fora do aeroporto, me senti ligeiramente apavorada na hora de entrar no táxi. Fiquei literalmente trêmula de medo, mas Rachel ralhou:

— Qual é, Anna? Estamos em Nova York, você vai precisar pegar táxis o tempo todo. Em algum momento vai ter que voltar a montar nesse cavalo. Por que não encara logo de uma vez e aproveita que eu estou aqui cuidando de você?

Eu não tinha escolha: ou entrava no táxi ou pegava o avião de volta para a Irlanda. Com os joelhos quase se desfazendo, entrei no veículo.

No caminho, Rachel desandou a falar sobre uma porção de assuntos. Tagarelou sobre coisas que não tinham nada a ver, mas que eram divertidas. Contou de celebridades que tinham perdido peso. Ou tinham engordado muito. Ou tinham agredido o cabeleireiro. Isso me manteve calma.

Atravessamos a ponte e entramos em Manhattan. Fiquei quase surpresa ao perceber que tudo ainda estava exatamente do jeito

Tem Alguém Aí?

que era, fervilhante como sempre. Ali continuava a ser Manhattan, apesar do que me acontecera.

Chegamos ao bairro onde eu morava, o Mid Village (que ficava entre o charmoso West Village e o agitado East Village. *Mid Village* foi o termo cunhado pelos corretores de imóveis para tentar emprestar características boas a um lugar sem personalidade alguma. Porém, com o preço dos aluguéis nas nuvens em Manhattan, Aidan e eu nos sentíamos incrivelmente gratos por morarmos ali e não em alguns dos projetos imobiliários que floresciam no Bronx).

De repente estávamos na porta do prédio onde eu morava, e o choque de vê-lo ainda em pé fez meu estômago revirar tanto que tive medo de vomitar.

Embora Rachel carregasse toda a bagagem sozinha, foi um grande desafio subir os três lances de escada com o meu joelho ferrado, mas assim que eu enfiei a chave na fechadura — Rachel insistiu para que eu mesma abrisse a porta, e não ela — percebi a presença de mais alguém dentro do apartamento. Senti uma pontada de alívio: ele ainda estava lá. *Graças a Deus!* Mas logo descobri que a pessoa era Jacqui. Muito atenciosa, ela apareceu ali movida pela preocupação comigo, por eu estar voltando para um apartamento vazio. O meu desapontamento foi tão grande que fui olhar em todos os cômodos, só por garantia.

Não que houvesse muitos aposentos para checar. Tinha uma sala de estar com uma quitinete apertadíssima embutida na passagem, metade de um banheiro (isto é, só chuveiro e sem banheira) e, nos fundos, o nosso quarto meio escuro com sua janela estreita que dava para o poço de ventilação do prédio (o dinheiro não deu para conseguirmos uma janela decente). Mesmo assim, nós transformamos o lugar em um cafofo aconchegante: havia uma cama linda e grande, com uma cabeceira em madeira entalhada, um sofá comprido o bastante para sentarmos lado a lado e acessórios básicos, tais como velas aromáticas e uma tevê widescreen.

Fui de cômodo em cômodo, olhei até mesmo atrás da cortina do boxe, mas ele não estava lá. Pelo menos as suas fotos continuavam nas paredes; alguma alma caridosa não as tinha arrancado para jogá-las fora depois.

Rachel e Jacqui tentaram se comportar como se nada de estranho estivesse acontecendo. Foi então que Jacqui sorriu e eu olhei para a cara dela, chocada.

— O que aconteceu com seus... Dentes?

— Isso foi um presente do Lionel 9. — O tal do Lionel 9 era uma estrela do rap. — Dia desses, às quatro da manhã, eie resolveu que queria que todos os seus dentes fossem folheados a ouro. Eu achei um dentista disposto a fazer o serviço. Lionel ficou tão grato que me deu de presente esses dois caninos de ouro. Odiei isso. Tô parecendo um Drácula exibido, mas não posso remover o ouro dos dentes, pelo menos até ele ir embora da cidade.

Rachel bateu com uma das mãos na outra em uma paródia de bom humor e declarou:

— Comer é muito importante. O que vamos pedir?

— Pizza? — perguntou Jacqui, olhando para mim.

— Tanto faz. Não sou eu que estou com os dentes folheados a ouro. — Eu lhe entreguei o folheto do Andretti's. — Quer pedir você?

— É melhor você pedir — aconselhou Rachel.

Olhei para ela sem entender.

— Desculpe — disse ela, meio sem graça —, mas é melhor mesmo.

— O problema é que, quando eu peço, eles sempre se esquecem de trazer a salada.

— Pois se tiver que ser assim, que seja.

Foi então que eu liguei para o Andretti's e, como previra, eles esqueceram a salada.

— Eu não disse? — falei, com um ar de triunfo meio desgastado. — Eu bem que avisei.

Nenhuma das duas se deu ao trabalho de me contrariar.

Assim que acabamos de comer, Jacqui fez surgir de algum lugar uma pilha de envelopes com uns trinta centímetros de altura.

— Sua correspondência!

Peguei a pilha, guardei tudo dentro do armário, fechei a porta e a tranquei. Qualquer hora eu ia olhar aquilo com calma.

— Hã... Você não vai abrir nada?

Tem Alguém Aí?

— Agora não.

Um silêncio significativo.

— Acabei de chegar! — expliquei eu, na defensiva. — Me deem um tempo!

Era esquisito ver as duas unidas contra mim. Não que elas não gostassem uma da outra — não exatamente —, mas o lema de Rachel era "A vida de uma pessoa que não faz análise não merece ser vivida", enquanto o de Jacqui (na contramão) era: "A vida é curta, aproveite ao máximo!"

Elas nunca se queixaram uma da outra comigo, mas, se isso tivesse acontecido, Rachel certamente diria que Jacqui era superficial demais, e Jacqui diria que Rachel precisava encarar a vida de forma mais leve.

O ponto-chave das suas diferenças era Luke. Se alguém a pressionasse, Jacqui provavelmente diria que era uma pena Luke desperdiçar sua vida e suas baladas ao lado de Rachel, que é daquelas que adoram ir para a cama cedo.

Entretanto, Rachel certa vez deixara escapar que o único vício do qual ela não conseguira se livrar fora o sexo, o que na mesma hora me fez imaginá-la com Luke experimentando as posições mais bizarras. Mas isso não é algo no qual a gente deva ficar pensando, nem a respeito deles nem de ninguém.

Outro silêncio significativo, e então eu disse:

— E aí, Jacqui, o que anda rolando com você? Já esqueceu o Buzz?

Buzz era o ex-namorado de Jacqui. Ele exibia um bronzeado permanente, tinha uma tonelada de autoconfiança e era podre de rico. Era também incrivelmente cruel. Costumava deixar Jacqui sentada sozinha durante horas em bares e restaurantes, à espera dele, e depois dizia que ela tinha anotado a hora ou o endereço errado.

Era o tipo do cara que teimava que cor-de-rosa era verde só de sacanagem; uma vez, tentou convencer Jacqui a fazer um *ménage* com uma prostituta; dirigia um Porsche vermelho — algo ridiculamente fora de moda — e obrigava o carinha que tomava conta da garagem a limpar os pneus com uma escova de dentes.

Jacqui vivia comentando sobre o grandessíssimo canalha que ele era, dizia estar farta dele — não, dessa vez estava farta *de verdade*. Só que sempre acabava lhe dando mais uma chance. Então ele desmanchou o namoro com ela na noite do Réveillon e ela ficou arrasada.

Jacqui não teve a chance de me contar se já superara o lance com Buzz. Como se eu não tivesse falado nada, Rachel se intrometeu:

— Tem um monte de recados na sua secretária. Achamos que você ia gostar se houvesse alguém ao seu lado na hora em que fosse ouvi-los.

— Por que não? — reagi. — Solta o som.

Havia trinta e sete mensagens. Todo tipo de gente apareceu do limbo.

— Anna, Anna, Anna...

— De quem é *essa voz*?

— ... Aqui quem fala é Amber. Soube agora mesmo...

— Amber Penrose? Há séculos eu não ouvia falar dela. Pode apagar!

— Mas você não vai pelo menos ouvir o recado? — quis saber Jacqui, que controlava os botões da secretária.

— Não preciso, já sei o texto de cor e salteado. Escutem, eu vou me lembrar de todo mundo que ligou — garanti. — Depois retorno para eles. Apague! Próxima!

— Anna... — sussurrou alguém. — Acabei de saber e não posso acredi...

— Sei, sei, sei... Apague!

Rachel resmungou algo. Pesquei a palavra "negação" da sua fala.

— Pelo menos anote o nome das pessoas — sugeriu ela.

— Não tenho caneta.

— Pronto, aqui está. — Ela me entregou uma caneta e um caderninho, que se materializou do nada, e eu, muito obediente, anotei o nome de todo mundo que tinha ligado. A parte boa disso é que não precisei ouvir suas palavras de compaixão.

Depois, Jacqui e Rachel me obrigaram a ligar o computador e entrar na minha caixa de e-mails: havia oitenta e três. Eu olhei num

Tem Alguém Aí?

relance o endereço dos remetentes; só estava interessada em receber um e-mail de uma única pessoa, mas seu nome não estava na lista.

— Leia todos!

— Não preciso. Deixem que depois eu respondo. Escutem só, meninas... Desculpem, mas eu preciso dormir um pouco. Tenho que trabalhar amanhã.

— O quê?! — Rachel guinchou. — Deixe de ser insana! *De jeito nenhum!* Você não está bem física nem emocionalmente para voltar ao trabalho tão depressa. Ainda está em estado de negação total quanto ao que lhe aconteceu. Precisa de ajuda. Ajuda profissional!

Ela desfiou uma ladainha de abobrinhas e eu fiquei concordando com a cabeça, na maior calma do mundo, repetindo:

— É uma pena você se sentir desse jeito. — Igualzinho ao que eu já a ouvira dizer para as pessoas que estavam putas com ela. Depois de algum tempo ela parou com o sermão, me olhou com os olhos estreitos e perguntou:

— O que está tramando?

— Rachel — disse eu. — Obrigada por toda essa gentileza, mas a única forma de eu ficar bem é seguir com a minha vida normalmente.

— Não vá trabalhar.

— Mas eu já liguei dizendo que eles podiam contar comigo amanhã.

Um arranca-rabo se seguiu. Rachel era muito determinada, mas, naquele momento, eu também era. Senti que ela baixou a guarda e aproveitei a oportunidade para completar:

— Luke já deve estar atrás de você.

Comecei a encaminhá-las para a porta, mas a verdade é que, por Deus!, me pareceu que elas nunca mais iam embora. Quando chegou à porta, Rachel insistiu em fazer um discurso de despedida. Chegou a pigarrear para limpar a garganta:

— Anna, não tenho como conhecer exatamente o inferno pelo qual você está passando, mas o fato é que no dia em que admiti para mim mesma que era viciada em drogas pensei que minha vida estava acabada. A forma como eu passei pelo meu inferno foi decidindo: não vou pensar em termos de "para sempre", não vou pensar em "semana que vem", vou pensar em superar "pelo menos o dia de hoje".

Desmanche o problema em pedaços pequenos e pode ser que você descubra que consegue enfrentar um dia de cada vez, mesmo que pareça intolerável fazer isso pelo resto da vida.

— Obrigada, Rachel... Sim... Foi lindo. — *Cai fora!*

— Coloquei aquele cachorro de pelúcia na sua cama — disse Jacqui —, para ele lhe fazer companhia.

— Dogly? Puxa, obrigada.

Depois de me certificar de que elas realmente tinham ido embora e não iam mais bater na porta para conferir como eu estava, fiz o que estava louca para fazer havia horas — liguei para o celular de Aidan. A ligação caiu direto na caixa de mensagens, mas só ouvir a voz dele foi um alívio tão grande que meu estômago pareceu se derreter todo.

— Aidan... — eu disse. — Baby, estou de volta em Nova York. Vim para nosso apartamento, para você saber onde me encontrar. Espero que você esteja bem. Eu te amo.

Em seguida, escrevi um e-mail para ele:

PARA: aidan_maddox@yahoo.com
DE: ajudante_do_magico@yahoo.com
ASSUNTO: Voltei

Querido Aidan,
Fica estranho escrever para você desse jeito. Acho que nunca lhe escrevi uma carta formal antes. Mandei centenas e centenas de e-mails, para perguntar quem ia trazer o jantar ao voltar para casa, a que horas iríamos nos encontrar, esse tipo de coisa, mas nunca assim, sob a forma de carta.

Estou no nosso apartamento, mas talvez você já saiba disso. Rachel e Jacqui ficaram um pouco comigo — Jacqui ganhou dois dentes folheados a ouro como presente de um cliente — e pedimos pizzas do Andretti's. Eles esqueceram a salada, pra variar, mas, em compensação, ganhamos uma lata extra de Dr. Pepper.

Por favor, me diga que você está bem; não tenha medo, venha me ver ou entre em contato de algum modo.

Eu amo você.

Anna

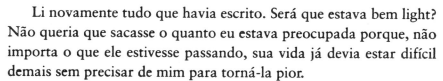

Li novamente tudo que havia escrito. Será que estava bem light? Não queria que sacasse o quanto eu estava preocupada porque, não importa o que ele estivesse passando, sua vida já devia estar difícil demais sem precisar de mim para torná-la pior.

Determinada, eu apertei a tecla *Enviar* com o dedo indicador e senti fisgadas de dor e ardência subirem pela minha unha que começava a crescer. A sensação se irradiou braço acima. Nossa, eu ia ter de pegar leve no meu gesto teatral de quase martelar as teclas do computador, pelo menos até minhas unhas bichadas sararem por completo. A dor forte me deixou meio enjoada e, por um momento, eu me esqueci da súbita onda de sentimentos que me invadira. Uma mistura de raiva e tristeza por não ser capaz de proteger Aidan, mas tão efêmera que se foi antes mesmo de eu tentar analisá-la.

No quarto, enfiado debaixo das cobertas no lado da cama que Aidan ocupava, estava Dogly, o cãozinho de pelúcia que acompanhava Aidan desde os tempos de bebê. Dogly tinha orelhas compridas e molengas, olhos cor de mel e uma expressão de adoração incondicional. Seu pelo cor de caramelo era tão espesso que mais parecia a lã de uma ovelha. O pobrezinho já não estava no auge da juventude — afinal seu dono, Aidan, estava com trinta e cinco anos —, mas sua aparência estava ótima para a idade. *Eu lhe dei uma recauchutada,* comentou Aidan, certo dia. *Mandei levantar um pouco os olhos, injetar colágeno para manter a força da cauda e paguei por uma pequena lipo nas orelhas.*

— Puxa, Dogly — lamentei baixinho. — Isso tudo é terrível.

Era hora de tomar minha última leva de comprimidos do dia e, pelo menos dessa vez, me senti grata pela forma com que a batelada de medicamentos — antidepressivos, analgésicos e pílulas para dormir — alterava meu astral. Voltar para Nova York ia ser mais difícil do que eu imaginava e qualquer ajuda seria bem-vinda.

Porém, mesmo dopada com remédios suficientes para derrubar um elefante, eu não queria ir para a cama. De repente senti um choque por todo o corpo: reparei no agasalho cinza de Aidan largado sobre a poltrona do quarto. Era como se ele acabasse de despi-lo e o tivesse largado ali. Com todo o cuidado, peguei a roupa, comecei a cheirá-la e o restinho do perfume dele que ainda estava entranhado nos fios fez com que eu ficasse meio zonza. Enterrei o rosto no agasalho e a intensidade da sua presença misturada com a sua ausência me fez engasgar.

Não senti o aroma deliciosamente seco do seu pescoço, nem da sua virilha, onde o cheirinho doce era mais intenso e também mais selvagem, mas aquilo foi o bastante para me levar até a cama. Fechei os olhos e os comprimidos me carregaram para um local onírico. Porém, no estado intermediário de inconsciência que precede o sono, uma daqueles terríveis fissuras da minha alma se abriu e vislumbrei a atrocidade do que acontecera. Eu tinha voltado para Nova York, ele não estava em casa e eu me senti sozinha.

CAPÍTULO 17

Dormi profundamente e não tive sonhos, provavelmente pelo efeito dos remédios. Levantei-me em meio a camadas difusas de consciência, parando ao chegar a cada uma delas até me sentir pronta para enfrentar a seguinte. Era como o lento retorno de um mergulhador de grande profundidade que emerge aos poucos para evitar um choque brusco rumo à superfície. No instante em que abri os olhos eu me senti relativamente em paz. Ele não estava ao meu lado e eu compreendia isso.

A primeira coisa que fiz foi ligar o computador para checar os e-mails, torcendo por uma resposta dele. A lista piscava, mostrando cinco mensagens não lidas. Parei de respirar e o coração disparou, cheio de esperanças. A primeira era uma oferta de ingressos para o show de Justin Timberlake. Depois havia um e-mail de Leon, informando que ele soubera que eu estava de volta e pedindo que eu lhe telefonasse. A terceira era de Claire, dizendo que estava pensando em mim. Outro e-mail era a oferta de um método para aumentar o tamanho do meu pênis e, por último, um vírus bloqueado. De Aidan não havia *nothing at all*.

Desconsolada, me arrastei para o chuveiro e fiquei chocada ao descobrir que mal conseguia molhar o corpo, muito menos o cabelo. Vocês já tentaram tomar uma ducha sem poder molhar um dos braços? Ao longo das últimas oito ou nove semanas sempre havia alguém para fazer tudo por mim, tanto que eu não percebi o quanto ainda estava incapacitada. Foi nesse instante que um raio me atingiu a cabeça: me senti como se nadasse em águas muito profundas e estivesse completamente só, em todos os sentidos.

Peguei o sabonete líquido e uma lembrança me acertou como um soco no estômago; era o No Rough Stuff, o novo esfoliante da Candy Grrrl. Naquele último dia, tantas semanas atrás, fui testar pessoalmente o lançamento e me esfreguei com força, sentindo o perfume gostoso dos grânulos de lima e pimenta. Ao sair do banho, perguntei a Aidan:

— Estou com um cheirinho bom?

Obediente como sempre, ele me farejou.

— Delícia de perfume, mas eu prefiro seu cheirinho de dez minutos atrás.

— Mas há dez minutos eu estava com cheiro de mim mesma.

— Exatamente!

Precisei segurar com força na borda da pia até a sensação passar. Apertei a borda com a mão não enfaixada até as juntas dos meus dedos ficarem tão brancas quanto a porcelana.

Hora de me vestir. Meu astral, que já estava em baixa, despencou ainda mais. Dogly observava tudo com seu olhar solidário. Só havia roupas esquisitas. Prateleiras e mais prateleiras delas, cabides e mais cabides de trajes bizarros, montes de sapatos e bolsas excêntricas, sem mencionar o pior de tudo: os chapéus. Eu estava quase com trinta e três anos, velha demais para roupas daquele tipo. O que eu precisava mesmo era de uma promoção, porque quanto mais a gente sobe na cadeia alimentar, mais tem permissão para usar terninhos e roupas discretas.

PARA: aidan_maddox@yahoo.com
DE: ajudante_do_magico@yahoo.com
ASSUNTO: Garota excêntrica de volta ao trabalho

Traje de hoje: botas pretas de camurça, meias-arrastão cor-de-rosa, vestido vintage em crepe de Chine preto com bolinhas brancas, casaco rosa com mangas três quartos (também vintage) e bolsa em forma de borboleta. "Nenhum chapéu idiota?", ouço você perguntar. "Ah, mas claro que sim: boina preta colocada meio de lado." Resumindo: discreto demais, mas deve dar para o gasto no primeiro dia.

Eu queria muito saber de você.

Sua gata, Anna

Tem Alguém Aí?

Aidan sempre curtia meus uniformes de trabalho. O mais irônico da história é que ele tentava subverter seu armário conservador usando gravatas e meias coloridas — gravuras de Andy Warhol, rosas cor-de-rosa, super-heróis de desenhos animados —, enquanto eu ficava desesperada para usar roupas sóbrias e com um bom corte.

Aproveitando que estava on-line, tive uma ideia: ia ler o horóscopo de Aidan para ver se conseguia alguma pista de como ele poderia estar. O Stars Online dizia, para o signo de Escorpião:

Normalmente você aceita as mudanças com naturalidade, mas ultimamente sua vida foi inundada por uma série de eventos. Os momentos de clímax mais dramáticos para este mês acontecerão durante o eclipse da lua cheia, na quinta-feira. Até este dia, analise tudo com cautela, mas não feche compromissos.

Fiquei preocupada com a parte "sua vida foi inundada por uma série de eventos", me senti indefesa e logo depois zangada. Como preferia uma mensagem mais tranquilizadora, voltei duas telas e cliquei no Stars Today.

O sol está brilhando sobre a região do seu mapa que rege a autoindulgência. Hoje você sentirá vontade de dar asas ao seu lado hedonista. Se o que você planeja estiver dentro da lei e não magoar ninguém, vá em frente e divirta-se!

Também não gostei dessa. Não queria que Aidan desse asas ao seu lado hedonista com nenhuma outra pessoa que não fosse eu. Cliquei no Hot Scopes!

Resista à tentação de ressuscitar antigos planos, relacionamentos ou paixões. Você está começando um novo ciclo e ao longo das próximas semanas receberá inúmeras ofertas empolgantes.

Aqui, ó! Não queria que Aidan recebesse nenhum tipo de oferta empolgante na qual eu não estivesse envolvida. Resolvi desligar o computador, para não correr o risco de ficar ali o dia inteiro até aparecer um horóscopo que me fizesse sentir melhor. Deixei mais uma mensagem curta no celular dele e, finalmente, saí do apartamento. Ao pisar na calçada, percebi que meu corpo tremia todo. Não estava habituada a ir para o trabalho sozinha; Aidan e eu sempre pegávamos o metrô juntos — ele saltava na rua 34 e eu seguia até a 59. Puxa, será que Nova York era assim tão barulhenta antes? Todos aqueles carros buzinando, as pessoas berrando, os freios dos ônibus guinchando, e olhem que eu estava na rua 12. Como ia ficar quando eu chegasse à parte mais movimentada da cidade?

Comecei a caminhar na direção da estação do metrô, mas parei e refleti como seriam as coisas lá embaixo. Lances de escada para cima e para baixo por toda parte; meu joelho doía muito mais do que quando eu estava em Dublin. Eu só tinha tomado metade da dose normal dos remédios para cortar a dor, senão ia começar a cochilar no meio das reuniões. Foi um choque descobrir a quantidade de dor que eles cortavam.

Mas como é que eu iria chegar ao trabalho? Só a ideia de entrar em um táxi já me deixava toda encolhida de medo. Tinha conseguido andar em um deles para ir do aeroporto até em casa só porque Rachel estava comigo, mas me vi paralisada ao me imaginar sozinha dentro de um daqueles veículos amarelos. Grudada ao chão devido à indecisão, sem saída por nenhum dos lados, não importa para onde eu pulasse, analisei todas as minhas opções. Voltar para o apartamento e ficar o dia todo lá dentro, sozinha? Essa era a menos agradável.

Depois de ficar em pé ali na calçada nem sei por quanto tempo e de receber olhares curiosos dos transeuntes, me vi acenando para um táxi e entrando nele como se estivesse em transe ou num sonho. Será que eu conseguiria encarar aquilo? O medo era imenso; com os olhos semicerrados eu observava todos os outros carros; me encolhia de pavor sempre que algum veículo passava perto demais, como se o fato de avistá-los fosse o suficiente para impedir que encostassem em mim. De repente, com uma fisgada no peito, que quase fez meu coração parar de bater, vi Aidan. Ele estava sentado em um ônibus para-

Tem Alguém Aí?

do no ponto, numa esquina. Eu só o vi de lado, mas certamente era ele. Vi seus cabelos, suas maçãs do rosto salientes, seu nariz. Todos os ruídos da cidade desapareceram. Ficou só um zumbido abafado com um pouco de estática. Peguei o dinheiro e coloquei a mão no puxador da porta do táxi, pronta para saltar, mas nesse instante o ônibus seguiu em frente. Em pânico, me virei e fiquei olhando pela janela traseira.

— Moço! — chamei o taxista, mas nós também estávamos em movimento e o ônibus já ia longe. Era tarde demais para fazer a volta e o tráfego que descia do centro estava muito engarrafado. Eu me apavorei: nunca conseguiria alcançá-lo.

— Sim, senhorita?

— ... Nada, não.

Comecei a tremer violentamente: foi um choque ver Aidan. Só que não fazia sentido ele estar dentro daquele ônibus. Ele estaria indo na direção errada, supondo que estivesse a caminho do trabalho.

Não podia ser ele. Devia ter sido outro homem parecido com ele. Muito parecido. Mas e se fosse ele? E se aquela tivesse sido a minha única chance de encontrá-lo?

CAPÍTULO 18

Os seguranças não conseguiam acreditar que eu estava de volta. Nenhum empregado da McArthur on the Park ficara tanto tempo afastado do trabalho — aquilo *nunca* acontecera, para falar a verdade, nem por férias, nem por "ir para o Arizona", até porque as pessoas que "iam para o Arizona" não voltavam a trabalhar, porque *eram demitidas...*

— Olha só, Morty, Anna, a garota irlandesa, está de volta.

— É mesmo? Oi, garota irlandesa! Nós achamos que eles tivessem colocado você no olho da rua. Jesus, o que *aconteceu* com seu rosto?

Eles ergueram o braço no ar e me cumprimentaram com uma mão espalmada contra a minha mão enfaixada, bem de levinho para não machucar. Acompanhei uma multidão que falava aos berros e caminhei rumo ao acesso aos elevadores, onde me apertei para entrar em um deles. As pessoas se esmagavam na caixa metálica como sardinhas em lata, cada uma segurando um copinho de café e evitando encarar as outras diretamente.

No trigésimo oitavo andar, as portas se abriram com um sussurro. Lutei para chegar à porta e fui expelida lá de dentro como uma bola de pinball. O carpete de cor creme era espesso e macio. Até o ar cheirava a coisas caras e uma voz incorpórea disse:

— Bem-vinda de volta, Anna.

Quase pulei de susto. Era Lauryn Pike, minha gerente, com cara de quem estava ali desde a véspera, à minha espera. Com ar indeciso, esticou o braço como se fosse me tocar, movida por algum inesperado sentimento de compaixão, mas pensou melhor e recolheu a mão. Fiquei feliz com isso. Não queria ninguém me tocando. Não queria ser consolada.

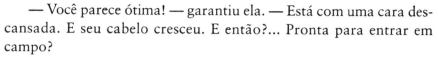

— Você parece ótima! — garantiu ela. — Está com uma cara descansada. E seu cabelo cresceu. E então?... Pronta para entrar em campo?

Eu estava com uma aparência horrível, mas se ela reconhecesse isso teria de pegar leve comigo.

Muito bem, vamos falar de Lauryn. Ela é assustadoramente esquelética, está sempre com frio, tem os braços cabeludos e um casaquinho de lã marrom nojento e quase tão peludo quanto os braços. Ela usa o casaquinho no escritório o tempo todo, está sempre esgarçando-o e enrolando-o em volta do corpo subnutrido, em uma tentativa de se aquecer. Ela se irrita com uma intensidade quase demoníaca e tem olhos muito esbugalhados, como um mártir dos primeiros tempos cristãos. (Ou talvez tenha uma tireoide muito ativa.) Se eu fosse uma editora de revista de beleza e Lauryn viesse me fazer a apresentação de algum produto da Candy Grrrl, eu ia me esconder debaixo da mesa até ela ir embora. Apesar de seu aspecto aterrorizante, ela consegue *montes* de publicidade para os produtos. Faz o mesmo com os homens: apesar dos olhos esbugalhados, da magreza de Olívia Palito, dos cotovelos estilo maçaneta e dos joelhos em forma de calombo, os homens a levam para passar fins de semana nas ilhas. Vá entender!... (como se diz por aqui).

É realmente complicado entender esse fenômeno, porque o fato é que não é fácil encontrar homens decentes na cidade, mesmo para mulheres que *não têm* olhos esbugalhados. Nova York me faz lembrar bandos de mulheres maltrapilhas que se arrastam, errantes, em meio a fumaça, destruição, em um cenário urbano pós-apocalíptico, saqueando tudo quanto é lugar em busca das mínimas peças que possam ter alguma utilidade, como as pessoas no filme *Mad Max* eram obrigadas a fazer. E Lauryn nem é grande coisa como pessoa. O emprego é o maior foco de interesse em sua vida, e se mais alguém faz sucesso ela se sente como se tivesse falhado. Ela atirou uma garrafa vazia de Snapple contra a parede, com toda a força, quando soube que o rímel Superlash, da Lancôme, apareceu em uma matéria da *Lucky*, exatamente no mesmo mês em que as vendas estavam cabeça a cabeça com o Flutter-by da Candy Grrrl.

De repente, fui tomada por um verdadeiro pânico de talvez não conseguir lidar com minha volta ao trabalho, mas, mesmo assim, respondi:

— Estou nova em folha, Lauryn.

— Ótimo! Porque temos, tipo assim, *um monte* de coisas acontecendo ao mesmo tempo.

— É só me contar tudo que eu acompanho o ritmo.

— Claro. E... Anna... Caso você não consiga aguentar o rojão, pode se abrir comigo. — Ela não disse isso por bondade, é claro. Queria apenas saber se precisaria me despedir. — Quando é que essa... Coisa... No seu rosto vai melhorar? — Eles odeiam imperfeições físicas no meu trabalho. — E seu braço? Quando é que você vai tirar o gesso? — Nesse instante ela reparou nos curativos em volta dos meus dedos. — O que houve com eles?

— Perdi as unhas.

— Por Deus Santíssimo! — exclamou ela. — Acho que vou vomitar.

Ela se sentou e respirou fundo várias vezes, mas não vomitou. Para vomitar é essencial a criatura ter alguma coisa no estômago, e a chance de haver algo no de Lauryn era escassa.

— Você precisa fazer alguma coisa a respeito disso. Vá consultar alguém. Conserte as unhas. Hoje.

— Sim, mas... Tudo bem.

Um cintilar prata chamou minha atenção — era Teenie! Vestia um macacão prateado acompanhado de botas de vinil laranja que iam até os joelhos. Hoje o seu cabelo estava azul. Para combinar com os lábios em azul neon. Teenie é coreana e se veste de modo estranho até a raiz dos cabelos, literalmente. Apesar disso, é a pessoa que eu mais curto em toda a equipe da McArthur, e considero-a uma amiga. Ela até ligou para saber de mim, na Irlanda.

— Anna! — empolgou-se ela. — Você voltou! Oh, seus cabelos estão lindos, cresceram pra caramba. — Saímos dali discretamente, lado a lado, para o mais longe possível de Lauryn, e Teenie me perguntou, baixinho:

— Querida, como é que você está?

— Legal.

Tem Alguém Aí?

— Mesmo? — Ela ergueu suas fulgurantes sobrancelhas azuis. Olhei meio de lado para Lauryn; ela estava distante demais para ouvir.

— Tudo bem, Teenie, não exatamente legal. Só que o único jeito de eu segurar essa barra é fingindo que tudo está do jeito que era antes.

Eu não conseguiria suportar o sentimento de pena, porque, se alguém sentisse pena de mim, era sinal de que tudo aquilo realmente tinha acontecido.

— A gente se vê na hora do almoço, então?

— Não posso. Lauryn me mandou dar um jeito nas unhas em algum lugar.

— O que aconteceu com suas unhas?

— Elas caíram, mas estão crescendo o mais rápido que conseguem.

— Eeeca!

— Sim, pois é — concordei, indo para minha mesa.

Aquele fora o período mais longo que eu passara longe do emprego e, embora tudo me parecesse familiar, algo estava muito diferente. A estagiária — ou *as estagiárias*, provavelmente — tinha arrumado minha mesa e minhas coisas, e alguém enfiara a foto de Aidan no fundo de uma gaveta, o que me deixou terrivelmente puta por alguns segundos. Resgatei o porta-retratos e o coloquei de volta sobre a mesa, no local onde pertencia, com um baque surdo. E todos diziam que *eu é que estava* em um momento de negação?

— Pelos céus, Anna, você voltou! — Era Brooke Edison. Brooke está com vinte e dois anos e nada em dinheiro. Mora com papai e mamãe em um triplex no chiquérrimo Upper East Side. Ela usa um meio de transporte especial para ir ao trabalho — nada de metrô, nem mesmo táxi, e sim um Lincoln town car, quase uma limusine, equipado com frigobar e um motorista educado. Brooke, na verdade, nem precisaria trabalhar, está só fazendo hora até alguém lhe enfiar um diamante de duzentos quilates no dedo, levá-la para morar em uma mansão em Connecticut, lhe comprar uma supercaminhonete 4X4 e engravidar de três filhos perfeitos, lindos e muito talentosos.

Ela fora contratada como júnior na Candy Grrrl, ou seja, a pessoa que faz o trabalho pesado, tipo encher envelopes com amostras para as revistas de beleza. Só que ela sempre precisa sair mais cedo, ou chega tarde porque frequenta muitos eventos beneficentes, ou precisou ir jantar com o diretor do museu Guggenheim, ou tem que sair correndo para pegar carona no helicóptero de David Hart até os Hamptons, ou algo desse tipo.

Ela é um doce de menina, prestativa, muito inteligente e faz tudo com perfeição... *Quando* faz. O que, devo informar, não acontece com frequência. Nós acabamos trabalhando por ela muitas vezes.

Ariella a mantém na equipe porque Brooke conhece *todo mundo*. Mesmo! Todas as pessoas importantes são madrinhas dela, ou o melhor amigo de papai, ou um antigo professor de piano.

Ela veio andando até minha mesa com seu jeito estudei-em-escola-particular-na-Europa. Balançava com graça os cabelos pesados, sedosos e naturais que fazem parte do pacote das pessoas ricas, saudáveis e privilegiadas. Sua pele é fantástica e ela nunca usa maquiagem, o que seria motivo de demissão se fosse comigo ou com Teenie, mas não no caso dela. O mesmo vale para as roupas: Brooke não é nem de longe esquisita ao se vestir, mas ninguém fala nada. Hoje ela usava calças largas de casimira, e um casaquinho bege também de casimira. Acho que ela desconhece a existência de outros tecidos, e dizem os boatos que ela nunca, *em toda sua vida*, comprou nada na Zara. Ela só admite usar os três Bs: Bergdorf, Barneys e Bendel, o triângulo de ouro, e o pior não é isso, escutem só: às vezes *papai* a leva para fazer compras. Ele leva sua "bebezinha" para "comprinhas" de fim de semana, e sentencia: "Faça seu papai feliz, princesa, deixe que eu lhe compre essa bolsa clássica, esse casacão japonês bordado a mão, essas sandálias Gina."

O que vou contar agora não é invenção, é o relato de um fato verídico. Certo dia, um sábado para ser mais precisa, Franklin estava na Barneys torrando grana com Henk, seu jovem namorado sarado (durango), na esperança de ele nunca abandoná-lo, e eis que de repen-

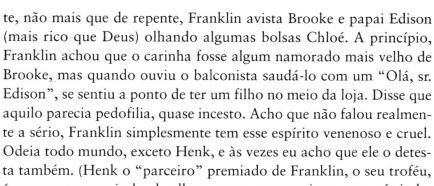

te, não mais que de repente, Franklin avista Brooke e papai Edison (mais rico que Deus) olhando algumas bolsas Chloé. A princípio, Franklin achou que o carinha fosse algum namorado mais velho de Brooke, mas quando ouviu o balconista saudá-lo com um "Olá, sr. Edison", se sentiu a ponto de ter um filho no meio da loja. Disse que aquilo parecia pedofilia, quase incesto. Acho que não falou realmente a sério, Franklin simplesmente tem esse espírito venenoso e cruel. Odeia todo mundo, exceto Henk, e às vezes eu acho que ele o detesta também. (Henk o "parceiro" premiado de Franklin, o seu troféu, é um garoto magricela, de olhar sacana, que usa jeans com cós indecentemente baixo, onde se vê o abdômen estreito e musculoso. Seus cabelos exibem "luzes" prateadas, louras e em tons de mel. São mantidos em um penteado louco, meio espetado, e ele só os corta com Frederic Fekkai. Henk não trabalha. Provavelmente não consegue, pois tratar dos cabelos lhe ocupa quase todo o tempo. Franklin banca seus caprichos e adornos, mas, de vez em quando, Henk passa as noites fora ou fica no centro da cidade se divertindo com seus amigos michês. Eu gosto de Henk, gosto mesmo. Ele é muito, muito divertido, mas se fosse meu namorado eu ia ter de tomar uns dezesseis Xanax por dia.)

Além das roupas de casimira de segunda a sexta, Brooke sempre exibe pelo menos cinco itens diferentes da Tiffany. Se bem que todo mundo na cidade usa acessórios da Tiffany. É item obrigatório. Uma pessoa no meu trabalho que não use nada da Tiffany certamente será convidada a se retirar da cidade.

Ela me estendeu a mão (unhas curtas, perfeitas, pintadas com esmalte claro), nem mesmo piscou ao analisar minha cicatriz de gângster e disse, com um ar genuinamente sincero:

— Anna, sinto muitíssimo pelo que aconteceu.
— Obrigada.

Foi embora sem se estender muito sobre o assunto — uma situação delicada com a qual ela lidou numa boa. Brooke sempre faz a coisa certa, em qualquer circunstância. É a pessoa, dentre as que eu conheço, que se comporta de forma mais apropriada, e também demonstra muita consciência. Sempre sabe exatamente o que usar em qualquer evento e a roupa adequada para cada caso certamente está no seu guarda-roupa. Em três cores diferentes. Habita um mundo comandado por regras rígidas e possui dinheiro suficiente para obedecer a todas elas. Muitas vezes eu me pego imaginando como seria viver sua vida.

Brooke tem uma amiga praticamente idêntica, chamada Bonnie Bacall, que "trabalha" na Freddie & Frannie, outra marca representada pela casa. Têm uma ligação do tipo "amigas para sempre" e ambas são muito doces. Se de vez em quando elas parecem distantes ou ofendem alguém, não é proposital. O mesmo não se pode dizer sobre Lauryn.

— Muito bem, garotas — gritou Lauryn. — Agora que Anna já colocou o papo em dia, será que vocês dedicariam alguns minutos do seu precioso tempo para uma reunião da Candy Grrrl? (Frase dita em tom sarcástico.)

Todo mundo passou o dia inteiro olhando para mim — mas nunca de frente. Quando encontrava garotas que trabalhavam para outras marcas, no corredor ou no toalete, elas me olhavam de rabo de olho, e assim que eu saía começavam a tricotar a meu respeito. Até parecia que a culpa era minha. Ou que eu tinha alguma doença contagiosa. Tentei contornar a situação sorrindo para elas, mas todas desviavam o olhar rapidinho, um tanto quanto horrorizadas.

Felizmente nós estávamos em Nova York e todo mundo, no fundo, cagava e andava para mim. Por algum tempo eu seria o foco da curiosidade do povo, mas logo isso perderia o interesse.

No meio da manhã, Franklin me levou até o santuário secreto de Ariella, para eu ter a chance de lhe agradecer por sua bondade de manter meu emprego. Uma parede inteira da sala estava forrada de fotos dela ao lado de pessoas famosas.

Com o terninho azul-bebê que era a marca registrada do seu poder, ela reconheceu minha gratidão acenando lentamente com a cabeça, os olhos quase fechados. Não havia nada mais desconcertante do que Ariella quando engatava o estilo *Capo di tutti Capi*.

— Talvez um dia você também possa fazer alguma coisa por mim. — Não sei se ela sofria de rouquidão perene ou imitava deliberadamente o tom de voz rascante e sussurrado de Don Corleone: — Quando eu precisar de um favor, posso contar com você?

Eu já trabalho para você com toda minha dedicação, senti vontade de dizer. *Antes disso acontecer eu conseguia mais imprensa para nossos produtos que todas as outras publicitárias somadas, e pretendo voltar a esse ritmo. Você não me pagou um centavo de salário enquanto eu estive de licença médica e eu não me afastei daqui por algum tipo de capricho.*

— É claro, Ariella.

— Corte esse cabelo.

Ela acenou de leve com a cabeça para Franklin, que vestia seu terno imaculado; era o sinal para me levar embora.

Ao sairmos pelo corredor, Franklin colocou o polegar na testa e fez alguns círculos sobre o lugar onde as rugas ficariam (se elas não fossem domadas à base de botox a cada seis semanas).

— Por Deus! — ele suspirou. — É impressão minha ou ela pareceu meio... *psicótica* quando falou com você?

— Não mais que das outras vezes. Mas talvez eu não seja a melhor pessoa para julgar, no momento.

Ele exibiu sua cara solidária de sempre.

— Eu sei, doçura. E então, como vão as coisas, amiga?

— Ótimas. — Não adiantaria nada responder algo além disso. Franklin tinha interesse *zero* pelos problemas dos outros. Mas era totalmente honesto ao se reconhecer assim, e é por isso que eu não me importava. — E com *você*, como andam as coisas? Como vai Henk?

— Anda sugando meu sangue e partindo meu coração, como sempre. Tenho uma piadinha nova para você. Qual a diferença entre meu pinto e meu bônus de final de ano?

— Ahn... Henk prefere chupar seu bônus?

— Na mosca!

— Você ganha um bônus?

— Ahn... — Ele me deu palmadinhas amigáveis no ombro e assumiu uma expressão séria. — Você vai ficar bem, garota.

Tinha de ficar, mesmo.

Só pelo fato de Franklin ser hilário e estar sempre disposto a falar de sua vida pessoal, isso não o transforma em meu amigo. Ele é meu chefe. Na verdade, ele é o chefe da minha chefe (Lauryn é subordinada a ele).

— Você ouviu o conselho de Ariella. Corte esse cabelo. Vá ao Perry K.

Na hora do almoço fui resolver o problema das unhas, mas, quando tirei os curativos e estiquei os dedos para a manicure, ela ficou verde e disse que elas estavam curtas demais e não dava para colar unhas postiças. Quando voltei com a má notícia, Lauryn reagiu como se eu estivesse mentindo.

— A menina me disse para voltar lá daqui a um mês — eu me queixei, sem muita empolgação. — Até lá eu mesma cuido delas.

— Você é que sabe. Rímel Olho no Olho: quero ideias suas para a campanha de lançamento até o fim de semana.

Quando Lauryn dizia que queria "minhas ideias", na verdade ela queria dizer que esperava uma campanha completa, já com releases para a mídia, folhetos, orçamentos e um contrato assinado pela Scarlett Johansson dizendo-se tão empolgada pela oportunidade de ser o novo rosto da Candy Grrrl que faria as fotos de graça.

— Vou ver o que consigo. — Marchei até minha mesa e fiz uma sessão de leitura dinâmica com todos os dados do rímel Olho no Olho.

Só no fim da tarde é que fui checar meus e-mails. Diferente do meu e-mail pessoal, toda minha correspondência eletrônica no trabalho tinha sido aberta e respondida. Li tudo depressa, começando pelas mais antigas, para tentar me atualizar. Havia um monte de mensagens de editoras de publicações femininas pedindo amostras de produtos que as vacas gananciosas provavelmente não iriam nem citar nas revistas, ou de gente com quem eu trabalhara em antigas campanhas, ou de George (sr. Candy Grrrl) com ideias próprias completamente idiotas. Foi quando meu coração quase pulou para

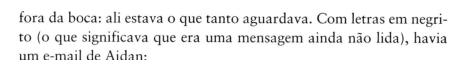

fora da boca: ali estava o que tanto aguardava. Com letras em negrito (o que significava que era uma mensagem ainda não lida), havia um e-mail de Aidan:

PARA: annaw@candygrrrl.com
DE: aidan_maddox@yahoo.com
ASSUNTO: Hoje à noite

Acabei de te ligar, mas o telefone estava ocupado. Queria só falar com você antes de sair. A gente se vê hoje à noite. Não tem nada de novo, só queria te dizer que eu te amo e vou te amar para sempre, não importa o que aconteça.

Aidan

Li tudo de novo. O que significava isso? Ele ia aparecer para me ver naquela noite? Foi então que eu reparei na data: 16 de fevereiro, e estávamos em 20 de abril. O e-mail não era novo. Toda a adrenalina do meu pobre corpo, que já estava pronta para decolar, freou bruscamente, deu meia-volta, deslizou na pista e retornou ao hangar. Aquele e-mail devia ter chegado depois que eu saí para me encontrar com ele naquela noite, nove semanas atrás. Como era obviamente um assunto pessoal, a estagiária não abrira o e-mail e o deixara intacto para que eu o abrisse quando retornasse.

CAPÍTULO 19

A primeira vez que eu me encontrei com a família Maddox

— O que está planejando para o Dia de Ação de Graças? — perguntou Aidan.

— Sei lá. — Ainda não tinha pensado no assunto.

— Quer ir a Boston passar o fim de semana com minha família?

— Humm.... Tudo bem, obrigada. Se é isso que você quer.

Uma resposta casual, mas eu sabia que aquilo era algo importante. Ainda mais importante do que eu julgara, a princípio. Quando eu contei o lance às meninas do trabalho, todas ficaram boquiabertas.

— Há quanto tempo vocês estão namorando em regime de exclusividade?

— Desde sexta-feira.

— A *última* sexta-feira? Você quer dizer a sexta-feira que aconteceu há cinco dias? Está cedo *demais*.

Segundo rezavam as "regras para encontros na cidade de Nova York", eu estava queimando a largada em pelo menos sete semanas. Era proibido — na verdade, até então isso era um evento inusitado e tecnicamente *impossível* — sair de uma recente declaração de exclusividade e ir direto conhecer a família dele. Isso era um fato absolutamente não ortodoxo. Altamente irregular. Dali não poderia sair coisa boa, todas profetizaram, balançando a cabeça em sinal de desapontamento.

— Mas ainda faltam quatro semanas — protestei.

— Três semanas e meia.

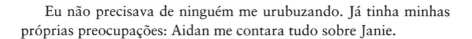

Eu não precisava de ninguém me urubuzando. Já tinha minhas próprias preocupações: Aidan me contara tudo sobre Janie.

Aquilo era assunto para um momento confessional nas altas da madrugada, mas quis o destino que fosse um desabafo matinal — e aconteceu justamente naquela ocasião em que nós tínhamos dormido juntos pela primeira vez e ele me tratou de um jeito estranho pela manhã, o que acabou fazendo com que eu me atrasasse para o trabalho. Mas eu não liguei, pois *precisava* saber.

Aqui vai o resumo da ópera: Aidan e Janie saíram juntos por uns cento e sessenta e oito anos. Cresceram em Boston, a poucos quarteirões um do outro, e foram namorados por muito, muito tempo, desde a época da escola. Só que frequentaram faculdades diferentes e o relacionamento acabou por acordo mútuo. Porém, ao voltar para Boston, três anos mais tarde, as coisas voltaram a ser como eram e eles começaram a se encontrar novamente. Até seus vinte e poucos anos eles foram um casalzinho adorável e se tornaram parte da família um do outro, com Janie se juntando aos Maddox durante as férias de verão em Cape Cod e Aidan indo com os "Janies" para a casa deles em Bar Harbor. Ao longo dos anos, Aidan e Janie terminaram algumas vezes e tentaram sair com outras pessoas, mas sempre voltavam um para o outro.

O tempo passou, eles se mudaram (cada um para seu próprio apartamento) e as indiretas que as respectivas famílias lançavam sobre casamento começaram a pesar um pouco, até que, um ano e meio antes de eu conhecê-lo, a firma onde Aidan trabalhava o transferiu para a "cidade". (Todo mundo aqui fala "a cidade" quando quer se referir a Nova York, o que não dá para entender, porque Boston não é exatamente um vilarejo com três casas e um pub, mas vamos em frente.)

A transferência de Aidan foi um choque para todos, mas ele e Janie lembravam sempre que Nova York fica a menos de uma hora de Boston, de avião. Eles continuariam a se ver todos os fins de semana e, nesse meio-tempo, Aidan poderia procurar por outro emprego em Boston enquanto Janie correria atrás de um emprego em NY. E lá se foi Aidan, prometendo ser fiel a Janie.

— Dá para adivinhar o que aconteceu, não dá? — perguntou-me ele.

Na verdade eu ainda estava tentando entender. Naquela primeira noite, quando ele me perguntou se poderia ficar na minha lista de espera, me passou a impressão de que estava disponível, ainda que em regime de não exclusividade. Será que eu tinha sido levada inocentemente a me meter com o homem de outra mulher?

— Então você mal acabou de pagar o táxi depois de aterrissar em Manhattan e resolveu colocar o pinto na praça e fazer arrastão pelos bares em busca de algum peixe interessante? — eu quis saber.

Ele esboçou um sorriso meio triste.

— Não exatamente — defendeu-se. — Mas, sim... Eu dormi com outras mulheres.

Justiça seja feita: ele se recusou a culpar as muitas tentações de Nova York ou as gatas irresistíveis e descaradas que fizeram cursos de sedução e aprenderam a girar o sutiã sobre a cabeça como se estivessem laçando um novilho.

— É tudo culpa minha — disse ele, parecendo arrasado. — Eu queria me punir por aquela vergonha. É a velha culpa católica que acaba sempre nos pegando. Vou lhe contar uma coisa, mas, por favor, não ria... Eu fiz uma coisa que não fazia havia muito tempo: fui me confessar.

— Oh. Você é... católico praticante?

— Não — ele balançou a cabeça. — Sou mais o tipo católico displicente, tentando me recuperar. Quando eu me confessei, estava me sentindo tão mal que topava tentar qualquer parada.

Eu não sabia o que dizer.

— Janie merecia alguém muito melhor do que eu — afirmou Aidan. — Ela é uma grande figura humana, uma pessoa maravilhosa. Vê o lado positivo em todas as situações sem ser uma Pollyanna bitolada e chata.

Meu Deus, pensei. *Eu estava frente a frente com um santo.*

— Naquele primeiro dia em que nós nos encontramos e eu derramei café em cima de você, eu tinha acabado de tomar a decisão,

eu sei, mais uma vez... de passar a ser totalmente fiel a Janie. Estava disposto a levar isso a sério.

Então foi por isso que ele agiu de forma tão esquisita quando eu o convidei para sair. Não respondeu *Olha, obrigado, mas fica para a próxima*, nem *Puxa, estou lisonjeado*. Nada do gênero. Em vez disso, emitiu ondas de desespero.

— E então, qual é a parada? — perguntei, zangada. — Sou apenas um dos seus acessos de culpa? Mais uma viagem ao confessionário para bater o cartão de ponto?

— Não. Não, não, não, nada disso! Mais ou menos um mês depois daquele dia, quando eu estava em Boston, Janie disse que nós devíamos dar um tempo.

— Ah, é?

— É. Embora não tenha dito com todas as letras, deixou a entender que já sabia das outras mulheres com quem eu saía.

— Ah, é? — disse eu. De novo.

— É, ela me conhece muito bem. Disse que já estávamos enrolando e era hora de dar um tempo. Uma última tentativa para ver se éramos o par certo um do outro, entende? Disse que seria bom sairmos com outras pessoas, para tirar o compromisso da cabeça e ver onde ficaríamos a partir daí.

— E...?

— Rasguei seu cartão em mil pedacinhos. Estava tão apavorado com a possibilidade de ligar para você que me obriguei a destruir o cartão no mesmo dia em que o recebi. Só que não conseguia parar de pensar em você. Eu me lembrava bem do seu nome e de onde você trabalhava, mas achei que era tarde demais para ligar.

"Eu quase não fui à festa naquela noite, Anna, mas quando vi você lá, conversando com aquele Zé Mané, *isso* me fez acreditar em Deus. Ver você foi como... Foi como ser atingido por um bastão de beisebol... — Ele olhou como se estivesse com azia e má digestão. — Não quero apavorar você, Anna, mas nunca na vida me senti desse jeito por ninguém, nunca mesmo!

Permaneci calada. Sentia muita culpa, mas não consegui evitar um sentimento de... Lisonja.

— Queria conversar com Janie antes de falar com você. Não sabia se você estaria interessada em ser, digamos, minha namorada exclusiva, detesto essa expressão idiota, mas, de qualquer jeito, sabia que tudo estava completamente acabado entre mim e Janie. Só me sinto mal por você saber disso antes dela.

Eu que o diga.

Como sou uma garota superficial, quis saber como Janie era. Tive de apertar meus lábios com força para me impedir de perguntar, mas não adiantou nada e pequenos fragmentos de som escaparam por entre os dentes.

— Mas... ahn... hummm... comoéqueela... hummmnhé...?

— O quê?... Ah! Você quer saber como é que ela é? — Seu rosto entrou em descanso de tela, completamente sem expressão. — Ahn, você sabe, ela é uma garota legal, ela tem... — ele fez gestos giratórios com a mão — ... cabelos assim... cacheados. — Parou e pensou. — Pelo menos tinha. Acho que depois ela fez alisamento.

Muito bem, quer dizer que ele não fazia a mínima ideia de como ela era. Já estavam juntos há tanto tempo que ele nem olhava mais para a cara dela de um jeito especial. Mesmo assim, uma poderosa intuição me alertou para que eu não subestimasse essa mulher e a força da ligação dela com Aidan. Eles compartilhavam quinze anos de história e ele vivia retornando para ela como um bumerangue.

Aidan voltou para Boston e durante todo aquele fim de semana eu me senti com o estômago embrulhado; sentimentos contraditórios davam voltas em minha cabeça, em um círculo sem fim. Na competição de guitarra imaginária, Shake me acusou de não prestar atenção na sua apresentação, e ele tinha razão: eu estava completamente aérea, imaginando como Janie estaria recebendo a notícia, e me odiava por ser responsável pela infelicidade de alguém. Quanto eu gostava de Aidan? O bastante para fazê-lo terminar um relacionamento de quinze anos por minha causa? E se eu estivesse estragando a vida dele? E se ele mudasse de ideia e voltasse para Janie? Isso me deixou aterrorizada; eu gostava dele. Muito. Gostava de verdade. O que aconteceria se ele não conseguisse manter o pinto dentro das calças? E se ele não tivesse sido infiel a Janie apenas algumas vezes e eu descobrisse que ele era um galinha de carteirinha? Tinha até graça eu me iludir e começar a achar que seria capaz de curá-lo. Em vez disso eu devia estar correndo na direção oposta à dele, a toda a velocidade. Depois voltei a imaginar como Janie estaria se sentindo.

— Ela aceitou a notícia muito bem — afirmou Aidan, ao aparecer na porta do meu apartamento na manhã de domingo.
— Sério? — perguntei, cheia de esperança.
— Ela meio que me deu a entender que... Sabe como é... Acho que ela encontrou outra pessoa também.
Isso foi um alívio — por meio segundo. É impressionante o quanto os homens podem ser burros. Certamente Janie fez o que pôde para não descer do salto, mas naquele exato momento ela provavelmente preparava um banho quente e pegava a navalha de cortar garganta no armário do banheiro.

Quando o avião cheio de gente viajando por conta do Dia de Ação de Graças pousou em Logan, eu pedi a Aidan:
— Por favor, me informe novamente: quantas garotas, além de Janie, você levou para casa no Dia de Ação de Graças?
Ele pensou durante um tempão e esticou os dedos enquanto contava em voz baixa, sussurrando números, até que, por fim, anunciou:
— Nenhuma!
Isso já se tornara uma rotina durante as quatro semanas anteriores, mas agora que eu realmente chegara a Boston, me senti enjoada.
— Aidan, isso não é brincadeira. Eu não deveria ter vindo. Todo mundo vai me odiar por eu não ser Janie. As ruas de Boston vão estar lotadas de moradores irados que vão apedrejar nosso carro e sua mãe vai cuspir na minha sopa.
— Tudo vai dar certo. — Ele me apertou os dedos. — Eles vão te adorar, você vai ver.

Dianne, a mãe de Aidan, nos apanhou no aeroporto. Em vez de vir para cima de mim com três pedras na mão, aos gritos de "DESTRUIDORA DE LARES!", ela me deu um abraço e disse: "Bemvinda a Boston."

Ela era adorável, mas também um pouco avoada ao volante. Dirigia de forma errática, meio sem noção, e falou um monte de abobrinhas pelo caminho. Por fim, chegamos a um subúrbio qualquer que não era muito diferente daquele onde eu fora criada, em Dublin, pelo menos em termos de dados demográficos, carros estacionados na calçada, vizinhos barulhentos vigiando quem passava, rostos hostis encarando como idiotas, etc., etc.

A casa também me pareceu familiar: ostentava imensos tapetes trançados, estofados horrorosos, quadros bisonhos em todas as paredes, prateleiras lotadas de troféus esportivos e bibelôs de porcelana medonhos. Eu me senti em casa na mesma hora.

Larguei minha mala no chão do hall e a primeira coisa em que reparei com mais atenção foi uma foto na parede. Aidan, bem mais novo, abraçava uma garota por trás, apertando as costas dela contra seu corpo. Na mesma hora eu soube que aquela era Janie. Querem saber como ela parecia? Ah, vocês sabem... Muito risonha e feliz. Como é que as pessoas geralmente saem nas fotos? As colocadas em porta-retratos prateados, pelo menos? Eu me senti meio trêmula antes mesmo de perceber o quanto ela era linda: cabelos escuros, com cachos perfeitos que pareciam sacarrolhas (tão bonitos que nem um coque no alto da cabeça, maior que a Staten Island e preso por um elástico com frufru verde, conseguiu estragar) e dentes perfeitos em um sorriso escancarado. Obviamente a foto fora tirada há muito tempo, a julgar pelo topete e pelos olhos brilhantes e inocentes de Aidan. Talvez ela estivesse mais feia agora.

Alguém gritou:

— Papai, eles chegaram! — Então uma porta se abriu e um rapaz apareceu: moreno, musculoso, muito sorridente, um *gatinho*. — Oi! Sou Kevin, o irmão mais novo.

— Muito prazer. Sou Anna...

— Claro, já sabemos *tudo* a seu respeito. — Exibiu um sorriso que me deixou ofuscada. — Uau! Tem alguma outra garota linda assim na sua terra?

— Tem. — Pensei em Helen. — Mas você provavelmente ficaria aterrorizado só de conhecê-la.

Ele não notou que eu *não* estava brincando e riu, riu muito e com vontade.

— Você é divertida. Vamos nos dar bem.

O próximo a aparecer no hall foi o sr. Maddox, um homem alto e magro com voz não muito firme. Ele me estendeu a mão, mas não disse quase nada. Não me ofendi, porque Aidan já me avisara que ele era de falar pouco e, quando falava, era sobre o Partido Democrata.

Kevin insistiu em carregar minha bagagem até o quarto onde eu iria ficar. Por sinal, um aposento que parecia irmão gêmeo do quarto de hóspedes da casa dos meus pais. Eles poderiam até colocar um cartaz avisando que houve um intercâmbio cultural para decorar o quarto; cortinas absurdamente feias, uma colcha que combinava com elas e um guarda-roupa tão entulhado de roupas velhas de outras pessoas que só sobraram quatro dedos de espaço e dois cabides para pendurar as minhas. A sorte é que eu só ia dormir ali um dia. (Para não arriscar, Aidan decidiu não exagerar na primeira visita.)

Foi quando eu vi a foto. Em cima da cômoda. Outra fotografia de Aidan e Janie. Um "instantâneo" antigo onde eles apareciam a um palmo um do outro. A foto fora tirada meio segundo antes de eles se beijarem. Dessa vez não havia elástico com frufru e os cabelos de Janie haviam sido afastados do rosto pelas mãos de Aidan.

Tornei a me sentir enjoada e, depois de analisar a imagem por alguns minutos, virei o porta-retratos para baixo. Nem pensar em dormir em um quarto velado por uma foto pré-beijo de Aidan e Janie. Uma batidinha de leve na porta me fez dar um pulo de culpa. Dianne entrou trazendo um monte de coisas nos braços.

— Toalhas limpas! — Na mesma hora ela notou o porta-retratos virado para baixo sobre a cômoda. — Por Deus, Anna, me desculpe!

Essa foto estava aí há mais de três anos, tanto tempo que eu nem me lembrava mais dela. Que falta de tato de minha parte!

Pegou a foto. Saiu do quarto e voltou logo em seguida com as mãos vazias.

— Mil perdões por isso — tornou a pedir. — De verdade.

Me perguntei se ela não estaria agindo como a sra. Danvers, a governanta megera do filme *Rebecca, a Mulher Inesquecível*, mas ela me pareceu genuinamente sentida.

— Quando você estiver pronta para jantar, desça.

Foi um típico jantar de Ação de Graças, com tudo a que eu tinha direito: um peru gigantesco, milhões de batatas, legumes, vinho, champanhe, taças de cristal e velas. A atmosfera me pareceu muito agradável, eu tinha quase cem por cento de certeza de que a sra. Maddox não tinha cuspido na minha sopa, todo mundo batia papo de um jeito animado, até o Velho Maddox contou uma historinha engraçada e, embora ela fosse sobre o Partido Democrata e eu não tivesse entendido a piada final, fui gentil e ri com vontade.

Só mais uma coisinha: *nem todas* as fotos pregadas nas paredes da sala de jantar eram de Aidan e Janie. Mesmo assim havia muitas ali, em número suficiente para eu sentir pequenos choques elétricos. Ao longo dos anos, Janie passara a usar o cabelo mais curto. Ótimo. Homens gostam de mulheres com cabelos compridos. Além disso, ela ganhara alguns quilinhos, mas, mesmo assim, parecia muito alegre e simpática, o tipo de mulher que as outras mulheres gostam.

No instante em que eu ia engolir outra garfada de peru, avistei uma foto que havia passado despercebida por mim. Minha garganta se fechou na mesma hora e nada passava. Tomei um gole rápido de vinho, para ajudar a comida a descer, quando, no mesmo instante, o Velho Maddox pediu:

— Janie, querida, dá para me passar as batatas?

Cuma?

Olhei de um lado para outro, mas a travessa de batatas me encarava, bem na minha frente. O Velho Maddox também me olhava atentamente e, esperta como só eu, concluí que devia ser comigo que ele estava falando.

Tem Alguém Aí?

Com ar obediente, eu lhe passei as batatas. Kevin me deu uma piscadela de solidariedade, mas Aidan e Dianne pareceram horrorizados. Ambos fizeram mímica com os lábios ao mesmo tempo, formando a palavra "Desculpe".

Só que, dois segundos depois, Dianne anunciou:

— Sabe quem nós encontramos hoje na loja de ferragens, Aidan? O pai de Janie. Ele nos pediu para avisar a você que finalmente conseguiu terminar o galpão para ferramentas e o convidou para dar uma passadinha e ver como ficou. Faz um tempão que vocês começaram a construir esse galpão, lembra?

Então o Velho Maddox se empolgou:

— Adivinhe o que ele estava fazendo na loja de ferragens? — perguntou, fitando Aidan com ar brincalhão e olhos brilhantes (talvez fosse a bebida). — Foi comprar tinta. Tinta *branca*. Para pintar a casa de Bar Harbor. Não sei o que deu em vocês aquele verão para pintar a casa toda de rosa.

Vermelho com a graça disso tudo, ele olhou de Aidan para mim e então um cintilar de pânico surgiu em seus olhos. *Ela não é Janie.*

Depois do jantar, Aidan e eu nos sentamos no escritório. A situação estava um pouco tensa.

— Não pertenço a este lugar. Não devia ter vindo.

— Ora, devia sim, claro que devia! A coisa vai ficar mais fácil depois. Desculpe o meu velho, ele é meio... Ele não quis ser grosso, simplesmente habita um mundo diferente na maior parte do tempo.

Continuamos sentados em silêncio.

— Em que está pensando? — ele perguntou.

— No tapete. — Havia uns curiosos, trançados em forma de espiral. — Quando a gente olha para ele muito tempo, parece que os olhos estão sobre molas. A imagem se afasta e depois se aproxima.

— Em mim a sensação é de que o chão está subindo e descendo.

Continuamos sentados em um silêncio de camaradagem, vendo o tapete e sentindo a bizarrice de seus efeitos. De repente, estávamos novamente numa boa.

— Tudo vai ficar bem — garantiu Aidan. — Por favor, espere só mais um tempinho. Por favor.

— Certo — eu disse. — Meus pais também costumavam tratar Shane como se ele fosse da família.

— Ah, eles gostavam dele.

— Bem... Não exatamente. Para falar a verdade, eles o odiavam, mas mesmo assim o tratavam como se fosse da família.

No dia seguinte nós fomos ao shopping, porque, quando uma pessoa fica zanzando pela casa dos pais do novo namorado com medo de dar de cara com velhas lembranças da ex-namorada, é isso que ela deve fazer. O tempo todo rolavam papos do tipo "Vocês lembram daquelas férias em Cape Cod, todos nós na van? Lembram que Janie fez isso e Janie fez aquilo?".

Ao chegar ao shopping eu me animei um pouco, porque sempre que estou longe de casa até mesmo as lojas populares se tornam empolgantes. Visitei a Duane Reade, a Express e um monte de outros lugares pobrinhos. Aidan me comprou um suvenir de Boston — um globo com neve dentro — e então disse:

— É melhor voltarmos.

Fomos para o carro e estávamos saindo do estacionamento quando aconteceu. Antes mesmo de Aidan soltar um grunhido engraçado e involuntário, eu reparei na tensão palpável que emanava dele.

Olhei pela janela, para um lado e para outro, louca para ver o que o deixara tão perturbado. Uma mulher vinha em nossa direção, mas o carro já ganhava velocidade. Passamos ao lado dela e minha intuição começou a gritar dentro da cabeça: *Olhe para trás, olhe para trás, depressa!*

Girei a cabeça e vi que a mulher se afastava mais e mais. Usava jeans e (não pude deixar de reparar) era dona de quadris consideráveis. É claro que eu deveria me orgulhar por Aidan não ser o tipo

Tem Alguém Aí?

de homem que descarta mulheres com traseiro avantajado, mas naquele instante tinha outras coisas na cabeça. Ela era alta, com cabelos lisos cortados na altura dos ombros. Sua bolsa era linda, eu já tinha visto o modelo na Zara. Para ser franca, cheguei quase a comprar uma bolsa daquelas, e só não fiz isso porque tinha outra muito parecida. Continuei olhando até ela sumir de vista no meio dos carros estacionados.

Tornei a me virar para a frente e me ajeitei no banco.

— Aquela era Janie, não era? — Se Aidan mentisse para mim naquele momento, não haveria futuro para nós dois.

Ele concordou, com ar sombrio.

— Sim, era Janie.

— Mas que coincidência...

— Pois é.

De volta à casa dos Maddox, enquanto tomava uma xicrinha de café antes de sair para o aeroporto, reparei que havia um monte de álbuns de fotografia na estante. De repente imaginei todos eles pulando das prateleiras, as páginas se abrindo e as fotos voando em círculos e enchendo a sala como um bando de pássaros enfurecidos. Centenas de fotos voavam à minha volta e ficavam presas nos meus cabelos enquanto eternizavam uma infinidade de eventos do tipo Aidan/Janie: Aidan e Janie no primeiro baile; Aidan e Janie na festa de formatura; Aidan e Janie no jantar de trinta anos de Aidan; Aidan e Janie na festa-surpresa que Aidan planejara no dia em que Janie foi promovida; Aidan e Janie no reencontro com a turma do colégio; Aidan e Janie com o troféu do campeonato de boliche; Aidan e Janie de férias na Jamaica; Aidan e Janie preparando mariscos em Cape Cod; Aidan e Janie na festa de despedida de Aidan, quando ele foi transferido para Nova York; Aidan e Janie pintando a casa em Bar Harbor de cor-de-rosa...

* * *

Ficamos calados durante quase toda a viagem de volta para casa. A visita toda fora um erro gigantesco, um risco que valia a pena correr, mas não tinha dado certo. Aidan era fantástico sob vários aspectos, mas tinha muita bagagem e um monte de assuntos não resolvidos. Ele pertencia a Boston, ao lado de Janie. Admiti para mim mesma que, não importa o que acontecesse, ele sempre voltaria para ela e ela sempre o aceitaria de volta. Eles tinham um passado muito forte, muitas coisas em comum.

Aidan me pareceu meio verde de tensão. No caminho do aeroporto até minha casa, no táxi, apertou minha mão com tanta força que quase esmagou meus dedos. Devia estar imaginando um jeito de me dizer que tudo acabara, mas nem havia necessidade, porque eu sabia exatamente o que estava rolando.

O táxi parou na porta do meu prédio, eu beijei Aidan no rosto e disse:

— Cuide-se bem, viu?

Quando eu saía do carro, ele me chamou:

— Anna!

— Sim?

— Anna, você quer se casar comigo?

Olhei para ele fixamente por longos instantes e então respondi:

— Ei, controle esse fogo! — Bati a porta do táxi com força.

CAPÍTULO 20

PARA: aidan_maddox@yahoo.com
DE: ajudante_do_magico@yahoo.com
ASSUNTO: Você vai adorar saber disso!

Ao chegar ao trabalho hoje de manhã (segundo dia depois da minha volta), encontrei Tabitha, da Bergdorf Baby, que reparou na minha cicatriz e exclamou: "Puxa, isso ficou demais!" De repente ela sacou que era uma cicatriz de verdade e literalmente se encolheu toda de pavor. Seu rosto recuou tanto que os ossos do crânio ficaram praticamente expostos, como se fosse uma caveira apoiada sobre os ombros. Ela voou dali e entrou correndo no banheiro. Deve ter ido vomitar.

Espero que você esteja bem. Eu te amo.

Sua gata, Anna

PARA: aidan_maddox@yahoo.com
DE: ajudante_do_magico@yahoo.com
ASSUNTO: Você vai adorar saber disso também!

As pessoas no trabalho acham que eu estive no Arizona. Ao voltar do almoço com Teenie, encontrei uma das garotas da EarthSource no elevador. Ela disse que não me via há algum tempo e eu expliquei que tinha estado fora por um período.

Pensei que todo mundo no trabalho soubesse do que aconteceu, mas as meninas da EarthSource vivem no mundo da lua. Deve ser por causa da dieta à base de broto-de-feijão. Ela me perguntou quanto tempo eu estive fora e, quando respondi "dois meses", ela me lançou um olhar expressivo e tentou formar palavras com os lábios. Tive que me inclinar na direção dela até quase me encostar no seu vestidinho de linhão (que parecia um avental) e pedir: "Como disse?... Podia repetir?" Dessa vez ela formou as palavras mais devagar e eu entendi o que ela dizia: "Um dia de cada vez."

Puxa, então tá...

Espero que esteja tudo numa boa. Penso em você o tempo todo. Eu te amo.

Sua gata, Anna

PARA: aidan_maddox@yahoo.com
DE: ajudante_do_magico@yahoo.com
ASSUNTO: Roupa de quinta-feira

Uma blusa de abotoar de popelina em estilo Doris Day por cima de uma calça legging preta estampada com coraçõezinhos azuis felpudos, jaqueta jeans com as mangas arrancadas e meus sapatinhos azuis, aqueles que você disse que eram os mais pontudos já fabricados em todos os tempos e tão finos na ponta que os últimos quinze centímetros eram invisíveis. Nada de chapéu hoje — um refresco para mim mesma.

Eu te amo.

Sua gata, Anna

Eu mandava dois ou três e-mails por dia para Aidan, mantendo sempre o tom leve e animado. Não queria que ele se sentisse culpado, e não queria contar o quanto estava desesperada para saber dele. Era melhor manter as linhas de comunicação abertas para que ele entrasse em contato comigo, se pudesse. Eu também andava conferindo o horóscopo dele todo dia, tentando descolar alguma dica de como ele poderia estar se sentindo. O Stars Online dizia:

Tem Alguém Aí?

Não permita que a necessidade que as pessoas têm de virar a página em suas vidas forcem você a tomar decisões precipitadas. Como é pouco provável que você conheça todas as opções para uma boa decisão antes do início de maio, ela vai ter de esperar.

Não gostei nem um pouco disso e fui ver o que dizia o Hot Scopes!

Escorpianos focados na carreira podem estar avaliando uma viagem de negócios para outro continente. É provável que você conheça uma pessoa nova, muito atraente e que fale um idioma diferente. Aconteça o que acontecer, ou seja ela quem for, você vai ficar feliz pelo fato de o mundo ser tão pequeno!

Dessa eu não gostei nem um pouco, quase chorei. Cliquei rapidinho no link da Stars Today:

Tente fazer planos e você só encontrará frustrações. Seja um espírito livre e, em meados de maio, você se sentirá tão confiante que se perguntará por que chegou a se preocupar tanto.

Esse era melhor. Nada de pessoas novas e atraentes. Calcei os sapatos de bico fino, peguei as chaves, mas parei ao chegar diante da porta. Queria ligar para o celular dele. De novo. O prazer de ouvir sua voz, mesmo sabendo que era só uma mensagem gravada, funcionava como uma dentada em um chocolate quando você está louca para ingerir açúcar.

CAPÍTULO 21

Cuidado com o Olho, Pirata!

Olhei para a tela do computador e bebi um gole de café. Não, o café não ajudou nem um pouco — o título era ridiculamente atroz. Deletei tudo e encarei o monitor em branco, à espera da Senhora Inspiração. Tentava fazer um release para o lançamento do Olho no Olho, nossa nova linha de produtos para embelezamento dos olhos, e pensei em fazer um jogo de palavras com "olho gordo", "olho de sogra", "olho comprido", ou então usar imagens de piratas, por causa do tapa-olho. Nesse caso eu poderia usar elementos como "motim", "água salgada", "pirataria", "rum" e outras coisas do gênero. Só que nada funcionava e eu achava tudo de péssimo gosto.

Tinha visto Aidan novamente, ao vir para o trabalho. Dessa vez ele caminhava pela Quinta Avenida usando um paletó que eu não reconheci. Ele estava com tempo sobrando para comprar roupas novas, mas não tinha tempo para me ligar? Mais uma vez o táxi passou depressa demais e não deu tempo de o motorista parar. Agora, lembrando aquele instante, me arrependi por não ter insistido, e isso atrapalhou minha concentração. Pode ser que fosse efeito dos analgésicos fortíssimos, mas o fato era que *algo* estava substituindo meu cérebro por chumaços de algodão.

Escrevi "Olho no Olho, Capitão" e fiquei sem mais absolutamente nada a acrescentar. Por Deus, eu precisava apresentar algo de concreto. Afinal, não era auxiliar júnior de uma conta qualquer (esse era o cargo de Brooke). Eu era a assistente do vice-presidente de relações públicas e tinha responsabilidades.

Tem Alguém Aí?

Como eu fui promovida

No verão em que entrei para a equipe da Candy Grrrl, o Iced Sorbet, nosso batom para aumento instantâneo dos lábios com efeito hiper-brilho, esgotou no mundo todo e houve brigas nos balcões para conseguir os últimos. Bem, não foram brigas de verdade, com tapas e tudo que se tem direito. O lance é que na cidade de Nordstrom, em Seattle, houve uma discussão entre duas irmãs para ver quem ficava com o último brilho para aumento de volume labial disponível no noroeste do país. Entretanto, a disputa até acabou de forma amigável, com um par ou ímpar em que a vencedora ficaria com o produto, e também de baby-sitter do filho da outra por uma noite. Só que uma garota esperta (eu) conseguiu transformar o incidente pitoresco em notícia de jornal. Distribuí um release para a mídia com um título em maiúsculas: "MULHERES À BEIRA DE UM ATAQUE DE NERVOS POR PRODUTO CANDY GRRRL", e os deuses deviam estar de boa vontade comigo, porque tanto o *New York Post* quanto o *New York Sun* deram destaque à nota. Logo depois as emissoras locais afiliadas das grandes compraram a história e isso resultou em uma matéria curta na CNN. Sabem como é... Era agosto e nada de interessante acontecia no país. O fato é que isso gerou um zum-zum-zum tão grande que provocou algumas brigas de verdade nos balcões da Candy Grrrl em todo o país. Na Bloomingdale's de Manhattan uma mulher deu um "chega pra lá" na outra com o ombro e a agredida gritou: "Ei! Qual é? Essa cor nem combina com você!"

Até Jay Leno fez uma piadinha em seu programa (sem muita graça, por sinal, mas quem se importa?) sobre as pessoas que estavam apontando armas de fogos nos quiosques da Candy Grrrl e, como efeito colateral da publicidade que eu havia gerado, fui promovida. Wendell, a menina que eu estava cobrindo na Candy Grrrl, foi transferida para a Visage, nossa sisuda marca francesa. Ela bem que gostou de trocar os bonés de feltro cor-de-rosa, os sapatos pontudos de odalisca e as outras bizarrices pelos vestidos tubinho e as jaquetas cintadas.

* * *

Digitei "Olho no Olho, Capitão" mais uma vez. Estava apavorada. Era o meu terceiro dia de volta ao trabalho e eu ainda não produzira um release que prestasse, nem unzinho. Eu achava que o tratamento de choque de ser jogada de volta às feras no trabalho fosse me trazer de volta ao normal, mas isso não aconteceu. Eu me sentia dentro de um sonho e tentava correr, mas minhas pernas pesavam como chumbo. Minha cabeça não raciocinava, meu corpo doía todo e senti meu mundo desencaixado, fora do eixo.

Quarenta minutos depois, minha tela exibia o seguinte texto:

Suba a bordo, mulher pirata em busca do
tesouro da juventude!
Pode procurar pelos Sete Mares, porque a linha
Olho no Olho é o tratamento mais eficiente e revolucionário
que você vai encontrar, maruja!
Sabe aquelas olheiras? — Você não precisará mais usar
tapa-olho para escondê-las!
Sabe aquelas marcas e pequenas rugas? — Jogue-as
pelo convés para sempre!
Sabe aqueles olhos inchados pela manhã? — Faça-os
caminhar sobre a prancha e livre-se deles!
Sabe aquele papagaio sobre seu ombro? — Bem, para
isso não temos solução.

Teenie olhou para o texto por cima do meu ombro e cantarolou:

— Yo-ho-*ho* e uma garrafa de rum! — Tentava ser solidária.

— Você está me zoando, é? Precisava ver as outras tentativas.

— É sua primeira semana de volta ao trabalho, você está meio sem prática.

— E sob efeito de medicação pesada.

— Daqui a pouco as coisas melhoram. Quer uma mãozinha?

Teenie fez o melhor que pôde para me ajudar, mas ela já tinha seus próprios pepinos a resolver; era responsável pelas linhas secun-

Tem Alguém Aí?

dárias: Candy Baby e Candy Man. Se bem que com apenas doze produtos para bebês e dez para homens ela não tinha o meu peso sobre os ombros, nem de longe. (Cinquenta e oito produtos, cada um com trocentas cores, e aumentando a linha. Acho que lançávamos algo novo a cada duas semanas.)

Lauryn entrou, histérica, e guinchou:
— Esse release está pronto ou não?
— Saindo do forno — eu disse, enquanto Teenie cochichava em meu ouvido:
— O primeiro a ser metabolizado são as gorduras. Depois vem a carne magra, e só então os músculos entram na dança, até que, por fim, os órgãos começam a ir embora. Quando chega nesse ponto o organismo está literalmente digerindo a si mesmo. Será que essa mulher idiota come alguma coisa na vida? — Teenie estudava medicina à noite e adorava compartilhar seu conhecimento.

Imprimi meu release fraco e fui até a mesa de Lauryn, pronta para enfrentar o jogo da humilhação. A responsabilidade por toda a área publicitária da Candy Grrrl era dividida entre nós duas sob o seguinte esquema: *eu* fazia o trabalho braçal e tinha todas as ideias. *Lauryn* tornava minha vida um inferno, ganhava cinquenta por cento a mais e ainda levava todo o crédito.

Eu também desempenhava tarefas secundárias. Atazanar e puxar o saco das pessoas responsáveis pela editoria de beleza das revistas, lhes informar o quanto os produtos Candy Grrrl eram fantásticos e persuadi-las a nos presentear com um comentariozinho favorável e uma foto nas páginas de novidades na área de beleza. Aliás, essa era uma parte importantíssima do meu trabalho, tanto que meu desempenho era medido. As citações em revistas que eu conseguia eram contadas e comparadas com quanto teríamos de desembolsar em verba publicitária para conseguir o mesmo espaço.

Minha meta para esse ano era aumentar em doze por cento meu desempenho do ano passado, mas eu já tinha perdido quase dois meses de bajulação junto às revistas por conta da minha "visita" à Irlanda, e agora ia ser difícil recuperar o terreno perdido. Será que

Ariella, Candace e George Biggly iriam me dar um desconto e ser bonzinhos? Provavelmente não. Se olharmos para o lance de forma objetiva, por que seriam? Entreguei a Lauryn meu release da campanha para a mídia. Ela olhou por alto e sentenciou:

— Está uma merda! — e me entregou de volta.

Tudo bem, não me incomodei com a reação. Eu sempre fazia pelo menos duas tentativas; ela jogava no lixo a primeira, depois descartava a segunda para, em seguida, aceitar a primeira.

Pode parecer desagradável, mas era bom conhecer tão bem o terreno onde eu pisava.

Não saí da minha sala até sete e meia da noite, mais ou menos, e, quando cheguei em casa, havia um e-mail da minha mãe — algo que nunca acontecera em toda a minha vida:

PARA: ajudante_do_magico@yahoo.com
DE: walshes1@eircom.net
ASSUNTO: A mulher e o cachorro

Querida Anna,
Espero que você continue passando bem. Lembre-se sempre de que você pode voltar para casa à hora que quiser, pois nós cuidaremos de você. Estou escrevendo para contar da mulher e do cachorro que fazia xixi no nosso portão da frente.

Caraca, acho que cutuquei um ninho de vespas ao reparar nisso.

Reconheço que todos nós achamos que você estava imaginando coisas por causa dos remédios que andou tomando. Mas não tenho medo de "dar a mão à palmatória" (como se dizia antigamente) e assumir que estava errada. Eu e Helen observamos aquela senhora nos últimos dias e ficou claro que ela realmente incentiva o cão a fazer xixi no nosso portão. Resolvi contar a você "esse lance" (como os jovens dizem. Ainda não identificamos a dona do cão). Como

Tem Alguém Aí?

você sabe, ela é uma velha, e as velhas são todas iguais para mim. Sua irmã tem um binóculo de longo alcance pelo qual seu pai pagou uma fortuna. Só que ela não me deixa usá-lo e diz que para isso vou ter que lhe pagar "por hora de serviço". Acho isso muito injusto. Quando você falar com ela, pode lhe dizer o que eu penso a respeito. Se ela lhe der alguma dica sobre quem é a velha, por favor, me conte.

Da sua mãe que a ama muito,

Mamãe

CAPÍTULO 22

Menos de uma semana depois de me pedir em casamento, Aidan tornou a fazê-lo, dessa vez trazendo uma aliança que eu comentara uma vez que achara bonita. Era toda em ouro branco com sete diamantes incrustados, formando uma estrela. Era lindíssima e eu fiquei apavorada.

— Sai dessa! — reagi. — Menos, Aidan, menos. Nós tivemos um fim de semana ruim, só isso. Você está exagerando.

Corri para casa e contei a Jacqui o que tinha acontecido.

— Uma aliança? — exclamou ela. — Você vai se casar!

— Não, claro que não vou me casar.

— Por que não?

— Ora, por que deveria?

— Dãããã... Porque ele propôs? — Com irritação na voz, ela disse: — Ok, essa parte foi de brincadeira. Mais ou menos. Agora conta: Por que você não quer se casar com o cara?

De forma incoerente, comecei a numerar meus motivos:

— Razão número 1: eu mal conheço o cara, e já fiz tanta coisa na vida sem raciocinar antes que perdi toda minha impulsividade. Razão número 2: Aidan tem um passado muito forte e eu não quero esse peso todo. Razão número 3: Como você mesma disse, srta. Jacqui Staniforth — e eu aposto que tem razão —, ele provavelmente vai ser um cão difícil de manter na coleira. E se ele me chifrar?

— Para ser franca, acho que não é nenhuma dessas — afirmou Jacqui. — É a Razão número 4: você é meio lerda — continuou ela, elevando a voz. — Qualquer mulher da nossa idade *adoraria* a ideia de se casar com alguém, mesmo que fosse um anão com três olhos e cabelo no nariz, mas você é ingênua o bastante para achar que não deve se casar com o primeiro homem que lhe pede a mão. Sim, você mal o conhece! Sim, ele tem um passado forte! Sim, talvez não consiga manter o pinto dentro das calças! Porém, basicamente, Anna Walsh, você não faz a MÍNIMA IDEIA da sorte que tem!

Esperei até ela acabar de gritar.

— Desculpe — disse ela, enrubescida e respirando de forma mais ofegante do que o normal. — Eu acho que... Me empolguei um pouquinho. Sinto muito, Anna, sinto de verdade. Só porque ele tem dois olhos, estatura normal e não tem muito cabelo no nariz para a idade, isso não é razão para casar com um homem. Não mesmo.

— Obrigada.

— Mas você ama o cara — acusou ela. — E ele ama você. Sei que a coisa aconteceu muito depressa, mas o sentimento é sério.

Quando ele colocou a aliança novamente na minha frente, eu disse:

— *Por favor*, pare com isso.

— Não consigo evitar.

— Por que você quer se casar comigo?

Ele suspirou:

— Puxa, Anna, posso listar os motivos, mas eles não vão transmitir nem de longe o que eu sinto: você tem um cheirinho bom, é corajosa, gosta de Dogly, é divertida, é inteligente, é muito bonita, bonita de verdade, eu adoro o jeito de você me chamar de "baby", gosto de ver como sua cabeça trabalha, gosto quando a gente está conversando na hora de mandar um presente de aniversário para minha mãe pelo correio e você diz, do nada: "Como é que alguém pode parecer tão sexy só por lamber um selo?..." — Ele abriu as mãos, indefeso. — Há muito mais... Acredite, tem muitas outras coisas além dessas.

— Qual a diferença entre o que você sente por mim e o que sentia por Janie?

— Não vou menosprezar Janie, porque ela é uma ótima pessoa, mas não tem comparação... — Ele estalou os dedos. — Tudo bem, acho que achei um jeito de descrever! Você já teve uma dor de dente daquelas horríveis, imensas, inesquecíveis? Uma daquelas que dá vontade de gritar, como se a gente sentisse um choque elétrico que entra pelas orelhas, atinge o cérebro e é tão terrível que quase dá para enxergar a dor? Pois então... Imagine essa mesma intensidade para medir o meu amor e você vai entender como eu me sinto em relação a você.

— E quanto a Janie?

— Janie? Janie é como quando você bate com a cabeça em um teto baixo. Dói, mas não é insuportável. Isso faz algum sentido para você?

— Por estranho que pareça, faz.

É claro que desde o dia em que nós nos conhecemos eu senti que havia algo *especial*, uma espécie de ligação. Depois, quando nos reencontramos, por acaso, sete semanas depois, isso me pareceu um sinal de que estávamos destinados um ao outro, só que eu não queria governar minha vida por "sinais", e sim por fatos.

Fato 1) Não posso negar que ele tinha acabado de vez com minha paz de espírito; apesar de eu insistir que mal nos conhecíamos, eu sentia secretamente que já nos conhecíamos perfeitamente bem. E de um jeito bom.

Fato 2) Fazia muito, muito tempo que eu não me sentia assim a respeito de um homem. Eu suspeitava — posso dizer que receava — estar completamente apaixonada por ele.

Fato 3) Eu valorizava a lealdade e, em muitos aspectos, Aidan era extremamente leal: ele acolheu Jacqui, Rachel, até mesmo Luke e os Homens-de-Verdade, chamando cada um deles de "cara" só para se enturmar. Celebrava cada uma das minhas vitórias no trabalho e já odiava Lauryn muito antes de conhecê-la pessoalmente.

Fato 4) Não vou nem avaliar o lado físico da coisa para não me desviar do assunto, porque, fisicamente, você pode curtir muito qualquer pessoa. O fato concreto, porém — e não há meio-termo nesse ponto —, é que não conseguíamos parar de nos acariciar um segundo sequer.

Tem Alguém Aí? 171

Na ponta do lápis, tudo batia. O problema era Janie. Não conseguia perdoar Aidan por ter dado o fora nela.

Quando comentei isso com Jacqui, ela me lembrou de um detalhe:

— Ele deu o fora nela por você!

— Mas isso me parece errado. Ele estava com ela há mais de mil anos e me conhece há cinco minutos.

— Escute — disse-me ela, com ar sério, — escute com atenção: a gente ouve falar direto de pessoas que ficam com alguém por anos e anos. De repente, rompem o relacionamento e dois dias depois um deles está se casando com outra pessoa. Já vimos isso por aí, não vimos? Você se lembra de Faith e Hal? Ela terminou com ele depois de onze anos e na mesma hora — pelo menos nos pareceu — ele se casou com aquela garota sueca e todo mundo comentou: "Coitado, lá vai o garoto rejeitado querendo dar a volta por cima"; só que eles continuam juntos, têm três filhos e parecem felizes. Quando alguém vira o jogo sem perder tempo, todo mundo diz: "Dou um mês para esse casamento acabar", mas, às vezes, estão enganados e a coisa dá certo. Tenho uma intuição de que é isso que está rolando aqui. Você não tem que ficar ao lado de uma pessoa por cem anos para ter certeza. Muitas vezes o lance pinta num único instante. Tem até um ditado que diz: "Na hora que acontece, você sabe."

Fiz que sim com a cabeça. Eu sempre ouvia isso.

— Então, você sabe?

— Não.

Jacqui suspirou fundo e resmungou:

— Meu santo Cristo!

— Durante todo o tempo em que estive com Janie — afirmou Aidan —, eu nunca a pedi em casamento. E ela também nunca pediu para eu me casar com ela.

— Não é só isso — expliquei. — Já estou me sentindo esquisita por me ver em uma relação tão intensa com você em pouquíssimo tempo, mas essa história de casamento está fazendo minha cabeça dar voltas.

— Você tem medo de quê?

— Ah, sabe como é, as razões óbvias de sempre: nunca mais vou poder dormir com outro cara durante toda a minha vida, não quero formar um casal insuportavelmente presunçoso em que um gosta de terminar as frases que o outro começou, etc., etc.

O meu medo verdadeiro, no entanto, era que a coisa pudesse não funcionar, que ele pudesse se atirar nos braços de outra mulher — ou, o que era mais provável, voltar para Janie — e me deixar absolutamente arrasada. Quando se ama alguém com a intensidade com que eu suspeitava amar Aidan, o buraco é mais embaixo.

— Morro de medo de tudo dar horrivelmente errado — admiti. — Que a gente acabe odiando um ao outro, perdendo toda a confiança na existência do amor, da esperança e de todas as coisas boas do mundo. Eu não aguento passar por isso. No fim eu acabaria me transformando em uma perua carente que bebe martíni no café da manhã e tenta trepar com o carinha que limpa a piscina.

— Anna, nada vai dar errado, eu juro. Temos algo bom em nossas vidas; melhor é impossível. Você sabe disso.

Às vezes eu sabia. Exatamente quando acontece com a vontade que eu tenho de pular lá de cima sempre que subo em um prédio muito alto, meu maior medo era que eu me jogasse de cabeça ao dizer sim.

— Tudo bem, então... Já que você não quer se casar comigo, pelo menos topa sairmos de férias?

— Não sei. Tenho que perguntar à Jacqui.

— Ou vai ou racha! — Foi a conclusão de Jacqui. — A coisa pode se transformar num desastre total, vocês dois presos em um país estrangeiro sem nada a dizer um ao outro. Eu dou força. Vai nessa!

Topei, mas com a condição de ele não pedir para casar comigo NEM UMA VEZ.

— Combinado — ele concordou.

* * *

Tem Alguém Aí?

Fui à Irlanda passar o Natal e, ao voltar, Aidan e eu fomos para o México por seis dias.

Depois do frio e da tristeza do inverno em Nova York, as areias brancas e os céus azuis me pareceram tão ofuscantes que quase doía os olhos só de abri-los. O melhor da festa, porém, era ter Aidan disponível vinte e quatro horas por dia. Foi sexo, sexo e mais sexo. A primeira coisa ao acordar, a última antes de dormir e em todos os intervalos do dia...

Para nos forçar a sair da cama de vez em quando, demos uma circulada pela cidadezinha poeirenta e sossegada e resolvemos fazer um curso de mergulho para iniciantes, em um lugar dirigido por dois californianos ex-doidões. Foi ridiculamente barato e agora, analisando friamente, acho que devíamos ter nos preocupado com isso. E também com o documento que assinamos, onde declarávamos que se acontecesse alguma morte, dedos decepados, unhas quebradas, próteses ou dentaduras perdidas e qualquer outro imprevisto os administradores do curso não seriam considerados responsáveis de jeito nenhum, sob nenhuma jurisdição.

Mas não demos a mínima para esses detalhes, estávamos nos divertindo de montão, agachados na piscininha de treino com mais nove iniciantes, fazendo OK com os dedos, cheios de cá-cá-cás e qui-qui-quis, com a mesma empolgação dos tempos de escola.

No terceiro dia, os instrutores nos levaram para o primeiro mergulho no oceano, e embora estivéssemos a apenas quatro metros abaixo das ondas, fomos transportados para outro mundo. Um mundo de paz, onde tudo o que se consegue ouvir é o som da própria respiração e tudo se move lentamente e com graça. Mergulhar na água azul era como estar com o corpo suspenso em luz azul. A água parecia transparente como vidro e os raios de sol penetravam a massa líquida, ampliando como uma lupa a areia branca do fundo do oceano.

Aidan e eu ficamos hipnotizados. De mãos dadas, passeamos lentamente ao longo de corais delicados e peixes de todas as cores possíveis e imagináveis; preto com pontinhos amarelos, laranja com listras brancas e alguns muito engraçados, transparentes, sem cor nenhuma. Cardumes imensos, nadando em formação, se moviam silenciosamente à nossa volta, rumo a algum lugar. Aidan apontou para algo e eu acompanhei a direção do seu dedo. Tubarões. Três deles, circulando perto da ponta do recife, parecendo cruéis e malencarados, como se usassem jaquetas de couro. Tubarões de recife não são perigosos. Normalmente. Mesmo assim o meu coração disparou.

Depois, só de curtição, tiramos nossos bocais, os trocamos e usamos os tubos de ar um do outro, tornando-nos um só, do jeito que os amantes dos filmes rodados nos anos 1930 fazem quando enlaçam os braços e bebem champanhe da taça um do outro (eles sempre usam aquelas taças rasinhas, com bordas ridiculamente largas, para o champanhe respingar para todo lado).

— Uau, isso foi demais! — entusiasmou-se Aidan, depois de voltarmos. — As coisas eram iguaizinhas ao *Procurando Nemo*. E sabe o que isso significa, Anna? É a prova de que temos algo a mais, algo especial: curtimos uma coisa em comum.

Achei que essa era a deixa para ele me pedir em casamento mais uma vez e, quando fiz uma cara séria, ele perguntou:

— Que foi?

Eu respondi:

— Nada.

No último dia teríamos o grande clímax, o final apoteótico. Eles iam nos levar para águas profundas e isso envolveria técnicas de descompressão lenta do ar, na hora da subida. Teríamos que esperar dois minutos parados, na volta, para cada cinco metros de profundidade que atingíssemos, a fim de os pulmões se adaptarem à nova pressão, o tubo de ar recalibrar ou algo do gênero.

Já tínhamos praticado tudo isso em águas rasas, mas daquela vez a coisa ia ser para valer.

Só que no barco que nos levaria ao local do mergulho a coisa começou a ficar meio esquisita: Aidan pegara um princípio de resfriado e, embora fingisse estar superdisposto, o instrutor sacou o lance e vetou o mergulho dele.

— Seus ouvidos não vão conseguir equilibrar a pressão da água na volta. Desculpe, cara, você não pode ir.

Aidan ficou tão desapontado que eu decidi que também não iria.

— Prefiro voltar para a nossa cabana e transar com você. A gente não faz isso há mais de uma hora.

— Vamos fazer o seguinte: você dá o seu mergulho, depois voltamos à cabana e você torna a mergulhar, dessa vez comigo, na cama. Você pode fazer as duas coisas. Vá em frente, Anna, você estava tão empolgada com este mergulho... Depois você me conta como foi.

Como Aidan não ia descer, tive de conseguir outro "parceiro". Odeio essa palavra, a não ser quando é usada como insulto ("Qual é a sua, 'parceiro'?", por exemplo).

Fui "emparceirada" com um homem que eu já tinha visto na praia, lendo o livro *Seja independente*. Ele veio passar as férias sozinho e fizera par com o instrutor em todos os outros mergulhos.

As instruções finais nos foram dadas antes de pularmos pela lateral do barco, e então mergulhamos fundo naquele universo paralelo de completo silêncio. O sr. Seja Independente não quis segurar a minha mão na descida, e isso foi ótimo, porque eu também não estava a fim de ficar de mãozinhas dadas com ele. Continuamos a nadar e já estávamos perto do fundo do mar há vários minutos — não sei quantos, a gente perde a noção de tempo lá embaixo — quando percebi que nas minhas duas últimas inalações nenhum ar tinha saído do tubo. Suguei o ar mais uma vez para ter certeza e nada, nadica de nada aconteceu. Foi como a surpresa que eu tenho quando a lata de spray para cabelo acaba, algo que eu acho que nunca vai acontecer. Eu sempre aperto a válvula e torno a apertar, pensando: ela *não* pode estar vazia, mas constato que está sim e que é melhor parar de apertar a pecinha, senão o troço pode explodir, sei lá...

Meu indicador mostrava que eu ainda tinha vinte e cinco minutos de ar, mas nada saía pelo tubo; o troço talvez estivesse bloqueado. Tentei meu outro "tentáculo" — o tubo reserva — e senti a mesma fisgada de pânico quando nenhum ar saiu dele.

Agarrei o sr. Seja Independente e fiz sinal de "sem ar" (um dedo rasgando a garganta, como os caras da Máfia usam quando mandam alguém "cuidar" das pessoas). Só quando tentei pegar o tubo reserva dele para respirar uma lufada maravilhosa de oxigênio foi que reparei que ele não tinha trazido o tubo reserva! *Como assim, sem tubo reserva?...*, pensei. *Que babaca, imbecil!* Mesmo chocada e em desespero, saquei o que aconteceu: ele dispensara o tubo extra a fim de provar sua independência. Devia estar superorgulhoso, dizendo para si mesmo: "Eu caminho sozinho; não dependo de ninguém e ninguém depende de mim."

Bem, tava feia a coisa, e já que ele largara o tubo reserva em algum lugar, ia ter de me deixar dar uma respirada no seu. Apontei e fiz sinal de "me deixa respirar um pouco", mas quando fui arrancá-lo da sua boca ele entrou em pânico. Deu para ver pelo vidro da máscara. Foi a mesma cara que Bilbo Baggins fez quando teve de entregar o Anel para Frodo em *O Senhor dos Anéis*. Sabia que era algo que precisava ser feito, mas na hora H ele simplesmente não conseguiu fazê-lo.

O sr. Seja Independente estava apavorado demais para ficar sem ar nem que fosse por alguns segundos. Com uma das mãos agarrada firmemente ao tubo, apontou para a superfície com a outra: "Suba!" Para meu horror, ele começou a nadar para longe de mim, protegendo seu suprimento de ar.

Os outros já estavam adiante, eu conseguia vê-los desaparecendo ao longe. Não havia ninguém para me salvar. Isso não está acontecendo. *Por favor, Senhor, faça com que isso não esteja acontecendo.*

Eu estava a quase quinze metros abaixo da superfície e sem ar. De repente, senti toda a pressão provocada por aqueles quinze metros. Até aquele instante eu me sentira totalmente leve, mas de repente a brincadeira poderia me matar.

A coisa foi tão apavorante que eu senti como se estivesse sonhando. *Superfície*, pensei. *Tenho que voltar à superfície.*

Nadando para o alto, batendo os pés e com os pulmões quase explodindo, fui para cima, para cima, para cima, quebrando todas as regras e pensando: *Vou morrer aqui e é tudo culpa minha, por escolher um curso de mergulho barato e vagabundo.*

Tem Alguém Aí?

A cada cinco metros eu deveria parar e esperar a descompressão durante dois minutos; mas que dois minutos que nada... Eu não tinha nem dois *segundos*!

Passei batida por um cardume de peixes-palhaço e eles me pareceram surpresos. Rezei para chegar logo à superfície. O sangue rugia em meus ouvidos e imagens esparsas começaram a surgir diante dos meus olhos. *Ferrou!*, pensei. *Definitivamente, eu vou morrer aqui e agora!*

Minha vida não passou diante dos meus olhos como um filme, mas surgiram lembranças absolutamente inesperadas, coisas das quais não lembrava fazia muitos anos — se é que algum dia tinha lembrado. Senti minha mãe me dando à luz, me dando a vida, e pensei: *Que coisa maravilhosa, que ato de generosidade e desprendimento.* Logo depois apareceu Shane na minha cabeça: *Puxa, eu fiquei com esse cara por muito mais tempo do que devia.*

Por que eu tinha de morrer? Bem, por que não? Havia seis bilhões de pessoas no mundo e eu era tão insignificante quanto qualquer uma delas. Se elas morriam o tempo todo, em toda parte, por que não eu?

Se bem que eu achei isso uma pena, pois se tivesse outra oportunidade de reescrever minha vidinha inconsequente, eu poderia...

Justo no instante em que pareceu que minha cabeça ia explodir, quebrei a linha azul que serve de barreira entre os dois mundos. O barulho e o brilho me atingiram em cheio, uma onda bateu na minha orelha e eu já estava arrancando a máscara do rosto para engolir o glorioso oxigênio, absolutamente pasma por não estar morta.

A primeira coisa que me lembro depois disso foi de estar deitada no convés do barco, ainda lutando desesperadamente por mais ar. Aidan estava debruçado sobre mim. Sua expressão era uma mistura de horror e alívio. Fiz um esforço monumental e disse:

— Eu topo! — exclamei muito ofegante. — Eu me caso com você.

CAPÍTULO 23

No meio da noite, acordei com um barulho, meu coração batia com força, quase disparava. A luz do abajur se acendeu antes de eu me dar conta de que fora eu que a acendera. Me senti superalerta e totalmente acordada. Estava no sofá. Acabara cochilando com as roupas que usara para trabalhar naquele dia, adiando o momento de ir para a cama sozinha.

Algo me acordara. O que foi que eu ouvi? O som de uma chave na fechadura? Ou será que a porta da frente havia sido realmente aberta e fechada? O que eu sabia é que não estava sozinha. Dá para sentir quando há mais alguém com você, o ar fica diferente.

Só podia ser Aidan. Ele voltara. Embora eu estivesse empolgada, também estava meio apavorada. Pelo canto dos olhos, perto da janela, vi algo se mover rápido, como uma sombra. Girei a cabeça, mas não havia ninguém ali.

Levantei do sofá. Não havia ninguém na sala e ninguém na cozinha minúscula, então achei melhor olhar o quarto. Ao empurrar a porta eu já estava suando. Estiquei o braço e tateei a parede em busca do interruptor, quase paralisada pelo medo de alguém agarrar minha mão no escuro. E o que era aquela sombra alta e estreita ao lado do closet? Apertei o interruptor. O quarto subitamente se encheu de luz e a forma sinistra se revelou: era nada mais, nada menos que a nossa estante de livros.

Ouvindo minha respiração ofegante, acendi a luz do banheiro e puxei para o lado, com violência, a cortina do boxe com desenhos de ondinhas. Ali também não havia ninguém.

Mas o que me acordara?

Tem Alguém Aí?

Percebi que dava para sentir o cheiro de Aidan. O espaço pequeno à minha volta estava dominado pelo aroma gostoso dele. O pânico voltou aos meus olhos com uma velocidade impressionante e eu procurei por... Pelo quê? Morri de medo de olhar para o espelho e avistar mais alguém olhando para mim. Só nesse momento eu vi que a nécessaire de Aidan, cheia de artigos de toalete, tinha despencado de uma das prateleiras entulhadas e caído no ladrilho. As coisas derrubadas estavam espalhadas pelo chão e um frasco se quebrara. Eu me agachei; não era o cheiro de Aidan aquilo que eu sentia, apenas sua loção pós-barba.

Tudo bem... Mas então, como foi que a nécessaire tinha caído da prateleira? É que os apartamentos velhos como os do nosso prédio têm paredes instáveis; alguém que bata a porta de casa com força pode gerar ondas de choque fortes o bastante para desestabilizar uma nécessaire do apartamento ao lado e fazê-la desabar no chão. Pronto, nenhum mistério.

Fui pegar a vassoura para varrer os cacos, mas, ao chegar à cozinha, outro cheiro me recebeu. Algo doce, como se tivesse sido pulverizado de forma opressiva. Nervosa, cheirei o ar. Era algum tipo de flor. Reconheci o aroma, mas não dava para sacar exatamente... Então eu tive certeza. Eram lírios, um cheiro que eu odiava, pois achava pesado e me trazia maus pressentimentos.

Olhei em volta com algum receio. De onde vinha aquele cheiro? Não havia flores frescas no apartamento. Só que o cheiro era inegável, inconfundível. Não estava imaginando coisas. Era real, o ar estava espesso e enjoativo.

Depois de recolher os cacos da loção pós-barba e guardar tudo, fiquei com medo de pegar no sono novamente e liguei a tevê. Depois de zapear e ver passar um monte de lunáticos pelos canais a cabo, parei em um episódio do seriado *A Supermáquina*, que eu nunca tinha visto. Por fim, acabei pegando novamente no sono e sonhei que estava acordada no instante em que Aidan abria a porta e entrava.

— Aidan, você voltou! Eu sabia que voltaria!

— Não posso ficar muito tempo, baby — disse ele. — Mas tenho uma coisa importante para lhe contar.

— Eu sei. Conte logo, eu consigo suportar.
— Pague o aluguel. Está vencido.
— Só isso?
— Só isso.
— Mas eu pensei...
— O boleto está no armário do quarto, com o resto da correspondência. Desculpe, eu sei que você não quer abrir nada, mas pelo menos encontre isso e pague o aluguel. Não perca o nosso apartamento. Enfrente pelo menos essa conta, querida.

CAPÍTULO 24

— Anna, onde é que você está? — Era Rachel.

— No trabalho.

— Mas são oito e dez da noite, em plena sexta-feira! É a sua primeira semana de volta ao trabalho, você devia estar pegando leve.

— Eu sei, mas tenho um monte de coisas para fazer e estou levando o dobro do tempo.

Perder metade da madrugada anterior acordada assistindo à *Supermáquina,* em vez de ir dormir, não tinha ajudado em nada. Fiquei meio fora do ar o dia todo — exausta e lerda; Lauryn me deu um monte de pepinos para resolver, Franklin ficou no meu pé reclamando e mandando eu ir cortar o cabelo, e, para aumentar meu infortúnio, descobri que um grupinho de meninas da EarthSource acha que eu sou alcoólatra.

Uma delas — Koo?... Aroon? Sei lá, é um nome assim, bem simplezinho — apareceu diante da minha mesa na manhã de sexta-feira e me convidou para participar de uma reunião na hora do almoço — uma reunião dos AA, diga-se de passagem — com algumas das outras alcoólatras da McArthur.

Meu coração despencou até alcançar a sola do meu tênis cintilante. Ai, que cansaço para minha beleza!

— Obrigada — consegui dizer. — É muita gentileza sua vir me convidar, ahn... (eu quis dizer o nome dela, mas não lembrava ao certo qual era, então tive que falar meio enrolado, num murmúrio, e pronunciei um som genérico de "Ooo") mas eu não sou alcoólatra.

— Continua na fase da negação, não é? — Ela balançou a cabeça com tristeza. — Renda-se para alcançar a vitória, Anna... Renda-se para alcançar a vitória.

— Então tá. — Era mais fácil concordar.

— A coisa funciona se você tiver força de vontade, então tenha, porque vale a pena. Se você quer beber, o problema é seu, mas se quer parar, o problema é nosso.

— Obrigada, você é muito gentil. — *Agora, por favor, caia fora daqui antes que Lauryn apareça.*

Continuava com Rachel ao telefone e ela disse:

— Alguns dos Homens-de-Verdade vão se reunir para jogar Scrabble. Quem sabe esse não seria um jeito tranquilo de você começar a se encontrar com as pessoas novamente? Será que consegue encarar?

Será?... Eu não queria ficar sozinha. Se bem que também não queria estar na companhia de mais ninguém. Embora pareça paradoxal, faz sentido: eu simplesmente queria estar com Aidan.

Nos quatro dias em que eu estava de volta em Nova York, recebi muitos convites para sair. Nunca havia recebido tantos na vida. Todo mundo estava sendo fantástico, mas, até então, as únicas pessoas com as quais eu conseguira ter contato tinham sido Jacqui e Rachel (com Luke a tiracolo). Ainda havia um monte de gente que eu precisava rever: Leon e Dana; Ornesto, nosso vizinho alegrinho do andar de cima; a mãe de Aidan. Tudo bem, vamos aos poucos, um dia de cada vez...

Desliguei meu computador e entrei em um táxi na rua 58 — já estava ficando mais fácil entrar em um carro. A caminho de casa, liguei para Jacqui e a convidei para ir junto.

— Scrabble com os Homens-de-Verdade? Eu preferia atear fogo às vestes, mas obrigada por convidar, mesmo assim.

Com exceção de Luke, Jacqui não tinha tempo a perder com os Homens-de-Verdade.

* * *

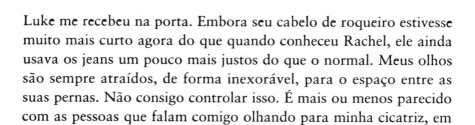

Luke me recebeu na porta. Embora seu cabelo de roqueiro estivesse muito mais curto agora do que quando conheceu Rachel, ele ainda usava os jeans um pouco mais justos do que o normal. Meus olhos são sempre atraídos, de forma inexorável, para o espaço entre as suas pernas. Não consigo controlar isso. É mais ou menos parecido com as pessoas que falam comigo olhando para minha cicatriz, em vez de olhar para mim.

— Oi, vamos entrando! — O convite foi feito para minha cicatriz. — Rachel está tomando uma ducha.

— Legal — respondi para o espaço entre as pernas dele.

O apartamento de Rachel e Luke fica no East Village, um daqueles lugares de Nova York que têm o teto do aluguel controlado pelo governo, a fim de evitar a especulação. É gigantesco para os padrões de Nova York, ou seja, dá para ficar no meio do cômodo sem tocar nenhuma das paredes, mesmo com os braços esticados. Eles moram ali faz muito tempo, uns cinco anos, pelo menos. O apartamento é aconchegante, confortável, cheio de coisas com significado próprio: colchas de retalhos e almofadões bordados por viciados que Rachel ajudou, conchas que Luke catou no piquenique para comemorar o quarto aniversário de recuperação de Rachel, esse tipo de coisa. Os abajures estavam ligados e lançavam focos de luz suave no piso; o ar cheirava a flores frescas e colocadas em uma jarra sobre a mesinha de centro.

— Cerveja? Vinho? Água? — perguntou Luke.

— Água — respondi para o espaço entre as suas pernas. Tinha medo de começar a beber e depois não conseguir parar.

A campainha tocou.

— É Joey — avisou Luke. Joey era o melhor amigo dele. — Tem certeza de que você vai ficar bem com ele por perto?

Tentei responder olhando para o rosto de Luke, realmente tentei, mas meus olhos foram descendo pelo seu peito e pararam no espaço entre suas pernas.

— Tudo bem — garanti.

Segundos depois Joey entrou, fechou a porta atrás de si de um jeito estiloso, girando o pé sem se virar, agarrou uma cadeira de encosto reto, girou-a no ar, colocou-a novamente no chão com o encosto para a frente e se aboletou sobre ela segurando o encosto com força, tudo isso sem rasgar os jeans nem esmagar os testículos. Um movimento muito ágil e cativante.

— Oi, Anna, sinto muito pelo seu... Sabe como é... Deve ser difícil de encarar! — Joey era o tipo de pessoa que nunca me deixaria enjoada por excesso de gentileza.

Ele fitou longamente minha cicatriz, sem se preocupar em disfarçar. De repente, fez surgir de algum lugar um maço de cigarros e deu-lhe uma batidinha na parte de baixo, fazendo um dos cigarros pular, executar um salto triplo carpado e se encaixar na sua boca de forma perfeita. Formando no ar um arco fluido com a outra mão, esfregou um fósforo na parede de tijolinhos aparentes e, no exato momento em que ia acender o cigarro, a voz incorpórea de Rachel ribombou no ambiente, vindo lá de dentro:

— Joey, *apaga isso aí*!

Ele ficou petrificado de surpresa com o fósforo aceso na mão e mastigou algumas palavras com o cigarro na boca:

— Eu não sabia que ela já estava em casa.

— Ah, pois pode crer que estou. Apaga isso aí, Joey. *Agora!*

— Porra! — berrou ele, balançando o fósforo no momento exato em que ele começava a queimar seus dedos. Lentamente, devolveu o cigarro para o maço e ficou ali sentado, com cara de — não existe expressão melhor para isso — cão sem dono.

A cara de poucos amigos não tinha nada a ver com Rachel não permitir que ele fumasse. Joey era sempre assim.

Seu astral normalmente é o de insatisfação completa com o mundo. Muita gente, ao vê-lo pela primeira vez, costuma perguntar, com certo veneno: "Que bicho mordeu aquele cara?"

Ele faz questão de parecer antipático e desagradável o tempo inteiro. Vou dar um exemplo: se alguém surge com um corte de cabelo bem radical, criativo, e todo mundo começa a elogiar o novo visual da pessoa, entre "ohhs" e "ahhs", Joey provavelmente vai comentar: "Processe o cara que fez isso. Você vai ganhar uma nota!"

Outras vezes ele permanece completamente mudo. Fica só ali sentado em meio às pessoas, observando todo mundo com os olhos

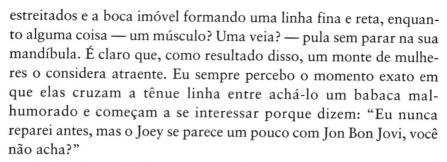

estreitados e a boca imóvel formando uma linha fina e reta, enquanto alguma coisa — um músculo? Uma veia? — pula sem parar na sua mandíbula. É claro que, como resultado disso, um monte de mulheres o considera atraente. Eu sempre percebo o momento exato em que elas cruzam a tênue linha entre achá-lo um babaca mal-humorado e começam a se interessar porque dizem: "Eu nunca reparei antes, mas o Joey se parece um pouco com Jon Bon Jovi, você não acha?"

Até onde eu sei, ele nunca, em toda sua vida, teve um relacionamento longo com alguém, mas já dormiu com milhares de mulheres, algumas delas da minha família. Minha irmã Helen, por exemplo, foi uma delas, como parte do seu programa "Chega junto e despacha". Ela comentou que "até que ele não foi ruim na hora do rala e rola", o que, podem acreditar, é um tremendo elogio, vindo de quem veio.

Rachel me explicou que ele tem problemas não solucionados de "raiva reprimida". Outras pessoas, que não sabem nada a respeito de raiva reprimida, dizem: "Aquele Joey bem que podia ter um pouco mais de educação."

Alguns minutos depois surgiram Gaz e Shake, o campeão de guitarra imaginária. Fizeram de tudo para não fitar demoradamente a minha cicatriz. Conseguiram isso fixando o olhar em algum ponto localizado quarenta centímetros acima da minha cabeça sempre que se dirigiam a mim. É claro que a intenção de ambos foi boa. Gaz, com sua avantajada barriga de chope e calvície em estado avançado — ele também não é exatamente o homem mais brilhante que eu conheço, mas deixa quieto —, me agarrou com força, me apertou de encontro à barriga borrachuda em um forte abraço e exclamou, solidário:

— Caraca, Anna. Que cena horrível essa aí, cara!

— É... — concordou Shake, balançando para trás a juba abundante da qual ele possui justificado orgulho e à qual sacode de um lado para outro o tempo todo, o que lhe valeu o apelido. — Tá realmente horrível! — Em seguida ele também me abraçou, e conseguiu fazer isso sem olhar para mim.

Permaneci firme como uma rocha, aguentando a parada. Isso era necessário. Agora que eu voltara, mais cedo ou mais tarde iria reencontrar todo mundo que conhecia, e o primeiro contato seria sempre esquisito.

— Puxa, Anna, *obrigadaço* pelo musse de cabelo da Candy Grrrl que você me mandou — agradeceu Shake. — É o máximo, deu o maior volume. É fantástico! Volumástico!

— Ah, funcionou, não foi? — Eu tinha mandado o produto para ele fazia uns dois meses. Shake tinha verdadeira obsessão por tornar seu cabelo o mais maleável e volumoso possível, para as finais de guitarra imaginária.

— E o spray, cara, o que é aquilo? Coisa da pesada!

— Que bom que você gostou. Me avise quando precisar de mais.

— Valeu!

Rachel surgiu do quarto envolta em uma nuvem diáfana de lavanda. Sorriu com doçura para Joey ao passar e ele exibiu uma cara amarrada. Quando os rapazes estavam absortos no Scrabble e na cerveja, nós nos encolhemos, cúmplices, sobre o sofá do canto da sala, sob uma luz fraca, e Rachel me massageou com carinho a mão "não estourada".

Estava quase cochilando quando a campainha tocou novamente. Para minha surpresa, era Jacqui. Ela irrompeu pela sala entre brilhos, ofuscante e cheia de assunto: tinha dado um fim nos dentes folheados a ouro, alguém lhe dera uma bolsa ou um sapato Louis Vuitton e ela estava a caminho de uma pré-estreia só para convidados vips.

— Oi! — Ela acenou para os Homens-de-Verdade em volta da mesa. — Não posso demorar, mas como a pré-estreia é a dois quarteirões daqui, resolvi dar uma passadinha só para dar um oi e ver como vai o jogo de vocês.

— E devemos ficar honrados com isso? — perguntou Joey, com cara azeda. Mastigava um palito de dentes.

Jacqui revirou os olhos.

— Joey, querido... A sala em que você está sempre se ilumina quando você se retira.

Ela veio até onde eu e Rachel estávamos.
— Por que ele é sempre tão horrível?
— Acho que não gosta muito de si mesmo — explicou Rachel.
— Não comece a defendê-lo — reagiu Jacqui.
— Mas é isso... Ele direciona o ódio de si mesmo para os outros — continuou Rachel.
— Isso não me convence. Por que ele não pode ser normalzinho? Bem, que se foda, vou cair fora, já me arrependi de ter vindo. Tenham uma boa noite! — ela berrou na direção da mesa, ao sair. — Todos vocês, com exceção de Joey.

Jacqui saiu e a partida de Scrabble continuou animada, mas, meia hora depois, fui tomada por uma estranha sensação de pânico: de repente eu já não conseguia mais ficar com aquelas pessoas nem mais um minuto.

— Acho que vou nessa — disse eu, tentando manter o pânico longe da voz.

Luke e Rachel me olharam com alguma ansiedade.

— Vou descer com você e chamar um táxi — disse Rachel.
— Não, você está com roupa de ficar em casa, deixe que eu vou — ofereceu Luke.
— Não, gente, por favor. Estou bem. — Fitei a porta com olhar agitado. Se eu não fosse embora naquele exato momento, iria explodir.
— Se você prefere...
— Sim, prefiro.
— O que vai fazer amanhã? — quis saber Rachel.
— Compras com Jacqui, à tarde — respondi, quase atropelando as palavras.
— Quer pegar um cineminha à noite?
— Isso! — entusiasmou-se Luke. — Estão passando uma versão digital remasterizada de *Intriga Internacional* no cine Angelica.
— Tudo bem, então — aceitei, quase sem respirar. — A gente se vê amanhã.
— Inté, então...
— Inté — respondi, sorrindo.

De repente a porta se abriu e eu me vi livre. Minha pulsação desacelerou e respirar ficou mais fácil. Fiquei em pé em plena calçada e o ataque de pânico começou a ceder. De repente, tudo voltou e eu pensei: *Puxa, será que estou tão mal assim que nem com a minha irmã eu consigo ficar numa boa? E agora vou ter que voltar para meu apartamento vazio.*

Que papelão! Eu não conseguia ficar na companhia das pessoas e também não queria me sentir sozinha. Subitamente minha perspectiva pareceu se ampliar e eu me vi em pleno espaço, olhando o mundo lá do alto. Consegui ver milhões e milhões de pessoas, todas com suas vidas encaixadinhas; então eu me vi na multidão; perdera meu lugar no universo. Os espaços haviam sido preenchidos e eu ficara de fora, sem lugar onde pudesse me encaixar.

Cá estava eu de volta à calçada. O que poderia fazer?

Comecei a caminhar. Circulei por várias ruas, em uma rota errática e sinuosa, mas acabei chegando diante do meu prédio, pois não havia outro lugar para onde ir. Quando me preparava para subir as escadas da entrada e vasculhava dentro da bolsa tentando achar a chave, alguém gritou, com voz histérica:

— Doçura!!... Espere por mim!

Era Ornesto, nosso vizinho de cima, que vinha pela calçada com seu terno vermelho, mais parecendo um cafetão. *Merda.*

Ele chegou e me disse, com ar acusador:

— Estou ligando para você há séééculos. Deixei uns oito trilhões de recados na secretária.

— Eu sei, Ornesto, desculpe, é que eu ainda estou assim, meio estranha...

— Ôôô!... Olhem só para esse rostinho! Eeee-ca, doçura, isso está *medonho.* — Ele praticamente roçou a narina ao longo da minha cicatriz, como se aspirasse uma fileira de coca para em seguida me puxar na direção dele em um abraço de dor. Por sorte, Ornesto é muito obcecado consigo mesmo e não levou muito tempo para sua atenção voltar para o próprio umbigo. — Vim só dar uma passadinha em casa, mas volto já, já para a rua em busca de — fez uma pausa e gritou: — BOFES QUENTES. Venha bater papo comigo enquanto eu visto minha roupa de balada.

Tem Alguém Aí?

— Tudo bem.

No apartamento decorado com motivos tailandeses, bem ao lado de um buda dourado, havia uma foto pregada na parede com uma faca de cozinha. Era a foto de um homem e a faca fora espetada bem no meio de sua boca, aberta em uma gargalhada. Ornesto me pegou olhando para a foto.

— Jesus do céu, você perdeu esse babado total! O nome dele é Bradley. Achei que tinha encontrado minha alma gêmea, mas você *não vai acreditar* no que esse homem fez comigo.

Ornesto não tinha sorte com os homens. Eles sempre o traíam, roubavam suas caríssimas frigideiras antiaderentes com fundo reforçado ou voltavam para suas esposas. O que será que tinha acontecido dessa vez?

— Ele me espancou.

— Foi?

— Não reparou no olho roxo?

Ele o exibiu com orgulho. Só consegui ver uma manchinha purpúrea quase invisível ao lado da sobrancelha, mas ele estava tão feliz por poder exibi-la que eu suguei o ar com força e exclamei, solidária:

— Isso é terrível!

— A notícia boa é que eu comecei a fazer aulas de canto! Minha terapeuta disse que eu preciso de uma válvula de escape. — Ornesto trabalha como (preparem-se, porque ninguém espera isso) enfermeiro em uma clínica veterinária. — Minha professora de canto garantiu que eu tenho um dom incomparável. Comentou que nunca viu alguém aprender a respirar direito tão depressa!

— Que bom! — disse eu, de forma vaga. Não valia a pena demonstrar muita empolgação, porque Ornesto era de lua e vivia ao sabor de paixões efêmeras. Era bem capaz de ele ter uma briga homérica com a professora de canto dali a menos de uma semana e passar a odiar qualquer tipo de música.

Olhei em volta, sentindo cheiro de algo... Foi então que notei um imenso arranjo de flores sobre a mesa. Lírios.

— Você comprou lírios?

— Pois é... Estou tentando "me gostar" mais, entende? Ser bom para mim mesmo. Tem tantos caras lá fora fazendo fila para me tratar como lixo que as únicas pessoas com quem eu posso contar são eu, eu e eu mesmo.

— Quando foi que você comprou essas flores?

Ele pensou um pouco.

— Ontem à noite. Há algo errado?

— Não. — Mas fiquei me perguntando se o cheiro que eu senti na véspera não teria vindo dos lírios de Ornesto. Talvez o aroma tivesse chegado pelo tubo de ventilação interna da minha cozinha. Será que foi isso que aconteceu? Será que não tinha nada a ver com Aidan?

CAPÍTULO 25

Eu vivia sonhando com um casamento branco.

Era o tipo do sonho que acorda a gente no meio da madrugada e nos deixa suando em bicas, com o coração aos pulos. Um sonho em estilo "pesadelo total".

Eu via tudo com detalhes. Os meses que eu ia passar batendo de frente com minha mãe por causa dos brócolis, ou algo desse tipo. No dia da cerimônia, me via no quarto, tentando abrir caminho em meio às minhas irmãs — todas elas damas de honra — para conseguir um pedacinho do espelho onde eu pudesse me ver para passar a maquiagem, e depois ainda ter que convencer Helen a *não usar* meu vestido. Então eu via papai entrando comigo na igreja e falando ao meu ouvido: "Eu me sinto um grandessíssimo idiota dentro deste fraque", e na hora de me "entregar ao noivo" dizendo: "Pronto, pode levar. Faça bom proveito."

Mas nada como uma experiência de quase morte para avaliarmos as coisas pela perspectiva correta.

Eu acabei me recuperando da subida enlouquecida do fundo do mar. Tive de passar muitos minutos em uma câmara de descompressão, ou algo assim, e depois um tempão aceitando as desculpas desprezíveis do sr. Seja Independente — obviamente o incidente provocou um retrocesso assustador no tratamento dele, pois nunca vi ninguém tão carente. Liguei para minha mãe e lhe agradeci por ela ter me dado à luz, e ela disse:

— Que escolha eu tinha? Você já estava lá dentro e teria que sair de qualquer jeito.

Então eu contei a ela que ia me casar.

— Sim, sei... Claro que vai!

— Vou sim, mamãe, é sério! Espere um instantinho só que vou colocar meu noivo na linha para falar com a senhora.

Entreguei o fone a Aidan e vi terror em seus olhos.

— O que eu vou dizer para ela?

— Conte a ela que você quer se casar comigo.

— Certo. Alô, sra. Walsh. Posso me casar com sua filha? — Ele ouviu atentamente por um instante e então me passou o telefone. — Ela quer falar com você.

— E aí, mãe?

— O que há de errado com ele?

— Nada.

— Nada muito óbvio, você quer dizer. Ele tem emprego?

— Tem.

— É viciado em alguma coisa?

— Não.

— Droga, você está quebrando as tradições da família. Qual é o nome dele?

— Aidan Maddox.

— Irlandês?

— Não, americano de origem irlandesa. Nasceu em Boston.

— Como John Kennedy?

— Isso, como John Kennedy — concordei, entusiasmada.

Todo mundo lá em casa adorava John Kennedy, ele estava em um altar, ao lado do papa.

— Pois bem, veja só o que aconteceu com ele.

Com um jeito atrevido, comuniquei a Aidan:

— Minha mãe não quer me deixar casar por medo de que você tenha a cabeça estourada por uma bala em Dallas, durante um desfile em carro aberto.

— Ei, segure sua onda! — reclamou mamãe. — Eu não disse nada disso. É que é tudo muito repentino. Seu histórico de... Ahn... Atos impulsivos é imenso. Por que motivo você sequer mencionou este rapaz quando veio passar o Natal conosco?

— Mas eu falei dele sim! Disse que tinha um namorado que vivia me pedindo para que eu me casasse com ele, mas Helen estava

fazendo a famosa imitação de Stephen Hawking comendo sorvete de casquinha e ninguém prestou atenção no que eu dizia. Aliás, como sempre. Escute, mamãe, telefone para Rachel. Ela o conhece e pode atestar o quanto é gente-fina.
    Uma pausa. Longa e expressiva.
    — Luke o conhece?
    — Sim.
    — Vou perguntar a Luke, então.
    — Tudo bem.

    — Nós vamos nos casar mesmo? — perguntei a Aidan.
    — Claro.
    — Então vamos agitar isso logo — propus. — Três meses, no máximo. Início de abril?
    — Ótimo.
    Segundo as regras nova-iorquinas, depois de um relacionamento se tornar "exclusivo", o próximo passo é o noivado. Isso deve acontecer depois de três meses. Basicamente, no minuto exato em que o período de exclusividade começa, as mulheres apertam um cronômetro e assim que o período de noventa dias acaba um alarme toca e elas gritam: "Pronto! Tempo esgotado! Cadê minha aliança?"
    Mas Aidan e eu quebramos todos os recordes. Foram dois meses entre o início da exclusividade e o noivado, e três meses entre o noivado e o casamento. E eu nem estava grávida.
    O fato é que mesmo depois do meu encontro *tête-à-tête* com a morte sob as ondas, eu estava cheia de gás e vigor, e não via sentido em esperar por nada. Minha necessidade de fazer tudo *agora neste instante sem desperdícios ou demora* passou duas semanas depois, mas a essa altura o dia já estava marcado e eu estava cercada por todos os lados.
    — Onde vamos nos casar? — perguntou Aidan. — Nova York? Dublin? Boston?
    — Nenhum dos três — afirmei. — Vamos nos casar em County Clare, na costa oeste da Irlanda. — E expliquei o porquê: — Nós íamos passar as férias lá todos os verões e meu pai nasceu naquela região. É lindo!

— Tudo bem. Tem algum hotel lá? Ligue para eles.

Telefonei para o hotel em Knockavoy e meu estômago deu uma cambalhota preocupante quando eles disseram que poderiam nos encaixar na data marcada, sim. Coloquei o fone no gancho e recuei assustada.

— Caraca! — comuniquei a Aidan. — Acabei de marcar o nosso casamento! Acho que vou vomitar.

Depois disso, tudo aconteceu muito depressa. Decidi deixar o cardápio por conta de mamãe, por causa da famosa guerra dos brócolis que aconteceu no casamento de Claire. (Um terrível impasse que durou pelo menos uma semana, quando minha mãe, de um lado, afirmava que brócolis era uma verdura "pretensiosa", nada mais do que uma "couve-flor com mania de grandeza", enquanto Claire tinha chiliques do outro lado, berrando que se ela não pudesse curtir sua comida favorita durante o próprio casamento, onde mais *poderia* fazê-lo?) Pelo meu ponto de vista, em qualquer casamento a comida é sempre de revirar o estômago, então eu não entendia o motivo de tanta briga por causa do que os convidados iriam comer: o desagradável brócolis ou a insossa couve-flor, ambos intragáveis.

— Pode arregaçar as mangas, mamãe — disse eu, com ar magnânimo. — O bufê está por sua conta.

Mas as mais inocentes paisagens muitas vezes são campos minados. Por exemplo: eu cometi o erro de sugerir que deveríamos oferecer uma opção vegetariana para a refeição, e isso deixou mamãe encrespada: ela não acredita em vegetarianismo. Insistia que era um capricho e que as pessoas se diziam vegetarianas só para parecer esquisitas.

— Tudo bem, a senhora é quem sabe — cedi. — Por mim, eles podem comer só broas de milho.

Eu estava muito mais preocupada com a batalha das damas de honra. Sentia que não ia dar para encarar a barra de ver minhas quatro irmãs discutindo e implicando por causa de cores, estilos e sapatos. De repente, por um maravilhoso golpe de sorte, Helen se recusou a ser madrinha, pois, segundo uma antiga superstição, se você for madrinha de casamento mais de uma vez, nunca conseguirá ser a noiva.

— Não que eu esteja planejando me casar por agora — ela esclareceu —, mas quero deixar minhas opções em aberto.

Quando mamãe soube disso, proibiu Rachel de ser dama, pois isso poderia urubuzar sua chance de um dia se casar com Luke. Depois de uma pequena conferência de cúpula, foi decretado que eu não teria *nenhuma* dama de honra e, em vez disso, as três crianças de Claire seriam as daminhas. Inclusive Luka, o menino.

Depois foi a batalha do vestido. Eu tinha na cabeça uma ideia exata do que queria — um tubinho longo de seda —, mas não conseguia encontrar um desses em lugar nenhum. No fim, ele acabou sendo desenhado e confeccionado por um dos contatos de Dana, uma costureira de cortinas.

— Já estou até vendo as manchetes — comentou Aidan: — "Em Nova York, noiva choca os convidados ao se casar usando um vestido que *não foi* feito por Vera Wang."

Depois, é claro, vinha a lista de convidados.

— Tudo bem para você se eu convidar Janie? — perguntou Aidan.

Terreno perigoso. É claro que eu não a queria lá se o coração dela ainda estivesse partido. Além do mais, e se na hora do "quem tiver alguma coisa contra este casamento manifeste-se agora ou cale-se para sempre" ela pulasse nas tamancas e berrasse "ERA EU QUEM DEVIA ESTAR AÍ!"?

Por outro lado, seria legal se nós nos conhecêssemos e agíssemos de forma civilizada.

— Tudo bem — concordei —, mas é você quem deve convidá-la.

Foi o que Aidan fez, e nós recebemos uma carta muito simpática de volta, agradecendo o convite e explicando que, como o casamento seria na Irlanda, ela não poderia comparecer.

Não sei se me senti aliviada ou não, o fato é que ela não ia ao casamento e o problema estava resolvido.

Só que não estava.

Porque quando eu entrei na internet e consultei nossa lista de casamento, vi que alguém chamada Janie Sorensen tinha nos comprado um presente. Por um minuto pensei: *Quem é essa tal de Janie Sorensen?* De repente a ficha caiu: era *Janie*! A Janie de Aidan! O que será que ela tinha comprado? Cliquei feito uma louca para saber todos os detalhes da compra e descobrir o produto foi como receber um soco na boca do estômago. Era um conjunto de facas para cozinha. Muito afiadas, imensas, pontiagudas e perigosas. Para ser justa, nós mesmos havíamos colocado aquilo na lista, mas ela não poderia ter escolhido a manta de casimira ou o conjunto de almofadões fofuchos, que também estavam disponíveis? Fiquei olhando para a tela, completamente muda. Será que aquilo era um aviso? Ou eu estava imaginando coisas?

Mais tarde eu falei dos meus receios para Aidan, com muito jeitinho. Ele caiu na gargalhada e disse:

— Isso é típico do senso de humor dela.

— Então foi proposital?

— Ah, sim, provavelmente, mas não é para se apavorar.

Mas vinha mais a caminho.

Menos de duas semanas depois, em uma noite de sexta-feira, eu estava no apartamento de Aidan olhando folhetos de restaurantes com delivery e recitando as muitas sugestões dos cardápios. Ele tirava a gravata ao mesmo tempo em que abria a correspondência e eu reparei que um dos envelopes o deixara chocado. Deu para sentir a tensão dele do outro lado da sala.

— Que foi? — perguntei, olhando para o envelope em sua mão.

Ele ficou em silêncio por alguns instantes e por fim ergueu a cabeça e informou:

— Janie vai se casar.

— O quê?

— Janie vai se casar. Dois meses depois de nós.

Fiquei filmando a reação dele, cuidadosamente. Ele sorria como um bobo alegre e exclamou, depois de algum tempo:

— Isso é ótimo. Excelente! — Ele me pareceu genuinamente feliz.

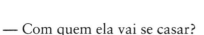

— Com quem ela vai se casar?
Ele deu de ombros.
— Sei lá! Um cara chamado Howard Wicks. Nunca ouvi falar dele.
— E nós fomos convidados?
— Não. A cerimônia vai ser em Fiji, só para os familiares mais próximos. Ela sempre disse que se um dia resolvesse se casar com alguém, faria isso nas ilhas Fiji. — Leu a carta mais uma vez e disse: — Estou feliz por ela. Feliz de verdade.
— Eles colocaram a lista de presentes em algum lugar?
— Não sei — disse ele, pensativo —, mas nós podíamos lhe enviar um garrote de enforcamento, ou algo desse tipo. Quem sabe um facão?

Apesar de eu ter delegado o máximo de tarefas que consegui, organizar o casamento levou meses terríveis e estressantes. Todo mundo disse que a culpa foi nossa, por não nos termos dado tempo suficiente para preparar tudo com calma, mas acho que se tivéssemos marcado tudo para dali a um ano o estresse se expandiria proporcionalmente até englobar o tempo disponível e nós teríamos de encarar um ano inteiro de estresse total, em vez de apenas três meses.
Mas tudo valeu a pena.
Em um dia azul lindo, com muito vento, em uma igreja no alto de um monte, Aidan e eu nos casamos. Os narcisos haviam florescido em fileiras intermináveis de um amarelo-canário muito forte e dançavam na brisa forte e incessante. Campinas verdíssimas nos rodeavam e o mar com espumas brancas cintilava ao longe.
Nas fotos tiradas do lado de fora da igreja, os homens com sapatos reluzentes e as mulheres com vestidos em tons pastel estavam sorrindo. Todos estavam lindos e muito, muito felizes.

CAPÍTULO 26

PARA: ajudante_do_magico@yahoo.com
DE: lucky_star_investigadores@yahoo.ie
ASSUNTO: Magnum

Anna, escuta só: algo terrível acaba de acontecer. Você tem de me ajudar, mas não pode contar para ninguém. A verdade nua e crua: cresceu um buço em mim. Mais parece um bigode.

Surgiu do nada, não pode ser menopausa aos vinte e nove anos, só pode ser culpa do meu trabalho. Ficar sentada com a bunda em arbustos gelados me transformou em um animal cujo corpo cria montes de pelos para se manter aquecido. No momento são só uns cabelinhos e estou parecendo o Magnum do seriado da tevê, mas é só uma questão de tempo para eu ficar igual a um dos integrantes do ZZ Top, com barba até os joelhos. Gosto do meu trabalho, não quero desistir dele. Como me livrar do bigode?

Me mande alguns produtos para eliminar pelos. Mande tudo o que você tiver. É caso de emergência total!

Sua irmã bigoduda, Helen

P.S. – Espero que você esteja bem.

A Candy Grrrl não fabrica removedores de pelos. Ainda. Em seu projeto de dominar o mundo, é apenas uma questão de tempo até isso acontecer. Respondi ao e-mail sugerindo que ela descolorisse o bigode com algum produto para cabelo e disse que estava louca para ver os mais recentes diálogos no roteiro que ela estava escrevendo.

Tem Alguém Aí? **199**

PARA: aidan_maddox@yahoo.com
DE: ajudante_do_magico@yahoo.com
ASSUNTO: Roupas de segunda-feira

Cheongsam curto (é um vestido chinês justo, se você não sabia) de cetim em tom vermelho-fantástico todo bordado, acompanhando jeans surrados e tênis vermelho-sirene. Meus cabelos estão presos no alto da cabeça por dois hashis em um coque audaz, para não precisar usar chapéu. Já faz seis dias desde que eu usei um chapéu pela última vez. Estou promovendo uma espécie de rebelião particular silenciosa. Quando será que alguém vai sacar? (Pode acreditar, eles *vão* sacar.)
Queria muito saber notícias suas. Eu te amo.

Sua gata, Anna

Assim que coloquei os pés na minha sala, Franklin me olhou dos pés à cabeça, atentamente, e se demorou mais alguns segundos analisando o meu cabelo. Percebeu que algo estava faltando, mas estava agitado demais para identificar o que era. Tudo isso porque era hora da RSM (Reunião de Segunda de Manhã); uma hora e meia no inferno seria mais agradável.

Franklin arrebanhava suas "garotas" — o povo que trabalhava na Candy Grrrl, Bergdorf Baby, Bare, Kitty Loves Katie, EarthSource, Visage e Warpo (marca ainda mais radical que a Candy Grrrl — vocês precisam ver as roupas que as meninas têm de usar; eu vivia em pânico de ser transferida para a equipe delas).

— Bom trabalho — disse Franklin a Tabhita. O novo creme noturno da Bergdorf Baby conseguira uma menção e (o que é muito mais importante) uma foto na edição de domingo do *New York Times*.

Para mim e Lauryn o conselho dele foi:

— As senhoras precisam voltar a bombar, madames.

— Sim, mas.. — começou Lauryn.

— Conheço todos os seus problemas — disse Franklin. — O que estou dizendo é que vocês precisam correr atrás. Rapidinho e com garra.

Lauryn me lançou um olhar severo, meio de lado; estava aprontando alguma pra cima de mim. Provavelmente ia me usar em tempo integral para agitar suas ideias e, ao mesmo tempo, cobrar citações e fotos em páginas de beleza até alcançar sua meta para o ano. Qual de nós iria vencer essa batalha?

Entramos na sala de reuniões. Estavam todas lá, as catorze marcas representadas pela McArthur. Algumas das meninas seguravam revistas e jornais. Eram as sortudas que tinham conseguido espaço em alguma mídia. Eu também trazia duas páginas na mão. Nada que tivesse saído em algum jornal, é claro. Enquanto estive fora, ninguém se dera ao trabalho de manter o nível de babação de ovo junto à editoria de beleza das revistas — o que será que as estagiárias tinham feito de *concreto* durante todo aquele tempo? Minha sorte é que como a pauta dessas revistas leva um tempão para ser preparada, alguns dos papinhos descontraídos que levei com as editoras meses antes tinham rendido frutos — como bulbos plantados no outono, cujas flores só aparecem meses depois, na primavera.

Encostadas às paredes, as pessoas se acotovelavam por um espaço, tentando parecer invisíveis; o medo era quase palpável. Até eu estava receosa, o que era algo inesperado. Depois do que me acontecera, um simples esporro em público não iria me abalar. Aquilo devia ser alguma reação pavloviana de minha parte; estar ali em pé em plena RSM devia ter apertado meu botão de medo.

As manhãs de segunda-feira eram sempre terríveis. Sei que elas são terríveis para todo mundo, em toda parte, mas eram ainda mais terríveis para nós, porque muito do nosso sucesso ou fracasso dependia do que fora publicado nos suplementos dos jornais no fim de semana, e isso era *óbvio* para todas ali.

Às vezes as meninas levavam bolo de alguma editora de beleza que lhes havia prometido uma matéria que acabara não sendo publicada. Quando isso acontecia, era comum vê-las vomitando antes da reunião.

Tem Alguém Aí?

Todas estávamos a postos, mas Ariella nos ignorou solenemente. Estava sentada na cabeceira da mesa comprida, folheando uma revista com páginas brilhantes. Foi quando eu vi que a revista era... Todas viram ao mesmo tempo: a edição daquele mês de *Femme*. Merda. Ainda nem estava nas bancas. Ela conseguira um exemplar recém-saído da gráfica e nenhuma de nós tinha a mínima ideia do que estava nela. Ariella iria nos contar, é claro.

— Meninas! Venham cá, cheguem mais perto, vejam o que eu estou vendo. Estou vendo Clarins. Estou vendo Clinique. Estou vendo Lancôme. Estou vendo até a *porra* da Revlon. Mas não estou vendo...

Quem?... Poderia ser qualquer uma de nós. Quem ela poderia estar querendo ver ali?

— ... Visage!

Pobre Wendell. Todas nós baixamos os olhos, envergonhadas, mas dando cambalhotas de alegria por dentro por não sermos nós sob a guilhotina.

— Quer comentar algo a respeito disso, Wendell? — perguntou Ariella. — Quer falar sobre a mais cara campanha de todos os tempos que nós montamos? Para onde foi mesmo que nós levamos aquela editora da seção de beleza, em um lindo passeio? Será que você poderia refrescar minha memória?

— Taiti. — Mal dava para ouvir a voz de Wendell.

— Taiti?... *Taiti!!*... Mesmo *eu* jamais pisei na porra do Taiti. E ela não podia ter nos dado pelo menos um oitavo de página, ou uma citaçãozinha? O que você fez com essa editora, Wendell? Vomitou em cima do vestido novo dela? Dormiu com o namorado da moça?

— A editora assistente me prometeu um quarto de página, mas a Tokyo Babe lançou um novo creme noturno e a editoria geral da revista cortou nossa matéria, porque a Tokyo Babe coloca anúncios lá todos os meses.

— Não me venha com desculpas esfarrapadas. A regra é simples: se mais alguém conseguiu uma matéria e você não, a falha é sua. Você é um fracasso, Wendell. Não só não correu atrás com garra, como também não fez com que todos lá gostassem de você. Deixou de ser uma pessoa interessante. Por falar nisso, você ganhou alguns quilinhos?

— Não, eu...

— Bem, ALGUMA COISA está errada com você!

Isso é horrível, mas verdadeiro. Muita coisa no jogo das relações públicas depende de relacionamentos pessoais. Quando alguém da editoria de uma revista de beleza gostava de você, a chance de os produtos da sua marca subirem para o alto da pilha era muito maior. Mas havia pouco a fazer se uma grande marca ameaçasse cancelar um anúncio de vinte mil dólares se a revista não lhe fizesse uma cobertura ampla e favorável.

Depois do evento principal — a humilhação de Wendell — seguimos para a parte do programa denominada Batalhas Diversas. Era nesse momento que Ariella colocava as marcas para brigar entre si. Quando uma delas se dava bem em algum ponto, era a oportunidade para ressaltar as falhas da outra. Ariella adorava colocar Franklin e Mary-Jane (coordenadora das outras sete marcas) na arena, para vê-los se bicarem. Depois a reunião terminava e não se tocava mais no assunto até a semana seguinte.

Enquanto todo mundo se acotovelava para escapar dali o mais rápido possível, várias pessoas murmuraram: "Até que não foi tão mal. Ela estava calma, hoje."

O grande barato da Reunião de Segunda de Manhã era que, depois de acabar a tortura, a semana só podia melhorar.

CAPÍTULO 27

PARA: ajudante_do_magico@yahoo.com
DE: lucky_star_investigadores@yahoo.ie
ASSUNTO: Bigode

Descolori o maldito. Ficou louro, mas continua aqui. Estou parecendo um astro pornô alemão. Mamãe está me chamando de Gunther, o tarado. Está adorando a história. Algum conselho?

Sua irmã peluda, Helen

P. S. – Como é que mamãe sabe a respeito de astros pornôs?

PARA: lucky_star_investigadores@yahoo.ie
DE: ajudante_do_magico@yahoo.com
ASSUNTO: Bigode

Tente o creme removedor de pelos da Immac.

PARA: aidan_maddox@yahoo.com
DE: ajudante_do_magico@yahoo.com
ASSUNTO: Quase boa

Tirei o gesso do braço hoje. Não parece mais meu braço. Virou um trocinho pequeno, encolhido e *muito cabeludo*, quase tão cabeludo quanto os braços de Lauryn. Meu joelho está ótimo (e sem pelos). Até minhas unhas começaram a crescer. Só falta minha cara voltar ao normal.

Eu te amo.

Sua gata, Anna

PARA: aidan_maddox@yahoo.com
DE: ajudante_do_magico@yahoo.com
ASSUNTO: Meu nome é Anna

Hoje (anonimamente, por sinal) deixaram uma lista com os dias e horários das próximas reuniões dos AA.

Eu te amo.

Sua gata, Anna

PARA: aidan_maddox@yahoo.com
DE: ajudante_do_magico@yahoo.com
ASSUNTO: Cabelo novo!

Implorei a Sailor para me fazer um corte de fácil manutenção, mas ele me disse que devemos sofrer em nome da beleza e me deu um "yorkshire felpudo escovado para frente duplamente repicado". A única coisa boa é que o cabelo esconde quase toda a cicatriz. Assim que eu tentar secá-lo e escová-lo sozinha, aposto que vai virar um penteado estilo "vim de moto". Vou acabar tendo que usar chapéus novamente. Claro que tudo isso só pode ter sido uma grande conspiração.

Eu te amo.

Sua gata, Anna

Tem Alguém Aí? 205

Durante a semana toda eu trabalhei entre doze e treze horas por dia. Não sei como, mas o fato é que o tempo passou tão depressa que a noite de sexta-feira chegou novamente, rapidinho. Só que, assim que eu entrei e coloquei as chaves sobre a mesinha, vi a luzinha da minha secretária piscando sem parar como um dedo acusador. Droga! Será que estava lotada? Quantos recados haveria ali? Mantive os pés firmes no chão e inclinei a parte de cima do meu corpo para frente, a fim de checar: três recados. Olhei para a carinha amiga de Dogly e disse: "Aposto que são todos de Leon."

Ele me soterrava com dezenas de recados. *Soterrava.* Quase me pegou no trabalho duas vezes e tentou me ligar de um número privado que o identificador de chamadas não reconheceu, mas até agora eu havia conseguido escapar dele com sucesso. Sabia, no entanto, que era apenas uma questão de tempo até ele aparecer em pessoa na porta do meu apartamento — ou, o que é ainda mais apavorante, mandar Dana me procurar. O problema é que eu não conseguiria enfrentá-los, pelo menos não tão cedo.

Em vez de responder aos recados, liguei o computador — e meu coração se animou ao ver que havia dois novos e-mails! Segurei a respiração e esperei, petrificada de esperança. Só que o primeiro era de Helen:

PARA: ajudante_do_magico@yahoo.com
DE: lucky_star_investigadores@yahoo.ie
ASSUNTO: Immac

Que cheiro horrível! Parece carne chamuscada! O pior é que voltou a crescer, e ainda por cima meio espetado, parecendo... parecendo barba por fazer! Tô virando homem!

Sugeri que ela tentasse depilar com cera. O outro e-mail era de mamãe! O segundo que ela me enviava em toda a minha vida. O que será que ela queria dessa vez?

PARA: ajudante_do_magico@yahoo.com
DE: walshes1@eircom.net
ASSUNTO: O bigode de Helen

Por que você teve a ideia de mandar Helen usar aquele creme removedor de pelos? Deus Todo-Poderoso, que fedor! Até as pessoas batiam aqui na porta para comentar sobre a catinga. O rapaz que entrega leite (um molequinho) me perguntou (e olhe que eu nunca minto): "Caraca, dona, a senhora peidou?" Dá pra acreditar na audácia do menino? Logo eu, que nunca soltei um pum em *toda a minha vida*!

Quanto à mulher com o cachorro, continuo "de olho no lance", como os jovens dizem. Tivemos muita ação nessa área. Hoje de manhã, "fiquei de tocaia". Ela normalmente aparece às nove e dez da manhã, então eu me preparei para recebê-la. Assim que a vi chegando, fingi que estava colocando as latas de lixo na calçada. Acho que fui muito "sagaz". Hoje não era dia do caminhão de lixo e levar as latas para fora é tarefa do seu pai, mas ela não sabe disso.

"Belo dia, a senhora não acha?", cumprimentei-a, querendo dizer: "Belo dia para levar o cão para mijar no portão do vizinho, a senhora não acha?" Na mesma hora, a mulher puxou a coleira e disse: "Vamos embora, Zoé." Já temos uma pista, mas que nome para um cão! Foi nesse instante que algo terrível aconteceu: a mulher me lançou um "olhar". Isto é, nossos olhares se cruzaram e, você sabe, Anna, que eu não sou uma mulher dada a frescuras, mas na mesma hora percebi que aquele era um olhar malévolo.

Sua mãe amorosa,

Mamãe

P.S. — Daqui a duas semanas seu pai e eu vamos viajar para o Algarve por quinze dias. Vai ser legal. Não tão legal quanto ficar no hotel Cipriani, em Veneza, é claro (não que eu já tenha ficado lá), mas acho que vai ser ótimo. Enquanto viajarmos, Helen vai ficar com "Maggie" e "Garv", como vocês insistem em chamá-los. Isso significa que vai

Tem Alguém Aí?

ser mais difícil ficar "na cola" da velha, mas já que ela me lançou um olhar tão cruel, não vai fazer mal eu me afastar um pouco.

Do outro lado da sala, a luzinha piscando na secretária continuava me acusando. *Cai fora, vá embora! Por que você fica me atormentando desse jeito?* Desejei poder apagar as drogas das mensagens sem precisar ouvi-las, mas a máquina não permitia isso, então eu apertei o play e corri para o banheiro, ouvindo, pelo caminho: "Anna, é o Leon. Sei que é difícil para você, mas está sendo difícil para mim também. Preciso vê-la..."

Para abafar a voz dele eu abri a torneira com uma força tão cachoeiresca que encharquei a frente do meu vestido. Dei um pulo para trás, contei até vinte e três e fechei a torneira bem devagar, mas ainda deu para ouvir Leon dizendo: "... minha dor também..." Com um rápido movimento do pulso, abri novamente a torneira em estilo chuva torrencial, contei até sete e meio, diminuí a pressão, mas ouvi "... podemos nos ajudar...". Na mesma hora abri a torneira no máximo, rodando até o fim em estilo enchente. Era como girar o dial de um rádio e só pegar a mesma estação: Leon FM.

Finalmente ele terminou tudo o que tinha a dizer. Eu saí do banheiro pé ante pé, fui até a sala e apertei o botão *delete*.

"Todas as mensagens foram apagadas", informou a secretária.

— Obrigada — respondi, com educação.

PARA: ajudante_do_magico@yahoo.com
DE: lucky_star_investigadores@yahoo.ie
ASSUNTO: Meu bigode

Arranquei com cera. Ficou muito pior! Desastre de trem! A região sobre o lábio superior lisinha e pálida fez o resto do rosto parecer supercabeludo. Estou igual àqueles homens com aparência hilária que usam barba, mas raspam o bigode. Fazendeiros africanos, imames paquistaneses e outras figuras desse tipo.

P. S. – Chega de conselhos.

Na noite de sábado, Rachel me "convidou" para passar lá e ficar um pouco com ela e Luke — uma oferta que eu não tive a escolha de recusar. Até parece que eu estava a fim de aturar conselhos cheios de boas intenções.

Curti alguns bons momentos durante duas horas, mas então fui tomada por uma onda de pânico que começou a me parecer terrivelmente familiar: precisava cair fora dali.

Rachel só me deixou ir embora depois de me interrogar intensamente sobre meus planos para o domingo, mas eu já tinha a resposta ensaiada: Jacqui marcara horário para nós duas passarmos o dia em um spa chamado Cocoon. Ela disse que seria ótimo para mim.

E foi mesmo. A não ser pela aromaterapeuta, que disse que eu era a pessoa mais tensa que ela já atendera em toda a vida, e a pedicure, que disse que só ia pintar minhas unhas se eu parasse de agitar o pé.

De repente já era a noite de domingo. Eu havia sobrevivido a mais um fim de semana, mas, em vez de me sentir aliviada, me vi tomada por um desespero terrível. Algo precisava acontecer, e bem depressa.

CAPÍTULO 28

Até que acabou acontecendo. Aidan finalmente apareceu.

Duas semanas e meia depois de eu voltar da Irlanda, estava no trabalho, sentadinha à minha mesa, agitando minha planilha trimestral, quando ele simplesmente entrou na sala. A alegria por vê-lo ali na minha frente foi como o calor gostoso do sol do meio-dia. Fiquei *empolgadíssima*.

— Já era hora! — exclamei.

Ele se sentou na quina da mesa e exibiu um sorriso tão largo que o rosto pareceu se dividir ao meio. Parecia feliz e um pouco envergonhado, ao mesmo tempo.

— Feliz por me ver? — perguntou.

— Por Deus, Aidan, estou feliz *demais*! Nem posso acreditar que você acabou aparecendo. Eu estava até com medo de nunca mais ver você pelo resto da minha vida. — Ele usava a mesma roupa do dia em que havíamos nos conhecido. — Como foi que você conseguiu entrar aqui?

— Como assim? Simplesmente vim até aqui e entrei na sala.

— Mas, Aidan... — eu tinha acabado de lembrar — ...Você está morto.

Acordei com um pulo. Estava no sofá. As luzes da rua iluminavam a sala com um brilho avermelhado e rolava um barraco lá fora: alguém reclamava gritando da limusine que parara no sinal com o som bombando a todo o volume, até que o sinal abriu e ela foi embora.

Fechei os olhos e voltei ao mesmo sonho.

Aidan já não sorria agora, parecia chateado, meio confuso, e eu lhe perguntei:

— Ninguém lhe contou que você morreu?

— Não.

— Era isso que eu temia. E por onde você tem andado?

— Por aí. Vi você na Irlanda e tudo o mais.

— Você me viu? E por que não foi falar comigo?

— Você estava com sua família, não quis atrapalhar.

— Mas você também é da família, agora. Você é minha família.

Quando tornei a acordar, já eram cinco da manhã. A luz da alvorada, por trás das cortinas, tinha um tom meio cítrico, mas as ruas estavam em silêncio total. Eu precisava falar com Rachel. Ela era a única que poderia me ajudar.

— Desculpe te acordar, Rachel.

— Tudo bem, eu já estava acordada, mesmo.

Provavelmente era mentira, mas talvez não fosse. Às vezes ela acordava antes do sol nascer para ir a uma reunião dos Narcóticos Anônimos antes de ir para o trabalho.

— Você está legal? — Ela tentou disfarçar um bocejo.

— Você pode se encontrar comigo agora?

— Claro! Como você quer fazer? Quer que eu passe aí?

— Não. — Eu estava louca para sair do apartamento.

— Que tal o Jenni's, então? — Era um café que funcionava vinte e quatro horas. Por conta da sua condição, Rachel conhecia um monte de lugares que ficavam abertos vinte e quatro horas. — A gente se encontra lá em meia hora.

Vesti uma roupa e corri para a porta; não dava para esperar nem mais um minuto dentro de casa.

De dentro do táxi eu vi Aidan caminhando pela calçada em plena rua 14, mas dessa vez sabia que não era ele.

Cheguei no Jenni's cedo demais, pedi uma média e pão com manteiga e tentei prestar atenção na conversa que rolava entre quatro sujeitos na mesa ao lado, todos de roupa preta, magros e bonitos. Infelizmente só consegui ouvir alguns pedaços de frases: "... ficando doidão..."; "... parei com essa história de amor..."; "... encarei um prato de molho teriyaki, cara..."

Nesse instante, Rachel chegou.

— Já faz um tempo que eu não vinha aqui — comentou ela ao olhar, meio nervosa, para os rapazes. — Estou tendo flashbacks. — Ela se sentou e pediu um chá-verde. — Anna, você está legal? Aconteceu alguma coisa?

— Sonhei com Aidan esta madrugada.

— Isso é normal, querida, é uma das coisas previsíveis, que devem acontecer, mesmo. Como vê-lo em toda parte, por exemplo. O que foi que você sonhou?

— Sonhei que ele tinha morrido.

Rachel ficou calada por alguns segundos.

— É porque ele morreu mesmo, Anna.

— Eu sei.

Mais alguns segundos de silêncio.

— Você não está agindo como se soubesse. Anna, estou sentindo *demais* tudo o que está acontecendo, de verdade, mas... Não importa o quanto você finja que tudo está bem, isso não vai mudar o que aconteceu.

— Mas eu não quero que ele esteja morto.

Os olhos dela se encheram de lágrimas.

— Claro que não quer, querida! Ele era seu marido, o homem da sua...

— Rachel, por favor, não diga "era". Odeio essa história de usar os verbos no passado. Não é comigo o problema, é com ele que eu estou preocupada. Meu receio é que talvez ele fique desesperado quando perceber o que houve. Ele vai ficar muito pau da vida, provavelmente assustado, e eu não vou poder ajudá-lo. Rachel — completei, pois senti de repente que não podia mais aguentar: — Aidan vai odiar estar morto.

CAPÍTULO 29

Rachel olhou para mim sem expressão alguma. Era como se não estivesse me escutando. Então ela me pareceu em estado de choque. Será que eu estava assim tão mal?

— Nós temos tantos planos — continuei. — Só vamos morrer depois dos oitenta. Ele se preocupa muito comigo, gosta de tomar conta de mim, e se não puder fazer isso, vai pirar. Além do mais, ele é tão forte e saudável, quase nunca fica doente, como vai conseguir lidar com esse lance de ter morrido?

— Ahn... Hummm... Deixe eu ver... — Isso nunca tinha acontecido. Rachel sempre tinha uma teoria sobre problemas emocionais. — Anna, essa barra é grande demais para eu segurar sozinha. Você precisa de auxílio profissional, alguém especializado nisso. Um psicólogo que lide com pesar e perdas. Eu lhe trouxe um livro sobre luto, talvez possa ajudar, mas você precisa se consultar com um especialista para...

— Mas, Rachel, eu só quero falar com ele, só isso! Não aguento imaginá-lo preso em algum lugar horrível, sem ser capaz de entrar em contato comigo. Afinal de contas, onde ele está? Para onde ele foi?

Os olhos de Rachel foram se arregalando, se arregalando e o desalento em seu rosto piorou.

— Anna... Olhe... Eu acho que você realmente precisa de...

Os homens de preto estavam de saída e, ao passar ao lado da nossa mesa, um deles olhou para Rachel e fez cara de espanto.

Seu rosto magro exibia marcas antigas de acne, olhos castanhos atormentados e cabelos pretos compridos. Ele não se sentiria deslocado dividindo um palco com os Red Hot Chili Peppers.

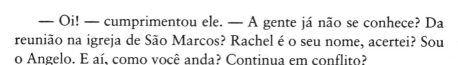

— Oi! — cumprimentou ele. — A gente já não se conhece? Da reunião na igreja de São Marcos? Rachel é o seu nome, acertei? Sou o Angelo. E aí, como você anda? Continua em conflito?

— Não — respondeu Rachel, de forma ríspida, lançando um olhar cheio de fagulhas, do tipo "não tem nada a ver falar disso aqui". Quase dava para ver as faíscas ziguezagueando pelo ar.

— E aí, você resolveu se casar com o cara?

— Sim. — Mais rispidez. Mas ela não resistiu à tentação de esticar o braço só para exibir a aliança de noivado.

— Uau! Casamento! Puxa, meus parabéns. Ele é um cara de sorte.

Nesse momento ele olhou para mim com ar de compaixão estampado nos olhos.

— E aí, gatinha? — cumprimentou, solidário. — Muito pesado esse lance, né?

— Você estava prestando atenção na nossa conversa? — A rispidez de Rachel voltou com força total.

— Não, mas é, tipo assim... — encolheu os ombros — ... Meio óbvio, né? — Olhando novamente para mim, aconselhou: — Encare um dia de cada vez.

— Ela não é viciada em nada! É minha irmã!

— Tudo bem, mas isso não é motivo para não enfrentar um dia de cada vez.

Fui para o trabalho pensando: Aidan está morto, Aidan está morto Eu não tinha percebido a extensão dessa realidade até agora. Quer dizer, eu sabia que ele tinha morrido, mas nunca pensei que a coisa fosse permanente.

Eu me movia pelos corredores do trabalho como um fantasma, e quando Franklin me cumprimentou dizendo "Bom-dia, Anna, como vão as coisas?", eu quase respondi "Vão ótimas; a única novidade é que meu marido morreu e nós estávamos casados há menos de um ano. Sim, é claro que você já sabia disso, mas eu acabei de descobrir".

Só que não adiantava nada dizer isso. Eu era notícia antiga para todo mundo e eles estavam tocando a vida em frente.

Estávamos indo jantar, só nós dois. O mais difícil de suportar é que isso era uma coisa que raramente fazíamos. Geralmente íamos a restaurantes apenas socialmente, para sair com amigos e outras pessoas. Quando estávamos só nós dois, o mais comum era nos encolhermos agarradinhos no sofá e pedirmos comida em casa.

Se tivéssemos ficado em casa naquela noite, ele ainda estaria vivo. O mais cruel é que nós *quase* desistimos. Ele reservara uma mesa no Tamarind. Eu pedi para ele cancelar a reserva porque tínhamos ido jantar fora duas noites antes, no Dia dos Namorados, mas a noite parecia ser tão importante para ele que topei.

Estava na calçada, esperando ele passar de táxi para me pegar, quando, alertada por barulhos de buzinas, freadas e xingamentos, vi um táxi mais amarelo que os outros costurando pela rua, atravessando as três pistas e vindo em minha direção. Não deu outra, lá estava Aidan, fazendo cara de apavorado, com as duas mãos abertas mostrando um total de sete dedos para mim. Nota sete! O máximo era dez. Alerta de piração. Nosso sistema pessoal de notas para taxistas loucos.

— Sete? — fiz mímica com os lábios. — Bom trabalho!

Aidan riu e isso me deixou feliz. Ele andava meio pra baixo havia algum tempo. Dois dias antes, recebera um telefonema — assunto de trabalho — que o deixou arrasado.

Com uma freada brusca, o táxi parou diante de mim, entrei e, antes mesmo de eu bater a porta, tornou a sair, cantando pneus, e entrou no tráfego intenso. Fui jogada contra Aidan, mas ele conseguiu me beijar rapidinho antes de eu ser lançada de volta para o outro lado. Muito empolgada, elogiei:

— Nota sete? Não conseguimos um padrão desses há muito tempo. Conte-me tudo sobre ele.

Ele balançou a cabeça com ar de admiração e disse, baixinho:

— Esse cara é bom, Anna, um dos mais pirados das últimas semanas. Ele jura que viu a princesa Diana vivinha da silva aqui

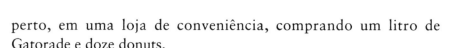

perto, em uma loja de conveniência, comprando um litro de Gatorade e doze donuts.

— Qual o recheio dos donuts?

— Recheios variados. No ano passado ele viu o rosto de Martin Luther King na casca de um tomate. Cobrou cinco dólares de cada vizinho para eles darem uma olhada, até o tomate ficar mofado.

Sem avisar, o taxista fez o carro ziguezaguear ao longo da rua 53 e fomos atirados com força sobre a porta do lado direito.

— Sem falar, é claro, nas suas habilidades ao volante — acrescentou Aidan. — Olhe só, aquele foi um zigue... Prepare-se para um zague.

O mais curioso é que o acidente não foi culpa do nosso motorista nota sete na escala de taxistas piradões. Para falar a verdade, a culpa não foi de ninguém. Avançando lentamente, devido ao tráfego intenso da hora do rush, Aidan e eu passamos a assuntos mais mundanos, como o estado do nosso apartamento e o quanto nosso senhorio era porco. Estávamos totalmente absortos no papo e não tínhamos a menor ideia dos eventos que estavam para se desenrolar no cruzamento seguinte: a mulher que resolveu atravessar a rua sem olhar para os lados, o taxista armênio que deu uma guinada brusca para não atropelá-la, a roda da frente do veículo que, na hora da freada, derrapou na poça de óleo deixada por um carro que enguiçara naquele ponto, minutos antes. Em alegre ignorância, eu continuava dizendo:

— Nós mesmos poderíamos pintar a... — quando passei para outra dimensão. Com um impacto brutal, outro carro entrou pela lateral do nosso e seu parachoque cravou seus dentes metálicos no banco traseiro do nosso — o tipo da coisa que só acontece em pesadelos. Minha cabeça se encheu de estilhaços de vidro e pedaços cortantes de metal. De repente começamos a girar no meio da rua como se estivéssemos em um carrossel diabólico.

O choque foi — ainda é — indescritível, e o impacto quebrou o osso pélvico de Aidan, seis das suas costelas e lhe atingiu mortalmente o fígado, os rins, o pâncreas e o baço. Eu vi tudo isso acontecer como se fosse em câmera lenta: os pedaços de vidro preenchendo o ar como uma chuva de prata, o metal rasgando, o fluxo de sangue que esguichou dos lábios de Aidan e o ar de surpresa em seus olhos. Não sabia que ele estava morrendo. Nunca poderia imaginar que em menos de vinte minutos ele estaria morto. Só me passou pela cabeça que ele iria ficar revoltadíssimo com o imbecil que, vindo em nossa direção rápido demais, acertara a lateral do nosso táxi.

Lá fora, na rua, as pessoas gritavam, e de repente alguém berrou: "Meu Deus! *Minha nossa!*"

Percebi as pernas e os pés de muitas pessoas movimentando-se ao meu redor. Reparei em um par de botas vermelhas de cano alto e salto agulha. *Usar botas vermelhas é sinal de personalidade marcante*, pensei, totalmente zonza. Ainda me lembro dessas botas com tanta clareza que seria capaz de identificá-las mesmo que estivessem em meio a uma fileira de outras. Alguns detalhes ficaram impressos na minha alma para sempre.

Fui abençoada por uma sorte espantosa, foi o que me disseram, depois. Tive essa "sorte" porque Aidan recebeu todo o impacto. O outro carro perdeu impulso após o corpo de Aidan ter servido como escudo, amortecendo a força sobre mim e deixando sobrar o suficiente apenas para quebrar meu braço direito e deslocar meu joelho. Obviamente aconteceram danos colaterais — o metal do teto do carro se entortou para dentro e rasgou meu rosto em um corte profundo que ia da orelha à boca, e alguns pedaços de metal da porta me arrancaram duas unhas fora. Mas eu não morri.

Nosso motorista não sofreu nem um arranhão. Quando o infindável carrossel finalmente parou de rodar, o taxista saiu do carro, olhou para nós pelo buraco onde ficava a janela, recuou e se inclinou para a frente. Perguntei a mim mesma o que ele estaria fazendo. Verificando o estado dos pneus? Foi então que percebi, pelo som peculiar, que ele estava vomitando.

"A ambulância já está chegando, amigão", informou uma voz masculina, e eu nem sei se realmente a ouvi ou se foi apenas imaginação. Por um curto espaço de tempo eu me senti curiosamente em paz.

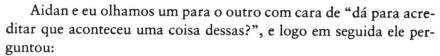

Aidan e eu olhamos um para o outro com cara de "dá para acreditar que aconteceu uma coisa dessas?", e logo em seguida ele perguntou:
— Baby, você está bem?
— Estou. Você também está?
— Tô... — Mas sua voz saiu esquisita, como um gargarejo.

Na frente do seu peito, empapando a camisa e a gravata, havia uma mancha de sangue vermelho-escuro, e aquilo me deixou aflita, porque aquela gravata era uma das que ele mais gostava.
— Não se preocupe com a gravata — eu me apressei em dizer. — Depois eu lhe compro outra igual.
— Você está sentindo alguma dor? — ele quis saber.
— Não. — Na hora eu não senti nada, mesmo. É o velho estado de choque, o grande protetor que nos ajuda a enfrentar o insuportável. — E você?
— Um pouco. — Foi quando eu soube que era muita.

Ao longe, bem distante, ouvi o som de sirenes, que foi aumentando aos poucos, ficou mais forte, até que chegou bem pertinho, acompanhado de um guincho da freada dos pneus.

Eles pararam. Vieram até aqui por nossa causa. Nunca pensei que esse tipo de coisa pudesse acontecer conosco.

Aidan foi retirado das ferragens. De repente estávamos em uma ambulância e as coisas começaram a acontecer em ritmo mais acelerado. Entramos no hospital em macas, correndo ao longo de luzes pelos corredores, e, pelo jeito que todo mundo nos olhava atentamente, éramos as pessoas mais importantes do lugar.

Informei todos os detalhes do nosso seguro de saúde, que me vieram à cabeça com uma clareza espantosa — lembrei-me até dos números de registro, coisa que eu nem imaginei que soubesse de cor. Alguém me pediu para assinar um papel, mas eu não pude, com o braço e a mão direita quase destruídos, e eles disseram que não precisava, tudo bem.
— Qual é o seu relacionamento com a vítima? — me perguntaram. — Você é esposa dele? Amiga?
— Os dois — Aidan respondeu na minha frente, com voz de gargarejo.

Quando eles o levaram para a sala de cirurgia, eu ainda não sabia que ele estava morrendo. Sabia que fora ferido, logicamente, mas não fazia ideia de que não poderia ser salvo.

— Por favor, cuide bem dele! — pedi ao cirurgião, um homem baixo, muito bronzeado.

— Sinto muito — disse ele —, mas provavelmente seu marido não vai resistir.

Meu queixo caiu. Como assim? Menos de meia hora antes nós estávamos indo jantar, e agora um sujeito bronzeado me dizia que "provavelmente meu marido não iria resistir"?

E ele não resistiu. Morreu muito depressa, menos de dez minutos depois de darmos entrada.

A essa hora a dor já começava com força total na minha mão, no braço, no rosto e no joelho. Eu estava envolta em uma névoa de agonia tão intensa que mal conseguia lembrar meu nome. Compreender que Aidan tinha acabado de morrer era algo tão difícil quanto tentar imaginar uma cor totalmente nova. Rachel apareceu com Luke; alguém deve ter ligado para ela. Só que, quando eu a vi, achei que ela também tinha sofrido um acidente — por que outro motivo estaria em um hospital? — e fiquei confusa diante da coincidência. Em algum momento alguém me injetou drogas, provavelmente morfina, e só nesse momento foi que eu pensei em perguntar sobre o outro motorista, o que nos atingira.

Seu nome era Elin. Tinha quebrado os dois braços, mas, tirando isso, não sofreu outros ferimentos. Todo mundo afirmou categoricamente que o acidente não fora culpa dele. Milhões de testemunhas insistiram em dizer que ele "não teve opção" senão desviar para não atropelar a mulher, e foi uma falta de sorte completa e inexplicável o fato de a mancha de óleo ter acabado de se formar exatamente naquele ponto do asfalto.

Fiquei internada no hospital durante dois dias e a única coisa de que me lembro foi o desfile interminável de pessoas. Os pais de Aidan e Kevin vieram de avião de Boston. Mamãe, papai, Helen e Maggie vieram da Irlanda. Dana e Leon — que chorou tanto que precisou ser sedado —, Jacqui, Rachel, Luke, Ornesto, Teenie,

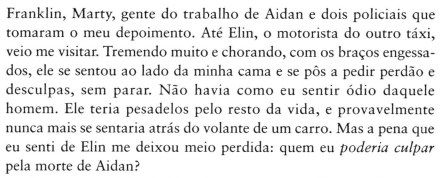

Franklin, Marty, gente do trabalho de Aidan e dois policiais que tomaram o meu depoimento. Até Elin, o motorista do outro táxi, veio me visitar. Tremendo muito e chorando, com os braços engessados, ele se sentou ao lado da minha cama e se pôs a pedir perdão e desculpas, sem parar. Não havia como eu sentir ódio daquele homem. Ele teria pesadelos pelo resto da vida, e provavelmente nunca mais se sentaria atrás do volante de um carro. Mas a pena que eu senti de Elin me deixou meio perdida: quem eu *poderia culpar* pela morte de Aidan?

Logo em seguida nós já estávamos em um avião para Boston, e depois eu me vi em pleno funeral, que foi muito parecido com o casamento, só que em forma de pesadelo. Ser empurrada pelo corredor principal da igreja em uma cadeira de rodas e reparar em rostos que eu não via há um tempão me pareceram um sonho onde pessoas separadas em grupos absolutamente disparatados haviam sido colocadas juntas, de forma inexplicável.

De repente eu estava em um longo voo, depois em casa, na Irlanda, dormindo na sala de baixo. Depois me vi de volta em Nova York, e só então comecei a me dar conta do que realmente havia acontecido.

PARTE DOIS

CAPÍTULO 1

Trecho de *Viagem sem Volta*, de Dorothea K. Lincoln:

Mais ou menos uma semana depois que meu marido morreu, eu estava no solário de nossa casa, folheando a National Enquirer *— a única publicação na qual eu conseguia me concentrar —, quando, pela janela aberta, entrou uma borboleta. Ela era incorrigivelmente linda, com intrincados padrões em tons de vermelho, azul e branco. Enquanto eu acompanhava o seu voo, maravilhada, ela, indiferente, circulava alegremente pela sala, ensaiando um pouso sobre o sistema de som, em seguida sobre um vasinho de planta — como se para me lembrar de que eu devia regá-la! —, para então seguir rumo à velha poltrona do meu marido. Depois, voou até o meu exemplar da* National Enquirer *e pousou pesadamente sobre ele, como se dissesse, com ar desaprovador: "Dorothea, Dorothea!" (O mais interessante é que meu falecido marido não permitia a leitura dessa revista em nossa casa, por achá-la sensacionalista.)*

A novela As the World Turns *estava passando na tevê, mas a borboleta pairou sobre o controle remoto. Parecia querer me dizer algo — será que ela queria que eu trocasse de canal? "Muito bem, amiguinha", disse-lhe eu. "Podemos tentar."*

Passei por vários canais aleatoriamente e, ao chegar no Fox Sports, *a linda criatura pousou na minha mão, como se me pedisse gentilmente para parar. Então foi para meu ombro e assistiu ao US Open de golfe por meia hora; a sala se encheu de uma paz profunda. Quando Ernie Els acertou um buraco em três tacadas a borboleta se agitou de leve, voou até a janela, pousou por mais alguns instantes sobre o peitoril e então, como se quisesse dizer adeus, voou para a imensidão azul. Não tive dúvida de que aquela fora uma visita do meu falecido marido. Ele tentava me dizer que continuava comigo e sempre estaria ao meu lado. Várias pessoas enlutadas relataram visitas semelhantes.*

Coloquei o livro sobre a mesa, me ajeitei na poltrona, olhei em torno da sala e pensei: *Onde está minha borboleta?*

Já haviam se passado quatro ou cinco semanas desde minha conversa naquela manhã bem cedo com Rachel no Jenni's e pouca coisa mudara. Eu continuava trabalhando muitas horas além do expediente, mas produzia pouca coisa que prestasse. Continuava dormindo no sofá, e Aidan continuava morto.

Aos poucos eu criei uma pequena rotina diária: acordava assim que amanhecia, ligava para Aidan no celular, ia para o trabalho por pelo menos dez horas, voltava para casa, ligava novamente para Aidan, construía fantasias elaboradas nas quais ele não havia morrido, chorava por algumas horas, cochilava no sofá, acordava ao amanhecer e começava tudo novamente.

Chorar se transformara em um grande conforto, mas era difícil conseguir tempo disponível para isso, porque meu rosto inchava e demorava um tempão para voltar ao normal. Não era seguro chorar de manhã porque minha aparência ficava medonha no trabalho. Na hora do almoço também não, pelo mesmo motivo. Mas as noites eram ótimas. Eu ansiava pela chegada da noite.

Eu me arrastava ao longo de cada dia e a única coisa que me mantinha viva era a esperança de que o seguinte seria mais fácil. Só que não era. Todos os dias eram exatamente iguais. Inacreditavelmente horríveis. Era como se eu tivesse entrado por uma porta errada da minha vida e estivesse em um mundo onde tudo era idêntico, exceto por uma enorme diferença.

Tinha esperança de que voltar a Nova York, levar uma vida normal, curtir meu trabalho e meus amigos fizesse o pesadelo se dispersar. Nada disso aconteceu. O trabalho e os amigos simplesmente passaram a fazer parte do pesadelo.

Tem Alguém Aí?

Naquela manhã, como em todas as manhãs, eu tinha acordado em um horário absurdamente cedo. Sempre se passavam alguns décimos de segundo nos quais eu me perguntava o que havia de tão terrível. Então lembrava.

Tornei a me deitar, com uma dor persistente nos ossos, como imagino que deva ser a dor de reumatismo ou de artrite. Quando essas dores começaram, imaginei que talvez tivesse contraído algum vírus ou estivesse sofrendo algum efeito colateral do acidente. Meu médico, porém, disse que eu estava somatizando a dor do luto. Ele me garantiu que isso era "normal", o que me deixou um pouco chocada. Eu sabia que a dor emocional era esperada, mas a dor física era novidade.

Minha aparência também estava péssima; minhas unhas viviam quebrando, meus cabelos tinham se tornado secos e quebradiços e, apesar de eu ter acesso a todos os esfoliantes e hidratantes de qualidade que existem no mercado, minha pele se descamava toda e se desfazia em floquinhos acinzentados.

Tomei dois analgésicos e liguei a tevê, mas como não encontrei nada que me interessasse, dei uma folheada no *Viagem sem Volta*. Ótimo título, por falar nisso, pensei. Animador. Perfeito para levantar o astral de pessoas que estão de luto.

O exemplar viera em meio a uma enxurrada de livros que Claire me mandara de Londres, entre outros que haviam sido deixados na porta do apartamento por Ornesto, trazidos pessoalmente por Rachel, Teenie, Marty, Nell, até mesmo pela amiga estranha de Nell. Embora eu mal conseguisse me concentrar durante tempo suficiente para ler um parágrafo, reparei que imagens de borboletas eram muito comuns nos livros sobre esse tema. Só que para mim elas não apareciam.

O mais engraçado é que eu não curtia borboletas *taaanto* assim. Isso era difícil de admitir, porque todo mundo adora borboletas e não gostar delas é o mesmo que declarar que você não gosta de Michael Palin, golfinhos ou morangos. O fato é que, para mim, as borboletas eram ligeiramente dissimuladas; não passavam de mariposas vestidas com casacos bordados. Tudo bem que as mariposas são horripilantes e suas asas barulhentas fazem um som desagradável que parece papel sendo amassado, mas pelo menos elas são honestas; são marrons, são sem graça, são burras (voam para cima das chamas sem mais nem menos). Em resumo, não há nada de bom que se possa dizer a respeito delas, mas pelo menos elas não fingem ser algo além do que são.

Quanto à autora do livro e seu marido controlador, dá um tempo! Ainda bem que ela se livrou dele. E como é que alguém pode acreditar em uma mulher que descreve algo como "incorrigivelmente" lindo?

Apesar disso tudo, desde que comecei a ler esses livros eu vivia à procura de borboletas em toda parte, e também de pombos ou gatos estranhos que não estavam ali antes. Andava louca por algum sinal de que Aidan ainda estava comigo, mas até então eu não tinha visto nada diferente.

As pessoas dizem que não conseguem lidar com o fato de a morte ser tão definitiva, mas o que me incomodava e arrasava mais é que eu não sabia para onde Aidan tinha ido. Afinal, ele tinha de estar em *algum lugar*.

Todas as suas opiniões, pensamentos, lembranças, esperanças e sentimentos, todas as coisas que eram exclusivas dele e o tornavam um ser humano único — elas não podiam ter simplesmente *desaparecido*.

Eu compreendia que a essência de Aidan não estava mais no corpo físico que fora cremado, mas sua personalidade, seu espírito ou seja lá o nome que as pessoas queiram dar — não podiam simplesmente ter virado fumaça. Havia muita coisa dele para desaparecer assim no ar: o jeito como ele não gostava de *O apanhador no campo de centeio*, embora todas as outras pessoas no mundo inteiro adorassem o livro; o seu andar meio desajeitado, por conta de uma perna um tiquinho mais comprida do que a outra; seu jeito de cantar imitando os Smurfs quando se barbeava. Aidan tinha tanta energia, era tão cheio de vida — sim, vida — que ele devia estar em algum lugar, era só uma questão de encontrá-lo.

Eu continuava vendo-o caminhando pela rua, mas já aceitava o fato de que não era ele. Continuava lendo seu horóscopo. Continuava conversando com ele mentalmente. Continuava lhe enviando e-mails e ligando para seu celular, mesmo sabendo que não ia ter retorno. Em alguns dias eu chegava a esquecer que ele tinha morrido. Esse detalhe literalmente desaparecia da minha cabeça durante um ou dois instantes, geralmente quando eu voltava para casa, vindo do trabalho, à noite, e esperava vê-lo se aproximando da porta para me receber. Ou então algo engraçado acontecia e eu pensava: *Puxa, preciso contar esse lance para Aidan*. E então era tomada pelo horror — começava a suar sem parar e manchas pretas apareciam diante dos meus olhos. Era o horror total de me dar conta de que ele fora levado para longe. Tinha sido removido deste planeta, deste mundo físico. Tinha ido para outro lugar onde eu nunca poderia alcançá-lo.

Até então, eu sempre tinha achado que a pior coisa que pode acontecer a uma pessoa é alguém que ela ama desaparecer misteriosamente, de forma abrupta.

Só que isso era pior. Se tivesse sido aprisionado em algum lugar, sequestrado ou até mesmo fugido, eu teria esperança de que um dia ele pudesse voltar.

O pior é que meu sentimento de *culpa* era insuportável. A vida dele tinha sido interrompida de forma brutal e prematura, enquanto eu continuava aqui, vivinha, bem de saúde, trabalhando e com uma vida inteira pela frente. Como o corpo dele recebeu todo o impacto, senti como se tivesse morrido a fim de que eu vivesse, e esse era o sentimento mais chocante de todos. Era como se eu lhe tivesse roubado o resto de vida que ele ainda tinha para ser vivido. Eu sentia, sinceramente, que teria sido melhor se eu também tivesse morrido, pois assim não me sentiria envergonhada por estar aqui, vivendo minha vida, enquanto Aidan perdera a dele.

Fantasiava o tempo todo situações nas quais ele continuava vivo. Que de algum modo, em algum universo paralelo, ele não havia morrido; que o táxi que nos atingiu nunca chegara nem perto, que nossas vidas continuaram numa boa e que nós, alegremente, seguíamos rumo aos planejados quarenta e poucos anos juntos, sem saber do quanto escapáramos por pouco da outra possibilidade, misericordiosamente inconscientes da quantidade de dor da qual fôramos poupados. Eu inventava detalhes incríveis nessas fantasias — o que vestíamos, a que horas íamos para o trabalho, o que comíamos na hora do almoço — e, à noite, quando não conseguia dormir, essas ilusões me faziam companhia. Mas, e quanto a ele? Como estaria se sentindo? Odiava a ideia de ele estar enfrentando as coisas do outro lado sozinho, não importa quais fossem, e tinha certeza de que faria qualquer coisa para entrar em contato comigo. Nós passávamos o tempo todo juntos, nos falávamos e trocávamos e-mails dez vezes por dia, aproveitávamos cada momento livre do nosso tempo para ficar um com o outro e, por tudo isso, eu sabia que onde quer que ele estivesse, estaria sofrendo a separação tanto quanto eu. Puxa, eu daria minha vida só para saber que ele estava bem!

Onde você está, Aidan?

Durante o funeral, o padre falou um monte de baboseiras a respeito de ele ter ido para um "lugar melhor", mas aquilo tudo era papo-furado. Tão furado que, na hora, eu quis berrar exatamente isso para todo mundo saber, mas estava tão enfaixada, dopada e sufocada pelos familiares que não consegui.

Nunca conheci ninguém que tivesse morrido, antes de Aidan. Os únicos tinham sido minhas avós e meus avôs, mas a gente já esperava que eles morressem mesmo. Eram velhos, então era o certo. Mas Aidan era jovem, forte, bonito e estava tudo errado.

Quando meus avós morreram eu era criança ou não me importava o suficiente com esses assuntos para me perguntar se eles tinham mesmo ido para o céu (ou para o inferno — vovó Maguire era uma fortíssima candidata às profundezas). Agora eu me via forçada a pensar em uma possível vida após a morte, e a ausência de qualquer certeza era aterrorizante.

Nos meus tempos de adolescente eu ansiava por uma ligação com algum tipo de ser espiritual. Não com o Deus católico sob o qual eu fora criada, porque isso não dava muita emoção e, além do mais, era algo que qualquer pessoa podia alcançar (se fosse irlandesa). Mas o deus difuso que englobava tudo, a divindade que estava nos filtros dos sonhos dos xamãs americanos, a energia que governava os chacras e as saias franjadas me cativavam. Especialmente pelo

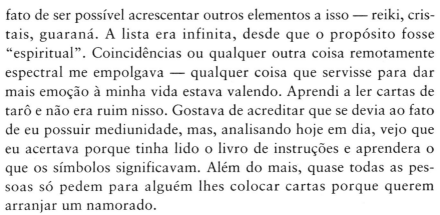

fato de ser possível acrescentar outros elementos a isso — reiki, cristais, guaraná. A lista era infinita, desde que o propósito fosse "espiritual". Coincidências ou qualquer outra coisa remotamente espectral me empolgava — qualquer coisa que servisse para dar mais emoção à minha vida estava valendo. Aprendi a ler cartas de tarô e não era ruim nisso. Gostava de acreditar que se devia ao fato de eu possuir mediunidade, mas, analisando hoje em dia, vejo que eu acertava porque tinha lido o livro de instruções e aprendera o que os símbolos significavam. Além do mais, quase todas as pessoas só pedem para alguém lhes colocar cartas porque querem arranjar um namorado.

Tirei as cartas de tarô da minha vida há alguns anos, mas nunca deixei de acreditar vagamente em "alguma coisa". Quando não conseguia o que desejava — um emprego, um táxi, um jeans do tamanho certo —, costumava dizer que "não era para acontecer", como se existisse um deus ou algum ser benigno que manipulasse os cordéis de nós, marionetes humanos, seguindo um roteiro pré-escrito para cada um. Alguém que se importasse com o que eu iria vestir ou não.

Agora, porém, colocada contra a parede, agora que isso importava de verdade, percebi que não sabia em que acreditar. Não acreditava que Aidan estivesse no céu. Aliás, não acreditava em céu. Não acreditava em Deus. Não desacreditava, também. Não havia nada em que me segurar.

Acabei de me preparar para ir trabalhar, liguei para o celular de Aidan, como fazia todas as manhãs, e então, em um súbito acesso de frustração, berrei para o ar:

— Onde você está? Onde você está? *Onde você está?*

CAPÍTULO 2

PARA: ajudante_do_magico@yahoo.com
DE: walshes1@eircom.net
ASSUNTO: Número dois!

Querida Anna,
Espero que você continue se recuperando e esteja bem. Por aqui a coisa está pegando fogo por causa da velha e do cachorro. Desde que voltamos do Algarve não tínhamos mais sinal dela, e você deve estar nos culpando por termos "assustado" a criatura. Só que, pelo que constatamos, ela estava só "reunindo mais munição". Voltou com força total hoje de manhã. Apareceu logo cedo e incentivou o cachorro a fazer o "número dois". Seu pai pisou no "presente" ao sair para comprar jornal. Como você sabe, ele não é um homem muito fácil de reagir contra alguma coisa, mas isso definitivamente o deixou indignado. Disse que vai chegar "ao fundo deste mistério". Isso vai envolver Helen e suas "habilidades detetivescas". Nossa sorte é que ela também está revoltada com a situação e diz que fará o trabalho sem cobrar. Segundo ela, um cão fazer xixi no seu portão é uma coisa, mas quando ele faz cocô a coisa muda completamente de figura.

Sua mãe amorosa,

Mamãe

P.S. — O que pode estar acontecendo? Como você sabe, não sou uma mulher que tem inimigos. Será que a culpa é de Helen?

Tem Alguém Aí?

P.P.S. — Estamos na rebordosa pós-férias, porque seu pai se queimou demais, a pele inchou e inflamou. Com essa história do cachorro para piorar as coisas, estamos muito "pra baixo". Não leve a mal o que eu vou escrever agora, mas tomara que você ainda não tenha "virado a página", porque não vai adiantar nada vir para casa. Mal conseguimos levantar o nosso astral, muito menos o de alguém no seu estado.

PARA: ajudante_do_magico@yahoo.com
DE: lucky_star_investigadores@yahoo.ie
ASSUNTO: Queimadura paterna

Mamãe e papai voltaram do Algarve. Papai ficou mais queimado que churrasco de bêbado. Hilário a mais não poder, pá.

Helen

CAPÍTULO 3

As fisgadas de dor me acordaram na hora de sempre — cinco da manhã. Funcionando no piloto automático, engoli dois analgésicos, fiquei deitada bem quietinha, fechei os olhos com força e fingi que estava na cama com Aidan ao meu lado. *Tudo o que eu preciso fazer é estender a mão e vou poder te tocar, gato. Você vai estar quentinho, meio sonolento, com uma ereção parcial, e vai enroscar seus braços e pernas em volta de mim, mesmo sem estar completamente desperto.* Minha fantasia era tão detalhada e convincente que dava até para sentir o cheiro dele, e eu quase ouvi o som da sua respiração. Foi por isso que, ao abrir os olhos e perceber que eu não estava na cama e o lugar onde Aidan deveria estar não passava de um espaço vazio, um uivo escapou do fundo da minha alma. Eu parecia um animal ferido. Enrosquei-me em posição fetal, apertei Dogly junto à barriga e tentei me embalar até a dor sumir. Como nada disso funcionou, liguei a tevê. Estava passando *Dallas*. Dois episódios seguidos, mais velhos que o rascunho da Bíblia. Assisti a ambos. Quem diria?

A sessão acabou logo depois das sete. Momento bom para eu me arrumar para o trabalho. Tentava não chegar lá antes das oito da manhã, na maioria dos dias, mas tinha vezes em que não conseguia ficar deitada de barriga para cima dentro daquele apartamento e às seis e meia da matina eu já estava na minha mesa.

Precisava me manter ocupada, trabalhando sem parar, tentando passar impunemente pelos dias. Esse era o caminho.

De vez em quando eu mergulhava por completo no trabalho, conseguia ir a algum lugar aonde a imaginação me levava e deixava de ser eu mesma. Por breves instantes.

Devo acrescentar que nem tudo na minha vida era diversão e brincadeira; havia os ALMOÇOS. Mesmo antes de Aidan morrer, eu detestava os ALMOÇOS. Levar jornalistas da editoria de beleza das principais revistas para almoçar em restaurantes badalados era parte do meu trabalho; eu tinha dois ou três desses compromissos agendados por semana, e era sempre uma situação delicada devido à alta competitividade na questão de "quem comia menos". Às vezes as jornalistas traziam uma ou outra colega, então havia ainda mais gente disputando quem "não ia comer" a sobremesa solitária que pedíamos para dividir entre todas. Era uma espécie de luta de boxe — quem iria dar o primeiro golpe? Quem iria dar a primeira garfada no doce? Ficávamos ali espreitando, como se andássemos em círculos diante do inimigo com ar cauteloso, e, como eu era a anfitriã, o protocolo determinava que minha função era ser a primeira a atacar. Entretanto eu precisava ir devagar, porque os editores de beleza não respeitam os gulosos.

Durante o primeiro mês depois da minha volta, fui poupada dos ALMOÇOS — não por algum ato de piedade, mas porque minha cicatriz era tão feia que Ariella não queria que me vissem solta por aí. Entretanto, graças às cápsulas de vitamina E, muita base e um corretivo da pesada, a cicatriz parecia mais discreta agora, então os ALMOÇOS estavam novamente liberados para mim.

O único jeito de aturar isso era levar Brooke comigo, pelo menos quando ela estava disponível. Brooke era um presente dos céus, sem dúvida. Seu incrível talento para colocar as pessoas absolutamente à vontade conseguia esconder minhas tentativas desajeitadas e robóticas de bancar a anfitriã. Ela deliciava as jornalistas convidadas com detalhes de sua vida superglamourosa, sem nem por um minuto dar a parecer que estava se exibindo, e eu tentava sorrir e empurrar bolos de comida goela abaixo, um tanto ou quanto insegura. De vez em quando — e isso acontecia demasiadas vezes para o meu gosto — eu me esquecia de dar a primeira garfada na sobremesa; a torta de chocolate, ou seja lá o que tivéssemos pedido, ficava ali, latejando no centro da mesa, até que, depois de alguns instantes de suspense,

Brooke dizia: "Olha, eu não sei vocês, meninas, mas eu *preciso* experimentar nem que seja um pedacinho desse doce/musse/torta, que está me dando água na boca", e isso liberava os garfos para o ataque.

Eu me obriguei a tomar um banho, peguei o telefone para ligar para o celular de Aidan e foi então que aconteceu. Eu estava toda encolhida na poltrona, preparada para ouvir o bálsamo da sua voz, mas, no lugar da mensagem, apareceu um bipe estranho. Será que eu tinha ligado para o número errado? Na mesma hora tive um pressentimento de desastre iminente; minhas mãos começaram a suar tanto que eu mal conseguia teclar os botões. Prendendo a respiração e rezando para estar tudo bem, esperei pela voz de Aidan, mas só ouvi o bipe estranho novamente: o celular dele fora cortado.

Por falta de pagamento.

Até então eu achava que o celular dele continuava em operação por algum ato de bondade cósmica. Só que ele simplesmente deixara a conta paga adiantado. E agora a linha havia sido cortada porque eu não continuei a pagar a conta.

Com exceção do aluguel do apartamento, eu não tinha pago conta alguma. Leon e eu tínhamos combinado de conversar a respeito da minha situação financeira, mas ele não conseguiu parar de chorar durante um período de tempo suficiente para fazermos isso.

Em pânico e me sentindo sufocada, tentei ligar para o número da sala de Aidan, mas outra pessoa — que não era ele, naturalmente — atendeu dizendo: "Sala de Andrew Russel." Desliguei. Merda.

Merda. Merda. Merda!

Fiquei tão tonta que pensei que fosse desmaiar.

— Agora como é que eu vou entrar em contato com você? — perguntei à sala vazia.

Eu estava dependente daquele bate-papo com Aidan, o momento de ouvir sua voz duas vezes por dia. Obviamente ele nunca me respondeu nem levou o papo adiante, mas isso era um grande consolo e me ajudara. Fazia com que eu acreditasse que ainda mantínhamos contato regular.

A urgência de falar com ele ficou tão desesperadora que meu corpo não conseguiu suportá-la. Em menos de um segundo eu estava encharcada de suor e tive de correr para o banheiro e vomitar.

Dez, talvez quinze minutos se passaram. Eu fiquei repousando a cabeça contra a porcelana fria do vaso e me sentindo zonza demais para conseguir levantar dali.

Eu precisava falar com Aidan, urgentemente. Daria tudo que eu tinha e estava disposta a morrer só para conversar com ele, nem que fosse por cinco minutinhos.

CAPÍTULO 4

Tomei outra ducha e me vesti. Coloquei um vestido Pucci com estampa de espirais, uma jaqueta da Goodwill e vi que estava tão atrasada para o trabalho que liguei e avisei a Lauryn que iria direto para o compromisso que agendara para as dez da manhã. Eu andava pesquisando itens promocionais para o lançamento do Brilhe, Garota! (um *highlighter* comum, só para dar um brilho, bem simplezinho. Seria um lançamento light, ou seja, nada de muita grana para gastar na campanha). Com o orçamento limitado, pensei em oferecer para as editoras das revistas luminárias diferentes (o que iria acentuar, sutilmente, o tema "brilho" do produto).

Meu encontro das dez horas era com um fornecedor na rua 41 Oeste que importava luminárias incomuns; tinha algumas que eram como auréolas — você as prendia no espelho e seu reflexo parecia o de uma santa; quando colocado atrás do sofá, ele lançava asas luminosas que a faziam parecer um anjo, desde que você sentasse no ângulo certo; tinha outra, em neon vermelho, que dizia "escolha um bar", para quem quisesse fingir que morava em Williamsburg, o mais novo ponto de badalação e bares em Nova York.

O táxi me deixou no outro lado da rua e eu esperava para atravessá-la quando avistei um homem que conhecia. Automaticamente o cumprimentei com um "Tudo bem?". Na mesma hora me dei conta de que não me lembrava exatamente de *onde* o conhecia, e fiquei com medo de estar pagando o mico conhecido pelo nome de "Reconhecendo um Famoso". Rachel uma vez caíra nessa. Parou Susan Sarandon no meio da rua e começou a interrogá-la sobre de onde a conhecia. Elas frequentavam a mesma academia? Por acaso era amiga do Bill? Será que elas não haviam se conhecido no consultório do dermatologista? De repente, com vontade de sumir, Rachel exclamou: *Thelma e Louise!*, e recuou, absolutamente horrorizada consigo mesma.

Mas o homem misterioso parou para falar comigo:
— Oi, garota — cumprimentou ele. — Como vai?
— Vou bem — e acenei com a cabeça, em desespero.
— Você não é a irmã de Rachel? Sou o Angelo, lembra? Nós nos conhecemos um dia desses, de manhã cedo, no Jenni's.

Puxa, como é que eu poderia ter me esquecido dele, com aquele visual diferente, o rosto alongado e esquelético, as olheiras profundas, os cabelos compridos e o magnetismo em estilo Red Hot Chili Pepper?
— As coisas estão melhorando para o seu lado? — ele quis saber.
— Não. Estou péssima. Especialmente hoje.
— Quer tomar um café?
— Não posso. Tenho um compromisso.
— Anote meu celular e me ligue qualquer hora dessas, se quiser bater papo.
— Puxa, obrigada, mas eu não sou uma viciada.
— Tudo bem. Não vou pensar mal de você por isso.

Ele rabiscou algo em um pedaço de papel amassado. Meio sem graça, eu aceitei e disse:
— Meu nome é Anna.
— Anna — ele repetiu. — Se cuida, viu? Maneira sua roupa, por sinal.
— Até! — disse e enfiei o pedacinho de papel no fundo da bolsa.

Fui para o meu encontro, mas estava fora de forma. Não consegui me importar o bastante a ponto de jogar duro com o sr. Luminárias Estilosas e fui embora sem acertar nada. De volta à rua, eu estava circulando a pé por ali, à procura de um táxi, quando um carinha me entregou um folheto. Normalmente eu jogo esses papeizinhos que recebo na primeira lata de lixo que me aparece pela frente, porque nessa parte da cidade são sempre folhetos anunciando liquidações de roupas de grife para enganar turistas. Mas algo me fez olhar para o papel.

> ## MUNDO MEDIÚNICO
>
> Descubra seu futuro.
> Receba respostas do além.
> Se você quer uma clarividente com dom verdadeiro,
>
> Ligue para Morna

Na parte de baixo do papel tinha um número de telefone e de repente eu me senti tomada por uma empolgação que beirava o frenesi. *Receba respostas do além.* Parei de repente no meio da calçada, provocando um miniengavetamento de pessoas.

— Idiota! — xingou alguém.

— Turista! — (um insulto muito pior) xingou outra pessoa.

— Desculpe — eu disse. — Desculpe, desculpe — repeti.

Saí do fluxo de pessoas e me encolhi no abrigo representado por uma porta recuada, peguei meu telefone na bolsa e, com os dedos trêmulos de esperança, teclei os números. Uma mulher atendeu.

— Morna? — perguntei.

— Sim.

— Gostaria de uma consulta.

— Você pode vir agora? Um cliente desmarcou.

— Claro! Sim! Agora mesmo! — O trabalho que esperasse!

Morna me deu o endereço de um prédio a dois quarteirões dali.

Subindo pelo elevador que rangia e dava solavancos, meu coração disparou e começou a bater com tanta força que fiquei me perguntando se aquilo não era parecido com ter um infarto.

Puxa, eu tinha recebido um folheto na rua 41 que não anunciava uma liquidação de roupas de grife — quais eram as chances de isso acontecer? E ainda por cima consegui um horário vago com Morna na mesma hora? É claro que isso só podia estar escrito em meu destino.

Por um instante me deixei levar por uma onda de esperança: *Aidan, e se ela conseguir alcançar você? E se ela realmente fizer contato com o local onde você está? E se eu conseguir falar com você?*

Quase chorando de emoção, empolgação, esperança e ansiedade, encontrei o apartamento de Morna e toquei a campainha.

Uma voz veio lá de dentro:

— Quem é?

— Meu nome é Anna. Eu liguei faz alguns minutos.

Ouvi o ruído de correntes, trincos e fechaduras sendo abertos. Chaves giravam em meio a estalos por dentro de trancas pesadas e finalmente a porta se abriu.

Em meu estado de esperança transbordante imaginei que Morna fosse uma mulher que usasse um manto esvoaçante, exibisse colares de contas miúdas em várias camadas, tivesse cabelos grisalhos com um corte estranho, colocasse muito *kohl* em torno de olhos antigos e sábios e morasse em um apartamento com cortinas de veludo vermelho e decorado com abajures franjados que emitiam luz âmbar.

O que vi, porém, foi uma mulher comum, de trinta e poucos anos, vestida com roupa de ginástica azul-marinho. Seus cabelos precisavam de uma boa lavada e eu não consegui ver se seus olhos eram antigos e sábios porque ela evitou me olhar de frente.

Seu apartamento também foi um desapontamento: a tevê no canto passava *Montel,* um talkshow matinal, com o volume quase no máximo. Brinquedos estavam espalhados pelo chão e eu senti no ar um forte cheiro de torrada.

Morna diminuiu o volume da televisão, me apontou um banco ao lado da cozinha e disse:

— Cinquenta dólares por quinze minutos.

Era caro, mas eu estava tão superexcitada que concordei com um simples "Ok".

Minha respiração estava ofegante, saía em arfadas curtas, e achei que Morna perceberia meu estado frenético e me trataria de acordo. Mas ela simplesmente trepou no banco alto do outro lado do balcão, do lado de dentro da cozinha, e me entregou um baralho de tarô.

— Corte! — ordenou.

Fiquei parada por um instante. — Em vez de ler cartas, você não poderia tentar entrar em contato com...   - Como eu poderia dizer?...
— Alguém que faleceu?

— Isso custa mais caro!

— Quanto?

Ela me avaliou:

— Mais cinquenta?

Hesitei. Não pelos cem dólares, mas pela súbita e desagradável suspeita de estar fazendo papel de otária. Talvez aquela mulher não fosse médium coisa nenhuma, simplesmente uma golpista que atacava turistas inocentes.

— Quarenta — concedeu ela, confirmando minhas suspeitas.

— Não é pelo dinheiro — expliquei, quase em lágrimas. A esperança se esvaiu e virou desapontamento. — É que eu preciso saber... Se você não for médium de verdade, por favor, me conte, pois isso é muito importante.

— Claro que sim. Sou médium.

— Você consegue entrar em contato com pessoas que já morreram? — perguntei, para confirmar.

— Exato. Quer ir em frente?

O que eu tinha a perder? Assenti com a cabeça.

— Vamos lá, deixe-me ver o que temos aqui. — Ela pressionou os dedos sobre as têmporas. — Você é irlandesa, certo?

— Isso mesmo. — De certo modo me arrependi de confirmar. Podia ter dito que tinha nascido no Uzbequistão. Pareceu estranho entregar de bandeja qualquer informação que ela não tivesse descoberto por meio de poderes psíquicos, mas eu não queria estragar as coisas.

Ela observou longamente minhas roupas, minhas cicatrizes e seu olhar acabou se fixando na aliança de casada.

— Sinto alguém aqui.

Minha empolgação disparou como um foguete.

— Uma mulher.

Minha empolgação despencou como uma jaca.

— Sua avó.
— Qual delas?
— Ela está dizendo que seu nome é... Mary?
Balancei a cabeça. Nenhuma avó chamada Mary.
— Bridget?
Outro balançar de cabeça.
— Bridie?
— Não — repeti, quase em tom de desculpa. Detesto quando videntes erram tudo, porque eu morro de vergonha por eles.
— Maggie? Ann? Maeve? Kathleen? Sinead?
Morna recitou todos os nomes irlandeses que ouvira ao longo da vida, aprendidos de tanto assistir ao filme *A Filha de Ryan* e por comprar os CDs da Sinead O'Connor, mas não conseguiu acertar o nome das minhas avós.
— Desculpe — pedi. Não queria que ela desistisse e me mandasse embora. — Não se preocupe com o nome, fale de outras coisas. Quem mais está aparecendo?
— Está bem. Elas nem sempre me informam o nome correto, mas ela é a sua avó mesmo, com certeza. Posso ver com clareza. Ela diz que está muito feliz por saber de você. É uma senhora magra, com corpo miúdo, muito alegre... Está dançando. Usa botas e um avental florido sobre um vestido de tirolês. Tem cabelos grisalhos presos em um coque atrás da nuca e óculos redondos de aro fino.
— Acho que essa não é a minha avó não — garanti. — Essa aí é a avó da *Família Buscapé*. — Não quis ser espírito de porco, simplesmente estava tensa e esperançosa demais. Toda aquela perda de tempo me desgastava.
Além do mais, qualquer pessoa que tivesse conhecido a vovó Maguire, com seus dentes pretos, seu cachimbo e o gostinho que tinha por soltar os cachorros atrás da gente, ou a vovó Walsh, com sua tendência a grunhir e avançar quando alguém tentava roubar seu perfume (que ela bebia sempre que alguém encontrava as "outras" garrafas escondidas e as esvaziava na pia), jamais as confundiria com a vovó alegre que Morna descrevera.

Morna olhou para mim, atenta ao meu sarcasmo.

— Então vamos lá... Com quem deseja falar?

Abri a boca e expirei com tanta força que pareceu um gemido entrecortado.

— Meu marido. Meu marido morreu. — As lágrimas na mesma hora começaram a descer pelo meu rosto. — Eu queria falar com ele.

Vasculhei minha bolsa em busca de um lenço de papel enquanto Morna pressionava as têmporas com os dedos, mais uma vez.

— Desculpe — pediu ela. — Não estou conseguindo receber nada, mas há um motivo para isso.

Minha cabeça se ergueu, de repente. Qual seria esse motivo?

— Você está com uma energia péssima. Alguém fez um trabalho pesado contra você, e é por isso que tantas coisas ruins estão lhe acontecendo.

— *O quê?* Trabalho como? Uma maldição, macumba ou algo assim?

— Macumba é uma palavra forte. Não gosto de usar essa palavra, mas, sim, foi uma macumba.

— Ai, caraca!

— Não se atormente, querida. — Pela primeira vez, desde o início, ela sorriu. — Posso desfazer esse trabalho.

— Pode?

— Claro! Eu não lhe daria uma notícia terrível dessas se não pudesse ajudá-la.

— Obrigada. Puxa vida, obrigada! — Por um instante eu pensei que fosse desmaiar de tanto alívio e gratidão.

— Pelo visto, parece que era seu destino vir me procurar aqui, hoje.

Concordei com a cabeça, mas meu sangue gelou. E se eu não tivesse vindo para o centro hoje de manhã? E se eu não tivesse recebido o folheto na rua? E se eu o tivesse jogado direto no lixo?

— E agora, o que acontece? Você pode desfazer o trabalho agora? — Mal conseguia manter o ritmo da respiração.

— Sim, podemos resolver isso agora.

— Ótimo! Começamos logo, então?

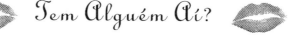

— Claro. Mas você precisa entender que desfazer uma macumba poderosa como essa vai lhe custar alguma grana.
— Oh... Quanto é?
— Mil dólares.

Mil dólares? O susto foi tão grande que estourou minha bolha de dor e eu caí na real. Aquela mulher era uma pilantra. O que ela poderia fazer ali que custasse mil dólares?

— Você precisa desfazer isso, Anna. Sua vida vai piorar muito se você não cortar o mal pela raiz logo.
— Minha vida vai piorar muito se eu jogar mil dólares pela janela.
— Tudo bem, faço por quinhentos — concedeu Morna, ao me ver impassível. — Trezentos?... Tudo bem, duzentinhos na minha mão e eu desfaço a macumba aqui e agora.
— Mas como é que pode custar duzentos dólares se o preço era mil dólares um minuto atrás?
— Porque, querida, tenho muito receio por você. Você precisa desfazer esse trabalho com urgência, tipo *agora*, senão algo de terrível poderá lhe acontecer.

Por um segundo ela conseguiu minha atenção total novamente, fiquei petrificada de medo. Mas o que mais me poderia acontecer? A pior coisa que eu poderia imaginar já tinha acontecido. Por outro lado, e se eu *estivesse* realmente amaldiçoada? E se foi por causa disso que Aidan tinha morrido...?

Indecisos entre o medo e a descrença, meus pensamentos brincavam de gangorra, subindo e descendo, quando fomos interrompidas pelo barulho de crianças batendo com força em uma porta. O som vinha de algum lugar do apartamento e elas berravam:
— Mãe! Já podemos sair?

Como se alguém estalasse o dedo do meu lado, retomei a sanidade, não aguentei de vontade de sair voando dali na mesma hora, e foi o que fiz. Minha raiva era tão grande que, ao descer pelo elevador, chutei uma das paredes. Espumava de raiva de Morna, espumava de raiva de mim mesma, por ser tão idiota, e senti raiva de Aidan também, por me colocar em uma situação tão absurda. Saí pela calçada e nem parei para pegar um táxi. Andei pelas ruas a passos céleres, subindo em direção ao Central Park, sentindo uma fúria incontrolável, esbarrando nos outros pedestres (pelo menos nos baixinhos) sem pedir desculpas e ajudando a sujar a já pouco hospitaleira imagem de Nova York.

Acho que eu estava chorando porque, ao chegar à Times Square, uma garotinha apontou para mim e disse:

— Veja, mamãe, uma moça louca!

Bem, talvez o motivo para essa reação fosse minha roupa.

Ao chegar ao trabalho, já estava mais calma. Só então percebi o que acontecera: má sorte. Eu encontrara uma charlatã, alguém que se aproveitava de pessoas vulneráveis e que, por sinal, era péssima nisso, pois até eu, que naquele momento era a mais vulnerável das criaturas, não tinha caído na sua enganação.

Em algum lugar lá fora existe um médium de verdade que vai me colocar em contato com você, baby. Só preciso encontrá-lo.

CAPÍTULO 5

PARA: ajudante_do_magico@yahoo.com
DE: walshes1@eircom.net
ASSUNTO: Alaska no Forno

Querida Anna,
Espero que você tenha passado um "bom" fim de semana.
Se encontrar Rachel, por favor, diga a ela que o Alaska no Forno é
uma sobremesa maravilhosa. Os garçons a iluminam com velas que
soltam estrelinhas e a carregam pela sala. Como você sabe, não sou
uma mulher que se comove com facilidade, mas quando eles
fizeram isso, na nossa última noite em Portugal, a cena me pareceu
tão linda que fiquei com os olhos rasos d'água.

Sua mãe amorosa,

Mamãe

Imaginei que o Alaska no Forno fosse algum bolo ou torta relaciona-
da a casamentos. Rachel só se casaria em março do próximo ano,
mas mamãe e ela já andavam implicando uma com a outra. Eu é que
não ia me envolver nessa furada. Resolvi permanecer neutra e longe
da linha de tiro. Fogo cruzado entre mãe e filha discutindo detalhes
para o casamento podia virar uma guerra mais feia que levar tombo
com as mãos no bolso.

Entretanto, quase toquei no assunto naquela mesma noite, porque Rachel apareceu sem avisar no meu apartamento, o que não
poderia ser mais inconveniente. Eu já ia dar início à minha sessão de
choro.

— Oi — cumprimentei, meio desconfiada. Devia saber que ela iria aparecer, porque eu tinha saído pela tangente a semana toda.

— Anna, estou preocupada. Você precisa parar de trabalhar tanto. Diminua o ritmo.

Essa era uma das frases favoritas de Rachel. Ela cismou que eu estava usando o trabalho como desculpa para não vê-la — nem a ninguém. E ela estava certa: eu me sentia pior, e não melhor, quando estava em companhia de outras pessoas. O mais desafiador era meu rosto. Manter uma expressão "normal" era desgastante ao extremo.

A pobre Jacqui estava tão decidida a me animar que, todas as vezes em que nos encontrávamos, ela trazia um arsenal de histórias divertidas sobre seu trabalho. Eu ficava esgotada de tanto sorrir e dizer "Nossa, isso foi engraçadíssimo".

— Você vai trabalhar o fim de semana todo? — quis saber Rachel. — Anna, isso não é legal!

O que eu poderia dizer? Não poderia contar a ela que tinha passado o sábado inteiro e quase todo o domingo na internet, procurando alguns médiuns conceituados e pedindo a Aidan que me desse algum sinal para me indicar com qual deles eu deveria me consultar.

— Foi uma emergência.

— Você trabalha com cosméticos, como é que pode ter sido uma emergência?

— Até onde eu sei, você nunca saiu de casa sem o seu brilho labial.

— Ahn, entendi, o seu... Olhe, deixe isso pra lá! Vim pessoalmente até aqui porque não consigo me comunicar com você pelo telefone, e quando eu digo "não consigo me comunicar" é no sentido emocional, não exatamente telefônico, entende?

Até parece que eu tinha pensado em outra coisa.

— Sei, eu entendi. Então vamos lá... Me conte como vão os planos para o seu casamento, Rachel. — Se ela insistisse em falar de qualquer outra coisa, eu pretendia dizer: "Só três palavrinhas, Rachel: Alaska... No... Forno."

— Planos para o casamento? — ela disse. — Meu santo Cristo!

— Com certo ressentimento, exclamou: — Luke e eu queremos uma cerimônia simples, só com as pessoas de quem gostamos. Só com as

Tem Alguém Aí?   247

pessoas mais próximas. Mamãe quer convidar metade da Irlanda: milhares de primos de terceiro grau e todo mundo que ela cumprimentou uma única vez no clube de golfe.

— Talvez eles nem venham. Talvez seja muito longe.

— E o que leva você a crer que nós vamos nos casar em Nova York? — Ela riu com ar sombrio. — Mas deixe esse assunto de lado, não adianta me enrolar. Vim aqui porque estou preocupada com você. Anna, você não pode se esconder no trabalho, fingindo que nada aconteceu. Você precisa voltar a sentir as coisas. Se isso acontecer, você vai ficar muito melhor. Tem alguma Diet Coke por aqui?

— Não sei, dá uma olhada na geladeira. Você fez alguma coisa nas sobrancelhas?

— Eu as tingi.

— Ficou legal.

— Obrigada. É um teste para o casamento, para ver se eu sou alérgica. Não quero que minha cara fique inchada como um baiacu no grande dia. — Ela parou de andar e inclinou a orelha de leve. — Que barulho é esse? Estão estrangulando o gato?

No apartamento de um vizinho alguém berrava o tema de *007 contra Goldfinger*.

"Gooooooaaaaaald-finGAH!", gritava a voz, se esgoelando a plenos pulmões.

— É Ornesto. Ele está ensaiando.

— Ensaiando o quê? Gritos para aterrorizar a plateia no show do Halloween?

— Não, isso é uma música. Ele está tendo aulas de canto. Sua professora disse que ele tem um dom.

"Heeeza maaan, maaaan wida MidasTORCH!"

— E ele faz isso o tempo todo?

— Quase toda noite.

— E você não perde o sono? — Rachel é meio neurótica com sono. Nem adiantava explicar a ela que eu quase não dormia, mesmo.

"BUT HEEZ TOO MARCHHH!

— Conseguiu achar a Diet Coke? — perguntei.

— Não. Aliás, não tem quase nada aqui. Essa geladeira é terra de ninguém. Anna, você precisa fazer análise.

— Para não esquecer mais de comprar Diet Coke?

— Fazer piada é a tentativa clássica de se desviar dos problemas. Eu conheço uma terapeuta maravilhosa, muito profissional. Ela não vai me contar nada do que você disser a ela, prometo. E eu nem vou perguntar, é claro.

— Então eu vou nela — concordei.

— Vai mesmo? Que máximo!

— Mas só quando eu melhorar um pouquinho.

— Ora, mas pelo amor de Deus! É exatamente isso que eu estou dizendo! Vejo você o tempo todo trabalhando além do expediente, em uma típica tentativa de esquecer...

— Não, eu não estou tentando esquecer! — Esse era um pensamento horrível, a última coisa que eu queria que acontecesse. — Estou tentando apenas... — como eu poderia expressar? — Estou só tentando tocar a vida adiante, mas de um jeito que eu possa sempre recordar. — Parei de falar e, em seguida, completei: — De um jeito que eu possa sempre recordar sem que a dor me atormente desse jeito.

Os dias *estavam* se acumulando. E as semanas. E os meses. Já estávamos no meio de junho, Aidan tinha morrido em fevereiro e eu continuava sentindo como se tivesse acabado de acordar de um pesadelo terrível, suspensa naquele estado de paralisia atônita que fica entre o estado de sono e a realidade que eu ansiava. Tentava me agarrar à normalidade, mas não conseguia.

"Golden words he will pour in your EA-AH!", os gritos de Ornesto esfaqueavam o ar.

— Por Deus, ele começou de novo. — Rachel olhou com ar impaciente para o teto. — Não sei como você aguenta, não sei mesmo.

Encolhi os ombros. Eu até que gostava. Aquilo servia para me fazer um pouco de companhia sem eu precisar ver ninguém de verdade.

Ornesto vivia batendo na minha porta, mas eu nunca atendia, e quando nos encontrávamos no corredor, eu lhe dizia que tomava

Tem Alguém Aí?

um monte de remédios para dormir e nunca ouvia a porta nem a campainha. Era melhor mentir, porque ele ficava puto por qualquer coisinha.

"But his LIES can't DIZ-GUISEwhat you FEA-AH!"

— Tem uma coisa delicada que eu preciso lhe perguntar — disse Rachel. — Você tem tido impulsos suicidas?

— Não.

Analisei o rosto preocupado de Rachel e emendei uma pergunta:

— Por quê? Deveria?

— Bem... Sim. É normal sentir que não vale a pena seguir em frente.

— Puxa vida, eu não consigo fazer nada certo, mesmo! — lamentei.

— Não se sinta assim. Você tem alguma ideia da razão de não estar tendo impulsos suicidas?

— É porque... Porque... Se eu morresse, não sei para onde iria. Não sei se seria enviada para o mesmo lugar de Aidan. Enquanto eu estiver aqui, continuarei me sentindo perto dele. Isso faz sentido?

— Quer dizer então que você já pensou a respeito?

A ideia de não continuar viva pairava constantemente nos limites da minha consciência. Não a ponto de eu fazer planos palpáveis ou imediatos, mas o conceito estava sempre ali.

— Sim, acho que já pensei — admiti.

— Ai, que alívio. Isso é ótimo! Que bom ouvir isso. — Ela parecia visivelmente aliviada. — Graças a Deus!

"It's the kissssss of DEATH! From Misss-tah... GoldFINGAH!"

— Escute, Anna, quer que eu lhe traga alguns tampões para o ouvido?

— Está tudo bem, obrigada.

"This heart is COLD. HELOVESONLYGOLD, HELOVE-SONLYGOOOLLLLL DDDDDD!"

— Meu Deus, preciso ir embora daqui. Vamos nos encontrar para jantar uma noite qualquer da semana que vem?

— Vou jantar com Leon e Dana na quarta — informei, depressa.

— Isso aí, garota, muito bem! Não vou ficar por aqui no fim de semana, vou participar de um retiro, mas podemos nos ver na noite de quinta. Tudo bem?

Ela me obrigou a fazer que sim com a cabeça.

— Até logo.

Fui me deitar no sofá, tentando reencontrar o astral certo para uma boa sessão de choro. No andar de cima, Ornesto continuava se esgoelando e aquilo acendeu uma lembrança na minha mente: às vezes Aidan e eu costumávamos cantar. Nada sério, é claro — Deus me livre —, mas inventávamos coisas só por diversão. Como na noite em que pedimos comida no Balthazar e eu me senti em estado de êxtase.

— É espantoso! — elogiei. — O Balthazar é um dos melhores restaurantes de Nova York, pode-se dizer um dos melhores restaurantes *do mundo*, e, mesmo assim, eles não se consideram a última bolacha do pacote a ponto de não entregar comida em domicílio.

— Essa tar de Noviórque é um lugá danado de legárrr — disse Aidan, imitando caipira.

— É mesmo — concordei. — Não tem disso na Irlanda....

— Mas então, por que existem tantas canções que falam do quanto é triste ir embora da Irlanda? — quis saber Aidan.

— *Entre nous, mon ami*, não faço a menor ideia. Acho que eles são loucos de pedra.

Aidan, que era descendente de irlandeses, conhecia todas as canções tristes que os emigrantes entoavam, e começou a cantarolar uma:

> *Ontem à noite eu divaguei, entrei em abandono*
> *E me vi de volta a Spancil Hill em pleno sono*

Achei que Aidan daria um grande cantor, mas era difícil ter certeza, porque ele estava cantando com a voz de Smurf que usava na hora de se barbear.

Tem Alguém Aí?

Sonhei que havia voltado e fiquei muito contente
Mas ao ver que era só sonho, eu me senti doente

— A letra certa não é essa — avisei.

Conheci o alfaiate Quigley, que fazia meus casacos
E consertava minha calça, que era cheia de buracos
Em Spancil Hill todos eram unidos e felizes
E saíam para caçar passarinhos e perdizes

De repente ele mudou a voz de Smurf e começou a parodiar a letra original da canção:

Agora estreio uma calça toda segunda
E sempre que ela se gasta na bunda
Saio à rua e compro outra, bem chique
Em uma loja da Banana Republique

— Viva! — gritei, batendo palmas para marcar o compasso e assobiando para acompanhar.
Ele se levantou para entoar os versos seguintes e estendeu os braços para dar um ar dramático à situação, antes de continuar:

Quando as roupas de Anna rasgam na bunda, ó azar!
Ela não procura o alfaiate Quigley, nem pensar!
Para comprar roupas com bom caimento e corte
Ela vai ao Club Mônaco, uma loja de grande porte
Eles têm tops, bolsas, saias, joalheria
Montes de coisas e muita quinquilharia
Ela jura que os preços não são salgados
Mas sai de lá com os bolsos amputados

— Bravo! — aplaudi, rindo muito. — Cante mais uma!
— Então tá! Últimos versos, que é quando começa a parte triste. Ele tombou a cabeça meio de lado e cantou, quase num sussurro:

As sirenes da polícia me acordaram logo cedo
Acordei mijado e cagado de tanto medo
Mas estava em Nova York e fiquei muito contente
Porque Spancil Hill é tão bom quanto uma dor de dente

Ele se curvou várias vezes, agradecendo à plateia imaginária, saiu correndo do "palco" e foi para o quarto.

— Volte aqui! — chamei de volta. — Estou curtindo o espetáculo!

— Mas não dá para cantar velhas canções irlandesas sem usar um suéter medonho.

Aidan reapareceu na sala vestindo o agasalho mais horroroso que alguém possa imaginar. Tinha sido presente de casamento da irmã de quem mamãe era grande rival: tia Imelda (ao ver o presente, mamãe atacou titia, dizendo: "É óbvio que ela tem noção de que uma roupa dessas não se dá nem para mendigo."). O agasalho fazia com que Aidan parecesse ter uma barriga de chope ou de Papai Noel.

— Você quer usar isto? — Ele girou o meu boné de *tweed* acima da cabeça (também uma cortesia de tia Imelda).

— Claro que sim! Só que agora é a minha vez.

No mesmo tom, cantei:

Perto da minha casa, no condado de Paspaquera
Eu tinha um grande amor, que ficô à minha espera
Mas ao chegar aqui eu logo recebi um convite
De um rapaz muito garboso de New York City
Foi até bom, porque o outro era parente
Os nossos filho iam nascê tudo doente
Um sem olho, o outro sem noção
E o caçula com uns sete dedo na mão.

— Nossa, você é boa nisso! — elogiou Aidan. — Você arrebenta, esculachou!! Manda muito bem nas rimas! — Tentando imitar aqueles gestos engraçados com a mão, como os rappers fazem, e se colocando quase de joelhos, com a cabeça para trás e o microfone apontado para cima, ele cantou:

> *Tô longe da velha terra e aqui só tem chinchila*
> *Carrego toda a minha vida aqui dentro da mochila*
> *Sei que tô bem longe, lá no mar do outro lado*
> *Mas um dia hei de ter um belo carrão turbinado*
> *Todo preto, nas escuras, com um som de arrebentar*
> *Vou comprar um apezão da hora e me mudar*
> *Vou ter grana, vou ter gana e pro rango é só ligar*
> *Pra um restaurante bacana, tipo assim o Balthazar.*

Passamos a noite toda inventando canções sobre como Nova York era muito melhor que a Irlanda e como não estávamos nem um pouco tristes de termos vindo morar no outro lado do Atlântico. A métrica dos versos não era grande coisa, mas as canções eram muito divertidas. Pelo menos para nós.

CAPÍTULO 6

Do lado de fora do Diegos, Leon e Dana saíam de um táxi no instante exato em que eu pagava o que me trouxera até ali. Cálculo perfeito. Isso costumava acontecer muito quando eu estava com Aidan e nós quatro íamos nos encontrar em algum lugar.

Parece que estava rolando algum bate-boca entre eles e o taxista. Isso também era comum.

— Você é bom de roda, amigão! — gritou Dana, inclinada ao lado da janela do taxista. — Porra nenhuma!

Dana era um pouco escandalosa, dizia o que pensava na cara das pessoas e sempre atraía muita atenção, onde quer que fosse. Sua frase favorita é "Isso é medonho!", mas ela fala assim: "EEEzo é me-dooo-nho!" Por sinal, ela usa essa frase o tempo todo, pois acha muitas coisas medonhas. Especialmente na área em que ela trabalha. Dana é decoradora de interiores e acha que todos os seus clientes são péssimos em matéria de gosto.

— Ei, ei, deixe que eu cuido disso — insistiu Leon, de forma pouco convincente.

Ao lado de Dana, que era muito alta, Leon parecia baixinho, gorducho e muito ansioso. Ou talvez ele *seja* baixinho, gorducho e ansioso.

— Não lhe dê gorjeta, Leon! — ordenou Dana. — Leon! Não... Lhe... Dê... Gorjeta! Ele nos trouxe por um caminho completamente errado!

Leon, ignorando-a, contava um monte de notas com gestos exagerados.

— Isso é ridículo! — exclamou Dana. — Ele não merece essa grana toda! — Mas era tarde demais e a mão do taxista já se fechara sobre o maço de notas.

Tem Alguém Aí?

— Ah, você que *sabe*! — Dana girou seu sapato salto dez e jogou para o lado sua pesada cortina de cabelos sedosos.

Foi nesse instante que Leon me viu e seu rosto se acendeu.

— Oi, Anna!

Leon e Aidan tinham sido amigos desde crianças e, com Dana e eu no bagulho, o grupo ficou perfeito, porque nós quatro realmente nos dávamos bem. Quando Dana não está dando ataques e reclamando de as coisas serem medonhas ou ridículas, ela é muito carinhosa e divertida. Nós quatro costumávamos sair juntos nos fins de semana. Passamos uma semana inteira nos Hamptons no verão passado e tínhamos ido esquiar em Utah no mês de janeiro.

Costumávamos sair para jantar pelo menos uma vez por semana. Leon é um cara que curte gastronomia e se empolga muito com novos restaurantes. Nossa diversão era inventar elaboradas identidades alternativas para cada um — zelador do zoológico, vencedor do *American Idol*, ajudante do mágico, etc. Depois passávamos à nossa parte favorita: as fantasias que alimentávamos a respeito de nós mesmos. Leon sonhava em ter um metro e noventa de altura, em ser integrante de uma força especial e mestre de Krav Magá (ou algo do gênero). Dana queria ser uma esposa dondoca e submissa, casada com um milionário que nunca estava em casa, a qual, por sinal, ela administrava como se fosse uma executiva. Eu queria ser Ariella, só que mais gente-fina. O sonho da vida de Aidan era ser um jogador de beisebol daqueles que conseguem home runs em número suficiente para garantir o título na final da World Series para os Red Sox de Boston.

Por algum motivo, depois de voltar de Dublin, eu levara mais tempo para encarar Leon do que qualquer outra pessoa. Temia ver a verdadeira extensão da sua dor porque isso me colocaria diante do reflexo de mim mesma.

O problema é que Leon estava tão desesperado para me ver quanto eu estava desesperada para *não vê-lo*. Provavelmente via em mim uma espécie de presença substituta para Aidan.

Eu vivia fugindo dele, mas acabei desistindo havia poucas semanas e concordei em reencontrá-lo.

— Podemos reservar uma mesa no Fresh Food, na rua Clinton — propôs ele.

Fiquei horrorizada. Não apenas pela ideia de *sair* em si, mas pela tentativa de recriar uma das nossas noites a quatro.

— Olhe, eu posso simplesmente dar uma passadinha aí na casa de vocês — sugeri.

— Mas nós sempre saímos para jantar fora — replicou ele.

E achei que *eu* é que estava em negação.

Leon conseguiu me convencer a ir algumas vezes até o apartamento deles para segurar sua mão enquanto ele desfiava recordações e chorava. Hoje à noite, porém, em uma tentativa de seguirmos em frente, estávamos saindo de verdade. Porém, era só um jantar normal no Diegos, um lugar simpático nas redondezas, o nosso restaurante habitual, onde jantávamos nas (raras) semanas em que nenhum restaurante novo inaugurava em Manhattan.

— O que você me trouxe? — perguntou Dana, de olho na sacola da Candy Grrrl que eu tinha na mão.

— Os mais recentes lançamentos — respondi, entregando-lhe a sacola.

Dana vasculhou os cosméticos e me agradeceu sem muito entusiasmo. O problema com os produtos da Candy Grrrl é que eles não eram caros o bastante para ela.

— Você nunca consegue nada da Visage? — perguntou. — Desses é que eu gosto.

— Podemos entrar logo? — perguntou Leon. — Estou morrendo de fome.

— Você está sempre morrendo de fome.

O próprio Diego estava no balcão da entrada e se mostrou encantado por nos ver.

— Olá, pessoal! Já faz um tempão. — Ele conseguiu tentar nos convencer de que seu olhar cintilante não havia reparado na minha cicatriz. — Mesa para quatro?

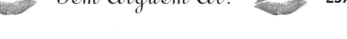

— Sim, quatro — confirmou Leon, apontando para nossa mesa de sempre. — Sempre nos sentamos ali.

Diego começou a pegar os menus que estavam sobre o balcão.

— Somos três — Dana e eu falamos ao mesmo tempo.

— Quatro — repetiu Leon. Fez-se um silêncio terrível e então seu rosto se contorceu de dor. — Acho que somos só três.

— Três, então? — perguntou Diego.

— Sim, três.

Ao chegarmos à mesa, tudo o que Leon fez foi chorar.

— Desculpe, Anna — ele repetia sem parar, olhando para cima por entre as mãos encharcadas de lágrimas. — Sinto muito... De verdade.

Diego se aproximou de forma discreta e respeitosa. Em tons quase inaudíveis, perguntou:

— Posso lhes servir algo para beber?

— Uma Pepsi — fungou Leon. — Com uma fatia de lima. Lima, não limão. Se não tiver lima, não precisa me trazer o limão, só a Pepsi.

— Uma taça de Chardonnay — pediu Dana.

— Pra mim também — completei.

Quando Diego voltou com as bebidas, murmurou:

— Posso levar os menus?

As mãos de Leon se espalmaram sobre os menus, protegendo-os.

— Acho que temos que comer — afirmou enfaticamente.

— Ninguém vai te impedir — comentou Dana.

— Muito bem. — Diego recuou. — É só chamar quando estiverem prontos para fazer o pedido.

Leon olhou para seu copo com atenção, tomou um golinho e disse, quase choramingando:

— Eu sabia! Isso aqui não é Pepsi. É Coca.

— Ah, cala essa boca e bebe logo! — ralhou Dana.

Sem replicar, Leon levantou o menu, colocou-o diante do rosto e passou a analisá-lo cuidadosamente. Dava para ouvi-lo chorando escondido.

Por fim, conseguiu se controlar o bastante para escolher o filé de cervo, mas sucumbiu ao fazer o pedido a Diego.

— Tire as alcaparras. — Quase chorando, completou: — Eu na-na-não posso co-me-mer al-ca-pa-par-ras.

— Elas lhe provocam gases — explicou Dana.

— Porque você não se levanta e anuncia logo para todo mundo?

Depois que a comida foi servida Leon conseguiu relaxar um pouco e então mergulhou *de cabeça* na choradeira.

— Ele era meu amigo, o melhor companheiro que alguém pode ter — chorou um pouco mais.

— Anna sabe disso — comunicou Dana. — Ela era casada com ele, lembra?

— Desculpe, Anna. Sei o quanto isso é terrível para você também.

— Tudo bem. — Não queria entrar nessa, nós dois competindo para ver quem era capaz de chorar mais. Não sei como consegui, mas o fato é que não me permiti achar que era por causa de Aidan que ele chorava. Fingi que Leon estava simplesmente desabafando e aquilo não tinha nada a ver comigo.

— Eu daria tudo para fazer o tempo voltar, só para vê-lo mais uma vez, entendem? — Leon olhou para nós com ar questionador e o rosto banhado em lágrimas. — Para trocarmos algumas palavrinhas.

Isso me fez lembrar de que eu precisava encontrar um médium. Talvez Dana conhecesse um vidente bom. No ramo em que ela trabalha se conhece todo tipo de gente.

— Escutem... — eu disse. — Será que algum de vocês conhece um médium? Daqueles bons, com boa reputação?

Na mesma hora as lágrimas fizeram uma pausa em sua jornada interminável pelo rosto de Leon abaixo.

— Um médium? Para falar com Aidan? Por Deus, Anna, você realmente deve estar sentindo mu-muito a falta de-e-ele. — E se pôs a chorar copiosamente, mais uma vez.

— Anna, médiuns são *enganadores*! — exclamou Dana. — Isso é mutreta! Uma roubada! Eles pegam a sua grana e se aproveitam de você. O que você precisa consultar é um terapeuta especializado em perda.

— Eu vou ao meu três vezes por semana. — Leon parou de chorar tempo bastante para me contar. — Ele diz que estou indo muito bem. — Depois disso soluçou pelo resto da refeição, fazendo um pit stop só para pedir uma torta de chocolate amargo com sorvete de baunilha, em vez do sorvete de caramelo, como estava no cardápio. — São sabores demais para misturar ao mesmo tempo — explicou a Diego, com um sorriso molhado.

CAPÍTULO 7

... ela recebeu o espírito da minha mãe, que me contou onde sua aliança de brilhantes estava escondida...

... consegui me despedir do meu irmão e finalmente virei essa página...

... fiquei muito feliz por conversar novamente com meu marido, porque sentia muita falta dele.

Havia dezenas de testemunhos desse tipo na internet.

Mas, perguntei a Aidan, *como é que eu posso confiar em algum deles? Os médiuns talvez tenham escrito tudo isso eles mesmos. Pode ser que eles sejam tão fraudulentos quanto Morna. Você não poderia me dar algum sinal? Não pode fazer uma borboleta pousar em cima do médium mais confiável, por exemplo?*

Foi frustrante, mas a verdade é que não apareceu nenhuma borboleta para me ajudar. O que eu precisava mesmo era de alguém com boa recomendação. Mas para quem eu poderia perguntar sobre isso? Puxa, eu não queria que as pessoas pensassem que eu tinha pirado. E todos pensariam isso. Rachel com certeza! Ela reagiria como Dana e me aconselharia a procurar um terapeuta. Jacqui acha simplesmente que se eu saísse um pouco mais ficaria ótima rapidinho. Ornesto, por sua vez, vivia consultando médiuns; eles sempre diziam que o homem dos seus sonhos estava na próxima esquina, mas nunca mencionavam que esse mesmo homem já era casado e adorava espancá-lo ou roubar suas frigideiras caras.

Quem sabe alguém lá no trabalho conheceria algum médium?... Teenie não — por instinto eu sabia que ela fazia parte da turma que

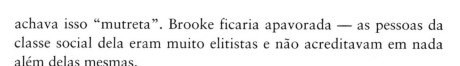

achava isso "mutreta". Brooke ficaria apavorada — as pessoas da classe social dela eram muito elitistas e não acreditavam em nada além delas mesmas.

As únicas pessoas do trabalho com quem eu poderia conversar sobre isso eram as meninas da EarthSource — Koo, Aroon ou sei lá seus nomes —, mas eu não podia me arriscar a ficar de muita amizade com elas a ponto de acabar sendo carregada para alguma reunião dos Alcoólicos Anônimos contra minha vontade.

Meio desanimada, dei uma olhada nos meus e-mails. Só tinha um, de Helen:

PARA: ajudante_do_magico@yahoo.com
DE: lucky_star_investigadores@yahoo.ie
ASSUNTO: Trabalho!

Anna, arrumei um emprego! Um emprego de verdade. Até que enfim! Ding-dong! Tá tudo acertado desde ontem.

Eu estava no escritório, sem nada para fazer, com os pés em cima da mesa e imaginando se eu parecia uma investigadora de verdade, louca para acontecer alguma coisa que fosse mais interessante que o "caso do cocô misterioso". De repente – como um passe de mágica, só pela força da minha vontade ou por eventuais poderes especiais – um carro parou em fila dupla. Olha que os guardas de trânsito aqui são ferozes e adoram um bom bate-boca, mas logo em seguida reparei que o carro parecia suspeito, um carro de bandido. Não sei como eu soube, acho que senti no ar. Puro instinto.

Não tinha vidros fumê nem nada disso, mas as janelas das portas traseiras eram enfeitadas por rendas cor-de-rosa, parecendo cortinas austríacas, só que menores. Que escândalo!, foi o que pensei ao ver aquilo, mas logo em seguida gritei: *Caraca!*, no instante em que dois palhaços saltaram do veículo. Ding-dong!

Eram caras grandes, corpulentos, com jaquetas de couro e protuberâncias nos bolsos (armas, talvez?... – embora também pudessem ser baguetes com gergelim). De qualquer modo, eram muito diferentes da minha clientela habitual, composta por mulheres griladas que dirigiam carros com sete lugares e diziam que os maridos não transavam mais com elas.

Os rapagões entraram e perguntaram: Você é Helen Walsh?

Eu: Está falando com ela!

Admito que deveria ter respondido "Quem quer saber?", mas não pretendia perder o trabalho por nada. Não tenho tempo agora para lhe dar mais detalhes, mas a coisa está caminhando. Criminosos, armas, extorsão, "músculos", pilhas de dinheiro — e eles querem que EUZINHA entre no barco! Depois eu conto tim-tim por tim-tim tudo que rolou, aguarde o próximo capítulo. A coisa toda está muitos quilômetros à frente de roteiros vagabundos, e também é muito mais empolgante. Aguarde um novo e emocionante e-mail em breve.

Tudo isso me soou meio implausível. Entrei no Google para fazer buscas aleatórias do tipo "falar com os mortos" e "médiuns não picaretas", e foi nesse momento que achei uma mina de ouro:

Igreja da Comunicação Espiritualista

Cliquei no site. Ele pareceu pertencer a uma Igreja de verdade, que acreditava que é possível contatar os mortos!

Mal consegui acreditar!

Havia alguns locais filiados na área de Nova York. A maioria deles ao norte da cidade ou nas cidades-satélite, mas um deles ficava em Manhattan, na esquina da Décima Avenida com a 45. Segundo o site, havia um serviço todos os domingos, às duas da tarde.

Olhei o relógio: quinze para as três. Não, não, não! Tinha acabado de perder a sessão dessa semana. Senti vontade de uivar de frustração, mas isso iria entregar a Ornesto que eu estava em casa, e ele ia descer para me pentelhar a existência. Por fim, respirei fundo e me obriguei a baixar a bola. Eu poderia ir lá no domingo seguinte.

Só a ideia de falar de verdade com Aidan já levantou meu astral e me encheu de esperança. Tanto que me senti pronta para encarar o

mundo lá fora. Pela primeira vez, desde que Aidan morreu, eu tive uma vontade verdadeira de me encontrar com as pessoas.

Rachel estava passando o dia fora em algum retiro genérico dedicado a resolver os problemas dos Mãos-de-Pluma, então liguei para Jacqui. Tentei primeiro o celular, porque ela estava sempre sassaricando de um lado para outro, mas a ligação caiu na caixa postal. Sem muitas esperanças, tentei o número de seu apartamento e ela atendeu.

— Não acredito que você está em casa! — exclamei.
— Estou de cama.
— Doente?
— Não, estou chorando.
— Por quê?
— Encontrei Buzz ontem à noite, por acaso, em uma boate do SoHo. Ele estava com uma garota que parecia uma modelo. Ele tentou me apresentar a ela, mas não conseguiu lembrar qual era o meu nome.
— É claro que ele lembrou! — reagi. — Essa é uma sacanagem típica de Buzz. Ele estava só tentando sabotar a sua autoestima.
— Como assim?
— Seguinte: ele finge que, embora tenha sido seu namorado por um ano, você foi tão insignificante em sua vida que ele nem lembra qual é o seu nome.
— Pode ser, mas ele fez com que eu me sentisse um cocô. A esponja da pia da casa de praia, sabe como é? Resolvi ir pra debaixo do edredom e fechar as cortinas.
— Mas está fazendo um dia lindo e ensolarado, você não devia ficar enfurnada em casa.
— Ei, essa é a minha fala no script — disse ela, rindo.
— Qual é, Jacqui, vamos ao parque — convidei.
— Não.
— Por favor.
— Tá legal.

— Nossa, você é fabulosa e se recupera com tanta facilidade!... — elogiei.

— Menos, Anna. Não sou assim não, é que acabei de fumar meu último cigarro e preciso sair mesmo. Vejo você em meia-hora.

No instante em que peguei minhas chaves, o telefone tocou. Parei na porta para ver quem era.

— Alô, querida — anunciou uma voz feminina. — Aqui é a Dianne.

Caraca, era a sra. Maddox, mãe de Aidan. Na mesma hora eu me senti culpada. Nunca mais tinha ligado para ela, desde o funeral. Nem ela ligou para mim. Provavelmente pela mesma razão: nenhuma das duas conseguiria enfrentar esse momento. Enquanto eu estive na Irlanda, mamãe tinha ligado para ela umas duas vezes, para colocá-la a par dos meus progressos médicos, mas, mesmo sem me contarem nada, eu saquei que as ligações tinham sido uma barra bem pesada.

— Liguei para a Irlanda e fiquei sabendo que você já estava de volta a Nova York. Você poderia me ligar? Precisamos conversar a respeito das... Cin... cin-zas — sua voz se entrecortou ao pronunciar a palavra. Percebi que ela tentou se manter sob controle, mas ruídos agudos continuavam a lhe escapar pela garganta. Subitamente, desligou.

Merda!, pensei. *Vou ter que ligar para ela. Preferia tentar arrancar minha própria orelha com os dentes.*

O parque estava lotado. Avistei um lugarzinho no gramado e poucos minutos depois Jacqui apareceu, toda desengonçada, pelo caminho. Usava um vestido jeans curtíssimo, prendera os cabelos louros em um rabo de cavalo apertado e seus olhos injetados de vermelho vinham ocultos por imensos óculos Gucci. Estava de arrasar.

— Ele é um sujeito horrível, asqueroso — disse eu, à guisa de cumprimento. — Tem um carro idiota e aposto que usa base no rosto.

— Mas nós já terminamos tudo há mais de seis meses. Como é que eu posso ter ficado tão arrasada? Eu não me lembrava dele há séculos.

Com ar cansado, ela se sentou na grama e ergueu o rosto na direção do sol.

— Será que para um novo namorado você não estaria disposta a considerar um Mãos-de-Pluma? — perguntei. — Pelo menos ele não tentaria convencer você a fazer um *ménage* com uma prostituta.

— Só em pensar em namorar um Mãos-de-Pluma já me dá vontade de vomitar.

— Mas todos os caras que você arranja e que não são Mãos-de-Pluma acabam se revelando... — e completei, sem conseguir me controlar: — Uns escrotos!

Buzz era a antítese personificada do Mãos-de-Pluma, mas era desprezível.

Jacqui encolheu os ombros.

— Eu gosto do que eu gosto — explicou. — Não consigo evitar. Será que eu posso correr o risco de acender um cigarrinho aqui, disfarçadamente, sem ser apedrejada pelos fascistas defensores do ar limpo? Porque vou arriscar. — Ela acendeu um cigarro, tragou profundamente, soltou o ar ainda mais profundamente e então disse, com ar sonhador: — Não faz diferença, porque eu nunca mais vou ter um namorado.

— Mas é claro que vai!

— Vou não, nem quero — garantiu. — E olha que isso nunca me aconteceu antes. Eu sempre ficava *desesperada* para arranjar um novo namorado. Agora estou pouco me lixando. Se eles sempre se mostram maravilhosos no início, como é que vou adivinhar que eles são uns escrotos? Puxa, veja só o Buzz. No princípio ele me mandava tantas flores que daria para abrir uma floricultura! Como é que eu poderia imaginar que ele era simplesmente o maior babaca de todos os tempos?

— Mas...

— Vou arranjar um cachorro. Outro dia eu vi uns filhotinhos lindos, lindos, fofíssimos, de uma raça nova. São chamados *labradoo-*

dles, um cruzamento de labrador com poodle. Anna, eles são a coisa mais fofa do mundo. São pequenininhos, como os poodles, só que mais peludos e com a carinha de um labrador. Perfeitos para criar em apartamentos! Todo mundo está comprando um desses.

— Jacqui, não compre um cão — pedi. — Ter um cão fica a apenas um passo de criar quarenta gatos. Não perca a fé, por favor.

— Tarde demais, já perdi. Buzz me deixou muito pra baixo. Acho que nunca mais vou conseguir confiar em um homem. — Baixando um pouco a voz e assumindo um tom grave e sério, declarou: — Buzz me provocou um dano permanente. — De repente, deu uma risada. — Escute só o que eu falei! Estou parecendo a Rachel. Ah, ele que se foda, vamos agitar pra levantar o astral! Assim que eu acabar meu cigarro, vamos cair de boca num sorvete.

— Legal.

Jacqui nunca falha em me surpreender. Se eu tivesse um centésimo da sua capacidade de levantar, sacudir a poeira e dar a volta por cima, eu seria uma pessoa muito diferente.

Ficamos por mais um tempinho no parque, até o sol baixar, e depois fomos para o meu apartamento. Pedimos comida tailandesa, assistimos a *O Feitiço da Lua* e recitamos a maioria das falas junto com os atores.

Foi como nos velhos tempos.

Mais ou menos.

CAPÍTULO 8

PARA: ajudante_do_magico@yahoo.com
DE: lucky_star_investigadores@yahoo.ie
ASSUNTO: Trabalho!

Então, como eu disse, dois palhaços fortes e marrentos entraram na minha sala e um deles perguntou: *Você é Helen Walsh?*

(Anna, vou logo avisando que, a partir deste ponto, eu vou relatar muitos diálogos. Eles podem não ser completamente fiéis, do tipo palavra por palavra, mas quero deixar uma coisa bem clara: não estou inventando, estou só repetindo o que ouvi. E SEM EXAGERAR.)

Bozo Número Um: Um certo cavalheiro que conhecemos gostaria de trocar uma palavrinha com você. Temos instruções de levá-la até ele. Entre no carro.

Eu (Gargalhando com a cabeça para trás.): Não vou entrar no carro em companhia de dois homens que nunca vi em toda a minha vida. Voltem a me procurar no sábado, à noite, depois que eu tiver entornado dezesseis drinques. Mas vou logo avisando que não vou entrar em um veículo com cortininhas austríacas cor-de-rosa nem que a vaca tussa. (Lembra que eu te contei, Anna, das cortininhas rendadas cor-de-rosa nas janelas traseiras?)

Bozo Número Um (Joga um pacote de dinheiro em cima da mesa, um maço arrumadinho com as cédulas envoltas por uma cinta de papel, como eles fazem no banco.): E agora, você entra no carro?

Eu: Quanto tem aí?

Bozo (Girando os olhos de impaciência, porque eu deveria saber o valor pelo tamanho do maço.): Mil.

Eu: Mil?... Você quer dizer mil euros?

Ele: Isso mesmo.

Ding-caraca-dong! Eu contei a grana e tinha mesmo mil euros.

Ele: E agora?... Você entra no carro?

Eu: Depende. Aonde vamos?

Ele: Vamos ver o sr. Big.

Eu (Empolgada.): O sr. Big? Do Sex and the City?

Ele (Com ar cansado.): Essa droga de seriado causou problemas aos chefes do crime em todo o mundo. O nome sr. Big deveria inspirar medo e terror, mas agora todo mundo imagina um cara bem-vestido, charmoso...

Eu (Interrompendo-o.): Que faz sexo pelo telefone e possui um vinhedo em Napa.

Bozo Número Dois (Abrindo a boca para falar pela primeira vez.): Ele vai vender o vinhedo.

Eu e Bozo Número Um nos viramos para encará-lo.

Bozo Número Dois: Ele resolveu vender o vinhedo, vai morar em Manhattan e pretende comprar um apartamento com Carrie.

Ele me olhou como se fosse me espancar com um bastão de beisebol se eu duvidasse da informação, então eu concordei.

De qualquer modo, ele tinha razão.

Bozo Número Um: Nós bem que tentamos utilizar alguns nomes novos. Por algum tempo usamos sr. Enorme, mas nunca pegou. Sr. Gigantesco foi um apelido que só durou um dia. Acabamos voltando para o sr. Big, mas toda vez que vamos fazer um novo trabalho temos de aturar piadinhas e referências a Sex and the City. Entre no carro!

Eu: Não entro até vocês me explicarem, tim-tim por tim-tim, aonde vamos. E só porque eu sou baixinha, não pensem que podem me obrigar. Sei lutar *tae kwon do*. (Bem, pelo menos fui à primeira aula, com mamãe.)

Ele: Sabe mesmo? Em que lugar você aprendeu? Wicklow Street? Eu dou aulas lá; engraçado eu nunca ter visto você naquela área. Mas tudo bem... Vamos a um salão de bilhar na Gardiner Street. O homem mais poderoso na área do crime em Dublin quer falar com você. Então tá... Quem poderia resistir a um convite como este?

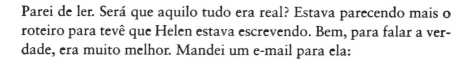

Parei de ler. Será que aquilo tudo era real? Estava parecendo mais o roteiro para tevê que Helen estava escrevendo. Bem, para falar a verdade, era muito melhor. Mandei um e-mail para ela:

PARA: lucky_star_investigadores@yahoo.ie
DE: ajudante_do_magico@yahoo.com
ASSUNTO: Mentiras?

Helen, esse e-mail que você me mandou... É verdade? Alguma parte disso realmente aconteceu?

Ela respondeu na mesma hora:

PARA: ajudante_do_magico@yahoo.com
DE: lucky_star_investigadores@yahoo.ie
ASSUNTO: Nenhuma mentira!

Juro por Deus. É tudo verdade.

Pode ser, pensei, sem me convencer por completo, e continuei a leitura:

Sentei no banco da frente, ao lado do Bozo Número Um. O Bozo Número Dois preferiu viajar atrás, por pura vergonha das cortininhas cor-de-rosa.

Eu: Bozo Número Um, você tem nome?
Bozo Número Um: Colin.
Eu: O Bozo Número Dois também tem nome?
Ele: Não. Pode chamá-lo de Bozo, mesmo.
Eu: De quem foi a ideia de colocar as cortininhas cor-de-rosa?
Ele: Da sra. Big.
Eu: Ora, ora...! Existe uma sra. Big?
Ele (Hesitante.): Pode ser que não exista mais. É por isso que o chefe quer ver você.

Comecei a pensar... Ai, caceta! Achei que isso seria o início de uma nova e promissora carreira e, em vez disso, parece que vou continuar sentando atrás de sebes úmidas. A única diferença é que as sebes pertencerão a traficantes de drogas ou cafetões, mas isso não torna o trabalho mais empolgante. Uma sebe úmida é sempre uma sebe úmida. E o bigode vai voltar.

Estacionamos na porta do salão de sinuca meio caidaço, com letreiro em neon laranja. Colin me levou até os fundos, em uma mesa com banco de encosto almofadado em tom laranja, com o estofamento saindo pelos lados. Por que será que os senhores do crime nunca escolhem lugares legais, como o Ice Bar do Four Seasons?

Um cara baixo, muito bem arrumado, veio para o lado do banco estofado – não era nem um pouco "big". Seu bigodinho aparado parecia com o meu, antes de eu arrancá-lo com cera.

Ele (Olhando para cima): Helen Walsh? Sente-se. Gostaria de um drinque?

Eu: O que está bebendo?

Ele: Leite.

Eu: Isso é cocô, eu quero uma bebida. Vou tomar um gafanhoto.

(Eu nem gosto de beber gafanhoto, porque ODEIO creme de menta, sinto como se estivesse bebendo pasta de dente, mas fiz questão de parecer esquisita.)

Ele: Kenneth, traga um gafanhoto para minha amiga.

Kenneth (O barman.): Um cara canhoto?

Sr. Big: Não! Um GAFANHOTO! Muito bem, srta. Walsh... De volta ao nosso assunto. Tudo o que conversarmos não poderá sair daqui. Vou lhe contar tudo sob sigilo total. Certo?

Eu: Hummm.

(É claro que no instante em que eu chegasse em casa ia contar tudo a mamãe, e agora estou contando a você.)

Eu (Apontando para Colin.): E quanto a ele?

Sr. Big: Colin é limpeza. Eu e Colin não temos segredos. Vamos lá, o problema é...

De repente o cara baixou a cabeça e colocou a mão diante do rosto, como se estivesse prestes a chorar. Então, lançou os olhos cintilantes e agitados para Colin, que me pareceu preocupado.

Tem Alguém Aí?

Colin: Chefe, o senhor está bem? Não prefere resolver isso outra hora?
Sr. Big (Fungando alto e tentando se recompor.): Não, não, estou bem. Srta. Walsh, quero que a senhorita saiba que eu gosto muito da minha esposa, Detta. O problema é que ultimamente ela anda muito... Como posso descrever?... Distante, e um abutre surgiu do meu lado para cochichar que talvez ela estivesse passando tempo demais em companhia de Racey O'Grady.

Era difícil manter a concentração no papo porque, às minhas costas, dava para ouvir os atendentes do bar em pânico ("... um gafanhoto... que diabo de drinque é esse?... Talvez seja uma dessas cervejas novas... vai lá olhar no depósito, Jason...").
Eu (Falando alto.): Ei, escutem, está tudo bem. Pode me trazer uma Diet Coke. (Voltando-me para o sr. Big.): Desculpe, o senhor dizia...? Speedy McGreevy?
Ele (Franzindo o cenho.): Speedy McGreevy? Speedy McGreevy não tem nada a ver com esta história. Ou será que tem? (Ele estreitou os olhos.) O que você acha? O que andam falando por aí?
Eu: Nada. Ninguém. O senhor é que disse.
Ele: Mas eu não mencionei Speedy McGreevy, eu disse Racey O'Grady. Speedy McGreevy fugiu e foi se esconder na Argentina.
Eu: Desculpe, engano meu. Continue.
Ele: Racey e eu trabalhamos lado a lado, em harmonia, nos últimos anos. Ele tem o departamento dele e eu tenho o meu. Uma das minhas linhas de atuação é oferecer proteção.

Por um momento eu achei que ele falava de algum serviço de guarda costas, mas depois percebi que se tratava de extorsão. Na mesma hora senti uma náusea estranha.
Ele: Para que tenha uma noção do tipo de homem com o qual a senhorita está lidando, srta. Walsh, permita-me que eu lhe conte algumas coisas. Não sou um sujeito metido, que chega no portão de uma obra acompanhado de dois rapazes munidos de barras de ferro e pede para falar com o encarregado. Sou um sofisticado homem de negócios. Tenho contatos com a Secretaria de Obras, com o Departamento de Planejamento, advogados da área de construção civil e bancos. Tenho ligações, entende? Sei com muita antecedência

o que vai acontecer, e os acordos na minha área de atuação geralmente são fechados antes da colocação do primeiro tijolo. O problema é que por duas vezes nas últimas semanas eu me encontrei com empreiteiros para debater nosso negócio de sempre e eles me disseram que já haviam contratado proteção. Esse fato é muito interessante, srta. Walsh, porque pouquíssimas pessoas sabem com antecedência a respeito de tais esquemas. A maioria deles ainda está na fase de conseguir aprovação oficial para o projeto.

Eu: Como é que o senhor sabe que o vazamento das informações não está acontecendo no próprio Departamento de Planejamento? Ou entre os empreiteiros?

Ele: Porque seriam necessários vários vazamentos, de várias fontes. Além do mais, todos os indivíduos possivelmente envolvidos já foram... (Hesitação significativa.)... Entrevistados. E provaram que estavam limpos.

Eu: E o senhor acha que é Racey que está invadindo seu... ahn... Espaço? Por que Racey?

Ele: Porque já me entregaram tudo sobre ele.

Eu: E o que o senhor acha que está acontecendo?

Ele: Até um homem menos paranoico que eu acharia que Detta é quem está pegando informações comigo e repassando-as para Racey. Os dois talvez estejam aprontando pelas minhas costas.

Eu: E se ela estiver fazendo isso?

Ele: O que eu vou fazer não lhe interessa. Tudo o que eu quero é que a senhorita me traga provas de que ela e Racey estão ou estiveram juntos. Eu poderia mandar seguir Detta, mas ela conhece todos os meus carros e os meus rapazes. É por isso que resolvi ir contra todos os conselhos que recebi e estou trazendo alguém de fora para me ajudar a resolver isso.

Eu: E como foi que o senhor ouviu falar do meu trabalho?
(Eu já estava me achando a rainha da cocada preta, crente que tinha virado uma lenda viva entre os investigadores particulares de Dublin.)

Ele: Páginas Amarelas.

Eu (Desapontada.): Ah, é?...

Tem Alguém Aí?

Ele: O problema com Detta é que ela tem classe.
  (Pensei nas cortinas cor-de-rosa do carro. Acho que não é bem assim...)
Ele: A família de Detta pertence à aristocracia do crime em Dublin. Seu pai é Chinner Skinner.
  (Pelo jeito com que ele disse isso, parece que eu deveria saber de quem se tratava.)
Ele: Chinner foi o homem que abriu as portas da Irlanda à heroína. Todos nós temos uma grande dívida de gratidão para com ele. Mas, enfim, o que eu quero lhe dizer, senhorita, é que Detta não é nenhuma tonta. Você tem uma arma?
  Fiquei surpresa por ele falar isso abertamente. Eles não deveriam dizer: "Você está montada?" Não deveria chamar a arma de "berro", "peça" ou algo assim?
Eu: Não, não tenho uma arma.
Ele: Vamos lhe conseguir uma.
  (Fiquei com ar pensativo, imaginando se isso seria uma boa...)
Ele (Com um tom insistente.): Aceite como um presente meu.
Eu (Ainda com ar pensativo, como se estivesse analisando o assunto, só para fazer suspense.): Tudo bem.
  Anna, como você sabe, eu não sou de sentir medo. Acho que o medo é só uma invenção masculina. Foi criado para que só eles consigam todo o dinheiro e os melhores empregos. Porém, se eu acreditasse em medo, essa seria uma boa hora para sentir cagaço.
Eu: Por que razão eu precisaria de uma arma?
Ele: Porque alguém pode querer matá-la.
Eu: Quem, por exemplo?
Ele: Minha mulher. Ou o safado do namorado dela, Racey O'Grady. Ou a mãe do namorado dela. Aliás, é com quem você precisa ter olho vivo. O nome da mãe dele é Tessie O'Grady. Ela não deixa passar nada.
Colin (Falando sem ninguém pedir sua opinião.): Uma lenda viva na história do crime em Dublin.
Sr. Big (Franzindo o cenho.): Se eu precisar da sua ajuda, eu peço!
  Nesse momento o sr. Big se levantou. Era ainda mais baixo do que eu imaginara. Tinha perninhas curtas.

Sr. Big: Tenho uma reunião agora. Colin vai lhe dar mais alguns detalhes, depois. Ele vai lhe entregar a arma, mais dinheiro, fotos de Detta, de Racey e tudo o mais. Só mais uma coisinha, srta. Walsh. Se a senhorita meter os pés pelas mãos nesse caso eu vou ficar muito irritado. A última vez que alguém me irritou... Quando isso aconteceu mesmo, Colin? Foi na sexta-feira passada? Pois é... Eu o crucifiquei naquela mesa de bilhar.
Eu: O senhor pessoalmente ou usou um dos seus rapazes?
Ele: Eu, pessoalmente. Jamais peço a alguém da minha equipe para fazer algo que eu mesmo estou qualificado e disposto a fazer.
Eu: Mas isso foi exatamente o que aconteceu no filme *Um Criminoso Decente*. O senhor não poderia ter usado a sua imaginação e crucificá-lo em algum outro lugar? O balcão do bar, por exemplo? Só para colocar a sua assinatura pessoal no crime, por assim dizer. Ninguém gosta de quem copia coisas que já existem.

Ele ficou me olhando com uma cara gozada, Anna, e, como eu já disse, ainda bem que não acredito em medo, porque, se acreditasse, eu teria me cagado toda.

Com esse comentário cativante, o e-mail acabou. Com os dedos trêmulos de frenesi, cliquei duas vezes para ver se tinha mais alguma coisa, mas não havia. Merda. Eu adorei a história. Não importa o quanto Helen insistisse sobre tudo aquilo ser verdade, eu sabia que ela exagerara a história de maneira absurda. Mas Helen era tão divertida, corajosa e cheia de vida que eu senti uma parte daquelas emoções passando para mim.

CAPÍTULO 9

Conferi as horas no relógio de pulso. De novo. Só quatro minutos desde a última vez que eu olhara. Como era *possível*? Para mim, pareciam ter se passado uns quinze minutos.

Eu andava de um lado para outro, quase me descabelando de excitação e nervosismo, esperando pela hora de sair para ir ao serviço de domingo na igreja espiritualista. Fiz de tudo para não contar isso para ninguém — nem para Rachel, nem para Jacqui, nem para Teenie, nem para Dana — e foi preciso muito esforço. Só consegui essa façanha por medo de que elas me convencessem a não ir.

Eu estava literalmente marchando, da sala para o quarto, barganhando com Deus, no qual eu não acreditava mais. *Se Aidan aparecer e conversar comigo hoje eu prometo... Prometo... O quê? Prometo acreditar no Senhor novamente. Não dá para ser mais justa do que isso.*

Viu só?, disse a Aidan. *Viu só o que eu prometi? Viu até onde eu estou disposta a ir? É melhor dar as caras.*

Saí de casa séculos mais cedo do que o necessário, peguei o metrô até a estação da rua 42 com a Sétima Avenida e continuei o resto do caminho a pé, passando pela Sétima, pela Oitava, pela Nona, com o estômago se retorcendo de ansiedade.

Quanto mais perto eu chegava do rio Hudson, mais iam aparecendo armazéns, depósitos velhos e gaivotas. Aquela parte da cidade era completamente diferente da Quinta Avenida. Os prédios eram mais baixos e grudados uns nos outros, se encolhiam na calçada, como se tivessem medo de ser atingidos. Sempre era mais frio ali e o ar era diferente também, impregnado de odores fortes.

Quanto mais eu ia para o oeste, mais a minha ansiedade aumentava; não podia haver uma igreja ali. *O que devo fazer?*, perguntei a

Aidan. *Continuar andando?* Eu me senti ainda pior ao encontrar o prédio, que certamente não se parecia nem um pouco com uma igreja. Estava mais para um depósito reformado. Aliás, nem foi uma reforma muito boa. Eu cometera um terrível engano em ir até ali.

Ao chegar ao saguão, porém, vi que o painel indicativo informava a localização da Igreja da Comunicação Espiritualista: quinto andar.

Existia *mesmo*.

Algumas pessoas passaram por mim a caminho do elevador e eu, tomada subitamente por uma sensação feliz, corri e me espremi na cabine no meio delas. Eram três mulheres mais ou menos da mesma idade que eu e me pareceram normaizinhas. Uma delas tinha uma bolsa que eu poderia jurar que era da Marc Jacobs. Depois, reparei que outra estava com as unhas pintadas com — quase dei um grito de empolgação — Candy Grrrl chica-chica-bum (amarelo pálido). Com tantas marcas no mundo, qual a probabilidade de eu reconhecer duas delas em um grupo de três pessoas? Achei que isso era um *bom sinal*.

— Qual o seu andar? — perguntou-me a bolsa Marc Jacobs, que estava mais perto do painel.

— Quinto — informei.

— É para lá que vamos. — Ela sorriu.

Eu retribuí o sorriso.

Pelo visto, conversar com os mortos em uma tarde de domingo era algo mais comum do que eu imaginava.

Fui atrás do trio que saltou do elevador e seguiu pelo piso de cimento até uma sala cheia de outras mulheres. Todo mundo se cumprimentou com "ois" e "alôs", e uma criatura vestida de forma absolutamente exótica se aproximou de mim. Ela exibia longos cabelos pretos, ombros nus e uma saia comprida franjada cheia de babados (tive um flashback da minha adolescência). No pescoço, toneladas de joias filigranadas em ouro, que também apareciam em abundância em torno da cintura, nos pulsos, braços e dedos.

— Oi! — cumprimentou ela. — Dança do ventre?

— Como?!...

Tem Alguém Aí?

— Você está aqui para aprender dança do ventre, não é?

Foi só então que eu reparei que as outras mulheres da sala também usavam saias compridas, enfeitadas por moedas e sininhos, tops minúsculos e sapatilhas com lantejoulas. As três mulheres que haviam subido comigo no elevador tiravam as roupas comuns e vestiam coisas franjadas e cheias de penduricalhos com pequenos sons metálicos.

— Não. Eu vim à Igreja da Comunicação Espiritualista.

Todos os sons e conversas calaram-se num estalar de dedos. Os barulhinhos só voltaram, desencontrados, quando todas elas giraram o corpo para olhar para mim.

— Não é aqui — informou a líder do grupo. — Provavelmente é a sala no fim do corredor.

Sob o olhar das garotas filigranadas, eu saí de fininho. No corredor, verifiquei o número da porta: era 506; a conversa com os mortos rolava na 514.

Segui em frente pelo corredor, passando por várias salas dos dois lados. Em uma delas, algumas mulheres idosas cantavam "Se Eu Fosse Rico", uma canção do musical *Um Violinista no Telhado*; em outra sala, quatro pessoas aglomeradas estavam totalmente concentradas no que me pareceu um manuscrito; na sala seguinte, um homem com voz de barítono entoava algo sobre "a cidade onde venta muito, mas é lindo", acompanhado por alguém que tocava piano com visível tédio.

O lugar parecia uma escola para amadores e aspirantes às artes dramáticas.

Eu *tinha de* estar no endereço errado. Como é que poderia haver uma igreja ali? Consultei meu papelzinho mais uma vez. Sala 514... E *tinha* uma sala 514, bem no fundo do corredor. Só que não parecia nem de longe uma igreja; era uma sala completamente vazia, exceto por um círculo de dez ou onze cadeiras colocadas sobre um piso lascado e empoeirado.

Sentindo-me insegura, me perguntei se tinha sido uma boa eu ter vindo. Puxa, aquilo era muita maluquice.

Mas a esperança começou a dar palpites. A esperança e o desespero. Para ser justa, eu *tinha chegado* cedo. Cedo demais. E já que eu me dera a todo aquele trabalho, era melhor esperar um pouco para ver se mais alguém iria aparecer.

Fui me sentar em um banco no corredor e passei o tempo observando os preparativos que rolavam na sala em frente.

Oito rapazes fortes e muito empolgados, em duas fileiras de quatro, pisavam no chão com força e cantavam animados, garantindo que iriam se livrar de algum homem que eu não descobri quem era, enquanto um outro carinha mais velho e cheio de energia berrava dicas e marcações de cena.

— E VIRA e VAI e GINGA e JOGA e VOLTA. Sorriam, garotos, SORRIAM, pelo amor do Pai! E GIRA e VAI e GINGA e... Chega, pode parar a música, PARA, PARA TUDO! As notas do piano que ainda estavam no ar caíram no chão, desconsoladas.

— Brandon! — berrou o sujeito mais velho, muito irritado. — Minha flor, o que houve com a sua ginga? Quero um movimento assim... — ele se inclinou para frente e sacudiu os ombros de forma suave e fluida —, e *não* assim... — com ar de Corcunda de Notre-Dame ele encurvou a parte superior do corpo, como se tentasse abrir caminho por entre a multidão usando os ombros.

— Desculpe, Claude — disse um dos rapazes, certamente o pobre Brandon-sem-ginga.

— O que eu quero de vocês é *isto*! — Com um ar de arrogância imperial, Claude se lançou em uma demonstração: ficou na ponta dos pés, girou loucamente e abriu alguns *spacattis* em pleno ar, o tempo todo com um sorriso falso e assustador nos lábios. Acabou o show e fez mesuras fingindo humildade, curvando-se quase até o chão com os braços lançados para trás como as asas de um avião...

Eu, hein!

— Desculpe — disse uma voz. — Você está aqui para o encontro da igreja espiritualista?

Girei a cabeça. Um rapaz de vinte e poucos anos me olhava com muito interesse. Percebi o instante em que reparou na minha cicatriz, mas ele não demonstrou repulsa nem desagrado.

— Sim — respondi, meio desconfiada.

— Ótimo! É sempre bom ver um rosto novo. Meu nome é Nicholas.

Tem Alguém Aí?

— Prazer. Meu nome é Anna.

Ele estendeu a mão e, diante da sua pouca idade e da sobrancelha atravessada por um piercing eu fiquei sem saber se ele esperava um aperto de mãos normal ou um daqueles cumprimentos complicados que os jovens usam entre si, mas era só um aperto comum mesmo.

— O resto do pessoal já deve estar chegando.

Nicholas era magro como um graveto — seus jeans iam cair a qualquer momento. Seus cabelos eram ruivos e arrepiados, e a camiseta que usava dizia: "Não tenha medo. Não tenha medo de nada." Várias pulseiras trançadas se empilhavam em seus pulsos e ele usava pelo menos três anéis pesadões de prata, além de exibir uma tatuagem no antebraço — uma tatuagem que, por sinal, eu conhecia bem, pois estava na moda: era um símbolo em sânscrito que significava "O importante é o amor", "Amor é a resposta" ou algo do tipo.

Ele me pareceu perfeitamente normal, mas isso não quer dizer nada em Nova York: os lunáticos estão soltos pelas ruas em infinitas formas e tamanhos. A cidade é especializada em malucos não detectáveis pelo radar. Em outras cidades os doidos tornam muito mais fácil a vida das pessoas, pois gritam e brigam pela rua com inimigos invisíveis, vão à farmácia comprar pomada contra afta vestidos de Napoleão Bonaparte e essas coisas entregam logo que o cara é completamente zureta.

Nicholas acenou com a cabeça para os caras que ensaiavam um número do musical *Ao Sul do Pacífico* em meio a esculhambações por estarem fora do ritmo.

— A fama custa caro — comentou ele — e é nos ensaios que você começa a pagar as primeiras prestações.

Ele *parecia* normal. Falava coisas *sensatas*. De repente eu me perguntei por que ele não seria normal. Eu estava ali e não era anormal, só enlutada e em desespero.

E agora que alguém finalmente aparecera, eu estava ávida por respostas.

— Nicholas, você já esteve... Aqui... Antes?

— Já.

— E a pessoa que entra em contato com os...

— Leisl.

— Ahn... Essa Leisl realmente se comunica com... — eu não queria dizer "os mortos" — ... O mundo espiritual?

— Sim. — Ele pareceu surpreso. — Ela realmente consegue.

— Ela traz mensagens de pessoas que estão... Do outro lado?

— Isso mesmo. Possui um dom fantástico. Meu pai morreu há dois anos e, via Leisl, eu já conversei mais com ele nos últimos tempos do que durante minha vida inteira. Estamos nos dando muito melhor agora que ele morreu.

Do nada eu comecei a me sentir zonza de tanta expectativa.

— Meu marido morreu — desabafei. — Eu queria muito falar com ele.

— Claro — Nicholas concordou, solidário. — Só que é importante você compreender que Leisl não funciona como uma telefonista. Quando a pessoa não quer ser contactada, não dá para ir atrás do morto e laçá-lo à força, entende?

— É que eu estive com outra clarividente. — Eu comecei a falar rápido demais. — Ela se dizia médium, mas era uma picareta que me disse que fizeram uma macumba forte para cima de mim e que ela só podia "desfazer" o trabalho por mil dólares.

— Puxa, que furada! Você precisa tomar cuidado com essas coisas — ele balançou a cabeça, com ar triste. — Tem um monte de charlatões por aí se aproveitando de pessoas vulneráveis. Tudo o que Leisl pede é uma contribuição para ajudar no aluguel desta sala. Veja só, ela está chegando!

Leisl era uma mulher baixinha, de pernas curvas, e chegou carregada com sacolas de compras. Em uma delas havia uma lasanha congelada, dava para ver através do plástico, úmido por conta das gotículas provocadas pela condensação. Seus cabelos encaracolados pareciam um arbusto, no estilo "permanente que não deu certo".

Nicholas me apresentou:

— Está é Anna. O marido dela empacotou.

Imediatamente Leisl largou as sacolas de compras no chão, me puxou na direção dela e me deu um abraço apertado, enfiando a minha cara no seu pescoço. De repente eu me vi respirando através de um filtro de ar formado de cabelos encaracolados.

— Você vai ficar bem, querida.

Tem Alguém Aí?

— Obrigada — murmurei, num som abafado para o monte de cabelos emaranhados, quase às lágrimas diante do carinho dela.

Ela me largou e anunciou:

— Veja, lá vem Mackenzie!

Eu me virei e vi uma jovem que andava pelo corredor como se desfilasse numa passarela. Uma princesa da Park Avenue, com cabelos que ondulavam suavemente, uma bolsa Dior e sandálias com salto Anabela, tão altas que a maioria das mulheres torceria (ou distenderia, o que for pior) os tornozelos se tentasse usá-las.

— Ela está vindo para cá?

— Sim, vem toda semana.

Pelo seu visual, Mackenzie nem era para estar em Nova York. Devia permanecer protegida do verão atroz em uma daquelas mansões em estilo colonial nos Hamptons, pelo menos até o início de setembro. Meu astral se elevou. Mackenzie certamente poderia se consultar com o melhor médium que o dinheiro pode pagar e mesmo assim preferia vir aqui. Isso deve ser um *bom* sinal.

Logo atrás de Mackenzie vinha outro sujeito, grandalhão e desajeitado, com mais de dois metros de altura, terno de coveiro e um rosto verde de tão branco.

— Aquele é o Fred Zumbi — sussurrou Nicholas. — Vamos lá, ajude-me a arrumar a sala.

Leisl botara para tocar um concerto para violoncelo que me pareceu meio fantasmagórico, e já acendia algumas velas quando as pessoas começaram a "inundar" a sala.

Havia uma garota com aparência desmazelada e rosto redondo que era provavelmente mais nova do que eu, mas parecia ter desistido por completo de parecer jovem, e também um cavalheiro bem mais velho, baixinho, com cara animada e cabelos emplastados de brilhantina, sem falar na variedade de mulheres mais velhas que eu, todas com tiques nervosos e barrigas avantajadas das quais o elástico das calças mal dava conta. Se bem que uma delas estava com umas sandálias muito interessantes. Elas pareciam ter sido confeccionadas em borracha de pneu. Quanto mais eu olhava para elas, mais elas me agradavam. Não para eu usar, é claro, porque já tenho roupas esquisitas suficientes para trabalhar. Mesmo assim, eram definitivamente cativantes.

Quando um outro homem entrou na sala, Nicholas me apertou o braço e informou:

— Esse é o Mitch. Ele vem por causa da esposa morta. Vocês dois devem ter muita coisa em comum. Venha comigo que vou apresentá-los.

Ele foi me direcionando até o outro lado da sala.

— Oi, Mitch, essa aqui é a Anna. O marido dela faleceu há... Quantos meses mesmo? Bem, já tem alguns meses. Ela foi enrolada por uma vigarista que se apresentou como médium e disse que ela estava macumbada. Acho que talvez você possa ajudá-la. Conte-lhe a respeito de Neris Hemming.

Mitch e eu olhamos um para o outro e foi como se eu tivesse tocado uma cerca elétrica; quase senti o *bzzzzz* da conexão. Ele compreendeu o que eu senti; foi o único da sala que me entendeu. Eu vi através dos seus olhos, mergulhei até o fundo da sua alma oca, abandonada. E reconheci o que vi.

CAPÍTULO 10

Estávamos todos sentados nas cadeiras, em círculo, de mãos dadas. Eu acabei ficando entre as sandálias de pneu e o cara vindo *dos tempos da brilhantina*. Fiquei feliz por não ficar de mãos dadas com Fred Zumbi. Contei apenas doze pessoas, incluindo Leisl, e, apesar das velas bruxuleantes na sala escura e dos gemidos dolentes do violoncelo, o ambiente me pareceu adequado. Definitivamente aquele era um lugar onde os mortos ficariam absolutamente à vontade para aparecer.

Leisl fez uma pequena apresentação, me deu as boas-vindas, falou alguma coisa sobre a importância de respirarmos devagar e profundamente, de focarmos no subconsciente, e afirmou que esperava que o "espírito" enviasse as mensagens que cada um de nós precisava receber. Por fim, nos avisou que já podíamos soltar as mãos.

Ficamos em silêncio total. O silêncio continuou. E continuou. E continuou. A frustração começou a abrir caminho por dentro de mim. Quando é que aquele troço iria começar? Abri um dos olhos e dei uma olhadela discreta no pessoal em volta do círculo, observando os rostos obscurecidos pela fraca luz das velas.

Mitch me fitava atentamente; nossos olhares colidiram um com o outro em pleno ar. Mais que depressa, tornei a fechar o olho.

Quando Leisl falou, inesperadamente, eu dei um pulo:

— Tenho um homem alto ao meu lado. — Meus olhos se abriram e me deu a maior vontade de erguer o braço, como se estivesse na escola. É para mim! É para mim!

— Um homem altíssimo, de ombros largos e cabelos pretos — completou ela.

Minha empolgação despencou. Não era para mim.

— Pela descrição... — informou Fred Zumbi, com uma voz arrastada e meio gargarejada — ... parece minha mãe.

Leisl se recompôs rapidamente, sem perder o rebolado.

— Sim, Fred, eu sinto muito, não quis ofendê-la, mas é realmente sua mãe.

— Mamãe tinha a compleição de uma parede de tijolos — gargarejou Fred. — Poderia até participar de competições de luta livre, se quisesse.

— Ela diz que você deve ter cuidado ao entrar nos vagões do metrô. Está alertando-o de que, se você não prestar atenção, poderá cair no vão entre o trem e a plataforma.

Depois de um período de silêncio, Fred perguntou:

— Só isso?

— Só isso.

— Obrigado, mamãe.

— Agora é o pai de Nicholas que está entre nós. Está dizendo — desculpem, não são palavras minhas, e sim dele — que está puto da vida com você.

— Grande novidade! — Sorriu Nicholas.

— Há uma situação no trabalho que está lhe causando problemas?

Nicholas fez que sim com a cabeça.

— Seu pai diz que você anda culpando outra pessoa por alguma coisa que aconteceu, e diz que você deve reconhecer que também teve sua parcela de culpa.

Nicholas esticou o corpo, estendeu os braços acima da cabeça e estufou o peito, com ar pensativo.

— É... Talvez ele tenha razão. Sei quem é o babaca de quem ele fala. Obrigado, papai.

Mais um momento de silêncio se seguiu, e então alguém do além veio para a mulher de sandálias de pneu — cujo nome era Barb — e a aconselhou a incluir óleo de canola em sua dieta.

— Eu já faço isso — disse Barb, ligeiramente irritada.

— *Mais* óleo de canola — atalhou Leisl, depressa.

— Tudo bem.

Outra das mulheres mais velhas ouviu do marido morto que deveria "continuar fazendo a coisa certa"; a mãe da garota desmazelada lhe informou que tudo que estava acontecendo seria para o seu bem; Juan, o cara da brilhantina, recebeu o conselho de que o importante é viver o agora; e a esposa de Mitch comunicou que estava feliz em ver que ele andou sorrindo um pouco na semana que passou.

Tudo isso eram banalidades sem grande significado e com ar pretensamente espiritual. Palavras de conforto, sem dúvida, mas que, obviamente, não vinham do "outro lado".

Era tudo enganação, pensei, com certa amargura, mas foi nesse exato momento que Leisl disse:

— Anna, estou recebendo algo para você.

A empolgação voltou a me queimar por dentro. Quase vomitei, desmaiei e corri pela sala feito uma maluca, tudo ao mesmo tempo. *Obrigada, Aidan, obrigada, obrigada.*

— É uma mulher. — *Merda.* — Uma mulher idosa que fala muito alto. — Leisl me pareceu um pouco aflita. — Está quase gritando, para ser franca. E está batendo no chão com uma bengala, para chamar minha atenção.

Deus! Parecia a vovó Maguire! Aquilo era exatamente o que ela fazia quando vinha passar algum tempo conosco e precisava ir ao banheiro: batia no chão do quarto com força com a bengala, para que alguém subisse para ajudá-la, enquanto nós todas, no andar de baixo, tirávamos no palitinho para ver quem iria socorrê-la. Eu tinha pavor dela. Todas nós tínhamos, especialmente quando ela já estava há alguns dias sem fazer o número dois.

Leisl disse:

— Ela está me dizendo alguma coisa a respeito do seu cão.

Levou algum tempo antes de eu replicar, gaguejando:

— Eu tenho um cão. Mas não é um cão de verdade, só um de pelúcia.

— Mas está pensando em arranjar um.

Estou?

— Não, não estou.

Mackenzie se empolgou toda, exclamando:

— Eu tenho um cão, talvez a mensagem seja para mim.

— Muito bem. — Leisl se virou para Mackenzie. — O espírito diz que ele precisa se exercitar mais, porque está ficando gordo.

— Mas eu o levo para passear todo dia. Bem, não sou *eu* que faço isso, mas meu passeador de cães o leva. Eu *nunca* aceitaria ter um cão gordo em casa.

Leisl pareceu meio em dúvida e em seguida lançou um olhar para todas as pessoas à sua volta. Será que mais alguém ali tinha um cachorro gordo?

Ninguém se apresentou.

Isso é a maior furada, pensei. *Pura baboseira.*

Subitamente a porta se abriu, a luz se acendeu, surpreendendo a todos, e quatro ou cinco rapazes meio desajeitados irromperam na sala cantando "Ooo-kla-homa! Que diabos... Opa! Sala errada, foi mal!" O mais estranho é que eles pareciam idênticos. O foco se dispersou, o clima acabou e eu me senti meio tola por estar ali.

— Por hoje é só! — decretou Leisl. Algumas pessoas começaram a colocar notas de um dólar muito amassadas em uma tigela, enquanto outras se levantavam e apagavam as velas.

CAPÍTULO 11

No corredor eu me senti absolutamente arrasada de tanto desapontamento e não consegui esconder.

— E então? — quis saber Nicholas.

Balancei a cabeça para os lados com firmeza. Não.

— Pois é — admitiu ele, com ar tristonho. — Acho que não rolou nada para você.

Leisl veio atrás de mim pelo corredor e me segurou pelo braço, desculpando-se:

— Sinto muitíssimo, querida, eu queria tanto que aparecesse alguém ou alguma coisa boa para você... A verdade é que eu não tenho controle sobre essas coisas.

— E se nós tentássemos... — tentei propor — ... Quer dizer, será que você estaria disponível para uma sessão individual? — Se não houvesse parentes mortos de todas aquelas pessoas buzinando no ouvido de Leisl a respeito de óleo de canola e coisas desse tipo, talvez ela tivesse uma chance de entrar em contato com Aidan.

Infelizmente, porém, Leisl balançou a cabeça.

— Sessões individuais não funcionam comigo. Eu preciso da energia do grupo para poder trabalhar o meu dom.

Só por ouvi-la falar isso, eu a respeitei. Quase confiei nela.

— Às vezes eu recebo mensagens em momentos inesperados, como quando estou diante da tevê assistindo ao seriado *Segura a Onda*. Se aparecer algo para você, pode deixar que eu lhe transmito o recado.

— Puxa, obri...

Fiquei muda porque de repente, sem mais nem menos, o corpo dela enrijeceu e seus olhos ficaram vidrados.

— Ora... Uau, estou recebendo algo para você neste exato momento. Quem diria?

Meus joelhos quase se desmancharam.

— Vejo um menininho louro — disse ela. — Ele está de boné. É seu filho? Não, não, já vi que não... Ele é seu... Sobrinho?

— Sim, é meu sobrinho, J.J. Mas ele está vivo.

— Sim, eu sei. Ele é muito importante para você.

Obrigada por me dizer algo que eu já sabia.

— Ele vai se tornar ainda mais importante para você.

Como assim? Será que ela queria dizer que Maggie ia morrer e eu teria de me casar com Garv para ser madrasta de J.J. e Holly?

— Desculpe, querida, não sei o significado dessa visão, estou apenas repassando a mensagem. — E seguiu em frente pelo corredor, levando as sacolas com a lasanha. Suas pernas eram tão arqueadas que ela parecia imitar o jeito de andar de Charlie Chaplin.

— Quem era? — perguntou Nicholas.

— Meu sobrinho, pelo que ela disse.

— Nada do seu falecido marido?

— Não.

— Tudo bem, vamos conversar com Mitch um instantinho. — Mitch estava completamente absorto em uma conversa com Barb, a mulher das sandálias de pneu. Até que ela era bonita, se considerarmos que devia ter mais de sessenta anos; além das sandálias maneiras, sua bolsa era grande, bem na moda, e parecia ter sido tricotada com fitas cassete.

— Mitch vai lhe contar sobre Neris Hemming — me prometeu Nicholas. — Ela sempre aparece em programas especiais da televisão e já ajudou a polícia a encontrar o corpo de uma menina assassinada. É tão boa que conversou com Mitch usando a voz da sua esposa falecida. Mitch! — ele chamou. — Mitch, venha até aqui um instantinho, meu velho.

— Pode ir falar com eles — disse Barb, com a voz grave. — Vou até lá fora fumar um cigarrinho. Quem diria?... Eu, que marchei ao lado de Martin Luther King no movimento pela igualdade dos direitos civis... Lutei a boa batalha em prol da revolução das mulheres na nossa sociedade... Olhem para mim, agora. Tenho de me esconder pelos cantos como se fosse um ser desprezível só para fumar um cigarro. Como é que as coisas podem ter dado tão errado? — Ela riu de um jeito rabugento: — Rê, rê, rê. A gente se vê semana que vem, pessoal.

Mitch se aproximou de mim.

— Vamos lá — incentivou Nicholas, me olhando. — Conte-lhe tudo.

Engoli em seco.

— Meu marido morreu e eu vim até aqui hoje para tentar entrar em contato. Queria conversar um pouco com ele. Descobrir onde ele está. — Minha voz começou a falhar. — Ver se ele está bem.

Mitch me compreendeu perfeitamente, pude sentir.

— Contei a ela que você procurou Neris Hemming — disse Nicholas. — Ela colocou você em contato com sua falecida esposa e chegou até a falar com a voz dela, não foi?

Mitch sorriu de leve, diante do entusiasmo de Nicholas.

— Ela não falou com a voz da minha mulher, mas, sim, eu senti que realmente conversava com Trish. Visitei uma porção de médiuns e Neris foi a única que conseguiu isso para mim.

Meu coração disparou e minha boca ficou seca.

— Você tem o telefone dela?

— Claro. — Ele pegou uma agenda. — Ela vive muito ocupada. Você provavelmente vai ter que esperar algum tempo para conseguir marcar uma consulta.

— Tudo bem.

— E isso vai lhe custar uma grana também. Prepare-se para sangrar: dois mil dólares por trinta minutos de sessão.

Fiquei chocada: dois mil dólares era uma quantia absurdamente alta por aquilo. Minhas finanças já estavam um desastre. Aidan não tinha seguro de vida — na verdade, nem eu —, porque nenhum de nós tinha intenção de morrer, e o aluguel do nosso apartamento era tão caro que pagar a parte de Aidan, além da minha, sugava cada centavo do meu salário. Estávamos economizando para comprar um apartamento próprio, mas o dinheiro estava retido em uma conta de investimentos que exigia carência e eu não poderia usá-lo por mais um ano. Vivia sustentada pelos meus cartões de crédito e fazia de tudo para ignorar minhas dívidas, que se amontoavam. Apesar disso tudo, estava disposta a fazer novas dívidas para pagar o que Neris Hemming cobrasse, não importava o custo.

Mitch folheava sua agenda, com ar confuso.

— Não está aqui — afirmou. — Eu poderia jurar que estava. Puxa, isso está acontecendo muito ultimamente, eu perder as coisas...

O mesmo acontecia comigo. Muitas vezes eu tinha certeza de que uma determinada coisa estava na bolsa, mas, ao procurá-la, descobria que não estava. Senti uma fisgada de surpresa ao perceber outro ponto de ligação entre mim e Mitch.

— Posso lhe conseguir o número dela — ofereceu ele. — Deve estar em algum lugar do meu apartamento. Que tal eu trazê-lo no domingo que vem?

— Quer anotar meu telefone? — ofereci. — Você pode me ligar assim que achar o número.

— Claro. — Ele pegou meu cartão.

— Posso lhe perguntar uma coisa? — quis saber. — Por que você veio aqui neste lugar depois de ter encontrado uma clarividente tão boa?

Ele fitou algum ponto ao longe, considerando a pergunta.

— Depois de entrar em contato com Trish por meio de Neris eu consegui me livrar de muitas coisas que estavam presas no meu peito. Quanto a vir aqui, eu... Não sei bem, gosto de vir aqui. Leisl é boa, do seu jeito. Ela não acerta na mosca todas as semanas, mas a sua média é bem alta. Além do mais, as pessoas aqui entendem a forma como eu me sinto. Todas as outras pessoas na minha vida acham que eu já devia ter superado a morte de Trish, mas isso não aconteceu. Quando venho aqui, posso ser eu mesmo. — Ele guardou meu cartão na carteira e prometeu: — Pode deixar que eu ligo para você.

— Por favor, ligue mesmo! — pedi.

Porque a esse lugar eu não pretendia voltar.

CAPÍTULO 12

Mais tarde, já em casa, fiquei matutando que talvez Leisl tivesse feito realmente um contato. O "espírito", a "pessoa", a "voz" ou sei lá como as pessoas chamam, *parecera* um pouco com vovó Maguire. E havia também o lance do cão; sei que a coisa ficou meio confusa com aquela história do meu cão (que infelizmente não existia de verdade) estar ganhando peso. O fato, porém, é que vovó Maguire tinha vários cães de caça.

Algumas pessoas dizem até que ela costumava dormir junto deles. Dormir no sentido de *deitar-se com eles*, se entendem o que eu quero dizer. Embora, pensando melhor, foi Helen quem me contou essa história e eu nunca tive confirmação disso vinda de fonte mais confiável.

Sempre que aparecíamos para visitar vovó Maguire, no minuto que colocávamos o pé fora do carro ela gritava:

— Pega, Gerry! Pega, Martin! — Eles receberam esses nomes em homenagem a Gerry Adams e Martin McGuiness. Dois esqueletos de quatro patas vinham correndo dos fundos da casa como vultos indistintos e me pregavam na parede, uma pata em cada um dos lados do meu rosto, e latindo tão alto que meus tímpanos ficavam doendo depois.

Vovó Maguire quase se mijava de rir.

— Não demonstre medo! — ela urrava, rindo tanto que começava a batucar no chão com a ponta da bengala. — Eles conseguem sentir o cheiro do medo. Conseguem sentir o medo de longe!

Todo mundo comentava que vovó Maguire era uma "figura", mas falavam assim porque ela nunca tinha soltado os cachorros em cima *deles*. Aposto que não levariam a coisa tão na brincadeira se passassem pelo sufoco que eu passava.

E quanto a Leisl mencionar um sobrinho louro de boné? Nem todo mundo tinha um desses. Sentindo fisgadas de ansiedade, comecei a me preocupar com J.J. E se Leisl estivesse me dando um aviso? E se alguma coisa estivesse errada com J.J.? O medo continuou a me atazanar, até que, rendida, não me restou saída a não ser ligar para ver se o menino estava bem, embora já passasse de uma da manhã na Irlanda.

Garv atendeu o telefone.

Eu sussurrei:

— Acordei vocês?

— Acordou — cochichou ele de volta.

— Desculpe, Garv, mas você faria uma coisa por mim? Poderia ir até o quarto de J.J. para ver se está tudo bem com ele?

— Como assim "tudo bem"?

— Ver se ela está vivo, respirando, essas coisas.

— Ah... Espere um instantinho.

Mesmo que Aidan não tivesse morrido, Garv teria atendido ao meu pedido de boa vontade, pois era uma pessoa muito legal.

Ele largou o fone na mesinha de cabeceira e eu ouvi Maggie perguntar baixinho:

— Quem é?

— Anna. Ela quer que eu dê uma olhadinha em J.J., para ver se está tudo bem com ele.

— Por quê?

— Porque sim.

Trinta segundos depois, Garv voltou.

— Ele está ótimo, Anna.

— Desculpe ter acordado vocês.

— Que nada... Tudo bem.

Sentindo-me ligeiramente tola, desliguei. Grande ajuda a da Leisl!

Assim que desliguei, senti uma vontade quase irresistível de conversar com Aidan.

Fui para o computador e fiz uma pesquisa desesperada em busca de dados sobre Neris Hemming na internet. Ela tinha um site pessoal

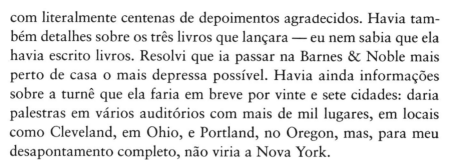

com literalmente centenas de depoimentos agradecidos. Havia também detalhes sobre os três livros que lançara — eu nem sabia que ela havia escrito livros. Resolvi que ia passar na Barnes & Noble mais perto de casa o mais depressa possível. Havia ainda informações sobre a turnê que ela faria em breve por vinte e sete cidades: daria palestras em vários auditórios com mais de mil lugares, em locais como Cleveland, em Ohio, e Portland, no Oregon, mas, para meu desapontamento completo, não viria a Nova York.

O lugar mais perto daqui era Raleigh, na Carolina do Norte. *Vou lá*, pensei, com súbita determinação. *Vou tirar um dia de folga e pegar um avião até Raleigh.* Mas descobri que todas as vagas para as palestras haviam sido preenchidas e uma nova onda de tristeza me invadiu.

Eu tinha de marcar uma sessão pessoal com ela, mas cliquei em todos os links até me convencer de que não havia meio de entrar em contato através do site. Precisava desesperadamente do número de telefone que Mitch ia me dar.

CAPÍTULO 13

Fiquei tentando me lembrar se Aidan e eu havíamos tido brigas. Isto é, claro que devíamos ter tido alguma. Eu não podia me permitir cair na armadilha de achar que Aidan era um santo só porque tinha morrido. Era muito importante guardar a recordação de como ele realmente fora, mas não consegui lembrar de nenhum arranca-rabo sério, alguma briga com gritos dos dois lados ou utensílios de cozinha voando um na direção do outro.

É claro que tivemos nossos desentendimentos: de vez em quando eu tinha ataques de ciúme por causa de Janie, e quando mencionava o nome de Shane ele apertava os lábios e amarrava a cara.

E teve aquela vez em que ele estava se aprontando para ir trabalhar e não conseguia arrumar o cabelo.

— Ele não fica do jeito que eu quero — ele reclamou, tentando baixar um tufo de cabelos mais teimoso do que os outros.

— Não faz diferença — eu o animei. — Você fica lindo com esse topete virado para cima.

Por um segundo ele se animou, mas em seguida disse:

— Você quer dizer lindo de um jeito irlandês, como um cãozinho abanando o rabo, e não lindo do jeito americano.

— Eu quis dizer lindo do jeito "gatinho".

— Não quero ser lindo nem parecer gatinho — ele insistiu. — Quero ter boa aparência. Quero ser pintoso no estilo George Clooney.

Ele colocou o pote de creme para cabelo de volta na prateleira com um pouco mais de força do que o necessário. Eu fiquei chateada e o acusei de ser vaidoso. Ele disse que querer parecer George Clooney não era vaidade, era uma coisa normal. Eu repliquei:

— Ah, é?...
Ele respondeu:
— É, sim, por quê?...

Continuamos a nos arrumar em silêncio completo, meio irritados. Mas era de manhã cedinho, tínhamos ido dormir muito tarde na véspera, estávamos cansados, éramos obrigados a ir para o trabalho sem ter a mínima vontade. Sob essas circunstâncias, o atrito era perfeitamente compreensível.

Houve outras coisas também. Ele costumava ficar furioso quando eu futucava os pelos encravados das minhas canelas. Eu me distraía com aquilo, espremendo e arrancando os fios com a pinça — é nojento, eu sei, mas existe alguma coisa mais divertida? Nessas horas, ele dizia:

— Anna, por favor! Eu detesto quando você faz isso!

Eu dizia:

— Desculpe — e fingia parar, mas continuava espremendo, futucando e pinçando escondida atrás de um almofadão ou de uma revista. Depois de um tempo, ele dizia:

— Eu sei que você continua fazendo aquilo!

Eu reagia, argumentando:

— Não consigo evitar! É minha... mania, meu... hobby, isso me ajuda a relaxar!

— Não dá para relaxar com uma taça de vinho, não? — ele retrucava. Nessa hora eu saía da sala pisando duro, me enfiava no quarto e ligava para alguma amiga só para desabafar. Algum tempo depois eu sempre voltava numa boa e fazíamos as pazes.

Teve também aquela vez em que fomos a Vermont no outono para ver as folhas caírem e eu decidi que ele estava tirando fotos demais. Senti como se Aidan estivesse determinado a fotografar cada uma dentre as milhões de folhas que caíam em todo o estado, e cada vez que ele clicava e eu ouvia aquele barulhinho irritante da câmera, me dava um troço estranho por dentro e me batia uma necessidade incontrolável de ranger os dentes.

Quanto às diferenças fundamentais entre nós, não havia nenhuma que fosse importante, e até mesmo a nossa pior briga aconteceu por um motivo completamente idiota: estávamos conversando a respeito de resorts para passar as férias e eu comentei que não curtia muito chuveiros ao ar livre. Ele me perguntou por que e eu contei a história de Claire, que, certa vez, estava tomando banho em um acampamento para safáris em Botsuana, viu um babuíno observando-a nua com muita atenção e reparou que ele estava "batendo umazinha" enquanto olhava para ela.

— Isso jamais aconteceria! — garantiu Aidan. — Ela inventou essa história.

— Claro que não! — retruquei. — Se Claire disse que aconteceu é porque aconteceu de verdade. Ela não é Helen.

(Para falar a verdade, eu não tinha certeza sobre isso, porque Claire seria bem capaz de elaborar e exagerar uma história desse tipo só por diversão.)

— Um babuíno nunca se excitaria diante de uma mulher da raça humana — insistiu Aidan. — Isso só aconteceria se ele estivesse observando uma babuína.

— Mas uma babuína dificilmente tomaria um banho de chuveiro, você não acha?

— Ah, você entendeu o que eu disse.

A partir daí a coisa degringolou quando eu parti pra cima:

— Você está insinuando que nem mesmo um babuíno curtiria a minha irmã? — Ou outra coisa desse tipo. Dessa vez, como na outra, tínhamos passado por uma semana difícil no trabalho, ambos estávamos mal-humorados e adoraríamos a chance de brigar por qualquer coisinha.

Com toda a honestidade, essas foram as piores brigas que rolaram entre nós.

Por falar em irmãs, mais um e-mail chegou de Helen, a respeito do seu novo emprego:

Tem Alguém Aí?

PARA: ajudante_do_magico@yahoo.com
DE: lucky_star_investigadores@yahoo.ie
ASSUNTO: Trabalho!

Colin, o Bozo, me trouxe uma arma, daquelas pesadas. Foi uma coisa excitante. Imagine só: eu tenho uma arma!

Tinha um monte de perguntas para fazer para ele. A mais importante de todas era: "Qual o nome verdadeiro do sr. Big?" (Lembro a você que estou tentando repetir os diálogos palavra por palavra.)
Colin: Harry Gilliam.
Eu: Você acha que realmente está rolando um caso entre a sra. Big e esse tal de Racey O'Grady?
Colin: Acho. Provavelmente está sim. Se isso for mesmo verdade, Harry vai ficar muito abalado. Ele é louco por Detta. Como você sabe, Detta Big é uma dama, e Harry sempre achou que ela era boa demais para ele. Agora, vamos nessa.
Eu: Vamos aonde?
Ele: A um clube de tiro.
Eu: Para quê?
Ele: Para você aprender a atirar.
Eu: Ué, e é preciso aprender? É só apontar a arma e puxar o gatilho.
Ele (Com ar cansado.): Vamos logo.

Seguimos até um lugar engraçado, que parecia um *bunker* instalado nas montanhas de Dublin. Lá dentro havia um monte de sujeitos de olhos arregalados e roupas camufladas, que pareciam comandar milícias particulares em seus quintais.

Até que eu não fui mal. Acertei o alvo algumas vezes (pena que não foi o meu, rá-rá-rá). Só que meu ombro começou a doer muito. Ninguém me avisou que atirar nas pessoas doía. Bem, obviamente as pessoas que levam tiros e morrem não vivem para contar (rá-rá-rá).

P.S. – Não se preocupe. Sei que você está apavorada só de ouvir falar em morte, mas eu prometo que:
    a) não vou levar tiro nenhum;
    b) não vou atirar em ninguém.

Esse papo de armas me deixou alarmada e a promessa de Helen foi um alívio. Até ler a última linha:

P.S.S. – Exceto em alguns bandidos.

De qualquer modo, isso me fez rir. Provavelmente não valia a pena levá-la muito a sério. Só Deus sabe o quanto disso tudo era exagero. Ou pura fantasia.

CAPÍTULO 14

Manhã de segunda. Isso significava Reunião de Segunda de Manhã. E lá vinha Franklin, batendo palmas, muito agitado, reunindo suas meninas.

Ao entrar na sala de reuniões, Teenie enganchou o braço no meu; ela parecia quase normal, com seu vestidinho curto estilo Barbarella combinando com o tênis cinza e prata de cano longo cujos cadarços subiam até os joelhos. Só as cotoveleiras e joelheiras prateadas de skatista davam bandeira da bizarrice da roupa.

— Vá em frente — ofereceu ela. — Nessa seção você vai encontrar toda a humilhação que procura em nossa loja.

— Terá a oportunidade de ser esculachada diante dos seus colegas — completei.

— E ser zoada pelos seus subalternos.

Era fácil rir, nós duas tínhamos ido bem naquela semana.

Consegui boas citações de produtos e excelente cobertura da mídia em geral. Não alcançara nenhuma vitória memorável, mas sempre tinha uma coisinha ou outra para apresentar na temida Reunião de Segunda de Manhã, e costumava emplacar algo novo nas publicações de fim de semana. Talvez os responsáveis pela editoria de beleza das revistas sentissem pena de mim por causa da minha cicatriz e do meu marido morto. Se bem que eu não queria faturar muito em cima disso. Era um tiro que podia sair pela culatra se eles cismassem que eu estava manchando a imagem da Candy Grrrl com minha falta de sorte e meu rosto arruinado.

Normalmente, quando a RSM terminava, havia um alívio geral, porque depois da tortura inicial a semana só poderia melhorar. Não naquela segunda-feira, porém, pois aquele era o dia zero da

Olho no Olho. Era o dia em que cento e cinquenta kits da linha seriam montados, embalados e ficariam prontos para ser enviados por malote para todas as revistas e jornais no dia seguinte, logo cedo. O cálculo do tempo era crucial: os kits não poderiam ser entregues hoje, nem depois de amanhã, o pacote tinha de chegar aos destinatários *amanhã*, sem falta. Por quê? Porque Lauryn resolvera experimentar uma nova tática de guerrilha. Em vez de seguir o roteiro de costume para um lançamento — informar aos editores sobre o novo produto com muita antecedência —, íamos fazer o oposto. Lauryn calculara o tempo certo para que todas as editoras de beleza recebessem o kit Olho no Olho em suas mesas *horas antes* de o exemplar ir para a gráfica. A ideia era deixá-las desnorteadas com um produto absolutamente novo e fazê-las achar que tinham em mãos uma chance de divulgar o lançamento em primeira mão. Elas cancelariam ou adiariam a publicação de alguma matéria e nos dariam o espaço correspondente. Todos sabiam que isso era um risco, mas Lauryn insistiu que devíamos tentar.

Até que podia dar certo, pois o conceito era inédito: um kit cosmético completo para a região dos olhos. Eram três produtos, e cada um deles trabalharia em conjunto para amplificar a eficácia dos outros dois (pelo menos essa era a promessa do fabricante). Havia o creme Adeus, Olheiras (um gel refrescante que acabava com inchaços, olheiras e bolsas sob os olhos). Em seguida, vinha o Ilumine sua Vida (um creme refletor, que servia como base e disfarçava o restinho de olheiras que sobrasse). Por fim, o sugestivo Passe as Rugas a Ferro (um musse com cremosidade extra para acabar com as linhas de expressão).

Só havia um probleminha: o trio de produtos ainda não havia chegado da fábrica, em Indianápolis. O transporte estava a caminho. Ah, ele que se atrevesse a não estar! Chegariam antes das onze da manhã. Mas as onze horas chegaram e foram embora. Lauryn fez uma ligação, absolutamente histérica, e lhe garantiram que o caminhoneiro estava na Pensilvânia e os produtos chegariam, o mais tardar, à uma da tarde. A uma hora da tarde se transformou em duas, depois em três e depois em quatro. Informaram que o motorista perdera uma das entradas para Manhattan.

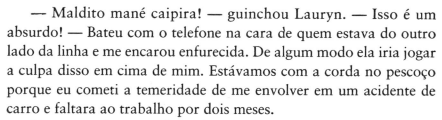

— Maldito mané caipira! — guinchou Lauryn. — Isso é um absurdo! — Bateu com o telefone na cara de quem estava do outro lado da linha e me encarou enfurecida. De algum modo ela iria jogar a culpa disso em cima de mim. Estávamos com a corda no pescoço porque eu cometi a temeridade de me envolver em um acidente de carro e faltara ao trabalho por dois meses.

Já passava das cinco da tarde quando as imensas caixas de papelão foram levadas para a sala de reuniões. Ninguém se olhava nos olhos porque todos pensavam a mesma coisa: alguém vai trabalhar até tarde — *muito tarde* — para preparar as remessas. Quem seria a premiada?

Brooke ia participar de um jantar beneficente para salvar alguém ou algo: baleias, Veneza, elefantes que perdiam uma perna ao pisar em minas abandonadas na Ásia, coisas desse tipo. Teenie tinha aula (além do mais, aquela tarefa não era sua, mesmo). Era mais fácil Lauryn comer três pratos em uma refeição do que convocar Teenie.

Tinha que ser eu. Euzinha.

Todos já estavam tão habituados a me ver trabalhando até tarde que ninguém me perguntou se eu tinha algum plano para a noite. Por acaso eu tinha. Combinara de jantar com Rachel. Tinha dado o bolo nela no fim de semana, alegando questões de trabalho. Agora estava presa *de verdade* por causa do trabalho. *Viu só?... Quem mandou gastar a desculpa antes?*

— Alguém se importa se eu der uma ligadinha? Vou só cancelar o jantar com minha irmã.

Devo ter soado tão sarcástica que as meninas trocaram olhares pasmos. De vez em quando, algumas inesperadas ondas quentes de ódio se agitavam por dentro de mim, me escaldavam as entranhas e me forçavam a pronunciar palavras impensadas.

— Ahn... Não, não, claro que não, vá em frente — cedeu Lauryn.

Teenie me ajudou a abrir as caixas, separar e empilhar os produtos sobre a imensa mesa de reuniões, e Brooke (sejamos justas com ela) já enfiara cento e cinquenta releases nos cento e cinquenta envelopes reforçados, apesar de ter passado quase a tarde toda fora, porque sua tia Genevieve (não era tia de verdade, apenas uma das ami-

gas podres de rica da sua mãe) estava na cidade e oferecera um almoço em homenagem a ela em uma sala íntima do restaurante Pierre.

Então todo mundo se mandou. O prédio ficou silencioso e não se
ouvia nada, a não ser o zumbido distante dos computadores. Dei
uma olhada na pilha de produtos sobre a mesa e fui tomada por uma
sensação de pena de mim mesma.

Aposto que você está pau da vida pelo jeito com que estão me
tratando, Aidan.

Comecei a revestir a parte interna de todos os envelopes com
lamê prateado. Quando acabei já passava das oito da noite.
Estava mais lenta do que o normal, por causa das minhas unhas.
Até que, de repente, me transformei em uma esteira rolante humana. Em uma das pontas da mesa eu colava etiquetas com o desti-
natário em cada um dos envelopes; em seguida, pegava um frasco
de Adeus, Olheiras de uma pilha, um de Ilumine sua Vida de outra
e Passe as Rugas a Ferro na terceira, deixava-as escorregar de
forma impecável para dentro do envelope, polvilhava um punhado de estrelinhas prateadas lá dentro, por cima dos produtos,
lacrava o envelope, colocava em um canto da sala e começava
tudo novamente.

Acabei pegando o ritmo da coisa. Etiquetar, pegar produto-
produto-produto, jogar tudo lá dentro, espalhar estrelinhas, lacrar
envelope, canto da sala; etiquetar, pegar produto-produto-produto,
jogar tudo lá dentro, espalhar estrelinhas, lacrar envelope, canto da
sala; etiquetar, pegar produto-produto-produto, jogar tudo lá dentro, espalhar estrelinhas, lacrar envelope, canto da sala; etiquetar,
pegar produto-produto-produto, jogar tudo lá dentro, espalhar
estrelinhas, lacrar envelope, canto da sala.

Até que a coisa estava fluindo numa boa e eu comecei a me sentir calma e tranquila. Já chorava há muito tempo quando me dei
conta. Se bem que eu não estava exatamente chorando, era mais um
transbordar. As lágrimas me escorriam pelo rosto sem fungadas nem
soluços, nem sacudir de ombros. Foi tudo muito tranquilo e pacífico. Chorei durante todo o tempo em que fiquei ali, e embora minhas
lágrimas tenham borrado a tinta do endereço na etiqueta da revista
Femme, nenhum outro dano aconteceu.

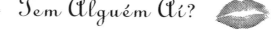

Quando acabei já era quase meia-noite, todos os cento e cinquenta envelopes estavam completos, prontinhos para serem levados pelo malote logo de manhã cedinho.

O taxista que me levou para casa era muito divertido, completamente pancada das ideias. Ostentava um bigode gigantesco, retorcido nas pontas, sobre o qual não parava de falar. Disse que era como Sansão: sua força estava nos cabelos e todas as suas Dalilas tentavam fazer com que ele os cortasse, pois "queriam que ele perdesse o vigor". Na nossa escala de motoristas malucos de Nova York, aquele ali ganharia certamente uma nota sete, talvez sete e meio. Senti que ele me fora enviado especialmente por Aidan: era tarde da noite, eu tinha trabalhado por dezesseis horas seguidas e ele queria me alegrar um pouco.

CAPÍTULO 15

Mais um e-mail de Helen havia chegado:

PARA: ajudante_do_magico@yahoo.com
DE: lucky_star_investigadores@yahoo.ie
ASSUNTO: Trabalho!

Primeiro dia de tocaia na casa de Detta Big. Fui para lá logo cedo e fiquei escondida atrás de uma sebe no jardim dos fundos de sua imensa casa no centro do terreno que fica em Stillorgan, com o binóculo focado no seu quarto. Ela tem uns cinquenta anos, bunda redonda, peitos grandes em colo curtido de tanto sol. Tem cabelos louros cacheados à base de baby liss.

Estava de salto alto dentro de casa, saia de crochê (ou será que era buclê?) e blusa de malha. Não consegui ver calombos nem buracos na região da bunda, mesmo com o zoom no máximo. Ela deve estar usando uma daquelas cintas reforçadas, que as apresentadoras de telejornais usam quando começam a envelhecer... Eu acho.

Às dez para as dez ela vestiu um casaco. Lá íamos nós para a rua. Só que ela passou batida pelo carro que estava na garagem (um Beemer prateado sem um pingo de personalidade) e foi caminhando até a igreja próxima daqui. Foi assistir à missa; é mole? Fiquei sentadinha em um banco no fundo da igreja, agradecendo a Deus por não estar atrás do arbusto.

Depois da missa ela foi até uma banca de jornais, comprou o *Herald*, a revista *Take A Break*, mais um maço de Benson & Hedges e um pacotinho de balas de menta extrafortes. Voltou para casa e eu retomei

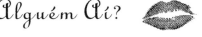

minha tocaia atrás da sebe. Ela colocou água em uma chaleira para ferver, depois preparou chá e se sentou diante da tevê, fumando e olhando para o nada. Quando bateu uma hora da tarde ela se levantou e eu pensei: *Por favor, vamos dar outra saidinha.* Que nada, ela preparou uma tigela de sopa com torradas, comeu tudo, foi para a frente da tevê, voltou a fumar e a olhar para o nada. Às quatro da tarde ela tornou a se levantar e eu pensei: *Oba, lá vamos nós!* Mas ela não pretendia sair. Resolveu passar aspirador de pó na casa toda. Parecia estar curtindo o lance, dá para acreditar? Isso não é a coisa mais maluca que você já ouviu?

Depois de curtir o grande barato de aspirar a casa toda, Detta voltou à cozinha, colocou a chaleira no fogo, fez mais chá, se sentou fumando e olhando para o nada. Nossa, tomara que amanhã o dia dela seja mais excitante.

Recebi também um e-mail de mamãe...

PARA: ajudante_do_magico@yahoo.com
DE: walshes1@eircom.net
ASSUNTO: Crime organizado

Querida Anna,
Estamos indo de mal a pior. Helen já nem liga mais para o nosso "problema doméstico" (o cocô do cachorro). Está envolvida demais com seu novo caso. Anda "cantando de galo" pra cima de nós só porque se associou a criminosos famosos. Se eu pudesse adivinhar que isso iria acontecer... Depois de todo o sacrifício para dar a vocês a melhor educação possível, é assim que a minha filha caçula acaba... Se soubéssemos disso não teríamos mandado nenhuma de vocês para a escola. Uma filha ingrata dói mais que picada de cobra. Ela me disse que a pessoa que está vigiando é esposa de um "chefão do crime" e tem roupas lindas para uma pessoa velha. Será verdade? E será que a casa dela é realmente limpíssima? Será verdade que ela mesma passa o aspirador de pó em toda a casa ou Helen disse isso só para "implicar" comigo?

Eu e seu pai tentamos usar a câmera fotográfica de Helen, mas ela é "digital", ou algo assim, e nem eu nem seu pai conseguimos ligá-la, muito menos descobrir como manejá-la. Desse jeito, como é que poderemos pegar a velha e o cão com a boca na botija?
Ela voltou na segunda-feira, pronta para aplicar seu velho e sujo truque. Se você falar com Helen, tente convencê-la a nos ajudar, sim? Como você ainda está "de luto", isso deve fazer com que ela lhe dê ouvidos.

Sua mãe que a ama,

Mamãe

CAPÍTULO 16

Sentir o sangue escorrendo me pegou de surpresa. Era sangue mesmo. Minha menstruação. A primeira desde o acidente.

Eu nem reparara que ela não estava vindo todos os meses, e também não me preocupara com isso, porque bem no fundo da mente eu tinha certeza de que a causa disso era o choque e o horror do que acontecera. Nem por um instante suspeitei que estivesse grávida, mas agora, como uma nova explosão de pesar, percebia que mais um pedaço de Aidan se fora.

Eu nunca vou ter um bebê seu. Não devíamos ter esperado, baby, devíamos ter partido para isso logo de cara. Mas como é que poderíamos saber?

Chegáramos a conversar a respeito. Uma manhã, logo depois do nosso casamento, eu estava me vestindo e Aidan ficou deitado na cama, sem camisa, com as mãos entrelaçadas atrás da cabeça.

— Anna — ele me disse. — Algo estranho está acontecendo.

— O quê? Extraterrestres estão aterrissando no telhado do vizinho?

— Não. Escute... Desde os meus três anos de idade os Boston Red Sox foram o grande amor da minha vida. Agora eles deixaram de ser. Hoje em dia o meu grande amor é você, claro. Eu ainda gosto muito deles, mas não estou mais *apaixonado*, entende? — Tudo isso foi dito enquanto ele estava deitado, olhando para o teto como quem vasculha a própria alma. — Durante todo esse tempo eu nunca quis nem pensei em ter filhos. Agora eu quero. Com você. Gostaria muito de uma versão sua em miniatura.

— E eu adoraria ter uma versão sua em miniatura, mas... Aidan, não podemos esquecer que eu tenho uma família completamente louca, e um gene de insanidade pode pipocar a qualquer momento.

— Muito bom, seria ótimo, seria divertido. E devemos pensar em Dogly, ele precisa de uma criança para lhe fazer companhia. — Ele se apoiou no cotovelo e avisou: — Estou falando sério.

— Sobre Dogly?

— Não, sobre termos um bebê. O mais rápido possível. O que você acha?

Eu adorei a ideia, mas disse:

— Ainda não, vamos esperar um pouco. Só mais um pouquinho. Uns dois anos, que tal? Vamos esperar até termos um lugar legal onde morar.

PARA: ajudante_do_magico@yahoo.com
DE: walshes1@eircom.net
ASSUNTO: Isso não pode continuar

Querida Anna,
Espero que você continue indo bem. Não sei se o que eu vou dizer vai fazer você se sentir melhor ou pior, mas o fato é que as coisas também andam péssimas por aqui. Havia mais número dois de cachorro bem na entrada do nosso portão hoje de manhã. Eu me sinto em estado de sítio. Felizmente o seu pai não pisou no "presente" dessa vez, mas o leiteiro pisou e ficou extremamente irritado. O nosso "relacionamento" com ele já não é dos melhores desde aquela vez em que cortamos todos os laticínios da nossa alimentação por conta de uma dieta idiota que Helen inventou, e que acabou não durando nem cinco minutos, porque ela descobriu que sorvete é laticínio. Naquela época foi uma dificuldade para convencê-lo a voltar a entregar leite.

Sua mãe que a ama,

Mamãe

CAPÍTULO 17

Durante toda a semana eu fiquei em cólicas, esperando que Mitch ligasse para me dar o número do telefone de Neris Hemming, mas os dias passavam e eu não tinha notícias dele. Por causa disso pensei no seguinte plano: se ele não ligasse até domingo, eu voltaria àquele lugar. Isso fez com que eu me sentisse menos impotente, menos em pânico. Então eu me lembrei de que aquele fim de semana seria o feriadão de Quatro de Julho... E se ele tivesse viajado? Pronto, só de pensar nisso me senti em pânico e impotente novamente.

Foi uma semana péssima no trabalho. Eu me sentia terrivelmente angustiada, e embora o meu joelho deslocado estivesse oficialmente melhor, eu andava muito desajeitada naqueles dias, como se um dos lados do meu corpo estivesse mais pesado que o outro. Vivia esbarrando nas coisas; derramei uma xícara de café dentro de uma das gavetas da mesa de Lauryn e derrubei um quadro branco durante uma das apresentações que pegou bem no saco de Franklin. Acho que só de raspão, mas ele soltou uns grunhidos e fez uma dancinha estranha por causa disso.

Esses acidentes, porém, não eram nada comparados ao desastre da Olho no Olho: como eu chorei por cima do endereço da *Femme*, a etiqueta ficou borrada demais para ser lida e o pacote voltou na tarde de terça-feira pelo malote. Acabamos perdendo o espaço que esperávamos para o número daquele mês. Lauryn permaneceu a semana inteira com os lábios cerrados e os dentes trincados de fúria. Toda manhã, assim que eu saía do elevador e mal pisava no carpete da recepção ela berrava do outro lado do corredor:

— Você sabe qual é a quantidade de exemplares vendidos pela *Femme* todos os meses? Sabe quantas mulheres compram a revista e realmente *LEEM* a porcaria?

Logo em seguida Franklin aumentava o coro, berrando:

— Sem seus *cojones* um homem não é nada!

Na manhã de sexta-feira, quando me dirigia à banca de jornal mais próxima a fim de comprar suprimentos para mais uma noite de choro, finalmente percebi o motivo de eu andar tão angustiada: eu estava assando. O lugar parecia um forno.

— Nossa, está quente demais aqui! — comentei com o homem.

Não esperava uma resposta, porque imaginava que ele nem falava inglês, mas concordou com a cabeça e disse:

— Quente! Muito! Vários dias essa onda de calor.

Vários dias? Como assim? O que ele queria dizer?

— O que quer dizer?... Quando foi que esta onda de calor começou?

— Como disse?

— Quando foi? Em que dia esse calorão começou?

— Quinta-feira.

— Quinta? — Bem, até que eu não estava tão atrasada assim.

— Terça-feira.

— Terça? — perguntei, alarmada.

— Domingo, acho.

— Não, no domingo não foi.

— Sei lá... Um dia desses, eu não sei o nome.

Perturbada com essa informação, caminhei lentamente até em casa com meu pacote de doces. Aquela história de calor não era nada boa. Eu andava tão trancada dentro de mim mesma que, embora percebesse algo de errado, não percebi *a tempo*.

Uma preocupação começou a me corroer por dentro: durante toda aquela semana, enquanto eu levava minha vidinha, usando roupas erradas para um tempo quente como aquele, será que eu andava... *fedendo*?

* * *

Tem Alguém Aí?

Depois do meu tempo regulamentar de apenas três horas de sono, acordei na madrugada de sábado com suor escorrendo entre os meus cabelos. Merda. Então era verdade: estávamos em meio a uma onda de calor e já era verão. Fui tomada pelo pânico.

Não quero que seja verão. O verão fica distante demais de quando você morreu.

Antes eu achava que seria bom o tempo passar depressa, para eu poder pensar em Aidan sem a dor me massacrar, mas agora era julho e eu queria que fosse fevereiro para sempre.

O tempo era o grande curador de todas as dores, diziam as pessoas. Só que eu não queria me curar, pois isso seria o mesmo que abandoná-lo.

Grudada na cama por causa do calor abafado, eu não conseguia nem me mexer. O aparelho de ar-condicionado precisava ser instalado, mas ele era um troço gigantesco, muito maior que a tevê. No outono do ano anterior, Aidan resolveu tirar o aparelho da parede e guardá-lo numa prateleira alta da sala de estar. Senti uma fisgada de pavor.

Você não está aqui para trazer aquilo para baixo.

Esses momentos avulsos em que eu me esquecia, por décimos de segundo, que Aidan tinha morrido eram uma falha terrível, porque depois eu tinha de lembrar e sofrer tudo de novo, e o choque sempre me atingia com a mesma intensidade.

Quando será que isso iria melhorar? Será que algum dia iria melhorar? Andava pensando nas outras pessoas que passaram por momentos de horror em suas vidas — sobreviventes do Holocausto, vítimas de estupro, pessoas que haviam perdido a família toda de uma vez só. Muitas vezes elas seguiam em frente e levavam vidas aparentemente normais. Em algum ponto elas pararam de sentir tudo como um pesadelo interminável.

Oprimida pelo calor e pelo pesar, enquanto os segundos se passavam, eu acabei comunicando a Aidan:

Pode ser que eu não morra de dor, mas vou acabar morrendo de calor.

Obriguei-me a levantar o corpo suado da cama e fui procurar o ar-condicionado. Estava na prateleira mais alta da sala. Mesmo que eu subisse em uma cadeira não conseguiria alcançá-lo e, mesmo que alcançasse, o peso seria demais para mim.

Ornesto teria de me ajudar a puxar aquilo para baixo.

Eu sabia que ele estava em casa porque nos últimos dez minutos estivera cantando o tema de *Os Diamantes São Eternos* a plenos pulmões.

Quando ele abriu a porta para mim, usava um shortinho com suspensórios em lamê dourado e sandálias floridas.

— Você está lindo — elogiei.

— Entre! — convidou ele. — Vamos cantar alguma coisa juntos.

Balancei a cabeça para os lados.

— Preciso de um homem.

Ornesto arregalou os olhos.

— Uau, e onde poderemos achar um, querida?

— Você vai ter que servir.

— Sei não... — disse ele, em dúvida. — O que esse "homem" tem que fazer?

— Pegar meu aparelho de ar-condicionado na última prateleira e carregá-lo até a janela.

— Quer saber? Vamos chamar Bubba, no andar de cima, para nos ajudar.

— Bubba?

— Ou algo assim. Ele é um cara grandão. Usa roupas medooonhas e não se importa quando as marcas de suor mancham tudo. Vamos lá. — Ornesto seguiu na minha frente, subindo as escadas, e bateu na porta do apartamento número 10.

Uma voz grave perguntou lá de dentro, com jeito desconfiado:

— Quem é?

Ornesto e eu nos entreolhamos e tivemos um inesperado ataque de riso.

— Anna — falei, com a voz engasgada. — Anna, do apartamento 6. — Cutuquei Ornesto.

— E Ornesto, do apartamento 8 — disse ele, em meio a quiriquiquis de riso.

— O que vocês querem? Me convidar para um piquenique no jardim? — perguntou ele, com jeito brincalhão e um forte sotaque

Tem Alguém Aí?

nova-iorquino. Isso foi pretexto para uma nova rodada de risinhos histéricos.

— Nada disso, senhor — expliquei. — É que eu preciso de uma ajudinha para pegar meu aparelho de ar-condicionado.

A porta se abriu alguns centímetros e apareceu um sujeito pelancudo, de cinquenta e poucos anos, usando camiseta regata.

— Você precisa dos meus músculos?

— Ahn... Sim.

— Faz muito tempo desde a última vez que uma mulher me disse isso. Deixe eu pegar as chaves.

Nós três descemos as escadas em fila indiana, entramos no meu apartamento e eu apontei para o ar-condicionado no alto da prateleira.

— Vai ser tranquilo — anunciou Bubba.

— Deixe que eu ajudo — ofereceu Ornesto.

— Claro que você vai ajudar, filho. — Mas ele disse isso de um jeito gentil.

Bubba subiu na cadeira e Ornesto fez caras e bocas para demonstrar firmeza enquanto a segurava. Ele também forneceu uma série de ruídos encorajadores, como "Isso!", "Tá indo bem!", "Força!...", "Aííí... Tá quase conseguindo!" e "Só falta um pedacinho!...".

Em poucos minutos o ar-condicionado foi trazido para baixo, levado até o peitoril da janela, ligado e — como um milagre — um ventinho gelado começou a soprar caridosamente para dentro do apartamento. Nossa, como eu me senti grata por aquilo!

Agradeci ao vizinho forte com muita empolgação e ofereci:

— O senhor aceita uma cerveja, sr...?

— Eugene, me chame só de Eugene — e me estendeu a mão.

— Meu nome é Anna.

— Sim, uma cervejinha cairia muito bem, obrigado.

Por sorte eu tinha uma lata. Uma. Literalmente. Só Deus sabe há quanto tempo estava na geladeira.

Quando Eugene se sentou junto do balcão que dava para a cozinha e começou a beber sua cerveja provavelmente vencida, perguntou:

— O que aconteceu com o cara que morava aqui? Ele se mudou ou algo assim?

Um silêncio pesado caiu sobre o ambiente. Ornesto e eu olhamos um para o outro.

— Não... — respondi. — Ele era meu marido.

Fiz uma pausa. Não saiu mais nada. Eu não conseguia pronunciar a palavra com M: era tabu. Todo mundo demonstrava solidariedade comigo, com a minha "tragédia" ou com a minha "triste perda", mas ninguém falava a palavra "morte", o que muitas vezes me deixava com uma estranha compulsão de gritar: "Não é apenas uma perda! Aidan está *morto*! Ele *morreu*! Morreu, morreu, morreu, morreu, morreu, morreu, morreu, morreu, morreu, morreu, morreu, MORREU! Pronto! É apenas uma palavra — não há razão para tanto medo!" Mas eu nunca disse nada; não era culpa deles. Nós nunca recebemos lições sobre como lidar com a morte, embora ela aconteça com todo mundo e seja a única coisa na vida com a qual podemos contar com absoluta certeza.

Respirei fundo e joguei a palavra com M no chão, no meio da sala:

— Ele morreu.

— Oh, sinto muito, filha — disse Eugene. — Minha esposa também faleceu. Já sou viúvo há quase cinco anos.

Meu Deus! Eu nunca tinha pensado nisso antes.

— Sou uma viúva! — Comecei a rir.

Por mais estranho que pareça, essa era a primeira vez que eu usava essa palavra para me descrever. A imagem que eu tinha de viúvas era a de pessoas encarquilhadas, mais velhas que o Dilúvio e usando mantilhas pretas. A única coisa que eu tinha em comum com elas era a mantilha preta, só que a minha era cor-de-rosa.

Comecei a rir disso, ri muito, ri até não poder mais e até sentir as lágrimas escorrerem pelo rosto. Só que era o tipo errado de riso e os rapazes ficaram visivelmente horrorizados.

Eugene me puxou para perto dele e Ornesto colocou os braços em volta de nós dois, formando um abraço grupal estranho, mas muito bem-intencionado.

— As coisas vão melhorar — prometeu Eugene. — Pode acreditar que elas acabam melhorando.

CAPÍTULO 18

PARA: ajudante_do_magico@yahoo.com
DE: lucky_star_investigadores@yahoo.ie
ASSUNTO: Trabalho!

Estou até com vergonha de lhe contar, Anna. Vigiar Detta Big é o trabalho mais chato de todos os tempos! Dá para acertar o relógio pela rotina dela. Todo dia, às dez para as dez da manhã, ela sai de casa e caminha até uma igreja próxima para assistir à missa. Todo santo dia de manhã é a mesma coisa! Eu não acredito! Ela descende de uma dinastia de criminosos, vem de uma família envolvida até o pescoço com extorsão e só Deus sabe mais o quê, e mesmo assim vai à missa toda manhã. Depois vai até a banca de jornais, compra um maço de Benson & Hedges e várias outras coisinhas. Às vezes um pacotinho de jujubas, outras vezes o novo número da *Hello!*, e uma das vezes comprou uma caixa de elásticos. Depois disso ela sempre volta para casa, coloca uma chaleira no fogo, prepara chá, senta diante da tevê e fica fumando e olhando para o vazio.

Teve um dia que, depois da missa, ela foi até o jornaleiro E DEPOIS, tã-tã-tã-tã... seguiu para a farmácia, onde comprou remédio para calos. Quase me matou de empolgação.

Outro dia, à tarde, ela resolveu sair com seu Beemer prateado e eu fiquei rezando para ir se encontrar com Racey O'Grady, mas ela foi só ao podólogo (obviamente ela tem problemas com calos). Depois disso: casa, chaleira, chá, cigarros, olhar para o vazio.

Teve outro dia em que ela resolveu ir até o píer. Foi caminhando bem depressa, apesar dos calos. Quando chegou no fim, ela se sentou em um banco, fumou um cigarro, olhou para o vazio e voltou para casa. Nada de sinistro, foi apenas se exercitar um pouco. Embora tenha gente que ache isso sinistro.

Pelo jeito ela parece ser muito boa no jogo de cartas, mas tem cara de quem rouba. Tem também um monte de ruguinhas em volta dos lábios, provocadas pelo excesso de cigarros. Aliás, ela passa um tempão retocando o batom. Deve gostar de tomar sol também, a julgar pela pele ressecada. Mas não fique achando que ela é baranga, porque, na verdade, eu a acho até atraente, considerando a sua idade e tudo o mais.

Só preciso vigiá-la durante o dia. Harry trabalha de nove às cinco, de segunda a sexta. Acho que não adianta nada ser um chefão do crime se você não pode trabalhar na hora que quiser. Os vizinhos acham que ele trabalha com confecção. Resumindo: embora o tédio seja de lascar, pelo menos estou com as noites e os fins de semana livres.

P. S. — Como é que você vai? Andei pensando a respeito de uma coisa que vai deixá-la mais animada: pelo menos Aidan não largou você por uma outra mulher. Eu preferiria saber que meu marido morreu, em vez de descobrir que ele me chifrava. Bem, é claro que se algum homem me chifrasse eu o mataria, então ia dar no mesmo.

Vindo de qualquer outra pessoa, isso demonstraria uma tremenda falta de tato; vindo de Helen, valia por uma demonstração de carinho.

CAPÍTULO 19

Como eu ainda não tinha recebido notícia nenhuma de Mitch até a manhã de domingo, cedi ao inevitável e comecei a me aprontar para ir até a igreja espiritualista. Mais uma vez cheguei séculos mais cedo do que devia, mas já havia duas garotas à espera no banco do corredor. Eu não as reconheci da semana anterior, então me sentei ao lado delas e sorri com cautela. Do outro lado do corredor a galera que ensaiava *Ao Sul do Pacífico* já dançava de um lado para outro.

Logo em seguida, um cara baixinho e atraente pavoneou-se todo — não existe palavra melhor para aquilo que ele fez —, enfim, ele se pavoneou todo, saiu da sala que iríamos usar e disse para a garota que estava mais perto da porta:

— Sou Merrill Dando, o diretor. Trouxe o seu book?

Eram atrizes! Elas não tinham nada a ver com o grupo dos espiritualistas esquisitos. Ainda bem que eu tinha ficado caladinha e na minha desde que me sentara ali.

A garota entregou um imenso envelope pardo a Merrill, que a levou lá para dentro. Ouvi algumas vozes se elevando e alguns minutos depois ela reapareceu no corredor sem as fotos, e a garota seguinte foi encaminhada para dentro da sala.

Olhei para meu relógio. Estava quase na hora. Logo os outros iam começar a chegar. Senti uma fisgada na barriga ao refletir sobre o impensável:

E se Mitch não aparecesse?

E se eu nunca mais conseguisse o telefone de Neris Hemming?

Mas eu não podia pensar nisso. Ele tinha de vir. Eu precisava daquele número.

A segunda atriz saiu da sala e desapareceu pelo corredor afora.

— Vamos lá! — O cara chamado Merrill cutucou o ar com o indicador, apontando para mim. — Você vai ser a última de hoje. — Ele me revistou com os olhos de cima a baixo e perguntou: — Onde está seu book?

— Eu não tenho um.

Ele suspirou, desanimado:

— Ninguém lhe avisou para trazer um?

— Não. — Era a pura verdade, ninguém tinha me avisado mesmo.

— O que aconteceu com o seu rosto?

— Acidente de automóvel.

Ele sugou o ar com ar sofrido.

— Tudo bem, vamos fazer o teste assim mesmo.

Pelo visto ele estava fazendo alguma confusão e tinha me tomado por uma aspirante a atriz.

Quando dei por mim, já estava sendo encaminhada para a sala e Merrill me entregava um script. Eu pensei: *Ora, por que não?* Era mais fácil levar aquilo em frente do que explicar tudo.

Dei uma olhada por alto na cena; parecia ser uma peça sentimentaloide calcada em Tennessee Williams e chamada *O Sol Nunca se Levanta*.

Na sala empoeirada estavam dois caras de barba sentados atrás de uma mesa montada sobre dois cavaletes. Merril os apresentou a mim, dizendo que eram o produtor e o diretor de elenco.

— Muito bem! — disse ele. — Resumo da peça: duas irmãs em maré de azar. O pai acabou de bater as botas e as deixou com dívidas até as orelhas. Elas precisam urgentemente de um homem que se case com uma delas e as resgate da penúria. Só que Miss Martine, a irmã linda, virou alcoólatra. Você é Miss Martine, e eu sou Edna, a irmã mais velha e feia — é claro que estamos apenas fingindo, certo?

"Edna" e eu tínhamos de nos sentar em uma "varanda", representada por dois caixotes virados de cabeça para baixo, nos abanando por causa do calor sufocante. Como o dia estava quente *de verdade*, essa parte foi fácil.

Tem Alguém Aí?

Cena Um

Ao levantar das cortinas, duas mulheres estão sentadas na varanda de uma mansão em estilo colonial que mostra sinais de decadência.

Uma das mulheres — Martine — possui uma beleza desbotada e bebe de um copo, com cara de desconsolo, enquanto olha para o nada. A outra — Edna — é mais velha e ligeiramente masculinizada. Está anoitecendo.

EDNA: Acho que Taylor não vai mais aparecer.
Martine se vira para a irmã com um olhar defensivo.
MARTINE: Sou uma mulher versada na arte de conversar com os cavalheiros que nos visitam.
Edna retorce as mãos, nervosa.
EDNA: Sim, você é muito charmosa com os visitantes, minha querida irmã, charmosa até demais. Só que os visitantes não aparecem mais e, se não mandarmos consertar esse telhado bem depressa, a tralha toda vai despencar sobre nossas cabeças com a força da ira do Senhor.
Martine toma mais um gole do seu drinque.
MARTINE: Oh, Senhor, o mesmo que nos mandou todo esse calor. Eu poderia me esticar aqui no chão agora mesmo e dormir até o Dia do Juízo Final.
Edna lança um olhar severo para a irmã.
MARTINE: Ora, mas tenha santa paciência! Não me olhe desse jeito!
EDNA: Você anda entornando o uísque do nosso pobre pai dia e noite. Minha irmã está virando uma bêbada!
MARTINE: Não estou bêbada. (*Passa um delicado lenço branco sobre a testa.*) Estou cansada, isso sim! Cansada, muito cansada.

Li as falas de Martine e acho que fui muito bem. Especialmente a frase final, a do "muito cansada".

— Ótimo! — Merrill pareceu surpreso. — Muito bom mesmo!
— Excelente! — disseram os barbudos, em uníssono.

— Como poderemos entrar em contato com você?

Entreguei a Merrill um dos meus cartões da Candy Grrrl.

— Que cartão fantástico! Muito bem, vamos andando. Tem um bando de esquisitos que fazem uma sessão espírita todo domingo aqui nesta sala; devem estar chegando a qualquer momento. Se você quiser, pode ficar aqui para dar uma olhadinha.

Meu rosto ficou vermelho, mas eu não disse nada.

Como na semana anterior, Nicholas foi o primeiro a chegar. Hoje a camiseta dele dizia: "É Melhor Morrer do que Perder a Honra."

— Você voltou! Isso é formidável!

Fiquei tão comovida que não tive coragem de dizer a ele que no instante em que eu conseguisse o número que Mitch ficara de me trazer eu iria cair fora dali.

— Mitch vem toda semana? — perguntei.

— A maioria das vezes. Quase todos nós costumamos vir todas as semanas.

Como eu estava sozinha com ele, simplesmente tive de satisfazer a minha curiosidade:

— Nicholas, me conte uma coisa... Por que Mackenzie vem aqui? Com quem ela está tentando entrar em contato?

— Ela está à procura de um testamento perdido que vai trazer, tipo assim, uma *gigantesca* fortuna para seu lado da família. O tempo está se esgotando e lhe sobrou pouca grana. Ela está quase quebrada, não deve ter mais do que míseros dez milhões de dólares.

— Não acredito.

— Em qual parte?

— Tudo, eu acho.

— Pois acredite. Tente acreditar. É divertido. — Ele sorriu. — Olhe só para mim, eu acredito nas coisas mais malucas e me divirto de montão.

— Você acredita em quê, por exemplo?

— Ah... Um monte de coisas. Em tudo, basicamente. Acro-pressura, aromaterapia, abduções por alienígenas, e olha que esta-

mos só na letra A. Teorias da conspiração, verdades encobertas pelo governo, o poder da meditação... Acredito que Elvis está vivo e trabalhando em um Taco Bell em North Dakota. Cite alguma maluquice e eu acredito. Tente.
— Humm... Reencarnação?
— Acredito!
— John Kennedy foi morto pela CIA?
— Acredito!
— As pirâmides foram construídas por seres de outro planeta.
— Acredito!
Cheio de empolgação, ele olhava para mim, quase explodindo de vontade de dizer "Acredito!" mais uma vez quando apareceu Leisl, vindo pelo corredor.
Seu rosto se iluminou mais que a Times Square quando ela me viu.
— Anna! Estou tão feliz por você ter voltado. — Ela me abraçou com força, mergulhando meu rosto em seu permanente tosco. — Estou torcendo para você conseguir uma mensagem melhor essa semana.
Steffi, a garota desmazelada, chegou logo depois, sorriu meio sem graça e disse que estava contente por me ver ali. Carmela, uma das senhoras mais velhas com calça de elástico, fez o mesmo, bem como a fulgurante Mackenzie. Até Fred Zumbi exibiu um semblante mais alegrinho ao me ver ali, de volta.
Senti uma onda de calor e gratidão por eles... Mas onde estava Mitch?
Do fundo do corredor as pessoas continuavam a chegar; Juan Brilhantina; a velha Barb, muito estilosa, ao seu jeito; outras barrigas presas pelas calças de elástico. Todo mundo estava ali, exceto Mitch.
A sala foi preparada, as velas já bruxuleavam, estávamos nos sentando nas cadeiras colocadas em círculo e nenhum sinal dele. Já estava pensando em pedir a Nicholas o telefone de Mitch quando a porta se abriu.
Era ele.
— Bem na hora — disse Leisl.

— Eu sei, desculpe. — Ele deu uma espiada rápida nas pessoas da sala até que seu olhar pousou em mim. — Anna! Me desculpe por não ter ligado. Perdi seu cartão. Ando confuso, no mundo da lua — explicou. — Mas trouxe o número que você me pediu.

Ele me entregou um pedaço de papel branco, que eu desdobrei. Fiquei com os olhos grudados nos números escritos nele. Dez dígitos preciosos que me levariam a Aidan. Que bom, já podia cair fora dali.

Mas fiquei exatamente onde estava. Todos tinham sido tão simpáticos e generosos comigo que seria uma grosseria eu simplesmente levantar e ir embora. O pior é que de repente, ao me ver sentada ali, com a dolente música do violoncelo criando um clima, comecei a ter esperança de que algo bom pudesse acontecer.

Já pensou, Aidan, se você resolve "baixar por aqui" logo hoje e descobre que eu não estou e fui à pedicure?

CAPÍTULO 20

A primeira mensagem foi para Mitch.

— Trish está entre nós — anunciou Leisl, com os olhos fechados. — Ela parece um anjo, hoje. Tão linda... Gostaria que você pudesse vê-la, Mitch. Ela está me pedindo para lhe dizer que as coisas vão melhorar. Diz que estará sempre ao seu lado, mas você precisa tocar sua vida em frente.

Mitch manteve-se impassível.

— Tocar em frente como? — perguntou.

— A coisa só vai rolar se você estiver com o coração e a mente abertos.

— Então tá, só que eu não estou aberto — garantiu Mitch. — Trish! — continuou ele, e foi chocante vê-lo se dirigir a ela diretamente: — Não vou tocar minha vida em frente porque não quero deixar você para trás.

Um silêncio pesado caiu e todos se remexeram nas cadeiras, ligeiramente desconfortáveis. Depois de alguns segundos, Leisl perguntou:

— Barb, quem é Phoebe?

— Phoebe?! — exclamou Barb, com sua voz grave. — Ora, mas quem poderia imaginar? Ela foi uma das minhas amantes. Nós dividíamos um homem, um pintor famoso cujo nome a modéstia me impede de divulgar. Ela era casada com ele e eu trepava com ele. Depois nós dispensamos o bundão e viramos amantes uma da outra. Nossa, isso já faz um tempão, rê-rê-rê. E aí, Phoebe, querida... Qual é a boa?

— Você não vai gostar de ouvir.

— Como é que você sabe?

— Muito bem — Leisl suspirou. — Sinto muito, Barb, mas Phoebe quer lhe contar que — estou só repetindo o que ela me mandou lhe dizer: "Ele nunca amou você de verdade, tudo foi apenas sexo."

— Apenas sexo? Como assim "apenas sexo"? Sexo era só o que eu queria dele, mesmo.

— Vamos em frente — Leisl disse, bem depressa.

Isso é maluquice, pensei. Um barraco além-túmulo. Eu não deveria estar aqui. Sou normal e sã, e esse povo é todo doido de pedra.

Nesse instante, Leisl comunicou:

— Está chegando um homem.

Meu estômago quase pulou pela boca, mas voltou ao seu lugar quando Leisl anunciou:

— Ele se chama Frazer. Esse nome significa algo para alguém daqui?

— Eu! — gritou Mackenzie, ao mesmo tempo que Leisl disse:

— Mackenzie, é para você. Ele diz que é seu tio.

— Tio-avô. Que legal! E aí...? Onde está o testamento desaparecido, tio Frazer?

Leisl ouviu por um momento e então informou:

— Ele mandou eu lhe dizer que não existe testamento nenhum.

— Mas *tem que haver* um testamento!

Leisl balançou a cabeça.

— Ele tem certeza absoluta.

— Mas se não existe testamento nenhum, como é que eu vou fazer para ganhar dinheiro?

— Ele está mandando você procurar um emprego... — Mais uma pausa para Leisl ouvir a voz dentro da cabeça — ... ou então se casar com um cara rico. Isso é ultrajante! — acrescentou Leisl.

O rosto bronzeado de Mackenzie ficou vermelho de raiva.

— Diga a ele que para mim ele não passa de um babaca bêbado que não sabe de nada. Chame tia Morag! Ela deve saber.

Leisl continuou sentada, com os olhos fechados.

— Chame tia Morag! — ordenou Mackenzie, como se Leisl fosse sua assistente pessoal.

Senti pena de Leisl. Imaginem só, ter que repassar mensagens que as pessoas não queriam ouvir e ainda levar a culpa, apesar de todos saberem que, supostamente, as mensagens vinham de outras pessoas.

— Ele se foi — disse Leisl. — E mais ninguém está vindo.
— Isso é papo furado! — exclamou Mackenzie. Ela chiou e bufou por algum tempo; reclamou que àquela hora deveria era estar nos Hamptons — eu sabia! —, mas frequentava aquele grupo só para tentar ajudar a família e...
— Shhh! — fez Juan Brilhantina. — Demonstre um pouco mais de respeito.
Mackenzie colocou a mão na boca.
— Nossa, desculpem. — Sua voz baixou até se tornar um sussurro. — Desculpe, gente. Sinto muito, Leisl.
Leisl continuava sentada, muito ereta. Não abria os olhos havia algum tempo.
— Anna — disse ela, por fim. — Alguém quer falar com você.
Na mesma hora minha testa ficou banhada de suor.
— É um homem — informou Leisl.
Fechei os olhos e cerrei os punhos.
Por favor, Senhor. Oh, por favor, meu Deus...
— Não é o seu marido. É o seu avô.
De novo aquela história de avó, e agora, avô!
— Ele está dizendo que seu nome é Mick...
Uma ova! Eu não tinha nenhum avô chamado Mick. Mas espere um instantinho, pensei... E o nome do pai da mamãe, o pobre coitado que era marido da vovó Maguire? Qual era mesmo o nome dele? Eu não me lembrava muito bem porque...
— ... você nunca o conheceu. Seu avô morreu logo depois de você nascer, pelo que ele está me dizendo.
Os cabelinhos dos meus braços se arrepiaram todos e um calafrio me desceu pela espinha.
— Isso mesmo! — exclamei. — Meu Deus! Ele se encontrou com Aidan? Lá em cima? Onde eles dois estão?
As sobrancelhas de Leisl quase se encontraram no meio da testa e ela apertou as têmporas com os dedos.
— Desculpe, Anna, mais alguém está vindo, uma mulher. Eu o estou perdendo.
Fiquei com vontade de pular do meu lugar, agarrar a cabeça dela e gritar: "Traga-o de volta, pelo amor de Deus! Tente descobrir alguma coisa sobre Aidan. Por favor!"

— Desculpe, Anna, ele se foi mesmo. A mulher com a bengala voltou. É a mesma mulher enfezada da semana passada, que lhe falou sobre o cachorro.

Vovó Maguire? Eu não estava nem um pouco a fim de conversar com aquela megera. Provavelmente foi ela que apavorou o vovô Mick e o afastou dali. As palavras saíram da minha boca antes mesmo de eu perceber que ia pronunciá-las:

— Mande essa velha ir à merda!

Leisl se encolheu e tornou a se encolher um segundo depois.

— Ela tem uma mensagem para você.

— Que mensagem?

— Ela disse: "Vá à merda você!"

Fiquei muda.

— Caramba! — Leisl pareceu abalada.

O astral na sala ficou muito desconfortável.

— Desculpem — disse Leisl. — Hoje a sessão está muito estranha. Este aqui geralmente é um lugar de amor e paz. Sinto muita energia negativa hoje, muita raiva. Vocês querem parar?

Decidimos continuar e o resto das mensagens — uma do pai de Nicholas, outra da mãe de Steffi e uma terceira do marido de Fran — foram todas inofensivas.

Então o tempo acabou, os rapazes que ensaiavam o musical *Oklahoma* precisavam da sala e, ao sair, no corredor, eu colei em Mitch.

— Muitíssimo obrigada por isso. — Mostrei o pedaço de papel.

— Você se importa se eu... Ahn... Posso lhe perguntar como foi o seu encontro com Neris? Isto é, o que convenceu você de que ela falava a verdade?

— Ela mencionou alguns detalhes pessoais entre mim e a minha mulher que mais ninguém poderia saber. Trish e eu usávamos apelidos especiais para chamar um ao outro. — Ele sorriu, meio sem graça. — Neris mencionou os nomes.

Isso me pareceu convincente.

— Trish lhe contou onde estava? — Essa era a minha obsessão: onde estava Aidan?

— Eu lhe perguntei, mas ela disse que não conseguiria descrever o lugar de uma forma que eu compreendesse. Explicou que não era bem uma questão de onde ela estava, e sim *no que* ela se transformara. Ela também me avisou que estaria sempre comigo. Perguntei-lhe se ela estava com medo e ela me respondeu que não. Disse que ficava triste por mim, mas sentia-se muito feliz onde estava. Disse também que sabia o quanto era difícil, mas eu precisava parar de pensar nela como uma vida interrompida, pois era um caso de vida completada.

— O que aconteceu... Com Trish?

— Você quer saber como ela morreu? Um aneurisma. Uma sexta-feira, à noite, ela voltou do trabalho, como sempre. Ela era professora de inglês. Por volta das sete horas, ela comentou que se sentia meio zonza e com náuseas, às oito, já estava em coma, e, à uma e trinta da manhã, já no CTI, faleceu. — Mitch ficou em silêncio por alguns instantes. Do mesmo modo que Aidan, Trish morrera jovem e de forma súbita. Não era de estranhar a ligação quase palpável que eu sentia com Mitch.

— Não houve nada que se pudesse fazer — continuou Mitch. — Nada teria aparecido em nenhum exame preventivo que ela fizesse. Eu ainda não acredito. — Ele pareceu estupefato. — Tudo aconteceu tão depressa. Foi rápido demais para acreditar, entende?

Eu entendia.

— Há quanto tempo aconteceu?

— Tem quase dez meses, vai completar na terça-feira. É isso aí... — Ele colocou a mochila nos ombros. — Vou para a academia malhar um pouco.

Ele tinha cara de quem malhava sempre. Era musculoso nos ombros e no tórax, como se levantasse muito peso. Talvez esse fosse o seu jeito de lidar com a dor.

— Desejo boa sorte em sua busca por Neris — disse ele. — Vejo você na semana que vem.

CAPÍTULO 21

Liguei para Neris Hemming assim que cheguei em casa, mas uma mensagem gravada me informou que o atendimento era de segunda a sexta, de nove às seis. Bati com o fone no gancho, furiosa, e, em um daqueles ataques de raiva corrosiva, gritei:

— Droga, Aidan!

Fui tomada por uma torrente de lágrimas, tremi convulsivamente de frustração, impotência, e senti uma carência avassaladora.

Alguns minutos depois eu enxuguei meu rosto e disse:

— Desculpe. — Humildemente.

Repeti o "Desculpe" para todas as fotos de Aidan que havia no apartamento. Não era culpa dele que não houvesse ninguém para atender o telefone na sala de Neris Hemming em pleno domingo. E como era feriadão, provavelmente também não haveria ninguém na segunda.

Decidi ligar do trabalho na terça. Estava tão neurótica com a possibilidade de perder o número do telefone que o escrevi em vários lugares improváveis, só por garantia, caso alguém invadisse meu apartamento e resolvesse levar todos os números de Neris Hemming. Anotei na minha agenda, escrevi em uma nota fiscal e a escondi no fundo da minha gaveta de calcinhas; escrevi o número na parte de dentro da capa de *Viagem sem volta* (sem volta? Isso é o que veremos, dona Dorothea); entalhei os algarismos cuidadosamente na tampa de um sorvete Ben & Jerry (não consegui escrever com a caneta na etiqueta impermeável do pote gelado) e a recoloquei no freezer.

E agora?

Comecei a me preparar psicologicamente, antes de telefonar para os pais de Aidan; Dianne tinha ligado enquanto eu estava na rua. Eu não tinha ideia de como isso começara a acontecer, pois era a última coisa que eu queria, mas o fato é que, por algum motivo, tínhamos criado uma rotina segundo a qual ela me ligava todo fim de semana. Liguei para o número deles, fechei os olhos bem apertados e supliquei com todas as forças sem parar, mentalmente:

Tomara que não tenha ninguém em casa, tomara que não tenha ninguém em casa, por favor, mas — droga — Dianne atendeu, soltando um suspiro e dizendo logo de cara:

— Olá, Anna.

— Como vai, Dianne?

— Péssima, Anna, muito pra baixo. Estava ainda agora pensando no Dia de Ação de Graças deste ano.

— Mas ainda estamos em julho.

— Eu sei, mas não quero festejar nada este ano. Estava matutando um jeito de cair fora daqui, sair de férias sozinha e ir para um lugar onde ninguém comemore o Dia de Ação de Graças. É uma data familiar demais e eu não vou aguentar.

Ela começou a soluçar baixinho:

— Perder um filho é a dor mais insuportável que existe. Talvez você encontre outra pessoa, Anna, mas eu nunca mais vou poder ter meu filho de volta.

Isso acontecia todas as vezes em que nos falávamos. Ela entrava nessa de disputar a dor: quem tinha o direito de se sentir mais devastada, a mãe ou a esposa?

— Nunca mais vou querer ninguém — eu garanti.

— Mas aí é que está, Anna, é isso que estou dizendo. Você *poderia*, se quisesse.

— Como vai o sr. Maddox? — Eu nunca pensava nele como uma pessoa que tivesse um primeiro nome.

— Enfrentando a dor do jeito dele: atolado no trabalho. Seria mais fácil eu conseguir apoio emocional de uma criança de três anos do que dele. — Ela riu, de um jeito assustador. — Quer saber de uma coisa? Eu já estou de saco cheio dele.

Pronto! Eu sabia o que viria em seguida. Era uma história antiga, muito antiga. Dianne participara, certa vez, de um retiro só para mulheres, onde todas elas ficavam correndo de um lado para outro completamente nuas, com o corpo pintado em tons de azul, idolatrando a deusa de todas as deusas e orgulhosas de seus peitos caídos batendo no umbigo. Quando não estavam dançando em uma clareira à luz da lua cheia, se entretinham ridicularizando todos os homens do planeta. Quando ela voltou para Boston, parou de pintar os cabelos grisalhos, nunca mais preparou o jantar para o sr. Maddox, quase comprou uma Harley-Davidson e entrou para um grupo chamado *Sapatonas de Moto* só para desfilar na Parada do Orgulho Gay.

— Preciso desligar, Dianne. Cuide-se, sim? Vamos falar sobre as cinzas qualquer hora dessas. — Ainda não havíamos decidido o que fazer com elas.

— Tá bom... — concordou ela, com a voz cansada. — Como você quiser.

Pronto! Estava livre dela por mais uma semana. Que alívio! Sentindo-me livre, leve e solta liguei para mamãe; precisava confirmar se eu tinha um avô chamado Mick. E se eu realmente tivesse...? Será que isso era a prova de que Leisl era uma médium de verdade? Constatei que ela trouxera mensagens para os outros — mas ela conhecia suas histórias e sabia exatamente o que eles queriam ouvir.

Quanto a mim, ela sabia muito pouco a meu respeito. Se bem que não era tão difícil achar um homem chamado Mick em uma família irlandesa. Será que tinha sido chute? Mas aquele lance de ele não ter me conhecido era mais difícil de explicar... Será que também era chute?

Mamãe atendeu o telefone meio ofegante:

— Alô.

— Sou eu, mãe... Anna.

— Anna, minha filhinha! O que aconteceu?

— Nada. Estou ligando só pra bater papo.

— Papo?

— Isso mesmo. Por quê? Qual é o problema?

— É que todo mundo sabe que nós assistimos *Midsomer Murders* todos os domingos a essa hora e *ninguém* telefona.

— Desculpe, não me toquei. Deixe pra lá, mais tarde eu ligo de volta.

Tem Alguém Aí? 331

— Não, nada disso, fique quietinha aí e fale comigo. Nós já vimos o episódio que está passando hoje.

— Ahn... Então tá. A senhora sabe quem era o marido da vovó Maguire?

Uma pausa.

— Você quer dizer o meu pai?

— Sim! Desculpe, mãe, é esse mesmo. Qual era o nome dele? Michael? Mick?

Outra pausa.

— Por que você quer saber? O que anda aprontando?

— Nada. Mick? Sim ou não?

— Sim — respondeu ela, um pouco relutante.

Senti um formigamento no alto da cabeça. Caraca! Leisl talvez não estivesse blefando.

— Eu nunca o conheci? Ele morreu quando eu nasci?

— Você estava com dois meses.

O formigamento se espalhou para o resto do corpo. Certamente isso era mais do que um chute de Leisl. Mas se ela realmente conversava com os mortos, por que será que Aidan não tinha aparecido...?

— O que aconteceu? — perguntou mamãe, suspeitando de algo.

— Nada.

— O-que-foi-que-aconteceu?

— NA-da!

CAPÍTULO 22

Por meio de uma série de mentiras perspicazes — disse a Rachel que ia visitar Teenie, disse a Teenie que ia passar o dia com Jacqui e disse a Jacqui que ia dar uma passadinha na casa de Rachel — eu consegui escapar de assistir aos fogos de artifício do Quatro de Julho, Dia da Independência, me livrei de vários churrascos no terraço e passei uma tarde agradabilíssima, sentada bem diante do meu ar-condicionado e assistindo a reprises de *Os Gatões*, *Contratempos* e *MASH*.

Eu gostava muito — adorava — de ficar no nosso apartamento. Era quando eu me sentia mais próxima de Aidan. Só Deus sabe que nós comemos o pão que o diabo amassou para conseguir aquele cantinho. Sei que é lugar-comum falar do quanto é difícil conseguir um apartamento decente em Manhattan, mas isso é um lugar-comum simplesmente porque é verdade. "Apartamento grande, claro e bem ventilado" era o santo graal, mas a pessoa pagava os olhos da cara para cada taco dos pisos e cada vidraça das janelas. "Minúsculo, sombrio e a muitos quilômetros da estação do metrô" era o que a maioria das pessoas acabava encontrando.

Depois de ficarmos noivos, Aidan e eu começamos a procurar um lugarzinho para morar, mas isso era impossível de achar. Um dia, depois de procurarmos durante semanas, passávamos em frente a uma imobiliária quando vimos a foto de um "loft claro e arejado". Ficava em uma região da qual gostávamos e — o que era mais importante — o aluguel estava dentro do nosso orçamento.

Convencendo a nós mesmos de que aquilo só poderia ser coisa do destino, marcamos uma visita para o dia seguinte. *Problema resolvido!*, foi o que pensamos. Finalmente teríamos um lar! Tínhamos tanta certeza disso que fomos ver o lugar com dois meses de aluguel adiantado no bolso, para garantir. Estávamos nos achando "os espertalhões do pedaço".

— Vamos virar um casal normal — disse Aidan no momento em que entramos no metrô. — Vamos ter um lindo apartamento, onde nossos amigos aparecerão de vez em quando para jantar, e iremos garimpar antiguidades nos fins de semana. (Eu tinha só uma vaga ideia do que significava "garimpar antiguidades", mas era o que todo mundo costumava fazer.)

Só que, ao chegar ao apartamento, percebemos que *nove* outros casais também tinham marcado uma visita ao imóvel. O lugar era tão pequeno que mal havia espaço para todos, e nós vinte nos apertávamos e nos acotovelávamos com ar ressentido, formando filas para dar uma olhadinha nos closets e examinar o boxe, enquanto o corretor nos observava com um sorriso divertido. Depois de algum tempo, ele bateu palmas para chamar nossa atenção.

— Todo mundo já deu uma boa olhada?

O "sim" foi uníssono.

— E todos gostaram, certo?

Mais um brado de concordância.

— Muito bem, vamos fazer o seguinte. Vocês todos são fantásticos. Estou indo para meu escritório neste exato momento, e o primeiro casal que chegar lá com três meses adiantados, em dinheiro vivo, fica com o apartamento.

Todo mundo ficou paralisado. Certamente o corretor não estava insinuando que... Mas era exatamente isso: o casal que vencesse todos os outros na corrida de quarenta e sete quarteirões rumo ao centro no tempo mais curto conseguiria as chaves.

Era como um reality show em miniatura, e três ou quatro caras já estavam entalados na porta, tentando sair.

Aidan e eu ficamos abestalhados, olhando um para o outro, horrorizados: aquilo era revoltante! Em meio segundo eu percebi o que iria acontecer em seguida: Aidan ia se lançar às feras. Sabia que ele não queria passar por isso, mas vi que estava disposto a fazê-lo, por mim. Antes de ele se atirar como um raio na direção da porta, coloquei a mão em seu peito para impedi-lo. Mal movendo os lábios e olhando para o vale-tudo com o canto dos olhos, balbuciei:

— Prefiro ir morar no Bronx.

Um brilho de compreensão passou pelos seus olhos. No mesmo tom de voz quase sussurrado, ele replicou:

— Entendido, tenente.

A sala já estava vazia. As únicas pessoas que sobraram foram o corretor e nós. Os outros já estavam chamando táxis, no auge do desespero, descendo os degraus do metrô de dois em dois, dispostos a pular as roletas, ou correndo — literalmente *correndo* — a distância dos quarenta e sete quarteirões.

— Saia bem devagar — eu disse a Aidan.

— Entendido! Câmbio e desligo!

O corretor reparou no nosso calmo perambular pela sala. Com muita astúcia, ergueu os olhos do que fazia atrás da pasta. Provavelmente estava rindo da cara de todo mundo, decidimos depois.

— Qual é, pessoal, é melhor correr! Vocês não querem ficar com o apartamento?

Aidan o olhou com ar triste, como se sentisse pena dele e da situação patética, e afirmou:

— Não queremos tanto assim, meu chapa.

Ao sair do prédio, comecei a me arrepender de termos mantido nossos princípios, pois só então percebi que não havíamos conseguido o apartamento. (Na minha cabeça nós já tínhamos até mudado para lá, estávamos morando confortavelmente e tínhamos acabado de comprar uma plantinha para enfeitar a sala.)

Aidan apertou minha mão.

— Baby, sei que você está engasgada com essa história, mas pode deixar que nós daremos um jeito. Vamos conseguir um lugar legal para morar.

— Eu sei.

Senti uma espécie de conforto ao perceber o quanto Aidan e eu éramos parecidos e compartilhávamos os mesmos valores.

— Nenhum de nós tem instinto assassino — afirmei.

Foi como se eu o tivesse golpeado. Ele se encolheu e disse apenas:

— Desculpe, baby.

— Não, não esquente com isso, porque eu odeio essa história de instinto assassino. Detesto ter que correr atrás e nunca aceitar o segundo lugar. As pessoas que agem assim são muito estranhas, muito tensas, não conseguem relaxar.

— Sabe que você tem razão? Já reparou que elas comem depressa demais?

— E se casam só quando conseguem "encaixar um horário na agenda", entre duas partidas de squash.

— Todas têm o mesmo tique nervoso: trocar cartões umas com as outras a cada quatro minutos.

— E se divorciam por e-mail.

— Não, isso é antigo. Elas trocam torpedos.

— Não queremos ser desse jeito, certo?

Mas continuávamos precisando de um lugar para morar.

— Temos que nos concentrar com mais vontade — eu disse.

— Não, temos é que ser mais espertos. Já bolei um plano.

Ele explicou:

— Na próxima vez que aquela imobiliária tiver um apartamento que nós pudermos pagar, iremos preparados, com três meses adiantados e um táxi parado na porta. Vamos deixar que todo mundo guarde bem as nossas caras, especialmente a minha. Quando chegar a hora do corretor reunir o pessoal para falar da "gincana", eu finjo que vou atender o celular, saio de fininho, corro para a rua, pego o táxi e vou para a imobiliária. Vamos torcer para ele não reparar que eu não estou no meio da galera.

— Quando ele chegar ao escritório você já vai estar lá, mas talvez eu ainda não tenha chegado — argumentei. — Não é preciso que os dois estejam na imobiliária pessoalmente para assinar o contrato? Não é contra as regras só um de nós estar lá?

— Ah, mas essas regras foram eles que inventaram, e não podemos ser presos por desrespeitá-las. Mas tudo bem, tudo bem, deixe eu pensar... Humm... Certo, já sei!... — Ele estalou os dedos. — Quando eu chegar à imobiliária, explico que você não foi comigo porque é enfermeira e parou no caminho para acudir um sujeito que estava tendo um infarto na porta da Macy's. Isso mesmo... — Ele balançou a cabeça, pensativo. — Essa vai ser a minha desculpa. Vamos fazê-los sentir tanta culpa que eles vão alugar o apartamento para nós.

— Espero que você não esteja desenvolvendo nenhum instinto assassino — disse eu, alarmada.

— É só dessa vez. Vamos ver se funciona.

O mais estranho é que funcionou.

Embora não exatamente do jeito que havíamos planejado. O corretor disse a Aidan:

— Eu sei que você roubou no jogo e sei que está mentindo, mas gosto de gente que tem peito. Vocês podem ficar com o apartamento.

— Eu me senti ofendido — comentou Aidan mais tarde, um pouco contrariado. — Sujo mesmo, entende? "Gosto de gente que tem peito..." Como é que eu pude me rebaixar a tanto?

— Sim, sim, foi terrível — concordei. — Mas conseguimos o apartamento e já temos onde morar! Supere esse trauma.

CAPÍTULO 23

— Aqui é da sala de Neris Hemming.

— Oh, meu Deus! Não acredito que finalmente consegui! — Eu me senti tão estupefata e empolgada ao mesmo tempo que não consegui parar de falar: — Estou no meu trabalho, tentando ligar faz *horas*, mas só caía na mensagem gravada. Então, *no instante* em que bateu nove horas começou a dar ocupado, e continuou a dar ocupado por, sei lá, *séculos*; eu fiquei apertando o botão de rediscagem automática de forma tão robotizada que, quando você atendeu de verdade, eu quase desliguei sem querer e...

— Pode me informar o seu nome, querida?

— Anna Walsh.

Eu sabia que era maluquice, mas tinha fantasiado uma cena em que, quando ela ouvisse o meu nome, diria "Ah, sim, Anna Walsh", e começaria a procurar em alguns papéis espalhados sobre a mesa, contendo mensagens dos mortos, para dizer, por fim: "Sim, temos uma mensagem aqui de um sujeito chamado Aidan Maddox. Ele pediu que nós lhe disséssemos que ele sente muito por ter morrido sem avisar, daquele jeito inesperado, mas está pairando sobre você o tempo todo e mal pode esperar pelo momento de vocês conversarem."

"A-n-n-a W-a-l-s-h." — Ouvi os cliques das teclas enquanto ela digitava meu nome no computador.

— Você não é a sra. Neris, é?

— Não, sou a assistente dela, e não sou nem um pouco mediúnica. Seu telefone e e-mail, por favor.

Informei os dados que ela pediu, ela os leu de volta para confirmação e então disse:

— Muito bem, entraremos em contato com você em breve. — Mas eu não queria que a ligação terminasse assim, desse jeito; precisava de algo *concreto*.

— Sabe o que é?... Meu marido morreu. — As lágrimas começaram a escorrer pelo meu rosto e eu abaixei a cabeça para Lauryn não ver.

— Claro, querida, eu sei.

— Você acha mesmo que Neris vai conseguir me colocar em contato com ele?

— É como eu disse, querida, entraremos em contato.

— Sim, mas...

— Foi ótimo conversar com você.

Ela desligou. De repente Franklin chegou do nada, batendo palmas e juntando suas meninas para a Reunião de Segunda de Manhã, que nessa semana ia acontecer na terça.

Eu continuava conseguindo excelentes citações dos nossos produtos nos jornais e revistas. Foi por isso que fiquei ligeiramente chocada quando Ariella disse, da cabeceira:

— Quais são as suas novidades, Anna?

Merda. E eu, que pensava estar voando abaixo do radar dela, me julgando eficiente, não devia estar tão eficiente assim, pois tinha atraído a atenção de Ariella.

A sorte é que todas aquelas horas que eu andava trabalhando até depois do expediente valeram a pena e eu consegui apresentar numa resposta decente:

— O maior projeto no qual estou trabalhando no momento é levar a Candy Grrrl ao Super Sábado nos Hamptons.

O Super Sábado era um evento badaladíssimo, de alto nível, frequentado por celebridades e que consistia, a princípio, numa festa para arrecadar fundos. O costume de distribuir amostras grátis nesse evento começou com designers famosos, como Donna Karan, e o Super Sábado acabou se tornando, ao longo dos últimos dez anos, *um* dos acontecimentos mais importantes no calendário dos Hamptons. O público tinha de pagar para entrar (tudo bem, porque o povo que ia passar o fim de semana nos Hamptons era gente

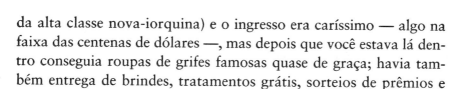

da alta classe nova-iorquina) e o ingresso era caríssimo — algo na faixa das centenas de dólares —, mas depois que você estava lá dentro conseguia roupas de grifes famosas quase de graça; havia também entrega de brindes, tratamentos grátis, sorteios de prêmios e uma sensacional distribuição de sacolas cheias de produtos na saída.

— Contratei um estande com o dobro do tamanho do nosso estande do ano passado, vamos distribuir sacolinhas com produtos da linha praia da Candy Grrrl e já convenci Candace a comparecer ao evento e fazer aplicações dos produtos nas clientes, como demonstração. Conseguir sua presença ao vivo foi uma grande sacada.

Pega de surpresa, Ariella não conseguiu achar nada para criticar nisso, então se virou para Wendell.

— Você também vai participar do Super Sábado, não vai? Conseguiu algum maquiador famoso para ir ao evento?

— O dr. De Groot vai participar — afirmou Wendell.

O dr. De Groot era o pesquisador da Visage responsável pelos cuidados com a pele. Era o homem mais esquisito que eu conheci em toda a minha vida — chegava a ser assustador —, e pode-se dizer que era tão dedicado que levava trabalho para casa. Ouvi dizer que ele realizava peelings químicos e aplicava injeções de restilane em si mesmo. Talvez ele fizesse até mesmo alguma plasticazinha básica diante do espelho do banheiro. Seu rosto era todo luzidio, esticado, meio torto e com a musculatura imóvel. Sei que ele seria o profissional ideal para me dar dicas sobre o que fazer com minha cara mutilada, mas tinha medo dele e algo me dizia que quem o conhecia nunca mais usava Visage em toda a vida.

— O fantasma da ópera vai ao evento? — Ariella perguntou a Wendell. — Pois tente convencê-lo a colocar um saco de compras na cabeça para não assustar ninguém.

— Tentarei — Wendell concordou com a cabeça, eficiente.

Ariella pareceu triste, de repente. Não havia ninguém com quem gritar naquela semana; todas nós havíamos sido muito eficientes. — Vão embora! — ordenou ela, enxotando todo mundo. — Caiam fora, vazem, estou muito ocupada!

Ao chegar à minha mesa, vi que havia uma mensagem de voz à minha espera.

— Oi! Aqui é Merrill Dando, da Merrill Dando Produções! No domingo você participou do nosso teste para a peça *O Sol Nunca se Levanta* e gostamos muito da sua Martine.

Ele ia me oferecer o papel?

— Infelizmente, não gostamos o suficiente para lhe dar o papel logo de cara. Achamos que você não demonstrou muita garra ao transmitir o desespero da personagem.

Meu queixo caiu de espanto. Que cara de pau a dele! Se alguém entendia de desespero, esse era eu. É claro que isso não tinha nada a ver com a qualidade do meu desespero; fui dispensada da peça por causa da cicatriz horrenda no rosto.

— Escolhemos outra atriz, mas se ela não funcionar nós voltaremos a entrar em contato com você.

Eu nem queria o papel, para início de conversa, mas a crítica ao meu desespero e a rejeição ao meu rosto arruinaram meu dia. Ao voltar para casa, porém, vi um e-mail à minha espera e, de repente, o sol saiu detrás das nuvens.

PARA: ajudante_do_magico@yahoo.com
DE: medium_producoes@yahoo.com
ASSUNTO: Neris Hemming

Recebemos a sua requisição para uma sessão individual com Neris Hemming. Devido à agenda lotada, a sra. Hemming está com todos os horários preenchidos durante vários meses. Assim que abrir uma desistência, nós entraremos em contato com V. Sa., a fim de encaixarmos uma consulta de meia-hora. O preço atual é 2.500 dólares. Aceitamos todos os cartões de crédito.

Droga, a consulta tinha aumentado muito desde que Mitch conversara com ela. Não que isso fosse um empecilho. Eu estava empolgadíssima por eles terem me dado retorno. Se eu pudesse falar com ela *agora...*

Tem Alguém Aí? 341

PARA: medium_producoes@yahoo.com
DE: ajudante_do_magico@yahoo.com
ASSUNTO: Vários meses?

Quantos meses são vários meses?

Puxa, "vários meses" é muito vago. Eu preciso começar a me planejar, preciso começar a contagem regressiva para o momento em que estarei conversando com você.

PARA: ajudante_do_magico@yahoo.com
DE: medium_ producoes@yahoo.com
ASSUNTO: Re: Vários meses?

Entre dez e doze semanas, normalmente, mas esse prazo não determina compromisso de nossa parte, é unicamente uma estimativa. Lembramos a V. Sa. que isto não é um acordo legal.

O quê? As pessoas *processavam* Neris por não conseguirem uma sessão no dia prometido? Mas eu sabia o quanto estava desesperada; conseguia compreender as pessoas que perdiam a cabeça quando estavam totalmente preparadas para falar com seu ente querido em uma data específica e a coisa furava.

Havia um anexo cheio de cláusulas escritas em legalês avançado, mas o principal é que, se você não conseguisse o que esperava de Neris, não poderia alegar judicialmente que ela era responsável por isso; e embora ela pudesse cancelar a sessão por qualquer razão que desejasse, se você perdesse a consulta telefônica na hora marcada, abriria mão de todo o dinheiro pago.

Também havia um e-mail de Helen:

Marian Keyes

PARA: ajudante_do_magico@yahoo.com
DE: lucky_star_investigadores@yahoo.ie
ASSUNTO: Nas garras do tédio

Uma mudança na rotina! Detta foi até Donnybrook dirigindo seu Beemer sem personalidade e entrou em uma loja de roupas absurdamente caras. Você conhece o tipo: butiques pequenas e exclusivas para peruas ricas. Essas lojas sempre têm nomes "exóticos", tais como Monique's e Lucrezia's, e só possuem dezesseis peças de cada modelo em estoque, sem falar nas atendentes velhas e sebosas que dizem "Estas peças exclusivas são escandalosamente caras porque acabaram de chegar da Itália. São maaaaaraaaaviiiilhosas, não acha? Ou então "Esse tom de amarelo fica radiante em você, Annette, porque ressalta a alvura dos seus dentes".

Eu não entrei na loja, só fiquei urubusservando do lado de fora, andando de um lado para outro como uma mendiga porque:

a) o lugar era tão pequeno que, se eu entrasse lá, Detta iria me filmar na hora, e

b) quando você entra em uma loja desse tipo e tenta sair sem levar pelo menos um lencinho para cabelo eles atiram em você com um rifle de longa distância.

CAPÍTULO 24

Nove de julho, sexta-feira, meu aniversário de trinta e três anos. Como depois da queda vem sempre o coice, em vez de curtir uma noite pacífica e agradável chorando até as lágrimas secarem, fui forçada a enfrentar uma "noite especial".

Rachel queria ter certeza de que o meu primeiro aniversário sem Aidan seria uma noite adorável; fez questão de escolher um restaurante adorável, presentes adoráveis e pessoas adoráveis que me amavam muito. É claro que seria um tremendo pesadelo.

Supliquei para que ela reconsiderasse a sua gentileza. Lembrei a ela o quanto eu andava frágil, achando difícil qualquer evento social, e lhe assegurei que uma ocasião em que eu seria o centro das atenções seria algo quase insuportável, mas ela se mostrou irredutível.

Cheguei tarde do trabalho. Faltavam dez minutos para Jacqui chegar para me apanhar e eu não estava pronta, nem remotamente perto disso. Não tinha a menor ideia de por onde começar. Pelo dentes, decidi. Ia escovar os dentes com todo o capricho. Só que, quando peguei a escova de dentes, senti uma dor terrível, como uma descarga de eletricidade que ziguezagueou dentro de mim, atingiu meu braço, se espalhou pelas minhas costelas, desceu pela coluna e seguiu para as pernas. Eu ainda sentia algumas dores lancinantes em estilo artrite/reumatismo, mas nos últimos dias elas se somavam aos novos choques elétricos. O médico, mais uma vez, disse que isso era "normal"; tudo era parte do processo do luto.

A campainha tocou. Jacqui chegara mais cedo.

Ai, que merda!

Larguei a escova de dentes dentro da pia.

Jacqui me olhou de cima a baixo e exclamou:

— Legal, que bom que você já está pronta!

Na verdade, eu ainda estava com a roupa com a qual tinha ido trabalhar de manhã (saia cor-de-rosa estilo bailarina, camiseta regata rosa, meias arrastão e sapatilhas de balé bordadas com flores), mas como minhas roupas de trabalho se pareciam mais com roupa de festa do que as roupas de festa da maioria das pessoas, decidi que ia servir.

Enquanto o táxi se movia ao longo do tráfego pesado da noite de sexta-feira, eu só pensava em Aidan.

Estamos indo nos encontrar. Você vai estar lá, direto do trabalho para o restaurante. Vai estar vestindo seu terno azul-escuro, mas sem a gravata. Quando Jacqui e eu saltarmos do táxi você vai piscar para mim, só para mostrar que sabe que eu preciso ser bem educada e cumprimentar todo mundo primeiro, porque você e eu não podemos nos atacar ali, de cara, trocando beijos molhados. Só a sua piscadela já vai me dizer tudo isso, mas eu vou dizer: "Espere só até voltarmos para casa..."

— Hein?... — falei eu, meio aérea.

Jacqui tinha acabado de me perguntar alguma coisa.

— Um bom protetor solar — repetiu ela —, no mínimo fator 20. Você rouba um desses para mim?

— Claro, claro, qualquer coisa que você queira.

Tentei voltar aos pensamentos que tinham sido interrompidos.

Vamos conversar educadamente com todo mundo, mas então você vai me fazer algo simples e íntimo, algo de que só nós dois vamos saber o significado — talvez traçar um círculo com o seu polegar na palma da minha mão, ou quem sabe...

Jacqui tinha falado mais alguma coisa e uma pontada de ressentimento aflorou, por um décimo de segundo. Eu adorava tanto ficar dentro da minha mente que estava se tornando cada vez mais difícil lidar com outras pessoas. Bem na hora em que eu pensava coisas adoráveis, sempre aparecia alguém comentando algo. Isso me puxava de volta para a versão que essas pessoas tinham da realidade. A versão na qual Aidan estava morto.

— Desculpe. O que foi que você disse?
— Que nós chegamos — ela repetiu.
— Então tá — disse eu, quase surpresa.

Colada em Jacqui, como se eu fosse uma prisioneira gozando de um dia de liberdade condicional, entrei no La Vie, em Seine, onde uma multidão já estava à minha espera: Rachel, Luke, Joey, Gaz, Shake, Teenie, Leon, Dana, a irmã de Dana, Natalie, Marty, o velho companheiro de quarto de Aidan nos tempos de faculdade, Nell, mas não a sua amiga estranha, graças a Deus. Eles estavam todos em pé por ali, bebendo champanhe em taças finas e elegantes. Assim que me viram, todos fingiram que não estavam arrasados e exibiram uma carinha alegre, até que alguém disse, com alegria exagerada:

"Chegou a aniversariante!"

Alguém me entregou uma taça de champanhe, que eu tentei entornar de uma vez só, mas essas taças elegantes são tão estreitas que tive de jogar a cabeça toda para trás; a borda da taça colou como uma ventosa no meu rosto e deixou um círculo vermelho perfeito nas minhas bochechas e em volta do nariz.

Todo mundo sorria, olhando para a minha cara. As pessoas eram sempre superamistosas ou supersolícitas e ninguém conseguia se comportar de forma normal. Não me ocorreu nada, absolutamente *nada* de interessante para dizer. Aquilo ia ser pior, muito pior do que eu tinha previsto. Eu me senti como se estivesse no meio do mundo, enquanto todos em volta iam se afastando e se afastando, cada vez para mais longe.

— Vamos todos para os nossos lugares — propôs Rachel.

Quando eu cheguei à mesa, a parte de dentro das minhas bochechas já estava doendo de tanto segurar o sorriso. Peguei mais uma taça de champanhe — na verdade eu nem sei se era minha, mas não consegui me segurar — e bebi o máximo que consegui sem deixar a taça grudada na cara como uma ventosa. De novo. Até agora eu tinha me mantido longe das bebidas fortes, porque morria de medo de gostar demais da coisa. Parece que eu estava certa.

Ao enxugar algumas gotas de champanhe que insistiam em escorrer pelo meu queixo, percebi que um garçom estava em pé, ao meu lado, esperando, com toda a paciência do mundo, para me entregar o menu.

— Ahn... Puxa, desculpe. Obrigada.

Jacqui me explicou o quanto era difícil conseguir um *labradoodle*. Eles estavam tão em falta na praça que só se conseguia encontrá-los no mercado negro. Alguns tinham sido até raptados dos seus donos originais para ser revendidos. Eu tentava prestar atenção, mas Joey, sentado na diagonal de Jacqui, cantarolava 'Uptown Girl', só que trocando a letra original por tiradas brincalhonas onde encaixava o nome de Jacqui.

Ela adora badalar com os ricos e famosos, mora nas Trump Towers e "já cqui" está sempre por lá, vive se enturmando com Donald Trump e seus amigos da alta roda...

Ele estava sendo desagradável — até aí nada de novo —, mas devia estar se esforçando um pouco mais, porque, normalmente, Joey não canta nem sob tortura. De repente, caiu a ficha — *Caraca!... Joey estava a fim de Jacqui!*

Desde quando?, especulei comigo mesma.

Jacqui o ignorou solenemente, mas isso estava me dando nos nervos e eu pedi:

— Joey, dá pra parar?

— Hein?... Ahn, desculpa, cara.

No fim das contas, eu estava me dando bem: todo mundo tinha de ser gentil comigo. Como não dava para saber até quando isso ia durar, tinha de aproveitar o máximo que conseguisse.

— É a minha voz, não é? — perguntou Joey. — Eu sempre fui desafinado. Quando a gente pergunta às pessoas que poder sobrenatural elas gostariam de ter, a maioria responde que queria ser invisível. Pois eu gostaria de saber cantar.

Uma jovem muito bonita na mesa ao lado atraiu minha atenção. Era uma nova-iorquina típica — magra, bem-vestida, elegantérrima com os cabelos brilhantes muito bem cuidados. Ela sorria e conversava, animada, com um sujeito meio *nhé,* de rosto absolutamente sem expressão, mas as mãos dela, de unhas bem cuidadas, se agitavam para enfatizar o que contava. Observei como o peito dela, debaixo da blusa bem cortada, levantava e abaixava lentamente a cada vez que ela respirava. Levantava e abaixava de novo. E de novo. E de novo. Ela estava viva. Respirava. Mas um dia não respiraria mais. Um dia, algo aconteceria a ela e aquele levantar e abaixar no seu peito deixaria de existir. Ela estaria morta. Pensei em tudo o que vivia dentro dela, por baixo da pele. Seu coração pulsando, seus pulmões inflando, seu sangue correndo. Pensei no que fazia tudo aquilo funcionar e que, um dia, também fazia tudo parar...

Ao olhar em volta, saquei que todo mundo estava petrificado, olhando para mim.

— Você está bem, Anna? — perguntou Rachel.

— ... Humm...

— É que você estava olhando fixamente para aquela mulher.

Caraca, eu estava totalmente descontrolada. O que eu poderia dizer para escapar dessa?...

— Ahn... Estava me perguntando se ela colocou botox.

A mesa inteira olhou para a mulher.

— Claro que colocou!

Fiquei arrasada. Não só tinha certeza absoluta de que ela *não* colocara botox, porque seu rosto era muito expressivo e dinâmico, como percebi que ainda não estava pronta para sair com os amigos, socialmente.

Gaz me apertou o ombro, com carinho.

— Tome um drinque decente — propôs.

Decidi que era exatamente o que eu faria. Algo bem forte. Quando meu martíni chegou, Gaz me incentivou:

— Vamos lá, está tudo certo. Você está indo muito bem.

— Sabe de uma coisa, Gaz? — Tomei um gole caprichado e senti o calor se espalhar pelo meu corpo. — Acho que não. Tenho a sensação de que... Sei lá, parece que estou vendo o mundo pelo lado errado de um telescópio. Você já se sentiu assim? Não, não responda! Como você é um cara legal, vai me dizer que sim. Quer saber como é? Quase o tempo todo, não só hoje, embora agora a coisa esteja pior, é como se a minha lente para ver o mundo estivesse tão distorcida que as pessoas parecem absurdamente distantes de mim. Dá para entender essa maluquice?

Tomei mais um gole grande do martíni e continuei:

— O único momento em que me sinto mais normalzinha é no trabalho, mas é só porque não sou eu mesma de verdade que estou lá, entende? Estou apenas desempenhando um papel. Quer saber o que eu pensei de verdade ao olhar para aquela mulher linda ali? Pensei que um dia ela vai estar morta, Gaz. Ela, eu, Rachel, Luke, você... Pois é, Gaz, você também. Não estou urubuzando você não, Gaz, por favor, não pense isso, porque eu gosto muito de você. Só estou dizendo que você também vai estar morto um dia. Mortinho da silva. E pode ser que não seja daqui a quarenta e tantos anos, como você pode estar pensando, Gaz. Nada disso... Você pode cair duro assim, ó... — tentei estalar os dedos, mas não consegui. Será que já estava bêbada? — Não quero parecer mórbida, entende, dizendo que você pode cair duro a qualquer momento, mas é verdade. Puxa, veja só o que aconteceu com Aidan. Ele morreu, e era mais novo que você, Gaz, pelo menos uns dois anos. Se ele pode morrer, qualquer um aqui pode, inclusive você. Mas não estou querendo parecer mórbida, Gaz.

Tenho uma vaga lembrança do seu olhar de desespero, mas continuei naquele papo sem parar. Eu me via, como se estivesse fora do corpo, mas não conseguia me fazer parar.

— Olha, eu estou fazendo trinta e três anos, Gaz. Trinta e três, tô completando hoje... Meu marido tá morto... E eu vou tomar mais um martíni, porque se a gente não puder tomar um martíni quando o marido morre, quando é que vai poder, né verdade?

Continuei nessa linha por mais algum tempo. Eu meio que percebi Gaz e Rachel trocando olhares preocupados, mas só quando ela se levantou e disse, com a voz mais alegre do que precisava: "Anna, vou ficar um pouco junto de você, precisamos conversar. Ainda não colocamos o papo em dia", foi que percebi que era o objeto de pena de todos que estavam à mesa. As pessoas deviam estar pagando propinas umas às outras para não sentar do meu lado.

Tem Alguém Aí?

— Desculpe, Gaz. — Eu agarrei a mão dele. — Não consegui ficar calada.

— Ei, não há nada do que se desculpar. — Com o maior carinho, ele me beijou o alto da cabeça e saiu dali quase correndo. Segundos depois estava sentado no bar, entornando um copo de líquido âmbar de um gole só. O copo bateu no balcão com um barulho alto, ele disse algo urgente para o barman, o copo foi reabastecido e bebido novamente de um gole só.

Eu sabia, sem que ninguém precisasse me contar, que o líquido âmbar era Jack Daniel's.

CAPÍTULO 25

Na manhã de sábado acordei com uma tremenda ressaca. Estava trêmula, chorosa e sentia dores terríveis. As fisgadas lancinantes do tipo reumático-artríticas estavam muito mais fortes do que normalmente e pequenas descargas elétricas ardiam e me faziam sentir como se meus ossos estivessem em chamas.

Minha língua parecia inchada de tanta sede.

Velhos hábitos são difíceis de largar. Senti vontade de cutucar Aidan e dizer:

— Se você levantar e me trouxer uma Coca Diet eu prometo ser sua amiga para sempre.

Flashbacks da véspera cintilaram na minha cabeça — imagens em que eu me via alugando as pessoas, agarrando-as pelo braço enquanto recitava, com palavras engroladas, longos monólogos sobre a mortalidade. Encolhi os ombros de vergonha.

Mas logo a vergonha se misturou com um sentimento de desafio. Eu tinha *garantido* a Rachel que ainda não estava pronta para lidar com as pessoas; eu bem que avisei. Mas a vergonha acabou ganhando a queda de braço e eu não tinha ninguém do lado para me assegurar de que não bancara a bêbada que dá vexame, que a coisa não tinha sido tão mal, etc.

Aidan costumava ser tão bom comigo quando eu acordava de ressaca...

— Queria que você estivesse aqui — eu disse para o ar. — Estou com muitas saudades suas, Aidan. Muitas, muitas, muitas, muitas, muitas, muitas MESMO.

Durante todo o tempo desde que ele morrera, eu nunca tinha me sentido tão sozinha, e as lembranças do que eu estava fazendo há

Tem Alguém Aí?

exatamente um ano foram quase insuportáveis. No ano anterior eu havia curtido um aniversário maravilhoso.

Algumas semanas antes, Aidan tinha me perguntado o que eu gostaria de fazer e eu respondi:

— Podemos sair. Prepare uma surpresa para mim. Só que tem que ser um lugar que não tenha nada a ver com cosméticos. Nem com antiquários.

— Você não gosta de antiquários? — Ele pareceu surpreso de verdade, e com todo o direito. Afinal, eu o fizera gastar dois ou três domingos circulando comigo pela "rota dos antiquários" ao norte da cidade, onde havia um monte de casais jovens como nós.

— Eu tentei. — Ao dizer isso, baixei a cabeça. — Tentei mesmo, só que gosto de coisas modernas, limpas, e não de troços velhos e infestados de cupins. Ah, e tem mais uma coisa — acrescentei —: não quero ir a nenhum lugar longe de Nova York, porque não suporto o engarrafamento das noites de sexta-feira.

— Ordens recebidas, tenente. Câmbio e desligo.

Algumas semanas depois, no meu aniversário, ele me pegou no trabalho em uma limusine (daquelas normais, não das quilométricas, graças a Deus) e estava tão misterioso quanto ao nosso destino que chegou a me colocar uma venda nos olhos. Andamos de carro durante *séculos* e eu achei que devíamos estar em Nova Jersey, pelo menos. Tive um pressentimento terrível de que ele ia me levar a Atlantic City e apertei seu braço.

— Estamos quase lá, querida.

Quando ele tirou a venda dos meus olhos, ainda estávamos em Nova York, a uns vinte quarteirões do nosso apartamento, para ser exata. Era um badalado hotel do Sonho, com spa e um restaurante com lista de espera de três meses, a não ser que você fosse hóspede; nesse caso, você automaticamente furava fila e deixava os outros comendo poeira. Eu tinha participado do lançamento de um produto ali, uns quatro meses antes, e voltei empolgadíssima com a beleza do lugar. Sempre quis passar uma noite ali, mas não tinha jeito, pois nós morávamos a cinco minutos do tal hotel.

Assim que saí do carro, fiquei quase enjoada de tanta emoção.

— Puxa, este é o lugar que eu mais queria curtir em todo o mundo — garanti a Aidan. — *Nem eu mesma* sabia que queria tanto, até agora.

— Ótimo, é bom saber disso! — Seu tom era calmo, mas ele parecia estar quase explodindo de orgulho.

Jantamos no restaurante fabuloso e passamos os dois dias seguintes na cama, saindo debaixo dos lençóis Frette só para dar uma passadinha na loja da Prada. (Resolvi dispensar o spa, só para ter certeza de que ninguém ia me empurrar produto nenhum para comprar.) Tudo foi absolutamente mágico.

Agora, um ano depois, olhe só para a gente, Aidan...

Mesmo bêbada como uma gambá, percebi o clima da véspera entre todos os que estavam à mesa.

Ela está tão mal quanto no início, eles deviam estar pensando. *Até pior. Puxa, depois de cinco meses ela já devia ter superado, pelo menos um pouco...*

Pois é. Talvez, depois de cinco meses eu devesse estar melhor, não é? Leon tinha melhorado muito. Estava mais alegre e já podia ficar junto das pessoas sem cair no choro. Se bem que ele tinha Dana, não havia perdido tudo.

Mais uma imagem da véspera apareceu na minha cabeça: eu conversando com Shake a respeito do campeonato de guitarra imaginária.

— Toque — aconselhei a ele. — Toque de verdade, com todo o coração, Shake. Porque amanhã você poderá estar morto. Ou hoje mesmo, mais tarde, quem sabe?

Ele e seus cabelos concordaram comigo, mas recuou de leve quando eu mencionei a possibilidade de sua morte iminente.

Rachel passou a noite me levando de uma pessoa para outra, a fim de evitar que eu arrasasse demais com uma única vítima, mas eu acho que semeei um pouco de pânico em toda parte, porque depois do jantar, enquanto estávamos na calçada decidindo o que fazer em seguida, os Homens-de-Verdade me pareceram mais bêbados do que eu, socando o ar e garantindo que a noite era uma criança e eles iam jogar Scrabble até amanhecer. Embora menos que os outros, até o comedido Leon jogava a cabeça para trás e gritava para o céu. Todos

Tem Alguém Aí?   **353**

entraram no clima de "uivar para a lua e agarrar a vida pelos colhões".

— Eu apavorei todo mundo — contei a Aidan, em voz alta. — Eu os deixei se cagando de medo. — De repente a coisa pareceu engraçada, quase um conforto. Aidan e eu estávamos naquilo juntos. — *Nós dois* deixamos aquele povo apavorado.

Só Deus sabe o que eles aprontaram depois; eu não fiquei para descobrir. Carregada de velas aromáticas — que todo mundo, sem exceção, me deu como presente de aniversário —, eu saí de fininho e fiquei grata por não precisar bancar a "mulher de luto que sai da festa antes de todo mundo".

Ainda era muito cedo para eu ligar para alguém e descobrir o que havia perdido, então voltei a dormir — um evento raríssimo (talvez fosse bom tentar ficar de ressaca mais vezes) —, e quando tornei a acordar, me senti bem melhor. Liguei o computador. Havia um e-mail de mamãe:

PARA: ajudante_do_magico@yahoo.com
DE: walshes1@eircom.net
ASSUNTO: Parabéns!

Querida Anna,
Espero que você esteja bem e tenha aproveitado muito a sua "festa" de aniversário. Fiquei me lembrando deste mesmo dia, trinta e três anos atrás. Mais uma menina, nós dissemos. Queria que você estivesse conosco aqui ontem. Comemos uma torta em sua homenagem. Foi uma torta Victoria com recheio de chocolate que eu comprei na quermesse da igreja protestante aqui perto. Embora eu não goste de incentivar a fé deles, não posso negar que aquelas mulheres têm "mãos de fada" para preparar tortas e coisas desse tipo.

Sua mãe amorosa,

Mamãe

P.S. — Se estiver com a Rachel, avise a ela que nenhuma das minhas irmãs — NENHUMA mesmo — ouviu falar em vagens-anãs.

P.P.S. — É verdade que Joey está a fim de Jacqui? Foi um passarinho que me contou (Luke). Ele me disse que rolou um pequeno frisson entre eles na sua festa de aniversário, ontem à noite. É verdade que Joey roubou uma das peças do jogo de Jacqui (uma letra A), colocou-a dentro das calças e disse que se ela quisesse de volta sabia onde procurá-la? Será que Luke estava de "gozação" comigo?

P.P.P.S — Ele colocou a peça do Scrabble dentro da calça ou dentro da cueca? Porque, se foi dentro da cueca, espero que ele tenha lavado a peça do jogo depois, porque a quantidade de germes que existe "lá embaixo" é um horror, nunca se sabe que doença alguém pode pegar, especialmente de Joey, um homem com vida tão "agitada".

Por Deus, Aidan, como é que nós fomos perder essa?...
Olhei para a tela por alguns segundos e resolvi ligar para Rachel.
— Mamãe me mandou um e-mail.
— Ah, foi? Olhe, se o assunto tem a ver com as vagens-anãs, eu...
— Não. Foi sobre Joey e...
— Nossa, ele extrapolou! Montava palavras do tipo "sexo" e "selvagem" no tabuleiro e olhava com segundas intenções para Jacqui. Desde quando ele está interessado nela?
— Sei lá, não faço a mínima ideia! Que troço esquisito. Mamãe contou que ele colocou uma das letras A do jogo dentro da cueca.
— Não, nada disso.
— Mas então por que foi que mamãe contou que...?
— Foi um J, que valia oito pontos.
— E o que aconteceu?
— Ele disse que se Jacqui quisesse a peça de volta ela sabia como resgatá-la. Justiça seja feita, ela não se fez de desentendida. Arregaçou a manga, enfiou a mão lá até encontrar a peça e a pescou de volta.

Tem Alguém Aí?

PARA: walshes1@eircom.net
DE: ajudante_do_magico@yahoo.com
ASSUNTO: Letra dentro da calça?

Não foi nada disso, mamãe! Joey não roubou um dos A de Jacqui, o colocou dentro da calça e disse que se ela o quisesse de volta, saberia como resgatá-lo. Ele roubou um dos J de Jacqui, o colocou dentro da calça e disse que se ela o quisesse de volta, saberia como resgatá-lo.

Beijos,

Anna

P.S. — Foi dentro da cueca, e não da calça.

P.P.S. — Ela pescou a peça de volta.

P.P.P.S. — Não sei se ela lavou a peça depois.

PARA: ajudante_do_magico@yahoo.com
DE: walshes1@eircom.net
ASSUNTO: Peça de Scrabble dentro da calça?

Seu pai está chateado. Leu o seu e-mail por engano, achando que era para ele (não sei como, pois ninguém lhe escreve nada). Disse que nunca mais vai conseguir encarar Jacqui olho no olho. Ele está fora de si, por causa do tempo ruim e do assunto do cachorro.

Sua mãe amorosa,

Mamãe

P.S. — Quer dizer então que Jacqui enfiou a mão lá dentro e pegou a peça? Ela é mais durona do que eu pensei. Em outros tempos, eu também teria tido coragem de fazer isso. Costumava arrancar as entranhas dos perus com as mãos nuas, enquanto todo mundo em volta quase vomitava.

P. P. S. — Pensei num trocadilho... Jacqui quase arrancou as "entranhas" do peru de Joey.

Fui correndo para o telefone. *Tinha* de falar com Jacqui. Aquilo era inacreditável — ela e Joey? Mas a ligação caiu na porcaria da secretária eletrônica. Argh, que frustração!

— Onde você está, Jacqui? Na cama com Joey? Jura por Deus que não? Me liga!

Deixei a mesma mensagem no celular dela e fiquei andando pela sala de um lado para outro, roendo as unhas e tentando matar o tempo. Foi quando eu fiz uma descoberta fantástica: tinha dez unhas para roer. De algum modo, enquanto eu estava distraída, sem prestar atenção, as duas unhas que perdi tinham recomeçado a crescer.

Às cinco e quinze da tarde, Jacqui finalmente deu sinal de vida.

— Onde você está? — perguntei.

— Na cama. — Pela voz ela me pareceu sonolenta e sexy.

— Na cama de quem?

— Na minha.

— Você está sozinha?

Ela riu um pouco, antes de responder:

— Estou.

— Sério?

— Sério.

— E você passou a noite sozinha?

— Passei.

— E o dia todo, também?

— Sim.

Entoando uma voz casual, perguntei:

— E a noite passada, foi divertida?

— Foi.

Com um tom super-*super*-casual, continuei:

— Alguma vez você já achou o Joey um pouquinho parecido com Jon Bon Jovi?

Ela quase urrou de tanto rir.

O interessante, porém, é que não me desmentiu.

Tem Alguém Aí?

— Vou dar uma passadinha aí na sua casa — propôs.

Vestindo shorts desfiados (Donna Karan), uma camiseta colada e muito curta (Armani), exibindo as pernas e braços compridos, bronzeados e com a bolsa *aqua metálica* Balenciaga que custava quase o meu aluguel de um mês (presente de um cliente grato) pendurada no ombro, Jacqui apareceu. Seus cabelos estavam embaraçados e a cara era de quem acabara de acordar, com um restinho da maquiagem da véspera, mas de um *jeito charmoso*, se é que vocês me entendem. O rímel se espalhara um pouco ao redor dos olhos, tornando-os misteriosos e envolventes. Ela parecia uma tábua de passar roupa, mas era uma tábua sexy, se é que isso é possível, encostada meio de lado na parede.

Eu lhe disse exatamente isso, tudinho, até a parte de ela parecer uma tábua de passar roupa. Porque se eu não dissesse, a própria Jacqui diria.

Ela esboçou um ar de desdém para o elogio.

— Eu fico bem de roupa, mas quando alguém me vê só de calcinha e sutiã pela primeira vez fica um pouco assustado.

— E quem vai ver você de calcinha e sutiã pela primeira vez?

— Ninguém.

— Ninguém mesmo?

— Ninguém MESMO.

— Então tá... Vamos comer uma pizza.

— Ótima ideia. — Uma pequena hesitação. — Mas antes eu preciso passar no apartamento de Rachel e Luke. Esqueci uma coisa lá, ontem à noite.

— O quê? — perguntei, encarando-a. — Sua sanidade?

— Não. — Ela pareceu meio irritada. — Meu celular.

Resmunguei um pedido de desculpas inaudível.

Mas quando chegamos à casa de Rachel e Luke, uma grande surpresa, senhoras e senhores. Quem é que estava ali, por acaso, espalhado sobre o sofá, chutando com a bota, meio distraído, a parede de tijolinhos? Joey.

— Você sabia que ele estava aqui? — perguntei a Jacqui.

— Não.

Assim que viu Jacqui chegar, Joey se ajeitou no sofá e passou as mãos nos cabelos, para arrumá-los um pouco.

— Oi, Jacqui! — saudou ele. — Seu celular ficou aqui, ontem. Eu o encontrei e lhe deixei uma mensagem. Você recebeu? Disse que passaria na sua casa para entregá-lo, se você quisesse.

Olhei para Jacqui. Então ela *sabia* que Joey estava ali. Ela nem olhou para mim.

— Pronto, está aqui — disse Joey, levantando-se do sofá e pegando o celular em uma prateleira.

Até que era divertido ver Joey tentando ser simpático.

— Obrigada. — Jacqui pegou o celular e mal olhou para Joey. — Anna e eu vamos sair para comer uma pizza. Todo mundo está convidado.

— Depois da pizza — perguntei — vocês vão jogar Scrabble?

Diante da palavra "Scrabble", algo divertido aconteceu, como se tivesse ocorrido um pico de luz na sala. Entre Jacqui e Joey estava rolando um frisson, indubitavelmente.

— Nada de Scrabble — disse Rachel, estragando o clima. — Preciso dormir cedo hoje.

Jacqui e eu rachamos um táxi para casa. Ficamos sentadas ali, em silêncio. Depois de um tempo, ela disse:

— Vamos lá... Sei que você está louca para falar alguma coisa. Desembuche.

— É uma pergunta. Mamãe me contou que você enfiou a mão dentro da cueca de Joey para pegar de volta uma peça de Scrabble e...

— Ca-ra-ca! — Ela escondeu o rosto com a mão. — Como é que Mamãe Walsh já soube *disso*?

— Foi Luke quem contou, eu acho. Mas não importa, ela sempre descobre tudo, mesmo. O que eu quero saber é se foi legal.

Ela refletiu um pouco, antes de responder:

— Sim, foi bem legal.

— Só isso, simplesmente legal?

Tem Alguém Aí?

— Pois é... Bem legal.
— E ele estava mole ou... Ahn... Você sabe.
— Meio mole quando eu comecei. Duro como uma pedra quando terminei. Levei um tempo para encontrar a peça, entende? — Ela me exibiu um sorrisinho atrevido.
— Isso é um bom tema para reflexão — eu disse.
— Como assim?
— Seu padrão com os homens é que você se liga em caras que parecem fantásticos no início e depois se mostram uns canalhas. No caso de Joey, você sabe em que terreno está pisando. Ele é um safado idiota que vive angustiado e nunca fingiu ser outra coisa.

Jacqui pensou um pouco a respeito disso e, por fim, falou:

— Puxa, Anna, isso não é exatamente um motivo de comemoração.

CAPÍTULO 26

— Aidan? E quanto àquele lugar de contato com os espíritos? Devo ir até lá hoje?

Nenhuma voz respondeu. Nada aconteceu. Ele continuou a olhar para mim do porta-retratos, sorrindo, congelado em um instante do passado.

— Tudo bem, vamos fazer um trato — propus, rasgando a página de uma revista e amassando-a até transformá-la em uma bola. — Vou jogar essa bolinha de papel na cesta ali em frente. Se eu errar, fico em casa. Se acertar, vou até lá.

Atirei a bola, depois de fechar os olhos, mas os abri logo em seguida e vi a página amassada no fundo da cesta.

— Então tá! — disse. — Pelo visto, você quer que eu vá.

Primeiro eu tinha de inventar uma desculpa para Rachel, mas como o calor continuava de arrasar, ela queria ir à praia. Eu lhe disse que pretendia passar o dia em um spa e isso pareceu tranquilizá-la.

— Da próxima vez me avise antes, ou convide a Jacqui, para que uma de nós duas possa ir com você.

— Isso, boa ideia! — reagi, aliviada por poder escapar pelo resto do dia.

Nicholas já estava esperando no corredor. Nessa semana a sua camiseta dizia "Meu Cão É meu Copiloto". Lia um livro chamado *O Mistério de Sirius* e eu cometi o erro de perguntar sobre o assunto do livro.

— Cinco mil anos atrás, um grupo de alienígenas ambiciosos vieram à Terra e ensinaram ao povo Dogon, da África Ocidental, tudo

Tem Alguém Aí?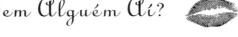

sobre os segredos do Universo, inclusive a existência de uma estrela irmã de Sirius, tão densa que é invisível, embora os astrônomos tenham descoberto só recentemente que ela existe de verdade.

— Obrigada! Já chega! Vamos lá: você acredita que a princesa Diana ainda está viva e trabalha em um bar para caminhoneiros no Novo México?

— Claro! Mas também acredito que foi a família real que planejou matá-la. Viu como eu sou bom em acreditar nas coisas? Sou crédulo por vocação.

— Roosevelt foi informado sobre Pearl Harbor, mas deixou o ataque acontecer porque queria que os Estados Unidos entrassem na guerra?

— Acredito.

— O pouso do homem na Lua não passou de encenação?

— Acredito.

Logo chegou Fred Zumbi. Enquanto todo mundo estava derretendo de calor, ele vestia um terno preto e não exibia nem uma gotinha de suor no rosto. Em seguida, chegou Barb.

— Nossa, que calor! — reclamou ela.

Ela se largou no banco ao meu lado, com ar cansado, as pernas abertas, e começou a abanar as coxas com as pontas da saia.

— Isso é bom para arejar um pouco aqui embaixo — explicou. — Hoje é um daqueles dias em que não dá para usar calcinha.

Nossa! Será que ela realmente acabara de me contar que estava com a baratinha solta?! Fiquei zonza. A morte de Aidan me levara àquilo: eu tinha me enturmado com um bando de pirados.

Mas será que eram mesmo pirados? (Tirando Fred Zumbi, que era um caso *confirmado* de piração.) Talvez todos ali fossem apenas pessoas destroçadas pela dor. Ou destroçadas pelas finanças, no caso de Mackenzie.

— Não conte isso aos rapazes — disse Barb, piscando o olho para mim. — Eles ficariam loucos se soubessem que estou com calor na bacurinha.

Como os "rapazes" de quem ela falava eram Nicholas e Fred, eu não contaria com isso, mas fiquei quieta.

O vestido de Barb era abotoado de cima até embaixo, mas exibia uma fenda lateral que ia até os quadris. Eu não queria olhar, fiz o que pude para tentar me controlar, mas era como Luke e sua protuberância entre as pernas: a atração era muito poderosa. Totalmente contra a vontade eu tive uma visão rápida dos pelos pubianos dela.

— Barb... — perguntei, com a voz mais aguda do que planejei e fitando-a com firmeza nos olhos. — O que faz você vir até aqui todo domingo?

— Ah, um monte de gente interessante que eu conheço e infelizmente está morta. Suicidas, assassinos, drogados que morreram de overdose, tudo gente desse tipo, mortos muito especiais. — Do jeito que ela falou, deu a entender que as pessoas não sabiam mais morrer decentemente nos últimos tempos. — Pena que eu não possa pagar nem dois minutos de uma consulta com Neris Hemming.

— Você gostaria de conversar com ela?

— Claro! Ela é o máximo, uma clarividente de verdade!

Isso me animou. Se Barb, com sua voz grave e jeito irritado, dizia que Neris Hemming era fera, então ela era mesmo.

— Se existe alguém que pode fazer você se comunicar com seu marido — continuou —, essa pessoa é Neris Hemming.

— Você conseguiu entrar em contato com ela? — perguntou Mitch, que acabara de chegar.

— Liguei para lá. Eles me disseram que dá para marcar uma consulta para daqui a dez ou doze semanas.

— Uau! Isso é ótimo!

Todos concordaram que era fantástico. A empolgação, a torcida e o calor deles eram tão genuínos que eu cheguei a esquecer que o motivo daquela celebração era muito incomum.

Seguimos em bando para a sala e Leisl começou. Tia Morag apareceu para Mackenzie e confirmou que não havia testamento algum. O pai de Nicholas lhe deu conselhos sobre seu novo emprego — ele me pareceu um bom sujeito, na verdade. A esposa de Juan Brilhantina o aconselhou a se alimentar melhor. O marido de Carmela disse que era bom ela começar a pensar em trocar de fogão, porque o velho estava perigoso.

De repente, Leisl anunciou:

— Barb... Tem alguém aqui querendo falar com você. Será que é...? Parece-me que ele se chama... — ela pareceu um pouco confusa — ... Wolfman?

— Wolfman? — perguntou Barb, franzindo o cenho. — Ah! Deve ser Wolfgang, meu marido. Um deles, pelo menos. O que ele quer de mim? Está novamente sem grana?

— Ele está dizendo que... Não sei se isso faz algum sentido para você. Não venda o quadro, porque ele vai valorizar incrivelmente.

— Ah, ele me disse isso durante anos — resmungou Barb. — Eu preciso viver, entende?

Até o fim da sessão ninguém tentou entrar em contato comigo, mas como eu ainda estava empolgada com a resposta de Neris Hemming, nem liguei para isso.

Depois de me despedir, segui rumo ao elevador, lado a lado com um grupo de meninas da dança do ventre; foi quando alguém atrás de mim me chamou. Eu me virei: era Mitch.

— Escute... Você tem algum compromisso para agora à tarde?

Balancei a cabeça para os lados.

— Quer fazer alguma coisa?

— O quê, por exemplo?

— Sei lá! Tomar um café?

— Não, não estou a fim de café, não — disse.

Só de pensar nisso, eu me senti mal. Morria de medo de começar a beber chá de ervas (eu e Aidan costumávamos chamar essa bebida de "chá me enervas") e me tornar uma daquelas pessoas irritantemente calmas que bebem chá de camomila com menta.

Mitch não se ofendeu. Os olhos dele, quase sempre, eram os de alguém que já perdera tudo na vida. Não era uma simples recusa para um café que o deixaria abalado.

— Vamos ao zoológico — propus, sem saber de onde me viera essa ideia.

— O zoológico?

— É...

— Aquele lugar com bichos?

— Esse mesmo. Tem um no Central Park.

— Tudo bem.

O zoológico estava lotado. Havia um monte de casais de namorados abraçados e famílias desordenadas com carrinhos de bebês, crianças que mal sabiam andar e sorveteiros. Mitch e eu, os feridos ambulantes, não nos sobressaíamos no meio das pessoas; só quem chegasse muito perto poderia perceber que éramos diferentes.

Começamos pela área da Floresta Tropical, basicamente composta de micos, macacos ou sei lá que nomes técnicos eles têm. Havia uma grande variedade deles — balançando nas árvores, se coçando ou olhando com cara de poucos amigos para o nada —, mas eram tantos que nenhum me interessou em especial. Os únicos que chamaram minha atenção foram os babuínos com suas bundas vermelhas e brilhantes, que eles balançavam sem parar diante da multidão.

— Parece que eles acabaram de depilar o traseiro — comentou Mitch.

— É — concordei. — Devem ter pedido uma depilação à brasileira. — Olhei para ele para ver se precisaria explicar o que era uma depilação à brasileira, mas acho que ele entendeu.

Quando olhávamos para eles, um dos bundas avermelhadas despencou de um galho alto e dois primos foram correndo zoar dele com guinchos agudos, para delírio e diversão do povo. Todos se esticaram para frente com as câmeras em punho e, no corre-corre, eu me separei de Mitch. Quando olhei em volta para tentar localizá-lo foi que percebi que não sabia exatamente como ele era.

— Estou aqui! — Eu o ouvi dizer. Virei para trás e me vi diante de dois olhos profundos e desolados. Tentei captar alguns detalhes dele, para futuras referências. Mitch tinha cabelos muito curtos, usava uma camiseta azul — se bem que talvez ele não a usasse sempre — e era pouco mais velho que eu, na faixa dos trinta e cinco, mais ou menos.

— Podemos ir em frente? — ele perguntou.

Por mim, tudo bem. Eu não conseguia me concentrar em nada por muito tempo mesmo. Fomos para o Círculo Polar.

— Trish adorava ursos-polares — ele informou —, embora eu sempre lembrasse a ela que eles são bichos violentos. — Ele olhou para os ursos. — Mas tenho que reconhecer que são bonitos, sim. Qual o seu animal favorito?

Puxa, nessa ele me pegou!... Eu nem sabia se tinha algum animal favorito.

— Pinguins — afirmei. Essa resposta iria servir. — É que eles são muito determinados — expliquei. — É duro ser pinguim. Você não pode voar e mal consegue andar.

— Mas consegue nadar.

— Ah, sim, é verdade, eu tinha esquecido.

— Qual era o animal favorito de Aidan?

— Elefante. Só que não há elefantes aqui, só no zoológico do Bronx.

Chegamos ao lago dos leões-marinhos, bem na hora da refeição deles. Um monte de gente se acotovelava para enxergar melhor e o ar ficou eletrificado de expectativa.

Quando três homens com macacões vermelhos e botas de borracha surgiram com baldes cheios de peixe, a atmosfera se tornou quase histérica.

"Lá vêm eles, lá vêm eles!"

As pessoas começaram a se apertar junto da grade, o ar se encheu com os cliques de centenas de câmeras e crianças foram erguidas no colo para poder ver melhor.

"Olha ali um deles! Tem outro ali!"

Uma enorme massa brilhante, cinza-escuro, emergiu da água tentando pegar os peixes que eram lançados no ar para, em seguida, cair de barriga de volta na água, espalhando respingos para todo lado. A multidão soltou um "Uau!" uníssono. Crianças gritaram, flashes espocaram e sorvetes esquecidos derreteram. No meio de toda a agitação, Mitch e eu observávamos tudo, alheios como figuras recortadas em papel-cartão.

"Tem outro ali! Olha lá, mamãe, tem outro ali!"

O segundo leão-marinho era ainda maior que o primeiro e a água que ele espalhou encharcou metade dos espectadores, mas ninguém se importou, pois tudo fazia parte da festa.

Esperamos até o quarto leão-marinho comer seus peixes, e então Mitch olhou para mim.

— Vamos em frente? — perguntou.

— Vamos.

Aos poucos, nos afastamos de todas aquelas pessoas extasiadas, quase em transe.

— E agora? — ele perguntou.

Consultei nosso mapa. Droga! Pinguins. Eu ia ter de fingir empolgação ao vê-los, já que eles eram meus animais favoritos.

Mostrei algum entusiasmo, do melhor jeito que consegui, e então Mitch propôs que continuássemos em frente. Falamos muito pouco. Eu não estava à vontade com todo aquele silêncio, mas a verdade é que não sabia nada a respeito dele, a não ser que sua mulher tinha morrido.

— Você trabalha? — perguntei, quase sem querer.

— Trabalho — ele informou.

Continuamos caminhando sem falar nada. Depois de alguns instantes, ele parou subitamente e quase soltou uma gargalhada.

— Por Deus! Eu devia ter dito com que eu trabalho, não é? Afinal, foi isso que você perguntou. É claro que você não imaginou que eu vivia à base de seguro-desemprego.

— Bem, é que... Não. — Mas me apressei em completar: — Mas se você não quiser falar do assunto...

— Ora, mas é claro que eu quero. É uma coisa comum, algo que as pessoas perguntam, mesmo. Nossa, não é de espantar que eu não seja mais convidado para festas nem jantares. Sou um desastre social!

— Nada disso — contestei. — Fui eu que esqueci que os pinguins sabiam nadar, lembra?

— Eu projeto e instalo sistemas de entretenimento doméstico. Posso contar mais se você quiser ouvir, mas é um assunto meio técnico.

— Não, tudo bem, mas obrigada por oferecer. Acho que eu não conseguiria me concentrar tempo suficiente para entender. Olha só, passamos direto pelas Terras Temperadas: macacos-japoneses, pandas vermelhos, borboletas, patos.
— Patos?
— Isso mesmo. Não podemos perdê-los.

Voltamos alguns passos e admiramos, com certo entusiasmo, os animais das Terras Temperadas, tomamos a decisão estratégica de pular os animais domésticos e, de repente, as coisas começaram a parecer novamente familiares; estávamos de volta ao lugar onde havíamos começado a visita. Tínhamos dado uma volta completa.

— Só isso? — perguntou Mitch. — Já acabamos? — Como se fosse uma tarefa.
— Parece que sim.
— Legal. Agora eu vou para a academia. — Ele colocou a bolsa de ginástica no ombro e fomos caminhando rumo à saída. — A gente se vê no domingo que vem.
— Certo.

Esperei tempo suficiente para ele já estar bem longe. Embora tivesse passado as últimas duas horas apenas em companhia dele, morria de medo do que eu chamava de Síndrome da Falsa Despedida. É quando você não conhece uma pessoa muito bem, acaba de se despedir com um entusiasmo meio exagerado, talvez até tenha beijado a pessoa no rosto, e então, sem querer, dá de cara com ela novamente poucos minutos depois, no ponto do ônibus, no caminho para a estação do metrô ou seguindo pelo mesmo pedaço de calçada tentando pegar um táxi. Não sei por quê, mas isso é sempre esquisito e a conversa agradável e descontraída de minutos antes se dissipa por completo, o clima fica tenso, não há mais nada a conversar, o tempo passa, você olha para os trilhos no chão ou para o asfalto e reza baixinho: "Pelo amor de Deus, trem (ou ônibus), chega logo!"

Então o trem (ou o táxi ou o ônibus) aparece, você se despede da pessoa mais uma vez e tenta fazer piada com a situação, dizendo: "Até logo... *De novo*, rê-rê-rê."

Mas já não é tão legal quanto da primeira vez. Você se pergunta se deve beijar a pessoa no rosto novamente, mas não há saída, porque se rola o beijinho o clima fica meio falso, e se não rola parece que a coisa acabou mal. Uma despedida bem-sucedida, tal como com os suflês, só acontece com sucesso uma única vez, e não deve ser requentada.

Enquanto eu aguardava mais um tempinho, esperando até ser seguro sair dali sem esbarrar nele, fiquei observando as pessoas normais que continuavam entrando no zoo em grandes levas, e me perguntei sobre Mitch. Como será que ele era antes de sua vida mudar? Como seria no futuro? É claro que eu não conhecia o verdadeiro Mitch; no momento, ele não passava de luto personificado. Como eu, que também não era a verdadeira Anna.

Um pensamento me assaltou: talvez eu nunca mais voltasse a ser a mesma pessoa, pois o único jeito de continuar sendo exatamente como antes seria Aidan não ter morrido, e isso era impossível. Será que eu ia manter a respiração presa para sempre, esperando o mundo tornar a se ajustar?

Olhei para o relógio. Mitch já fora embora há quase dez minutos. Mesmo assim eu me obriguei a contar até sessenta, e só então me arrisquei. Ao chegar à rua, olhei meio de lado para todas as direções, mas não havia sinal dele. Chamei um táxi e, quando entrei em casa, me senti ótima, porque o domingo estava quase acabando.

CAPÍTULO 27

Ao chegar ao trabalho, antes mesmo de ir para minha mesa, dei uma passadinha no toalete e me deparei com uma mulher debruçada sobre uma das pias, soluçando. Como era manhã de segunda-feira, não era estranho alguém estar chorando ou vomitando no banheiro. Na verdade, os cubículos viviam cheios de garotas vomitando na privada, nervosas por não haverem conseguido mídia suficiente para os seus produtos e não terem nada para mostrar na assustadora Reunião de Segunda de Manhã. Mas a grande surpresa foi ver que a colega que chorava era Brooke Edison. (Ela usava um elegante conjunto de linho marrom, enquanto eu vestia um terninho cereja anos 50 com gola larga, quase nos ombros, uma saia tubinho acompanhada de meias curtas estampadas com flores e sandálias de salto alto cor-de-rosa com uma abertura minúscula na ponta. Sem falar na bolsa imensa no formato de uma casa de dois andares.)

— Brooke! O que aconteceu?

Não era possível ela estar chorando. Era praticamente proibido uma patricinha branca de origem anglo-saxônica, americana pura e milionária demonstrar emoções.

— Ah, Anna... — ela soluçou. — Tive uma briguinha com papai.

Minha nossa! Brooke Edison tinha arranca-rabos com seu pai? Admito que fiquei muito empolgada. Era reconfortante saber que pessoas perfeitas também tinham problemas. Talvez Brooke fosse mais normal do que eu imaginava.

— Tudo aconteceu por causa de um vestido Givenchy — explicou ela.

— Alta-costura ou prêt-à-porter?

— Ahn?... — Por um instante ela pareceu não entender a pergunta. — Alta-costura, eu acho, mas o fato é que... É que...

— Ele não quer comprá-lo para você? — incentivei-a, já pegando o pacotinho de lenços de papel na minha bolsa com formato de casa. Os lenços eram estampados com sapatos, o que quase me deixou chocada. A porra-louquice do estilo que me obrigavam a usar às vezes me irritava profundamente.

— Nada disso — ela respondeu, com os olhos arregalados. — Nada disso! É que papai *quer me dar* esse vestido de presente e eu disse que já tenho um monte de vestidos de grife para sair à noite no closet.

Olhei para ela, sentindo um sentimento de desânimo.

— Eu disse a ele que existe pobreza demais no mundo e não precisava de mais um vestido de luxo. Ele disse que não havia nada demais em querer deixar sua filhinha linda. — Uma nova enxurrada de lágrimas lhe escorreu dos olhos. — Papai é o meu melhor amigo, entende?

Não exatamente, mas concordei com a cabeça.

— Eu me sinto horrivelmente mal quando batemos de frente desse jeito.

— Bem, é melhor eu ir andando — disse. — Pode ficar com os lenços.

Os ricos eram realmente diferentes, pensei. *Que gente esquisita!*

Corri para minha sala, louca para compartilhar esse insight com Teenie.

Naquela noite eu recebi um e-mail de Helen:

PARA: ajudante_do_magico@yahoo.com
DE: lucky_star_investigadores@yahoo.ie
ASSUNTO: Tédio agudo

Mais uma quebra na rotina! Detta foi almoçar em um restaurante com "as meninas": três mulheres mais ou menos da mesma idade que a dela (também casadas com grandes criminosos, talvez?). Bolsas Chanel caríssimas, com exterior do tipo acolchoado e alças de corrente dourada. Coisa podre de chique. Novamente eu tive de ficar andando de um lado para outro pela calçada, como uma mendiga, olhando tudo pelas janelas, e dessa vez uma pessoa me abordou para comprar metadona. É mole ter que aturar uma coisa dessas? Nenhum sinal de Racey O'Grady. Só para ter certeza, entrei no restaurante com a desculpa de usar o banheiro (se bem que não foi exatamente uma desculpa, porque nesse trabalho nós temos que aproveitar qualquer oportunidade que apareça para fazer xixi) e as quatro mulheres estavam sentadinhas em meio a uma nuvem de perfume enjoativo, quase bêbadas e metendo o pau nos maridos. Quando eu entrei, uma delas — morena, de olhos fundos e unhas mais compridas que as de Freddie Kruger — falou, com a voz esganiçada:

"Ele é tão inútil que não consegue encontrar a própria bunda no escuro."

Na saída, outra delas — com jeito de tangerina poncã (atarracada, cara alaranjada e poros superdilatados) dizia:

"Então eu avisei a ele: 'Podemos transar, se você quiser, mas vou logo avisando que eu vou estar dormindo!'"

Um festival de gargalhadas se seguiu, mas Detta não riu. Não estava fumando, mas só porque não era permitido. Tinha cara de quem estava louca para acender um cigarro. Sorria, distraída, e olhava para um ponto qualquer ao longe. Tirei algumas fotos do grupo com meu celular, para o caso de haver algo ali que interessasse a Harry Big, mas como poderia haver? Tédio total, mas vou lhe contar uma coisa, Anna: estou ganhando uma **nota preta** por este trabalho.

Em seguida, li um e-mail de mamãe:

PARA: ajudante_do_magico@yahoo.com
DE: walshes1@eircom.net
ASSUNTO: Atualização do relatório

Nenhuma novidade. Nada de novo. Helen passa todo o tempo atrás dos arbustos do sr. Big. Continuamos sofrendo com o cocô do cachorro no portão. Nessa semana foram duas vezes. Vou até o santuário de Knock no sábado. Já faz um tempinho desde que fiz uma peregrinação até lá e preciso me redimir, pois estou chateada com todo esse "veneno" lançado contra mim. Prometo dedicar os Mistérios Dolorosos do terço a você, querida, para que Nosso Senhor lhe traga paz e resignação diante da sua situação.

Sua mãe amorosa,

Mamãe.

P.S. — Jacqui já veio com aquele velho papo de Bon von Jodi?

P.P.S. — Pode avisar a Rachel que se ela quiser usar creme, tudo bem. Afinal, o casamento é dela. Só que usar tons de creme me parece uma coisa meio "impura" num vestido de noiva. Mas isso é coisa minha.

"Oi, Anna." Um homem me deixou uma mensagem na secretária. "Aqui fala o Kevin. Estou em Nova York, a trabalho."

Era o irmão de Aidan. Eu me senti desmontar por dentro.

Pobre Kevin. Eu gostava muito dele, mas não conseguiria encará-lo. Aliás, eu nem o conhecia muito bem, para ser franca. O que poderíamos conversar um com o outro? "Sinto muito pela morte do seu irmão"... "Obrigado, eu também sinto muito pela morte do seu marido."

Já era péssimo ter que conversar com a sra. Maddox pelo telefone todo domingo, imaginem passar um jantar inteiro em companhia de Kevin.

Tem Alguém Aí?

"Vou ficar na cidade até o fim de semana. Estarei hospedado no Waldorf-Astoria", continuou ele. "Podemos jantar juntos, ou algo assim. Ligue para o meu celular."

Olhei com ar indefeso para a secretária.

Desculpe, Aidan, sei que ele é seu irmão, mas terei de ser rude. Vou ignorá-lo.

PARA: ajudante_do_magico@yahoo.com
DE: lucky_star_investigadores@yahoo.ie
ASSUNTO: Novidades do dia

Hoje de manhã Colin me levou no carro de cortininhas austríacas cor-de-rosa para eu me encontrar com Harry Big.

Eu (Para Harry.): Estou na cola de Detta há várias semanas e ela até agora não se encontrou com Racey O'Grady nem uma vez.
Ele: E daí?
Eu: E daí que eu quero instalar grampos nos telefones dela. Vou precisar da sua ajuda para grampear o celular e preciso de cópias das contas de telefone dos últimos meses.
Ele (Parecendo desconfortável.): Isso não me parece certo. É uma invasão da privacidade dela.
Eu (Pensando "Mas que babaca".): O senhor está me pagando para rastrear sua mulher dia e noite! Devo registrar cada vez que ela acende um cigarro e...
Ele (Em estado de alerta.): O quê? Ela anda fumando novamente?
Eu: Anda fumando? Ela não faz outra coisa!
Ele: Mas ela me disse que tinha parado. Ela tem que parar, por causa da pressão. Quantos cigarros ela fuma por dia?
Eu: Pelo menos vinte. Ela compra um maço todo dia, quando volta da missa, mas deve ter mais cigarros escondidos em casa.
Ele (Visivelmente abalado.): Viu só? Ela está mentindo para mim. Mas deixe os telefones dela em paz. Fique só de olho no que ela faz.

Meu santo Cristo, Anna, esse tédio está me matando.

De repente um pensamento me veio à cabeça.

PARA: lucky_star_investigadores@yahoo.ie
DE: ajudante_do_magico@yahoo.com
ASSUNTO: Colin

Helen, você quase não fala de Colin. Como ele é?

PARA: ajudante_do_magico@yahoo.com
DE: lucky_star_investigadores@yahoo.ie
ASSUNTO: Colin

Grandão, musculoso, cabelos pretos, sexy. Nada mal. Gosto mais dele quando enfia a arma no cós da calça. Dá para ver a barriga de tanquinho, com espaço de sobra para enfiar a mão ali dentro. E até mais embaixo, é claro...

Viram só? Aquela era uma diferença típica entre mim e Helen. Enquanto ela se empolgava com isso, eu provavelmente teria receio de vê-lo com a arma enfiada no cós da calça, pois ele poderia dar um tiro sem querer e acertar a própria clarineta.

A sua próxima pergunta certamente será: eu gosto dele? Sim. Só que, às vezes, ele fala em largar a vida do crime e andar dentro da lei. Nessas horas eu o acho um babaca. Então... Animal sexy ou babaca iludido? Ainda não consegui decidir.

CAPÍTULO 28

— Rachel, mas você *precisa* ir à praia — eu disse. — Se não tomar a sua dose regular de raios ultravioletas naturais você vai acabar ficando deprimida e "mentalmente atraída pelas drogas novamente", como diz Helen, com sua falta de tato habitual.

— Eu sei, mas... — Rachel parecia sem saída.

— Eu não posso ir, por causa da minha cicatriz — afirmei, encerrando o assunto.

— Sinto tanto por você — disse Rachel, com ar culpado.

— Está tudo bem, tudo bem mesmo, está tudo ótimo.

Estava mesmo. Eu queria ir à igreja espiritualista. Aquilo rapidamente se tornara parte da minha rotina dominical. Gostava das pessoas que iam lá; eram todas gentis e, para eles, eu não era Anna e sua Catástrofe — bem, talvez fosse —, mas todos também tinham catástrofes semelhantes, e eu não era diferente.

Só que eu não contei nada disso a ninguém, é claro — muito menos a Rachel ou a Jacqui; elas não me compreenderiam e talvez até tentassem me dissuadir da ideia de continuar indo lá. A sorte é que Rachel largou do meu pé porque o tempo continuava firme e quente, ótimo para pegar uma praia. Jacqui, por sua vez, trabalhava em horários tão irregulares que eu quase sempre escapava dela também. Quanto a Leon e Dana, eles só queriam me ver à noite, e sempre durante a semana, quando íamos a algum restaurante sofisticado para jantar.

* * *

Quando eu cheguei a turma já estava lá, todos sentados em fila nos bancos do corredor.

Foi Nicholas quem me viu.

— Legal! Chegou Miss Annie!

Hoje a sua camiseta trazia escrito: "Winona é Inocente."

Mitch estava meio largadão, encostado na parede, mas se inclinou de leve para a frente, a fim de me ver chegar, e me cumprimentou:

— Oi, pinguim. — Ele me cutucou de leve com o pé. — Como foi sua semana?

— Ah, como sempre — respondi. — E a sua?

— Igualzinha às outras.

Sentamos em nossos lugares, nas cadeiras em círculo, enquanto o violoncelo começava a gemer, dolente. Várias pessoas receberam mensagens do além, mas não veio nada para mim.

Então, Leisl disse, devagar:

— Anna... Estou vendo o menininho louro novamente. O nome dele começa com J.

— Isso mesmo, o nome dele é J.J.

— Ele quer muito falar com você.

— Mas ele está vivo! J.J. pode falar comigo a hora que bem quiser!

No fim da sessão eu fui conversar com Leisl no canto.

— Como é que eu posso estar recebendo mensagens do meu sobrinho J.J., que está vivinho da silva? Ou da minha avó horrorosa? E não receber nada de Aidan?

— Não sei responder a isso, Anna. — Seus olhos por trás da franja encaracolada eram muito bondosos.

— Existe algum período de tempo que devemos esperar antes de alguém que morreu começar a enviar mensagens?

— Que eu saiba, não.

— Você já tentou o FVE? — grunhiu Barb. — Fenômeno de Voz Eletrônica?

— Que diabo é isso?

— Gravar as vozes dos mortos.

— Ah, isso é piada, não é?

— Não, nada de piada, não! — Todos os outros sabiam sobre o FVE. Um coro de vozes assegurou:
— Essa é uma boa ideia, Anna, você devia tentar.
Na defensiva, perguntei:
— Como é que se faz?
— É só pegar um gravador comum — explicou Barb. — Use uma fita nova. Aperte o botão de gravar, saia da sala, volte uma hora depois e ouça suas mensagens!
— É necessário silêncio total na sala — completou Leisl.
— Isso é meio difícil de conseguir aqui em Nova York — comentou Nicholas.
— Também é necessária uma atitude amorosa, alegre e positiva — continuou Leisl.
— O que também é difícil.
— E a experiência deve ser feita após o pôr do sol e em uma noite de lua cheia — complementou Mackenzie.
— De preferência durante uma tempestade com raios — explicou Nicholas —, devido aos efeitos gravitacionais.
— Nicholas! — disse eu, em desespero. — Não estou no clima para uma de suas crenças zuretadas.
— Não! — várias vozes insistiram. — Isso não é uma das crenças zuretas dele!
— O que é uma "crença zuretada"? — quis saber Carmela.
— Na verdade, existe uma base científica para este fenômeno — garantiu Nicholas. — Os mortos vivem em um comprimento de onda etérea, que operam em frequências muito mais elevadas do que a nossa, no plano físico. Às vezes é possível ouvi-los em fita, quando não conseguimos conversar diretamente com eles.
— Você já tentou isso? — perguntei.
— Já sim, várias vezes.
— E seu pai falou com você?
— Falou, claro! Foi meio difícil ouvir a voz dele, mas eu consegui. Talvez você tenha que acelerar a fita um pouco, ou diminuir a velocidade dela na hora de ouvir.
— Isso mesmo. Às vezes eles falam rápido demais — confirmou Barb. — Outras vezes eles falam assiiim... Beeem... Devagaaar —

exemplificou ela, falando grosso. — Você tem que ouvir com muita atenção.

— Vou lhe mandar um e-mail com todas as instruções — ofereceu Nicholas.

Eu me virei para Mitch e perguntei:

— Você já experimentou isso?

— Não, porque conversei com Trish através de Neris Hemming.

— Quando é a próxima lua cheia? — perguntou Mackenzie.

— Foi ontem ou anteontem — disse Nicholas.

— Ah, que pena! — todos disseram, em uníssono.

— Mas a próxima acontecerá daqui a quatro semanas — lembrou alguém. — Pode ser que você consiga.

— Certo. Obrigada. Vejo vocês todos na semana que vem.

Comecei a me encaminhar para a saída e perguntei a mim mesma se Mitch viria logo atrás.

Ele me alcançou antes de eu chegar ao elevador.

— Escute, Anna, você tem algum compromisso para hoje?

— Não.

— Quer fazer alguma coisa?

— O que, por exemplo? — Fiquei curiosa em ver o que ele iria inventar.

— Que tal o MoMA?

Por que não?, pensei. Já morava em Nova York havia mais de três anos e nunca tinha ido visitar o museu de arte moderna.

Estar em companhia de Mitch oferecia muitas das vantagens de ficar sozinha — como não precisar manter o sorriso na cara para evitar que ele se sentisse pouco à vontade com meu rosto real, por exemplo — só que sem a vivência pesada da solidão verdadeira. Rapidamente passávamos de um quadro para outro, mal nos falando. De vez em quando ficávamos em salas diferentes, mas continuávamos unidos por um fio invisível.

Depois que já tínhamos visto tudo, Mitch olhou para o relógio.

Tem Alguém Aí?

379

— Veja só! — ele pareceu surpreso e quase sorriu. — Passamos duas horas aqui dentro e o domingo quase acabou. Tenha uma boa semana, Anna. Vamos nos ver no domingo que vem.

— Anna, atenda esse interfone. Eu sei que você está em casa. Estou aqui na porta e preciso conversar com você!

Era Jacqui. Agarrei o interfone.

— O que houve?

— Me deixe entrar!

Destranquei o portão pelo botão do interfone e a ouvi subindo as escadas depressa. Em poucos segundos ela já entrava pela sala, esbaforida, embaralhando as pernas, com o rosto agitado.

— Alguém morreu? — Essa era sempre a minha maior preocupação agora.

Isso a fez parar por completo na mesma hora.

— Ahn... Não. — Seu rosto mudou. — Não foi nada, só... Você sabe... Coisas comuns.

Subitamente, ela me pareceu magoada. O que quer que estivesse rolando era algo importante para Jacqui, mas eu o reduzira a uma coisa banal, porque o meu marido tinha morrido e nada poderia superar isso em importância.

— Desculpe, Jacqui. Desculpe mesmo. Venha aqui e me conte...

— Não, eu é que peço desculpas por apavorar você daquele jeito e...

— Muito bem, nós duas sentimos muito, agora *senta aí e me conta!*

Ela se sentou na beirada do sofá, se inclinou um pouco para a frente e colocou os braços apoiados nas coxas, com os joelhos quase unidos. Ficou absolutamente idêntica à luminária da Pixar. Se começasse a pular num pé só em volta da sala, nem sua própria mãe conseguiria distingui-la.

Olhou para o nada, a meio metro, e se manteve em silêncio por mais algum tempo.

Por fim, abriu a boca e falou. Uma única palavra:

— Joey.

Bem, pelo menos agora eu poderia contar alguma novidade para mamãe.

— Ou melhor, como eu costumo chamá-lo — continuou ela — ... "o safado-idiota-angustiado do Joey." — Ela suspirou profundamente. — Acabei de voltar do apartamento dele.

— O que vocês andaram fazendo?

— Jogando Scrabble.

Jogar Scrabble em plena tarde de sábado! Senti uma fisgada de dor por ter sido excluída. Mas como poderia culpá-los? Eles deviam estar cansados de me convidar e receber um "não" já de cara.

— Eu nem estava olhando para ele, mas pelo canto dos olhos percebi, de repente, que ele se parece um pouco com... Ele se parece com... — Ela parou de falar, respirou fundo, com lágrimas nos olhos, e explodiu: — Jon Bon Jovi!

Morrendo de vergonha, escondeu o rosto entre as mãos.

— Você vai ficar bem — eu disse, com jeitinho. — Continue.

— Eu sei muito bem o que isso significa — reconheceu ela. — Já vi acontecer com outras mulheres. No instante em que elas dizem que Joey se parece um pouco com Jon Bon Jovi e que nunca haviam reparado nisso, o próximo passo é confessar que estão a fim dele. Eu não quero ficar a fim dele, porque o considero um idiota. E ele nem mesmo é um idiota legal, entende? É um idiota safado e angustiado.

— Mas você não precisa ficar a fim dele. Basta decidir que não.

— Será que é simples assim?

— Claro!

Bem, talvez.

— Mamãe?

— Qual de vocês está falando?

— Anna.

Uma arfada de suspense.

— Alguma novidade sobre Jacqui e Joey?

— Na verdade, sim! É por isso que eu estou ligando.

— Vamos lá, conte logo!
— Ela me disse que acha Joey parecido com Jon Bon Jovi.
— Então pronto! Fim de jogo!
— Nada disso. Jacqui é inflexível, tem fibra!
— "Ela acha que amor é um palavrão"?
— É, acho que sim.
— Não, sua tola, esse é o título de uma *canção* — sussurrou mamãe, irritada. — Uma canção que os Homens-de-Verdade cantam. É da banda Guns and Leopards, ou sei lá como é o nome. Eu fiz uma piada.
— Ah... Desculpe... — eu disse — Desculpe!
— Ela já conseguiu aquele cão que queria, o tal de *labradoodle*?
— Não. — Comprar uma ogiva nuclear seria mais fácil, segundo Jacqui. Mas como é que mamãe sabia sobre o cachorro?
— Ainda bem! O pobre animal não iria receber atenção nenhuma, agora que ela está a fim de Joey.
— Mas ela não está a fim dele.
— Claro que está, só que ainda não percebeu.

CAPÍTULO 29

Algumas noites depois, por acaso — um acaso que obviamente estava escrito nas estrelas, conforme descobri desde que passei a assistir com mais frequência ao canal de tevê que passa programas sobre espiritualidade —, vi Neris Hemming dando uma entrevista. Não era uma reprise, e sim um especial de meia hora de duração com seu perfil completo. O programa não estava passando em nenhum canal aberto, mas e daí...? Ela tinha uns trinta e tantos anos, cabelos com cachos largos que lhe desciam até os ombros e usava um vestido azul que parecia um avental. Estava acomodada em uma poltrona e conversava com um entrevistador invisível.

"Eu sempre tive a habilidade de ver e ouvir 'outras' pessoas", explicou ela, com voz suave. "Sempre tive amigos que ninguém conseguia ver. Sabia que as coisas iam acontecer antes de todos, entende? Mamãe costumava ficar furiosa comigo."

"Mas algo fez sua mãe mudar de ideia", disse o entrevistador invisível. "Você pode nos contar a respeito desse caso?"

Neris fechou os olhos, como se tentasse lembrar melhor os acontecimentos.

"Era uma manhã comum. Eu tinha acabado de sair do chuveiro e estava me enxugando com a toalha quando... É meio difícil de descrever, mas tudo me pareceu ligeiramente enevoado e, de repente, eu já não estava mais no banheiro. Estava em outro lugar, ao ar livre. Era uma estrada. Dava para ver e sentir o asfalto quente sob meus pés. A uns dez metros de mim, um caminhão gigantesco estava em chamas e o calor era intenso. Dava para sentir o cheiro de gasolina, mas havia algo mais no ar, algo terrível. Vários carros estavam em chamas também, além do caminhão, e o pior é que havia um monte de corpos espalhados pela estrada. Eu não sabia se eles estavam mortos ou apenas feridos. Foi horrível. De repente eu estava de volta ao banheiro, ainda segurando a toalha."

"Eu não sabia o que estava acontecendo comigo. Achei que tinha enlouquecido. Fiquei apavorada. Chamei minha mãe, contei tudo o que eu tinha visto e a deixei muito preocupada."

"Ela não acreditou em você?"

"De jeito nenhum! Achou que eu estava ficando maluca, queria me levar para um hospital. Eu nem fui trabalhar naquele dia. Fiquei enjoada o dia todo e voltei para a cama. Mais tarde, naquele mesmo dia, liguei a tevê. O canal de notícias mostrava um horrível acidente que acabara de acontecer na estrada interestadual e era exatamente a cena que eu vira. Um enorme caminhão que carregava produtos químicos explodira, outros carros foram tomados pelo fogo e várias pessoas haviam morrido... Eu não consegui acreditar. Cheguei a pensar que realmente tinha enlouquecido."

"Mas não tinha."

Neris balançou a cabeça.

"Não. Logo em seguida o telefone tocou. Era minha mãe, dizendo: 'Neris, precisamos conversar.'"

Eu já sabia de toda aquela história, já lera nos livros dela, mas era fascinante ouvir tudo novamente, contado por ela.

Também sabia o que havia acontecido em seguida. Sua mãe parou de dizer que ela era maluca e, em vez disso, começou a marcar apresentações dela em vários locais. Toda a família trabalhava para ela agora. O pai dela era o motorista, a irmã mais nova marcava as consultas e embora o ex-marido não trabalhasse para ela, ele a estava processando em milhões de dólares, o que era quase a mesma coisa.

"As pessoas me dizem que adorariam ser clarividentes", disse Neris. "Só que essa é uma tarefa árdua. Costumo dizer que é uma espécie de maldição abençoada."

De repente a imagem mostrou uma das suas apresentações ao vivo. Neris estava em um palco imenso, sozinha, parecendo muito menor do que era.

"Eu estou... Estou recebendo uma mensagem para... Temos alguém aqui com o nome de Vanessa?"

A câmera mostrou as fileiras da plateia e em algum lugar, bem lá no fundo, uma senhora corpulenta levantou a mão e se colocou em pé. Ela falou algo inaudível, e Neris disse: "Espere um instantinho, querida, até o microfone chegar onde você está."

Uma ajudante forçava passagem entre as muitas poltronas. Assim que a mulher gorda pegou o microfone, Neris disse: "Por favor, querida, diga-nos o seu nome. Você se chama Vanessa?"

"Sim, Vanessa é o meu nome."

"Vanessa, Scottie quer lhe dar um alô. Isso significa algo para você?"

Lágrimas começaram a escorrer pelo rosto de Vanessa e ela murmurou alguma coisa.

"Podia repetir, querida?"

"Ele era meu filho."

"Isso mesmo, querida, e ele quer que você fique sabendo que ele não sofreu." Neris colocou a mão no ouvido e disse: "Ele está me pedindo para lhe dizer que você estava com toda razão em relação à bicicleta. Isso significa algo para você?"

"Sim." Vanessa baixara a cabeça. "Eu vivia dizendo que ele andava rápido demais naquela coisa."

"Pois ele sabe disso, agora. Está me pedindo para lhe dizer: 'Mamãe, você estava certa. Dessa vez foi você quem teve a última palavra.'"

De algum modo, Vanessa conseguiu sorrir por entre as lágrimas.

"Tudo bem, querida?", perguntou Neris.

"Sim. Obrigada, muito obrigada." Vanessa tornou a se sentar.

"Nós é que agradecemos por você compartilhar conosco a sua história. Agora, por favor, devolva o microfone para nossa assistente."

Vanessa continuava agarrada ao microfone e não queria soltá-lo nem por um decreto.

Neris apareceu novamente sentada na poltrona, dando entrevista, e declarou:

"As pessoas que vêm às minhas apresentações quase sempre querem ouvir alguma coisa sobre entes queridos que faleceram. Geralmente sofrem muito, psicologicamente, e eu tenho uma responsabilidade enorme para com elas. Só que às vezes...", nesse ponto ela

Tem Alguém Aí?

exibiu um leve sorriso, "... há tantos espíritos tentando falar ao mesmo tempo que eu sou obrigada a dizer: 'Calminha aí, rapazes. Peguem uma senha e entrem na fila!'"

Fiquei fascinada. Ela fazia tudo parecer tão fácil, tão plausível. Fiquei comovida com sua humildade. Se havia alguém capaz de me colocar em contato com Aidan era essa mulher.

O programa mostrou a gravação de mais um show ao vivo de Neris. Ela usava um vestido diferente, portanto essa devia ter sido outra apresentação. Do palco, ela disse:

"Estou recebendo uma mensagem para alguém daqui da plateia. Uma pessoa que se chama Ray."

Ela olhou para as pessoas sentadas no teatro. "Temos algum Ray entre as pessoas do auditório? Vamos lá, Ray, sabemos que você está aqui."

Um sujeito imenso se levantou. Usava uma camisa xadrez, parecia um homem simples e tinha um topete domado à base de brilhantina; estava morto de vergonha.

"O seu nome é Ray?"

Ele fez que sim com a cabeça e, meio desconfiado, aceitou o microfone que a assistente levou até ele.

"Ray..." Neris estava rindo. "Alguém está me dizendo aqui no ouvido que você não acredita em nenhuma dessas baboseiras sobre mediunidade. Isso é verdade?"

Ray respondeu algo tão baixo que não deu para ouvir.

"Fale perto do microfone, querido."

Ray se inclinou um pouco mais e anunciou diante do microfone, com a austeridade de quem prestava juramento em um tribunal:

"Não, dona... Eu não acredito."

"Você nem queria vir aqui hoje à noite, estou certa?"

"Isso mesmo, dona... Eu não queria vir."

"Mas acabou vindo porque alguém pediu a você que viesse, não foi?"

"Sim, senhora. Foi Leeanne, minha esposa."

A câmera focalizou uma mulher ao lado dele, muito miúda, com abundantes cabelos louros crespos que lhe cobriam a cabeça e a faziam parecer um cogumelo ou um algodão doce. Leeanne, provavelmente.

"Você sabe quem está me contando todas essas coisas?", perguntou Neris.

"Não, senhora."

"É a sua mãe."

Ray não disse nada, mas pareceu fechar a cara — a típica reação de um homem simples e durão que não gosta de externar suas emoções.

"Ela não faleceu de um jeito fácil, estou certa?", perguntou Neris, com muito jeitinho.

"Não, dona. Ela teve câncer. As dores eram terríveis."

"Mas ela não sofre mais dores, Ray. Nesse instante ela está me dizendo que o lugar onde está 'é muito melhor que qualquer morfina'. Ela quer também que eu lhe diga que o ama muito, pois você é um bom menino, Ray."

Lágrimas escorriam pelo rosto rude de Ray e as câmeras mostraram várias outras pessoas que também choravam, muito emocionadas.

"Obrigado, dona...", agradeceu Ray, com a voz rouca. Em seguida ele se sentou, recebeu tapinhas amigáveis nas costas e calorosos apertos de mãos das pessoas à sua volta.

A tomada seguinte mostrava pessoas saindo do teatro onde acabara de acontecer a apresentação. Diziam coisas como "Confesso que não levava fé e fico meio sem graça de reconhecer que estava errado".

Um nova-iorquino agitado entrou em cena, falando alto: "Incrível, não há outra palavra para descrever. *In-crí-vel!*"

Alguém mais atrás disse:

"Impressionante!"

Uma mulher contou:

"Recebi uma mensagem do meu marido. Estou muito feliz por saber que ele está bem. Obrigada, Neris Hemming."

Ver isso tudo elevou minha empolgação a níveis estratosféricos. Eu conversaria com aquela mulher durante trinta minutos inteirinhos, só eu e ela. Teria *meia hora* para conversar com Aidan.

CAPÍTULO 30

PARA: ajudante_do_magico@yahoo.com
DE: lucky_star_investigadores@yahoo.ie
ASSUNTO: Semana infernal

Caraca, Anna, que semana desastrosa! Mamãe foi a Knock no sábado passado, trouxe uma garrafa de Evian cheia de água benta e a deixou em cima da pia da cozinha. Domingo de manhã eu acordei morrendo de sede, depois de ter entornado todas na véspera. Bebi a garrafinha inteira e só no finzinho percebi que a água estava com gosto horrível e havia coisas estranhas nadando nela.

Duas horas depois me deu vontade de vomitar tudo e eu saí louca atrás de um balde, de um penico, sei lá. Senti cólicas, falta de ar, enjoos, vomitei bile, a festa completa. Um sufoco! Foi pior do que qualquer ressaca que eu já tive na vida. Passei o dia deitada do chão do banheiro, segurando o estômago, colocando os bofes pra fora e querendo morrer para acabar com o tormento.

Na manhã de segunda eu continuava vomitando com força total. Nem pensar em ficar sentada durante dez horas atrás da moita diante da casa de Detta. O médico veio, disse que era uma intoxicação das bravas e eu iria ficar de cama por quatro ou cinco dias. Liguei para Colin e contei a tragédia toda. Ele riu muito, disse que ia contar a Harry, mas avisou que ele não iria gostar nem um pouco daquilo.

Dois segundos depois, Harry me ligou soltando fogo pelas ventas, berrando e lembrando o quanto era generoso na hora de me pagar (o que é verdade). Perguntou o que aconteceria se aquele fosse exatamente o dia em que Detta ia passar a tarde toda no motel com Racey O'Grady e eu não estivesse lá para gravar tudo. Avisou que, se isso acontecesse, ele ficaria muito puto (e eu sei muito bem o que acontece com as pessoas que o deixam puto – crucificação na mesa de bilhar, caso você tenha esquecido, Anna). Então eu pedi para ele esperar um instante, fui lá dentro vomitar rapidinho e, ao voltar, prometi que conseguiria dar o meu jeito de algum modo.

O que mais poderia fazer? Tive de mandar mamãe para ficar lá, de tocaia. De qualquer modo, ela estava mesmo louca para conhecer as roupas e a casa de Detta. Lá se foi ela, munida de binóculo, sanduíches e copinhos descartáveis para alguma vontade inesperada de fazer xixi. Parece mentira, mas não é que exatamente nessa quinta-feira Detta resolveu se encontrar em público com Racey O'Grady? É mole? (Talvez eu estivesse enganada em achar que Harry Big era paranoico.) Eles se encontraram em um restaurante em Ballsbridge – mais público do que isso é impossível. E ainda fizeram a gentileza de escolher uma mesa ao lado da janela.

Mamãe tirou dezenas de fotos pelo celular. Assim que chegou em casa, fomos baixar as fotos no computador, e só então descobrimos que mamãe não sabe usar a câmera. Ela tirou TODAS as fotos usando o lado errado do celular. Conseguimos uma infinidade de lindos closes da sua saia, das mangas da sua blusa, além de vários pedaços do seu rosto.

Momento triste, baixo-astral total. Achei que chegara a hora da crucificação. Primeiro pensei em vazar do país, mas depois cheguei à conclusão de que Ah, qual é, uma crucificaçãozinha de leve não deve ser tão ruim, afinal. Liguei para Colin. Ele me levou até Harry, que, para minha surpresa, aceitou tudo numa boa. Suspirou de leve, olhou para o copo de leite por muito tempo e disse: "Essas coisas acontecem nas melhores famílias. Continue a vigiá-la."

O problema, Anna, para ser sincera, é que eu estou de saco cheio disso tudo. Meu trabalho é um tédio só, a não ser nos dias em que eu me cago com medo de ser pregada em uma mesa de bilhar. A única coisa interessante em tudo isso é Colin.

Eu disse a Harry que, pela descrição de mamãe, aquele era Racey mesmo, sem sombra de dúvida. Perguntei-lhe se ele não podia enfrentar Detta só com aquela informação. "Você está maluca?", rugiu ele.

Tem Alguém Aí?

"Perdeu a noção? Ninguém acusa a esposa desse jeito, baseado em 'vieram me contar'. Tem que haver provas! Nada aconteceu se não houver provas."

Mais tarde, Colin me contou que Harry está em fase de negação. Disse que não importa a quantidade de provas que receba, nada será suficiente para convencê-lo. Resumindo a ópera: vou ficar fazendo essa porra de trabalho até o fim dos tempos.

Mamãe exigiu pagamento pela semana que trabalhou, e eu ainda tive de prometer ficar de tocaia para tirar fotos em pleno flagra da mulher com o cachorro.

Chegou um e-mail da mamãe, também:

PARA: ajudante_do_magico@yahoo.com
DE: walshes1@eircom.net
ASSUNTO: Crucificação

Querida Anna,
Espero que você esteja bem. Tivemos uma semana pavorosa. Helen bebeu a água benta que eu trouxe de Knock. Eu tinha prometido trazer a água para Nuala Freeman, que ficou muito chateada quando eu lhe contei o que aconteceu. Não posso culpá-la. Logo ela, que sempre é tão boa comigo e me trouxe um DVD pirata do filme *A Paixão de Cristo*, naquela vez em que foi a Medjagory (sei lá como se escreve isso). (Aliás, só por curiosidade, você sabe por que algumas pessoas falam *A Paixão DO Cristo*?)

Mudando de assunto, Helen passou muito mal do estômago e vomitou mais que a menina do *Exorcista*. Eu disse que podia ligar para o trabalho dela, a fim de avisar que ela estava doente, mas ficou furiosa e disse que quando alguém trabalha para um chefão do crime não pode simplesmente ligar dizendo que não vai porque está doente. Ela decidiu que eu ia ter de "cobrir" os turnos dela. Viu só? Na hora do sufoco ela corre pro meu lado. Aproveitei a situação para "encostá-la contra a parede", e disse que só ficaria de tocaia atrás dos arbustos diante da casa de Detta se ela me prometesse tirar fotos da velha com o cachorro fazendo cocô no nosso portão, assim que ela parar de vomitar. Helen teve de aceitar. Se bem que essa sua irmã nem sempre cumpre a palavra empenhada.

Pensei que Detta fosse vulgar como uma dessas namoradas de bandido e morasse num bordel, mas sua casa é decorada com muito bom gosto e suas roupas custam uma fortuna, dá para saber só de olhar. Não gosto de admitir isso, mas a inveja, o velho "monstro de olhos verdes", me atacou.

Depois eu tirei um monte de fotos de Racey O'Grady pelo lado errado da câmera do celular e Helen ficou furiosa mais uma vez, dizendo que o sr. Big iria crucificá-la e ela teria que "vazar" do país. Por fim ela se acalmou um pouco, disse: "F....-se" (só que ela falou com todas as letras) e foi tomar os remédios que o médico receitou. Seu pai disse que ela era muito corajosa e ele estava orgulhoso. Eu disse que ela era maluca e devíamos levá-la para o hospício. Acho que essa história de crucificação não deve ser motivo de piada, até Nosso Senhor tinha pavor desse troço, mas mesmo assim liguei para Claire e perguntei se ela poderia oferecer "abrigo" para a irmã em Londres. Ela recusou, disse que Helen ia tentar agarrar Adam e, se dependesse dela, Helen podia (palavras de Claire) "se ferrar".

Por fim, Helen foi falar com o sr. Big. Ele não a crucificou e acho que tudo acabou bem. Só que depois do vexame da câmera, mais a mulher com o cachorro e o problema da água benta de Knock eu não estou nada bem. Mesmo eu tendo estragado tudo com as fotos, Helen me deu um pouco do "dinheiro sujo" e estou procurando uma terapeuta barata para ver se ela levanta o meu astral.

Sua mãe amorosa,

Mamãe

P.S. — Tem alguma novidade sobre Jacqui e Joey? Nunca imaginei que eles pudessem formar um par compatível, mas a verdade é que as pessoas estranhas acabam sempre se entrosando.

CAPÍTULO 31

Mitch e eu aguardávamos em silêncio na fila e eu observava a garota recebendo dinheiro para os ingressos, no portão. Ela usava uma roupa de bailarina, botas de motociclista e óculos de gatinho estilo anos cinquenta, com hastes cobertas de strass. Estremeci só de ver isso, pois me fez lembrar das roupas que usava no trabalho.

Mitch e eu vivíamos nos revezando ao escolher lugares para visitar todo domingo. Nessa semana era a minha vez e eu pensei em algo especial: um game-quiz em Washington Square, pertinho de casa. Era um jogo beneficente com a finalidade de levantar fundos para um respirador artificial, uma cadeira de rodas ou algo assim (não consegui me ligar nos detalhes específicos) para um pobre coitado cujo seguro de saúde não queria bancar nada daquilo.

A sessão paranormal daquele domingo foi muito discreta. Mitch não ouviu nada de Trish, eu não recebi recado de ninguém, nem mesmo de vovó Maguire, e Mackenzie não apareceu. Talvez tivesse desistido da herança e resolvido ir para os Hamptons, o lugar ao qual pertencia, para procurar um marido rico, conforme seu tio Frazer aconselhara.

— Próximo! — chamou a "garota dos óculos de strass".

Mitch e eu demos um passo à frente.

— Muito bem... — Ela pregou adesivos no nosso peito e me entregou um formulário. — Vocês são a equipe dezoito. Onde estão seus parceiros?

Nossos parceiros? Mitch e eu olhamos um para o outro, sem saber o que responder.

— Os outros participantes? — ela insistiu. — Os outros dois que deviam estar aqui com vocês.

— Eu... Ahn... — inclinei a cabeça de lado, olhei para Mitch, que me olhou de volta com ar pasmo.

A garota, confusa com a nossa reação, explicou, com impaciência:

— São quatro pessoas em cada equipe. Só estou vendo duas.

— Ahn... Ah! Nossa, puxa! Certo, isso mesmo! Somos só nós dois.

— De qualquer jeito, o preço é o mesmo: vinte dólares. É para caridade.

— Claro — concordei, entregando-lhe uma nota de vinte.

— A chance de ganhar seria muito maior se vocês fossem quatro.

— Isso é verdade — refletiu Mitch.

Fomos abrindo caminho em meio a pessoas alegres e barulhentas, todas sentadas na grama, com a cara voltada para o sol, até acharmos um espaço para sentar. Foi quando eu olhei para Mitch e disse:

— Eu quase falei que nossos parceiros estavam mortos.

— Eu também.

— Já imaginou? "Onde estão seus parceiros?" "Mortos." Estão mortos! Mortinhos! — repeti, tentando segurar a vontade de soltar uma gargalhada. — "Onde estão seus parceiros?" "Estão mortos!"

Comecei a rir de forma tão descontrolada que precisei me deitar na grama. Ri, ri muito, ri até não aguentar mais, e então um estranho qualquer que se sentara perto de nós perguntou:

— Essa jovem está passando bem?

Foi então que eu tentei me controlar:

— Mitch, desculpe — pedi, tornando a sentar e enxugando com as mãos as lágrimas de riso que escorriam pelas têmporas. — Sinto de verdade. Sei que isso não tem graça nenhuma, mas é que...

— Tudo bem. — Ele deu um tapinha nas minhas costas e meu rosto entrou em descanso de tela, com a passividade habitual. Só que de vez em quando eu pensava "Estão mortos!" e meus ombros começavam a chacoalhar de novo.

Mitch olhou para o relógio, impaciente.

— Já deviam estar começando.

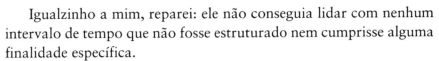

Igualzinho a mim, reparei: ele não conseguia lidar com nenhum intervalo de tempo que não fosse estruturado nem cumprisse alguma finalidade específica.

Exatamente nesse momento um homem apareceu no palco vestindo um paletó cintilante, com um microfone na mão e um papel na outra, provavelmente cheio de perguntas.

— Acho que vamos começar — disse Mitch.

Eu estava me preparando para dizer "Ótimo!", quando ouvi um grito que veio na minha direção através do ar quente da tarde:

— Olha lá, é Anna!

Meu santo Cristo!

Olhei em torno. Era Ornesto, em companhia de mais dois rapazes alegrinhos que eu conhecia de subir e descer as escadas do prédio, além do simpático Eugene, que instalara meu ar-condicionado. Eugene, que vestia uma camisa enorme e muito amarrotada, olhou com ar maroto para Mitch, colocou os dois polegares para cima e fez vários acenos encorajadores com a cabeça. Ah, não!... Ele achou que eu e Mitch estávamos...

Ornesto levantou-se com dificuldade e ainda parecia meio desequilibrado. Acho que ele tinha resolvido ir até onde nós estávamos. Horrorizada, eu o observei atentamente. Como é que eu podia ser tão idiota? Devia ter imaginado que encontraria pessoas conhecidas ali. Não que houvesse algo a esconder. Não havia nada entre Mitch e eu, mas as pessoas poderiam pensar que...

"Senhoras e senhores!...", Terno Cintilante trovejou no microfone. "Estão prontos? Vamos botar pra quebrar?" Ele ajeitou o tripé do microfone.

— Ornesto, volte para cá! — gritaram os rapazes alegrinhos. — Já vai começar! Depois você conversa com ela.

Volte, pensei. *Volte logo.*

Por um instante ele ficou paralisado, preso a títeres invisíveis manejados pela indecisão. De repente, para meu alívio, deu meia-volta e foi para junto dos seus amigos.

— Quem é ele? — perguntou Mitch.

— O vizinho de cima.

"Primeira pergunta!", anunciou Terno Cintilante. "Quem disse a frase: 'Quando escuto a palavra *cultura,* saco logo o meu revólver?'"

— Você sabe? — perguntou Mitch.

— Não. E você?

— Também não.

Ficamos sentados ali, olhando um para o outro sem expressão, enquanto os grupos à nossa volta discutiam as possíveis respostas com muita empolgação.

— Goering — sussurrei para Mitch. — Hermann Goering.

— Como é... Como você descobriu?

— Ouvi essa galera aqui do lado. — Olhei meio de lado para o grupo à nossa esquerda.

— Fantástico. Escreva aí.

"Segunda pergunta! Quem foi o diretor do filme *Bonequinha de Luxo?*"

— Você sabe? — perguntei a Mitch.

— Não. E você?

— Também não. — Chateada, reclamei: — Essas perguntas são muito difíceis.

— A garota no portão estava certa — comentou Mitch, com tristeza. — A chance de ganhar é muito maior se forem quatro na equipe.

Ficamos sentados ali, calados. Éramos as únicas pessoas no parque que estavam em silêncio. O fato é que não havia nada a dizer. Se eu não sabia a resposta e Mitch também não, o que haveria para dizer? Com a maior cara de pau, começamos a prestar atenção nos grupos à nossa volta.

— Blake Edwards foi quem dirigiu *Bonequinha de Luxo* — disse Mitch, baixinho. — Quem diria?

Uma garota da equipe ao lado se virou na nossa direção e nos lançou um olhar fulminante. Ela ouvira Mitch. Em seguida disse alguma coisa para seus companheiros de equipe. Todos olharam para nós e, em seguida, se encurvaram e se apertaram mais uns contra os outros, fechando a roda e baixando o tom da voz.

Eu e Mitch morremos de vergonha.

Tem Alguém Aí?

— Isso é falta de espírito esportivo da parte deles — reclamou Mitch.
— É *mesmo*. Afinal, é um jogo beneficente.
O fato de não conseguirmos ouvir as outras equipes confabulando era uma tremenda desvantagem, mas de vez em quando nós sabíamos as respostas.
— O que é patela?
— Um utensílio de cozinha? — perguntou Mitch. — Aquele troço para raspar o fundo da tigela?
— Isso é espátula. Patela é o que antigamente se chamava "rótula" — garanti, com alegria. — Quando uma pessoa deslocou a "rótula" nunca mais esquece.
— Qual é a capital do Butão?
Todo mundo falava ao mesmo tempo, sem chegar a uma conclusão. Ninguém sabia onde ficava o Butão, muito menos a capital, mas Mitch fez cara de empolgado.
— Timfu.
— Tem certeza?
— Tenho.
— Como é que você sabe isso?
— Trish e eu estivemos lá em nossa lua de mel.
Nenhum dos dois sabia a resposta para as seis perguntas que se seguiram, até que Terno Cintilante perguntou:
"Babe Ruth foi vendido pelo dono dos Red Sox de Boston para financiar um musical da Broadway. Qual é o nome desse musical?"
Mitch ergueu os ombros, mas abaixou-os logo em seguida.
— Eu torço pelos Yankees — explicou.
— Tudo bem — eu sussurrei, animada. — Eu sei a resposta. É *No, No, Nanette*.
— Como é que você sabe?
— Aidan torce pelos Red Sox.
Percebi que usei o verbo no tempo errado. Aidan *torcia* pelos Red Sox. O choque me fez sair do corpo. Tive a sensação de estar olhando para baixo e ver a mim mesma no parque, como se eu estivesse descendo de paraquedas em uma vida errada. O que eu estava fazendo ali? Quem era aquele homem ao meu lado?

* * *

Enquanto os pontos eram somados, houve sorteios de vários brindes. Todos os prêmios haviam sido doados por lojistas da região. Eu ganhei um saquinho com pregos (de vários tamanhos) e seis metros de corda, ambos doados por uma loja de ferragens ali perto. Mitch ganhou um piercing (para colocar na parte do corpo que escolhesse) da Tattoos and Screws, o salão de tatuagem e arte corporal que ficava na esquina da rua 11 com a Terceira Avenida.

Por fim, os resultados foram anunciados. A equipe dezoito (composta por Mitch e eu) teve um péssimo desempenho. Ficamos em quinto lugar, mais ou menos, só que de trás para a frente. Mesmo assim, isso não nos incomodou. Tínhamos nos distraído durante quase toda a tarde de domingo, e era isso que realmente importava.

— Muito bem... — Mitch se pôs em pé e colocou a onipresente bolsa de ginástica sobre o ombro. — Obrigado pela ótima tarde. Vou para a academia, agora. Vejo você na semana que vem.

— Tudo bem, a gente se vê. — Eu estava feliz por me despedir dele. Ornesto já vinha borboleteando na minha direção, pulando que nem uma mola, cheio de alegria e com muita razão: sua equipe ficara em quarto lugar e eles ganharam lavagens de roupa a seco de graça por um ano.

— Ah, ele foi embora! — lamentou Ornesto, assim que chegou. — Anna, quem era aquele HOOOMEM maravilhoso que estava aqui com você? Aquele bofe de parar o trânsito?

— Ele não é ninguém.

— Como assim não é ninguém? Ele certamente é alguém! E QUE alguém!...

— Não é não. Ele é um viúvo. Como Eugene.

— Ah, queridinha, ele não tem *nada a ver* com Eugene. Eu reparei naqueles ombros. Ele malha?

Com certa relutância, informei que sim.

— Por favor, Ornesto... — Eu não queria que Rachel, Jacqui nem ninguém soubesse de Mitch; elas poderiam achar que aquilo era uma espécie de romance, o que estava a anos-luz da realidade. — Ele também perdeu a esposa, e nós estamos apenas...

— ... Confortando um ao outro. Eu sei. — O jeito como ele disse isso me soou vulgar e nojento.

O único conforto que eu tinha em Mitch era o fato de ele compreender como eu me sentia. Percebi uma onda de fúria me subir pela garganta e quase me queimar a língua.

— Como ousa insinuar uma coisa dessas?! — desabafei, com um som agudo, para Ornesto. Foi quase um guincho, mas não muito alto, já que estávamos em um lugar público.

Meu rosto pareceu em chamas e meus olhos ficaram esbugalhados.

— Eu amo Aidan — guinchei novamente. — Sinto-me arrasada sem ele. Não conseguiria nem *pensar* em estar com outro homem. Nunca mais.

CAPÍTULO 32

Os novos cremes de limpeza da Candy Grrrl iam ser lançados com o nome Clean & Serene e eu tive uma ideia muito inspirada para o press release. Faria um texto no formato dos famosos Doze Passos básicos para recuperação de alcoólatras. O problema é que eu só conhecia o primeiro:

1) Admitimos que éramos impotentes diante do álcool e que nossas vidas tinham se tornado incontroláveis.

Eu mudei para:

1) Admitimos que éramos impotentes diante da oleosidade e que nossa pele tinha se tornado incontrolável.

Fiquei muito satisfeita, mas para ir em frente eu precisava dos doze passos oficiais. Liguei para Rachel, mas não consegui encontrá-la. Então, meio contra a vontade, recorri a Koo/Aroon, da EarthSource. Ela abriu a primeira gaveta da sua mesa e me entregou um folheto.

— Está tudo aí, na primeira página!

— Eu só preciso do folheto para fazer um press release — expliquei mais que depressa.

— Claro — disse Koo/Aroon. Porém, no instante em que virei as costas, ela se inclinou na direção de uma das colegas. Os cochichos agitados e os olhares esperançosos que lançaram na minha direção me deixaram alarmada. Merda! Eu tinha feito algo completamente idiota. Uma estupidez total. Tornara a cutucar o vespeiro com vara curta, e elas já estavam na esperança de que eu iria finalmente admitir que era alcoólatra.

Logo em seguida Rachel me retornou e, quando eu lhe contei por que tinha ligado, ela reagiu com a seguinte frase:

— Não tem nada a ver você usar os doze passos contra o alcoolismo para fazer propaganda de maquiagem.

— Mas é *removedor* de maquiagem — argumentei.

— Dá no mesmo.

Ela desligou. Voltei à estaca zero.

Num impulso, liguei para Jacqui.

— Como vai a situação com o safado-idiota-angustiado do Joey? — perguntei.

— Ah... Tudo bem. Tudo ótimo. Eu consigo olhar para ele, reconhecer que ele se parece um pouco com Jon Bon Jovi, mas não me importo. Não estou nem um pouco a fim dele.

— Graças a Deus! — Subitamente me senti muito orgulhosa de Jacqui e fiquei com vontade de vê-la na mesma hora. — Vambora fazer alguma coisa mais tarde? — perguntei. — Podemos assistir a um filme aqui em casa, ou algo assim.

— Ahn... Hoje à noite eu não vou poder.

Esperei ela me dizer por que não podia. Como ela não disse, eu perguntei:

— Você vai fazer o quê?

— Jogar pôquer.

— Pôquer?

— É.

— Onde?

— No apartamento de Gaz.

— Apartamento de Gaz? Você quer dizer no apartamento de Gaz e Joey?

Meio a contragosto ela reconheceu que sim, Joey dividia o apartamento com Gaz.

— Eu também posso ir? — perguntei.

Puxa, eu juro que achei que ela ia demonstrar empolgação. Ela me pentelhava há um tempão para eu sair mais de casa.

* * *

O lance foi que Gaz não estava lá. Só Joey, e ele não pareceu nem um pouco feliz por me ver. Isto é, ele nunca fica feliz por me ver, mesmo, mas aquele era um tipo diferente de desagrado.

— Onde está Gaz? — perguntei.

— Saiu.

Virei-me na direção de Jacqui, mas ela evitou meu olhar.

— A sala está linda — elogiei. — Velas esculpidas. Aroma de ilangue-ilangue, pelo que estou sentindo... *muito* sensual. E como é mesmo o nome daquelas flores?

— Estrelícias — murmurou Joey.

— São magníficas. Posso comer um desses morangos?

Pausa idiota e ansiosa.

— Vá em frente.

— Hummm, delicioso! Maduro e suculento. Prove um, Jacqui. Venha aqui, deixe-me colocar um na sua boca. Que echarpe é essa, Joey? É daquelas para fazer uma *venda para os olhos*?

Ele fez um gesto meio brusco do tipo "não faço a mínima ideia".

— Tá legal! Tô caindo fora! — anunciei.

— Fique — pediu Jacqui, e olhou para Joey. — Vamos só jogar pôquer.

— Sim... Fique — insistiu Joey, sem a mínima empolgação.

— Por favor, fique conosco — pediu Jacqui mais uma vez. — Estou falando de coração, Anna. É ótimo ver você saindo para se divertir.

— Mas... Vocês têm certeza?

— Temos.

— Talvez seja melhor eu ficar, então. Afinal, como é que *apenas duas pessoas* vão conseguir jogar pôquer?

— Bem, agora nós somos três — lembrou Joey, com um tom amargo.

— Isso é verdade. Mas vocês se importariam se nós não jogássemos pôquer? — pedi. — Eu não sei jogar muito bem. E não dá para jogar pôquer de forma apropriada sem fumar. O segredo do blefe está em apertar os olhos ao olhar para os oponentes por entre a fumaça. Vamos jogar algo que tenha mais a ver. Que tal uma partida de pif-paf?

Depois de um longo silêncio, Joey disse:

— Tudo bem, vamos de pif-paf.

Fomos para a mesa e Joey distribuiu sete cartas para cada um. Baixei a cabeça e forcei a vista para ver as cartas. Por fim, perguntei:

— Tudo bem se nós ligarmos a luz? É que eu não estou conseguindo enxergar as cartas direito.

Com movimentos curtos e bruscos, Joey se levantou, acendeu o interruptor morrendo de raiva e se largou de volta sobre a cadeira.

— Obrigada — murmurei. Com o ambiente excessivamente iluminado, as flores, as velas, os morangos e os chocolates pareceram ficar envergonhados.

— É melhor desligar a música também, para você se concentrar melhor — propôs Joey.

— Não, tudo bem. Eu *gosto* do *Bolero* de Ravel.

Eu lamentava de verdade estar estragando o jogo de sedução que Joey montara, mas como é que eu poderia adivinhar que ia até lá para ficar segurando vela? Jacqui deixou mais ou menos implícito que Gaz estaria em casa. E tanto ela quanto Joey tinham insistido muito para eu ficar, embora nenhum dos dois me quisesse ali, obviamente.

Levantei os olhos do meu jogo — que estava excelente, por sinal — e peguei Joey olhando para Jacqui com muito interesse. Ele parecia hipnotizado como um gato prestes a engolir um canário. A expressão de Jacqui era mais difícil de avaliar; não olhava para ele de nenhum jeito especial, mas não parecia tão extrovertida quanto normalmente. Além do mais, sua cabeça devia estar longe do jogo, porque era eu que "batia" toda hora. Nas primeiras vezes, bater antes deles me alegrou um pouco, mas depois a coisa ficou constrangedora e, no fim, já estava chata.

Como noitada, isso não foi grande coisa. Eu e Jacqui fomos para casa mais cedo do que esperávamos.

— Pelo menos o pobre Gaz já pode voltar do lugar para onde foi banido por Joey — comentei com Jacqui, enquanto esperávamos o elevador.

— Nós somos apenas amigos — garantiu ela, na defensiva.

PARA: ajudante_do_magico@yahoo.com
DE: lucky_star_investigadores@yahoo.ie
ASSUNTO: Boas notícias

Vou ter duas semanas de folga de Detta, Deus seja louvado! Ela vai para Marbella com as "meninas" (a soma das idades delas dá três mil e sete anos, se o grupo for o mesmo que almoçou com ela outro dia).

Harry: Não vá pensando que você vai curtir uma viagem de duas
    semanas para uma praia ensolarada com tudo pago.
Eu: Até parece que eu estou a fim de ir para aquele antro de perdição.
Ele (Ofendido.): Por quê? O que há de errado com o lugar?
Eu: Está cheio de contraventores que usam correntes de ouro
    compradas com dinheiro ganho de forma ilícita. É a Riviera do Crime.
Ele: Eu não sabia que a classe média achava isso de Marbella. Pensei
    que fosse só inveja. Detta adora ir lá.
    (Vá entender!... – Não, eu não disse isso, na verdade.)
Ele: Mas não pense que você se livrou do trabalho. Fique de olho em
    Racey O'Grady. Vigie-o para ver se ele não vai sair do país.

PARA: ajudante_do_magico@yahoo.com
DE: walshes1@eircom.net
ASSUNTO: Fotos!

Querida Anna,
Espero que você esteja passando bem e sinto muito pelo meu jeito "ranzinza" no e-mail passado. Bem, finalmente temos fotos da mulher com o cão chamado Zoé! Helen é uma boa menina, se escondeu no nosso arbusto e tirou "um rolo inteiro" de fotos digitais. Ela queria gritar "Pegamos vocês no flagra, madame!",

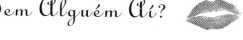

mas eu pedi para ela não fazer isso. A discrição será a nossa arma. Vou levar as melhores fotos à missa de domingo para ver se alguém reconhece a mulher ou Zoé. Pobrezinha da Zoé, não é culpa dela, os animais não têm noção do que é certo ou errado. Só os seres humanos possuem consciência, e é isso que nos diferencia dos animais. Helen não concorda com isso e diz que a única diferença é que os animais não podem usar salto alto.

De qualquer modo, devo reconhecer que tudo isso me abalou muito. Obviamente essa mulher tem muito ódio de nós.

Sua mãe amorosa,

Mamãe

PARA: ajudante_do_magico@yahoo.com
DE: lucky_star_investigadores@yahoo.ie
ASSUNTO: Racey O'Grady

Racey O'Grady mora em Dalkey, um bairro respeitável. Foi uma surpresa. Eu pensei que os chefões do crime sempre morassem perto uns dos outros e se visitassem todo dia para pedir cartuchos de balas emprestados e para o capanga do outro tomar conta do refém enquanto um deles sai para fazer umas comprinhas e coisas desse tipo. Mas Racey é muito cuidadoso com a própria privacidade. Mora em uma casa imensa, com muito terreno em volta, portões eletrônicos e muralhas com lanças de ferro no alto.

Estacionei do lado de fora, diante do portão, e ninguém apareceu o dia todo. Nem o carteiro. Argh, que tédio! Fiquei preocupada de Racey ter ido para Marbella e eu ser obrigada a segui-lo. Mas eis que às cinco da tarde os portões se abriram e Racey saiu. Ele me pareceu bonito, pessoalmente. Bronzeado, olhos azuis muito brilhantes, corpo sarado. Infelizmente usava sapatos medonhos cor de champanhe, camisa aberta no peito e corrente de ouro. Parecia um dirigente de time de futebol, só que muito melhor que o sr. Big.

Carregava uma bolsa de ginástica. Imaginei que devia haver serrotes, brocas e outros instrumentos de tortura ali dentro, mas ele estava a caminho da academia. Eu o segui (a pé) até o clube Killiney Castle. Não me deixaram entrar porque eu não sou sócia, mas eu disse que estava pensando em adquirir um título do clube e precisava dar uma olhada antes. Eles permitiram minha entrada e me indicaram onde ficava a academia. Lá estava Racey, com as pernas cheias de varizes, correndo na esteira como se o diabo estivesse em seu encalço. Era a imagem da inocência.

Séculos depois ele foi embora e eu o segui. Fiquei sentada no carro por mais uma hora e depois pensei: *Racey O'Grady que se foda!*
É claro que ele não vai para Marbella hoje à noite, e eu vou para casa.

CAPÍTULO 33

No trem, Mitch e eu deslizávamos de um lado para outro, sentados ombro com ombro, em silêncio.

Estávamos voltando do parque de diversões em Coney Island, onde andamos em todos os brinquedos exibindo no rosto a mesma cara de enterro. Mas tudo bem... Não estávamos ali por diversão, e sim para passar o tempo.

O trem fez uma curva fechada e nós quase caímos do banco. Quando nos ajeitamos novamente, eu perguntei, de repente:

— Como é que você era antes?

— Antes...?

— Isso mesmo. Que tipo de pessoa você era?

— Como é que eu sou agora?

— Um cara calado. Você não conversa muito.

— Pois é. Acho que eu falava mais, antes. — Ele refletiu a respeito: — Sim, eu gostava de bater papo. Tinha opiniões próprias, adorava conversar. Muito mesmo. — Ele pareceu surpreso. — Tópicos sobre o dia a dia, filmes, qualquer assunto.

— Você costumava rir?

— Ué, eu não costumo rir agora? Tudo bem... Sim, eu ria muito. Gargalhava. E você, como era?

— Não sei dizer. Mais feliz. Mais ensolarada. Mais esperançosa. Nem um pouco apavorada com a vida. Gostava de ter contato com as pessoas...

Ele suspirou e voltamos a ficar em silêncio.

Depois de algum tempo, perguntei:

— Você acha que algum dia nós voltaremos a ser como éramos?

Ele pensou, antes de responder:

— Eu não quero ser como era. Seria como se Trish nunca tivesse existido.

— Sei o que quer dizer, Mitch. Mas será que nós vamos ficar assim para sempre?

— Ficar assim como?

— Como... *Fantasmas*? Parece que nós também morremos e todo mundo esqueceu de nos avisar.

— Vamos melhorar. — Depois de uma pausa, ele completou: — Vamos melhorar, só que seremos pessoas diferentes.

— Como é que você sabe?

— Eu apenas sei. — Ele sorriu.

— Então tá, então.

— Você percebeu que eu acabei de sorrir?

— Foi mesmo? Faça de novo.

Ele esgarçou a boca em um sorriso ultrabrilhante.

— E então, que tal?

— Parece um apresentador de programa de prêmios. "E agora com vocês, a *Roda da Fortuna*!"

— Só preciso um pouco mais de prática.

PARA: ajudante_do_magico@yahoo.com
DE: walshes1@eircom.net
ASSUNTO: Últimas novidades

Ninguém na missa reconheceu a velha da foto. Vou levar para o clube de golfe e para o pessoal do jogo de bridge. Se continuar sem resultados positivos, vou ligar para as tevês e ver se eles podem mostrar a foto no programa *Crimewatch*. Ou no *Crimeline*. Ou no *Crimetime*. Sei lá como se chama o programa. Lembrei de outro: *Crimewhine*. Você lembra de mais algum? Helen chama esses programas de *Entregue seus Vizinhos aos Tiras*.

A sra. Big voltou de Marbella e Helen vai voltar ao velho arbusto amanhã de manhã.

Sua mãe amorosa,

Mamãe

CAPÍTULO 34

— Tudo pronto para logo mais? — perguntou Nicholas. — É noite de lua cheia.

— Sim — eu disse, baixinho, apertando o bocal do fone contra o queixo. Eu estava no trabalho, e embora fosse pouco provável que alguém sacasse que eu estava discutindo sobre a possibilidade de gravar a voz do meu marido morto, não queria me arriscar.

— Você tem um gravador?

— Tenho. — Eu tinha comprado um especialmente para aquele dia.

— Você sabe que não pode começar antes do pôr do sol, não sabe?

— Sei, sei de tudo. — Nicholas me enviara um e-mail com um monte de informações sobre o Fenômeno de Voz Eletrônica. Para minha surpresa, alguns estudos científicos pareciam levar a coisa a sério.

— Pois hoje é o seu dia de sorte, já soube?...

— O que foi?

— O canal do tempo informou que há uma chance de oitenta por cento para chuvas e trovoadas no início da noite. Isso vai aumentar muito as chances de Aidan falar com você.

— É mesmo? — Senti um friozinho na barriga, de tanta empolgação.

— Tô falando sério. Boa sorte. Me ligue depois.

* * *

Eu estava agitada e nervosa. Mal consegui trabalhar e fiquei andando de um lado para outro, de olho no tempo lá fora. No fim da tarde o céu ficou meio roxo, pareceu inchar, e o ar ficou mais quente e parado.

Teenie olhou da sua mesa e comentou:

— Parece que vamos ter trovoada.

Eu estava tão eufórica que precisei me sentar.

O céu ficou mais e mais escuro, e eu só torcendo. Quando ouvi o primeiro trovão sobre Manhattan, soltei um suspiro de alívio. Segundos depois relampejou e o céu se abriu ao meio. Ouvindo o chiado da chuva torrencial que encharcava a cidade, estremeci de expectativa; até meus lábios começaram a tremer. Quando o telefone tocou, mal consegui falar:

— Departamento de Publicidade da Candy Grrrl. Anna Walsh falando.

Era Nicholas novamente:

— Dá para acreditar? — exclamou ele.

— Lua cheia *com* trovoada — eu disse, meio tonta. — Quais as chances de as duas coisas aconteceram ao mesmo tempo?

— Na verdade, maiores do que você imagina — ele garantiu. — Lembra como a lua cheia afeta as marés...?

— Pare com isso, pare! Você está estragando a minha alegria.

— Desculpe.

O telefonema seguinte foi de Mitch:

— Boa sorte hoje à noite.

— Dá para acreditar nas duas coisas acontecendo ao mesmo tempo? — perguntei.

— Não. Deve ser um bom sinal. Ligue para mim mais tarde, se estiver a fim de conversar.

Todos os táxis da rua ou dos pontos de Manhattan estavam ocupados e eu fiquei ensopada só de andar da estação do metrô até meu apartamento; colocar a bolsa na cabeça não adiantou nada. Não que eu me importasse com isso, porque estava eufórica. Segui caminhando pelo meio da sala, enxugando os cabelos com uma toalha e me

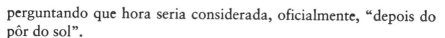

perguntando que hora seria considerada, oficialmente, "depois do pôr do sol".

Quando o temporal começou, o dia tinha virado noite e eu fiquei preocupada porque, só pelo fato de estar escuro lá fora, isso não significava, necessariamente, que já era "depois do pôr do sol". Talvez o sol tivesse se assustado um pouco pelos trovões e relâmpagos, mas oficialmente ainda não tinha *se posto*.

Não sabia muito bem se isso fazia sentido, mas as instruções que Nicholas me enviara tinham sido muito específicas — a gravação não deve começar antes do "pôr do sol" — e eu não podia me arriscar porque iam se passar mais quatro semanas antes da próxima lua cheia.

Esperar pela conversa com Aidan estava me matando de ansiedade, mas eu me forcei a segurar a onda até depois das dez; sob circunstâncias normais, o sol certamente já teria se posto a essa hora.

Instalei o gravador no quarto, porque ali era muito mais silencioso do que na sala da frente, que dava para a rua. Os ecos dos trovões distantes já haviam desaparecido, mas a chuva continuava a cair.

Para me certificar de que estava fazendo tudo direitinho, eu disse, junto do microfone, "Testando, um, dois, três..." duas vezes. Eu parecia um daqueles técnicos de som, mas precisava testar o equipamento. Pelo menos não usei o tom idiota e a voz rápida ("Testando-um-dois-três"). Em seguida, respirei fundo e falei, bem perto do microfone:

— Aidan, por favor, fale comigo. Eu vou... Ahn... Vou sair do quarto um pouquinho, e quando eu voltar queria encontrar uma mensagem sua.

Saí do quarto na ponta dos pés e fiquei sentada na sala da frente, balançando as pernas o tempo todo, de nervoso, e olhando o relógio. Resolvi esperar uma hora.

Transcorrido esse tempo, voltei para o quarto, pé ante pé; a fita tinha acabado. Eu a rebobinei e apertei o play, rezando o tempo todo:

Por favor, Aidan, por favorzinho... Deus, faça com que haja uma mensagem dele para mim. Por favor, Aidan.

Dei um pulo quando ouvi minha própria voz no início da fita, mas depois disso não havia som algum. Meus ouvidos estavam ligadíssimos, prontos para perceber qualquer coisa e qualquer som, por mínimo que fosse. Só que tudo o que havia era um chiado quase silencioso.

De repente, um grito agudo veio da fita; meio fraco, mas perfeitamente audível. Recuei, meio assustada. Oh, Deus! Oh, Deus, será que era Aidan? Por que será que ele havia gritado?

Meu coração batia mais rápido que um trem sem freios. Coloquei o ouvido perto da caixa de som, havia outros ruídos também. Captei uma palavra que poderia ser "homem", e em seguida ouvi um "ooooooh" fantasmagórico.

Eu mal consegui acreditar. A coisa estava acontecendo, acontecendo de verdade! Mas será que eu estava pronta para aquilo? Senti o sangue latejar nos meus ouvidos, as palmas das mãos ficaram absurdamente suadas e tive a percepção nítida dos folículos capilares no alto da cabeça, me espetando e formigando. Aidan entrara em contato comigo. Tudo o que eu precisava fazer era ouvir com muita atenção e conseguir entender o que ele me dizia.

Obrigada, mozinho. Puxa... Obrigada, obrigada, muito obrigada.

A voz dele me pareceu um pouco mais aguda do que era; as pessoas tinham me avisado que isso poderia acontecer e que eu deveria rodar a fita em uma velocidade mais lenta, a fim de ouvir melhor. Só que ficou ainda mais difícil entender alguma frase que fizesse sentido. Continuava apenas aparecendo uma ou outra palavra aqui e ali, mas eis que de repente, não mais que de repente, eu identifiquei uma frase inteira. Não havia dúvida sobre o sentido, porque ouvi cada palavra com pureza cristalina.

A frase foi:

Vou ficar ab-so-lu-ta-men-te ENCHARCADO!

Era Ornesto. Do andar de cima. Cantando um velho sucesso dos tempos da discoteca: *It's Raining Men.*

Assim que eu saquei o que era, todos os outros sons murmurados e indistintos fizeram sentido.

Tem Alguém Aí?

Ahhhh-leee-luu-ia! Está chovendo homem!
Graças a Deus a Natureza também é uma mulher
Arranque o telhado de casa e não saia da cama
Está chovendo homem. Aleluia!

Por um instante eu não senti nada. Nada mesmo.

Fiquei sentada no escuro, nem sei por quanto tempo, e depois fui para a sala de estar e liguei a tevê com movimentos quase robotizados.

CAPÍTULO 35

PARA: medium_producoes@yahoo.com
DE: ajudante_do_magico@yahoo.com
ASSUNTO: Neris Hemming

Entrei em contato com a Médium Produções no dia 6 de julho, para falar com meu marido, Aidan, que faleceu. Vocês confirmaram que eu teria uma entrevista com Neris Hemming em dez ou doze semanas. Já se passaram cinco semanas e eu gostaria de saber se a minha hora poderia ser antecipada para algum dia mais próximo. Se ao menos vocês pudessem me informar a data exata para a qual estou marcada, isso tornaria a espera um pouco mais fácil.

Agradeço desde já pela sua ajuda,

Anna Walsh

Por puro impulso, acrescentei um P.S.:

P.S. — Desculpe importuná-los. Sei que Neris é muito, muito, muito ocupada, mas estou superansiosa.

No dia seguinte, recebi a seguinte resposta:

Tem Alguém Aí? 413

PARA: ajudante_do_magico@yahoo.com
DE: medium_producoes@yahoo.com
RE: Neris Hemming

*Não é possível antecipar a sua data. No momento não podemos nem
mesmo confirmar a data do seu encontro. Entraremos em contato mais ou
menos duas semanas antes do evento. Obrigado por seu interesse em
Neris Hemming.*

Muda de tanta frustração, olhei para a tela. Tive vontade de gritar, mas isso não ia adiantar nada.

— Vambora fazer alguma coisa na noite de sábado? — sugeriu Jacqui.

— O quê? Você não tem nenhuma partida de pôquer só para dois marcada?

— Pare com isso. — Ela soltou um risinho idiota.

— Você acabou de dar uma risadinha ridícula.

— Claro que não.

— Jacqui, deu sim, eu ouvi.

Ela refletiu sobre isso por alguns segundos.

— Merda. Tudo bem, de qualquer modo, vambora fazer alguma coisa na noite de sábado?

— Não posso. Vou participar do Super Sábado nos Hamptons.

— Oh! — Um tom de inveja. — Sua filha da mãe sortuda!

Era isso que todo mundo dizia quando me ouvia falar do Super Sábado.

— Roupas de grife quase de graça! — Jacqui disse. — E amostras grátis de um monte de produtos! E as festas depois do evento!

Só que eu ia comparecer a trabalho. *A trabalho.* A coisa era muito diferente quando a pessoa ia lá para trabalhar.

CAPÍTULO 36

Em plena neblina de uma sexta-feira de noitinha, Teenie e eu seguíamos pela rodovia rumo a Long Island. O engarrafamento era imenso. A van em que viajávamos estava entulhada de caixas e mais caixas de produtos; na mala, no chão, nos nossos colos. Nós mesmas tivemos de levar os produtos, porque se os mandássemos por alguma transportadora havia a grande probabilidade de eles não chegarem lá a tempo. (E se enviássemos as caixas um dia antes, para garantir, havia uma chance ainda maior de alguém afanar tudo.) Mas não reclamávamos de nada: pelo menos não estávamos indo de ônibus, como no ano anterior.

Se bem que respirar a poluição de um milhão de carros não era nem um pouco agradável; um dos vidros laterais teve de ficar aberto o tempo todo porque três dos displays publicitários da Candy Grrrl eram grandes demais para caber dentro da van e ficaram com as pontas para fora da janela.

— Vamos pegar câncer de pulmão antes de chegar aos Hamptons — lembrou Teenie. — Você já viu como é o pulmão de um fumante?

— Não.

— Sorte a sua! — Com muita alegria ela fez uma descrição detalhada e mórbida, até que o motorista — um sujeito grandalhão com os dedos amarelados de nicotina — pediu:

— Dá para calar a boca? Estou passando mal só de ouvir.

* * *

Tem Alguém Aí?

415

Já passava de nove da noite quando chegamos ao Harbor Inn. Primeiro nós tínhamos que verificar a suíte de Candace e George, para nos certificarmos de que era suficientemente fabulosa e que o champanhe, a cesta de frutas, as flores exóticas e os chocolates artesanais estariam à espera deles no quarto. Afofamos algumas almofadas, sacudimos o edredom sobre a cama. Não podíamos dar nenhum tipo de furo. Depois, Teenie e eu fizemos uma boquinha, tarde da noite, e nos retiramos para nossas camas estreitíssimas, a fim de desfrutarmos de poucas horas de sono.

Acordamos e fomos para o centro de convenções às sete da matina. As portas iam se abrir para o público somente às nove horas, mas precisávamos estar com uma pequena loja da Candy Grrrl completamente montada antes disso.

Passava um pouco das sete e meia quando Brooke chegou; ela já estava nas redondezas desde quarta-feira, em companhia dos pais, na mansão deles.

— Oi, meninas! — cumprimentou ela. — Posso ajudar vocês em alguma coisa?

O mais engraçado é que ela oferecia isso de coração, a sério. Segundos depois ela já estava encarapitada no último degrau de uma escada de armar, suspendendo os cartazes de dois metros por três para prendê-los junto do teto. Depois ela descobriu sozinha como encaixar as peças e montou a mesa laqueada onde ficariam os produtos. Podem falar o que quiserem de gente rica com mania de superioridade, mas a verdade é que Brooke era muito prática e prestativa.

Enquanto isso, Teenie e eu desempacotávamos caixas e mais caixas de produtos. Íamos promover o Campo de Proteção, um novo creme protetor solar com ação antirrugas. Ele vinha em garrafinhas de cristal (falso) com tampas de cristal (também falso), como os frascos dos perfumes antigos. Os cremes eram apresentados em todas as tonalidades possíveis de rosa; o de fator de proteção solar mais alto, número trinta, tinha um tom escuro, quase bordô, e a série continuava em tons de rosa cada vez mais suaves, até o fator de proteção mais baixo, número quatro, que vinha em rosa-bebê. Eram lindos.

Nós também tínhamos centenas de camisetas Candy Grrrl e bolsas de praia, sacolinhas cheias de produtos para distribuir como amostras grátis, sem contar os itens completos de maquiagem para as demonstrações que Candace iria realizar mais tarde.

Tínhamos acabado de colocar os últimos brilhos labiais em exposição sobre a mesa quando Lauryn chegou.

— Olá! — ela nos cumprimentou, analisando tudo com olhos esbugalhados, em busca de algo para criticar. Desapontada por não encontrar nada errado, voltou a atenção para a multidão que chegava, analisando cada rosto como um caçador em busca da presa. — Bem, acho que vou circular por aí...

— Isso! — concordou Teenie, baixinho, assim que ela saiu. — Vá puxar o saco de alguém famoso.

— Meninas, vocês são tão divertidas! — disse Brooke, soltando uma gargalhada.

Às dez da manhã o salão de exposições estava abarrotado de gente. A linha Campo de Proteção atraía muita atenção, mas a pergunta que todas as consumidoras em potencial faziam era:

— Isso não vai deixar a minha pele cor-de-rosa?

— Não! — garantíamos, repetindo sempre o que havíamos ensaiado: — A pele absorve toda a cor.

— A pele absorve toda a cor — eu dizia.

— A pele absorve toda a cor — Teenie repetia.

— A pele absorve toda a cor — Brooke ecoava.

De vez em quando eu ouvia a voz de alguém sofisticado dizer:

— Oh, como vai, Brooke? Você está trabalhando? Que gracinha! Como vai a sua mãe?

As bolsas de praia acabaram em pouquíssimo tempo (as camisetas não fizeram tanto sucesso, mas também já estavam quase acabando) e nós três fazíamos dezenas de miniconsultas: tipo de pele, cor favorita, etc., antes de colocar nas mãos das clientes um monte de amostras grátis.

Sorríamos, sorríamos muito, sorríamos sem parar. Eu já estava começando a sentir uma espécie de cãibra nas articulações da mandíbula.

— Isso é provocado pelo acúmulo de ácido lático — informou Teenie. — Acontece quando um determinado músculo trabalha em demasia.

Tem Alguém Aí?

Eu nem senti o tempo passar, até que Teenie disse:

— Merda! É quase meio-dia. Onde está a multidão de mulheres interessadas em assistir à demonstração que Candace vai realizar?

Candace ficou de chegar ao meio-dia. Tínhamos avisado à imprensa local e o evento era anunciado a cada quinze minutos pelo sistema de alto-falantes, mas até agora ninguém tinha aparecido.

— É melhor começarmos a arrastar a cambada para cá — propôs Teenie. Ela adorava a frase "arrastar a cambada" e outras expressões antigas. — Se não conseguirmos reunir uma pá de gente, estamos fritas.

— Muito bem, vamos começar a arrastar a cambada. — Mas as palavras morreram na minha boca quando, no meio da multidão, ouvi um grito de horror, aparentemente emitido por uma criança.

Nós três olhamos umas para as outras.

— Acho que o dr. De Groot acaba de chegar — adivinhou Teenie.

CAPÍTULO 37

Lauryn reapareceu.

— Só para Candace e George pensarem que ela estava aqui desde as sete da manhã — disse Teenie, baixinho.

— Então, o que está rolando? — perguntou Lauryn, olhando de um lado para outro, agitada. Pegou um frasco de Campo de Proteção e me parece que estava vendo o produto pela primeira vez, pois perguntou:

— Isso não vai deixar as pessoas com a cara cor-de-rosa?

— A pele absorve toda a cor — entoamos, em uníssono, Brooke, Teenie e eu.

— Tá bom! — reagiu ela, parecendo ofendida. — Também não precisam gritar no meu ouvido. Ai, minha nossa! — exclamou em seguida, ao perceber que não havia ninguém parando diante do nosso estande. — Onde estão todas as pessoas?

— Vamos começar a reuni-las.

— Está tranquilo, elas já estão começando a chegar.

Olhei para trás. Quatro mulheres se aproximavam do estande. Por puro instinto, percebi que elas não estavam ali para assistir à demonstração de maquiagem da Candy Grrrl. Todas tinham maçãs do rosto tão perfeitas que pareciam esculpidas, cabelos curtos muito bem cuidados e todas se vestiam em discretos tons de areia e cinza. Pareciam ter acabado de sair de um anúncio da Ralph Lauren; percebi que eram a mãe de Brooke, suas duas irmãs mais velhas e sua cunhada.

Então, no meio da multidão, vi alguém que eu conhecia. Por um momento não consegui lembrar exatamente de onde, nem quem era. De repente, a ficha caiu: era Mackenzie! Usava jeans desbotados e

Tem Alguém Aí? 419

uma camiseta branca masculina, roupas completamente diferentes das que usava para ir aos domingos em nossos "encontros espíritas", mas era ela mesma, com certeza. Eu já não a via fazia três ou quatro semanas.

— Anna! — ela gritou. — Você está linda! Toda cor-de-rosa!

Foi esquisito. Eu mal a conhecia, mas senti como se reencontrasse uma irmã que não via há muito tempo. Lancei-me em seus braços e trocamos um forte abraço.

Naturalmente, sendo sofisticada como ninguém, Mackenzie conhecia todas as mulheres da família Edison, e houve um frenesi de beijos, abraços e perguntas sobre pais e tios.

— De onde vocês duas se conhecem? — quis saber Lauryn, com os olhos muito desconfiados, olhando de mim para Mackenzie.

Os olhos de Mackenzie me lançaram um sinal mudo e desesperado. *Não conte a elas. Por favor, não conte a elas.*

Não se preocupe, retribuí seu olhar. *Não vou contar nadinha.*

Felizmente fomos salvas daquele papo constrangedor do tipo "Onde foi que nos conhecemos, Anna?", "Não lembro, Mackenzie, onde foi mesmo...?" pela chegada majestosa da Rainha Candace e do Rei George.

Candace — vestida de preto dos pés à cabeça — pensou que as mulheres da família Edison e da Mackenzie estavam ali para participar da demonstração e ser maquiadas por ela.

— Muito bem, vocês! — Candace quase sorriu. — É melhor começarmos logo. — Dirigindo-se à mais madura e radiante do grupo, estendeu a mão. — Sou Candace Biggly.

— Martha Edison.

— Bem, Martha, venha se sentar aqui para começarmos a demonstração. — Candace indicou a banqueta rosa e prateada. — Vocês, minhas jovens, terão que esperar pela sua vez.

— Demonstração? — A sra. Edison pareceu ofendida. — Mas eu só uso sabonete neutro e água na pele.

Confusa, Candace olhou para uma das irmãs Edison, depois para a outra, em seguida para a cunhada e só então percebeu que eram todas clones de Martha.

— Sabonete neutro e água — confirmaram todas a uma só voz, recuando, horrorizadas. — Só usamos sabonete neutro e água em nossa pele. Adeuzinho, Brooke. Mais tarde nos encontramos no piquenique beneficente do programa Salve os Alces.

— Mackenzie! — chamei, com ar juvenil. — Que tal você?

— É, por que não? — Com ar obediente ela subiu no tablado e se sentou na banqueta, não sem antes se apresentar a Candace como "Mackenzie McIntyre Hamilton".

Nesse instante, George disse a Candace:

— Bem, garotas, já que está tudo correndo bem, vou dar uma volta por aí.

Teenie e eu nos viramos uma para a outra ao mesmo tempo, dizendo com os olhos: "Está na hora de ele puxar o saco de Donna Karan." Brooke interceptou o nosso olhar significativo e teve um acesso de gargalhadas, dizendo:

— Vocês, meninas!...

— Ca-la-das! — sussurrou Lauryn. — Comecem a convocar as pessoas para virem até aqui.

Foi uma missão impossível: quase todas as mulheres à nossa volta estavam ali de passagem, planejavam ir ao piquenique do programa Salve os Alces e não estavam nem um pouco interessadas em assistir a demonstrações de maquiagem. Adoraram ganhar a sacola de praia da Candy Grrrl e as amostras grátis, mas nenhuma delas se mostrou disposta a "sentar na banquetinha".

Candace esticou o máximo que pôde a demonstração em Mackenzie, mas finalmente a coisa acabou, ela desceu da banqueta e eu a chamei em um canto.

— Vou tornar a ver você em breve? — perguntei, quase sem mover os lábios.

— Acho que não. — Ela balançou a cabeça, falando baixinho. — Vou tentar algo diferente para minha vida.

— Arrumar um marido rico?

— Isso mesmo. Mas eu sinto saudades de vocês. Como vai o Nicholas?

— Ahn... Ele está bem.

Tem Alguém Aí? 421

— O que estava escrito na camiseta dele, domingo passado?

— "Jimmy Carter para Presidente."

Ela riu alto.

— Essa ele tirou do baú! Nossa, ele é um gato. Sou só eu que acho ou ele é um cara muito... *Sexy*?

— Não sou a pessoa certa para responder a isso.

— Claro que não. Desculpe — ela suspirou, com ar triste. — Bem, diga a Nicholas que eu mandei lembranças para ele. Aliás, diga que eu mandei lembranças para toda a galera.

Ela saiu e eu voltei à minha missão impossível de atrair as pessoas para o estande. O clima, que já era péssimo, ficou ainda pior quando alguém disse, em voz alta:

"Minha pele estourou toda quando experimentei o creme diurno da Candy Grrrl."

O horror dos horrores foi que Candace ouviu.

Na mesma hora ela largou o pincel de pelo de pônei alsaciano e declarou:

— Tenho coisas muito melhores para fazer com a porra do meu tempo do que tentar vender produtos para um bando de mulheres imbecis. Meu faturamento anual é de mais de trinta e quatro milhões de dólares.

Eu morri de medo de a clientela se dissipar de vez. Muito nervosa, olhei em volta, tentando achar George, mas ele estava em algum canto, procurando alguma celebridade que pudesse bajular. Naturalmente, Lauryn também desaparecera.

— Quero sorvete — declarou Candace, com ar petulante.

— Ahn... Tudo bem, eu vou pegar um — ofereci. — Teenie e Brooke ficarão com você.

— Ah, eu sinto muito, mas vou ter que sair agora — informou Brooke. — Prometi vender rifas para salvar os alces.

— Tudo bem. Muito obrigada, Brooke, você foi demais hoje, nos ajudou muito. Vejo você na segunda — agradeci.

— Quarta — lembrou ela. — Não volto antes disso.

— Certo... Quarta, então. — Mergulhei na multidão, em uma busca desesperada por sorvete.

Quinze frustrantes minutos depois eu voltei trazendo, com ar triunfante, um picolé Eskimo, um Dove e mais três de sabores variados. Só para garantir.

Com jeito rabugento, Candace aceitou o Eskimo e se sentou na banqueta. Vestiu uma cara de poucos amigos e ficou de cabeça baixa e ombros caídos, atacando o sorvete. Parecia um orangotango esquecido na chuva.

Foi exatamente nesse instante, é lógico, que Ariella resolveu chegar para visitar seus amigos do East Hampton e deu uma passadinha no estande. Isso não era nada bom. Graças a Deus ela não podia se demorar, pois estava a caminho de um churrasco para salvar as renas.

— Esse evento é outro ou é o mesmo dos alces? — perguntou Teenie.

— Totalmente diferente — explicou Ariella, irritada.

Quando ela vazou, ficamos só Teenie e eu.

— Mas que papo é esse de salvar os alces? — ela me perguntou.

— Eu nem sabia que eles estavam ameaçados de extinção. Aliás, nem as renas.

Dei de ombros.

— Eu também não sabia. Talvez não haja nenhum bicho novo para salvar.

CAPÍTULO 38

— Anna? Aqui é a mamãe. Tenho uma coisa urgente para falar com você...

Agarrei o fone com força. Será que havia algo errado com alguém? Papai? J.J.?

— Que foi? — quis saber. — O que é tão urgente?

— Como anda a história de Jacqui e Joey?

Tive de esperar um pouco para meu coração desacelerar.

— Foi só para isso que a senhora ligou? Para saber de Jacqui e Joey?

— Exato. O que está rolando?

— A senhora já sabe. Ele está a fim dela. Ela está a fim dele.

— Não! Ela *dormiu* com ele. Foi no fim de semana, enquanto você estava no tal dos Hamptons.

Jacqui não tinha me contado. Com a voz quase inaudível, confessei:

— Eu não sabia.

Com um tom pretensamente alegre, mamãe emendou:

— Ainda é segunda de manhã, mas ela vai lhe contar logo. Além do mais, só Deus sabe *quem* nunca dormiu com Joey.

— *Eu* nunca dormi.

— Nem eu — ela suspirou, parecendo pesarosa. — Mas todas as outras mulheres já dormiram. Foi transa de uma noite só?

— Como é que eu vou saber?

— Tudo bem, foi brincadeira minha. Eles passaram a noite inteira juntos? Será que Joey assume um compromisso desse tipo?

— Rá-rá... Muito engraçado. Escute, mamãe, não sei informar nada, nem sei o que rolou. Pergunte a Rachel.

Não posso. Não estamos nos falando.

— O que foi agora?

— Os convites. Eu quero letras prateadas em cartão branco-neve.

— E ela prefere o quê?

— Ramos de vinha entrelaçados e conchas em cartão texturizado como papiro. Dá para você tentar dissuadi-la disso?

— Não.

Um silêncio estupefato rolou do outro lado da linha, até que eu expliquei:

— Sou a filha que ficou viúva há pouco tempo, lembra?

— Desculpe, filhinha, desculpe. Por um momento eu confundi você com Claire.

Só depois de ela desligar foi que eu me perguntei quem teria lhe contado a novidade sobre Jacqui e Joey. Luke, provavelmente.

Na mesma hora eu liguei para Jacqui, mas ela não estava atendendo a nenhum dos telefones. Deixei recados exigindo que ela me ligasse *imediatamente* e só então mergulhei no trabalho, apesar de estar morrendo de curiosidade.

Ela não deu retorno a manhã toda. Tentei outra vez na hora do almoço e nada. No meio da tarde eu estava a ponto de ligar para ela mais uma vez quando a sombra de alguém caiu sobre minha mesa. Era Franklin. Quase cochichando, ele disse:

— Ariella quer ver você.

— Por quê?

— Vamos

— Aonde?

— À sala dela.

Por Deus, eu ia ser despedida. Ia para o olho da rua.

Ah, tudo bem. O que se pode fazer?

Franklin entrou comigo e eu fiquei boquiaberta ao ver que várias pessoas já estavam lá dentro: Wendell, da Visage, Mary-Jane, coordenadora das outras sete marcas, e Lois, uma das protegidas de Mary-Jane. Lois trabalhava na Essence, uma das nossas marcas mais valiosas e estratégicas, embora não tanto quanto a EarthSource.

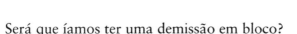

Será que íamos ter uma demissão em bloco?

Cinco cadeiras haviam sido colocadas em semicírculo em torno da mesa de Ariella.

— Sente-se! — ordenou ela, com seu jeito de Don Corleone. — Muito bem... A boa notícia é que vocês não vão ser despedidas. Por enquanto.

Todas nós rimos muito alto e por tempo demais.

— Menos, meninas, menos... A piada não foi assim tão engraçada. A primeira coisa que vocês devem saber é que o que trataremos aqui é um assunto superconfidencial. Tudo o que ouvirem não deverá ser discutido fora desta sala, com ninguém, em nenhum lugar, em nenhum momento e sob nenhuma circunstância. Sacaram?

Sacamos. Mas eu fiquei intrigada com tudo aquilo. Ainda mais por haver naquela sala uma combinação de pessoas tão heterogêneas. O que tínhamos em comum para nos tornar guardiãs de um segredo de Estado?

— Fórmula 12. Já ouviram falar nisso? — perguntou Ariella.

Fiz que sim com a cabeça. Conhecia um pouco a respeito do assunto. Essa tal fórmula 12 tinha sido inventada por um homem que explorara a bacia amazônica, bajulando os moradores locais, tentando registrar seu estilo de vida, seu comportamento, esse tipo de coisa. Quando as crianças do lugar sofriam algum ferimento, uma espécie de unguento era preparado com raízes locais, além de folhas e outros componentes naturais; o explorador percebeu que as feridas cicatrizavam com uma velocidade surpreendente, quase sem deixar marcas. O tal descobridor tentou preparar ele mesmo o unguento, mas só conseguiu na décima segunda tentativa, daí o nome.

O produto era considerado medicinal e o inventor estava tentando a aprovação da FDA, a agência americana reguladora de medicamentos, o que certamente levaria muito tempo.

Ariella prosseguiu com a história:

— Enquanto ele espera a aprovação da FDA, o professor Redfern — esse é o seu nome — teve uma ideia: creme cosmético. Usando a mesma fórmula, só que diluída, ele criou um creme diurno. — Ela entregou uma pilha de documentos para cada uma de nós cinco. — Os testes foram fenomenais, muito além do esperado. Está tudo explicadinho aí.

O engraçado em Ariella é que quando ela conversava com as pessoas por algum tempo, dispensava o ar de Don Corleone. Obviamente o tom mafioso era só uma afetação inicial para intimidar e apavorar as pessoas. Funcionava que era uma maravilha.

— A fórmula foi adquirida pela Devereaux. — Conforme todas ali sabiam, a Devereaux era uma empresa gigantesca, que fabricava dezenas de marcas de cosméticos de todo tipo. Inclusive a Candy Grrrl, a propósito. — A Devereaux vai entrar nisso com força total e vai se tornar a marca mais poderosa do planeta. — Ela abriu um leve sorriso e fitou cada uma de nós olho no olho. — Vocês devem estar se perguntando onde é que nós entramos nesse jogo. Pois bem, vejam que sorte a de vocês: a McArthur on the Park vai tentar conseguir essa conta.

Ela esperou um momento, para que pudéssemos expressar nossa alegria e assombro diante daquilo.

— Quero que cada uma de vocês três — ela apontou para mim, para Wendell e para Lois — prepare uma proposta de lançamento especial para mim.

Outra pausa significativa. Para ser franca, aquilo era o *máximo*. Uma apresentação só minha. Para uma marca nova e promissora.

— Se vocês se saírem bem, faremos as três apresentações para o cliente escolher. E se ele escolher uma, talvez a felizarda se torne responsável pela conta.

Uau! Isso seria realmente *fantástico*. Uma promoção no emprego. Mas que roupas uma garota Fórmula 12 teria de usar? Modelitos inspirados na Amazônia? Até a Warpo seria melhor que isso.

— Quanto tempo nós temos? — perguntou Wendell.

— Daqui a duas semanas, contando a partir de hoje, quero ver a apresentação de cada uma.

Duas semanas. Não era muito tempo.

— Isso vai nos dar tempo suficiente para resolver uma ou outra pendenga que apareça antes da coisa de verdade. — Subitamente ela

Tem Alguém Aí?

retomou o tom baixo e o ar ameaçador: — Não que eu espere que elas aconteçam, é claro. Mais uma coisa: preparem tudo no tempo livre. Venham trabalhar todos os dias, ajam normalmente e continuem a dar mil por cento para as marcas com as quais trabalham. Mas podem esquecer qualquer vestígio de vida pessoal pelas próximas duas semanas.

Sorte a minha, porque eu não tinha vida pessoal, mesmo.

— Como eu já avisei, *ninguém deve saber* — lembrou ela.

De repente, retomou o estilo magnânimo:

— Anna, Lois e Wendell, vocês não precisam que eu lhes lembre a honra que tudo isso representa, certo? — Balançamos a cabeça, energicamente. Nós realmente não precisávamos. — Vocês sabem quantas pessoas trabalham para mim? — Nós não sabíamos, mas certamente era uma multidão. — Passei muito tempo com Franklin e Mary-Jane analisando cada uma das jovens que trabalham para mim e escolhi só vocês três.

— Obrigada, Ariella — murmuramos, em uníssono.

— Confio em vocês. — Ariella sorriu pela primeira vez, de forma calorosa, e terminou dizendo: — Não me façam nenhuma cagada.

Enquanto Franklin foi me levando de volta à mesa, buzinou no meu ouvido, várias vezes:

— Você prestou atenção ao que ela disse? Não faça nenhuma cagada.

Fiquei apavorada.

Lauryn me viu chegar e ficou morta de curiosidade:

— Você foi despedida?

— Não.

— Ah. — Ar de decepção. — Por que você foi chamada para ir à sala dela?

— Por nada.

— O que tem dentro dessa pasta?

— Nada.

Nossa, como eu disfarçava mal. *Achei que ia dormir na fila dos desempregados.*

Já estava lamentando ter sido uma das escolhidas.

Abri a pasta da Fórmula 12 e tentei ler as informações. Muito do que havia ali eram dados científicos sobre características biológicas das plantas, suas propriedades e por que elas produziam aquele efeito. A linguagem era muito técnica. Embora eu quisesse ler tudo por alto, não podia, porque, se eu assumisse a administração daquela conta, uma das minhas tarefas seria fragmentar o mar de informações em porções menores e facilmente compreensíveis pelas editoras da área de beleza.

A pasta continha uma foto do professor Redfern, que me pareceu simpático e com um ar desbravador. Muito bronzeado, ele exibia alguns pés de galinha em torno dos olhos, usava um chapéu e uma daquelas roupas cáqui cheias de bolsos, obrigatórias para exploradores indômitos. Usava barba? Claro que sim. Mas era atraente, para quem gosta desse tipo de charme. Seria possível promover o produto usando a imagem dele? Talvez. Poderíamos apresentá-lo como um Indiana Jones *du jour*.

Junto do material havia um pequeno frasco com o creme mágico. Apresentava um desagradável tom de mostarda com pontinhos mais escuros — como um sorvete de "baunilha não artificial". Quase todos os cremes para o rosto eram brancos ou rosados, mas o tom de mostarda não era necessariamente uma característica desfavorável; o produto teria um ar de "autenticidade".

Uma das coisas tristes a respeito do meu trabalho é que eu já não acredito mais quando ouço promessas de efeitos antirruga, antienvelhecimento ou testemunhos milagrosos. Por que deveria? Eu mesma os escrevo. Apesar disso, passei um pouquinho do creme cor de mostarda no rosto e, minutos depois, minha cicatriz começou a arder. Corri até o espelho mais próximo, já preparada para ver a pele se abrir, borbulhar e se expandir, como em uma experiência científica

Tem Alguém Aí?

que tivesse dado muito, *muito* errado. Mas não... Nada de diferente aconteceu e meu rosto parecia igual.

Antes de ir para a cama, tentei achar Jacqui mais uma vez. Esperava que ela não fosse atender e fiquei surpresa quando respondeu:

— Hey-llloooo! — Ela me pareceu agitada e ofegante.

— Sou eu. O que está rolando entre você e o safado-idiota-angustiado do Joey?

— Ficamos na cama desde a noite de sexta-feira. Ele acabou de sair daqui.

— Quer dizer que você está a fim de Joey?

— Anna, eu estou *louca* por ele.

CAPÍTULO 39

Ela insistiu em me presentear com histórias sobre o quanto o sexo com Joey fora sensacional. *Sexo*, pensei, repetindo a palavra na minha cabeça. *Transar*. Impossível imaginar. Eu estava absolutamente morta para isso, de tão entorpecida.

O mais engraçado é que, embora a minha libido estivesse completamente destruída, um dos meus arrependimentos era que eu e Aidan não tivéssemos transado mais vezes. É claro que nós transávamos muito, ou, pelo menos, em uma frequência normal, seja lá qual for esse número. É difícil analisar com precisão dados desse tipo, porque a maioria das pessoas é tão paranoica de achar que todo mundo transa de manhã, de tarde e de noite que mente descaradamente a respeito do assunto, inflacionando os números. Obviamente, as pessoas que ouvem esses relatos *também* sentem necessidade de mentir, então fica muito difícil descobrir o número exato.

Eu e Aidan costumávamos transar apenas duas, às vezes três vezes por semana. No princípio, é claro que eram duas ou três vezes por dia, mas eu sei que não dá para manter esse ritmo a vida toda, rasgando as roupas um do outro, tomando inesquecíveis duchas juntos e transando em lugares públicos ou o dia todo. Além disso, ficaríamos exaustos, sem nenhum botão nas roupas, e poderíamos até ser presos.

Para minha tristeza, nunca havíamos feito nada terrivelmente atrevido nem perigoso. Sempre fomos muito certinhos. Talvez as taras nunca surjam no início da relação. Talvez as pessoas precisem passar por todo o processo de sexo normal antes, e talvez só depois de dez anos cheguem a ponto de sair da periferia e mergulhar de cabeça no mundo agitado e desinibido das sacanagens e trocas de casais.

Tem Alguém Aí?

O que me incomodava era lembrar de todas as oportunidades que havíamos desperdiçado. Puxa, eu tinha perdido praticamente todas as manhãs do tempo que passei com Aidan. Eu ficava me aprontando para trabalhar, e ele circulando pelado pelo quarto, a pele ainda úmida do chuveiro, seu bilau balançando. Eu passava batida, procurando um desodorante, uma escova de cabelo ou algo assim, e mal reparava na bunda perfeita que ele tinha, nos furinhos em cima dela, ou nas curvas sensuais da parte alta das suas coxas, e raramente pensava no quanto ele era um homem lindo. Quando tal fato acontecia, eu logo lembrava que não tinha levado as botas para consertar no sapateiro, que ia ter de usar um sapato de salto alto e isso me desconcentrava.

As manhãs eram sempre uma corrida contra o relógio. É claro que isso não impedia Aidan de me agarrar com força na hora em que eu passava junto dele, seminua, mas quase sempre eu o enxotava, dizendo:

— Cai fora, para com isso, não temos tempo!

Geralmente ele levava a coisa na esportiva, mas teve um dia, pouco antes de morrer, que comentou, com ar tristonho:

— A gente nunca mais transou de manhã.

— *Ninguém* transa de manhã — eu expliquei. — Só gente esquisita, como presidentes de multinacionais que têm esposas de fachada e amantes. Mesmo assim, as mulheres só se submetem a isso porque ganham joias caras. Os executivos, por sua vez, só fazem sexo loucamente desse jeito porque têm tanta testosterona que se não transarem vão ter que invadir algum país, ou algo desse tipo.

— Eu sei, mas...

— Qual é...? — eu impliquei com ele. — Nossa vida não é um daqueles filmes do tipo *O Prazer do Sexo*.

— E como é a vida nesses filmes?

— Ah, *você* sabe... A espontaneidade é fundamental. — Fechei o zíper da saia. — Você já estaria prontinho para o trabalho, como agora, mas eu continuaria na banheira, tomando um banho de espuma.

— Mas nós nem temos banheira!

— Não importa, isso é apenas um detalhe. Eu estaria com uma das pernas levantada, mexendo os dedinhos dos pés em pleno ar ao mesmo tempo que ensaboava as canelas com ar de luxúria. Você se inclinaria para me dar um beijo de despedida e...

— Ah, saquei! Você me puxaria pela gravata...

— Exato! Você cairia de roupa e tudo dentro da banheira...

— Uau! Demais isso!

— Que nada! Você iria ficar puto dentro das calças e começaria a gritar: "Porra, meu terno Hugo Boss! Agora com que roupa eu vou trabalhar?" — Enquanto eu falava, remexia furiosamente em uma gaveta, procurando um sutiã decente. Finalmente o encontrei.

— Olha só! — Aidan apontou para uma protuberância na parte da frente das calças, indicando atividade inesperada na região.

Ignorei a indireta e continuei:

— Você diria "É melhor enxugar toda a água que transbordou da banheira, senão o vizinho de baixo vai subir reclamando do pinga-pinga no teto do banheiro dele".

Aidan continuava observando a protuberância e acompanhava com os olhos a tenda que se armava por baixo das calças. Fez um gesto do tipo "tira a roupa, baby", mas eu disse:

— Temos que ir para o trabalho!

— Não. — Ele abriu o sutiã que eu acabara de fechar.

— Nada disso! — reclamei, tentando fechá-lo novamente.

— Mas você é tão linda! — Com muito carinho, ele me mordeu a nuca. — Estou doido por você. Louco para ter você. — Ele levou minha mão até a protuberância entre as pernas e eu senti sua ereção forçando a calça, louca para se livrar dos obstáculos e se lançar para o alto. Sob o meu toque o pênis dele pareceu engrossar e endurecer ainda mais.

De repente aquilo começou a me parecer uma boa ideia, mas eu fiz uma última tentativa para dissuadi-lo, avisando:

— Estou usando a calcinha cor de tangerina.

Ela parecia uma cueca e eu adorava usá-la. Aidan a achava feia.

— Não ligo — disse ele. — Basta tirá-la. *Agora mesmo*, por exemplo. — Ele me pegou pelos braços, me atirou na cama, levantou

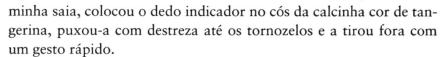

minha saia, colocou o dedo indicador no cós da calcinha cor de tangerina, puxou-a com destreza até os tornozelos e a tirou fora com um gesto rápido.

Debruçando-se por cima de mim, ele arrancou a gravata, abriu a braguilha e sussurrou: "Vou foder você." Erguendo um pouco o corpo, arriou as calças e a cueca Calvin Klein e seu pênis ereto pulou para fora, virado para o alto. Eu coloquei as mãos sobre o peito dele, virei-o de lado e o empurrei de costas na cama. A parte de baixo da sua camisa se desabotoou, suas calças continuaram arriadas só até os joelhos e sua pele muito branca contrastou com o azul-marinho do terno e a confusa mata de pelos pubianos pretos.

Sua ereção aumentou ainda mais, apontando para cima, e ele chegou mais perto.

Eu me deixei escorregar devagar, colocando-o dentro de mim, subitamente excitada. Segurei a cabeceira da cama com as mãos e comecei a me agachar e levantar lentamente. Meu clitóris se esfregava ao longo da lança quente e meus seios balançavam e roçavam o seu rosto. Ele começou a mordiscar meus mamilos, enterrou as mãos com mais força nos meus quadris e me fez subir e descer com mais velocidade sobre o seu mastro, depressa, depressa, cada vez mais depressa.

A cama rangia no mesmo ritmo dos gemidos dele. "Ah! Ah! Ah! Ah! De repente um "Porra, não!...", que se transformou num "AHHH!..." definitivo, seguido de um espasmo trêmulo, quando então ele ergueu o púbis mais uma vez e me puxou para baixo. Ele arfou, tremeu, corcoveou e, quando conseguiu falar, pediu:

— Desculpe, amor.

Eu dei de ombros e disse:

— Tudo bem, você sabe o que fazer agora.

Ele me virou de costas na cama, colocou um travesseiro por baixo das minhas nádegas, segurou meus joelhos para separar minhas coxas por completo. Eu ergui um pouco mais o corpo, a fim de recebê-lo.

CAPÍTULO 40

Juro por Deus que notei alguma melhora na minha cicatriz na manhã seguinte. Como não dava para ter certeza, tirei uma foto dela bem de perto, só para garantir. Se a Fórmula 12 proporcionasse uma melhora visível depois de ser usada uma única vez, como ficaria depois de duas semanas? Talvez aquele teste fosse muito útil para a minha apresentação.

Não conseguia decidir que direção tomar para fazer uma abordagem correta do produto, mas certamente não queria nada parecido com o que Wendell e Lois inventariam. Dava para imaginar o que Wendell ia apresentar, porque eu conhecia o seu estilo: ela faria as coisas do jeito mais caro. Todas as responsáveis pela editoria de beleza das revistas de Nova York seriam levadas para o Brasil em um jatinho particular, se dependesse de Wendell.

Lois era menos previsível. Como a marca com a qual atualmente trabalhava tinha um jeitão "Mãos-de-Pluma", talvez ela seguisse o estilo e citasse os componentes naturais do produto, esse tipo de coisa.

E agora?... Se a brasilidade e os aspectos naturais da Fórmula 12 já tivessem sido cobertos por elas duas, o que sobraria para mim?

Nada me vinha à cabeça, não percebi nenhuma explosão de inspiração. Não me ocorreu uma única ideia, mesmo pequena, que fosse diferente desses dois ângulos. Eles enchiam minha mente e deixavam pouco espaço para outras possibilidades. Mas algo ia aparecer. Eu *tinha* de criar alguma coisa diferente.

O que você acha?, perguntei a Aidan. *Alguma ideia ou inspiração divina? Já que você está morto, mesmo, será que não dá para transformar isso em algo útil?*

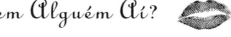

Mas ninguém respondeu. Fiquei olhando para o potinho cor de mostarda, tentando matutar alguma coisa.

PARA: ajudante_do_magico@yahoo.com
DE: lucky_star_investigadores@yahoo.ie
ASSUNTO: Resultados!

Depois de não sei quantas semanas na cola dela, finalmente consegui uma foto de Detta Big na casa de Racey O'Grady. Tirei dezenas de fotos de Detta chegando junto do interfone, entrando de carro pelos portões que se abriram, estacionando lá dentro, saindo do carro, apertando a campainha da porta principal e entrando na casa...
    Imprimi tudo rapidinho, depois liguei para Colin e pedi para ele me apanhar em casa. Eu nunca me encontrei com Harry sem ser no salão de bilhar, nem posso entrar lá sozinha. Tive que pagar o mico de circular pelas ruas mais uma vez dentro do "cortinarosamóvel", com as crianças da vizinhança me zoando o tempo todo.
    Como sempre, Harry estava no fundo do salão, bebendo um copo de leite. Coloquei o envelope com as fotos sobre a mesa, diante dele.

Eu: Aqui estão as suas provas. Agora pague pelos meus serviços e deixe eu cair fora desse trabalho sacal.
Harry (Abrindo o envelope e olhando as fotos.): Você vai continuar trabalhando para mim.
Eu: Por quê?
Ele: Gosto de ter você por perto.
Eu: Verdade mesmo?
    Eu jurava que ele me odiava.
Ele (Com ar desconfiado.): Não. Nem sei por que disse isso.
Eu: Estou de saco cheio. Quero vazar.
Ele: Não é possível. Quero que você continue.
Eu: Mas eu quero sair.
Ele: Você gosta muito da sua mãe, não gosta?
Eu (Com ar surpreso.): Não, não gosto.
    De onde será que ele tirou essa ideia maluca?

Eu: Você está me ameaçando?
Ele: Sim.
Eu: Pois então você vai ter de tentar algo melhor do que ameaçar a minha mãe.
Ele: Ah, é? De quem você gosta?
Eu: De ninguém.
Ele: Você certamente gosta de alguém.
Eu: Não gosto de ninguém, eu lhe garanto. Minha irmã Rachel sempre diz que há algo errado comigo, como se faltasse um pedaço do meu coração.
Ele: Rachel é a sua irmã psicóloga, não é?
Eu: Sim. (Tudo bem, eu sei que ela não é psicóloga coisa nenhuma, mas age como se fosse.)
Ele: Ela deve saber do que está falando. Droga! (Enterrou a cabeça nas mãos, sinal de que estava pensando. De repente, ergueu os olhos.) Preciso de provas melhores do que estas. Quero provas de que eles estão juntos, se é que você me entende.
Eu: Você quer dizer provas de que eles estão trepando?
Ele (Franzindo o cenho.): Antigamente as mulheres tinham mais decoro. Eu dobro o que estou lhe pagando. Que tal?
Eu (Desesperada.): Não se trata de dinheiro. Escute, Harry, esse trabalho precisa ficar mais empolgante. Estou perdendo o tesão pela vida.
Ele: Pare de me chamar de Harry. Demonstre um pouco de respeito.
Eu: Para ser franca, Harry, andei pensando nessa história toda de chamá-lo de sr. Big. Estou com umas ideias. Em vez de focar no tamanho, eu poderia me referir a você por alguma outra qualidade.
Ele: Qual, por exemplo?
Eu: Que tal ser chamado de sr. Fear, que significa *medo*?
Ele (Concordando levemente com a cabeça.): Gostei.
Eu: Podemos tentar por algum tempo, para ver se o nome pega.
Ele: Eu topo. (Olhando para Colin.) Você ouviu? Todos terão de começar a me chamar de sr. Fear a partir de agora. Avise aos rapazes.

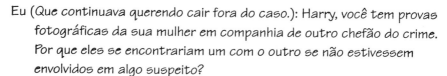

Eu (Que continuava querendo cair fora do caso.): Harry, você tem provas fotográficas da sua mulher em companhia de outro chefão do crime. Por que eles se encontrariam um com o outro se não estivessem envolvidos em algo suspeito?

Ele: Por um monte de motivos. A mãe de Racey, Tessie O'Grady, era muito amiga do pai de Detta, Chinner Skinner. Detta poderia estar apenas dando continuidade à amizade da mãe, por exemplo.

Eu: Quer dizer então que Detta e Racey são velhos amigos? Por que estou vigiando velhos amigos?
Achei que o cara estava maluco e tinha zuretado de vez.
Pareceu completamente insano.

Ele: Não... Eles *não são* velhos amigos. *Seus pais é* que eram velhos amigos.

Eu: Mesmo assim, isso é uma razão perfeitamente inocente para eles se encontrarem.

Ele (Balançando a cabeça.): Nada disso! Existe uma animosidade entre as famílias por causa de um carregamento de armas para o Oriente Médio. Os O'Grady puxaram o tapete de Chinner Skinner, que foi liquidado.

Colin: Juntamente com a *crème de la crème* de todas as quadrilhas de Dublin.

Ele (Olhando para Colin com cara de mau.): Quando eu quiser seus palpites, eu peço! (Olhou para mim.) Isso mesmo... Foi o fim dos maiores astros de Dublin — Bennie-Lâmina; Racher-Navalha; Tom-Ossudo; Jim-Tábua-de-Passar —, foram todos eliminados em menos de duas semanas. (Ele soltou um longo suspiro.) Os melhores dentre os melhores. O maior choque de todos, porém, foi o desaparecimento de Chinner Skinner e seu queixo pontudo. Ninguém se metia com Chinner Skinner, mas dizem por aí que foi a própria Tessie O'Grady quem o eliminou. Ninguém conseguiu provas disso, mas a verdade é que só Tessie O'Grady teria colhões para executá-lo.

Eu: Há quanto tempo isso tudo aconteceu?

Ele: Caramba... Doze anos? Quinze, talvez? (Olhou para Colin.)

Colin: Nesse verão faz catorze anos.

Eu: Quer dizer então que Detta e Racey são velhos amigos que se tornaram inimigos e talvez tenham virado amigos novamente? Caraca, que zona!

P.S. – Não falei sério quando disse que não gostava de ninguém Gosto muito de você, Anna.

P. P. S. – Não estou dizendo isso só porque o seu marido morreu.

CAPÍTULO 41

Não consegui bolar nada para a campanha do creme Fórmula 12. Pela primeira vez em toda a minha vida, a inspiração tinha me abandonado por completo.

Franklin me perguntou como é que eu estava indo na apresentação.

— Muito bem — eu disse.

— Fale um pouco dela.

— É melhor não, se você não se importar — eu me defendi. — Ainda não bolei tudo e não quero que você veja a coisa só com meia bunda de fora.

Ele teve um súbito acesso de raiva:

— Você está de sacanagem comigo?

— Não, Franklin, juro que não. Confie em mim, não vou deixar você na mão.

— Coloquei meu cu na reta ao escolher você para Ariella.

— Eu sei. Obrigada. Estou preparada.

Mas a verdade é que eu não estava.

No domingo eu continuava com um branco total. Ao chegar à sessão espírita de Leisl, brinquei com o pessoal, pedindo ajuda.

— Se alguém do outro lado vier visitar um de vocês hoje, dá para pedir uma ajudinha para minha apresentação?

— O que você já preparou até agora? — perguntou Nicholas.

— Nada. Não preparei nadica de nada.

— Isso não significa algo para você? — perguntou Nicholas.

— O que poderia significar?

— Que não é para preparar nada.

— E ser despedida? Acho que não.

— Como se tira um ganso de dentro de uma garrafa?

— *Que* ganso?

— É uma reflexão budista Existe um ganso preso dentro de uma garrafa — como você faria para tirá-lo lá de dentro?

— Como foi que ele entrou, para início de conversa? — quis saber Mitch.

Nicholas riu:

— Isso não vem ao caso. Como você o tiraria lá de dentro?

— Eu quebraria a garrafa — disse Mitch.

— Essa é uma das formas. — Nicholas deu de ombros e olhou para mim. — Alguma outra sugestão?

— Dê uma baforada lá dentro até ele ficar doidão e sair sozinho, rë-rê-rê — brincou Barb.

— Eu desisto — afirmei. — Conte.

— Não é uma charada. Não existe uma resposta certa.

— Como assim? Quer dizer que o ganso fica na garrafa?

— Não necessariamente, caso você decida esperar. Espere durante algum tempo e o ganso vai emagrecer o suficiente para sair da garrafa. Ou se ele continuar comendo, vai crescer, engordar e acabar quebrando a garrafa sem ajuda. Você não precisa fazer nada.

— Meu pupilo, você é muito mais sábio do que a sua pouca idade indica — anunciou Barb.

— Não sei não — disse eu. — Esperava algum conselho mais prático.

PARA. ajudante_do_magico@yahoo.com
DE: walshes1@eircom.net
ASSUNTO: Resultados!

Querida Anna,
Espero que você esteja passando bem. Olha, finalmente conseguimos pegar a velha "com a boca na botija". Levei as fotos dela para o jogo de golfe e ninguém a conhecia, mas "acertei na mosca" ao mostrar as fotos no jogo de bridge. Dodie McDevitt a reconheceu. O engraçado é que ela reconheceu Zoé, a cadela, antes de reconhecer a velha. Ao ver a foto, gritou: "Esta é Zoé O'Shea, tão

Tem Alguém Aí?

certo como dois e dois são quatro." Quando ela falou "Zoé", eu quase caí da cadeira.

"Isso mesmo!", confirmei. "Zoé, Zoé! Quem é a dona dela?"

"Nan O'Shea", Dodie entregou.

Ela sabia me informar até o endereço — Springhill Drive, que não é longe de nossa casa, embora me pareça uma distância muito grande para alguém levar o cão para passear todo dia. Não sei o que fazer agora. Talvez tenha de "desentocar a mulher" da sua própria casa. Ou "encarar" o inimigo de frente. Seja lá o que acontecer, vou manter você "ligada no lance".

Sua mãe amorosa,

Mamãe

A apresentação da Fórmula 12 não me saía da cabeça, mas eu não conseguia ter nem uma ideiazinha, por mínima que fosse. Nunca tinha enfrentado um bloqueio tão grande. Eu sabia que, se não me aparecesse nada de original, poderia fazer uma apresentação parecida com a de Wendell — um jato particular até o Rio, hotéis sofisticados e um tour completo pelas favelas —, mas não estaria sendo honesta comigo mesma. *Tinha* de pensar em algo novo. Antigamente eu sempre conseguia tirar um coelho da cartola na hora H. Para meu horror, porém, não me veio nada de interessante à cabeça, e só faltavam seis dias...

... cinco dias...

... quatro dias..·

... três dias...

... dois dias...

... um dia...

... nenhum dia...

Assim que raiou a manhã da apresentação da campanha para Ariella, vesti meu único terninho sóbrio, o mesmo que eu usei no dia em que conheci Aidan... O mesmo dia em que ele derramou café na minha mão. Talvez a roupa ajudasse a passar uma imagem de seriedade. Levei um choque ao ver a roupa que Wendell, normalmente chiquérrima, escolhera para vestir.

Ela estava de terninho amarelo-canário. *Amarelo. Canário.* Com penas. Ela parecia o pássaro Garibaldo, da *Vila Sésamo*. Provavelmente sua proposta era do tipo carnavalesco. Mais que depressa fui procurar Lois, que usava um colete cáqui com um monte de bolsos, igualzinho ao do professor Redfern. Sua apresentação certamente falaria de exploradores, na linha "Indiana Jones".

Às cinco para as dez, Franklin fez um aceno discreto com a cabeça e me encaminhou, com Wendell, na direção da sala de reuniões. Do lado oposto vinham Mary-Jane e Lois. Wendell e Lois levavam pastas imensas debaixo do braço. Eu não levava nada.

Nós cinco nos encontramos na porta. Franklin e Mary-Jane se encararam com ar de desafio. Em volta, todo mundo esticou o pescoço e observou a cena com muita atenção; aquela apresentação ultraconfidencial era um dos segredos mais malguardados de todos os tempos.

— Por favor, entrem — convidou Shannon, a assistente pessoal da chefona. — Ariella já está à espera de vocês. Vou ficar aqui guardando a porta. — *Para manter todo mundo aí dentro, não para evitar que alguém entre*, pensei na hora.

— Sentem-se, sentem-se! — ordenou Ariella, da cabeceira. — Agora, *surpreendam-me*!

Wendell foi a primeira e o que apresentou não foi nem um pouco surpreendente. Ela queria demonstrar a brasilidade da Fórmula 12 levando doze editoras selecionadas a dedo para assistir ao carnaval do Rio.

— Elas vão ficar absolutamente extasiadas. Vamos levá-las em um jatinho executivo particular!

Eu sabia! Jatinho particular! Eu sabia!

Ela exibiu a primeira prancha, onde se via a foto de um jatinho executivo.

— Este é o avião que usaremos para levá-las — informou. — Instalaremos cada convidada em uma suíte em um dos hotéis cinco estrelas do Rio. Há muitos hotéis à nossa escolha.

Tem Alguém Aí?

Neste ponto ela exibiu a segunda prancha: uma foto do Copacabana Palace. Sua terceira prancha trazia a foto de um dos quartos do hotel. A quarta também.

— Este é um exemplo do tipo do quarto onde elas ficarão. Terão à sua disposição fantasias luxuosas no estilo das escolas de samba.

Mais fotos foram exibidas. Mulheres com corpo sinuoso e flexível usando biquínis minúsculos amarelos e elaborados arranjos de penas presos à cabeça.

— Deixe-me adivinhar — disse Ariella. — Este é o tipo de fantasia que elas vão usar.

O sorriso de Wendell não se modificou nem por um segundo.

— Pode apostar que sim! Será uma viagem que elas nunca esquecerão. A cobertura que elas vão dar ao novo produto será algo *nunca antes visto*.

Sorri, mostrando solidariedade. Achei que seria muita maldade mencionar o fato de que o Rio ficava a milhares de quilômetros da Amazônia e não haveria carnaval nenhum pelos próximos seis meses.

Lois foi a seguinte e, como eu suspeitava, sua apresentação me pareceu absolutamente sem graça. Ela propôs levar editoras da área de beleza — doze delas, igualzinho a Wendell — em companhia do professor Redfern, para conhecer os povos indígenas que tinham usado pela primeira vez a Fórmula 12.

— Voamos para o Rio e em seguida pegamos um jatinho para a selva amazônica. — Ela exibiu sua primeira prancha: a foto de um jato executivo. Era muito parecido com o avião de Wendell. Talvez fosse exatamente o mesmo; elas deviam ter usado o mesmo site de jatinhos executivos para baixar a imagem na internet.

— Depois de pousarmos na selva — continuou ela, estirando diante de todos a foto de uma mata fechada —, vamos levá-los para uma caminhada de um dia pela Floresta Amazônica. As convidadas poderão ver as verdadeiras plantas utilizadas para a fabricação do produto em seu hábitat natural. — A foto de uma planta foi distribuída para nossa inspeção.

— Caminhada de um dia pelo meio da Floresta Amazônica? — perguntou Ariella. — Não estou gostando muito disso não. E se elas forem picadas por uma anaconda ou outra daquelas cobras gigantescas e nós acabarmos com processos milionários nas costas?

— Sem falar nas sanguessugas. Tenho *paa-voor* de sanguessugas — disse Franklin, quase para si mesmo. — E os morcegos! Ficam emaranhados no meio dos cabelos. — Ele estremeceu.

— Vamos ter guias especializados — informou Lois, fazendo surgir a foto de um homem sorridente, com dentes escuros, quase nu.

— Simpático — murmurou Franklin.

— Todas receberão roupas apropriadas para a aventura, no estilo desta aqui — Lois apontou para seu colete cáqui. — Estarão em total segurança. Vai ser fantástico, diferente de qualquer coisa que elas tenham visto na vida. Essas mulheres são muito mimadas com glamour e luxo, e todas exibem o mesmo ar blasé com relação a tudo.

Com isso eu concordei.

— Elas ficarão orgulhosas de ter sobrevivido à floresta, e nós vamos amplificar a façanha, dizendo que não sabíamos ao certo se elas seriam valentes o bastante para enfrentar as adversidades. Elas vão adorar ter um contato desse tipo com outra cultura.

A apresentação foi boa. De certa forma, melhor que a de Wendell, embora mais perigosa.

Então chegou a minha vez. Respirei fundo e segurei o potinho de creme entre o polegar e o indicador.

— Fórmula 12. — Girei o braço em semicírculo para todos poderem enxergar o produto. — Este é o mais revolucionário avanço na área de cuidados com a pele desde o Crème de La Mer. Qual a melhor maneira de promovê-lo? Pois eu vou lhes dizer. — Parei de falar, olhei para cada uma das pessoas na sala com firmeza, olho no olho, e anunciei: — Não precisamos fazer... *nada*!

Isso atraiu a atenção de todos: eu tinha pirado. Obviamente tinha pirado na batatinha, por completo. O horror se instalou no rosto de Franklin: ele tinha permitido que a minha apresentação continuasse secreta até mesmo para ele, e agora Ariella iria matá-lo. É claro que Wendell e Lois estavam se retorcendo de alegria por dentro — uma das oponentes tinha perdido a guerra sem que elas preci-

Tem Alguém Aí?

sassem mover uma palha. Segundos antes de Ariella se levantar da cadeira e me dar umas bofetadas e um esporro, tornei a abrir a boca:

— Bem, nós não ficaremos *exatamente* de braços cruzados — pisquei o olho ou, pelo menos, tentei fazer isso. Estava meio sem prática. — Pensei em uma campanha feita aos sussurros. Todas as vezes em que eu almoçar com alguma editora de beleza, vou dar pequenas dicas de que vai ser lançado um novo e revolucionário creme de beleza. Algo nunca antes visto. Quando elas começarem a me fazer perguntas, eu fecho a matraca no ato, digo que é supersecreto, imploro para que elas não contem nada a ninguém e garanto que quando elas souberem da história completa ficarão abismadas.

Todo mundo me olhava com desconfiança.

— Essas plantas e raízes usadas na fabricação do Fórmula 12 são raríssimas, e as substâncias não podem ser sintetizadas em laboratório. Portanto, o produto vai ser muito raro. Meu plano é oferecer um pote — bem pequenininho — à editora da *Harpers*, por exemplo. Ela vai ser a *única* editora de beleza dos Estados Unidos a ganhar o presente. A *única*, literalmente. E não vou enviá-lo pelo correio, nem mandá-lo por um motoboy. Vou levá-lo até ela, pessoalmente. Não vou até o prédio onde ela trabalha, nem nada desse tipo. Quero um território neutro. Vai ser quase como se estivéssemos fazendo algo ilegal. — Nesse ponto eu já tinha a atenção de todos na sala. — Mas ela só ganha o presente se me prometer um artigo de página inteira na revista. Se ela não topar, procuro a editora de outra revista. A *Vogue*, provavelmente. O pote deve ser feito em resina de âmbar ou em pedra semipreciosa, talvez turmalina. Pensei em um pote muito pequeno, mas pesado, e que caiba na palma da mão. Isso impressiona mais, entendem? Vai ser como uma bomba pequena, mas muito poderosa.

Ninguém abriu a boca para falar, mas Ariella inclinou a cabeça em um gesto de aprovação quase imperceptível.

— E tem mais. — Eu me animei. — Leiam os meus lábios... Nenhuma... Campanha... Com... Celebridades.

Franklin ficou pálido. Promover produtos usando celebridades era a sua vida.

— Ninguém vai conseguir este produto de graça. Se a Madonna quiser ter o creme, terá de comprá-lo...

— Puxa, a Madonna não! — reclamou Franklin.

— Nem mesmo a Madonna! — insisti.

— Isso é loucura — ele murmurou.

— E nada de anúncios — continuei. — O creme Fórmula 12 deve se tornar um fenômeno de divulgação boca a boca, para as pessoas acharem que se trata de um grande segredo. O bochicho deverá aumentar pouco a pouco, para que quando o creme finalmente for colocado à venda — em uma única rede dos Estados Unidos — talvez a Barney's? Ou a Bergdorf? —, a lista de espera já esteja imensa. Vai haver uma lista de espera para *entrar* na lista de espera. As mulheres vão estar amontoadas na porta da loja antes mesmo de ela abrir. Potes do Fórmula12 começarão a ser negociados no mercado negro. As mulheres vão ficar enlouquecidas. Vai ser como no lançamento das bolsas da Chloé para a nova estação, só que multiplicado por dez. Este creme vai se tornar um objeto de desejo, a coisa mais exclusiva de Nova York. Ou seja, a coisa mais exclusiva do mundo. Algo que o dinheiro não poderá comprar, nem contatos poderão conseguir. As interessadas simplesmente vão ter de esperar na fila, e é isso que as pessoas farão, porque o produto valerá a espera.

É claro que era bem possível que as pessoas simplesmente decidissem "Ah, que se dane, estou cagando e andando para esse creme novo, já tenho os meus produtos La Prairie". O projeto era um risco. Não havia garantia nenhuma de que as mulheres nova-iorquinas seriam tomadas por todo aquele furor. Aliás, se elas sentissem que estavam sendo manipuladas, aí mesmo é que se voltariam *contra* o produto, mas aquele não era o momento certo para mencionar essa possibilidade.

— Nove meses depois, faremos a mesma coisa para o lançamento da loção nutritiva, e seis meses depois lançaremos a base. Depois virão o creme para os olhos, o protetor labial, o creme para o corpo, o sabonete líquido e o creme esfoliante.

Ariella exibiu outros dos seus quase invisíveis acenos de aprovação. Isso era o equivalente a ela pular na mesa, gritando: "VÁ EM FRENTE, ANNA!"

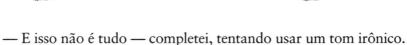

— E isso não é tudo — completei, tentando usar um tom irônico. *Ah, tem mais?*, pensaram todos.

— Tenho um elemento extra, um ás na manga. — Fiz uma pausa, deixei todos esperando e então apontei para a minha cicatriz. — Como vocês certamente já repararam, sou a feliz dona de um rosto seriamente arruinado por uma cicatriz gigantesca.

Deixei que todos exibissem seus sorrisinhos de embaraço.

— Nas duas semanas desde que comecei a usar o Fórmula 12, senti uma melhora fantástica na minha cicatriz. Tirei uma foto dela antes de usar o creme. — Na verdade a foto foi tirada *depois* do primeiro dia, mas isso não vinha ao caso. — A diferença já é visível. Eu acredito neste produto. Acredito mesmo. — Bem, pelo menos eu ia continuar usando. — Quando eu fizer a apresentação dele para as editoras de beleza de todo o país, serei a prova viva de que os resultados do Fórmula 12 são surpreendentes.

— Isso! — Ariella pareceu muito empolgada com a minha apresentação. — E se os resultados não forem miraculosos, poderemos lhe conseguir uma pequena cirurgia plástica.

CAPÍTULO 42

PARA: ajudante_do_magico@yahoo.com
DE: lucky_star_investigadores@yahoo.ie
ASSUNTO: Morderam minha bunda!

Ontem à noite recebi uma ligação de Colin. Ele disse que tinha informações seguras de que Detta Fear estava na mansão de Racey, em Dalkey. Muito bom! Excelente! Finalmente eu ia me livrar de vez daquela porra de trabalho. Peguei o carro e fui correndo até lá! Só que a casa de Racey é aquela fortaleza sobre a qual eu já comentei, com portões eletrônicos, muros altos com lanças de ferro em cima. Como será que os outros detetives particulares entram nos lugares? Talvez tenham uns aparelhinhos espertos para desligar os portões eletrônicos. Ou talvez treinem escalada nas horas de folga. Aprenderam a jogar uma corda em uma das lanças no alto do muro, sobem por ela e pulam no jardim antes que você consiga dizer a frase *padre Pedro pregou um prego na pedra preta.*

Como o meu grande trunfo é a cara de pau, apertei o botão do interfone e esperei. Depois de algum tempo, uma voz de mulher perguntou, em meio a estalos e chiados:

"Quem é?"

Tentei dar um tom desesperado à voz e disse:

"Por favor, minha senhora, desculpe incomodá-la, mas estou a caminho de um encontro com uma amiga no pub *A Poltrona do Druida*, e acabei me perdendo, estou desesperada para ir ao banheiro, tentei duas casas desta rua e eles não me deixaram entrar. Será que a senhora poderia me fazer esse ato de bondade cristã e me deixar usar

Tem Alguém Aí?

seu banheiro? Eu nem consigo dirigir o carro, de tão apertada que estou..."

Parei de falar — os portões estavam se abrindo! Entrei pela alameda como se estivesse entrando no céu. A porta da casa se abriu e um retângulo de luz iluminou o piso da entrada. Lá dentro tudo era aconchegante, convidativo, e minha esperança é que Detta e Racey estivessem executando alguma coisa que envolvesse poses incriminadoras. A mulher miúda que me recebeu à porta tinha um metro e dez de altura, mais ou menos, e era velha, muito velha, cento e sete anos no mínimo. Tinha cabelos encaracolados completamente brancos, usava óculos, uma saia de *tweed* com corte reto e um casaquinho de lã meio torto tricotado em lã resistente, provavelmente por ela mesma. Devia ser a governanta de Racey O'Grady.

Ela: Entre, minha filha. Pobrezinha...
Eu (Com gratidão genuína.): Muito obrigada, senhora.
Ela: O toalete fica bem ali.

Ela apontou para um lavabo junto da entrada, mas eu queria ir para o andar de cima, onde poderia pegar Detta e Racey no flagra.
Eu: Escute, senhora, desculpe parecer pouco grata, mas eu tenho um "problema".
   Ela recuou.
Eu: Não, não se assuste, não é contagioso. É um problema psicológico, um transtorno obsessivo-compulsivo. Eu só posso usar toaletes que mais ninguém use.
Ela (Com ar de dúvida.): Bem, temos um banheiro na suíte de um dos quartos de hóspedes que quase nunca é usado. Serve? Venha comigo, eu vou lhe mostrar.
Eu: Não há necessidade de a senhora subir essa escadaria toda, com suas pernas cansadas. Eu já estou lhe causando tantos transtornos. Basta me indicar onde fica esse banheiro.
Ela: Muito bem, então. Suba as escadas, vire à direita e entre na segunda porta. (Quando eu comecei a subir, ela completou:) E não confunda a porta do closet com a do banheiro, como Racey fez uma noite, depois de tomar umas e outras

Entrei no banheiro e resolvi fazer xixi, já que estava ali. Depois saí furtivamente e abri as portas dos quatro quartos que havia no andar de cima, com a câmera na mão, preparada para tirar fotos. Não havia ninguém em nenhum dos quartos. Onde, diabos, poderiam estar Racey e Detta?

Ela (Me esperando na base das escadas.): Terminou?
Eu: Terminei, está tudo certinho.
Ela: É um flagelo, não é? Ter uma bexiga na qual não se pode confiar.
Eu: Sim, claro que é.
Ela: Fraldas para incontinência urinária são ótimas para isso.
 Você aceita uns biscoitinhos?

Entramos na cozinha. Uma cozinha de verdade; um fogão Aga azul, uma mesa grande de madeira rústica com tampo muito bem encerado; flores secas penduradas de cabeça para baixo, para perfumar o ambiente, biscoitos de primeira classe, belgas, cobertos de chocolate dos dois lados (não só de um, como as marcas pobres), vinham embrulhados em papel dourado.

Eu: Nossa, esses biscoitinhos são de primeira linha.
Ela: São mesmo. Precisamos nos dar alguns luxos na vida, você não acha? Qual é seu nome, querida?
Eu: Helen.
Ela: Helen de quê?
Eu. Helen... Ahn...
 Eu ia dizer "Walsh", quando me ocorreu que essa talvez não fosse uma boa ideia.
Eu: Keller.
 Foi a primeira coisa que me veio à cabeça: Helen Keller.
Ela: Helen Keller? Esse nome me parece familiar. Já nos vimos antes?
Eu: Não sei, acho que não.
Ela: Sou Tessie O'Grady.
 Minha Nossa Senhora do Susto! Quase engasguei. Eu estava diante da famosa Tessie O'Grady, a mulher mais perigosa do mundo do crime em Dublin! Quer dizer que Racey O'Grady ainda morava com a mamãe?

Tem Alguém Aí?

Rapidamente eu tentei me recuperar. Não devemos mostrar nossos pontos fracos.

Eu: Obrigada por me deixar usar seu banheiro, sra. O'Grady. A senhora é uma verdadeira cristã.

(As pessoas velhas gostam quando você as chama de "verdadeiras cristãs.")

Eu: A senhora é como São Paulo na estrada para Damasco, quando ele ajudou Nosso Senhor a apagar o arbusto flamejante antes que a Bíblia inteira virasse cinzas.

Ela: Não foi incômodo nenhum. Sirva-se de mais um biscoitinho antes de ir embora. (Pegou a caixa para olhar os sabores que restavam.) Você gosta de biscoitos recheados de laranja?

Eu: Não. Ninguém gosta.

Ela: E com recheio de menta?

Eu: Está ótimo.

Ela colocou dois biscoitos recheados com menta no meu bolso, deu uma palmadinha carinhosa em mim e quase encostou no meu revólver. Em seguida, me acompanhou até o hall. Ao passarmos por uma porta encostada, vi Racey e Detta! Estavam sentados um ao lado do outro, em um sofá, na sala de estar iluminada em excesso. Tomavam chá e comiam biscoitinhos belgas (da mesma marca dos que eu tinha experimentado na cozinha, pelo que percebi de relance). Assistiam ao seriado cômico *Some Mothers Do 'Ave' Em*, dos anos setenta. Eu, hein!... (O canal UK Gold passa essas reprises.)

Ao chegar à porta, agradeci a Tessie mais uma vez. Ao caminhar de volta pela alameda até o portão, ela me chamou com uma voz surpreendentemente forte e disse:

"Tenha cuidado, querida!"

Na mesma hora eu tive novamente aquela sensação. A sensação de que se eu fosse uma pessoa capaz de sentir medo, era isso o que estaria sentindo naquele momento.

Olhei para trás. Tessie continuava em pé diante da porta, no hall da casa, mas a luz amarelada da varanda cintilou nos seus óculos e me fez pensar em Joseph Mengele, o médico nazista.

Ao chegar ao fim da alameda, fui para o lado de fora e os portões começaram a se fechar atrás de mim, lentamente. Esperei até o último segundo, tornei a entrar e coloquei minha bolsa no ponto exato em que os dois portões iriam se encontrar, a fim de impedir que o sistema eletrônico os fechasse. Desse modo eu poderia garantir os portões abertos para escapar depois. Sou muito esperta!

Voltei pelo gramado e segui rumo à janela da sala de estar. As cortinas estavam fechadas, mas não por completo — algum incompetente tinha deixado um espaço aberto — e dava para ver perfeitamente bem lá dentro. Detta e Racey continuavam sentadinhos lado a lado, bebendo chá e assistindo ao velho seriado. Tem gente que curte coisas esquisitas.

Tirei fotos excelentes, e então, subitamente, ouvi um ruído atrás de mim: rosnados.

Olhei para trás. Cães. Dois. Fedorentos, imensos, pretos, com olhos vermelhos e bafo de derrubar qualquer desavisado. Uma visão assustadora. Pior que ver Claire de ressaca. Tessie provavelmente tinha prendido os bichos para me deixar entrar, e agora que eu tinha ido "embora" eles estavam patrulhando o jardim novamente. Tem um monte de coisas e pessoas que eu odeio na vida, mas cães superam todas as outras.

Eles rosnavam baixinho, e eu, mais que depressa, rosnei de volta para eles. Pronto! Por essa eles não esperavam, aqueles manés idiotas.

"Vocês são cães, mas eu tenho uma arma", ameacei. "Vejam."

Lentamente eu tirei a arma do coldre, para que eles pudessem ver melhor.

"Olhem com atenção... Isto é uma arma", eu disse. "Isso é muito perigoso, vocês já devem ter visto na tevê. Eu treinei em um *bunker*, junto de vários homens vestidos com roupas de milícia que eram muito engraçadas. Vou atirar e matar vocês. Compreenderam? Agora eu vou voltar por onde vim. Vou voltar bem devagar, mas vou manter a arma apontada para vocês, e os dois vão ficar exatamente onde estão, ligeiramente confusos, mas obedientes."

Eles ficaram quietos. Eu continuei a girar a arma com a mão, repetindo:

"Isto é um revólver. Para matar vocês. *Revólver*. Muito perigoso."

Continuei recuando devagar ao longo do gramado que não acabava nunca, até que cheguei bem perto dos portões. Foi nesse instante que eu cometi meu grande erro: comecei a correr. Os cães fizeram o mesmo. *Ora, ora, eles devem ter pensado. Quer dizer que ela está com medo, afinal? Vamos pegá-la!*

Ladrando de forma descontrolada, eles correram como foguetes pelo gramado e já estavam pertinho de mim quando vi que os portões tinham esmagado minha bolsa. A força do ferro quebrou tudo o que havia lá dentro, até meus delineadores e meus brilhos labiais (descobri isso mais tarde). Comecei a forçar a passagem pelos portões, torcendo para que eles não tivessem fechado por completo, senão eu ficaria do lado de dentro, encurralada por aquelas... Bestas enfurecidas.

Tarde demais. Um deles me pegou. Trincou metade da minha bunda com os dentes. Os portões cederam um pouco. Minha bolsa, pobrezinha, tinha evitado bravamente que a tranca fechasse de todo. Forcei a barra para passar pelo espaço estreito e puxei a bolsa, trazendo os portões junto. Eles se fecharam com um sonoro "clang".

Do outro lado, os cães continuavam a latir.

Eu gritei:

"Qual de vocês me mordeu, seus merdas?"

Como nenhum dos dois se acusou, resolvi matar ambos, mas a verdade é que eu já estava com muitos problemas e era melhor me escafeder dali, porque os O'Grady podiam ouvir o escândalo que os cães faziam e virem ver o que estava acontecendo (se é que conseguiriam esquecer por alguns instantes seu seriado favorito).

A dor na minha bunda era muito forte. Eu mal consegui me sentar para dirigir, mas tinha de sair dali. Fui até Dalkey, parei diante de uma lanchonete e liguei para Colin.

Contei-lhe tudo em poucas palavras:

Eu: Não há nada que sirva de ligação entre mim e Harry Fear, mas os O'Grady vão ficar desconfiados. Além disso, os cães morderam minha bunda, talvez eu precise levar uns pontos. Você sabe onde fica o pronto-socorro mais próximo?

Ele: Hospital St. Vincent, em Booterstown. Vou até lá para lhe fazer companhia.
Quando ele chegou, eu já tinha sido tratada.

Eu: Tive de levar alguns pontos e tomei uma injeção antitetânica.
Percebendo que eu não podia me sentar, ele também permaneceu em pé, por solidariedade.
Eu: Se eu pegar tétano e ficar com o maxilar travado, Harry Fear vai me pagar por isso.
Ele: Você nunca ficará com o maxilar travado.
Ele sorriu e de repente eu pensei: *Ué! Acho que eu gosto dele.*
Ding-dong!
Levei oito pontos na bunda; pelo visto, se o cão morrer em algum incêndio ele vai poder ser identificado pelas marcas da arcada dentária, que ficaram todas na minha bunda.
Depois disso, fomos para o apartamento de Colin.
Yyy-ess!

Fiquei olhando para a tela. Aquilo não era nada engraçado. Helen circulando por aí com uma arma e sendo atacada por cães de guarda... Isso não era motivo de riso, muito menos de brincadeira — supondo que tudo aquilo fosse verdade. Mas se ela precisou levar pontos, deve ter sido. Muito nervosa, fiquei imaginando o que fazer. O problema é que Helen era tão do contra que se eu lhe pedisse para tomar mais cuidado ela faria exatamente o oposto. Quem sabe não seria melhor conversar com mamãe? O problema é que, pelo jeito com que mamãe encarava toda aquela história — se oferecendo para telefonar para o chefão, a fim de informar que Helen estava doente e não podia ir trabalhar, entre outras coisas —, mostrava que ela também não estava levando nada daquilo a sério. Como eu não conseguia descobrir o que fazer, decidi não fazer nada, pelo menos por enquanto. Mesmo assim, continuei preocupada e ansiosa. Queria que nunca mais na vida algo de mal acontecesse a alguém que eu amasse.

Tem Alguém Aí?

* * *

— Uma ótima notícia! — comunicou-me Franklin, rindo à toa e com ar triunfante. — Ariella escolheu a sua apresentação! Vamos usar algumas ideias de Wendell também, por segurança, mas ela achou a sua proposta muito melhor. — Ele soltou mais uma risadinha. — Confesso que logo no início eu pensei: ... *Ai, meus sais, essa menina ficou completamente insana! O que foi que eu fiz?* Mas a verdade é que a sua apresentação foi ótima. Absolutamente genial. Mamãe ficou muito feliz.

CAPÍTULO 43

— Oi, Nicholas! — gritei, da ponta do corredor. — Obrigado pelo seu conselho budista sobre o ganso na garrafa. Funcionou mesmo.

Cheguei perto dele o suficiente para vê-lo enrubescer de orgulho.

— Você realmente não fez nada?

— Não exatamente. Mas montei uma grande produção para mostrar a todos que não é necessário fazer *quase* nada.

— Oh... Uau! Isso é muito interessante. Conte-me como foi.

— Então vamos lá... — Mas eu me distraí pela sua camiseta. Hoje ela dizia "Os Nerds Herdarão a Terra". — Nicholas, eu nunca vi você usar a mesma camiseta duas vezes. Como é que você faz? Usa uma camiseta diferente com uma mensagem diferente todos os dias da sua vida ou só aos domingos?

Ele sorriu.

— Bem, parece que você vai ter que me encontrar durante a semana para descobrir!

O clima subitamente ficou esquisito, o sorriso dele se transformou em uma expressão neutra e um novo rubor surgiu em seu rosto.

— Ahn... Puxa... Desculpe, Anna. — Ele baixou a cabeça, mais vermelho que um pimentão. — Flertar com você... Isso não tem nada a ver.

— Ah, você estava flertando? Olhe, não se preocupe porque...

— É que, sabe como é... Você e Mitch...

— O quê? Mitch? Minha nossa, não, Nicholas. Não rola nada desse tipo entre mim e Mitch. Não mesmo!

* * *

Tem Alguém Aí?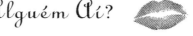

Você se importa de eu passar tanto tempo assim em companhia de Mitch, Aidan? Você sabe que é apenas amizade, não sabe? Estamos apenas ajudando um ao outro, certo?

Fiquei tão abalada pelo comentário de Nicholas que depois da sessão fui avisar a Mitch que não ia dar para sair com ele naquele dia. Eu me senti imunda, culpada, e fugi dali o mais rápido que consegui; fui andando na direção de casa. Embora eu preferisse não encarar o fato, era compreensível que as pessoas tivessem uma ideia errada sobre Mitch e eu. Será que foi por isso que eu fiquei tão envergonhada quando Ornesto nos viu juntos no dia do game-quiz? Será que era por isso que eu não contara nada sobre Mitch a Rachel ou a Jacqui? Bem, eu sabia a verdade, e Mitch também sabia, mas será que Aidan sabia?

Aidan, se você se incomoda com isso, me dê um sinal e eu nunca mais me encontro com ele. Qualquer tipo de sinal. Qualquer tipo mesmo. Tudo bem, eu vou tornar as coisas mais fáceis para você... Vou continuar andando por esta rua, e se você estiver zangado comigo por causa de Mitch você pode... Você pode fazer um vasinho de planta despencar de uma janela e cair bem na minha frente. Eu preferia que ele não caísse na minha cabeça, mas se isso for realmente necessário, tudo bem...

Caminhei, caminhei mais um pouco, nada aconteceu e eu achei que talvez tivesse sido específica demais. Talvez não devesse ter falado em vasinho de planta. Devia ter dito "qualquer coisa". Faça "qualquer coisa" cair na calçada na hora em que estiver passando.

Muito bem então, Aidan. Pode ser qualquer coisa. Não precisa ser um vasinho de planta.

Mas não despencou nada perto de mim, nem na minha cabeça. Eu estava morrendo de calor, cansada, e acabei fazendo sinal para um táxi. O motorista, um rapaz indiano, falava ao celular. Eu lhe informei para onde ia, me recostei no banco e de repente ouvi:

— Você é um menino muito sujo, nojento, e eu vou castigá-lo sem dó nem piedade.

Era o motorista, falando ao telefone. Eu me ajeitei no banco e estiquei o ouvido para escutar melhor.

— Vou arriar suas calças, seu sem-vergonha, seu menino mau! Vou lhe dar a punição que você merece!

— Desculpe a intromissão, senhor, mas com quem o senhor está falando?

Ele se virou rapidamente e colocou o dedo indicador sobre os lábios, pedindo silêncio. Deixou o volante solto, girando sozinho por alguns segundos, e então voltou à conversa:

— Vou espancar você por ser tão mau. Sim, vou espancar você de verdade, seu menino mau, até você aprender! Vou bater na sua bunda com uma vara de marmelo até ela ficar vermelha, seu menino mau e nojento!

Oh, Aidan, você me enviou um sinal de verdade, afinal. Um taxista com nota maior que nove em maluquice! Isso significa que você não se incomoda com Mitch!

— Vou bater com força, muita força! Vou virar você de bunda para cima e vou até contar os golpes que vou dar. Vou lhe dar a primeira lambada com a varinha! Depois a segunda! Depois a terceira! Depois a quarta! Depois a quinta! Depois a SEXTA!

O sexto golpe da varinha deve ter assustado de verdade, porque eu ouvi um grito de terror da criatura que estava do outro lado da linha. De repente, fez-se um silêncio completo e o motorista disse:

— Obrigado, senhor. Ora, não foi nada, o prazer foi todo meu. Por favor, torne a me procurar à hora que desejar.

Ele desligou e eu perguntei, louca de curiosidade:

— Que lance foi esse, hein?

— Sou um operário sexual — explicou ele, parecendo orgulhoso.

— Ah, é?

— Isso mesmo. Alguns homens me pagam para eu agredi-los verbalmente. Só que eu também preciso trabalhar no táxi. Tenho uma família imensa no Punjab, tenho que enviar dinheiro para eles e... — o celular tocou; ele verificou quem era pelo identificador de chamadas e, com a voz um pouco cansada, atendeu: — Bom-dia, meu jovem mestre Thomas. O que você andou aprontando? Você foi um menino mau? Mau de verdade?

Tem Alguém Aí?

PARA: ajudante_do_magico@yahoo.com
DE: walshes1@eircom.net
ASSUNTO: A mulher e sua cadela

Querida Anna,
A velha voltou com força total. Eu já achava que ela havia desistido, achei que tinha pendurado a chaleira e chupado o pau da barraca (eu nunca entendi muito bem essa última expressão. Você acha que ela é meio vulgar? Se for o caso, me avise, para eu não usá-la mais nas partidas de bridge). Então... Recebemos mais uma remessa de "número dois" na entrada de casa.

O pior é que Helen pisou nele quando voltava para casa, "toda beijada e lambida" (expressão nojenta) depois de dormir com o tal de Colin, e devia estar com a cabeça na lua. Devia estar lembrando as saliências que tinha acabado de fazer e nem viu o "presente" no portão. Ficou furiosa.

"Vamos lá agora mesmo", ela disse. "Quero olhar para essa bruxa cara a cara."

Pegamos o carro e fomos até lá. Eu toquei a campainha e Zoé começou a latir na mesma hora, mas de repente parou. A velha deve ter olhado pelo olho mágico e resolveu fingir que não estava em casa. Foi de Zoé que eu fiquei com pena. Deve ter sido levada lá para dentro com uma mordaça na boca. Talvez uma meia ou um lenço de cabeça. Ia acabar sufocada, a pobrezinha. Helen gritou pelo buraco de correspondência na porta: "Nós vamos voltar, sua velha coroca, isso não vai ficar assim! Eu sou uma das mais importantes investigadoras particulares de toda a Irlanda, sabia disso?"

"A mais importante investigadora de toda a Irlanda"... Eu não comentei nada, mas a noite com Colin deve ter subido à cabeça da sua irmã.

Sua mãe amorosa,

Mamãe

CAPÍTULO 44

Joey apaixonado era algo que valia a pena ser visto de perto. Um jantar tinha sido organizado com a finalidade específica de oferecer a todos a oportunidade de observar de perto a combinação inusitada formada pelo casal Jacqui & Joey.

Foram convidados não apenas as figurinhas carimbadas de sempre, como Rachel, Luke, eu, Shake, etc., mas também todo o time da segunda divisão dos Homens-de-Verdade, que também gostavam muito de Joey. Além de Leon e Dana, Nell e sua amiga estranha, sem contar algumas pessoas do trabalho de Jacqui. Até mesmo gente do *meu* trabalho pediu para ir até lá para ver: Teenie (que tinha dormido com Joey séculos atrás) e Brooke — Brooke *Edison*.

Ao todo, vinte e três pessoas apareceram para o evento no Haiku, no Lower East Side, em uma noite de quinta-feira. (Tivemos de ficar ligando para o restaurante várias vezes ao longo do dia, pedindo para eles aumentarem a mesa, a fim de caber mais gente.)

Joey e Jacqui ficaram juntos o tempo todo, se abraçando no centro da mesa comprida, e houve um inadequado empurra-empurra entre os convivas para ver quem pegava o lugar mais próximo deles. As cadeiras mais concorridas eram as situadas exatamente na frente dos pombinhos.

— Repare só na cara de "apaixonado" de Joey — sussurrou Teenie.

Era esquisito... Joey não começara a sorrir de uma hora para outra, nem nada estranho desse tipo — continuava parecendo emburrado e angustiado —, mas quando tracejava as curvas do rosto de Jacqui com os dedos ou olhava bem no fundo dos olhos dela; a sua angústia parecia adorável. Até mesmo sexy, para falar a verdade. Intensa, com um certo ar *à la* Heathcliffy, embora seus cabelos não fossem tão escuros. Joey bem que podia parar de usar Sun-In, o clareador de cabelos (coisa que ele negava veementemente), mas a verdade é que ele tinha um enorme apreço pelas suas mechas castanho-alouradas.

— Essa noite vai ser divertida — afirmou Teenie, com cara alegre.

E foi mesmo. Ao longo de todo o jantar, Joey e Jacqui não pararam de se acariciar, cochichando segredinhos, rindo feito crianças e colocando comidinhas na boca um do outro.

A única pessoa que não se mostrou maravilhada pelo espetáculo foi Gaz, provavelmente porque noite após noite ele assistia a tudo da primeira fila, em seu próprio apartamento. Ele circulava pela mesa carregando uma bolsinha de couro sinistra, e eu sabia muito bem o que havia ali dentro.

— Anna — disse ele —, eu posso ajudar você a superar esse momento de dor. Estou aprendendo acupuntura! — Ele abriu a bolsinha e me mostrou um monte de agulhas compridas que havia lá dentro. — Eu sei os pontos certos que lhe proporcionarão alívio imediato.

— Mas que lindo! Obrigada.

— Você me deixa praticar em você?

— O quê? Agora? Puxa, Gaz, agora não... Estamos em um lugar público. Não posso ficar sentada em um restaurante com um monte de agulhas espetadas em mim. Mesmo estando no Lower East Side.

— Puxa, mas eu pensei que você... Tudo bem. Alguma outra hora, então? Em breve?

— Hummm. — Eu soube do que acontecera com Luke. Ele estava se sentindo ótimo, até Gaz se oferecer para lhe espetar algumas agulhas e "aumentar seu nível de endorfina". Em poucos minutos, Luke ficou todo encolhido em posição fetal, no chão do banheiro, sem conseguir decidir se vomitava ou desmaiava.

— Eu também trabalho com ventosas — informou Gaz. — É outro tratamento chinês. Eu esquento pequenas ventosas e as grudo nas costas das pessoas. Elas sugam todas as toxinas do organismo.

Sim, eu sabia disso. E também sabia que ele tinha colocado as ventosas e o fogo para aquecê-las perto demais da janela da sala do apartamento de Luke e Rachel, o que fez com que as cortinas começassem a pegar fogo.

— Obrigada, Gaz, mas... — apontei para Jacqui e Joey. — Não consigo me concentrar em mais nada no momento, a não ser nisso.

Na verdade, eles pareciam estar se preparando para ir embora.

E iam mesmo! Já estavam em pé! Joey colocou duas notas de vinte sobre a mesa e começaram a dizer "com licença, com licença, precisamos sair".

— Vejam só que lindo! Eles estão indo embora mais cedo só para transar, sem se incomodar se isso parece grosseiro ou não — Brooke Edison suspirou, com ar sonhador. — Nem mesmo deixaram dinheiro suficiente para cobrir sua parte da conta... Parecem tão apaixonados que imaginam que o resto do mundo ficará feliz em completar a parte deles. E todos ficarão felizes mesmo, é claro.

— É muita gentileza deles ir embora mais cedo — completou Teenie —, porque assim nós teremos chance de conversar sobre o casal. E aí...? O que foi que todo mundo achou?

As reações eram variadas. Dava para ver que a segunda divisão dos Homens-de-Verdade estava confusa, porque Jacqui não tinha peitos. Pelo menos ela era loura.

Do resto, quase todo mundo se mostrou deliciado com os pombinhos.

— É lindo! — Brooke juntou as mãos e seus olhos brilharam. — O amor verdadeiro pode surgir para qualquer um. Quem disse que é preciso que o homem trabalhe em Wall Street? Um cara pode ser encanador ou até mesmo pedreiro. — Brooke se virou para Shake, com seus jeans apertados e cabelos compridos que pareciam uma juba. Na mesma hora os olhos dela emitiram um cintilar de cobiça.

CAPÍTULO 45

Chegou uma notícia fantástica!

PARA: ajudante_do_magico@yahoo.com
DE: medium_producoes@yahoo.com
RE: Neris Hemming

Sua entrevista telefônica com Neris Hemming foi marcada para as oito e trinta da manhã da quarta-feira, dia 6 de outubro do corrente ano. O número a ser chamado lhe será informado quando a data estiver mais próxima. O custo da consulta com a sra. Neris Hemmings é de 2.500 dólares. Por favor, informe-nos o número do seu cartão de crédito. Favor lembrar que a estimada cliente não deverá ligar para o número que lhe será informado antes das oito e meia da manhã do dia marcado, e a ligação será encerrada exatamente às nove horas.

Liguei para Mitch na mesma hora para lhe contar a novidade. Estava empolgadíssima. Dali a pouco mais de duas semanas eu estaria conversando com Aidan.

Eu mal podia esperar. Mal podia esperar. Mal podia esperar.

CAPÍTULO 46

Franklin se inclinou sobre minha mesa, lançou um olhar furtivo para Lauryn e disse:

— Anna, finalmente recebemos a confirmação da data para a apresentação da sua proposta de campanha para o lançamento do Fórmula 12, na Devereaux.

Ele sorriu subitamente, com ar de felicidade completa, e eu senti um friozinho na espinha, pois sabia o que ia acontecer em seguida. Antes mesmo de ele pronunciar as palavras, eu já sabia exatamente o que ia dizer.

— Vai ser na quarta-feira, 6 de outubro, às nove da manhã.

Senti uma descarga elétrica no estômago. A fisgada subiu para a cabeça e desceu pelas pernas ao mesmo tempo. Quarta-feira, 6 de outubro, era a manhã da minha consulta com Neris Hemming. Isso só podia ser uma piada cósmica de mau gosto.

Eu não poderia ir à apresentação. Precisava comunicar isso a Franklin. Mas estava com medo.

Vá lá, conte a ele, diga logo.

— Desculpe, Franklin. — Minha voz não estava firme. — Não vai ser possível eu comparecer à apresentação. Tenho um compromisso.

Os olhos dele se tornaram lascas de gelo. Que tipo de compromisso eu poderia ter que era mais importante que a apresentação?

— É, ahn... Uma consulta... Médica.

— Remarque a consulta para outro dia. — Franklin falava como se o assunto já estivesse encerrado.

Pigarreei e disse:

— É urgente.

Tem Alguém Aí?

Ele franziu o cenho, com um ar quase de curiosidade. *Primeiro o marido dela morre, agora ela precisa de assistência médica urgente. Quanto mais de azar essa perdedora ainda vai atrair?*

— Precisamos de você nesta apresentação — decretou Franklin.

— Posso chegar às nove e meia.

— Precisamos de você nesta apresentação — repetiu ele.

— Talvez umas nove e quinze, se o tráfego estiver bom. — Claro que isso não ia acontecer.

— Acho que você não está me ouvindo. Precisamos que você esteja presente *na hora da apresentação.* — Dito isso, ele me deu as costas e foi embora.

Como não conseguiria me concentrar no trabalho e estava com as mãos trêmulas, fui olhar meus e-mails para ver se tinha chegado algo interessante. Helen recebera uma ameaça de morte:

PARA: ajudante_do_magico@yahoo.com
DE: lucky_star_investigadores@yahoo.ie
ASSUNTO: Ameaça de morte

Minha nossa, Anna, um monte de coisas aconteceu ao mesmo tempo. Hoje de manhã Colin apareceu para me levar a Harry Fear, para que eu lhe entregasse as fotos de Detta e Racey juntinhos no sofá, bebendo chá e comendo biscoitos caros.

De repente ouvimos um barulhão! Tiros! Meus tímpanos estão vibrando até agora. A vidraça caiu sobre minha mesa e os cacos se espalharam por toda parte. Alguém tinha acabado de tentar me matar! Que desaforo!

Colin (Gritando:) Abaixe-se!

Ele foi se arrastando para ver se conseguia descobrir o que estava rolando, mas eu ouvi um carro fugir à toda, cantando pneus, e ele voltou logo em seguida.

Ele: Fugiram. Parece que eram os rapazes de Racey. (Ele veio
    engatinhando pelo chão, por cima dos cacos, me puxou para junto de
    si e começou a me embalar.) Está tudo bem, gatinha.

Eu (Me afastando dele e sem expressão.): Que porra é essa que você está fazendo?

Ele: Confortando você.

Eu: Cai fora! Não gosto dessas coisas não. Nem um pouco. E não preciso ser confortada.

Ele: Não quer nem uma xícara de chá?

Eu: Não, não. Nada.

Pelamordedeus! Eu, hein!

Pelo espaço onde antes ficava a janela, vi uma delegação de mães zangadas, usando leggings e casacos de náilon, envoltas em uma nuvem de raiva que parecia fumaça. Elas vinham de todos os lados. As notícias voam.

A chefe da delegação, que se chama Josetta, avisou:

"Helen, este é um bairro respeitável."

Eu: Não é não.

Ela: Tudo bem, não é. Mas tiroteio às dez e meia da manhã? Isso não é apropriado.

Eu: Desculpem. Da próxima vez que alguém vier me matar, eu peço para eles aparecerem só depois do almoço.

Ela: Faça isso, por favor. Boa menina!

E foram embora.

Eu: Qual é, galera?! Acabei de passar por uma tentativa de assassinato.

Ele: Nada disso. Foi apenas um aviso.

Eu: Mas da próxima vez eles vão me matar.

Ele: Não é assim que a coisa funciona. Eles vão fazer outra coisa... Matar seu cão, por exemplo. Existe um protocolo muito rígido para essas coisas, e ele deve ser seguido.

Eu: Mas eu não tenho um cão. Detesto todas as criaturas vivas.

Ele: Bem, talvez eles botem fogo no seu carro, então. Você gosta do seu carro, não gosta?

Eu (Assentindo com a cabeça.): Quer dizer que ainda vai levar algum tempo antes de eles tentarem de matar?

Ele: Isso mesmo. Você ainda tem muito tempo pela frente.

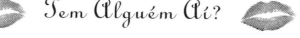

Isso já tinha ido longe demais. Mandei uma resposta para Helen na mesma hora:

PARA: lucky_star_investigadores@yahoo.ie
DE: ajudante_do_magico@yahoo.com
ASSUNTO: Ameaça de morte

Helen, isso já não tem mais graça. Se alguém realmente tentou te matar — e acho que nem você inventaria uma mentira sobre algo tão grave —, você deve parar com isso. Agora mesmo!

Anna

Com os dedos trêmulos, apertei o botão de enviar e logo em seguida mandei um e-mail para o pessoal de Neris Hemming para ver se a minha entrevista poderia ser remarcada para o dia seguinte. Ou para o dia anterior. Ou mais cedo no mesmo dia. Ou mais tarde. Qualquer hora que não fosse de oito e meia às nove da manhã de 6 de outubro. Nada feito. Uma resposta quase imediata me informou que se eu perdesse essa janela de oportunidade teria de voltar para o fim da fila e esperar as dez ou doze semanas obrigatórias, antes de eles poderem marcar uma nova consulta.
Eu não conseguiria fazer isso! Simplesmente não conseguiria! Estava desesperada para conversar com Aidan, já tinha esperado tempo demais e fora mais paciente do que imaginei ser capaz.
O problema é que se não fizesse a apresentação eu iria para o olho da rua. Disso não havia a menor dúvida. Mas eu poderia conseguir outro emprego, não é? Pensando bem, talvez não. Especialmente se os meus patrões em potencial descobrissem o motivo de eu ter sido demitida do emprego anterior: faltar à apresentação mais importante da agência em todos os tempos. Meu emprego era o eixo da minha vida. Eu precisava dele, pois era o que me fazia ir em frente. Meu trabalho me dava um motivo para eu me levantar da cama de manhã e me ajudava a manter a cabeça longe de tudo. Sem mencionar o fato de que eu era paga para isso, o que era vital, porque eu

estava mergulhada até o pescoço em dívidas. Tinha conseguido separar dois mil e quinhentos dólares em uma conta diferente assim que recebi notícias do pessoal de Neris Hemming, de modo que pelo menos essa grana estava segura. Fora isso, eu fazia apenas o pagamento mínimo dos meus cartões de crédito, todo mês. Até agora eu conseguira muito bem deixar o medo do lado de fora da minha vida, mas a ideia de ficar desempregada trouxe o terror de volta. Eu tinha lido em algum lugar que os nova-iorquinos, em média, só tinham dinheiro guardado para se manter por duas semanas, no máximo. Enquanto eu estivésse empregada, dava para seguir em frente, mas duas semanas sem salário fariam tudo desmoronar. Eu provavelmente teria de entregar o apartamento, e talvez tivesse até mesmo de voltar para a Irlanda. Não podia fazer isso, porque precisava ficar em Nova York para estar perto de Aidan. Eu *tinha* de fazer essa apresentação.

De repente fiquei indignada. E se eu estivesse muito doente, de verdade? E se eu tivesse câncer e precisasse receber minha primeira sessão de radioterapia justamente na manhã da apresentação para a Devereaux? Será que Franklin não estava sendo um pouco desumano? Será que aquela história de ética e profissionalismo já não fora longe demais?

Tentei encontrar outras formas de resolver esse dilema: eu poderia ligar para Neris do meu celular, sentada no coffee shop perto do trabalho, e chegaria lá logo depois das nove. Na verdade, eu poderia ligar até mesmo da minha mesa. Não, não poderia. Não conseguiria saborear a conversa com Aidan em paz.

As coisas começaram a se encaixar dentro da minha cabeça; já tomara a decisão. Não que eu tivesse dúvidas em algum momento. Ia conversar com Neris e mandaria a apresentação para o espaço.

Fui até a mesa de Franklin.

— Podemos ter uma palavrinha?

Ele concordou, com frieza.

— Franklin, não posso ir a essa apresentação. Mande alguém fazer a minha parte. Lauryn, por exemplo.

Irritadíssimo, ele rugiu:

— Precisamos de *você*. Você é a única aqui que tem uma cicatriz. Lauryn não tem cicatriz. — Ele parou de falar por um instante, e eu

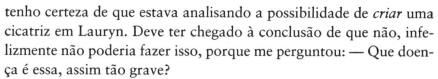

tenho certeza de que estava analisando a possibilidade de *criar* uma cicatriz em Lauryn. Deve ter chegado à conclusão de que não, infelizmente não poderia fazer isso, porque me perguntou: — Que doença é essa, assim tão grave?

— É... Ahn... Um problema ginecológico. — Achei que seria seguro dizer isso, por ele ser homem. Sempre havia funcionado em outros empregos. Eu dizia ao meu chefe que estava com cólicas quando queria tirar a tarde de folga para ir ao shopping. Normalmente eles se livravam de mim o mais rápido possível e dava para ver o terror estampado em seus olhos. Só não era aconselhável mencionar a palavra "menstruação". Mas a tática não funcionou dessa vez. Franklin pulou de trás da sua mesa, me agarrou pelo braço e me levou rapidamente por entre as mesas do escritório.

— Onde vamos? — perguntei.
— Ver mamãe.
Merda, merda, merda, merda, merda.
— Ela me disse que não pode fazer a apresentação — avisou Franklin, muito alto. — Disse que tem uma consulta médica marcada para esse horário. Um problema ginecológico.
— Ginecológico? — perguntou Ariella. — É um aborto? — Ela olhou para mim com toda sua fúria, do alto do seu terno azul-bebê com ombreiras. — Você vai furar a apresentação da campanha do Fórmula 12 por causa de um simples aborto?
— Não. Puxa vida, não, não, nada disso. — Fiquei assustada de ver onde tinha me metido, aterrorizada pela ira de Ariella, apavorada pelas mentiras e pelo inferno que desencadeara.

O pior é que precisava inventar mais mentiras. Depressinha.
— É... ahn... O colo do útero.
— Você está com câncer? — Ela inclinou a cabeça de leve, com ar questionador, e manteve os olhos grudados nos meus por muito, muito tempo. — É câncer o que você tem? — A mensagem era clara: se fosse câncer, ela permitiria que eu faltasse à apresentação. Nenhuma outra doença serviria. Mas eu não poderia confirmar isso, não seria capaz.

— É um estado... Pré-canceroso. — Quase engasguei ao falar, morrendo de vergonha do que estava dizendo.

Jacqui tinha tido um pré-câncer no colo do útero, uns dois anos atrás. Na época, todos nós choramos muito, convencidos de que ela ia morrer, mas, depois de uma cirurgia mínima que não precisou nem de anestesia *local*, ela ficou boa por completo.

Subitamente, Ariella se mostrou muito calma. Assustadoramente calma. Sua voz pareceu sair do fundo da garganta, em um sussurro dolorido:

— Anna, eu não tenho sido boa para você?

— Claro, Ariella. — A situação começou a me dar enjoo.

O pior é que não havia escapatória. Eu ia ter de ficar ali e ouvir o discurso todo.

— Eu não tomei conta de você? Não vesti você com roupas caras?... Quando representávamos Fabrice & Vivien, antes de os safados ingratos nos trocarem por outra agência?... Eu não coloquei maquiagem de primeira linha no seu rosto?... Não coloquei comida dos melhores restaurantes da cidade na sua boca?... Não preservei o seu emprego quando o seu marido foi para o beleléu?... Não a recebi de volta, apesar de você me aparecer com uma cicatriz que assustaria até mesmo o dr. De Groot?...

Finalmente, a última frase de condenação, que ela pronunciou e eu mentalizei ao mesmo tempo:

E é assim que você me agradece?

CAPÍTULO 47

PARA: ajudante_do_magico@yahoo.com
DE: lucky_star_investigadores@yahoo.ie
ASSUNTO: Caso encerrado!

Tudo bem, tudo bem, também não precisa ficar nervosinha! Só porque Aidan morreu, não quer dizer que todos nós estamos a um passo do cemitério. Veja só o que aconteceu... Mostrei para Harry as fotos de Detta e Racey tomando chá juntos.

Ele: Ah... Não há nenhuma química sexual aqui. Não está acontecendo nada entre eles, nada. O vazamento de informações deve estar acontecendo em outro lugar. Colin, voltamos à estaca zero. Srta. Walsh, fico feliz em lhe comunicar que a senhorita está dispensada desse trabalho.

Eu: Graças ao bom Cristo. Saiba que a antipatia é mútua. (Adorei dizer isso.)

Bye-bye, Colin, foi bom trabalhar com você. Mantenha contato.
Eu lhe lancei um leve sorriso e ele me pareceu desolado.

Pronto, pode ficar tranquila. Nenhum tiro, nenhuma morte, nada mais para você se preocupar, sua encucada.

Foi um alívio saber que Helen não estava mais se colocando em nenhuma situação de risco (se é que alguma vez isso tinha realmente acontecido). O mais engraçado é que agora que a história acabara, percebi que estava ligeiramente curiosa — será que Detta estava *mesmo* entregando os segredos de Harry a Racey? Aquilo era esquisito, porque tudo me parecia mais uma novela do que a vida real. Só que, ao contrário das novelas, tudo acabara de repente.

Ao longo das duas semanas que se seguiram, Wendell e eu passamos por incontáveis ensaios para a apresentação, até ficarmos com todas as falas na ponta da língua. Ariella e Franklin nos interrogavam de forma incessante, desempenhando o papel de executivos da Devereaux. Promoveram levantamentos sobre custos, prazos, perfis de diversos consumidores, possíveis concorrentes — e nos faziam todas as perguntas possíveis e imagináveis. Depois, algumas das assistentes foram trazidas para ver se ainda havia alguma pergunta que ficara sem uma resposta pronta, para não haver surpresas no grande dia.

Acompanhei e participei de tudo numa boa, mesmo sabendo que não estaria lá.

Além disso, deixei Teenie de sobreaviso. Um dia, quando estávamos almoçando juntas, eu lhe contei meu grande segredo:

— Sabe a apresentação da quarta-feira? Não vou poder ir.

— O quê?!...

— Você pode apresentar a minha parte. Aproveite a oportunidade para mandar ver.

— Mas... Caraca!... Você não pode estar falando sério... Ariella vai soltar *fumaça* pelas ventas.

— Vai mesmo, e também vai precisar de alguém para apresentar a minha parte. Certifique-se de que você será essa pessoa. Não deixe que Lauryn atropele você e agarre essa chance.

PARA: ajudante_do_magico@yahoo.com
DE: walshes1@eircom.net
ASSUNTO: Mistério resolvido

Querida Anna,
Você nunca vai adivinhar quem é Nan O'Shea. Vamos lá, pode dar um palpite. Você nunca vai descobrir! Vou lhe dar uma dica. Foi

tudo culpa do seu pai, coisa que eu já devia ter desconfiado há muito tempo. Vamos lá, chute quem você acha que é. Eu ainda não vou lhe dizer, porque quero que você tente adivinhar. Espere só até descobrir, você não vai conseguir acreditar!

Sua mãe amorosa,

Mamãe

Na véspera da apresentação, Wendell e eu repassamos tudo uma última vez. Mais ou menos às seis e meia da tarde, Ariella deu o expediente por encerrado.

— Muito bem, já está bom — ela decidiu. — Vamos manter tudo fresco na mente.

— Vejo você amanhã cedo, Anna — disse Franklin, com ar ameaçador.

— Cedinho — eu disse.

Eu ainda não tinha decidido se iria para o trabalho depois de ligar para Neris ou simplesmente nunca mais apareceria ali.

Só por garantia, peguei meu porta-retratos com a foto de Aidan em cima da mesa, o coloquei na bolsa e me despedi de Teenie e Brooke.

CAPÍTULO 48

Parecia a véspera do dia mais importante da minha vida. Não consegui fazer nada depois que cheguei em casa. Estava empolgada, mas também transbordava de ansiedade.

Aidan, e se você não aparecer para Neris? Como é que eu vou aguentar isso? Para onde poderei ir a partir daí?

Quando o telefone tocou, dei um pulo. Era Kevin; deixei a secretária atender.

"Anna, eu preciso falar com você. É uma coisa urgente, muito urgente, urgente de verdade. Ligue para mim."

Eu mal registrei o que ele disse.

Algum tempo depois — não faço a menor ideia de quanto — minha campainha tocou. Eu a ignorei, mas ela tornou a tocar. Na terceira vez eu atendi. Quem quer que fosse estava querendo *muito* falar comigo.

Era Jacqui.

— Você não vai acreditar no que aconteceu — ela anunciou assim que entrou.

— Conte logo.

— Estou grávida.

Eu olhei para ela e ela olhou para mim.

— Que foi? — ela me perguntou.

— Que foi o quê?

— Você está com uma cara estranha.

Eu me sentia estranha, mesmo. Meu útero parecia ter se contorcido.

— Você está com ciúmes? — Jacqui perguntou. Assim, de cara, sem pensar duas vezes.

Tem Alguém Aí?

— Estou — respondi, também sem pensar duas vezes.
— Desculpe. E eu nem queria essa porra de gravidez. A vida é mesmo uma merda, não é?
— É. Mas isso não foi um pouco precipitado? Vocês mal acabaram de se apaixonar.
— Você quer saber quando aconteceu? Na primeira noite! Na nossa primeira noite juntos! Quando você estava nos Hamptons. A camisinha estourou, dá para acreditar? Eu ia tomar a pílula do dia seguinte, mas nós passamos os três dias que se seguiram na cama, eu esqueci completamente e, quando me lembrei, já era tarde demais. Estou com seis semanas de gravidez, mas eles contam desde a última menstruação, então eu estou, oficialmente, com oito semanas.
— E o safado-idiota-angustiado do Joey já sabe?
Ela balançou a cabeça para os lados.
— Ainda não sabe, e quando souber vai terminar comigo.
— Mas ele é louco por você!
Ela tornou a balançar a cabeça.
— Joey está com excesso de dopamina. Teenie me explicou tudo naquela noite do seu aniversário. Ela sabe um monte de coisas, aquela garota, né? Pois então... Quando os homens acham que estão apaixonados, isso acontece simplesmente porque o cérebro deles produz muita dopamina. Essa produção exagerada vai desaparecendo ao longo do primeiro ano, o que explica muita coisa. Mas se eu lhe disser que estou grávida, aposto que a dopamina vai desaparecer toda na mesma hora.
— Mas por que aconteceria isso?
— O safado-idiota-angustiado do Joey não quer responsabilidades.
— Mas...
— É cedo demais. Nós mal nos conhecemos. Talvez se isso acontecesse daqui a seis meses poderíamos estar seguros o bastante no relacionamento para aguentar a notícia, mas ainda é cedo demais.
— Converse com ele. De repente dá tudo certo.
— Talvez.
Eu me obriguei a dizer a frase seguinte, mas, curiosamente, não desejava dizê-la.

— Vocês têm outras opções.

— Eu sei. Já pensei nisso. — Uma pausa. — Ficar grávida não é o desastre terrível que teria sido cinco ou três anos atrás. Naquela época eu não tinha segurança, não tinha um puto de um tostão e certamente teria feito um aborto. Só que agora... Eu tenho um apartamento, tenho um emprego bom, um bom salário... Não é culpa de *quem me paga* que eu sempre esteja com o saldo bancário no vermelho. Além do mais, eu tipo gosto da ideia de ter um bebê por perto.

— ...Humm... Mas, Jacqui!... Ter um bebê é uma coisa que transforma a sua vida de um jeito absurdo. Não é como criar um *labradoodle*. Pode ser que você nem consiga *realizar* o seu trabalho bem-remunerado. Já pensou direitinho nisso tudo?

— Já pensei, sim! Sei que vou chorar muito, vou ficar esquelética. — Ela parou de falar. — *Mais* esquelética. Vou parecer uma bruxa descabelada, minha babá vai me roubar, mas vai ser divertido! Quem sabe eu tenho uma menina? As roupinhas de menina são muito mais bonitas.

De repente ela caiu num choro compulsivo.

— Graças a Deus! — Foi minha reação. — Essa é a primeira coisa normal que você fez desde que chegou.

Depois que Jacqui saiu, tentei dormir direito, mas não consegui. Cochilava e acordava, cochilava e acordava, até que, às cinco da manhã, eu me senti totalmente desperta. Também sentia o corpo mais dolorido do que de hábito — será que isso tinha alguma coisa a ver com o meu abalado estado emocional? Comecei a olhar fixamente para o relógio, em contagem regressiva para as oito e meia, momento em que eu finalmente conseguiria conversar com Aidan. Meu estômago pareceu se contorcer, senti como se ele latejasse e isso me deu o maior enjoo. Para ajudar a passar o tempo, fui ler meus e-mails:

Tem Alguém Aí?

PARA: ajudante_do_magico@yahoo.com
DE: lucky_star_investigadores@yahoo.ie
ASSUNTO: Nudez frontal

Você não vai acreditar no que aconteceu. Hoje de manhã o correio me entregou um envelope A4 cheio de fotos de Racey e Detta trepando loucamente. Tudo explícito: pinto, perseguida, traseiros, nudez frontal, lateral e bundal – pacote completo! Tem de ter estômago forte para encarar as fotos.

    Isso significa que eles andavam transando o tempo todo! Harry tinha razão, e eu estava errada. Mas por que alguém me enviaria fotos deles dois, ainda mais agora que eu saí do caso?

    Liguei para Colin perguntando o que devia fazer.

    "Vamos conversar a respeito disso", propôs ele. "Na cama."

    Eu... Ahn...

    Não podia dizer que não, certo?

PARA: ajudante_do_magico@yahoo.com
DE: walshes1@eircom.net
ASSUNTO: Mistério resolvido

Querida Anna,

Sei que você deve estar com um monte de coisas na cabeça nesse momento, mas confesso que fiquei um pouco magoada por você não ter arrumado um tempinho para me contar os seus palpites. Sei que o nosso pequeno "drama" aqui não é nada excitante perto das coisas que acontecem em New York City, mas eu achei que você iria, pelo menos, entrar no nosso clima, para levantar o astral. Vamos lá... Adivinhe quem é Nan O'Shea. Vamos lá, tente! Você nunca conseguiria descobrir.

Sua mãe amorosa,

Mamãe

P.S. — Se você não der o seu palpite, eu vou ficar muito chateada.

Para que ela parasse de pegar no meu pé, eu mandei uma resposta qualquer:

PARA: walshes1@eircom.net
DE: ajudante_do_magico@yahoo.com
ASSUNTO: Mistério resolvido

Sei lá, mamãe. Eu desisto. Foi alguma antiga namorada do papai?

Eu já estava esperando para falar com Aidan fazia tanto tempo que comecei a achar que o tal horário das oito e meia nunca iria chegar. Mas acabou chegando. Ligeiramente aturdida, olhei para os ponteiros do relógio; eles estavam na posição mágica, o momento finalmente chegara. Peguei o telefone e teclei os números.

Tocou quatro vezes, e então uma mulher atendeu. Eu tremia tanto que mal consegui articular as palavras para dizer:

— Alô... É Neris?

— Sim? — respondeu ela, cautelosa.

— Oi, sou eu, Anna Walsh. Estou ligando de Nova York para a minha consulta.

— Ahn... — Ela me pareceu perplexa. — Você *marcou* essa consulta?

— Sim! Sim! Claro que marquei! Já paguei por ela e tudo. Posso lhe dar o nome da pessoa que marcou tudo comigo.

— Oh, desculpe, querida. Estou com obras aqui em casa, há operários em toda parte. Eu avisei ao escritório. Não há como eu me concentrar para conseguir um contato agora.

O choque me tirou a voz. Isso não podia estar acontecendo. A luzinha de chamada em espera no meu telefone acendeu, mas eu não dei importância a ela.

— Quer dizer que você não vai poder receber mensagens de ninguém?

— Agora não, querida.

— Mas eu estou com hora marcada para esta consulta. Ando desesperada para esse dia chegar e...

— Eu sei, querida. Ligue para o escritório. Vamos adiar esta consulta.

— Mas eu já tive de esperar três meses para esse contato e...

— Vou avisar a eles para darem prioridade total a você.

— Não existe a mínima possibilidade de fazermos algo agora, nem que seja rapidinho?

— Não, agora não dá. — Seu tom leve continuou suave, mas havia uma inflexibilidade adicional. — Ligue para o escritório. Cuide-se bem, sim?

E desligou.

CAPÍTULO 49

Olhei para o fone e sensações de fúria, desapontamento e esperança arruinada explodiram por dentro, todas ao mesmo tempo. Ao contrário dos ocasionais acessos de raiva que normalmente me acometiam depois de uma frase sarcástica dita por alguém, eu me senti inundada por uma fúria profunda — dirigida não a Neris, mas a Aidan.

— Por que você não fala comigo? — gritei. — Por que você me sabota todas as vezes em que eu tento falar com você? Eu lhe dei uma porrada de oportunidades! — Comecei a arrancar os cabelos. — Por que você teve que morrer? Você devia ter tentado com mais vontade, seu preguiçoso, CANALHA inútil. Se você me amasse tanto quanto apregoava, teria permanecido vivo, teria se agarrado à vida. BABACA incapaz, desistir de viver assim, num estalar de dedos.

Apertei a tecla de rediscagem, mas o telefone deu sinal de ocupado. Isso me deixou ainda pior, porque eu sabia que ninguém estava usando a linha.

— Por que você não quer falar comigo? — guinchei, ainda mais alto. — Você é um tremendo COVARDE, essa é a verdade! Você teve ESCOLHA, poderia ter FICADO, mas não se importava o bastante comigo, não me amava o bastante, estava mais preocupado com VOCÊ MESMO.

Depois de algum tempo as palavras acabaram e eu comecei a dar gritos histéricos para as próprias mãos, esfregando as unhas na garganta para tentar arrancar a raiva de mim.

Não poderia mais continuar no apartamento, pois ele era pequeno demais para acomodar meus sentimentos. Em uma névoa rubra de ódio, fui em direção à porta.

Ao passar diante do computador, vi que um novo e-mail tinha acabado de chegar. Eu já não sabia mais o que deveria esperar —

uma nova data para a consulta com Neris, talvez —, mas era só uma mensagem de Helen:

PARA: ajudante_do_magico@yahoo.com
DE: lucky_star_investigadores@yahoo.ie
ASSUNTO: Nudez frontal

Mostrei as fotos para Harry. Colin me disse que ele tinha o direito de saber. Harry ficou arrasado. Foi muito engraçado. Depois ele comunicou a Colin: "Vou dar uma passadinha em Dalkey, para assassinar Racey O'Grady. Volto em uma ou duas horas, dependendo do tráfego. Tome conta do forte enquanto eu estiver fora."

    Fiquei parada na calçada e me dei conta de que eu não tinha lugar algum para onde ir, a não ser para o trabalho. Estava me lixando para a apresentação, mas, como sempre acontece nessas horas, consegui um táxi na mesma hora, não havia nenhum engarrafamento pelo caminho e todos os sinais estavam verdes. Eu nunca tinha conseguido chegar ao trabalho tão depressa em toda a minha vida.
    Levei algum tempo, andando com a maior calma do mundo do elevador até minha mesa, onde Franklin, Teenie e Lauryn estavam conversando em voz baixa, as cabeças unidas.
    — ... Aquela vadia esquisita — Lauryn dizia. — Nunca deveríamos tê-la aceitado de volta depois que o marido...
    Franklin estava pálido como uma vela. Quando ele se virou e me viu chegando, quase caí na gargalhada ao olhar sua cara. Ele estava aliviado demais para ficar puto.
    — Você veio!
    — Vim. Teenie, desculpe estragar o seu momento desse jeito.
    — Nada disso — ela disse. — A apresentação é sua, o bebê é seu. — Ela me beijou o rosto. — Vá em frente e boa sorte!

CAPÍTULO 50

— Eles ainda não chegaram — me informou Franklin, quase sem fôlego, me pegando pelo braço e me levando até a sala de reuniões.

— Aqui está ela! — Com ar triunfante, ele me exibiu para Ariella, que exclamou:

— Ah! Você estava se fazendo de difícil, não estava?

— Já lhe disse que eu tinha um compromisso.

Eles trocaram olhares. Que diabos estava acontecendo comigo? Logo, porém, surgiu o bochicho de que o pessoal da Devereaux estava subindo e todo mundo pregou um sorriso feliz na cara.

Wendell, com sua fantasia amarela de Garibaldo, foi a primeira a falar e teve uma atuação brilhante. Depois foi a minha vez. Eu assisti a mim mesma fazendo a apresentação quase como se estivesse fora do corpo. Estava cheia de adrenalina. Minha voz soava um pouco mais alta do que normalmente e exibi um sorriso amargo ao apontar para minha cicatriz, mas nada de inconveniente aconteceu.

Respondi a todas as perguntas capciosas deles, muito à vontade — estava tinindo, depois de tantas horas de ensaios. Então tudo acabou, todos se cumprimentaram e foram embora.

Assim que as portas do elevador se fecharam atrás deles, saí da sala de reuniões, deixando para trás Ariella e Franklin, que me observaram sair com cara de perplexidade total.

De volta à mesa, Teenie me perguntou:

— Como foi?

— Ela não conseguiu me atender. O lugar estava em obras, cheio de operários.

— *Cuma?!...*

— Ah!... Você está falando da apresentação? Ótima, ótima.

Tem Alguém Aí?

— Você está bem?
— Estou ótima.
— Então tá... Há alguns recados para você. Jacqui ligou. Ela vai dar a notícia ao safado-idiota-angustiado do Joey hoje à noite. Ela está com clamídia?
— Não. Eu lhe conto tudo depois que o safado-idiota-angustiado do Joey souber.
— Tudo bem. Depois dela, Kevin ligou. Você sabe... Kevin, irmão de Aidan.

Concordei com a cabeça, com ar cansado.

— Você deve ligar para ele agora mesmo. Ele falou que era uma coisa muito urgente.
— Urgente como?
— Nada demais, ninguém morreu, eu perguntei. É só a urgência normal, eu acho.

Provavelmente a chamada em espera no telefone, logo cedo, era de Kevin. Movida por uma súbita curiosidade, abri meu celular; havia duas ligações dele.

Por que Kevin queria tanto que eu ligasse para ele? Por que aquilo era tão urgente? De repente, eu me dei conta do porquê. Kevin queria falar comigo pelo mesmo motivo de Aidan, pouco antes de morrer, só que Aidan não havia conseguido.

Uma espécie de desassossego, que já existia como um espectro no fundo da minha mente há vários meses, subitamente deu um passo à frente e se colocou sob os refletores.

Eu torcera para aquele momento nunca chegar. Conseguira me convencer de que nunca aconteceria. Só que, o que quer que fosse, estava chegando agora e eu me senti impotente.

Precisava conversar com Leon.

Liguei para o trabalho dele.

— Leon, podemos nos encontrar?
— Claro! Que tal na sexta? Abriu um restaurante novo com comida do Sri Lanka que...
— Não, Leon. Preciso ver você agora.

— Mas são dez e meia da manhã e eu estou no trabalho.

— Invente alguma desculpa. Uma reunião, dor de garganta, sei lá! É muito importante. Só por uma hora, Leon. Por favor!

— Posso levar Dana?

— Não é esse tipo de encontro, Leon. Dá para você estar na lanchonete Dom em vinte minutos?

— Combinado.

Avisei a todos em volta:

— Resolvi tirar minha hora de almoço mais cedo, vou sair daqui a dez minutos.

Lauryn não se manifestou. Estava pouco ligando. Eu já estragara tudo ao quase perder a apresentação e provavelmente ia ser despedida mesmo.

PARA: ajudante_do_magico@yahoo.com
DE: walshes1@eircom.net
ASSUNTO: Mistério solucionado

Querida Anna,
Como foi que você adivinhou? Foi pura sorte? Você tem sexto sentido? Ou foi Helen quem contou? Sim, Nan O'Shea é a mulher que seu pai largou para ficar comigo. Ela carregou essa mágoa durante todos esses anos. Não é um espanto? Quem poderia imaginar que uma mulher conseguiria gostar tanto assim do seu pai?

Descobrimos tudo quando eu obriguei seu pai a ir comigo à casa dela para "enfrentá-la". Tocamos a campainha, a porta se abriu de repente e então, assim que a mulher viu o seu pai, "desmontou".

Ela perguntou:

"Jack?"

A reação dele foi:

"Nan?"

Eu perguntei:

"Você conhece esta mulher?"

Tem Alguém Aí?

Ele:
"O que está acontecendo, Nan?"
E ela respondeu:
"Sinto muito, Jack."
Eu continuei:
"Pois é muito bom que você sinta muito mesmo, sua lunática descontrolada."
E seu pai ralhou comigo:
"Shhh... Ela está chateada."

A tal de Nan nos ofereceu uma xícara de chá. Seu pai se mostrou muito simpático, conversador, e até aceitou biscoitos Hobnobs, mas eu me mantive "de cara amarrada", pois não sou fácil de perdoar certas coisas com facilidade.

Por fim, tudo "veio à tona". Ela ficou arrasada quando "levou um pé na bunda", dado pelo seu pai, e nunca o perdoou. Como diria Rachel, se estivesse aqui, ela não "seguiu em frente com a sua vida". (É "um flagelo" ouvir Rachel falar essas coisas. Tudo bem que ela teve uma educação de alto nível, mas às vezes eu... Tudo bem, não se incomode por eu estar "repetindo essa ladainha".)

Perguntei ao seu pai por que ele não tinha reconhecido o nome dela logo de cara, e ele disse que não sabia por quê. Então perguntei a Nan O'Shea por que motivo ela resolveu nos perturbar só agora, depois de tantos anos, e fui logo avisando que não queria ouvir um "não sei". Ela explicou que "morou fora" durante muitos anos. Olhando de perto, a mulher tinha a aparência de uma enfermeira sofrida que tivesse participado de trabalhos missionários, cuidando de africanos pobres e necessitados, ou algo assim, mas nada disso... A verdade é que ela morou em Cork e trabalhou para a ESB, a companhia de eletricidade, desde 1962. Recentemente ela se aposentou e voltou para Dublin. (Fiquei chocadíssima, porque pensei que ela fosse muito mais velha do que eu.)

Seu pai era todo sorrisos e, quando já estávamos de saída, Nan O'Shea disse:
"Venha tomar uma xícara de chá comigo quando quiser, Jack."

"Não!", eu disse. "Ele não vai fazer nada disso. Jack, vamos embora para casa!"

Fim do mistério. Como vão as coisas com você? Há algo de estranho acontecendo por aí?

Sua mãe amorosa,

Mamãe

CAPÍTULO 51

Leon já estava lá quando eu cheguei. Escorreguei para o fundo do banco de vinil, de frente para ele, e perguntei:

— Leon, sei que isso vai ser difícil... Se você tiver que chorar, sinta-se à vontade. Vou lhe fazer algumas perguntas e quero que você seja honesto comigo, mesmo que pense que vai me magoar.

Ele concordou, muito ansioso. Mas isso não significava nada, porque ele vivia ansioso.

— Na noite em que Aidan morreu eu sei que ele ia me contar uma coisa. Era algo muito importante.

— O quê?

— Não sei. Ele morreu, lembra?

— Desculpe, é que eu pensei que... Como é que você sabe que ele ia lhe contar alguma coisa importante?

— Porque ele reservou uma mesa no Tamarind.

— Mas o que isso tem demais? Tamarind é "o local preferido para os brâmanes e seus banqueiros". Esse foi um comentário que eu li no guia *Zagat* de restaurantes.

— Pois é, Leon, o engraçado é que Aidan e eu quase nunca saíamos para jantar a dois. Geralmente pedíamos comida em casa, ou íamos a algum lugar interessante com você e Dana, Rachel e Luke, ou algum outro casal. E já tínhamos curtido um jantar sofisticado duas noites antes, no Dia dos Namorados, lembra?

— É verdade.

— Analisando agora, com cuidado, saquei que alguma coisa tinha deixado Aidan preocupado. Ele recebeu um telefonema estranho no celular. Disse que era assunto de trabalho, mas eu acho que não foi nada disso, porque depois desse telefonema ele ficou estranho e me pareceu muito abalado.

— Problemas de trabalho podem deixar um cara preocupado.

— Sei não, Leon... Era mais grave que isso. Aidan ficou estranho, meio... Distante. Tentou disfarçar, especialmente no Dia dos Namorados, mas esse tipo de celebração com data marcada sempre me pareceu meio barata e forçada. Dois dias depois ele reservou uma mesa no Tamarind. Não entendi o motivo de estarmos indo novamente jantar fora, mas ele me pediu por favor e eu concordei.

— Puxa, eu gostaria que Dana fosse mais parecida com você.

— Mas eu não sou tão boazinha, não. Não era. Só que me lembro de ter pensado que era muito importante para Aidan que nós fôssemos jantar fora. É óbvio que não estávamos indo lá pela qualidade da comida, *por melhor que ela seja* — completei, antes de Leon fazê-lo. — Aceitei ir lá para descobrir qual era...

— Só que nunca conseguiram chegar lá.

— Não. E acabei tirando isso da cabeça. Quer dizer, não por completo. Não para sempre. Só sei que havia alguma coisa rolando por trás de tudo aquilo. Leon, você era o melhor amigo de Aidan e quero que me responda uma coisa: ele me amava?

— Ele seria capaz de morrer por sua causa. — Baixou um silêncio pesado. — Desculpe, escolhi a frase errada. Mas a verdade é que ele era louco por você. Eu e Dana acompanhamos Aidan desde o tempo em que ele e Janie estavam juntos, mas a coisa com você era diferente. Era amor de verdade.

— Então tá. Agora, aqui vai a pergunta difícil... Você está preparado para ela?

Um aceno temeroso.

— Na época em que ele morreu, Aidan estava me traindo?

Leon pareceu estarrecido:

— De jeito nenhum!

— Como é que você sabe? Ele teria lhe contado?

— Certamente! Ele não sabia lidar com culpa, sempre teve necessidade de confessar tudo.

Isso era verdade. Ele provavelmente teria confessado isso *a mim*, o que dirá a Leon.

Tem Alguém Aí?

— De qualquer modo, eu sacaria — afirmou ele. — Éramos unha e carne, você sabe disso. Ele era meu melhor amigo. — Sua voz falhou. — Era o melhor amigo que um cara poderia ter.

Na mesma hora eu peguei um lenço de papel na bolsa, em uma reação automática, e o entreguei a ele.

Leon abriu o lenço diante do rosto e quase se engasgou, enquanto eu perguntava a mim mesma se acreditava nele. Sim, decidi. Eu acreditava. Então, o que é que estava acontecendo?

O problema piorou. Ao voltar para o escritório, encontrei um monte de recados histéricos que Kevin deixara na minha caixa postal. No último deles ele informava:

"Vou para Nova York amanhã de manhã, preciso falar com você. Não posso ir antes. Anna, é uma coisa muito importante. Se alguém ligar para você, alguma mulher que você não conheça, não fale com ela, Anna. Não fale com ninguém até eu chegar aí."

Por Deus! Meus joelhos tremiam e desabei sobre a cadeira. Leon estava errado, e eu tinha razão. Aquilo era mesmo o que eu imaginava que fosse.

Fiquei enjoada, mas calma. O que quer que acontecesse agora, estava fora das minhas mãos.

Eu poderia ligar para Kevin na mesma hora e insistir até descobrir tudo, mas não quis fazer isso. Eu já sabia, mesmo. E queria um pouco mais de tempo para lembrar a minha vida com Aidan do jeito que eu imaginei que ela tinha sido.

CAPÍTULO 52

— Anna. Anna! — Franklin me trouxe de volta ao presente. Ele me olhava de um jeito estranho.

— Vamos à sala de Ariella, agora mesmo.

— Já vou. — Fui seguindo-o até lá com a maior calma do mundo. Estava me lixando para tudo.

— Feche a porta — ordenou Ariella.

— Certo.

Eu me sentei diante da mesa sem Ariella mandar. Ela lançou um daqueles olhares do tipo "que porra é essa?" para Franklin, que ficou em pé atrás de mim.

Vambora, pode me mandar para o olho da rua. Vamos acabar logo com isso.

— Pois é... — Ariella pigarreou. — Anna, temos novidades para você.

— Eu já imaginava.

Outra troca de olhares perplexos.

— A Devereaux aceitou nossa proposta.

— Puxa, que legal! — exclamei, com empolgação exagerada. — A de Wendell ou a minha?

— A sua.

— Mas você está querendo me despedir, então faça isso de uma vez.

— Não podemos despedi-la. Eles adoraram você. O presidente da empresa, Leonard Daly, achou você, repetindo as palavras dele, "uma grande garota, muito corajosa", uma escolha excelente para promover a campanha boca a boca. Ele disse que você passa credibilidade.

— Isso é péssimo
— Por quê? Você não está pensando em nos abandonar, está?
Pensei por um instante.
— Não, eu não vou embora se você não quiser que eu vá. Você quer?
Vamos logo, diga de uma vez
— Não.
— Não o quê?
— Não quero que você nos deixe.
— Então quero dez mil a mais por ano, duas assistentes e liberdade para usar terninhos pretos. É pegar ou largar.
Ariella engoliu em seco.
— Concordo com o aumento e com as assistentes, mas nada de roupas escuras. O creme Fórmula 12 é um produto brasileiro, precisamos de cores quentes.
— Terninhos pretos ou eu vou embora.
— Laranja.
— Preto.
— Laranja.
— Preto.
— Tudo bem, preto.
Uma interessante lição sobre o poder. O único momento em que você o tem realmente é quando está pouco ligando se o tem ou não:
— Tudo bem, então — concordei. — Vou me dar o resto do dia de folga hoje.

Só quando eu cheguei em casa foi que me lembrei de Helen. No último e-mail que ela tinha me enviado sua situação me pareceu um pouco complicada, mas na hora eu não percebi a extensão do sufoco.

PARA: lucky_star_investigadores@yahoo.ie
DE: ajudante_do_magico@yahoo.com
ASSUNTO: Você está bem?

O que está acontecendo por aí?

Algum tempo depois, recebi a resposta.

PARA: ajudante_do_magico@yahoo.com
DE: lucky_star_investigadores@yahoo.ie
ASSUNTO: É agora... ou nunca!

Ao voltar para minha sala um recado tinha sido enfiado por baixo da porta. Dizia:

"Quer saber quem lhe enviou as fotos de Detta e Racey? Quer saber a verdade?"

É claro que eu queria!

O bilhete mandava eu aparecer às dez da noite em um endereço próximo ao cais do porto. Fui olhar no mapa: era um armazém. Eu bem que estava a fim de pagar para ver, mas era um armazém *abandonado*. Por que será que o momento do "é agora... ou nunca" não poderia acontecer em um bar confortável?

Liguei o rádio e soube que eu já tinha virado notícia! (Mais ou menos.) Uma tentativa de assassinato ocorrida em Dalkey era a matéria principal. Um homem com cerca de cinquenta anos (Harry Fear) dera vários tiros em outro (Racey). A vítima escapou com vida, e embora a polícia tenha chegado rapidamente ao local do crime, o atirador "conseguiu escapar à captura". A polícia aconselhou as pessoas para que não se aproximem do suspeito.

Isso era um absurdo completo; Helen devia ter ficado maluca de vez para se deixar envolver em uma confusão dessas; poderia acabar morta.

PARA: lucky_star_investigadores@yahoo.ie
DE: ajudante_do_magico@yahoo.com
ASSUNTO: É agora... ou nunca!

Helen, NÃO VÁ a esse armazém abandonado. Você está nadando em águas perigosas. Quero que você me prometa que não vai lá. Você tem de fazer tudo o que eu pedir, porque meu marido morreu.

Anna

PARA: ajudante_do_magico@yahoo.com
DE: lucky_star_investigadores@yahoo.ie
ASSUNTO: É agora... ou nunca!

Ah, merda!

　　Tudo bem, eu prometo.

PARA: lucky_star_investigadores@yahoo.ie
DE: ajudante_do_magico@yahoo.com
ASSUNTO: É agora... ou nunca!

Ótimo!

CAPÍTULO 53

Resolvi me acalmar e esperar. De certo modo, foi como uma reprise da noite anterior, só que na véspera eu estava cheia de esperança, e agora tinha um terrível pressentimento.

Kevin me ligou mais uma vez, mas eu não atendi; não tive coragem. Ele disse que chegaria no voo das sete da matina, vindo de Boston. Eu o veria no dia seguinte, logo cedo.

Amanhã eu vou saber tudo.

Depois disso, Jacqui apareceu; ela dera a notícia ao safado-idiota-angustiado do Joey. O fato de ela ter aparecido lá em casa não era um bom sinal.

Ela balançou a cabeça para os lados.

— A dopamina acabou.

— Oh, não!

— Sim, ele não quer nem saber.

— Pelo amor de Deus! Até parece que ele não teve nada a ver com a história. Ele foi horrível com você?

— Não exatamente horrível, simplesmente o velho safado-idiota-angustiado do Joey, só que sem a dopamina.

— Horrível, então.

— Sim, acho que sim. Puxa, eu sabia que ele não iria exatamente se empolgar com a notícia, mas tinha uma esperança, você sabe...

Concordei com a cabeça. Eu sabia. Ela se jogou sobre o sofá e chorou um pouco, enquanto eu murmurava o quanto ele era um grandessíssimo filho da puta. Depois de algum tempo ela começou a rir, embora continuasse chorando.

— Puxa, que idiota que eu sou! Estamos falando do safado-idiota-angustiado do Joey — ela disse, enxugando o rosto com as palmas das mãos. — Onde é que eu estava com a porra da minha cabeça quando fui me apaixonar por ele? Isso é que é procurar problemas. Sabe de uma coisa, Anna?... Você é quem vai ter que ser minha parceira de pré-natal. Vamos assistir a todas as aulas juntas. Todos os casais vão achar que nós somos sapatonas... Duas "meninas alegrinhas". — Ela até caprichou no sotaque indiano ao falar "meninas alegrinhas".

— Você é uma guerreira, sabia? — elogiei.

— Sou é uma tremenda imbecil, isso sim! Nem posso beber para afogar as mágoas. Vamos assistir *Dirty Dancing, o Ritmo Quente*? Pegue o DVD. Esse vai ser o meu único conforto nos próximos oito meses. Não posso beber, nem fumar, nem comer muito açúcar, nem comprar roupas bonitas e nem trepar; os únicos caras que vão topar transar comigo são os esquisitos que se excitam com mulheres grávidas. Filmes melosos, foi só isso que me restou. De quem é esse recado?

Eu estava no chão, procurando o DVD.

— Que recado?

— A luzinha de mensagens da sua secretária está piscando.

— Ah, deve ser Kevin. Ele vem para Nova York amanhã. — Era incrível o quanto eu pareci normal e despreocupada ao dizer isso. Não poderia contar a Jacqui o que estava acontecendo, porque ela já tinha problemas demais na cabeça.

Depois que ela foi embora eu fui dormir (mais ou menos). Levantei da cama às sete e meia, sentindo como se estivesse prestes a ser executada.

CAPÍTULO 54

Tomei banho e me vesti, como de hábito. Minha boca estava mais seca que uma bola de algodão e tive de tomar um copo d'água, mas ela tornou a ficar seca logo em seguida. Quando tentei escovar os dentes, a pressão da escova sobre a língua quase me fez vomitar.

Não sabia o que fazer. Até Kevin chegar, tudo estava em suspenso. Fiz uma aposta comigo mesma: se eu conseguisse encontrar um episódio de *Starsky e Hutch — Justiça em Dobro* na tevê, eu o assistiria até o fim. Se não conseguisse fazer isso, iria para o trabalho.

Por mais incrível que pareça, não estava passando nenhum episódio de *Starsky e Hutch*. Encontrei um monte de seriados: *São Francisco Urgente, Hill Street Blues, Cagney and Lacey* — mas trato era trato. Resolvi que iria para o trabalho para ver o que estava rolando por lá. Talvez eles tivessem mudado de ideia e resolvido me despedir, afinal de contas. Pelo menos isso serviria para me distrair um pouco.

Eu me forcei a caminhar até a porta de casa e lentamente desci as escadas. No hall, encontrei o carteiro, que estava saindo. Aquela era a primeira manhã do ano em que parecíamos realmente estar em um dia de outono; folhas secas rolavam de forma dolente pela calçada e um friozinho estava no ar, acompanhado pelo cheiro de madeira queimada.

Claro que eu não ia nem me dar ao trabalho de abrir a correspondência. Não me importava se havia chegado alguma coisa para mim ou não. Só que alguma coisa me fez abrir a caixa do correio. Então, na mesma hora, algo me disse que eu devia cair fora dali.

Mas era tarde demais. Eu abri a caixa e pronto! Ali, à minha espera, havia uma carta endereçada a mim. Parecia uma pequena bomba.

Tem Alguém Aí?

Não havia remetente no envelope, o que era meio estranho. A essa altura eu já estava ligeiramente cabreira. Ainda mais quando vi meu nome e endereço escritos no envelope, com todo o cuidado, à mão. Quem é que manda cartas manuscritas hoje em dia?

Uma mulher sensata não abriria aquilo. Uma mulher sensata jogaria o envelope na lata de lixo e iria embora. O problema é que, com exceção de um curto período entre os vinte e nove e os trinta anos, quando é que eu tinha sido sensata, em toda a minha vida?

Então eu o abri.

Era um cartão, uma aquarela com a imagem de um vaso de flores, que me pareceram ligeiramente murchas. O envelope era fino, de modo que pude perceber que havia algo mais ali dentro. *Dinheiro, talvez?*, pensei. *Um cheque?* Eu estava apenas sendo sarcástica. Tudo bem, mesmo sem ter ninguém ali para me ouvir, eu falava comigo mesma, mentalmente.

E, de fato, havia algo ali dentro: uma fotografia. Uma foto de Aidan. Por que será que alguém havia me enviado aquilo? Eu já tinha um monte de fotos parecidas com aquela. Então percebi que estava enganada. Não era ele, longe disso. Subitamente, entendi tudo.

PARTE TRÊS

CAPÍTULO 1

Acordei no quarto errado. Na cama errada. Com o homem errado.

A não ser pela luz fraca de um abajur, o quarto estava às escuras. Ouvi o som profundo da respiração dele, mas não consegui olhar para seu rosto.

Precisava dar o fora dali. Com muito cuidado, deslizei por entre os lençóis, determinada a não acordá-lo.

— Oi — ele me saudou. — Eu não estava dormindo. — Ele ergueu o corpo e se apoiou em um dos cotovelos. — Aonde você vai?

— Para casa. Por que não está dormindo?

— Estou observando você.

Estremeci ao ouvir isso.

— Não desse jeito — ele explicou. — Estava olhando para descobrir se estava tudo bem com você.

De costas para ele, vasculhei o chão à procura das minhas roupas, tentando encobrir minha nudez.

— Anna, fique comigo até amanhecer.

— Quero ir para casa.

— Que diferença vai fazer algumas horas mais?

— Vou para casa. — Não consegui achar meu sutiã.

Ele se levantou da cama e eu recuei; não queria que ele me tocasse.

— Vou lá para a sala — informou ele —, para lhe dar um pouco de privacidade.

Ele saiu do quarto. Só consegui olhar para as pernas dele, e assim mesmo dos joelhos para baixo.

Quando ele voltou, eu já estava totalmente vestida. Ele me entregou uma xícara de café e pediu:

— Me deixe chamar um táxi para você.

— Tá legal. — Eu continuava sem conseguir encará-lo. O dia anterior desfilou diante de minha mente, com todo o horror do que acontecera. Eu me lembro de ter arrancado as roupas com fúria, gritando para ele:

"Anda, trepe comigo. Trepe de uma vez! Qual é o problema? Você é homem, não precisa estar envolvido emocionalmente. Simplesmente trepe comigo!"

Eu estava deitada na cama dele, nua e gritando:

"Vamos lá, venha para cima de mim!"

Queria que ele me despojasse do meu ódio, da minha perda, do meu desespero. Queria que ele arrancasse o meu marido morto da cabeça, para que eu pudesse parar de sofrer.

— O táxi já está lá embaixo — ele informou.

O sol estava nascendo e as ruas exibiam a tranquilidade típica do início da manhã, enquanto eu seguia para casa. Embora não tivesse ingerido nem uma única gota de álcool na noite anterior, senti a pior ressaca de toda a minha vida.

Entrei no apartamento silencioso, acendi a luz. Mais uma vez peguei o envelope na bolsa e olhei para a foto do menino que era igualzinho a Aidan, mas não era ele.

No dia anterior, no hall, ao examinar a foto do bebê com boné dos Red Sox, foi a cicatriz na sobrancelha que me esclareceu tudo. Aidan tinha sua cicatriz desde o dia em que nascera; um corte diminuto em sua pele recém-formada que nunca desapareceu. O menino da foto tinha sobrancelhas perfeitas, sem nenhuma cicatriz. Depois eu olhei para a data da foto. Fiquei examinando com a cabeça a mil. O dia não podia estar certo. Mas, no fundo, sabia que não havia engano. Aquele menininho tinha dezoito meses de idade.

Uma carta vinha acompanhando a foto; o cartão se abriu em uma grande folha escrita à mão. Só que eu não estava interessada em saber o que ela dizia, só me interessava o remetente. Fui até a última linha, e então — surpresa, surpresa! — a carta era de Janie, ninguém mais, ninguém menos.

Uma névoa vermelha pareceu me envolver e eu achei que fosse enlouquecer. Ela teve Aidan durante tantos anos e agora tinha um filho dele, enquanto eu não tinha nada.

Na mesma hora eu soube o que deveria fazer.

Com os dedos trêmulos, em plena manhã gélida, liguei para Mitch. Só que alguém que não era Mitch atendeu, dizendo:

— Esse é o telefone de Mitch.

— Eu poderia falar com Mitch, por favor?

— No momento, não. — A pessoa deu uma risadinha. — Ele está pendurado no teto, a seis metros de altura, fazendo um reparo de microeletrônica.

Não achei nada para dizer. Estava com muita raiva.

Bem, mande ele descer dessa porra de teto para atender o telefone!

— Por favor, avise a ele que é Anna quem está no telefone. Diga que é urgente. Muito, muito urgente.

Mas a pessoa que atendeu o telefone nem se deu ao trabalho de chamá-lo em voz alta. Respondeu apenas:

— Mitch está sob muita pressão lá em cima no momento. Assim que ele descer eu peço para lhe dar retorno.

Desliguei e chutei o degrau da entrada do prédio, com força, pensando: *Quem, quem, quem...?* Não poderia ser nenhum dos Homens-de-Verdade, porque o único ainda solteiro era Gaz, e ele tentaria me "curar" colocando fogo em mim.

Então me dei conta. Não era para ser Mitch, era para ser Nicholas.

Nicholas gatinho. Ele serviria.

Liguei para o trabalho dele e quem atendeu foi a telefonista geral. Liguei para o celular e a ligação caiu na caixa postal. Isso significava que ele devia estar em casa. Liguei para lá, mas caiu na secretária.

Não dava para acreditar. Eu simplesmente não conseguia acreditar naquilo. Precisava resolver tudo de uma vez; por que tantos obstáculos?

No meio do meu acesso de raiva, me lembrei de alguém. Com as mãos trêmulas, peguei minha bolsa e vasculhei o conteúdo lá dentro, parada no degrau de entrada. Encontrei um monte de lixo enquanto procurava o pedacinho de papel. Não pensei que fosse realmente encontrá-lo, mas eu *tinha* de encontrar.

Até que encontrei! Uma tirinha de papel toda amassada. Minha salvação: o telefone de Angelo, o rapaz que eu conheci quando fui ao Jenni com Rachel, naquela manhã.

Não era para ser Nicholas. Era para ser Angelo.

A voz era dele, mas o recado dizia:

"Não posso atender no momento. Você sabe o que fazer."

"Angelo, meu nome é Anna. Sou irmã de Rachel. Nós nos conhecemos um dia, de manhã, no Jenni, e depois nos encontramos novamente na rua 41 Oeste. Você poderia me dar uma ligada?"

Recitei o número do celular, desliguei, recoloquei tudo de volta na bolsa e me sentei no degrau. Não me ocorreu mais ninguém. Talvez fosse melhor eu ir para o trabalho.

De repente, como um sinal de salvação, o celular tocou. Um deles estava me dando retorno! Qual deles?

— Alô!

Mas era Kevin, parecendo um alucinado:

— Anna, cheguei aqui no aeroporto Kennedy. Já estou na cidade. Precisamos conversar.

— Tudo bem, Kevin, eu já sei de tudo.

— Merda! Eu queria lhe contar com jeitinho, explicando com mais detalhes! Mas não se preocupe. Vamos lutar para ter a custódia do menino e vamos conseguir! Vamos criá-lo, Anna, eu e você. Onde você prefere que a gente se encontre?

— Em que hotel você vai ficar?

— No Benjamin.

— Então vá direto para o hotel, nos vemos lá.

Quer dizer que não era para ser Mitch, nem Nicholas, nem Angelo. Era para ser Kevin. Puxa, quem diria?...

Fiz sinal para um táxi e entrei.

— Hotel Benjamin, na rua 50 Leste, por favor.

Tem Alguém Aí?

Peguei o envelope mais uma vez, analisei a foto que tinha sido tirada apenas quatro dias antes e tentei reconstituir toda a sequência de eventos. Quando foi que eu tinha conhecido Aidan? Quando foi que o nosso namoro havia se tornado exclusivo? Que idade, exatamente, tinha aquela criança? O menino parecia ter um ano e meio, mas ele poderia ser grande para a idade, ou pequeno. Se ele tivesse, digamos, um ano e quatro meses, quais seriam as implicações disso? A situação ficaria pior se ele tivesse um ano e sete meses, ou um ano e oito meses? E se ele tivesse nascido prematuro? Minha mente estava muito confusa e eu não conseguia determinar a ordem em que todas as coisas haviam acontecido. Quase consegui montar uma cronologia dos fatos, mentalmente, mas logo depois minha cabeça entrou em parafuso e me perdi.

Quando o celular tocou, eu quase não o escutei, porque ele estava enfiado no fundo da bolsa.

— Oi! — ouvi uma voz. — Aqui é Angelo. Você ligou para mim?

— Angelo? Oi! Liguei, sim. Sou Anna, irmã da Rachel... Nós nos conhecemos no...

— Claro, eu me lembro de você. Como vão as coisas?

— Vão mal... Estão péssimas.

— Quer se encontrar comigo para tomarmos um café?

— Onde você está?

— No meu apartamento. Rua 16, entre a Terceira e a Quarta Avenidas.

Olhei pela janela do táxi e consegui fixar o olhar na placa de uma das ruas. Estávamos na 14.

— Estou dentro de um táxi, a dois quarteirões daí — informei a ele. — Posso dar uma passadinha na sua casa?

— Claro!

Pronto, estava escrito! Não era para ser Kevin. Era para ser Angelo.

CAPÍTULO 2

Minha campainha tocou e dei um pulo — as células do meu corpo levaram um susto tão grande que achei que ia ter uma convulsão. Havia me deitado com a foto do menininho sobre o peito e devo ter cochilado.

Mesmo sentindo as pernas bambas, consegui me levantar e a campainha tocou novamente. Minha nossa! Que horas deveriam ser? Oito e cinco da manhã. Tão cedo assim só poderia ser uma pessoa: Rachel.

Angelo ligara para ela na véspera, quando percebeu que estava com uma lunática de carteirinha nas mãos. Rachel apareceu no apartamento dele com Luke e eu lhes forneci um relato confuso da foto e da carta, que eles insistiram em ver. Depois disso, tentaram me tirar dali, mas eu me recusei a ir, até que eles desistiram e foram embora. Aposto que Angelo manteve Rachel informada de todos os meus movimentos e contou que eu acabei indo para casa.

Fui atender a porta e *era* Rachel, como eu imaginava.

— Oi.

— Como você está?

— Tão boa quanto seria possível, considerando que meu marido morto me chifrou.

— Ele não traiu você.

— Eu o odeio.

— Mas ele não foi infiel. Leia a carta. Onde ela está? Na sua bolsa? Vá pegá-la.

Diante do seu olhar atento, abri a carta, a contragosto, e tentei lê-la, mas as palavras não paravam de se embaralhar diante dos meus olhos. Com um farfalhar brusco, entreguei tudo para Rachel.

— Leia você.
— Está bem. Ouça com muita atenção:

Querida Anna,
    Não sei nem por onde começar esta carta. Acho melhor começar pelo princípio, é claro. Sou a Janie, Janie Wicks (Sorensen, no tempo de solteira), ex-namorada de Aidan. Fomos rapidamente apresentadas uma à outra no funeral, mas não creio que você se lembre disso, com a multidão que havia na cerimônia.
    Não sei até que ponto você tem conhecimento sobre o que está acontecendo, então é melhor contar tudo. É difícil escrever para você sem desenhar uma imagem terrível de mim mesma, mas não há escapatória. Vamos lá, então...
    Depois que Aidan saiu de Boston para trabalhar em Nova York, costumava vir para casa todos os fins de semana, mas os períodos que passávamos separados não eram nada bons e, depois de um ano e três meses, mais ou menos, conheci outra pessoa (Howie, o homem com quem estou casada). Não comentei com Aidan sobre Howie (nem falei com Howie a respeito de Aidan), mas propus a Aidan dar um tempo e abrir o relacionamento, só para ver aonde iríamos a partir dali. O fato é que durante um curto período eu me encontrei (e dormi) tanto com Howie quanto com Aidan, sempre que ele vinha a Boston e pedia para me ver.
    Foi quando descobri que estava grávida. (Eu tomava anticoncepcional, não sou a figura típica que se lamenta publicamente no programa de *Jerry Springer*, mas fui a exceção que confirma a regra e engravidei.) O problema é que eu não sabia se o pai era Aidan ou Howie. (Pode acreditar, sei muito bem o quanto isso soa vulgar.)
    Decidi contar tudo a Aidan, mas na primeira vez em que ele veio a Boston depois disso foi para terminar comigo. Conhecera uma mulher especial (você), estava apaixonadíssimo e queria se casar. Disse que estava mal por terminar comigo daquele jeito abrupto, garantiu que seríamos sempre amigos, você conhece o script. Então eu tive de escolher: contar que estava grávida e esculhambar com a vida dele e com a

minha ou arriscar a possibilidade de a criança ser de Howie. Resolvi arriscar. Howie e eu nos casamos, o pequeno Jack nasceu e ficamos loucos pelo novo bebê. Ele não se parecia muito com Howie ao nascer, mas também não se parecia nem um pouco com Aidan, então resolvi tocar a vida em frente como se não houvesse nenhum problema.

Só que quando Jack ficou mais velho ele começou a se parecer *muito* com Aidan. Por Deus, aquilo era um martírio... A cada dia as suas feições e o seu jeito se mostravam mais e mais parecidos com os de Aidan. Eu me sentia mal com aquilo, e muito preocupada. Foi quando minha mãe percebeu a semelhança e veio conversar comigo. Admiti tudo. Ela me fez ver a obrigação moral que eu tinha... o dever de contar a Aidan que ele possuía um filho e avisar aos Maddox que eles tinham um netinho. (Para ser honesta, não me agradou nem um pouco ter de assumir a verdade. Por egoísmo, fiquei preocupada com Howie e com o meu casamento.)

De qualquer modo, contei primeiro a Howie. Foi terrível, especialmente para ele. A verdade é que ele chegou a me abandonar por um tempo, mas voltou para casa e estamos tentando superar o problema. Depois contei a Aidan e, como qualquer homem atingido por uma notícia desse tipo, ele ficou desorientado. Sua maior preocupação era com você. Morria de medo de você achar que ele a tinha traído. A propósito, devo deixar uma coisa bem clara: tudo isso aconteceu antes de Aidan e você assumirem a exclusividade no namoro (pelo menos oito semanas antes).

Enviei a Aidan algumas fotos de Jack, para ele poder constatar a semelhança com os próprios olhos. Um ou dois dias depois disso, Aidan sofreu o acidente e eu fiquei sem saber se ele chegou a lhe contar sobre Jack. Se tudo isto for uma novidade completa para você, eu sinto muito, sinto de verdade.

Eu estava pronta para contar aos Maddox a respeito de Jack quando soube do acidente. Fiquei sem saber o que fazer. Minha mãe comentou que Dianne e Fielding estavam péssimos...

— Fielding? Esse é o nome do sr. Maddox? — perguntou Rachel. — Engraçado, eu nunca me toquei que ele, obviamente, possuía um primeiro nome.

... que a notícia seria um choque grande demais para eles e eu devia esperar até eles melhorarem um pouco antes de lhes contar tudo.

Só que Dianne e Fielding continuam mal e o momento certo para contar não aconteceu até agora. Inúmeras vezes eu quis lhe telefonar para sondar se você tinha conhecimento da existência de Jack, e também para lhe contar o quanto eu também sentia saudades de Aidan. Ele era um homem especial, um ser humano raro. Por outro lado, não achava justo contar a você de Jack antes de contar a verdade a Dianne e Fielding. Ao mesmo tempo, não seria correto conversar com você sobre Aidan sem lhe contar de Jack. Isso faz sentido para você?

Eu estava aqui no meu canto, esperando por um bom momento para contar a todos o que aconteceu, mas, como você provavelmente já sabe, Kevin atropelou todo o processo. Na terça-feira eu me encontrei com ele, por acaso, em uma loja de departamentos, a Pottery Barn. (Não é a coisa mais improvável do mundo? Kevin Maddox na Pottery Barn?) Eu não o via há séculos e fiquei feliz por reencontrá-lo. Mas assim que ele pousou os olhos no carrinho de bebê e olhou para Jack, pareceu ter visto um fantasma. Bem ali, no meio da loja, começou a gritar:

"Esse menino é filho de Aidan! Aidan teve um filho! Mamãe tem um neto! Quem mais sabia disso? Anna sabia? Como é que ninguém me contou?"

De repente, teve uma crise de choro. Tentei explicar tudo, mas os seguranças da loja apareceram e fomos convidados a nos retirar do local.

Eu pedi:

"Kevin, vamos tomar um café e eu lhe conto tudo." Mas você conhece Kevin, um tremendo cabeça-quente. Ele foi embora aos berros, ameaçando entrar na justiça para conseguir a custódia do menino. Disse que ia ligar para você na mesma hora, a fim de lhe contar tudo. Imagino que você deve ter recebido pelo menos uma ligação histérica de Kevin.

Pensei em lhe telefonar também, mas achei melhor explicar tudo por escrito. Pelo menos desse jeito não haverá margem para confusões ou mal-entendidos.

Talvez ainda seja cedo demais, mas você gostaria de conhecer Jack? Resolva se deseja isso e quando seria melhor para você. Posso levá-lo a Nova York, se você não quiser vir a Boston.

Mais uma vez, peço mil perdões por toda a dor e o sofrimento que possa ter lhe causado ao contar tudo isso, mas o fato é que você tinha todo o direito de saber. Além do mais, descobrir que ainda existe uma parte de Aidan que está viva talvez ajude você a suportar tudo um pouco melhor.

Com muita sinceridade e carinho,
Janie

— Viu só? — perguntou Rachel. — Ele não chifrou você. Aidan não traiu você em nenhum momento.

— Não me importo — eu disse. — Mesmo assim eu o odeio.

CAPÍTULO 3

Rachel me atualizou sobre tudo o que estava rolando na minha vida desde que eu tinha me afastado do trabalho sem licença médica.

— Seu emprego ainda está lá. Conversei com o tal de Franklin e lhe disse que você não andava nada bem.

— Minha nossa! — Os executivos da Devereaux e o professor Redfern queriam me conhecer pessoalmente, antes de dar início à campanha do Fórmula 12. Era um momento terrível para eu "não andar bem". — Franklin começou a hiperventilar?

— Sim, um pouco, mas tomou logo um Xanax. Na verdade, nós tivemos uma boa conversa, muito adulta. Ele sugeriu que você tirasse folga pelo resto desta semana e toda a semana que vem, para colocar a vida em ordem, segundo palavras dele.

— Ah, você é a nata da bondade humana. Obrigada, Rachel, obrigada mesmo por lidar com tudo isso. — Minha gratidão era imensa. Se ela não tivesse ido conversar com Franklin, provavelmente eu nunca mais ousaria aparecer no trabalho; pelo menos agora eu tinha a opção de fazer o que achasse melhor. Nesse momento eu me lembrei de outra coisa. — Caraca! Kevin! Será que ele ainda estava no hotel, esperando que eu aparecesse a qualquer momento?

— Já cuidamos de tudo. Falei com ele e lhe contei a história toda. Ele já voltou para Boston.

— Puxa, obrigada, Rachel, por ser tão boa para mim.

— Dê uma ligada para ele.

— Que horas são? — Olhei para o relógio. — Oito e vinte? Será que é muito cedo?

— Não. Ele deve estar ansioso para conversar com você. Estava superpreocupado.

Eu me encolhi de leve, muito envergonhada, e peguei o telefone. Uma voz sonolenta me atendeu:

— Kevin falando.

— Kevin, sou eu, Anna. Puxa, eu sinto muito, de verdade. Estou morta de vergonha por ter deixado você na mão, me esperando. É que eu pirei.

— Tudo bem — ele disse. — Eu também pirei quando descobri. Fui expulso da Pottery Barn, dá para acreditar? Uma loja *popular*! Eu disse aos seguranças: "Já fui expulso de lugares bem mais sofisticados que este."

Fiquei esperando que ele começasse a meter o pau em Janie, comentando sobre a piranha que ela era e como ele ia fazer para conseguir a custódia de Jack, mas não disse nada disso. Pelo visto, a situação com Janie mudara; da noite para o dia tudo se tornara muito civilizado e todos eram novamente amigos.

— Fomos ver o pequeno Jack ontem à noite. Mamãe, papai e eu fomos até lá. Ele é um menino lindo. Já está apaixonado pelos Red Sox. Vamos tornar a vê-lo hoje. Por que você não vem também?

— Não.

— Mas...

— Não.

— Que tal no fim de semana, então?

— Não.

— Tudo bem, Anna, leve o tempo que quiser. Leve todo o tempo que precisar, mas saiba que ele é realmente uma gracinha. E é um garoto engraçado, sabia? Eu disse a Janie: "Aceito uma cerveja." E ele repetiu: "Aceito uma cerveja." *Exatamente* no mesmo tom de voz. Até parecia *eu* falando! E ele tem um ursinho...

— Desculpe, Kevin, preciso ir. Até logo.

Desliguei e Rachel disse:

— Seria legal você se desculpar com Angelo.

Angelo!

— Meu santo Cristo! — coloquei a cabeça entre as mãos. — Eu pirei. Fiquei absolutamente descontrolada. Ele não quis transar comigo

Tem Alguém Aí?

— Claro que não! Que tipo de homem você acha que ele é?
— Um homem como outro qualquer. Por falar nisso, Joey já voltou para Jacqui?
— Não. Acho que nem vai voltar.
— Como assim? — Eu achei que ele fosse levar um dia ou dois para digerir a notícia da gravidez e logo, logo voltaria para Jacqui, implorando que ela o aceitasse de volta. — Ele é um babaca! — desabafei.

CAPÍTULO 4

Tudo o que eu consigo me lembrar daqueles dias é que meus ossos doíam. Cada ossinho do meu corpo, por menor que fosse, me provocava dor, e a coisa estava pior do que nunca. Até minhas mãos e pés doíam. Permaneci calada e de baixo-astral, muito pensativa, como se eu fosse uma versão feminina de Joey, só que sem as roupas idiotas de roqueiro. Retirei todas as fotos de Aidan — as que estavam penduradas nas paredes, em porta-retratos sobre a tevê e até mesmo a que eu guardava na carteira. Despachei tudo para a empoeirada Sibéria representada pelo espaço Debaixo da Cama. Não queria lembranças visíveis dele.

A única pessoa com quem eu tinha vontade de ficar era Jacqui, que não conseguia parar de chorar.

— São os hormônios — ela repetia sem parar, entre os acessos de choro convulsivo. — Não tem nada a ver com Joey. Estou numa boa com relação à postura dele. O problema são os hormônios.

Quando eu não estava com Jacqui, saía para fazer compras e gastava um monte de dinheiro, de forma descontrolada. Tinha acabado de receber meu pagamento daquele mês e já gastara tudo, inclusive o dinheiro do aluguel. Não me importava em gastar. Desembolsei uma fortuna por dois terninhos cinza-escuros, sapatos pretos altíssimos, de salto agulha, uma meia-calça transparente e uma bolsa Chloé. Tudo isso custou uma nota pretíssima. Toda vez que eu pagava por algum desses itens, pensava nos dois mil e quinhentos dólares que tinha jogado pela janela ao pagar adiantado pela consulta com Neris Hemming, e me encolhia toda de dor. Talvez eu pudesse correr atrás daquele prejuízo, quem sabe tentar pegar o meu dinheiro de volta, embora provavelmente houvesse alguma

Tem Alguém Aí?

cláusula em letras miúdas do contrato que me impedia de fazer isso. Mas a verdade é que eu não queria mais nada com ela. O que eu queria mesmo era esquecer que algum dia ouvira falar de Neris Hemming. Não fazia questão nenhuma de remarcar a consulta, pois sabia que era tudo tolice.

Conversar com os mortos? Deixe de ser idiota.

De noite, por puro masoquismo, eu assistia aos jogos de beisebol na tevê. Estávamos em plena final do World Series, o campeonato nacional: Os Red Sox, que estavam na final contra os St. Louis Cardinals, não eram campeões desde 1919 — o ano da maldição de Babe Ruth —, mas eu sabia com uma certeza inabalável que naquele ano eles iriam interromper a série de muitas décadas de fracassos. Certamente iriam ganhar porque aquele babaca tinha sido idiota o bastante para morrer e perder esse momento de glória. Os comentaristas, os jornais e os torcedores dos Red Sox experimentavam uma agudíssima crise de ansiedade; estavam com a mão na taça, tinham conseguido chegar à final, mas... E se perdessem o jogo?

Eu não duvidei nem por um minuto que eles iriam ganhar e, conforme a minha previsão, foi exatamente isso que aconteceu. Eu fui a única pessoa do mundo que não ficou surpresa.

A alegria dos torcedores foi indescritível. Todas as pessoas que haviam mantido a fé no time durante tantas décadas terríveis tinham sido finalmente recompensadas. Vi homens adultos chorando e chorei junto com eles. Mas aquela, decidi, era a última vez que eu ia chorar na vida.

— Seu babaca, idiota! — disse a Aidan. — Se você não tivesse morrido, estaria curtindo esse momento.

E aquela, conforme eu também decidi, era a última vez em que eu iria falar com Aidan.

CAPÍTULO 5

No mesmo dia em que eu recebi a carta de Janie, um e-mail gigantesco chegou, enviado por Helen. Ela mentiu ao me prometer que não iria ao armazém abandonado para o momento do "é agora... ou nunca". Por que será que Helen ainda conseguia me surpreender? Seu e-mail trazia todos os detalhes do que tinha acontecido e me colocava a par do desfecho da história policial em que se transformara sua vida, mas ao ver que ela continuava viva, não me interessei muito pelos detalhes e só fui ler o e-mail inteiro quase duas semanas depois.

PARA: ajudante_do_magico@yahoo.com
DE: lucky_star_investigadores@yahoo.ie
ASSUNTO: Que sorte eu estar viva!

Desculpe eu ter mentido para você, mas a curiosidade foi grande demais.

Vou lhe contar tudo o que aconteceu, com detalhes, mas não dá para lembrar cada palavra com exatidão, então, como sempre, vou repetir mais ou menos os diálogos. Sem exagerar, como você sempre me acusa de fazer!

Então vamos lá. Às dez da noite eu fui ao endereço indicado, perto do cais do porto – como imaginei, era um armazém abandonado. Um fedor de matar, andares com alturas irregulares, ratos. Subi as escadas. Não havia ninguém no primeiro andar, ninguém no segundo e nem no terceiro. Quando cheguei ao quarto andar, porém, uma voz de mulher ordenou:

"Entre."

Achei que devia ser Tessie O'Grady, ainda mais porque ela teria fácil acesso ao quarto de Racey, para tirar as fotos quentes

Mas não era Tessie. Era Detta! Com terninho elegante, blusa de seda e uma arma na mão! Epa!
Ela disse:
"Sente-se."
Apontou uma cadeira. Bem, na verdade, era a *única* cadeira do lugar. Feita em madeira, sob uma lâmpada solitária para interrogatório. Pedaços de arame farpado estavam enrolados em torno das pernas do móvel.

Eu: Não! Escute... Sinto muito por eu ter mostrado aquelas fotos a Harry.
Ela (Balançando a cabeça, como se não conseguisse acreditar no quanto eu era burra.): Fui eu quem lhe enviou as fotos.
Eu: Por quê?
Ela: Porque absolutamente nada, a não ser fotos minhas na cama com Racey, fariam Harry acreditar que eu o estava traindo e entregando segredos para o inimigo. Encontrar Racey para almoçar não foi suficiente. Quer mais negação do que isso? Se bem que sua mãe fez uma cagada completa. Lá estávamos nós, sentados no melhor lugar do restaurante, à espera de um bom flagra, e ela nem ao menos sabia usar a câmera do celular.
Eu: Vocês queriam ser fotografados?
Ela (Parecendo uma cobra.): Ssssim. Quantas chances eu e Racey demos a você?
Eu: Não muitas, para ser franca. Passei três séculos sentada atrás daquele arbusto, no jardim dos fundos. E por que você queria que eu mostrasse as fotos a Harry?
Ela: Na esperança de que ele se matasse. Ou matasse Racey e acabasse a vida atrás das grades.
Eu: Mas Racey é seu namorado!
Ela (Outro balançar de cabeça do tipo "como você é burrinha".): Racey não é meu namorado.
Eu: Bem, seu colega, então.
Ela (Balançando a cabeça novamente.): Foi tudo uma armação. Você deve ter achado que estava desempenhando um grande papel investigativo, mas fomos nós que escolhemos você, sua detetivezinha

ridícula, porque sabíamos que você nunca iria sacar o que realmente estava rolando. Precisa ver o quanto nos divertíamos ao ver você atrás daquele arbusto, munida de binóculo e saquinhos de balas. Foi sacal para você? Você curtiu ir às missas todo dia de manhã? Você achou que realmente Tessie O'Grady simplesmente abriria os portões da sua casa para uma estranha que precisava usar o banheiro? Você sabe quantos atentados já foram feitos contra a vida daquela mulher?

Eu não disse nada, porque estava morrendo de vergonha e me sentia confusa, mas acho que Detta estava insinuando que eu só tinha conseguido aquele trabalho porque sou uma investigadora de merda. E que papo era aquele de "nós"?... "Nós" escolhemos você? Obviamente não foi Harry Fear. Devia haver mais alguém que certamente estava de conluio com Detta e recomendara meus serviços a Harry.

No andar de baixo um rato, ou algo igualmente fedido, circulou rapidamente com passinhos miúdos.

Eu (Depois de algum tempo.): Mas então, se Racey não é seu namorado nem colega de armação, o que ele é?

Ela (Muito esnobe.): Racey O'Grady não significa nada para mim. Você vai sentar na cadeira ou não?

Eu: Não.

Ela: Por que não?

Eu: Porque estou cheia de pontos na bunda. E pode atirar em mim, se quiser.

Ela: Então tá. Vamos lá...

De repente ela abriu a boca, abismada. Olhou para o alto das escadas, e eu olhei também. Tessie O'Grady acabara de aparecer, toda cheia de sorrisos, com seu casaquinho de lã e chinelos. E uma arma.

Tessie (Com uma entonação feliz.): Olá, meninas! Puxa, eu não vinha aqui fazia um tempão, desde que eliminamos a família Foley, um por um. (Olhou em torno com ar orgulhoso.) Ahhh, que tempos felizes foram aqueles! (Focou a atenção na cadeira.) Não me digam que a cadeira ainda é a mesma! Vejam só, é realmente a mesma! Isso não é lindo?

Tem Alguém Aí?

Detta (Com o rosto frio e a voz gélida.): Como foi que você soube onde eu estava?
Tessie: E para onde mais você viria? Você não tem imaginação, nunca teve. Continue, Detta. Você estava dizendo à Srta. Bexiga Cheia que Racey O'Grady não significa nada para você.
Detta: Nada disso, eu quis dizer apenas que...
Tessie: Vou explicar o que você quis dizer. Você armou para cima dele. Estou muito chateada com você, Detta. Você queria que o pobre Harry ficasse louco de ciúmes e usou Racey para isso. Harry poderia ter matado Racey, hoje.
Detta: Racey está ótimo, não lhe aconteceu nada. Eu me certifiquei de que nada de mal iria lhe acontecer.
Tessie: Mas ele também ficou muito chateado. Pensou que quando vocês tinham relações aqueles momentos significavam
alguma coisa para você.
Detta: Sim, tá bom... Ma você matou meu pai.
Tessie (Balançando a cabeça.): Isso é que é guardar rancor!
Detta: Escute... Caia fora e me deixe matar a garota em paz.
Eu: Por que você quer me matar?
Detta: Por causa de Colin?
Eu: Colin? Mas que diabos ele...? Minha nossa!... Colin é seu filho?
Detta: Não. Colin não é meu filho. Ele é meu namorado.
Eu: NAMORADO? Mas ele transou comigo!
Detta: É por isso que eu vou matar você.

Eu estava pensando no quanto ela devia estar iludida... Colin, namorado dela? Nem com a vaca tossindo sem parar! Mas Tessie voltou a falar:

Tessie (Para Detta.): Estou muito magoada com você por causa de mais uma coisinha. Tenho um amigo no banco, um homem adorável, fantástico, membro da Opus Dei e muito competente. Ele faz maquetes de cenários de ópera com palitos de sorvete — possui um talento extraordinário! — e ele me contou que hoje de manhã você esvaziou várias das suas contas e transferiu tudo para um banco em Marbella. Você vai fugir, não vai?

Detta (Deixando a cabeça tombar meio de lado.): Sim, Tessie, é isso mesmo que vou fazer. Perdi o interesse por tudo, Tessie. Nunca imaginei que um dia me ouviria dizer tal coisa, mas o fato é que toda essa história... Não sei... Perdi o tesão pela vida de crimes.

Tessie (Tentando ajudar.): Ora, mas você não precisa trabalhar na área de proteção pessoal. Poderia tentar o tráfico de armas por algum tempo. Ou negociar com garotas! Você daria uma cafetina maravilhosa, tem bom gosto, sempre teve. E gosta do ramo.

Detta: Ah, Tessie, a questão não é só o trabalho. Não aguento mais os invernos gelados daqui. Eu gosto de sol. Colin também quer mudar de vida. Estamos pensando em abrir um bar. Talvez um estabelecimento com o tema do U2, sabe como é?... Decorado com fotos, muitos objetos, itens relacionados com a banda, guitarras, discografia...

Tessie (Com um brilho *à la* Joseph Mengele no olhar.): Eu sei muito bem o que é um bar temático, Detta! Mas e quanto ao nosso acordo, como é que ele fica?

Eu: Que acordo?

Detta: Não conte a ela!

Tessie: Por que não?

Detta: Porque isso não é um filme americano onde tudo tem de ser explicadinho antes do fim.

Eu: Conte logo!

Tessie: Eu vou contar, Detta.

Detta: Você está fazendo isso só para me sacanear.

Tessie: Sacanear você? Ora, mas você quase fez com que meu filho morresse hoje de manhã! Muito bem, Srta. Bexiga Cheia... Detta prometeu a mim e a Racey que Harry logo sairia de cena, só que não nos contou que Racey ia quase morrer durante a execução do plano. Ela disse que iria se casar com Colin. A família O'Grady lhe garantiria todo apoio nessa nova empreitada em troca de uma renegociação das atividades a nosso favor. E agora ela está nos traindo.

Detta (Chateada.): Mas por que se importam tanto com isso? Vocês já têm mais dinheiro que Deus!

Tem Alguém Aí?

Tessie: Não era uma questão de dinheiro. Era... (Uma pausa melancólica.) ... O importante era a emoção de tudo isso. Não acontece um derramamento de sangue decente nesta cidade há décadas... Ah, uma redistribuição de poder nas ruas de Dublin, a emoção das guerras por território... Eu estava louca para...
Eu: Você topa me ensinar tudo sobre essas coisas?
Tessie (Me analisando com atenção.): Infelizmente você não demonstra muito potencial. Se ao menos tivesse atirado nos cães naquele dia, talvez eu me interessasse.
Eu: Mas eu quase atirei. Pensei em atirar, mas estava mais preocupada no trabalho a ser executado.
Tessie (Exibindo um ar de pesar.): Entendo seu ponto de vista, mas a verdade é que uma verdadeira psicopata não se importaria com o trabalho.

De repente ouvimos alguém subindo as escadas.

Detta: Droga!
Ela atirou em mim, mas errou por um quilômetro.
Tessie: Comporte-se, Detta!
Então Tessie atirou nela.
Aproveitando a confusão, corri na direção das escadas, desci às pressas o primeiro lance, mas esbarrei em uma pessoa que subia. Colin.
Colin (Com urgência na voz.): Vamos, depressa! Precisamos sair daqui!
Ele me agarrou pelo braço e me puxou escada abaixo, enquanto eu ouvia pelo menos mais dois tiros.
Eu (Descendo as escadas como uma louca.): Detta está tentando me matar.
Ele (A todo galope atrás de mim.): Eu sei. Ela ficou cheia de ciúmes desde que resolveu mudar de vida. Foi ela quem atirou na sua janela.
Eu: Como foi que você soube onde me encontrar?
Ele: É para cá que Detta sempre traz as pessoas quando quer acabar com elas.
Saímos porta afora, para a calçada deserta.

O carro de cortininhas cor-de-rosa estava estacionado junto da calçada. Bozo estava firme ao volante. Colin me empurrou para o banco de trás e mandou que Bozo me levasse para longe dali.

Eu (Surpresa.): Você não vem comigo?
Ele: Não.
Eu (Ainda mais surpresa.): Mas por que não?
Ele: Ahn... É que... Estou indo embora.
Eu (Com uma fisgada no estômago.): Está indo para onde?
Ele: Marbella.
Eu: ... Você vai fugir com Detta?
Ele: Vou. Resolvi mudar de vida, nós vamos abrir um bar...
Eu: Sim, sim, já sei, com tema do U2. Já ouvi tudo isso. Quer dizer que você a ama?
Ele: Ahn... Amo, sim. Ela é uma grande mulher. Uma dama de verdade.
Eu: Oh... Mas você e eu...
Ele: Você e eu, Helen... Nós sempre teremos a emergência do hospital St. Vincent.

Bozo saiu em alta velocidade.

Então, o que acha de tudo isso, Anna? Estou arrasada, me sentindo uma idiota. Achei que Colin estava apaixonado por mim, mas ele estava de mutreta com Detta — provavelmente foi ele quem tirou as fotos quentes. E eu achando que era uma investigadora sensacional, que tinha conseguido entrar no território da família O'Grady só com a minha lábia e eles estavam facilitando as coisas para mim o tempo todo. Que baixo-astral. Estou muito mal!

— Viu só? — eu disse para a tela. — Os homens são todos uns canalhas.

CAPÍTULO 6

Vestindo o mais caro dos dois terninhos quase pretos que eu tinha comprado, voltei ao trabalho.

— Estou pronta para ir em frente — disse a Franklin.

Ele teve vontade de dizer "É bom que esteja mesmo!", mas não podia; naquele momento eu era valiosa demais para receber esporros.

Ele me levou direto à sala de Ariella, que me deixou a par do andamento da campanha do Fórmula 12. Os executivos da Devereaux queriam um relatório diário da minha campanha boca a boca, desejavam saber qual seria a data ideal para lançar o produto, o joalheiro queria conversar comigo sobre minhas ideias a respeito do potinho, a equipe de marketing esperava receber minhas opiniões sobre o rótulo...

— Você tem muito trabalho pela frente, Anna.

— Vou marcar essas reuniões agora mesmo.

— Só mais uma coisinha... — disse Ariella.

Eu me virei com firmeza, lançando-lhe um olhar questionador com um quê de impaciência.

— Suas roupas — ela disse.

— Nós concordamos em cinza-escuro — eu disse. — Roupas escuras ou eu caio fora.

— Não se trata disso. Seu plano é uma campanha boca a boca, certo? Boatos sobre um surpreendente creme novo, mas sem muitos detalhes por enquanto, certo? Isso significa que você deve continuar a ser uma garota Candy Grrrl até o Fórmula 12 ser lançado. E isso implica roupas típicas de uma garota Candy Grrrl.

Quase a fuzilei com os olhos, mas a verdade é que Ariella estava com a razão.

Ela encolheu os ombros, muito satisfeita.

— Ei, essa ideia maluca foi sua.

— E por quanto tempo isso vai rolar? — eu quis saber.

— Sei lá, a campanha é sua. Quanto tempo leva para você criar um bochicho? Uns dois meses, pelo menos.

— Sem chapéus — eu disse. — Não vou usar chapéus.

— Vai sim. Você tem que seguir o figurino, direitinho. As responsáveis pelas editorias de beleza das revistas devem achar que você continua sendo uma garota Candy Grrrl. Se elas desconfiarem que você está aprontando alguma, já era!...

— Se você quiser que eu use chapéus medonhos terá que me pagar dez mil a mais por ano, além dos já acertados. Quero ganhar vinte mil a mais.

Ficamos nos encarando por um longo tempo. Nenhuma das duas baixou o olhar, mas depois de algum tempo ela disse:

— Vou pensar no assunto.

Eu girei o corpo e saí da sala. Aquela grana já estava no papo.

Eu preferia decepar minha mão a fazer aquela ligação. O problema é que enquanto eu não me desculpasse com Angelo a vergonha não iria passar.

— Angelo, aqui é Anna, a irmã de Rachel...

— Oi, garotinha, como vão as coisas?

— Desculpe.

— Ah, deixe isso pra lá.

— Não, Angelo. Me desculpe, de verdade. Tratei você de um jeito imperdoável. Estou absolutamente constrangida, com vontade de morrer.

— Puxa, mas você estava em estado de choque. Eu já passei por isso e sei como é. Não existe nada que você faça que eu já não tenha feito. Até pior, eu lhe garanto.

— O quê? Você já bateu na casa de uma estranha e exigiu sexo imediato?

— Claro que já. E, de qualquer modo, eu não era um completo estranho para você.

Tem Alguém Aí?

— Obrigada por não... Você sabe, se aproveitar de mim.
— Ah, qual é? Eu seria um crápula se tivesse me aproveitado da situação.
— Obrigada também por não dizer que se a situação fosse diferente... Você sabe... Talvez aceitasse minha oferta.
— Droga!
— Que foi?
— Isso é exatamente o que eu estava pensando.

No trabalho, eu comecei a levar uma vida dupla. Para a maioria das pessoas eu continuava sendo uma garota Candy Grrrl, usando minhas roupas idiotas e divulgando meus produtos idiotas. Mas eu também era uma garota Fórmula 12 sob disfarce, que participava de muitas reuniões com o pessoal da Devereaux, bolando golpes publicitários e discutindo detalhes sobre as embalagens.

Todo tempo de sobra que aparecia eu passava com Jacqui. Líamos um monte de livros sobre bebês e conversávamos sobre que grande filho da puta o Joey era.

Eu nunca chorava nem me sentia cansada: uma lâmpada-piloto de amargura me servia de combustível.

Não remarquei a consulta com Neris Hemming e, subitamente, parei de frequentar as sessões espiritualistas de Leisl.

No primeiro domingo, Mitch me telefonou.
— Sentimos muito sua falta hoje, pinguim.
— Acho que vou dar um tempo das sessões.
— Como foi a consulta com Neris Hemming?
— Péssima, e não quero conversar sobre o assunto.

Um momento de silêncio, e então:
— Dizem que raiva é bom. Uma fase em que a pessoa processa o luto.
— Não estou com raiva. — Bem, na verdade eu estava, mas não pelas razões que ele imaginava. Aquilo não tinha nada a ver com processar o luto.
— E então, quando é que vou rever você?

— Estou com um monte de trabalho acumulado...

— Claro! Eu entendo perfeitamente. Vamos manter contato.

— Sim — eu menti. — Vamos sim.

Depois foi Nicholas que me ligou, e tivemos um papo muito parecido. Durante vários meses eles me telefonaram regularmente, mas eu nunca mais fui encontrá-los nem retornei as ligações. Não queria nenhuma recordação de o quanto eu tinha sido idiota, tentando me comunicar com meu marido morto. Depois de um tempo eles deixaram de me ligar e eu me senti aliviada. Aquela página da minha vida estava virada.

Eu me fechava toda como uma flor à noite. Virava um pequeno botão com as pétalas firmemente fechadas em torno de mim mesma.

Mas estava longe de ser uma má profissional — pelo contrário. Provavelmente eu era uma profissional melhor do que jamais tinha sido. As pessoas chegavam a ficar nervosas só pela minha presença. E, pelo visto, tudo estava valendo a pena, porque, pouco antes do Dia de Ação de Graças, a primeira referência absoluta ao creme Fórmula 12 apareceu na mídia. Ele foi descrito como "um salto quântico em termos de cuidados com a pele".

CAPÍTULO 7

— Anna, parece um milagre — emocionou-se a sra. Maddox. — Eu estava morta. Caminhava pela vida como um zumbi. E então esse menino... Eu sei que ele não é Aidan, sei perfeitamente que Aidan nunca mais voltará, mas ele é como se fosse uma parte de Aidan.

Dianne havia desistido por completo dos seus planos para o Dia de Ação de Graças, que consistiam em ir para um retiro só de mulheres, a fim de dançar nua, com o corpo pintado de azul sob a luz da lua cheia. Mudara de ideia e estava de volta à ativa com a energia de sempre — iria preparar um peru recheado, usar os cristais, etc. — só porque o "pequeno Jack" iria aparecer para visitá-los.

— Ele é lindo, uma criança muito fofa. Por favor, diga-me que você virá aqui para vê-lo.

— Não.

— Mas...

— Não.

— Você costumava ser uma boa menina.

— Isso foi antes de descobrir que meu falecido marido tinha tido um filho com outra mulher.

— Mas isso foi antes de vocês se conhecerem! Ele nunca traiu você, Anna!

— Dianne, preciso desligar.

— Rachel e Luke vão oferecer um jantar no Dia de Ação de Graças — avisei a Jacqui. — Você foi convidada, mas...

— Sim, eu sei, Joey vai estar lá. Obviamente eu não vou.

Eu me ofereci para boicotar o jantar e ficar com ela.

— Podemos passar o Dia de Ação de Graças juntas — propus —, só nós duas.

— Está tranquilo. Já tenho um convite para ir a outro lugar nesse dia.

— Onde?

— Ahn... As ilhas Bermudas.

— Bermudas? Não me diga que é para ir ficar na casa de Jessie Cheadle!

Jessie Cheadle era um dos clientes de Jacqui e dono de uma gravadora.

— Ele mesmo.

— Como é que você vai para lá? Não me conte... Ele vai mandar o jatinho dele para apanhá-la.

Jacqui fez que sim com a cabeça, morrendo de rir da minha cara de inveja.

— Os empregados dele vão desfazer as minhas malas Louis Vuitton de rodinhas e o mordomo vai me preparar um banho à base de pétalas de rosas. Quando eu for embora eles vão fazer minhas malas colocando papel de seda entre uma camada e outra de roupa. Papel de seda *perfumado*, é claro. Você se incomoda se eu aceitar o convite?

— Claro que não, estou até empolgada. Você não anda chorando tanto ultimamente, já reparou?

— Sim. Eram os hormônios. — Em seguida, ela acrescentou: — De qualquer modo, ele continua sendo um filho da puta. — Ela apontou para si mesma. — Reparou na novidade?

— Não. — Jacqui parecia ótima, com aparência esfuziante e uma barriguinha simpática. De repente eu reparei: — Você ganhou um busto!

— Sim! Pela primeira vez em toda a minha vida. É *fantástico* ter peitos.

Luke abriu a porta para mim. Tinha uma agulha espetada na testa, como se fosse um unicórnio.

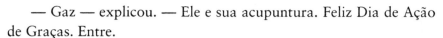

— Gaz — explicou. — Ele e sua acupuntura. Feliz Dia de Ação de Graças. Entre.

Sentados em torno da mesa de jantar estavam Gaz, Joey, além de Judy e Fergal, amigos de Rachel. Shake não pôde comparecer. Tinha ido para Newport passar o Dia de Ação de Graças com a família de Brooke Edison. Pelo visto, Brooke e Shake estavam levando uma vida sexual movimentada; ele dissera a Luke que ela era "nojenta" de tão boa.

Todos em torno da mesa exibiam agulhas espetadas na testa; pareciam saídos de um episódio de *Jornada nas Estrelas*, em uma espécie de conselho de guerra alienígena. Gaz pulou da cadeira assim que me viu, com uma agulha pronta.

— Isso é para estimular a produção de endorfinas.

— Tudo bem — aceitei. — Pode espetar. Isso me faz lembrar de quando usávamos chapéus de papel nesse tipo de comemoração.

Gaz espetou a agulha na minha testa e eu tomei o meu lugar à mesa. O jantar estava prestes a ser servido; eu escolhera o momento para aparecer com muito cuidado: não queria chegar tarde, mas também não estava a fim de aturar o período pré-jantar, com as pessoas espalhadas pela sala de estar conversando abobrinhas.

Rachel emergiu da cozinha com um *nut-roast* gigantesco, o prato oficial dos vegetarianos para jantares daquele tipo, e o depositou bem no centro da mesa.

Na mesma hora, Gaz atacou a comida.

— Ei! — ralhou Rachel. — Espere um instante. Precisamos dar graças.

— Ah, claro. Desculpem.

Rachel baixou a cabeça (sua agulha tilintou de encontro à garrafa de Kombuchá) e fez uma linda preleção sobre o quanto todos ali tínhamos sorte, não só por estarmos prestes a compartilhar um jantar suculento, mas também por todas as coisas maravilhosas que desfrutávamos em nossas vidas.

Todos concordaram com a cabeça, as agulhas refulgindo à luz das velas.

— Este também é um bom momento — continuou Rachel — para lembrarmos daqueles que já não estão entre nós. — Pegou o cintilante copo de suco de maçã e propôs um brinde: — Aos amigos ausentes! — Fez uma pausa, como se estivesse lutando contra as lágrimas, e completou: — A Aidan!

— A Aidan.

Todos ergueram os copos, menos eu, que me recostei na cadeira e cruzei os braços.

— Anna, este é um brinde a Aidan! — Gaz pareceu escandalizado.

— Eu sei. Não me importo. Ele teve um filho com outra mulher.

— Mas...

— Anna está com raiva de Aidan por ele ter morrido — explicou Rachel.

— Mas não foi culpa dele — retrucou Gaz.

— A raiva dela é ilógica, mas nem por isso é menos válida.

Nesse momento eu me senti *realmente* em um episódio de *Jornada nas Estrelas*.

— Aidan não tinha como evitar a própria morte — insistiu Gaz.

— E Anna não consegue evitar se sentir desse jeito.

— Ah, querem calar a boca, por favor? — eu reagi. — Não odeio Aidan por ele ter morrido.

— Então por que você o odeia? — perguntou Rachel.

— Porque sim. E não encha o meu saco, Gaz. Vá colocar fogo nas cortinas ou algo assim.

Mais tarde, Joey me pegou em um canto para bater papo:

— E aí, Anna?

— Oi — resmunguei, olhando para o chão. Andava fazendo de tudo para não conversar com ele.

— Como vai a Jacqui?

Olhei para ele com um gélido ar de assombro. Bem que gostaria de curvar só uma ponta do lábio superior, em uma expressão de desdém, mas, quando tentei fazê-lo, as duas pontas se ergueram. Parecia que eu estava com gengivite, pronta para ser examinada.

Tem Alguém Aí?

— "*Como vai a Jacqui?*" Se você quer saber como ela está passando, porque não pega o telefone e lhe pergunta pessoalmente?

Ele me encarou com firmeza durante muito tempo, muito tempo mesmo, mas foi o primeiro a baixar o olhar. Ninguém conseguia me ganhar nisso, naqueles dias.

— Então, tudo bem — ele disse, zangado. — Vou fazer exatamente isso.

Pegou o celular no bolso e começou a apertar as teclas com raiva, como se elas o tivessem ofendido pessoalmente.

— Espero que não esteja ligando para o telefone de casa, porque Jacqui está nas Bermudas, hospedada na mansão de Jessie Cheadle.

Ele parou de golpear as teclas.

— Na mansão de Jessie Cheadle? — perguntou, interessado.

— Isso mesmo. Por quê? Você achou que ela ia passar o Dia de Ação de Graças sentada sozinha em seu apartamento, tendo como única companhia um feto sem pai?

— Qual é o celular dela?

Fiquei calada. Não queria lhe informar o número.

— Tudo bem — ele disse. — Eu tenho o número anotado em casa. Você pode me dar agora ou eu consigo mais tarde.

Derrotada, entreguei o ouro.

Depois de outra série de golpes contra as teclas, talvez de forma menos agressiva dessa vez, ele se empolgou um pouco, como se estivesse fazendo a primeira ligação telefônica de toda sua vida.

— Está chamando!... Está chamando! — Então o seu corpo inteiro se esvaziou em um anticlímax. — Caiu na caixa postal.

— Deixe um recado, seu mané. É para isso que existe a caixa postal.

— Nahh... — Ele fechou o celular com força. — Provavelmente ela não vai querer falar comigo, mesmo. Ele me lançou um olhar tímido, mas eu me obriguei a manter a expressão impassível. Não sabia se Jacqui gostaria de falar com ele (provavelmente sim, eu receava), e também não sabia o quanto Joey já tinha bebido; talvez aquele súbito interesse pelo bem-estar de Jacqui desaparecesse assim que o Dia de Ação de Graças acabasse e a ressaca entrasse em cena.

* * *

No instante em que Jacqui colocou os pés em casa eu fiz um relatório completo do papo, tim-tim por tim-tim, e ela atribuiu o comportamento de Joey à sensação de boa vontade e benignidade típicas da época do ano. Suas palavras exatas foram:

— Bêbado idiota!

CAPÍTULO 8

— Anna, esse novo "salto quântico" na área de cuidados para a pele... O que você sabe a respeito? Eu poderia jurar que você comentou alguma coisa a respeito disso na última vez em que almoçamos juntas.

Meu telefone não parava de tocar. As editoras das principais revistas femininas estavam com a curiosidade no ponto máximo.

— O que você ouviu a respeito disso? — eu perguntava.

— Que é algo como nunca se viu antes.

— Sim, foi exatamente o que eu ouvi também.

Ao longo de todo o mês de dezembro o ti-ti-ti a respeito do Fórmula 12 aumentou. Em meio à loucura dos coquetéis, compras e festas de Natal, os boatos se intensificaram.

"Ouvi dizer que é um produto secreto, fabricado com ingredientes da Floresta Amazônica";

"É verdade que a Devereaux é que vai lançar esse creme?";

"Dizem que é um supercreme do tipo Crème de la Mer, *só que multiplicado por dez."*

O momento certo estava chegando. Eu decidi que a *Harpers Bazaar* era a revista que iríamos usar e marquei um almoço com a editora de beleza da publicação, Blythe Crisp, para o comecinho do ano.

— Será um almoço muito especial — prometi a ela.

— Fim de janeiro — avisei aos executivos da Devereaux. — Esse vai ser o momento certo para o lançamento do ano.

* * *

A enfermeira movimentou o scanner de mão sobre a barriga de Jacqui, coberta de gel, fez uma pausa para analisar a imagem e afirmou:

— Parece que você vai ganhar uma menininha.

— Yesss! — Jacqui deu um soco no ar, deitada de costas, e quase nocauteou a enfermeira. — Uma garota! Roupinhas muito mais bonitas! Que nome daremos a ela, Anna?

— Joella? Jodi? Joanne? Jo?

Com uma voz melosa, Jacqui reclamou:

— Mas assim o safado-idiota-angustiado do Joey vai saber o quanto eu ainda o amo. — Piscou os olhos depressa em sinal de deboche. — Que tal Safadanne? Ou Idiodete? Ou Angustieta?

— Angustieta! — A ideia de chamar a pobre bebezinha de Angustieta nos pareceu tão engraçada que quase entramos em colapso, entre quiriquiquis descontrolados; quanto mais ríamos, mais engraçada a coisa ficava, até que pisamos no freio e começamos a sussurrar desculpas constrangidas para a enfermeira, por nosso comportamento inapropriado. Toda vez que pensávamos que íamos parar de rir, uma das duas dizia "Angustieta, vá arrumar seu quarto", ou "Angustieta, coma TODAS as cenouras", e explodíamos em risos novamente. Eu nem me lembrava da última vez em que tinha rido daquele jeito, com gargalhadas fortes e soltas, de doer a barriga. Eu me senti ótima, como se dois pesos de cinco quilos tivessem sido levantados de cada um dos meus ombros.

No táxi, voltando para casa, perguntei:

— E se Rachel e Luke quiserem saber sobre a ultrassonografia?

— Hummm.

Jacqui pensou a respeito por alguns instantes, até que resolveu, quase impaciente:

— Ele vai acabar descobrindo que vai ter uma filha, mais cedo ou mais tarde. Pode contar. — Ela pareceu desafiadora. — Estou pouco me lixando para que ele saiba. Conte o que você quiser. Conte ao babaca que o nome dela vai ser Angustieta.

— Ótimo. Isso mesmo! Só perguntei antes para não dar uma mancada... — Deixei passar alguns segundos e completei: — Agora, falando sério, Jacqui, nada de nomes idiotas, por favor.

Tem Alguém Aí?

— Como assim?
— Foofoo, Pompom, Jiggy, esse tipo de coisa. Dê um nome normal à sua filhinha.
— Normal como?
— Sei lá... Normal... Jacqui. Rachel. Brigit. Nada de Mel, Luz Cristal...
— Cristal! Mas é tão bonitinho! Podíamos escrever com K... E usar Y... E colocar dois L. Quem sabe Khrysstall? Krysthall? Khrysst?
— Jacqui, não! Isso é horrível, popará!

CAPÍTULO 9

— Onde é que está o convite? — perguntou mamãe, irritadíssima. — Onde está a porcaria do convite?

Em plena sala, sobre os restos do nosso jantar de Natal, troquei olhares perplexos com Rachel, Helen e papai. Segundos antes, mamãe tinha falado ao telefone com tia Imelda (a irmã com quem ela mantinha rivalidades), e agora gritava e atirava coisas pela cozinha.

De repente escancarou a porta que dava para a sala e parou sob o batente com a respiração disparada e o ar feroz de um rinoceronte. Nas mãos o convite de casamento de Rachel, confeccionado em cartão tipo papiro, enfeitado com lindos ramos.

— Você não vai se casar em uma igreja? — perguntou, com a voz rouca.

— Não — confirmou Rachel, com muita calma. — Como informa o convite, Luke e eu vamos receber uma bênção em um salão quacre.

— Você me fez pensar que isso era uma igreja e eu tive que descobrir a verdade por meio da minha irmã, que, diga-se de passagem, ganhou um Lexus zero quilômetro como presente de Natal. Eu ganhei uma máquina de passar calças e minha irmã ganhou um Lexus... E foi ela quem me contou que você não ia se casar na igreja.

— Eu nunca disse que era uma igreja. A senhora é que imaginou que fosse.

— E quem é que vai dar essa tal de... *Bênção*? Há alguma chance de ser um padre católico?

— É um amigo meu. Um juiz de paz.

— Que tipo de juiz de paz?

— Autônomo.
— Ele é um dos seus amigos da "clínica de recuperação"? — quis saber mamãe, com desdém. — Bem, com essa agora eu posso dizer que já vi de tudo. Com uma cerimônia dessas e as tais de vagens-anãs no coquetel, ninguém do meu lado da família vai aparecer nesse casamento. Não que eu faça questão disso, é claro.

A fúria de mamãe determinou o tom do resto das comemorações natalinas. O que a deixou ainda mais enfurecida foi não haver a opção de ela dobrar Rachel com ameaças de não pagar pela festa, porque Luke e Rachel iam arcar com todas as despesas.

— Isso é uma brincadeira de mau gosto! — ela rugiu, impotente.
— Isso não é um casamento, é um deboche! Uma "bênção", pura e simples! Pois bem... Pode me incluir fora dessa! Eu aqui, feito uma idiota, preocupada com a cor do seu vestido. Se você não vai se casar em uma igreja, pode usar a cor que bem quiser.

Mas nem todo mundo estava chateado com a novidade de Rachel não se casar em uma igreja. Papai estava secretamente empolgado, pois se não ia haver um "casamento formal" ele não precisaria fazer nenhum discurso. Rachel, por sua vez, se manteve serena e inabalável.

— Você não está chateada? — perguntei. — Não se importa de se casar sem mamãe nem papai estarem presentes?

— Ela vai estar lá, óbvio. Você acha, honestamente, que ela iria faltar ao meu casamento? Isso arrasaria com ela para sempre.

Eu me encolhi no meu canto, escondida em meio a filmes melosos, biscoitos Kimberley de chocolate, e contava os dias para voltar a Nova York. Nunca fui muito de curtir o Natal. Essa era uma data que provocava mais brigas em casa do que o normal, mas aquele ano estava sendo particularmente difícil.

Janie tinha me enviado um cartão de Natal em que Jack aparecia usando um gorro de Papai Noel. Ela continuava a me escrever e a mandar fotos, garantindo que poderíamos nos encontrar quando eu quisesse, "era só marcar". Os Maddox também insistiam para que eu fosse conhecer o "pequeno Jack", mas eu continuava ignorando-os. Pretendia nunca conhecê-lo.

CAPÍTULO 10

O helicóptero acabou de decolar — avisou o homem com o walkie-talkie. — Blythe Crisp está a bordo. O horário estimado para a chegada é doze e vinte e sete.

Para criar o necessário clima dramático em torno do Fórmula 12 eu mandara pegar Blythe Crisp de helicóptero no alto do prédio da *Harpers Bazaar*. Ela foi levada até um iate de quarenta metros ancorado no porto de Nova York. (Infelizmente, alugado por apenas quatro horas. Por sinal, quatro horas absurdamente caras.)

Embora o tempo estivesse gelado — era 4 de janeiro — e as águas agitadas, achei que o iate daria um toque simpático e sofisticado, além de emprestar a tudo um ar de contrabando de drogas.

Levantei da poltrona e circulei de um lado para outro dentro da cabine, só de curtição. Nunca tinha entrado em um iate grande o bastante para se caminhar dentro da cabine. Para ser franca, nunca tinha entrado em um iate em toda a minha vida.

Depois de alguns passos satisfatórios, para cá e para lá, pensei ter ouvido o som de um helicóptero.

— Ela chegou? — Apurei o ouvido para escutar melhor. O homem do walkie-talkie conferiu a hora em seu relógio imenso de mergulhador, à prova de bombas nucleares.

— Bem na hora — confirmou ele.

— Todo mundo em suas posições! — determinei. — Não deixe que ela se molhe — lembrei a ele. — Não faça nada que a desagrade.

Em menos de um minuto, Blythe, absolutamente seca, vinha fazendo clique-claque sobre o piso de parquê do corredor em suas botas de couro com saltos altíssimos. Eu a esperava no salão principal com uma taça de champanhe prontinha na mão.

Tem Alguém Aí? 539

— Anna, por Deus! O que significa tudo isso? O helicóptero? Este... navio?

— É tudo uma questão de sigilo. Não podia arriscar que alguém mais ouvisse a conversa que vamos ter.

— Por quê? O que está acontecendo?

— Sente-se, Blythe. Champanhe? Jujubas dos Ursinhos Gummi? — Eu pesquisara tudo; ela adorava jujubas dos Ursinhos Gummi. — Vamos lá... Tenho uma novidade para você, mas quero uma cobertura completa na edição de março.

A edição de março ia para as bancas no fim de janeiro.

Ela balançou a cabeça.

— Oh, Anna, você sabe que eu não posso. É tarde demais, já encerramos a edição. Já está tudo na gráfica, pronto para rodar.

— Deixe-me mostrar a você do que se trata. — Eu emiti um estalo forte, batendo uma mão contra a outra (adorei essa parte, me senti uma *bad girl* em um filme de James Bond). Um mordomo com luvas brancas surgiu do nada trazendo uma bandeja sobre a qual havia uma caixinha pesada. Ele levou o produto diretamente para ela. (Tínhamos ensaiado essa cena várias vezes antes.)

Com os olhos arregalados, Blythe tomou a caixinha nas mãos, abriu-a com cuidado, olhou por um bom tempo e então sussurrou:

— Meu Deus!... É esse? O supercreme dos supercremes? Então é *verdade*?

Tudo bem, não era exatamente a cura do câncer, era só um creme facial, mas mesmo assim eu senti muito orgulho.

— Vou mandar a gráfica atrasar um pouco a edição de março — anunciou ela.

Depois de o helicóptero levá-la de volta, liguei para Leonard Daly, da Devereaux.

— Estamos dentro! — avisei.

— Pode tirar o resto do dia de folga, Anna. — Uma brincadeira dele, é claro. Eu tinha toneladas de coisas para fazer, e agora que o Fórmula 12 estava prestes a existir oficialmente eu precisava cuidar do novo escritório. Decidira montar o nosso quartel-general o mais distante possível de Lauryn; ela não estava nem um pouco feliz por eu ter caído de paraquedas em um cargo mais alto. Ficou mais contrariada ainda por eu levar Teenie comigo. Minha segunda assistente era uma jovem radiante e talentosa chamada Hannah — eu a roubara da Warpo, salvando-a de uma vida inteira de roupas medonhas. Sua gratidão me garantiria sua lealdade.

No dia 29 de janeiro a edição de março da *Harpers Bazaar* chegou às bancas e a nossa carga de trabalho aumentou de forma *insana*. Eu emergi, gloriosa, como uma borboleta Fórmula 12, metamorfoseada a partir da velha crisálida da Candy Grrrl, e comecei a circular para cima e para baixo em meus terninhos cinza-escuros, só para me exibir.

CAPÍTULO 11

— Pode conferir... Elas são Garotas Alegrinhas, tenho certeza — murmurou Jacqui.

— Só porque usam cabelo curto? Você não pode julgar as pessoas assim.

— Mas elas têm topetes que combinam direitinho um com o outro.

Era a nossa primeira aula do curso de Parto Perfeito, e dos oito casais, só cinco eram homem-mulher. Só que Jacqui estava preocupada de ser a única mulher ali abandonada pelo pai da sua bebezinha. Se bem que Joey andava ligando para ela, de vez em quando. Bem... Tinha ligado no Natal, no Réveillon e no aniversário dela, para ser exata — momentos nos quais, como Jacqui descreveu de forma precisa, ele estava mamado e se comportando de um jeito ridiculamente sentimental. Geralmente deixava recados confusos na secretária, entremeados de pedidos de desculpas. Jacqui nunca ouviu nenhum deles até o fim e nunca ligou de volta, mas negava que fazia isso por ser uma mulher forte.

— Se Joey me ligasse em plena luz do dia sem nada no organismo, a não ser Gatorade, talvez eu falasse com ele — comentou ela.

— Mas não vou fazer papel de babaca acreditando em declarações de amor feitas quando ele está mais bêbado que gambá de alambique. Já pensou se eu acreditasse em suas frases de alto teor alcoólico e ligasse de volta?

Às vezes nós encenávamos tudo: eu era Joey, deixando mensagens engroladas na secretária de Jacqui, enquanto ela fingia ser uma versão mais melosa de si mesma, enxugando os olhos e dizendo:

— Puxa, gente!... Ele me ama *de coração*, afinal de contas! Tô tão feliz! Sou a mulher mais feliz de toda a face da Terra. Vou ligar de volta pra ele agora mesmo!

(De volta a mim, no papel de Joey.) Eu me levantava da cama com uma puta ressaca e olhava nervoso para o telefone.

Jacqui dizia:

— Triiim! Triiim! Triiim!

— Alô! — eu atendia o telefone imaginário com um jeitão de idiota chateado.

— Joey! — exultava Jacqui. — Sou euzinha! Recebi seu recado, amor. Eu *sabia* que você ia voltar. Quando é que a gente vai contrair matrimônio? — Por algum motivo que me escapa à compreensão, nessas cenas imaginárias Jacqui sempre falava "contrair matrimônio", como se estivéssemos em um drama de época.

Eu largava o fone como se fosse uma bomba prestes a estourar e dizia:

— Quero entrar para o programa de proteção a testemunhas!

Nós duas passávamos mal de tanto rir.

Só que ali, na primeira aula do curso de Parto Perfeito, Jacqui não estava rindo. Olhava para tudo, se sentindo pouco à vontade, e não só pelo fato de aquela ser uma situação *absurdamente* Mãos-de-Pluma. A orientadora do grupo era ótima em ioga e conseguia colocar a sola do pé atrás da orelha. Seu nome era Quand-adora.

"Meu nome significa Espiral de Luz", explicou ela, sem informar em qual idioma.

— Só se for na língua que a mãe dela inventou — comentou Jacqui, mais tarde. — Ela tá mais pra Espiral de Cus.

Espiral de Luz nos convidou a sentar de pernas cruzadas, formando um círculo, bebendo chá de gengibre e nos apresentando ao resto do grupo.

— Meu nome é Dolores, parceira de parto de Celia. Também sou irmã de Celia.

— Meu nome é Celia.

— Eu sou Ashley, e este é meu primeiro bebê.

— Sou Jurg, marido de Ashley e também seu parceiro de parto.

Tem Alguém Aí?

Quando chegou a vez das duas que suspeitávamos ser Garotas Alegrinhas, Jacqui demonstrou mais interesse.

— Meu nome é Ingrid — apresentou-se a grávida. A mulher ao seu lado completou:

— E eu sou Krista, parceira de parto de Ingrid e também sua amante.

Jacqui me cutucou com seu cotovelo pontudo.

— Meu nome é Jacqui — falou ela, quando chegou sua vez. — Meu namorado terminou comigo quando soube que eu estava grávida.

— E eu sou Anna, parceira de parto de Jacqui. Mas não sou sua amante. Ahn... Não que houvesse algum problema se eu fosse.

— Desculpem — interrompeu Celia, parecendo ansiosa. — Eu não sabia que iríamos compartilhar tantas informações. Será que eu devo contar que usei um doador de esperma?

— Ei, nós também usamos — Krista apressou-se em explicar. — Grande coisa!

— Compartilhem muitas ou poucas informações, o que quer que os deixe mais à vontade — instruiu Quand-adora, com o tom de voz suave que o povo do tipo dela costuma usar. — Hoje vamos nos focar no alívio da dor. Quantas de vocês pretendem dar à luz seguindo o processo do parto na água?

Muitas mãos se levantaram. Caraca! Sete das oito mulheres queriam dar à luz na água. Jacqui era a única que não.

— O entonox, uma mistura de gás e água que serve para aliviar a dor e a ansiedade, estará disponível nas piscinas especiais para parto na água — informou Quand-adora. — Ao longo das próximas seis semanas eu vou ensinar para vocês algumas técnicas maravilhosas, mesmo que vocês não precisem utilizá-las. Jacqui... Você já pensou em alguma opção para aliviar a dor?

— Ahn... Já, sim... É... O de sempre, sabem como é... Peridural.

Como Jacqui comentou depois, não é que as pessoas tenham olhado para ela com ar de desaprovação. Foi mais como se sentissem *pena*.

— Muuuito bem! — disse Quand-adora, lentamente. — Por que não deixa para resolver isso depois? Que tal se manter aberta às energias que porventura aparecessem em seu caminho?

— Ah... Tá legal.

— A primeira coisa que vocês todas devem lembrar é que a dor é amiga de vocês. É a dor que trará o bebê para o mundo. Sem a dor não haveria bebê algum. Então, todos juntos agora... Fechem os olhos, descubram o seu centro pessoal e comecem a visualizar a dor como uma força amiga, uma "grande bola dourada de energia".

Eu nem sabia que tinha um centro, muito menos que ele era dourado, mas fiz o possível para imaginar o que ela mandou. Depois de visualizarmos isso por uns bons vinte minutos, aprendi como massagear a parte de baixo das costas de Jacqui para promover alívio da dor, só para o caso de a visualização não funcionar.

Em seguida nós aprendemos uma técnica que se propunha a desacelerar o trabalho de parto. Ficamos de quatro, com a bunda para cima, respirando depressa, como cães ofegantes em dia de calor infernal. Todo mundo teve de fazer isso, até as pessoas que não estavam grávidas. Foi muito engraçado, especialmente a parte de imitar cachorro. Apesar da diversão, eu tive de ficar o tempo todo com a cara enfiada nas regiões nunca dantes visitadas de outra pessoa — Celia, se não me engano —, e isso me deixou meio desconcentrada.

Jacqui e eu ficamos ali, respirando depressa e rindo enquanto trocávamos olhares. Acabamos colocando a língua para fora e soltamos o ar pela boca com mais força.

— Sabe de uma coisa? — Jacqui cochichou no meu ouvido. — Aquele filho da puta não sabe o que está perdendo.

CAPÍTULO 12

Assim que janeiro se transformou em fevereiro, o primeiro aniversário de morte de Aidan começou a me assombrar como um espectro. À medida que os dias se passavam a sombra foi aumentando. Meu estômago ardia e eu experimentava momentos de verdadeiro pânico, em uma expectativa genuína de que algo terrível estava para acontecer.

No dia 16 de fevereiro eu fui trabalhar normalmente, mas comecei a me lembrar de todos os detalhes em alta definição. Revivi cada segundo do mesmo dia, um ano antes. Ninguém na agência sabia que dia era aquele, todos já haviam esquecido há muito tempo, e eu também não me dei ao trabalho de lhes lembrar.

Só que quando bateu meio-dia eu disse "Chega!". Inventei uma reunião, saí do trabalho, fui para casa e dei início a uma vigília, fazendo uma contagem regressiva dos minutos e segundos até o instante exato da morte de Aidan.

Fiquei me perguntando se quando chegasse o momento exato em que o outro táxi nos atingiu eu sentiria tudo de novo, em uma espécie de reprise mediúnica. Mas o momento chegou, foi embora e nada aconteceu. Isso não me pareceu certo. Eu esperava *alguma coisa*. Era algo gigantesco, maciço demais e absurdamente terrível para eu não sentir nada.

Os segundos se escoaram e eu nos revi esperando pelo socorro dentro do carro destroçado, a chegada da ambulância, a corrida até o hospital, Aidan sendo levado às pressas para a sala de cirurgia...

Quando chegava mais perto do momento exato em que ele morreu, admito que senti uma esperança desesperada — louca, mesmo — de que quando o ponteiro dos minutos alcançasse o ponto em que ele deixou seu corpo para sempre um portal se abriria entre o mundo dele e o meu, Aidan apareceria para mim e talvez até conversássemos. Mas nada aconteceu. Nenhuma explosão de energia na sala, nenhuma sensação súbita de calor, nenhum golpe de ar inesperado. Nada.

Endireitei as costas, fiquei sentada olhando para o vazio e me perguntei:

"E agora, o que vai acontecer?"

O telefone tocou, foi isso que aconteceu. As pessoas que lembraram que dia era aquele queriam conferir se eu estava legal.

Mamãe ligou da Irlanda e emitiu ruídos solidários.

— Como você anda dormindo ultimamente, querida? — perguntou ela.

— Não muito bem. Não consigo apagar por mais de duas horas seguidas.

— Deus te ajude. Bem, tenho uma boa notícia. Eu, seu pai e Helen vamos para Nova York no dia primeiro de março.

— Tão cedo? Duas semanas antes do casamento? — *Minha nossa!*

— Resolvemos tirar umas feriazinhas, já que vamos para aí mesmo

Mamãe e papai *adoravam* Nova York. Papai ainda lamentava o fim de *Sex and the City*, que ele considerava "um seriado maravilhoso". A frase favorita de mamãe, em todas as temporadas, era: "Você poderia me indicar o caminho para a rua 42 ou eu devo ir direto à puta que pariu?"

— Onde vocês vão se hospedar? — perguntei.

— Ah, a gente acampa em algum lugar. Na primeira semana nós vamos ficar com você. Depois, quem sabe a gente faz amizade com alguém novo que queira nos receber.

— Comigo? Mas meu apartamento é minúsculo.

— Não é tão pequeno assim.

Não foi o que mamãe dissera na primeira vez em que pisou lá. Suas palavras exatas: "Isso aqui é tão apertado que parece o andar sete e meio do filme *Quero ser John Malkovich*."

— Nós mal pretendemos parar em casa. Vamos passar o dia fazendo compras. — Certamente elas iriam à Daffys, à Conways e a todas as outras redes de descontos e lojas de departamentos cheias de produtos vagabundos, lugares nos quais eu e Jacqui não entraríamos nem com a cabeça sob a mira de um revólver.

— Mas onde vocês vão dormir? — eu quis saber.

— Eu e papai vamos dormir na sua cama. Helen pode dormir no sofá.

— Mas e eu? Onde é que eu vou dormir?

— Mas você não acabou de me dizer que mal consegue pegar no sono? Se é assim, tanto faz, certo? Você não tem uma poltrona, um divã ou algo desse tipo?

— Tenho, mas...

— Rá-rá-rá, estou só brincando, sua boba! Até parece que nós aceitaríamos ficar na sua casa! Não há lugar nem para um ratinho aí, que dirá para um bando de gatos. Seu apartamento parece o andar sete e meio do filme *Quero ver Joe Mankivick*. Vamos nos hospedar no Gramercy Lodge.

— No Gramercy Lodge? Mas não foi lá que papai teve intoxicação alimentar na última vez em que vocês estiveram aqui?

— Isso mesmo. Mas eles já nos conhecem e fica mais fácil.

— Mais fácil para quê? Pegar intoxicação alimentar?

— Ninguém *pega* intoxicação alimentar.

— Tá, tudo bem, vocês é que sabem.

Papagaio velho não aprende a falar.

Uns dois dias depois eu acordei e me senti... Diferente.

Não sabia exatamente o que era. Fiquei encolhida debaixo do edredom, matutando. A luz do lado de fora da janela se modificara. Tinha um tom de verde claro, parecendo primavera, depois do cinza sombrio do inverno. O que seria aquilo? Eu não tinha certeza. De repente eu reparei que já não sentia mais dor; na primeira manhã em mais de um ano eu não tinha acordado com dor nos ossos. Mas não era só isso. Subitamente percebi qual era a diferença: aquele era o dia em que eu completara a longa jornada da mente até o coração – finalmente compreendi que Aidan não voltaria mais.

Conhecia aquela conversa-fiada de que precisamos de um ano e mais um dia para realmente sabermos, *entendermos de verdade*, no fundo da alma, que alguém morreu. Precisamos passar um ano inteiro sem a pessoa, a fim de vivenciar cada uma das partes da nossa vida sem ela. No meu caso, por exemplo, eu havia passado o meu aniversário, o aniversário de Aidan, o nosso aniversário de casamento e o aniversário da sua morte. Só quando tudo isso passou e eu percebi que continuava viva é que comecei a entender tudo.

Durante tantos e tantos meses fiquei dizendo para mim mesma e tentando me fazer acreditar que ele voltaria, que de algum modo ele conseguiria voltar porque me amava demais. Mesmo no tempo em que eu fiquei tão revoltada por causa do pequeno Jack que deixei de conversar com ele, eu ainda mantinha um fiozinho de esperança. Agora eu sabia. Sabia *de verdade*. Foi como se a última peça do quebra-cabeça tivesse se encaixado no lugar: Aidan nunca mais voltaria.

Pela primeira vez em muito tempo eu chorei. Depois de meses congelada por dentro e voltada para o próprio umbigo, lágrimas quentes começaram a escorrer pelo meu rosto.

Bem devagarzinho eu comecei a me preparar para ir trabalhar, levando muito mais tempo do que geralmente levava, e quando abri a porta para sair, ouvi a voz de Aidan na minha cabeça:

Arrase com as garotas da L'Oréal!

Eu havia me esquecido completamente de como, em todas as manhãs, ele me dizia algo parecido, uma frase encorajadora do tipo "vire o jogo" ou "mostre pra eles". E naquele dia eu lembrei.

CAPÍTULO 13

A comida que tínhamos pedido chegou. Rachel colocou um monte de pratos que não combinavam uns com os outros no centro da mesa e começou a distribuí-los.

— Helen, a sua lasanha. — Ela lhe entregou o prato. — Papai, as suas costeletas de porco. Mamãe... lasanha.

Rachel colocou um dos pratos de louça diante de mamãe, que em vez de lhe agradecer, fez um bico de desagrado.

— Que foi? — perguntou Rachel.

Mamãe resmungou algo baixinho, de cabeça baixa.

— Não gostei desse prato — repetiu ela, dessa vez mais alto.

— Mas a senhora ainda nem experimentou.

— Não a comida. O prato.

— O que há de errado com ele? — Rachel estava com a colher de servir paralisada no ar.

— Quero aquele com florzinhas. *Ela* ganhou um. — Mamãe girou a cabeça com força na direção de Helen.

— Mas o seu prato também é bonito.

— Não é, não. É horroroso. É marrom. Quero o de porcelana com flores azuis, como *ela* ganhou.

— Mas... — Rachel estava perplexa. — Helen, será que dá pra você...

— Nem morta!

Rachel ficou perdida. E essa era só a primeira noite de mamãe, papai e Helen em Nova York. Ainda havia duas semanas pela frente a ser enfrentadas e eles já estavam fazendo cenas e criando dramas.

— Não sobrou nenhum com flores azuis. Temos só dois e papai está com o outro.

— Ela pode ficar com o meu — ofereceu papai. — Mas eu também não quero o prato marrom vagabundo, não.

— Serve um prato todo branco?

— Vai ter que servir, né?

As costeletas de papai foram transferidas para um prato branco e a lasanha de mamãe foi servida de imediato.

— Todo mundo feliz agora? — perguntou Rachel, num tom sarcástico.

Nos ajeitamos nas cadeiras e nos concentramos na comida.

— Anna, como vai a nova marca com a qual você está trabalhando? — perguntou Luke, de forma educada.

— Vai ótima, obrigada. Hoje mesmo o *Boston Globe* publicou um artigo comparando cinco supercremes: o Global *antienvelhecimento* da Sisley, o Crème de La Mer, o Clé de Peau, o La Prairie e o Fórmula 12. Adivinhem só... O Fórmula 12 conseguiu a maior pontuação. Eles disseram que...

— Sim, mas essa fábrica nova não produz batons nem nada desse tipo, certo? — Mamãe claramente considerava o meu novo cargo um rebaixamento. Com isso, o assunto morreu, mas não antes de eu ter um flashback de como Aidan costumava celebrar todas as reportagens que eu conseguia e os fracassos dos produtos rivais. Muitas vezes ele chegava em casa balançando um jornal, todo animado, e dizendo algo como:

"Uma notícia sensacional, querida! O *USA Today* não gostou do novo creme da Chanel. Uma consumidora declarou que ele entupiu os poros dela. E vamos ver o replay da jogada:

O centroavante recebeu pela direita e seguiu batido!

Deu um chapéu no zagueiro e chutou muito bem!

Voou o goleiro e a pelota escapou!

A rede balançou e não sobrou pra ninguém!"

Fiquei ali calada, distraída por essa inesperada lembrança feliz, até que ouvi alguém berrar:

— Caia fora daqui!

Era Helen: papai entrara no banheiro com ela lá dentro.

— Vocês deviam colocar uma fechadura naquela porta — disse mamãe.

Tem Alguém Aí?   551

— Por quê? — perguntou Rachel. — Vocês também não têm chave no banheiro lá de casa.

— Não é culpa nossa, nós bem que gostaríamos.

— E por que não colocam? — perguntou Luke.

— Nós tínhamos, mas Helen tapou o buraco da fechadura com cimento.

Todos nós ficamos calados, lembrando o que tinha acontecido naquele dia. Helen pegou um pouco de cimento com os operários da casa ao lado, que transformavam a garagem dos vizinhos em um apartamento para a avó da família. Depois de colocar cimento no buraco da fechadura, Helen começou a cimentar toda a moldura da porta, porque Claire se apossara da banheira, transformando o cômodo em um spa de dia inteiro apenas para si, e Helen teve a ideia de aprisioná-la ali dentro para todo o sempre. Papai teve de ficar horas de joelhos, com um cinzel minúsculo, tentando libertá-la. Quando conseguiu esta façanha, as escadas que iam para o andar de cima e a sala já estavam lotadas de vizinhos preocupados e operários fazendo vigília. A avó dos vizinhos, que ia morar na garagem reformada, se sentiu culpada e chegou a sugerir que todos rezassem o terço.

PARA: ajudante_do_magico@yahoo.com
DE: medium_producoes@yahoo.com
RE: Neris Hemming

Sua consulta com Neris Hemming foi remarcada para o dia 22 de março, às duas e trinta da tarde. Obrigada por seu interesse em nosso trabalho.

— Não estou interessada! — gritei para a tela. — Neris Hemming que vá se foder.

Dois segundos depois, anotei a data na minha agenda. É claro que eu me odiei por fazer isso, mas não consegui evitar.

* * *

Anna! Oi, Anna!

Eu estava caminhando apressada pela rua 55, a caminho de um almoço com a editora de beleza da *Ladies Lounge*, quando ouvi alguém berrar meu nome. Girei o corpo. Alguém vinha correndo na minha direção: um homem. À medida que ele chegava mais perto, pensei reconhecê-lo, mas não tinha certeza... Só então foi que eu percebi que se tratava de Nicholas! Ele vestia um casacão de inverno e não deu para ver qual a mensagem da sua camiseta para aquele dia, mas seu cabelo continuava penteado para cima e estava muito gato.

Antes de eu perceber o que acontecia, ele me levantou do chão e de repente trocávamos um abraço apertado. Fiquei surpresa de ver o quanto fui inundada de afeto por ele.

Ele me colocou no chão e lançamos sorrisos largos um para o outro.

— Uau, Anna, você está linda! — ele elogiou. — Meio sexy e intimidadora. Gostei dos sapatos.

— Obrigada. Escute, Nicholas, me desculpe por eu nunca mais ter ligado de volta para você. Andei passando por uma fase péssima.

— Tudo bem, eu entendo. Tô falando sério.

Fiquei meio sem graça por querer saber, mas acabei perguntando:

— Você continua indo às sessões de Leisl?

Ele balançou a cabeça para os lados.

— A última vez que fui lá faz uns quatro meses. Ninguém do pessoal daquela época frequenta mais...

Estranhamente, isso me deixou triste.

— Ninguém? Nem mesmo Barb? Ou Fred Zumbi?

— Ninguém.

— Puxa!

Depois de um silêncio curto, nós dois começamos a falar ao mesmo tempo:

— Tudo bem, fale você primeiro — ofereceu ele.

— Vamos lá, então. — Havia uma coisa que eu gostaria de lhe perguntar: — Nicholas... Sabe quando Leisl recebia mensagens do seu pai? Você acha que ela realmente fazia aquilo? Acha que ela conversava mesmo com ele?

Tem Alguém Aí?

Ele meditou por alguns instantes, brincando com uma pulseirinha de corda que trazia no pulso.

— Bem... Talvez. Não sei. Só sei que naquela época eu precisava muito ir lá e ouvir o que ouvia. Aquilo me ajudou a superar aquela fase. O que você acha?

— Também não sei. Acho que não acreditava naquilo, para ser franca. Só que, como você disse, era daquilo que eu estava precisando, na época.

Ele concordou com a cabeça. Mudara muito desde a última vez em que eu o vira. Parecia mais velho, mais corpulento... Mais adulto.

— É bom ver você — soltei, falando depressa.

Ele sorriu.

— Também achei muito bom rever você. Por que não me telefona uma hora dessas? Podemos combinar algo para fazermos juntos.

— Sim. Podíamos investigar novas teorias da conspiração.

— Teorias da conspiração? — ele perguntou.

— Claro! Não me diga que você não se interessa mais por isso!

— Ora, claro que eu me interesso, mas...

— Tem alguma ideia nova?

— Humm... Tenho sim, para falar a verdade.

— Pois então me conte!

— Vamos lá... Você já reparou quantas pessoas andam morrendo ultimamente quando estão andando de esquis e batem em árvores? Primeiro foi um dos membros da família Kennedy, depois o Sonny, da dulpa Sonny e Cher — um monte de gente. Ando pensando nisso... Será que não é uma conspiração? Pode ser que tenha alguém interferindo no sistema de direção dos esquis. Em vez de "esta noite ele vai dormir com os peixes", a nova frase da Máfia para esse tipo de eliminação poderia ser: "Esta noite ele vai abraçar árvores."

— "Esta noite ele vai abraçar árvores" — repeti, rindo. — Você é uma gracinha, mesmo, me diverte horrores!

— Quem sabe a gente pode pegar um cineminha, qualquer hora dessas — ele propôs.

CAPÍTULO 14

— Qual de vocês roubou meu Orgasmo Múltiplo? — mamãe abriu a porta e berrou em pleno corredor do hotel. — Claire! Quero meu Orgasmo Múltiplo!

Um casal de meia-idade, usando roupas típicas de turistas, saía do quarto naquele exato momento. Mamãe os viu e então, sem perder o rebolado, fez um aceno educado com a cabeça, ergueu o queixo em sinal de superioridade e comentou: "Está uma linda manhã."

Eles pareceram escandalizados e correram na direção dos elevadores. Assim que desapareceram na curva do corredor, mamãe tornou a gritar:

— Vocês não deixaram nem o restinho para mim!

— Acalme-se! — eu berrei, de dentro de um dos quartos.

— Você quer que eu me acalme? Minha filha vai se casar hoje, mesmo não sendo em uma igreja, e uma das cinco vacas das minhas filhas roubou meu Orgasmo Múltiplo. Isso me faz lembrar da vez em que vocês sumiram com todos os pentes lá de casa — (essa era uma mágoa constantemente invocada). — Eu precisava ir à missa, porque era dia santo, e fui obrigada a pentear meus cabelos com um garfo! Fiquei reduzida a isso: pentear os cabelos com um garfo de cozinha! Por falar nisso, por que diabos seu pai ainda não saiu daquele bendito banheiro? Ele está lá dentro há dias! Vá até o quarto de Claire e pergunte se foi ela que roubou meu batom.

Claire & Família, além de Maggie & Família, também estavam hospedadas no Gramercy Lodge. E todo mundo tinha conseguido quartos no mesmo andar.

— Vá até lá! — ordenou mamãe. — Pegue o batom para mim!

Em pleno corredor, J.J. chutava com força um extintor de incêndio. Ele usava um chapéu amarelo de abas largas que Helen certamente descreveria como um "chapéu de velha" — parte do figurino de Maggie para o casamento, pelo que deduzi. Observei o agitado ataque de J.J. ao extintor e, de repente, me veio à cabeça o que Leisl dissera; por que J.J. era tão importante para mim? Por que será que ela disse que ele se tornaria "muito importante"? Então caiu a ficha: talvez Leisl não estivesse falando de J.J. Ela mencionara "um menininho de cabelos louros com boné e a inicial J."; o pequeno Jack se encaixava nessa descrição tão bem quanto J.J. Será que Aidan — por meio de Leisl — estava tentando me contar a respeito dele? Um calafrio me desceu pela espinha e eu fiquei toda arrepiada.

Será que Leisl realmente estava se comunicando com Aidan? Eu não sabia. Provavelmente nunca saberia. Mas também... De que adiantaria saber agora?

— O que você fez com meu chapéu novo, menino? — Maggie apareceu no corredor, esbaforida; usava um terninho sóbrio, azul-marinho. — Devolva-o para mim e pare de chutar esse troço.

Do quarto de Maggie veio o som da pequena Holly cantando a plenos pulmões.

Então Claire apareceu.

— Este hotel é um chiqueiro — reclamou. — Mamãe disse que era maravilhoso.

— Os aquecedores não funcionam — disse Maggie.

— Nem o elevador.

— Mamãe disse que é cômodo.

— Cômodo para quê? Por favor, Kate, pare de chutar esse extintor, ele pode explodir!

Claire e Kate, sua filha de doze anos, usavam roupas parecidíssimas: saias muito curtas que quase exibiam a calcinha, saltos muito altos e excesso de brilho.

Contrastando com as duas, Francesca, a filhinha de seis anos de Claire, estava com sapatinhos de fivela e um vestido de mangas bufantes enfeitado com bordado inglês. Parecia uma boneca de porcelana.

— Você está linda! — eu lhe disse.

— Obrigada. Elas tentaram me obrigar a usar roupas brilhantes, mas elas não fazem meu estilo.

— Alguém tem um ferro de passar? — perguntou Maggie. — Preciso passar a camisa de Garv.

— Onde está sua camisa? — perguntou Claire. — Deixe que Adam passa.

— Adam é um empregadinho travestido de homem! — berrou Helen do quarto ao lado. — Como é que alguém pode respeitá-lo, mesmo ele tendo um pinto maior que a média?

Do lado de fora do salão quacre todo mundo circulava de um lado para outro vestindo roupas de gala; havia um monte de alcoólatras recuperados, pessoas idosas, irlandeses de cara vermelha, a maioria tios e tias, além dos cabeludos Homens-de-Verdade, em quantidade tão grande que pareciam ter chegado juntos em algum ônibus de excursão. No meio do povo eu avistei Angelo, todo de preto. Eu sabia que ele seria convidado; ele e Rachel tinham ficado muito amigos desde a noite terrível em que apareci no seu apartamento. Eu lhe lancei um sorriso educado — acompanhado de um gesto não muito diferente do queixo erguido de mamãe — e me cheguei mais para perto do bolo formado pelas minhas irmãs e sobrinhos. Não queria conversar com ele. Não saberia o que dizer.

— Estou aceitando apostas sobre quanto tempo os noivos vão atrasar — anunciou Helen, circulando por toda parte e recolhendo dinheiro.

— Rachel não vai se atrasar — sentenciou mamãe. — Ela não acredita nessas coisas e acha que é falta de respeito com os convidados. Pode me colocar na lista. Aposto que eles vão entrar na hora marcada.

— São dez dólares.

— Dez? Uau! Olhem quem vem chegando, o pai e a mãe de Luke! Marjorie! Brian! — Mamãe agarrou papai pela manga e deslizou pelo salão para receber os recém-chegados. — Está um lindo dia para a cerimônia, vocês não acham?

Eles tinham se encontrado pouquíssimas vezes antes e não se conheciam muito bem. Mamãe nunca se interessara muito em travar amizade com o casal Costello até que seu filho tomasse uma "atitude decente" com relação a Rachel. Envoltos em sorrisos brilhantes, embora ligeiramente tensos, os dois casais de pais se circularam mutuamente, meio cabreiros — como cães que farejam o traseiro uns dos outros —, tentando averiguar quem estava melhor na foto.

Alguém gritou, ligeiramente alarmado:
"Não me diga que já é o casal de pombinhos!"
Todos se viraram ao mesmo tempo para ver um carro antigo, em tom champanhe, que vinha vindo e se preparava para estacionar.
"São eles, sim! São os pombinhos! E bem na hora!"
"Como?! Mas já...?", outras vozes acudiram. "Vamos logo, é melhor entrarmos." Uma cena semelhante a um pequeno estouro de boiada se seguiu quando todos tentaram entrar ao mesmo tempo pelas portas e correram, com muita pressa, para sentar em seus lugares. O salão estava enfeitado com flores de primavera — narcisos, rosas amarelas, tulipas, jacintos — e seu perfume agradável enchia o ar.

Alguns momentos mais tarde, Luke apareceu pela nave central, se encaminhando na direção do púlpito, ao fundo. Seus cabelos um pouco longos, à altura dos ombros, estavam brilhantes, muito bem escovados, e, embora ele estivesse de terno, suas calças pareciam um pouco mais justas do que o necessário.

— Você acha que ele manda fazer essas calças sob medida? — cochichou mamãe. — ... Ou será que já as compra assim?

— Sei lá.

Ela me olhou com firmeza.

— Você está bem?

— Estou.

Esse era o primeiro casamento ao qual eu comparecia desde que Aidan morrera. Eu nunca admitiria, mas estava apavorada de enfrentar algo desse tipo. Entretanto, agora que a coisa estava rolando, tudo me parecia ótimo.

Na porta do salão apareceu Rachel, acompanhada de papai. Ela usava um tubinho amarelo-claro — falando assim parece horrível, mas estava simples e estiloso. Trazia nas mãos um buquê minúsculo. Milhares de flashes espocaram à sua passagem.

— A gravata do seu pai está torta! — chiou mamãe, para mim.

Papai entregou Rachel a Luke, em seguida se encaminhou para a fileira onde estávamos e a cerimônia teve início: alguém leu um poema que falava de lealdade, outra pessoa entoou uma canção sobre perdão. Logo depois o juiz de paz começou a falar sobre a primeira vez em que tinha se encontrado com Rachel e Luke, e o quanto eles tinham sido feitos um para o outro.

— Vamos aos votos — anunciou o juiz. — Os próprios noivos escreveram seus votos.

— Eu devia ter imaginado. — Mamãe me cutucou, para eu rir com ela, mas eu estava me lembrando dos votos no dia do meu casamento:

Na riqueza e na pobreza, na alegria e na tristeza, na saúde e na doença.

Pensei que fosse engasgar enquanto continuava a lembrar:

Todos os dias de nossas vidas, até que a morte nos separe.

Pareceu que uma mão me apertava o pescoço.

Sinto muitas saudades suas, Aidan Maddox. Morro de saudade, mas não me arrependo e jamais abriria mão dos momentos que passei ao seu lado, apesar de toda a dor.

Apalpei o fundo da bolsa em busca de um lenço de papel; Helen me entregou um, apertando-me a mão. Meus olhos se encheram de lágrimas e eu balbuciei:

— Obrigada.

— Tudo bem — ela balbuciou de volta, com os olhos brilhando.

No alto da pequena plataforma, Luke e Rachel deram-se as mãos e Rachel disse:

"Sou a responsável pela minha própria felicidade, mas eu a entrego a você, como um presente."

"O tempo que eu passei antes de conhecer você", disse Luke, por sua vez, "foi um tempo longo, muito longo... E também foi um tempo solitário, muito, muito, muito solitário."

"... enquanto lutarmos pela autorrealização mútua, seremos mais que simples partes separadas..."

"... tudo o que brilha é ouro, e você é a escadaria que me levará ao paraíso..."

"... eu lhe prometo fidelidade, confiança, fé e nenhum ato de passividade agressiva..."

"... se houver algum alvoroço em nossa sebe, não fique alarmada..."

As partes recitadas por Luke tinham sido pinçadas da letra de *Stairway to Heaven*, um antigo sucesso do Led Zeppelin.

A testa de papai estava franzida e ele me pareceu um pouco sem graça.

— Isso tudo não é meio... Como é mesmo a expressão que vocês usam...? — perguntou ele.

— Mãos-de-Pluma — Jacqui soprou, da fila de trás, em voz não muito baixa.

— Isso mesmo, Mãos-de-Pluma!... — Só que quando ele percebeu que tinha sido Jacqui quem falara ficou superenvergonhado, olhando para o chão. Ele ainda não superara o e-mail com a história sobre a peça do Scrabble perdida dentro da cueca de Joey.

— Não consigo acreditar que um viciado em drogas possa ser dono de um hotel — comentou mamãe —, mesmo sendo um hotel pequeno. — Ela olhou em torno do salão de festas maravilhosamente decorado, cheio de fitas e flores. — Você reparou no jeito com que o safado-idiota-angustiado do Joey fica olhando para Jacqui?

Todo mundo olhou ao mesmo tempo. Joey estava sentado a uma mesa lotada de Homens-de-Verdade (*Uma* das mesas, na verdade; eram ao todo três mesas só para eles, cada uma com oito Homens-de-Verdade. Ainda havia uma segunda divisão de Homens-de-

Verdade e me pareceu haver até mesmo uma terceira divisão.) Sem sombra de dúvida. Joey olhava fixamente para Jacqui, que fora colocada na mesa dos "solteiros e idiotas".

— Verdade seja dita... — admitiu mamãe, com relutância — ela está muito bem para uma mulher sem marido e grávida de quase oito meses.

Sentadinha entre nossos primos esquisitos, entre eles um padre excêntrico que veio diretamente da Nigéria para o casamento, Jacqui resplandecia. Quase todas as mulheres grávidas ficam com eczema ou varizes, mas Jacqui parecia mais bonita do que nunca.

— Ai, que susto! — gemeu mamãe quando algo a atingiu no peito. Era o chapéu amarelo de Maggie.

J.J. e Luka, o filho de Claire, brincavam de frisbee com ele.

— É o melhor uso para isso — declarou mamãe. — Esse chapéu é horroroso! Maggie está parecendo a mãe da noiva, mais até do que *eu*, que sou a mãe verdadeira. — Ela devolveu o chapéu, girando-o com o pulso e soltando-o em seguida de volta para Luka, e então olhou para o seu prato. — Que troço verde é este aqui? Ah, são as famosas vagens-anãs? Bem, não pretendo nem prová-las! — Ela as separou no canto do prato. — Olha lá! — sussurrou. — Joey continua olhando para Jacqui.

— Está olhando é para os peitos dela. — Foi o comentário de Kate, de doze anos.

Mamãe olhou para ela com ar reprovador e ralhou:

— Não há como negar que você é filha da sua mãe. Vá para a mesa das crianças, vá! Sua pobre tia Margaret está lá, tentando controlar as feras.

— Vou contar a ela o que a senhora disse sobre o chapéu amarelo.

— Não gaste sua saliva, eu mesma vou repetir tudo na cara dela, depois.

Kate foi embora.

— Isso colocou aquela mocinha em seu devido lugar — disse mamãe, com cruel satisfação.

— Onde está papai? — perguntei.

— No banheiro.

Tem Alguém Aí?

— De novo? O que há de errado com ele?
— Está meio enjoado. Deve estar nervoso por causa do discurso.
— Foi é envenenado novamente, isso sim! — declarou Helen. — Acertei?
— Não, nada disso.
— Foi sim, aposto que foi.
— Não.
— Foi sim!
— Anna, tem um homem bem ali que está olhando para você o tempo todo e tentando disfarçar — informou Claire.
— Aquele ali, que se parece com um dos rapazes do Red Hot Chili Peppers? — perguntou mamãe. — Eu também já reparei nele.
— Como é que *a senhora* sabe sobre os Red Hot Chili Peppers? — várias vozes perguntaram ao mesmo tempo, surpresas.
— Sei lá! — Mamãe ficou confusa. Na verdade, parecia chateada.
— Me mostra quem é — pediu Helen. — É aquele ali todo de preto? De cabelo comprido? — Ela arrastou a voz: — Tem pinta de ser um *bad boy*... Muito *bad* mesmo.
— Engraçado — eu disse —, porque ele é um homem muito bom.

— Como vão todas por aqui? — quis saber Gaz. — Alguém com dor de cabeça? Problemas nos seios nasais?
— Cai fora! — mandou mamãe.
Rachel tinha avisado a Gaz que ele não deveria oferecer seus serviços de acupuntura para ninguém durante a festa, e ele prometeu que não faria isso, a não ser que houvesse uma emergência. Porém, a despeito de seus esforços para provocar algo desse tipo, nenhuma emergência surgira.
— Vamos lá! Caia fora, você e suas agulhas! Deixe de incomodar as pessoas, porque a dança já vai começar.
— Tudo bem, Mamãe Walsh. — Com ar de desamparo, Gaz vagou pelo salão com sua bolsinha cheia de agulhas, quase esbarrando em um grupo de menininhas que acabavam de fugir da mesa das crianças.

Francesca enlaçou meu pescoço.

— Tia Anna, vou dançar com você, porque seu marido morreu e você não tem par. — Ela me tomou pela mão. — Kate vai dançar com Jacqui porque ela vai ter um bebê e não tem namorado.

— Puxa, obrigada!

— Esperem por mim — pediu mamãe. — Eu também quero balançar o esqueleto.

— Não fale isso! — reclamou Helen, aflita. — Porque me faz lembrar de Tony Blair.

— Vamos, papai? — convidei. — Quer dançar também?

Ele balançou a cabeça para os lados, bem devagar, mais pálido que a toalha da mesa.

— Acho que devíamos chamar um médico — opinei, baixinho. — Intoxicação alimentar pode ser perigoso.

— Ele não está intoxicado, são só os nervos! Vamos para a pista!

Levantamos da mesa e nos juntamos a Jacqui e Kate, todas de mãos dadas. Helen se uniu a nós, depois Claire, então Maggie e sua bebezinha, Holly, e, por fim, Rachel. Formamos um círculo só de garotas e nossos vestidos de festa se agitavam alegremente; todas estavam felizes, sorrindo e gargalhando, lindíssimas. Alguém me entregou a pequena Holly e nós giramos juntas, impulsionadas pelas mãos de todas as minhas irmãs. Rodopiando e rindo diante de seus rostos radiantes, eu me lembrei de uma coisa que nem percebi que havia esquecido: Aidan não era o único ser humano que eu amava; eu amava outras pessoas também. Amava minhas irmãs, amava minha mãe, amava meu pai, amava minhas sobrinhas, amava meus sobrinhos, amava Jacqui. Naquele momento eu amava todo mundo.

Mais tarde a música mudou subitamente de Kylie para Led Zeppelin e nesse momento os Homens-de-Verdade invadiram a pista de dança, em bando. Havia montes e montes deles. Inesperadamente, grandes quantidades de cabelos estavam sendo agitados em um borrão indistinto, e as guitarras imaginárias começaram a ser tocadas com muita energia. Em um determinado momento abriu-se uma cla-

Tem Alguém Aí?

reira em torno de Shake; todos ofereciam o lugar de honra para o mestre exibir a sua arte. Shake tocou e tocou, tocou muito, com garra e desapego, colocando-se quase de joelhos e depois inclinando o corpo para trás, como se estivesse em transe, com a cabeça quase encostando no chão e um olhar de êxtase na face, enquanto dedilhava freneticamente o espaço entre as pernas.

— Não parece que ele está... *Fazendo aquilo*... Consigo mesmo? — murmurou mamãe.

— Fazendo o quê?

— *Brincando* com ele mesmo. Vocês sabem o que eu quero dizer.

— Que obsessão! — exclamou Helen. — A senhora é pior que todas nós juntas.

CAPÍTULO 15

— Aqui é Neris Hemming falando.

— Olá... Aqui é Anna Walsh. Estou ligando para minha consulta. — Eu estava curiosa. Curiosa, mas não esperançosa. Ok, talvez houvesse uma pontinha de esperança.

Silêncio do outro lado da linha. Será que ela ia me dispensar novamente? Havia novos operários em sua casa?

De repente ela se manifestou:

—· Anna, eu estou recebendo... Parece que é... Sim, há um homem aqui. Um homem ainda jovem. Alguém que foi chamado antes do tempo.

Bem, nota dez por ela não tentar me enrolar com uma avó morta. Só que quando eu marquei a consulta, da primeira vez, avisei à pessoa que fez a reserva de horário que meu marido tinha morrido. Quem sabe ela não tinha passado aquela informação para Neris?

— Você o amava muito, não é, querida?

Ora, por que outro motivo eu estaria ali, tentando entrar em contato com ele? Mesmo assim, meus olhos se encheram d'água.

— Não amava, querida? — repetiu ela, quando viu que eu permaneci em silêncio.

— Sim. — Eu engasguei, envergonhada de chorar quando estava sendo tão cruelmente manipulada.

— Ele está me dizendo que amava muito você também.

— Então tá...

— Ele era seu marido, certo?

— Sim. — Droga, eu não devia ter contado.

— E ele faleceu depois de um terrível... Problema de saúde.

— Foi um acidente.

— Isso mesmo! Um acidente que o deixou muito doente, e isso o levou a falecer — disse ela, com firmeza.

Tem Alguém Aí?

— Como é que você sabe que é ele que está aí?
— Porque ele me disse.
— Sei, mas...
— Neste momento ele está se lembrando das férias que vocês passaram em uma praia.
Lembrei de quando estivemos no México. Mas quem é que não tinha visitado uma praia com o marido, pelo menos uma vez na vida? Nem que fosse uma excursão a Tramore.
— Estou recebendo imagens de um mar azul, muito azul, um céu limpíssimo e claro, muito azul também e praticamente sem nuvens... Uma praia de areias brancas. Árvores. Provavelmente palmeiras. Peixe fresco, um pouco de rum — ela riu, com prazer. — Está tudo certinho, não é?
— Está. — Puxa, qual a finalidade disso? Tequila, rum, era tudo bebida de férias junto ao mar.
— E... Oh! Ele está me interrompendo. Tem uma mensagem para você.
— Pode dizer.
— Ele está pedindo para que você não chore mais pela sua morte. Ele foi para um lugar melhor. Não queria deixar você, mas teve de fazê-lo, e agora que está onde está, se sente muito feliz. Embora você não possa vê-lo, ele está sempre à sua volta, sempre com você.
— Então tá — eu disse, sem muita empolgação.
— Você tem alguma pergunta?
Resolvi testá-la.
— Na verdade, eu tenho sim. Havia uma coisa que ele estava querendo muito me contar, antes de morrer. O que era?
— Não lastime mais a partida dele, porque ele foi para um lugar melhor...
— Já ouvi, mas havia uma coisa que ele queria me contar *antes* de morrer.
— Era isso que ele estava querendo lhe contar. — A voz dela exibiu uma firmeza gélida do tipo "não venha de sacanagem pra cima de mim".

— Como é que ele poderia querer me contar, antes de morrer, que iria para um lugar melhor?

— Ele teve uma premonição.

— Não, não teve não.

— Olhe, se você não gosta do que ele está...

— ... Você não está conversando com ele droga nenhuma. Está só dizendo um monte de coisas que servem para qualquer caso.

— Ele costumava lhe preparar o café da manhã — falou Neris, de forma impulsiva, parecendo... O quê?... Surpresa?

Eu fiquei surpresa também... Porque era verdade! Uma vez eu comentara que adorava mingau, e Aidan perguntou:

"Mingau é papinha de aveia?"

"Acho que sim", eu disse.

Na manhã seguinte eu o encontrei diante do fogão, raramente utilizado, mexendo alguma coisa em uma panela com a colher de pau.

"Mingau!", ele anunciou. "Ou papinha de aveia, se preferir. Já que não dá para comer nada nos almoços de trabalho com as terríveis damas da área de beleza, para elas não pensarem mal de você, é melhor sair de casa bem alimentada."

— Eu acertei, confesse! — voltou Neris. — Ele lhe preparava um belo café da manhã todos os dias, não é?

— Sim — concordei, com voz mansa.

— Ele realmente amava você, querida.

Era verdade. Lembrei de outra coisa que havia esquecido: Aidan costumava me dizer sessenta vezes por dia o quanto me amava. Escondia bilhetinhos apaixonados dentro da minha bolsa. Uma vez tentou me convencer a fazer um curso de autodefesa, dizendo: "Não posso estar ao seu lado vinte e quatro horas por dia, e se alguma coisa lhe acontecesse eu acho que daria um tiro na cabeça."

— Ele realmente amava você, não estou certa, querida? — repetiu Neris.

— O que ele costumava preparar para o meu café da manhã? — Se ela acertasse na mosca, eu acreditaria.

Com muita confiança ela afirmou:

— Ovos.
— Não.
Uma pausa.
— Granola?
— Não.
— Torradas?
— Não, esqueça isso. Vou lhe dar uma fácil. Qual era o nome dele?

Depois de um minuto de silêncio, ela anunciou:
— Estou recebendo vibrações da letra... L.
— Nanã.
— R?
— Nanã.
— M?
— Neca.
— B?
— Nananina...
— A?
— Isso. Acertou.
— Adam?
— Esse é o marido da minha irmã.
— Sim, claro que sim! É que ele também está aqui ao meu lado, dizendo que...
— Ele está vivo! Mora em Londres e deve estar passando alguma roupa a ferro neste exato momento.
— Oh. Tá bom, então... Aaron?
— Nanã.
— Andrew?
— Não. Você nunca vai conseguir acertar.
— Então me diga.
— Não.
— Isso está me deixando louca!
— Ótimo, então!
E desliguei.

CAPÍTULO 16

Mitch parecia uma pessoa diferente. Era literalmente outro homem. Aparentava ter mais altura e exibia tanta autoconfiança que chegava a parecer metido. Até seu rosto estava com uma cor diferente. Seis, sete meses antes eu não tinha percebido que seu rosto era acinzentado e rígido. Só agora que ele tinha perdido a expressão terrivelmente tensa e se tornara um rosto animado e cheio de cor foi que eu reparei.

Ele me avistou de longe e me lançou um sorriso amplo e radiante, diferente de tudo o que eu vira antes.

— Anna! Puxa, você está linda! — Sua voz era mais forte do que antes.

— Obrigada.

— Sério mesmo. Você já não parece uma foca aturdida.

— Ué?... Eu parecia uma foca aturdida? Dessa eu não sabia.

Ele riu:

— Eu também não estava em um bom momento, né? Parecia um morto ambulante.

Eu telefonara para ele logo depois da minha consulta com Neris Hemming; tinha algumas perguntas para as quais gostaria de respostas. Ele se declarou encantado por saber notícias minhas e sugeriu um encontro para jantar.

— É por aqui. — Ele me conduziu até a entrada do restaurante.

— Mesa para dois? — a atendente perguntou.

Mitch sorriu e disse:

— Preferimos um cantinho mais reservado.

— Todo mundo prefere.

— Imagino que sim — concordou ele, dando uma gargalhada charmosa. — Mesmo assim, veja o que consegue para nós...

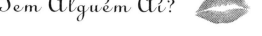

— Vou tentar — disse a jovem, meio a contragosto. — Mas talvez vocês tenham de esperar um pouco.
— Tudo bem.
Ele sorriu mais uma vez, radiante. Estava flertando com a atendente. E a coisa estava funcionando. Era como se eu nunca o tivesse visto antes.
Nesse momento eu percebi mais uma coisa:
— Você está sem a sua bolsa de ginástica! Essa é a primeira vez que eu vejo você sem a bolsa no ombro.
— Sério? — Ele parecia mal se lembrar desse detalhe. — Ah... Sim! — disse, lentamente. — Isso mesmo! Naquela época eu praticamente morava na academia, malhava o tempo todo. Puxa, parece que faz tanto tempo!...
— E você falou mais nos últimos cinco minutos do que em todos os meses que passamos juntos.
— Eu não falava?
— Não.
— Mas eu adoro falar!
A atendente voltou.
— Consegui um lugar reservado.
— Puxa, você é o máximo! Obrigado — agradeceu Mitch, com sinceridade. — Obrigado mesmo!
Ela ficou ruborizada.
— De nada, o prazer foi meu — disse ela.
Quer dizer então que o verdadeiro Mitch era um cara charmoso. Quem diria?... Minha reavaliação dele se desdobrava rapidamente.
Depois de fazermos o pedido, eu disse:
— Mitch, preciso lhe fazer uma pergunta.
— Pois faça.
— Quando você conversou com Neris Hemming, realmente acreditou que ela estivesse recebendo mensagens de Trish?
— Acreditei. — Ele hesitou por um segundo e pareceu constrangido. — Sabe como é... — Deu uma risada curta. — Escute... Naqueles tempos eu estava completamente amalucado. Analisando agora, percebo que estava realmente doido. Eu precisava acreditar. — Encolheu os ombros. — Ela recebeu mensagens de Trish? Talvez

sim, talvez não. Só sei que funcionou comigo naquele momento difícil e provavelmente foi o que me impediu de enlouquecer de vez.

— Você se lembra de ter me contado que ela adivinhou os apelidos carinhosos que você e Trish usavam um com o outro? Que apelidos eram esses?

Mais um momento de hesitação e outra risada constrangida.

— Mitchie e Tritchie.

Mitchie e Tritchie?

— Ora, mas isso eu conseguiria descobrir sem cobrar nada — brinquei.

— Pois é. Foi como eu falei, era disso que eu estava precisando, na época.

— E como se sente agora, a respeito de tudo?

Ele refletiu por um instante, olhando para o nada.

— Tem dias tão ruins quanto antigamente, e às vezes eu me vejo de novo na estaca zero. Mas tem outros dias em que eu me sinto ótimo. A verdade é que a vida de Trish não foi interrompida, ela completou seu curso. Quando penso nisso, acho que vou conseguir ter uma vida de verdade novamente, sem me culpar por isso.

— Você continua tentando entrar em *contato* com Trish?

Ele balançou a cabeça para os lados.

— Continuo conversando com Trish, tenho fotos suas em toda parte, mas sei que ela se foi, e eu, por algum motivo, ainda estou aqui. O mesmo vale para você. Não sei se algum dia você vai conseguir entrar em contato com Aidan, mas, pela minha percepção, Anna, você está cheia de vida e deve seguir em frente.

— Pode ser. De qualquer modo, certamente não vou mais procurar nenhum médium — garanti. — Aquilo foi só uma fase.

— Fico feliz por saber. Escute, você está com a tarde do domingo livre? Tenho um bilhão de lugares fantásticos para nós conhecermos. Que tal a Mostra dos Imigrantes no Museu do Vestuário? Isso não lhe desperta algum interesse? Quem sabe o planetário, onde eles estão oferecendo simulações de viagens espaciais? Ou um bingo. Podíamos ir ao bingo.

Bingo. Gostei dessa ideia.

CAPÍTULO 17

— Dê só uma olhada! — Jacqui levantou a saia e abaixou a calcinha
Eu desviei o rosto.

— Não! Olhe só isso! — ela insistiu. — Você vai *amar*. Fiz uma
depilação à brasileira e coloquei uma coisinha especial. Dá para ver?

Jacqui se recostou mais para eu conseguir ver por baixo da sua
barriga gigantesca; ela mandara aplicar um pequeno diamante rosa
sobre o osso púbico.

— Agora vamos ter algo bonito para olhar enquanto eu estiver
em trabalho de parto.

Toda vez que Jacqui pronunciava a palavra "parto" eu ficava
tonta. Por favor, meu Deus, não permita que a coisa seja muito terrível. A data provável era 23 de abril, menos de duas semanas à frente, e eu estava dormindo com ela, para o caso de o pontapé inicial da
partida ser dado de forma inesperada no meio da madrugada.

— Vamos combinar... — comentou Jacqui — ... que isso é bem
provável de acontecer. Ninguém entra em trabalho de parto em uma
hora conveniente, tipo quinze para as onze de uma manhã de sábado. A coisa sempre acontece em um horário em que até Deus está
dormindo, bem no meio da madrugada.

A adorada mala de Jacqui, uma Louis Vuitton de rodinhas, já
estava pronta ao lado da porta, devidamente recheada com uma
nécessaire Lulu Guinness, duas velas aromáticas Jo Malone, um
iPod, várias camisolas Marimekko, uma câmera, uma máscara de gel
azul, esmalte Ipo, "para o caso de as minhas unhas dos pés ou das
mãos descascarem enquanto eu estiver 'empurrando'", explicou
Jacqui. Além disso, havia um kit completo de clareamento dental
para preencher o tempo, "porque pode ser que demore muito", três

roupinhas para bebê da Versace e a ultrassonografia mais recente. As outras imagens de ultrassonografia estavam todas penduradas nas paredes do apartamento. Esses estranhos "quadros" me fizeram recordar uma história interessante...

Antes do acidente, eu era uma tremenda hipocondríaca. Não que eu fingisse estar doente, mas, quando acontecia, eu ficava muito *interessada* no assunto e sempre tentava envolver Aidan no drama. Se eu tivesse, digamos, uma dor de dente, passava o dia lhe relatando, em boletins periódicos, todos os meus sintomas.

— Agora é uma dor diferente — eu explicava. — Lembra de quando eu falei que era uma dor do tipo "zumbido"? Pois é, agora mudou. Está mais para dor em forma de "dardo".

Aidan já se acostumara comigo e com meus dramas, e dizia:

— "Forma de dardo"? Essa dor é nova.

Cheguei a quebrar um dedo, um ano e meio atrás; estava catando alguma coisa no armário do quarto, girei o corpo rápido demais, uma gaveta fechou e esmagou a junta de um dos meus dedos. Comecei a choramingar e dizer baixinho:

— Ai, ai, ai, meu Jesus Cristinho! Minha Nossa Senhora dos Dedinhos! Isso dói muito!

— Sente-se aqui — disse Aidan. — Mostre o dodói para mim. Qual foi o dedo?

Ele pegou o dedo esmagado e então — sei que parece esquisito — o colocou inteirinho dentro da boca. A mãe de Aidan sempre fazia isso com ele e Kevin quando eles eram pequenos, e ele também fazia comigo quando eu machucava uma parte qualquer do corpo (por sinal, o espaço entre as minhas virilhas era muito sujeito a acidentes diversos). Fechei os olhos e esperei que o calor da sua boca começasse a fazer efeito e diminuísse a dor na mesma hora, como normalmente acontecia.

— Está melhor?

— Não. — Fiquei surpresa porque, em geral, isso realmente adiantava.

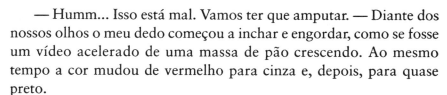

— Humm... Isso está mal. Vamos ter que amputar. — Diante dos nossos olhos o meu dedo começou a inchar e engordar, como se fosse um vídeo acelerado de uma massa de pão crescendo. Ao mesmo tempo a cor mudou de vermelho para cinza e, depois, para quase preto.

— Caraca! — reagiu Aidan. — Isso está mal *de verdade*, talvez eles *tenham mesmo* que amputar. É melhor levar você para o pronto socorro. — Entramos em um táxi, minha mão pousada entre nossos colos, como um coelhinho doente. Assim que chegamos ao hospital, eles me levaram para tirar raios X e eu fiquei muito empolgada — sim, confesso — quando o médico prendeu uma das chapas sobre uma placa iluminada e anunciou:

— Isso mesmo! Está bem aqui, uma fratura bem pequena na segunda junta.

Embora não fosse necessário engessar e eles tenham me colocado só uma pequena tala, foi bom não ter sido tratada com uma esperta que quer faltar ao trabalho. Eu tinha uma "fratura". Não apenas uma marca roxa, não só uma luxação nem um deslocamento (não sei se luxação e deslocamento são a mesma coisa, e, se não são, qual é o mais grave), mas o fato é que eu tinha uma fratura *de verdade*.

Nos dias que se seguiram, sempre que alguém olhava para meu dedo e perguntava "o que houve?", Aidan respondia, antes de mim:

"Anna estava esquiando em ziguezague, um dos bastões ficou preso na neve e lesionou sua mão."

Ou:

"Anna estava escalando e uma pequena avalanche atingiu sua mão."

— Sabe o que é?... — ele me explicou. — Isso é muito melhor do que dizer "ela fechou a gaveta com o dedo dentro ao procurar pelos sapatos azuis".

O hospital me entregou as duas chapas de raios X e eu, hipocondríaca como sempre, passei um tempão analisando-as depois que cheguei em casa; segurei-as contra a luz e me maravilhei ao ver o quanto meus dedos eram longos e esbeltos por baixo da massa de músculos, pele e gordura. Aidan me observou com ar compreensivo.

— Tá vendo essa falha minúscula na minha junta? — perguntei, segurando a radiografia a quatro dedos do nariz. — É fininha como um fio de cabelo, mas dói pra caramba!

Sentindo-me esquisita, pedi:

— Por favor, não conte para ninguém que eu curto olhar para a minha fratura.

Alguns dias mais tarde, Aidan já tinha voltado do trabalho quando eu cheguei em casa (fato incomum), e parecia empolgado, com ar de quem sabia de alguma novidade.

— Percebeu alguma coisa nova por aqui? — ele me perguntou.

— Que foi? Você penteou o cabelo?

Foi então que eu vi... Elas estavam ali. Minhas chapas de raios X tinham sido penduradas na parede, presas a molduras trabalhadas em tom de ouro velho, como se fossem obras-primas de grandes mestres em vez de imagens fantasmagóricas em preto e branco dos meus dedos esqueléticos.

Isso me fez rir tanto que tive de colocar os braços em torno da barriga e sentar no sofá, porque não conseguia me manter em pé. Achei tão engraçado que, por alguns instantes, quase perdi o fôlego. Depois de alguns segundos sem ar, o som das risadas saiu solto, do fundo do estômago e do peito em convulsões descontroladas, e atingiu um nível elevadíssimo de decibéis, em guinchos agudos. Olhei para Aidan, que estava apoiado na parede. Lágrimas de riso lhe escorriam pelas faces.

— Seu filho da mãe maluco! — eu finalmente consegui gritar.

— Tem mais! — ele arfou, quase engasgado. — Tem outra surpresa, Anna. Espere só mais um instantinho que eu mostro.

Ele se dobrou para a frente, quase passando mal de tanto rir, até que empinou as costas, enxugou o rosto e disse:

— Tcharãããã!...

Apertou um botão e minhas duas chapas de raios X se acenderam, brilhando em toda sua glória, iluminadas atrás por uma luz como se estivessem no painel do hospital.

— Mandei colocar luz — Aidan explicou, ainda soluçando. — O cara da loja de molduras me disse que dava para instalar lâmpadas por trás e eu... eu... *Achei a ideia ótima!*

Ele apagou e acendeu. Esperou mais um segundo, tornou a apagar e acender.
— Viu só? Luzes?
— Pare! — implorei, imaginando se era possível *morrer* de rir, literalmente.
Assim que consegui respirar novamente, pedi:
— Acenda as lâmpadas novamente.
Ele acendeu e apagou o painel iluminado várias vezes, enquanto novas ondas de quiriquiqui descontrolado me atacavam. Quando eu me deitei no sofá e me encolhi toda, exausta de tanto rir, Aidan me perguntou:
— Gostou?
— Adorei. Foi o melhor presente que eu ganhei em toda a minha vida.

CAPÍTULO 18

— Jacqui? Jacqui?

— Estou aqui! — ela gritou, de algum lugar.

— Onde?

— Na cozinha.

Segui sua voz e a encontrei engatinhando pelo piso da cozinha, tendo ao lado uma bacia com água e sabão.

— Mas que maluquice é essa?

— Estou lavando o piso da cozinha, uai!

Ao ver o detergente para piso ao lado da bacia, vi que era verdade.

— Você está com quarenta semanas de gravidez e sua filhinha vai nascer a qualquer minuto. Viajou na maionese? Você *tem* uma faxineira!

— Eu sei, mas é que me deu uma vontade louca de lavar o chão.

Olhei para ela, meio em dúvida. Eles não avisaram nada disso nas aulas de Parto Perfeito.

— Tirando o fato de ter perdido completamente a sanidade, como é que você está? — eu quis saber.

— Engraçado você perguntar, porque andei com umas fisgadas o dia todo.

— Fisgadas?

— Dores, pode-se dizer — explicou ela, com um olhar quase tímido. — Elas descem pelas costas e vão até o fiofó.

— Contrações de Braxton Hicks — disse eu, com determinação.

— Essas *não são* contrações de Braxton Hicks — ela retrucou —, porque não desaparecem com exercícios físicos.

— Pois eu aposto que são Braxton Hicks, sim.

Tem Alguém Aí?

— E eu aposto que não são — afirmou Jacqui. — Aliás, sou eu que estou tendo esse troço o dia inteiro e sei a diferença.

Foi na mão dela que eu percebi primeiro; seus dedos começaram a se fechar sobre si mesmos com força, até ficarem tão unidos que a pele que os cobria se tornou branca. Seu rosto se apertou todo e o corpo começou a se arquear e se contorcer.

Horrorizada, corri para acudi-la.

— São fisgadas como esta?

— Não — ela grunhiu, balançando a cabeça para os lados, o rosto muito vermelho. — Nenhuma delas foi tão terrível quanto esta.

Ela pareceu que estava morrendo. Eu já ia chamar uma ambulância quando o espasmo violento começou a ceder.

— Meu Deus do céu! — arfou ela, deitando-se no chão, meio de lado. — Acho que acabei de ter uma contração.

— Como é que você sabe? Descreva a sensação.

— Dói pra cacete!

Peguei um dos folhetos que havíamos recebido nas aulas e li:

— A dor "começa nas costas e se move para a parte da frente em movimentos ondulatórios"?

— Isso mesmo!

— Ai, merda! Então essa foi uma contração de verdade. — De repente eu me senti aterrorizada: — Você vai ter um bebê!

Percebi algo diferente com o canto dos olhos: uma poça de água estava se espalhando pelo chão recém-limpo da cozinha. Será que ela tinha entornado a bacia de água na hora da contração?

— Anna... — sussurrou Jacqui. — Acho que minha bolsa d'água estourou.

Pensei que eu fosse desmaiar. A água escorria por baixo da saia de Jacqui. Muito agitada, em um acesso de raiva, eu a acusei:

— Olha o que você aprontou, lavando essa porcaria de chão. Veja só o que aconteceu!

— Mas era para acontecer mesmo — ela argumentou. — A bolsa d'água tem que estourar.

Ela estava certa, é claro. Ai, caraca, a bolsa d'água estourou, ela *estava* para ter o bebê a qualquer momento. Todos os meses de preparação de repente não nos serviram de nada.

Tentei me acalmar e liguei para o hospital:

— Alô! Sou a parceira de parto da paciente Jacqui Staniforth. Não somos Garotas Alegrinhas, se quer saber, mas a bolsa d'água dela estourou e ela está em pleno trabalho de parto.

— Quanto tempo entre uma contração e outra?

— Não sei, até agora ela só teve uma, mas foi terrível.

Do outro lado da linha ouvi um som que me pareceu um risinho abafado.

— Conte o tempo e, quando as contrações estiverem com cinco minutos entre uma e outra, traga-a para o hospital.

Desliguei.

— Temos que marcar o tempo. O cronômetro! Cadê o cronômetro?

— Junto com o resto das tralhas para o parto, na mala do hospital.

Eu preferia que não tivéssemos de ficar repetindo a palavra "parto" toda hora. Achei o cronômetro, voltei para a cozinha, onde Jacqui ainda estava, e avisei:

— Pronto, pode começar quando quiser. Vamos lá, nos dê uma contração.

A isso se seguiu um ataque de risos, de puro nervoso.

— Pelo menos a bolsa não estourou num momento impróprio, como nas comédias — Jacqui comemorou.

— Como assim?

— Ah, você sabe... Nos filmes a bolsa d'água estoura sempre em cima do tapete caríssimo do chefe da empresa ou nos sapatos novos de camurça de alguma personagem. Geralmente a vítima é Hugh Grant. Ele diz "Puxa!... Uau, ora, que coisa!", você conhece esse tipo de cena. Agora me explique, só por curiosidade: há algum motivo especial para estarmos sentadas no chão da cozinha?

— Não, acho que não.

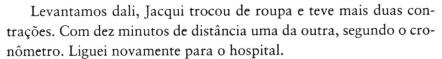

Levantamos dali, Jacqui trocou de roupa e teve mais duas contrações. Com dez minutos de distância uma da outra, segundo o cronômetro. Liguei novamente para o hospital.

— Dez minutos entre uma contração e outra — informei à atendente.

— Continue marcando o tempo e venha quando o intervalo for de cinco minutos.

— Mas o que devemos fazer enquanto isso? Ela está cheia de dor!

— Massageie as costas dela, use o seu aparelho TENS para estimulação dos nervos, faça-a tomar um banho quente ou dar uma volta. — Eu já sabia de todos esses procedimentos, só que em meio ao pânico de ver que o parto tinha começado para valer, esqueci tudo.

Massageei as costas de Jacqui, assistimos a *O Feitiço da Lua*, pronunciando cada linha dos diálogos junto com os atores e apertando o botão de pausa a cada contração, para que Jacqui não perdesse nenhuma cena do filme.

— Faça uma visualização — eu insistia, cada vez que o corpo dela sofria um espasmo terrível e ela triturava os ossos da minha mão. — A dor é sua amiga. É uma grande bola dourada de energia. Vamos lá, Jacqui... A dor é uma grande bola dourada de energia. Repita comigo!

— Repita comigo? Que papo é esse? Por acaso estamos em um episódio do desenho *Dora, a Aventureira*?

— Vamos lá, Jacqui! — eu a incentivei, e nós gritamos juntas: — Grande bola dourada de energia! Grande bola dourada de energia!

Quando *O Feitiço da Lua* acabou, assistimos a ...*E o Vento Levou*, e na cena em que Melanie entra em trabalho de parto — olha aí a palavra, de novo — Jacqui perguntou:

— Por que quando alguém ia dar à luz nos filmes antigos as pessoas sempre iam correndo ferver água e começavam a rasgar pedaços de pano?

— Sei lá. Talvez para se distraírem, porque não existia DVD. Podemos rasgar alguma coisa, se você quiser... Não? Cê que sabe...

Ai, caraca, lá vamos nós de novo! Grande bola dourada de energia! Grande bola dourada de energia!

Quando deu uma hora da manhã, as contrações estavam com intervalos de sete minutos.

— Vou tomar um banho — disse Jacqui. — Talvez isso ajude a diminuir a dor.

Eu me sentei no chão do banheiro ao lado dela e coloquei para tocar uma música bem relaxante.

— Desliga essa música de baleia guinchando! — pediu Jacqui. — Prefiro que você cante uma canção para mim.

— Que tipo de canção?

— Uma que fale do grande babaca que Joey é.

Pensei por um momento.

— Tudo bem se os versos não tiverem métrica? — perguntei.

— Tudo bem, não faz mal.

— *Joey, Joey é um tremendo bruzundanga...* — tentei. — *Suas botas mais parecem... O cão chupando manga!* É assim que você quer?

— Isso mesmo, está ótimo. Cante mais!

— *Joey, Joey, é um babaca de cara amarrada, é um bundão mesmo* — cantarolei. — *Suas botas são mais feias que indigestão de torresmo...*

Como vi que estava agradando, fui em frente:

— *Quando todo mundo tá feliz, Joey fecha a tromba... Não reconhece a felicidade nem quando a porta ela arromba...* Agora o povo... Quero todo mundo cantando junto!... — berrei, na maior animação. — *Joey, Joey, que bundão, sujeito mais troncho... Aturar Joey é mais difícil que nadar de poncho...*

Jacqui entrou no clima e continuamos cantando:

— *Joey tem jeito de "sai de perto senão eu mordo"... Vive mais enfiado dentro de si mesmo que cueca em bunda de gordo...* — Estávamos cada vez mais felizes. — Agora vamos pro refrão:

— JOEY, JOEY É UM TREMENDO BRUZUNDANGA... SUAS BOTAS MAIS PARECEM O CÃO CHUPANDO MANGA!

Continuamos nos divertindo por quase uma hora; eu cantava um versinho e Jacqui repetia o refrão. Depois, Jacqui começou a inven-

Tem Alguém Aí? 581

tar alguns versos por conta própria. Foi divertidíssimo, a não ser quando éramos interrompidas pelas contrações cruéis, que continuavam em intervalos de sete minutos, cronometrados. Será que nunca iríamos chegar ao número mágico dos cinco minutos?

— Acho que você precisa dar um passeio lá fora, agora — eu disse. — Espiral de Cus disse que devíamos usar a força da gravidade. Talvez isso acelere o processo.

— Você quer que eu saia na rua? Tudo bem, mas pelo menos deixe eu colocar uma maquiagem.

— Nana-nina-não! — ela ergueu a palma da mão e cortou minhas objeções.

— Mas...

— Hurpp! Na-na-não! Eu me recuso a abandonar meus princípios básicos só porque vou ter um bebê. Não quero começar com o pé esquerdo.

As ruas estavam desertas e silenciosas. De braços dados, nos pusemos a caminhar pela calçada.

— Conte-me coisas boas — pediu Jacqui. — Conte-me coisas adoráveis.

— Como o quê?

— Conte-me de quando você se apaixonou por Aidan.

No mesmo instante eu fui invadida por sentimentos conflitantes, que mal saberia descrever. Havia um pouco de tristeza, certamente um pouco de amargura, embora menos do que antes. Mas também havia algo bom, algo que me pareceu agradável.

— Por favor — pediu Jacqui. — Estou em pleno trabalho de parto e não tenho namorado.

Meio relutante, concordei:

— Tudo bem. No início eu falava em voz alta. Costumava dizer: "Eu amo Aidan Maddox e Aidan Maddox me ama." Eu tinha que me ouvir pronunciando essas palavras, porque tudo era tão fabuloso que eu não conseguia acreditar.

— Quantas vezes por dia ele anunciava que amava você?

— Sessenta.

— Não, tô falando sério.

— Pois é sério. Sessenta.

— Como é que dava para saber? Você contava?

— Não, mas ele contava. Dizia que não conseguia dormir se não dissesse que me amava sessenta vezes por dia.

— Mas por que sessenta?

— Porque se ele ultrapassasse esse número eu ficaria muito metida, segundo o próprio Aidan me explicou.

— Uau!... Guenta aí!... — Ela apertou com força as barras de uma grade, gemeu e arfou em busca de ar durante mais uma contração. Quando acabou o sufoco, endireitou o corpo e pediu: — Conte-me cinco coisas maravilhosas a respeito de Aidan. Vamos lá, pode começar! — disse ela, acenando em incentivo ao ver que eu ia recusar. — Lembre-se de que eu vou ter um bebê e não tenho nenhum cara ao meu lado para me dar apoio.

Contrariada, eu disse:

— Ele sempre dava um dólar para os mendigos.

— Isso não! Conte alguma coisa mais interessante.

— Não consigo me lembrar.

— Consegue sim senhora!

Bem, eu conseguiria, é claro, só que seria mais difícil externar isso. Minha garganta se apertou e doeu.

— Sabe quando eu tenho aquelas rachaduras de frio nos lábios e nos cantos da boca? Pois bem... Teve uma noite em que eu já estava na cama, de luz apagada, quando aquela ardência que antecedia uma crise me atacou os lábios. Se não passasse a pomada especial na mesma hora, ia parecer uma leprosa de manhã, e eu tinha um almoço marcado com as meninas da *Marie Claire* para o dia seguinte. O pior é que estávamos sem pomada em casa. Pois bem... Aidan se levantou, se vestiu e saiu em busca de uma farmácia aberta vinte e quatro horas. Era dezembro, nevava muito e fazia um frio cruel, mas Aidan não me deixou ir com ele para eu não me resfriar... — De repente eu me vi em convulsões, absolutamente aos prantos. A coisa foi tão feia que eu precisei me agarrar na grade também, como Jacqui no auge dos seus espasmos dolorosos quase insuportáveis. Solucei,

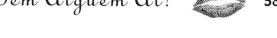

solucei, solucei muito ao lembrar dele saindo debaixo da neve no meio da noite gelada. Solucei tanto que cheguei a me engasgar.

Jacqui me massageou as costas e, quando o ataque de choro passou, deu palmadinhas solidárias na minha mão, murmurando:

— Boa menina! Agora só faltam três.

Droga! Eu achei que ao me ver tão transtornada Jacqui me liberaria do resto, mas não teve jeito.

— Ele costumava me acompanhar para comprar roupas, embora detestasse lojas de artigos femininos — lembrei.

— Sim. É verdade.

— Ela fazia excelentes imitações de Humphrey Bogart.

— É verdade, ele fazia, mesmo! E não era só a voz não! — confirmou Jacqui. — Ele conseguia fazer um troço divertido, levantando os cantos do lábio superior, e ficava igualzinho ao Humphrey Bogart.

— É... Ele parecia grudar o lábio nos dentes de cima. Era um barato!

— Olhe só, acaba de me ocorrer mais uma — disse Jacqui. — Lembra quando você foi morar com Aidan e, como consolo, ele me ajudou a fazer a mudança para meu novo apartamento? Alugou uma van, que ele mesmo dirigiu, e a carregou de caixas e tralhas. Até me ajudou a limpar o novo apartamento antes da mudança. Você me agarrou pela garganta e disse: "Se você disser que Aidan é Mãos-de-Pluma só por causa disso, eu vou ficar muito puta!" Eu é que acabei me sentindo confusa, porque, embora aquela atitude *parecesse* extremamente Mãos-de-Pluma, ele o fazia parecer máscula e sexy, e me lembro de ter afirmado exatamente isso para você. Eu disse: "Esse cara não é nem um pouco Mãos-de-Pluma, Anna, e acho que ele ama você de verdade."

— Sim, eu me lembro.

Ela suspirou, continuamos a caminhar um pouco mais pela calçada, em silêncio, até que ela me disse:

— Você teve uma sorte danada, Anna.

— Foi — concordei. — Tive mesmo. — Não me torturou dizer isso. Não me senti amarga nem triste, simplesmente pensei: *Sim, eu tive muita sorte.*

— Contração chegando! — Jacqui se agachou diante dos degraus da frente de um prédio de tijolinhos enquanto os espasmos a torturavam.

— Ai, meu Deus, ai, Deus, Deus, Deus!...

— Respire! — instruí. — Visualize! Ei, volte aqui! — Jacqui se deixou cair no chão e rolou pela calçada, choramingando como uma criança. Eu me agachei ao lado dela e deixei que ela apertasse o meu tornozelo até ele ficar dormente. Com o canto dos olhos, percebi que tínhamos atraído a atenção de uma patrulhinha. Ela parou. Merda! Dois policiais com walkie-talkies emitindo ruídos saltaram e vieram em nossa direção. Um deles parecia se sustentar à base de donuts Kispy Kreme, mas o outro era alto e bonitão.

— O que está acontecendo? — perguntou Donut.

— Ela está tendo um bebê.

Os dois homens observaram Jacqui, que continuava se contorcendo e lagarteando pela calçada.

— Ela não devia estar no hospital? — perguntou o bonitão, parecendo genuinamente preocupado e ainda mais bonito.

— Só podemos dar entrada no hospital quando as contrações estiverem com intervalos de cinco minutos — expliquei. — Dá para acreditar nessa barbaridade?

— Está doendo? — perguntou Donut, com ar ansioso.

— Ela está em trabalho de parto! — reagiu Bonitão. — É ÓBVIO que está doendo!

— Como é que você pode saber? — berrou Jacqui. — Você é apenas um... Um *homem* — disse ela, com ar de nojo.

— Jacqui? — Bonitão exclamou, com ar surpreso. — É você?

— Karl? — Jacqui rolou um pouco mais, se deitou na calçada de barriga para cima e sorriu para ele, com um jeito gracioso. — Que legal reencontrar você? E aí, como vão as coisas?

— Ótimo, tudo bem. E com você?

— Cinco minutos! — anunciei, olhando para o cronômetro. — Ela chegou aos cinco minutos de intervalo entre uma e outra. Vamos nessa!

CAPÍTULO 19

Jacqui fez questão de trocar de roupa e vestiu um elegantérrimo manto Von Furstenberg. Com sua Louis Vuitton de rodinhas, ela parecia estar indo passar férias em Saint Barts.

— Deixe que eu carrego isso — peguei a mala. — Vamos.

Ao chegar à rua, chamamos um táxi.

— Não entre em pânico — avisei ao motorista —, mas ela está em trabalho de parto. Dirija com cuidado.

Virando-me para Jacqui, perguntei:

— E aí, onde foi que você conheceu o Bonitão?... Karl, o Policial?

— Trabalhamos juntos em uma palestra de Bill Clinton. — Jacqui bufou, soprou e esperou mais uma contração passar. — Ele era um dos seguranças do evento.

— Ele é um gato, né?

— Mãos-de-Pluma.

— De que maneira?

— Gentil demais.

Ao chegarmos ao quarto, as contrações já vinham em intervalos de quatro minutos. Ajudei Jacqui a tirar o lindo vestido e colocar uma camisola medonha, e então uma enfermeira apareceu.

— Ah, graças a Deus! — comemorou Jacqui. — Rápido, rápido, a peridural!

A enfermeira inspecionou os "países baixos" de Jacqui e balançou a cabeça.

— Ainda é muito cedo, a dilatação está pequena.

— Não é possível! Já entrei em trabalho de parto há horas, estou agonizando!

A enfermeira lançou um olhar condescendente que significava "milhões de mulheres passam por isso todos os dias". E saiu do quarto.

— Se ela fosse um homem, aposto que você lhe aplicaria uma peridural — berrei, quando a enfermeira saiu.

— Lá vamos nós mais uma vez — choramingou Jacqui. — Ca-ra-ca! Uau! Aaaargh, meu Deus. Quero uma e-pi-du-ral. Quero uma E-PI-DU-RAL! É um DIREITO meu!

Os gritos trouxeram a enfermeira de volta.

— Shhh! Você está incomodando as pacientes que estão nas câmaras de parto na água. Ainda está muito cedo para uma peridural. Vai acabar atrasando o parto.

— Quando é que vou poder tomar, então? Quando?

— Logo. A parteira já está vindo.

— Não me enrole. A parteira é só uma assistente, não pode me aplicar uma peridural, só o médico é que pode.

A enfermeira saiu e mais uma contração se foi.

— Tem alguma coisa acontecendo lá embaixo? — perguntou Jacqui.

Ela pegou o espelhinho do pó-compacto na bolsa e o posicionou entre as pernas, mas não conseguiu ver nada por causa da barriga.

— Merda! — reagiu ela, ao olhar o próprio rosto. — Olha só! Estou com a cara toda vermelha e brilhante.

Ela penteou os cabelos, retocou o batom e passou pó no rosto.

— Puxa, quem diria que um parto é tão desastroso para a aparência!

— Desça da cama e fique de cócoras — sugeri. Nas aulas do Parto Perfeito nós aprendemos que ficar de cócoras pode ajudar na dilatação. — A força da gravidade é sua amiga — lembrei. — Use-a.

— Obrigada, ó minha mestra Espiral de Cus.

O tempo passou tão lento quanto nos pesadelos. Quando as contrações já estavam com intervalo de dois minutos e meio, Jacqui disse:

— Antes eu achei que a dor estava insuportável, mas está muito pior agora. Chame a vaca daquela enfermeira pra mim, por favor, Anna?

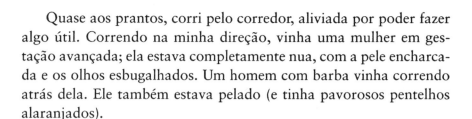

Quase aos prantos, corri pelo corredor, aliviada por poder fazer algo útil. Correndo na minha direção, vinha uma mulher em gestação avançada; ela estava completamente nua, com a pele encharcada e os olhos esbugalhados. Um homem com barba vinha correndo atrás dela. Ele também estava pelado (e tinha pavorosos pentelhos alaranjados).

— Ramona, querida, volte para a piscina de parto! — ordenou ele.

— Foda-se a piscina de parto! — gritou Ramona, em um ataque federal de chilique. — Foda-se aquela porra daquela piscina. Ninguém me avisou que a dor era tão grande. Quero uma peridural!

— Não, querida, nada de substâncias químicas! — determinou Pentelhos Alaranjados. — Foi isso que combinamos! Queremos vivenciar a maravilhosa experiência do parto natural.

— *Você* pode curtir a maravilhosa experiência do parto natural, mas eu quero as substâncias químicas!

Encontrei a mesma enfermeira de antes. Ela apalpou os "países baixos" de Jacqui mais uma vez.

— Continua sem dilatação — sentenciou ela.

— Isso é papo-furado. Eu *estou* dilatada, sim, quase arrombada. Aposto que você não quer tirar o anestesista da cama. Tá a fim dele, não é? Vamos lá, confesse!

A enfermeira enrubesceu e Jacqui gritou:

— Ra-rá, viu só? Nessa eu te peguei!

Mas não adiantou nada. A peridural não chegou e a enfermeira juntou-se a Pentelhos Alaranjados no resgate de Ramona, que continuava se recusando a voltar para a piscina de parto. Os barulhos dos três se empurrando e escorregando no corredor nos forneceu distração por um bom tempo. Então eu percebi que já eram dez da manhã. Liguei para o trabalho, falei com Teenie e lhe expliquei o que estava acontecendo.

Só então a parteira apareceu e deu umas boas futucadas no "canal" de Jacqui.

— Puxa, a dignidade da gente vai pro espaço em momentos como esse — reclamou Jacqui.

— Prepare-se para fazer força e empurrar com vontade para fora — avisou a parteira.

— Não vou empurrar nada até me aplicarem a peridural. Ai, Deus, caraca! — berrou Jacqui. — A dor ficou direto agora! É uma puta contração constante!

— Empurre! — insistiu a parteira.

Jacqui bufou e soprou de forma frenética, e de repente as cortinas que haviam colocado em torno da cama se abriram de forma dramática e quem estava ali? O safado-idiota-angustiado do Joey.

— O que é que você está fazendo aqui? — gritou Jacqui.

— Eu te amo.

— Feche as cortinas, seu babaca!

— Tá... Desculpe. — Ele fechou as cortinas atrás dele. — Eu te amo, Jacqui. Desculpe, sinto muito, sinto de verdade, mais do que nunca senti em toda a minha vida.

— Tô cagando para as suas desculpas! Cai fora! Estou aqui na maior agonia e a culpa é toda sua!

— Jacqui, empurre!

— Jacqui, eu te amo!

— Cala a boca, Joey, estou TENTANDO empurrar. E não faz a mínima diferença você me amar, porque eu nunca mais vou trepar em toda a minha vida.

Joey se aproximou mais.

— Eu te amo.

— Nem chegue perto! — guinchou Jacqui, ainda mais alto. — E leve esse troço que você tem pendurado entre as pernas para longe de mim!

A enfermeira reapareceu.

— O que está acontecendo agora?

— Por favor... Por favorzinho, enfermeira simpática, posso tomar a minha peridural agora? — implorou Jacqui.

A enfermeira apalpou mais uma vez e balançou a cabeça.

— Agora é tarde demais para anestesia — informou.

— O *quê*? Como é que pode? Ainda há pouco era muito cedo e agora é muito tarde? Você decidiu que não ia me aplicar anestesia desde o início.

Tem Alguém Aí?

— Aplique a porra dessa peridural nela! — exigiu Joey.
— Cale a boca, você! — reagiu Jacqui.
— Continue empurrando — disse a parteira.
— É... Empurre, Jacqui — sugeriu Joey. — Empurre, empurre!
— Será que alguém poderia mandar esse cara *calar a boca*?
— Jacqui! — Eu estava olhando para o ponto entre as pernas dela e me senti alarmada. — Algo está acontecendo.
— O que é?
— A cabeça — informou a parteira.
Ah, sim... A cabeça... É claro! Por um minuto eu pensei que as tripas de Jacqui estivessem saindo.

Mais e mais da cabeça foi aparecendo. Meu Deus! Era um ser humano, um ser humano de verdade! Acontece todos os dias, milhões de vezes, mas quando a gente vê acontecer ao vivo, com os próprios olhos, percebe o quanto é um milagre.

Foi quando o rosto apareceu.
— Um bebê! — gritei, empolgada. — Um bebê!
— Claro que é um bebê — ofegou Jacqui. — O que você imaginou que fosse sair?... Uma bolsa Miu Miu?

Em seguida os ombros apareceram e, ajudada por um puxão suave, a criança deslizou para fora. A parteira contou dez dedos nas mãos, dez dedos nos pés e disse:
— Meus parabéns, Jacqui. Você acaba de ganhar uma linda menina.

O safado-idiota-angustiado do Joey estava aos prantos. Foi hilário.

A parteira enrolou o bolinho de gente em um cobertor e o entregou a Jacqui, que sussurrou no ouvido da bebê:
— Bem-vinda ao mundo, Krystall Pompom Vuitton Staniforth.

Foi um momento lindo.
— Posso vê-la? — pediu Joey.
— Ainda não, quero que Anna a veja antes — Jacqui determinou. — Anna, pegue a bebê e dê uma boa olhada nela.

Então ela me colocou nos braços uma trouxinha minúscula, com cara amarrotada, uma nova pessoa. Uma nova vida. Seus dedinhos de boneca pareciam camarõezinhos rosados voltados para cima, vagando pelo ar, e quando eles se estenderam para mim, o meu último vestígio de ressentimento contra Aidan se dissolveu e eu reconheci um sentimento que não conseguira identificar antes: amor.

Entreguei Krystall para Joey.

— Vou deixar vocês três se entendendo — afirmei.

— Por quê? Aonde você vai?

— Boston.

CAPÍTULO 20

Assim que aterrissamos no aeroporto Logan eu fui a primeira a sair do avião. Com a boca seca devido à expectativa, acompanhei as setas que indicavam a saída. Mesmo andando depressa, quase correndo e ofegante, a caminhada parecia se alongar eternamente. Eu ia fazendo clip-clop pelos corredores com pisos revestidos de pedra, respirando cada vez mais depressa e sentindo as axilas úmidas de ansiedade.

Minha gigantesca bolsa de mulher adulta quicava junto do quadril quando eu andava. A única coisa que desmentia minha imagem de sofisticação era Dogly, cuja cabeça estava para fora da bolsa. Suas orelhas compridas balançavam, entusiasmadas, e ele revistava com os olhos cada pessoa que passava. Parecia aprovar tudo o que via. Dogly estava voltando para Boston, sua cidade natal. Eu ia sentir muitas saudades dele, mas essa era a atitude certa a tomar.

Ao passar pelas portas giratórias e olhar além da barreira de pessoas amontoadas, comecei a procurar por um garotinho louro com dois anos de idade. E lá estava ele, um menino forte, com blusão cinza, jeans escuros e um boné dos Red Sox, de mãos dadas com uma mulher de cabelos pretos. Mais do que simplesmente ver o sorriso dela, eu o senti.

Nesse momento Jack ergueu os olhos, me viu e, embora não pudesse saber quem eu era, sorriu também, mostrado os dentinhos brancos como leite.

Eu o reconheci de imediato. Como não o reconheceria? Jack era a cópia exata do pai.

EPÍLOGO

Mackenzie se casou com o dissoluto herdeiro de uma fábrica de comidas enlatadas com uma conta bancária de mais de cem milhões de dólares. Além da fábrica, ele tem setenta e cinco automóveis antigos, uma condenação por dirigir alcoolizado e é alvo constante de processos para averiguação de paternidade. O casamento custou meio milhão de dólares e foi notícia em todas as colunas sociais. Apesar de Mackenzie estar aparentemente amparando o noivo em todas as fotos, ela me pareceu muito feliz.

Jacqui, Joey e Krystall formam uma unidade familiar moderna — Joey toma conta de Krystall quando Jacqui sai com o Bonitão Karl, o Policial. Jacqui anda reconsiderando suas restrições aos Mãos-de-Pluma, principalmente pelo fato de que Karl, o Policial — que *realmente* é bonitão —, é tão loucamente apaixonado por Krystall quanto por Jacqui. Entretanto, não há como negar que ainda existe um frisson entre ela e o safado-idiota-angustiado do Joey, de modo que não se sabe o que o futuro reserva.

Rachel e Luke continuam como sempre: um par de Mãos-de-Pluma melosos e felizes.

No trabalho está tudo ótimo, mas Koo/Aroon e as outras meninas da EarthSource continuam tentando me recuperar. Fui a um baile de caridade com Angelo — somos apenas amigos —, em benefício de um centro de recuperação de viciados que utiliza os Doze Passos, e encontrei algumas das garotas EarthSource enchendo a cara com água mineral gasosa.

— Anna! O que está fazendo aqui?

— Vim só para acompanhar Angelo.

— Angelo? De onde você conhece Angelo?

— Ahn... A gente se conheceu por aí.

Hummm... Tá bom!, os olhos delas disseram. Por aí?... Você é uma de nós, mas nunca vai admitir, não é verdade?

Gaz está aprendendo reiki. Tremo só de pensar.

Shake e Brooke Edison terminaram o namoro. Dizem as más línguas que o sr. Edison ofereceu uma nota para Shake se afastar de sua filha, embora Shake negue tudo e coloque a culpa do rompimento nas "pressões do trabalho". Com as finais da competição de guitarra imaginária se aproximando, as horas e horas de ensaio e o seu cabelo, cujos cuidados lhe tomam muito tempo, eles mal se viam. Pelo menos essa é a versão de Shake.

Ornesto arrumou um namorado fantástico, um australiano chamado Pat. Tudo parecia ir muito bem, principalmente porque Pat não agredia Ornesto nem roubava suas frigideiras antiaderentes, mas então Ornesto recebeu uma conta de telefone de mais de mil dólares e descobriu que Pat ligava todo dia para seu ex-namorado em Coober Pedy. Ornesto ficou arrasado — de novo! —, mas encontra consolo no canto. Ele está fazendo uma temporada na boate Duplex, onde canta *Killing Me Softly* vestido de mulher.

Eugene, o outro vizinho de cima, conheceu uma amiga "especial" chamada Irene. Ela é calorosa, gentil e muitas vezes eles vão ouvir Ornesto cantar.

Helen está trabalhando em outro caso e parece muito empolgada. Não teve notícias de Colin e Detta desde que eles foram para Marbella. Harry Fear nunca foi preso por atirar em Racey O'Grady, e Racey, verdade seja dita, também nunca o acusou de nada. Pelo visto, os dois continuam dirigindo seus respectivos impérios, como sempre fizeram, e a vida voltou ao normal no submundo de Dublin.

Quase todo domingo eu vou ao bingo com Mitch. É muito engraçado descobrir que o novo Mitch — ou será o velho Mitch? — é muito competitivo. Dança feito um maluco quando ganha e fica com cara de poucos amigos quando perde. Eu me divirto muito, especialmente quando ele fica emburrado.

Leon e Dana estão esperando um bebê. Dana reclama que todos os sintomas da gravidez são *meee-doo-nhos*, e Leon está muito ani-

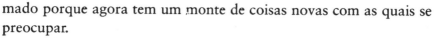

mado porque agora tem um monte de coisas novas com as quais se preocupar.

A oferta finalmente alcançou a demanda no mercado de *labradoodles* e as pessoas mais descoladas desistiram dele. O cão da moda agora é o *cocker spalemão*, um cruzamento do cocker spaniel com o pastor-alemão; não se consegue um desses por amor nem por dinheiro.

Li uma nota na imprensa, há algumas semanas, sobre Barb (logo ela!). O jornal noticiava que Barb colocara o quadro de Wolfgang, seu marido (ou, pelo menos, um deles) para venda, e isso provocou um rebuliço no mundo das artes. Parece que o quadro era um exemplar raro de um movimento que, embora breve, teve muita influência no mundo da pintura. O nome do movimento era "Escola dos Imbecis". O motivo de tal movimento artístico ter uma vida tão breve é que todos os artistas se suicidavam, matavam uns aos outros, eram atirados de varandas ou trocavam tiros em brigas provocadas por uma mulher. Dizem que Barb era essa tal musa de todos eles, e também o principal motivo dos suicídios e assassinatos. Ela, no entanto, afirma que não teve nada a ver com os que se jogaram das varandas. Virou a queridinha da mídia e está ganhando uma boa grana; os entrevistadores estão loucos para descobrir com quem ela dormia e em qual período, mas o único interesse de Barb é protestar contra as leis vergonhosas que impedem as pessoas de fumar onde bem quiserem.

Mamãe e papai estão ótimos. O drama do cocô do cachorro não se repetiu. Papai ficou muito empolgado quando *Desperate Housewives* estreou na tevê, mas logo se sentiu desapontado. Diz que Teri Hatcher não é nenhuma Kim Cattrall.

A amiga estranha de Nell está tomando um medicamento novo e já não está tão estranha. À meia-luz ela até passa por uma pessoa normal.

Eu sempre me encontro com Nicholas. Eu o levei à festa de "boas-vindas ao mundo, garotinha" que preparamos para Krystall e ele se enturmou com todo mundo, falando de assuntos tão improváveis quanto os filmes de Fassbinder (Nicholas, um fã de cinema?

Quem diria?) e os rumores de que mensagens em código estavam sendo passadas para o grupo terrorista al-Qaeda através do canal de compras da tevê a cabo. Todo mundo comentou que ele era um cara "muito legal" e os Homens-de-Verdade o adotaram como mascote.

Outro dia eu fui direto para casa depois de fazer pilates. Era uma tarde quente e eu me deitei curvada no canto do sofá, bem onde o sol estava batendo. Comecei a me sentir sonolenta, cochilei e a membrana que divide a vigília do sono estava tão tênue que eu sonhei que estava acordada. No sonho eu estava deitada no sofá da sala da frente, igualzinho ao que acontecia na realidade.

Não foi surpresa encontrar Aidan ali, do meu lado. Foi reconfortante vê-lo ali e sentir sua presença.

Ele pegou minhas mãos e eu olhei para o rosto dele, tão familiar e tão amado.

— Como você está? — ele perguntou.

— Estou bem. Estou melhor do que antes. Conheci o pequeno Jack.

— O que achou dele?

— Uma gracinha, me apaixonei por ele! Era isso que você queria me contar, não é? No dia em que você morreu?

— Era. Janie tinha me contado alguns dias antes. Eu estava muito preocupado e imaginava como você iria se sentir.

— Pois é. Eu estou ótima, agora. Gosto de Janie, e gosto de Howie também. Sempre vejo Kevin e seus pais. Vou até Boston para vê-los, ou eles vêm a Nova York.

— É estranho o jeito como as coisas acontecem, não é?

— E como!

Ficamos ali sentados em silêncio, e eu não consegui pensar em nada mais importante para dizer do que:

— Eu amo você.

— E eu amo você, Anna. Sempre amarei.

— E eu também sempre vou amar você, baby.

— Eu sei. Mas é bom amar outras pessoas também. Quando isso acontecer, vou ficar muito feliz por você.

Tem Alguém Aí?   597

— Não vai sentir ciúmes?

— Não. Você não vai ter me perdido. Eu continuarei ao seu lado. Mas não de um jeito assustador.

— Você vai tornar a me visitar?

— Desse jeito, não. Mas procure alguns sinais meus.

— Que sinais?

— Você vai perceber quando eles aparecerem.

— Não consigo me imaginar amando ninguém a não ser você.

— Mas você vai amar.

— Como é que você sabe?

— Porque tenho acesso a esse tipo de informação, agora.

— Ah. Então você sabe quem é?

Ele hesitou por um instante.

— Acho que eu não devia...

— Ah, qual é, vá em frente — tentei persuadi-lo. — De que adianta você vir me visitar do mundo dos mortos se não me trouxer algo suculento?

— Não posso revelar a você a verdadeira identidade dele.

— Sacanagem!

— Mas posso lhe dizer que você já o conhece.

Ele me beijou os lábios, colocou a mão sobre minha cabeça, como se fosse uma bênção, e em seguida partiu. Então eu acordei e me pareceu simples e tranquila a passagem do estado de sono para o de vigília. Um sentimento de paz e alegria me inundou e foi se expandindo sobre tudo à minha volta, e eu continuei a sentir o peso e o calor da mão dele sobre minha cabeça.

Ele tinha estado ali, realmente, eu tive certeza.

Fiquei quietinha no mesmo lugar, sem mover um músculo, sentindo o sangue circular lentamente, com a consistência de melado, e senti o milagre da minha respiração... O ar entrando e saindo, entrando e saindo, no círculo da vida.

Então eu a vi: uma borboleta.

Foi como nos livros sobre perdas irreversíveis que eu tinha lido.

Procure pelos sinais, Aidan tinha dito.

A borboleta era linda, azul, amarela e branca, as asas enfeitadas em padrões rendados, e eu mudei de ideia sobre as borboletas serem apenas mariposas vestidas com caras roupas bordadas.

Ela borboleteou pela sala, pousou no porta-retratos do nosso casamento (eu recolocara todas as fotos de Aidan em seus respectivos lugares), depois seguiu para meus raios X emoldurados, a flâmula dos Red Sox e todas as coisas que haviam significado alguma coisa para Aidan e para mim. Encolhida no sofá, imóvel como uma pessoa petrificada, observei o espetáculo.

Ela pousou sobre o controle remoto, tocando-o de leve, e bateu as asinhas um pouco mais depressa, como se estivesse gargalhando. Em seguida, com um toque que eu mal consegui sentir, pousou sobre meu rosto, passeou sobre as minhas sobrancelhas, minhas bochechas e foi até minha boca. Ela estava me beijando.

Depois de algum tempo ela foi na direção da janela e pousou na vidraça, à minha espera. Hora de ir embora. Por ora.

Eu abri a janela e o som da cidade entrou; havia um mundo imenso e agitado lá fora. Por cinco ou seis segundos a borboleta ficou parada ali, no peitoril, até que alçou voo, pequena e corajosa, levando a vida em frente.

Impresso no Brasil pelo
Sistema Cameron da Divisão Gráfica da
DISTRIBUIDORA RECORD DE SERVIÇOS DE IMPRENSA S.A
Rua Argentina 171 – Rio de Janeiro, RJ – 20921-380 – Tel.: 2585-2000